UM
REINO
DE
CARNE
E
FOGO

JENNIFER L. ARMENTROUT

UM REINO DE CARNE E FOGO

Tradução
Flavia de Lavor

16ª edição

RIO DE JANEIRO
2025

EDITORA-EXECUTIVA
Rafaella Machado

COORDENADORA EDITORIAL
Stella Carneiro

EQUIPE EDITORIAL
Juliana de Oliveira
Isabel Rodrigues
Lígia Almeida
Manoela Alves

PREPARAÇÃO
Emanoelle Veloso

REVISÃO
Mauro Borges

DIAGRAMAÇÃO
Abreu's System

CAPA
Adaptada do original de Hang Le

TÍTULO ORIGINAL
A Kingdom of Flesh and Fire

CIP-BRASIL. CATALOGAÇÃO NA PUBLICAÇÃO
SINDICATO NACIONAL DOS EDITORES DE LIVROS, RJ

A76r
16. ed.

Armentrout, Jennifer L., 1980-
Um reino de carne e fogo / Jennifer L. Armentrout; tradução Flavia de Lavor. – 16. ed. – Rio de Janeiro: Galera Record, 2025.
(Sangue e cinzas ; 2)

Tradução de: A kingdom of flesh and fire
Sequência de: De sangue e cinzas
ISBN 978-65-5981-017-8

1. Romance americano. I. Lavor, Flavia de. II. Título. III. Série.

22-76025

CDD: 813
CDU: 82-31(73)

Meri Gleice Rodrigues de Souza – Bibliotecária – CRB-7/6439

Copyright © 2020 by Jennifer L. Armentrout

Direitos de tradução mediante acordo com Taryn Fagerness Agency
e Sandra Bruna Agencia Literaria, SL.

Todos os direitos reservados.
Proibida a reprodução, no todo ou em parte, através de quaisquer meios.
Os direitos morais da autora foram assegurados.

Texto revisado segundo o novo Acordo Ortográfico da Língua Portuguesa.

Direitos exclusivos de publicação em língua portuguesa somente para o Brasil
adquiridos pela
EDITORA GALERA RECORD LTDA.
Rua Argentina, 120 – Rio de Janeiro, RJ – 20921-380 – Tel.: (21) 2585-2000,
que se reserva a propriedade literária desta tradução.

Impresso no Brasil

ISBN 978-65-5981-017-8

Seja um leitor preferencial Record.
Cadastre-se e receba informações sobre nossos
lançamentos e nossas promoções.

Atendimento e venda direta ao leitor:
sac@record.com.br

A você, leitor.

Capítulo 1

— Nós vamos para casa nos casar, minha Princesa.
Como casar?
Com *ele*?
De repente, pensei em todas as fantasias de menina que tive antes de saber quem eu era e o que se esperava de mim — devaneios que ganharam vida por causa do amor que os meus pais sentiam um pelo outro.

Aqueles sonhos de menina jamais incluíram um pedido que não era nem remotamente um pedido de verdade. Tampouco incorporaram o anúncio em uma mesa cheia de estranhos, metade dos quais queria me ver morta. E aqueles sonhos certamente não envolviam o que só podia ser o pior — e possivelmente o mais insano — o pedido de casamento do reino, vindo do homem que me mantinha cativa.

Talvez eu estivesse com algum problema no cérebro. Talvez eu estivesse tendo alucinações causadas pelo estresse. Afinal de contas, existiam tantas mortes dolorosas para processar. A traição dele para lidar. E eu havia acabado de descobrir que era descendente de Atlântia, o reino em que fui criada para acreditar que era a fonte de todo o mal e tragédia naquelas terras. Alucinações provocadas por estresse pareciam ser um motivo muito mais crível do que o que estava realmente acontecendo.

Tudo o que consegui fazer foi olhar para a mão grande que segurava a minha muito menor. A pele dele era ligeiramente mais escura que a minha, como se tivesse sido beijada pelo sol. Anos empunhando uma espada com uma precisão fatal e graciosa haviam deixado as suas palmas calejadas.

Ele levou a minha mão até a boca indecentemente bem formada e carnuda. Até os lábios que eram de alguma forma macios, mas implacavelmente firmes. Lábios que haviam lançado belas palavras no ar e sussurrado promessas acaloradas e maliciosas contra a minha pele nua. Lábios que prestaram homenagem às muitas cicatrizes que crivavam o meu corpo e rosto.

Lábios que também contaram mentiras encharcadas de sangue.

Agora, aquela boca estava pressionada contra o topo da minha mão em um gesto que eu teria acalentado por uma eternidade e considerado extremamente terno apenas alguns dias ou semanas atrás. Coisas simples como andar de mãos dadas ou beijos castos eram proibidas para mim. Assim como ser desejada ou sentir desejo. Havia muito tempo desde que eu aceitara que nunca experimentaria essas coisas.

Até *ele* chegar.

Ergui meu olhar das nossas mãos unidas, daquela boca que já estava repuxada em um dos cantos, sugerindo uma covinha na bochecha direita, e dos lábios ligeiramente entreabertos que revelavam somente um vislumbre das presas fatalmente afiadas.

Os cabelos dele roçavam a nuca e caíam sobre a sua testa, e as mechas grossas eram de um tom tão profundo de preto que muitas vezes tinham um brilho azulado sob a luz do sol. Com maças do rosto altas e angulosas, o nariz reto e um maxilar orgulhoso e bem delineado, ele costumava me lembrar de um grande e elegante gato das cavernas que vi certa vez no palácio da Rainha Ileana quando era criança. Lindo, mas daquele jeito que todos os predadores selvagens e perigosos são. Meu coração fraquejou quando encarei os olhos dele, órbitas de um tom de âmbar fresco e deslumbrante.

Eu sabia que estava olhando fixamente para Hawke...

Uma frieza se derramou no meu peito quando me contive. Aquele não era o nome dele. Eu nem sabia se *Hawke Flynn* era apenas um personagem fictício ou se o nome pertencia a alguém que provavelmente tinha sido morto por causa da sua identidade. Temia que fosse a última opção, já que *Hawke* supostamente tinha vindo da Carsodônia, a capital do Reino de Solis, com recomendações perfeitas. Por outro lado, o Comandante dos guardas na Masadônia revelou ser um seguidor dos Atlantes, um Descendido, de modo que aquilo também poderia ser uma mentira.

De qualquer forma, o guarda que prometeu me proteger com a sua espada e com a sua vida não era real. Nem o homem que me viu pelo que eu era e não apenas *o que* eu era. A Donzela. A Escolhida. Hawke Flynn não era nada mais que um produto das minhas fantasias, assim como aqueles sonhos de menina.

Quem segurava a minha mão era a realidade: o Príncipe Casteel Da'Neer. Sua Alteza. O Senhor das Trevas.

Acima das nossas mãos unidas, a curva dos lábios dele aumentou. A covinha na sua bochecha direita ficou visível. Era raro que a covinha esquerda aparecesse. Apenas sorrisos genuínos a revelavam.

— Poppy — disse ele, e todos os músculos do meu corpo se contraíram. Não sei muito bem se foi o uso do meu apelido ou a cadência grave e musical de sua voz que me deixou tensa. — Acho que nunca a vi tão calada.

O brilho de provocação nos olhos *dele* foi o que me tirou do meu silêncio atônito. Soltei a minha mão, odiando saber que, se quisesse me impedir de me desvencilhar, ele poderia ter feito isso com facilidade.

— Casamento? — Encontrei a minha voz, mesmo que para uma única palavra.

Um brilho de desafio surgiu no olhar dele.

— Sim. Casamento. Você sabe o que isso significa, não é?

Fechei a mão em punho contra a mesa de madeira enquanto sustentava o olhar dele.

— Por que você acha que eu não saberia o que significa casamento?

— Bem — respondeu ele preguiçosamente, pegando um cálice. — Você repetiu a palavra como se ela a confundisse. E, como a Donzela, eu sei que você foi... protegida.

Sob a trança, minha nuca começou a arder, provavelmente ficando tão vermelha quanto os meus cabelos sob a luz do sol.

— Ser a Donzela ou protegida não é a mesma coisa que ser ignorante — vociferei, ciente do silêncio que havia se instalado sobre a mesa e por todo o salão de banquetes — um aposento atualmente cheio de Descendidos e Atlantes, que matariam e morreriam pelo homem para quem eu olhava abertamente de cara feia.

— Não. — O olhar de Casteel cintilou sobre mim enquanto ele tomava um gole. — Não é, não.

— Mas estou confusa. — Senti algo afiado tocar no meu punho. Com um rápido olhar, vi aquilo com que estava chocada e perturbada demais para notar antes. Uma faca. Com cabo de madeira e uma lâmina grossa e serrilhada, projetada para cortar carne. Não era a minha adaga de osso de lupino. Eu não a via desde os estábulos, e me magoava profundamente pensar que poderia nunca mais vê-la. Aquela adaga era mais que uma arma. Vikter havia me dado de presente no meu aniversário de 16 anos, e era a minha única conexão com o homem que era mais que um guarda. Ele assumiu o papel que o meu pai deveria ocupar se estivesse vivo. Agora, a adaga estava perdida e Vikter se fora.

Morto por aqueles que apoiavam Casteel.

E, já que havia cravado a última adaga em que coloquei as mãos no coração de Casteel, eu duvidava muito que a lâmina de osso de lupino me fosse devolvida tão cedo. Mas a faca de carne também era uma arma. Teria que servir.

— O que a confunde? — Ele colocou o cálice sobre a mesa e achei que os seus olhos assumiram o tom quente que tinham quando ele estava se divertindo ou... ou se sentindo de uma certa maneira que eu me recusava a reconhecer.

Meu dom pressionou a minha pele, exigindo que eu o usasse para sentir as emoções dele enquanto espalmava a mão sobre a faca de carne. Consegui ocultar as minhas habilidades antes que formassem uma conexão com ele. Eu não queria saber se ele estava se divertindo ou... ou *o que quer que seja* no momento. Eu não me importava com *o que* ele estava sentindo.

— Como disse antes — continuou o Príncipe, deslizando um dedo comprido sobre a borda do cálice. — Um casamento entre dois Atlantes só pode ocorrer se ambas as partes estiverem na sua terra, Princesa.

Princesa.

O apelido irritante e ligeiramente cativante que ele havia me dado tinha acabado de adquirir um significado totalmente diferente. Significado esse que suscitava a pergunta: quanto ele sabia desde o início? Ele admitiu ter reconhecido quem eu era na noite no Pérola Vermelha, mas afirmou que não sabia que eu era parte Atlante até que me mordeu. E provou o meu sangue. A marca no meu pescoço formigou e resisti ao impulso de tocá-la.

Quanto daquele apelido era uma coincidência? Eu não sabia muito bem por quê, mas, se era mais uma mentira, aquilo importava.

— Qual parte a confunde? — perguntou ele, com os olhos âmbar sem nem pestanejar.

— A parte em que você acha que eu realmente me casaria com você.

Do outro lado da mesa, ouvi o som sufocado de alguém tentando conter o riso. Olhei de relance para o rosto bonito de um lupino de pele negra clara e olhos azul pálidos — uma criatura capaz de assumir a forma de um lobo tão facilmente quanto podia assumir a forma de um mortal. Até alguns dias atrás, eu acreditava que os lupinos estivessem extintos, mortos durante a Guerra dos Dois Reis há cerca de quatrocentos anos. Mas isso era mais uma mentira. Kieran era apenas um dos muitos lupinos vivos — vários dos quais estavam sentados àquela mesa.

— Eu não *acho* que você vai se casar comigo — respondeu Casteel, semicerrando os cílios grossos. — Eu sei disso.

A descrença tomou conta de mim.

— Talvez eu não tenha sido direta, então vou tentar ser mais explícita. Não sei por que você acharia que eu me casaria com você nem em um milhão de anos. — Eu me inclinei na direção dele. — Deu para entender?

— Bastante — respondeu ele, com os olhos aquecendo para um tom de mel quente, mas não parecia haver qualquer raiva no seu olhar nem no tom de voz. Havia algo totalmente diferente. Um olhar que me fez pensar em pele morna e na sensação daquelas palmas ásperas e calejadas na minha bochecha, deslizando sobre a minha barriga e coxas e roçando em lugares muito mais íntimos. A covinha na bochecha dele se aprofundou. — Mas vamos ter que esperar para ver, não é mesmo?

Uma sensação cálida e formigante se espalhou pela minha pele.

— Não vamos esperar para ver coisa nenhuma.

— Eu posso ser muito convincente.

— Não *tão* convincente assim — retruquei, e ele deu um murmúrio evasivo que provocou uma onda de pura raiva em mim. — Você perdeu a cabeça?

Uma gargalhada profunda veio do fundo da mesa. Eu sabia que não era o loiro Delano. Parecia que o lupino tinha acabado de testemunhar um massacre e que o seu pescoço seria o próximo. Talvez eu devesse ter medo, porque os lupinos não se assustavam com facilidade, especialmente Delano. Ele me defendeu quando Jericho e os outros vieram atrás de mim, embora ele e o Atlante, Naill — que estava sentado ao seu lado —, estivessem em desvantagem numérica.

O Senhor das Trevas era alguém que a maioria das pessoas não ousaria irritar. Um Atlante, letal, rápido e impossivelmente forte. Difícil de ferir, quanto mais de matar. E, como descobri recentemente, capaz de usar a persuasão para impor a sua vontade aos outros. Ele matou um dos Duques mais poderosos de todo o Reino de Solis, cravando a mesma bengala que Teerman costumava usar em mim no coração do Ascendido.

Mas eu não estava com medo.

Eu estava furiosa demais para ter medo.

Sentado à esquerda de Delano, estava a fonte da risada que eu tinha acabado de ouvir. Viera daquele homem enorme chamado Elijah. Eu não achava que ele fosse um lupino. Por causa dos olhos. Todos os lupinos tinham os mesmos olhos azuis invernais. Os olhos de Elijah eram cor de avelã, um tom mais dourado que o castanho. Eu não era a única que olhava para ele no momento. Vários olhares pousaram sobre o homem. Aproveitei a oportunidade para deslizar a faca de carne da mesa, escondendo-a sob a fenda da minha túnica.

— O que foi? — Elijah esfregou a barba escura ao devolver os olhares. — Ela perguntou o que a maioria de nós está pensando.

Delano pestanejou e então olhou lentamente para Elijah. Casteel não disse nada. O sorriso de lábios cerrados dele dizia tudo enquanto o peso penetrante do seu olhar se movia de mim para mais longe na mesa.

Com os dedos parados na barba, Elijah pigarreou.

— Pensei que o plano...

— O que você pensa é irrelevante. — O Príncipe silenciou o homem mais velho.

— Você quer dizer aquele plano em que tencionava me usar como isca para libertar o seu irmão? — exigi saber. — Ou isso mudou como em um passe de mágica nas últimas horas?

Um músculo saltou ao longo do maxilar de Casteel quando sua atenção voltou para mim.

— Você deveria comer alguma coisa.

Eu quase perdi o controle e atirei a faca de carne nele.

— Eu não estou com fome.

Ele abaixou o olhar para o meu prato.

— Você mal comeu.

— Bem, você sabe, eu não tenho muito apetite, *Vossa Alteza*.

Ele cerrou o maxilar conforme sustentava o meu olhar. O tom dourado das suas íris esfriou. Arrepios pinicaram a minha pele enquanto o ar à nossa volta parecia ficar pesado e carregado de tensão, enchendo todo o aposento. Não havia um grama de respeito no meu tom de voz. Será que eu tinha irritado Casteel? Se sim, não me importava.

Fechei os dedos ao redor do cabo da lâmina. Eu não era mais a Donzela, presa a regras que me impediam de decidir sobre as questões da minha própria vida. Não seria mais controlada. Eu poderia e iria me impor com mais força que isso.

— Ela fez uma pergunta muito válida — disse alguém na ponta da mesa. Era um homem de cabelos curtos e escuros. Ele não parecia ser mais velho que Kieran, que, assim como Casteel, parecia ter uns vinte e poucos anos. Mas Casteel tinha mais de duzentos anos. Até onde eu sabia, o homem poderia ser ainda mais velho. — O plano de usá-la para libertar o Príncipe Malik mudou? — perguntou ele.

Casteel não disse nada enquanto continuava a me observar, mas a imobilidade absoluta que surgiu nas suas feições foi um alerta muito melhor do que quaisquer palavras.

— Não estou questionando suas decisões — afirmou o homem. — Estou tentando entendê-las.

— Você precisa de ajuda para entender o quê, Landell? — Casteel se recostou na cadeira, com as mãos apoiadas levemente nos braços. O jeito como ele se sentou, como se estivesse completamente à vontade, me deixou toda arrepiada.

Houve um momento tenso de silêncio e então Landell disse:

— Nós o seguimos até aqui de Atlântia. Ficamos nesse reino arcaico e fedido, fingindo lealdade a um Rei e uma Rainha falsos porque, assim como você, não queremos nada além de libertar o seu irmão. Ele é o herdeiro legítimo.

Casteel fez um gesto para que Landell prosseguisse.

— Perdemos gente, boa gente, tentando nos infiltrar nos Templos da Carsodônia — disse ele.

Fiquei tensa quando as imagens das estruturas em tons da meia-noite se formaram na minha mente.

Se tudo o que Casteel alegou fosse verdade, o propósito aos quais os Templos serviam era outra mentira. Os terceiros filhos e filhas não eram entregues durante o Ritual para servir aos Deuses. Em vez disso, eles eram dados aos Ascendidos — os vampiros — e não se tornavam nada além de gado. Grande parte do monte de mentiras que ouvi durante toda a minha vida era terrível, mas aquela era possivelmente a pior de todas. E, por mais revoltante que fosse o que Casteel afirmava, eu receava que fosse verdade. Como é que eu poderia negar? Os Ascendidos haviam dito que o beijo dos Atlantes era venenoso, amaldiçoando mortais inocentes e os transformando em cascas decadentes do seu antigo eu — os monstros cruéis e sedentos de sangue conhecidos como Vorazes. Mas eu sabia que isso não era verdade. O beijo dos Atlantes não era tóxico. Nem a sua mordida. Eu era a prova de ambas as coisas. Casteel e eu tínhamos trocado muitos beijos. Ele me dera seu sangue quando fui mortalmente ferida. E havia me mordido.

Eu não me transformei em Voraz.

Assim como eu não havia me transformado quando fui atacada pelos Vorazes anos antes.

E não é que eu não tivesse suspeitas a respeito dos Ascendidos antes que Casteel entrasse na minha vida. Ele apenas as confirmou. Mas será que era tudo verdade? Eu não tinha como saber. Meus dedos doíam com a força com que segurava a faca.

— Não encontramos nenhuma pista sobre onde o nosso Príncipe está detido, e muitos de nós nunca vão voltar para as suas famílias — continuou Landell, a voz se firmando a cada palavra, engrossando com uma raiva que eu não precisava do meu dom para pressentir. — Mas agora nós temos algo. Finalmente temos algo que pode ser usado para obter conhecimento acerca do paradeiro do seu irmão. A possibilidade de libertá-lo e impedi-lo de ser forçado a fazer novos vampiros, vivendo o tipo de inferno com o qual você está bem familiarizado. Mas, em vez disso, nós vamos para casa?

Eu sabia um pouco sobre aquele inferno.

Eu tinha visto as inúmeras cicatrizes por todo o corpo de Casteel, a marca na forma do Brasão Real na sua coxa, logo abaixo do quadril.

Mas Casteel não disse nada em resposta. Ninguém falou. Não houve nenhum movimento, nem daqueles que estavam à mesa nem dos que estavam perto da lareira, no fundo do salão de banquetes.

Landell não havia terminado.

— Os homens que estão pendurados nas paredes do saguão do lado de fora desse mesmo salão merecem estar lá. Não só porque desobedeceram às suas ordens, mas porque, se tivessem conseguido matar a Donzela, nós teríamos perdido a única coisa que podemos usar. Eles colocaram o herdeiro em risco por vingança. É por isso que acredito que merecem o destino que tiveram, muito embora alguns deles fossem meus amigos. Amigos de muitos aqui nessa mesa.

Eu vou matá-los.

Essa foi a promessa de Casteel quando viu os ferimentos que os outros haviam deixado para trás. E foi o que ele tinha feito. Ou quase isso. Casteel havia empalado aqueles de quem Landell falava na parede. Todos estavam mortos agora, exceto por Jericho. O líder estava quase morto, sofrendo uma morte lenta e agonizante para servir como um lembrete de que eu não deveria ser machucada.

— Você pode usá-la — esbravejou Landell. — Ela é a favorita da Rainha, a Escolhida. Eles só libertariam o seu irmão em troca dela. Mas, em vez disso, nós vamos para casa para você se casar? — Ele apontou com o queixo na minha direção. — Com *ela*?

O desgosto expresso naquela palavra doeu, mas eu já havia ouvido comentários muito mais mordazes do Duque Teerman para mostrar até mesmo um lampejo de reação.

À minha frente, Kieran virou a cabeça na direção de Landell.

— Se você tiver alguma inteligência, você vai parar de falar. Agora.

— Deixe-o continuar — interveio Casteel. — Ele tem o direito de falar o que pensa. Assim como Elijah. Mas parece que Landell tem mais a dizer do que Elijah, e eu gostaria de ouvir.

Elijah apertou os lábios e emitiu um assobio baixo, arregalando os olhos conforme se recostava na cadeira, deixando o braço cair sobre o encosto da cadeira de Delano.

— Ei, às vezes, eu falo e rio fora de hora. Mas, seja lá o que for que você planeje ou queira, eu estou com você, Casteel.

— Você está falando sério? — Landell virou a cabeça na direção de Elijah enquanto se punha de pé. — Você concorda em desistir do Príncipe Malik? Você concorda que Casteel a leve para casa, para as nossas terras, e se case com ela, fazendo dela uma Princesa? Uma honra que deveria unir o nosso povo e não dividi-lo?

Casteel se remexeu ligeiramente, deslizando as mãos dos braços da cadeira.

— Como acabei de dizer, eu estou com Casteel. — Elijah ergueu o olhar para Landell. — Sempre, não importa o que ele escolha. E, se ele a escolher, então todos nós a escolheremos.

Aquilo era... era totalmente ridículo, toda a discussão. Não importava. E eu não me importava com o motivo pelo qual o povo de Atlântia precisava ser unido, Casteel e eu não iríamos nos casar. No entanto, não tive uma oportunidade para comentar isso.

— Eu não a escolho. *Jamais* vou escolhê-la — jurou Landell, a pele do seu rosto afinando e escurecendo enquanto ele examinava aqueles que estavam sentados ao seu redor. Lupino. Eu me dei conta de que ele era um lupino. Segurei a faca com firmeza e me retesei. — Todos vocês sabem disso. Os lupinos não vão aceitá-la. Não importa se ela tem sangue Atlante ou não. O povo de Atlântia também não vai recebê-la bem. Ela é uma estranha criada e cuidada por aqueles que nos forçaram a voltar para uma terra que está rapidamente se tornando pequena demais e inútil. — Ele baixou os olhos sobre a mesa, olhando para Casteel. — Ela nem mesmo o aceitou, e devemos acreditar que ela vai se vincular a você?

Vínculo? Olhei de relance para Kieran e então para Casteel. Eu sabia que alguns lupinos eram vinculados a Atlantes de uma determinada classe, e não era preciso nenhum salto de lógica para presumir que, como Príncipe, Casteel pertencia a essa classe. Os dois pareciam ser os mais próximos de todos os outros com quem eu tinha visto Casteel interagir, mas eu não sabia a respeito de nenhum outro tipo de vínculo.

No entanto, mais uma vez, aquilo era irrelevante, já que não iríamos nos casar.

— Devemos acreditar que ela é digna de ser a nossa Princesa quando nega você descaradamente diante do seu povo e cheira a Ascendidos?

— exigiu saber Landell. Franzi o nariz. Eu não cheirava a... Ascendidos. Cheirava? — Quando ela se recusa a escolher você?

— O que importa é que eu a escolho — disse Casteel, e o meu coração *idiota* deu um pulo dentro do peito, embora eu não o tivesse escolhido. — E isso é tudo o que importa.

O lupino repuxou os lábios, e eu arregalei os olhos ao ver os seus caninos se alongando.

— Faça isso e será a ruína do nosso reino — rosnou ele. — Eu não vou escolher essa vadia cheia de cicatrizes.

Estremeci.

Eu realmente *estremeci*, com as bochechas ardendo como se tivesse levado um tapa na cara. Ergui os dedos e toquei a pele irregular da minha bochecha antes de me dar conta do que estava fazendo.

Landell abaixou a mão até o quadril.

— Prefiro matá-la a ficar parado e permitir que isso aconteça.

Poucos segundos se passaram depois que aquelas palavras saíram da boca de Landell e antes que uma agitação frenética do ar levantasse mechas de cabelo das minhas têmporas.

A cadeira de Casteel estava vazia.

Um grito, e então algo pesado tilintou de um prato. Uma cadeira tombou e Landell... não estava mais de pé ao lado da mesa. O prato dele não estava mais vazio. Havia uma adaga estreita ali, feita para ser atirada. Meus olhos arregalados seguiram o borrão que era Casteel conforme ele prendia Landell contra a parede, com o antebraço pressionado na garganta do lupino.

Bons Deuses, ser capaz de se mover tão rápido e tão silenciosamente...

— Eu só quero que você saiba que não estou nem mesmo particularmente irritado por você questionar o que pretendo fazer. O modo como você falou comigo não me incomoda. Não sou inseguro para me preocupar com a opinião de homens inferiores. — O rosto de Casteel estava a meros centímetros do lupino de olhos arregalados. — Se fosse só isso, eu teria deixado para lá. Se tivesse parado depois da primeira vez que se referiu a ela, eu teria deixado que você saísse daqui apenas com o seu ego exageradamente inflado. Mas então você a insultou. Você a fez estremecer e depois a ameaçou. Eu não vou me esquecer disso.

— Eu... — Seja lá o que for que Landell estava prestes a dizer terminou em um gorgolejo quando Casteel empurrou o braço direito para a frente.

— E não serei capaz de perdoar você. — Casteel puxou o braço para trás, jogando algo no chão. O objeto caiu com um ruído.

Entreabri os lábios pouco a pouco quando percebi o que era a massa vermelha e protuberante. Ah, meus Deuses. Um coração. Era um coração de verdade.

Casteel soltou o lupino e deu um passo para trás, observando Landell deslizar pela parede, com a cabeça jogada para o lado. Ele se virou para a mesa, com a mão direita manchada de sangue e entranhas.

— Alguém mais tem algo que gostaria de compartilhar?

Capítulo 2

O salão de banquetes tornou-se um coro de homens em negação, mas nenhum deles sequer se encolheu na cadeira. Alguns estavam até mesmo rindo enquanto eu... Enquanto eu encarava o vermelho que escorria pelos dedos de Casteel e pingava no chão.

Ele se inclinou para a frente e pegou o guardanapo de Landell. Caminhou de volta até a sua cadeira e limpou a mão distraidamente.

Eu o observei se sentar, com o coração acelerado dentro do peito conforme ele se virava para mim com o olhar protegido por uma camada de cílios volumosos.

— Você deve achar que foi um exagero — disse ele, soltando no prato o guardanapo amassado e manchado de sangue. — Não foi. Ninguém fala de você ou com você assim e continua vivo.

Eu o encarei.

Ele se recostou na cadeira.

— Pelo menos, eu dei a ele uma morte rápida. Há uma certa dignidade nisso.

Eu não fazia a menor ideia do que dizer.

Não fazia a menor ideia do que sentir. Tudo o que eu conseguia pensar era: "Ah, meus Deuses, ele arrancou o coração de um lupino do peito com a *própria* mão."

Os homens que estavam perto da porta estavam pegando Landell quando um dos homens sentados à mesa perguntou:

— Então, quando é o casamento?

Risos saudaram a pergunta, e havia o vislumbre de um sorriso nos lábios de Casteel quando ele se inclinou na minha direção.

— Não há nenhum lado seu que não seja tão bonito quanto a outra metade. Nem sequer um centímetro que não seja deslumbrante. — Ele

ergueu os cílios, e a intensidade no seu olhar prendeu a minha atenção.
— Isso era verdade na primeira vez em que eu disse a você, ainda é verdade hoje e será amanhã.

Entreabri os lábios e puxei o ar com força. Quase levei a mão até o rosto outra vez, mas me contive. De alguma forma, no processo de me acostumar a ser vista sem o véu de Donzela, eu tinha me esquecido das minhas cicatrizes — algo que jamais pensei ser possível. Eu não tinha vergonha delas há anos. Eram a prova da minha força, do terrível ataque ao qual sobrevivi. Mas, quando mostrei o rosto na frente de Casteel pela primeira vez, temi que ele concordasse com o que o Duque Teerman sempre dizia. O que eu sabia que a maioria das pessoas pensava quando me via sem o véu ou olhava para mim agora.

Que metade do meu rosto era uma obra-prima enquanto a outra era um pesadelo.

Mas, quando Hawke — *Casteel* — viu a faixa de pele rosa-claro e irregular que começava abaixo do meu couro cabeludo e cortava a têmpora, terminando no meu nariz, e a outra que era mais curta e mais alta, atravessando a minha testa até a sobrancelha, ele tinha dito que ambas as metades eram tão bonitas como o todo.

Naquele momento, eu acreditei nele. E me senti bonita pela primeira vez na minha vida, algo que também havia sido proibido para mim.

E que os Deuses me ajudassem, mas eu ainda acreditava nele.

— O que ele disse foi mais que um insulto. Foi uma ameaça que não vou tolerar — concluiu Casteel, se recostando enquanto pegava o cálice com a mesma mão que havia arrancado um coração do peito fazia poucos minutos.

Olhei para a adaga ainda no prato de Landell. O que o lupino teria tentado fazer com aquela adaga não deveria ser um choque para mim. Não é como se eu não soubesse que muitos dos presentes à mesa prefeririam me ver cortada em pedacinhos. Eu sabia que não estava segura ali, mas todos eles tinham visto o saguão lá fora. Tinham que saber o que aconteceria se desobedecessem a Casteel.

Alguma parte inconsciente de mim ainda subestimava o ódio deles por qualquer coisa que os fizesse se lembrar dos Ascendidos. E era o que eu significava, mesmo que não tivesse feito nada contra eles além de me defender.

A conversa recomeçou em volta da mesa. Discussões tranquilas. Outras mais entusiasmadas. Risadas. Era como se nada tivesse acontecido, e aquilo me abalou. Mas o que me deixou completamente perturbada foi o que eu não podia admitir nem para mim mesma.

Kieran pigarreou.

— Você gostaria de voltar para o seu quarto, Penellaphe?

Arrancada dos meus pensamentos, demorei um instante para responder.

— Você quer dizer a minha cela?

— É muito mais confortável e nem de longe tão frio quanto a masmorra — respondeu ele.

— Uma cela é uma cela, não importa o quanto seja confortável — eu disse a ele.

— Estou quase certo de que já tivemos essa conversa antes — comentou Casteel.

Voltei o olhar para Casteel.

— *Tenho* quase certeza de que não me importo.

— Também tenho certeza de que chegamos à conclusão de que você nunca foi livre, Princesa — acrescentou Casteel. A verdade daquelas palavras ainda era tão brutal como quando foram ditas pela primeira vez. — Acho que você sequer reconheceria a liberdade se ela fosse oferecida a você.

— Sei o suficiente para reconhecer que não é o que você está me oferecendo — retruquei, com a fúria retornando em uma onda quente e bem-vinda, aquecendo a minha pele fria.

Um leve sorriso surgiu na boca de Casteel, embora não fosse aquele seu sorriso calculista de lábios cerrados. Minha raiva deu lugar à confusão. Será que ele estava me provocando de propósito?

Bastante inquieta, me concentrei no lupino.

— Eu gostaria de voltar para minha cela mais confortável e nem de longe tão fria. Presumo que não tenho permissão para ir até lá sozinha?

Kieran franziu os lábios, mas a sua expressão se suavizou rapidamente, provando que ele tinha o bom senso de não sorrir nem de rir.

— Você presumiu corretamente.

Sem esperar que Sua Alteza me desse permissão, empurrei a cadeira para trás. As pernas rangeram no chão de pedra. Suspirei sem emitir nenhum som. Meus movimentos não foram tão dignos quanto eu desejava, mas mantive a cabeça erguida quando comecei a me virar.

Um dos homens que estava na porta e havia retirado o cadáver de Landell atravessou o salão de banquetes e caminhou até o Príncipe. Ele se abaixou e sussurrou alguma coisa no ouvido de Casteel enquanto Kieran se punha de pé. Sem esperar por Kieran nem olhar para a mancha de sangue na parede, dei um passo.

De repente, Casteel estava ao meu lado, com a mão no meu braço. Não tendo ouvido ele se levantar, reprimi um suspiro de surpresa e tentei me desvencilhar enquanto o homem que havia falado com Casteel se afastava.

— Não vá ainda — sussurrou Casteel, segurando o meu braço. Algo no seu tom de voz me deteve. Olhei para ele. — Estamos prestes a receber uma visita. Brigue comigo o quanto quiser mais tarde. Provavelmente vou gostar. Mas não brigue comigo na frente dele.

Nós nos entreolhamos enquanto eu sentia um nó no estômago. Mais uma vez, o tom de voz dele provocou uma inquietação em mim conforme eu olhava para a porta. Quem será que vinha? O pai dele? O Rei?

Casteel mudou de posição de modo a ficar parcialmente na minha frente enquanto um grupo de homens tomava a soleira da porta. O homem de cabelos cor de areia, alto e de ombros largos, que caminhava no centro, chamou a minha atenção. Soube imediatamente que era dele de quem Casteel havia falado.

O homem, os cabelos loiros e luxuriantes roçando um queixo quadrado e duro, parecia ser muito mais velho que Casteel. Se fosse mortal, o que duvidava muito, eu diria que ele estava à beira da meia-idade. Não achei que aquele homem fosse o pai de Casteel. Não se parecia em nada com ele, mas supus que isso não queria dizer muita coisa.

Ele caminhou na nossa direção. A capa pesada que ele usava, salpicada de neve derretida, se abriu, revelando uma túnica preta com duas linhas douradas sobrepostas sobre o peito. Quando ele se aproximou, eu me esforcei para não ofegar. Não por causa dos olhos azul-claros que eu associava aos lupinos. Mas por causa do sulco profundo no meio da testa dele, como se alguém tivesse tentado abrir a sua cabeça. Eu, dentre todas as pessoas, sabia que não deveria ficar surpresa com uma cicatriz.

A vergonha subiu pela minha garganta conforme eu desviava o olhar. Não que a lesão fosse feia. O homem era bonito de uma forma robusta que me fazia lembrar de um leão. Era apenas o choque de ver alguém, muito provavelmente um lupino, com uma cicatriz. Vagamente, percebi que Kieran tinha se aproximado e parado atrás de mim.

— O que está acontecendo aqui, em nome dos Deuses? — exigiu saber o homem.

Perdi o fôlego quando olhei de volta para ele. A sua voz... me parecia tão familiar.

— Ou será que eu quero saber? — continuou ele, arqueando as sobrancelhas quando viu o sangue na parede. Os homens que viajavam com ele se juntaram aos que estavam à mesa, exceto por um. Ele era mais baixo que Casteel e mais compacto. Seus cabelos eram um emaranhado volumoso de ondas castanho-avermelhadas e seus olhos tinham um brilho dourado como os de Casteel. Ele permaneceu ao lado do homem, e o seu olhar parecia rastrear cada ínfimo movimento meu.

— Eu só estava redecorando o ambiente — respondeu Casteel, e o lupino riu enquanto os dois homens apertavam as mãos.

Senti outro aperto no peito, uma pontada no coração. A risada dele... era rouca e áspera como se a sua garganta não soubesse muito bem o que fazer com a emoção. Assim como a de Vikter. Meu coração ficou apertado. Era por isso que a voz e a risada dele me pareciam tão familiares.

— Não esperava que você chegasse aqui tão cedo, Alastir — disse Casteel.

— Nós cavalgamos muito para evitar a tempestade que vem nessa direção. — Alastir olhou do Príncipe para mim. A curiosidade estava estampada no rosto dele, mas não o rubor da raiva nem a frieza do desgosto. — Então é ela.

— É, sim.

Cada músculo do meu corpo se retesou quando Alastir baixou o olhar. Ele inclinou a cabeça, e eu levei um momento para perceber que ele estava olhando para o meu pescoço...

A maldita mordida!

Minha trança havia escorregado por cima do ombro, expondo a minha garganta.

A pele ao redor da boca de Alastir se esticou quando ele olhou de volta para Casteel.

— Pressinto que algumas coisas aconteceram desde a última vez que conversamos.

Será que Alastir se encontrou com o pai de Casteel quando ele saiu de Novo Paraíso para falar com ele? Se esse fosse o caso, onde estava o Rei?

— Muitas coisas mudaram — respondeu Casteel. — Incluindo o meu relacionamento com Penellaphe.

— Penellaphe? — repetiu Alastir, surpreso, com uma sobrancelha arqueada. — Você recebeu o nome da Deusa da Sabedoria, da Lealdade e do Dever?

Já que eu não podia só ficar ali parada ignorando-o, assenti.

Um leve sorriso surgiu nos lábios dele.

— Imagino que seja um nome apropriado para a Donzela.

— Você não pensaria isso se a conhecesse — respondeu Casteel, e eu apertei os lábios com força para não retrucar.

— Então mal posso esperar para conhecê-la. — O sorriso de Alastir ficou ainda mais tenso.

— Você terá que esperar um pouco mais. — Casteel olhou para trás. Seus olhos encontraram os meus por um breve instante, o suficiente para que eu soubesse que ele queria que eu não desafiasse o que ele estava perto de dizer. — Penellaphe estava prestes se recolher.

Kieran se aproximou e colocou a mão na minha lombar para me impulsionar para a frente. Reprimi o ímpeto de recusar, tendo o bom senso suficiente para perceber que Casteel não queria que eu ficasse perto daquele homem e que deveria haver um bom motivo para isso.

Dei um passo em frente, com plena consciência dos olhares que me seguiam. Eu havia chegado à metade do caminho até a porta quando ouvi Alastir perguntar:

— É sensato permitir que a Donzela vagueie livremente?

Eu me detive.

— Continue andando — disse Kieran baixinho. Apertei na palma da mão o cabo da faca que roubei.

— Não seria sensato recusar que ela fizesse isso — respondeu Casteel com uma risada, e eu fiz o que pude para não atirar a lâmina nele.

Kieran me acompanhou enquanto passávamos pelos homens que voltaram a ficar de sentinela ao lado das grandes portas de madeira. Avancei, me dizendo que não olhasse para cima, mas ergui os olhos mesmo assim quando passei pelo corpo empalado do sr. Tulis.

A pressão apertou o meu peito. Ele e a esposa haviam procurado o Duque e a Duquesa Teerman, implorando para ficar com o terceiro filho, o único filho restante, que era *destinado* a servir aos Deuses durante o Ritual. Eu havia sentido a sua dor e desespero profundos e teria sido afetada mesmo sem o meu dom. Pretendia pleitear o caso deles com a Rainha. Fazer alguma coisa, apesar de não poder ter êxito.

Mas eles escaparam. A família inteira — ele, a esposa e o filho recém-nascido — teve a chance de uma vida nova. E ele aproveitou a oportunidade para desferir o que teria sido o ferimento que me matou se não fosse por Casteel.

Eu tinha vontade de gritar. De berrar *por quê?* enquanto olhava para o rosto pálido e o sangue seco que manchava o seu peito. Por que ele fez essa escolha? Jogou tudo fora por uma breve sensação de vingança. Contra mim, que não tinha feito nada para ele nem para a sua família. Nada disso importava, no final das contas. E agora o filho dele iria crescer sem um pai.

Mas, pelo menos, ele continuaria vivo. Se tivesse sido entregue durante o Ritual, ele enfrentaria um futuro pior que a morte. Eu não fazia a menor ideia de quanto tempo os terceiros filhos e filhas sobreviviam dentro daqueles Templos. Será que eram... usados como alimento imediatamente, mesmo quando bebês? Crianças pequenas? Os terceiros filhos e filhas eram entregues anualmente enquanto os segundos filhos e filhas eram entregues à Corte entre as idades de treze e dezoito anos. Eles continuavam vivos — bem, a maioria deles. Alguns morriam na Corte devido a uma doença do sangue que os levava durante a noite. Casteel havia me dito que os vampiros tinham dificuldade de controlar a sede de sangue, e agora eu duvidava que existisse mesmo uma doença. Em vez disso, era como o que tinha acontecido com Malessa Axton, que foi encontrada com uma mordida na garganta e o pescoço quebrado. Aquilo nunca foi confirmado, mas eu sabia que o Lorde Mazeen, um Ascendido, a havia matado e deixado o seu corpo ali, à mostra, para que qualquer um a encontrasse.

Pelo menos, o Lorde Mazeen não vai machucar mais ninguém, disse a mim mesma enquanto uma onda selvagem de satisfação fluía por mim. Eu me lembrei do olhar de choque estampado no rosto dele quando cortei a sua mão. Nunca pensei que ficaria feliz em matar qualquer coisa que não fosse um Voraz, mas o Lorde Mazeen provou que isso era uma mentira.

Aquela alegria feroz desapareceu quando voltei a pensar nas crianças. Como alguém, mortal ou não, poderia machucar crianças assim? E eles vinham fazendo isso há anos — centenas de anos.

Percebi que tinha parado e recomecei a andar. Com o peito pesado, nem me dei ao trabalho de olhar para Jericho. Soube que ele ainda estava vivo pelos gemidos patéticos que vinham dele.

Eu acreditava que todos mereciam uma morte digna, até mesmo ele, mas não sentia nem um pingo de empatia pelo que ele tinha causado a si próprio.

E quanto a Landell? Eu sentia pena dele? Não exatamente. O que isso dizia sobre mim?

Eu não queria pensar nisso, de modo que perguntei:

— Quem era aquele homem?

— O nome dele é Alastir Davenwell. Ele é o conselheiro do Rei e da Rainha. Um amigo íntimo da família. É como um tio para Casteel e Malik — respondeu Kieran, e eu estremeci de leve ao ouvir a menção do irmão de Casteel.

— É por isso que Casteel não queria que eu ficasse perto dele? Porque Alastir é o conselheiro de seus pais? Ou por que ele também vai querer me cortar em pedacinhos?

— Alastir não é um homem propenso à violência, apesar da cicatriz que exibe. E, embora saiba qual é o seu lugar com o Príncipe, ele é leal à Rainha e ao Rei. Há coisas que Casteel não gostaria de revelar aos dois.

— Tipo essa ideia ridícula de casamento?

— Algo do tipo. — Kieran mudou de assunto quando viramos a esquina e entramos no saguão, onde o ar estava livre do fedor da morte. — Você sente pena do mortal? Aquele que Cas ajudou a escapar dos Ascendidos junto com a família?

Cas.

Deuses, aquele parecia um apelido inofensivo demais para um homem tão perigoso.

Olhei de relance para Kieran quando entramos na escada estreita, notando que ele estava sem a espada curta e o arco assim que passou na minha frente. Mas ele estava longe de ser indefeso, levando em consideração o que era. Eu nem me dei ao trabalho de tentar fugir. Sabia que não conseguiria escapar por mais que alguns passos. Os lupinos eram incrivelmente rápidos.

Kieran parou sem aviso, girando o corpo tão repentinamente que recuei, batendo contra a parede. Ele deu um passo na minha direção e abaixou a cabeça para mim. Cada músculo do meu corpo se retesou enquanto ele inspirava profundamente.

Ele estava...?

Ele abaixou a cabeça, roçando a ponte do nariz na minha têmpora. Então inspirou outra vez.

— O que você está fazendo? — Eu me esquivei para o lado, criando uma distância entre nós. — Você está me *cheirando*?

Ele se empertigou e estreitou os olhos.

— Você... está com um cheiro diferente.

Arqueei as sobrancelhas.

— Então, não sei como responder a isso.

Ele não pareceu me ouvir conforme seus olhos reluziam.

— Você está com o cheiro ...

— Se você disser que eu estou com o cheiro do Casteel de novo, vou dar um soco na sua cara — prometi. — Com força.

— Você está com o cheiro dele, mas não é isso. — Ele sacudiu a cabeça. — Você está com o cheiro de morte.

— Uau. Obrigada. Mas, se eu estou com o cheiro disso, não é minha culpa.

— Você não está entendendo. — Kieran me olhou por mais um instante e então se virou, começando a subir as escadas de novo.

Não. Eu não entendia nem queria entender.

Cheirei a manga da minha túnica. Tinha cheiro de... carne assada.

— Mais cedo, você disse que não sentia empatia por nenhum deles — afirmou ele enquanto eu o seguia.

— Isso não mudou — disse. — Eles queriam me ver morta. — Saímos da escada e entramos na passarela coberta. O ar úmido e frio nos saudou. — Mas não posso deixar de sentir pena do sr. Tulis.

— Não deveria.

— Bem, mas eu sinto. — Tremendo, abaixei o queixo contra a rajada de vento forte. — Ele teve uma segunda chance. E a jogou fora. Sinto pena dessa escolha e da esposa e do filho. E acho que lamento pelas famílias dos homens que estão naquela parede.

Kieran caminhou ao meu lado, absorvendo o impacto do vento.

— A pena pelas famílias é justificada.

Parei, surpresa, mas não disse nada.

— O que foi?

— Nada — murmurei.

Ele deu uma risada suave.

— Você acha que eu não sou capaz de ter compaixão?

Olhei para o pátio lá embaixo. Uma fina camada de neve brilhava intensamente ao luar. Adiante, eu não via nada além da escuridão densa da floresta invasora. Era estranho não ver uma Colina, as muralhas geralmente montanhosas construídas a partir de calcário e ferro extraídos dos Picos Elísios. A pacata cidade de Novo Paraíso tinha uma muralha, mas era muito menor que aquela a que eu estava acostumada na Masadônia e na Carsodônia.

— Eu não sei do que você é capaz ou não — admiti, tocando a madeira fria do corrimão enquanto o vento aumentava, levantando as mechas mais curtas dos cabelos que tinham escapado da minha trança. — Não sei quase nada a respeito dos lupinos.

— Meu lado animal não anula o meu mortal — respondeu ele. — Eu não sou incapaz de sentir emoções.

Olhei de volta para ele.

— Não foi isso o que eu quis dizer. Eu só... — Parei de falar. O que foi que eu quis dizer? — Acho que foi isso o que eu *quis* dizer, *sim*. Desculpe.

— Não precisa se desculpar. Não é como se você tivesse conhecido muitos lupinos — argumentou ele.

— Sim, mas isso não é desculpa. — Segurei o corrimão com uma das mãos. — Há muitas pessoas diferentes de vários lugares que não conheci e não sei nada a respeito. Não quer dizer que seja certo fazer suposições.

— Isso é verdade — respondeu ele, e eu quase me encolhi. Quantas vezes eu havia feito suposições a respeito do povo Atlante? Dos Descendidos? Os preconceitos eram ensinados e aprendidos. Talvez não fosse minha culpa, mas também não era aceitável.

Só que ninguém naquela mesa sequer se remexeu na cadeira quando Casteel matou Landell. O que isso dizia sobre eles?

— O que aconteceu hoje à noite é comum?

— Qual parte? O pedido de casamento ou a cirurgia de peito aberto?

Lancei para Kieran um olhar sombrio.

— Landell.

Ele me estudou por um momento e então voltou o olhar para o pátio e as árvores.

— Não muito. Mesmo que você ainda não veja isso ou não queira, Cas não é um tirano assassino. Para falar a verdade, é raro que alguém o questione. Não porque o que ele faz ou deixa de fazer é sempre razoável, mas porque ele não tem nenhum problema em sujar as mãos de sangue para afirmar a sua autoridade para conseguir o que quer ou para manter em segurança aqueles com quem se importa.

Havia um certo alívio em saber que Casteel não arrancava corações do peito com frequência. Era uma coisa boa... eu acho. Embora não ousasse acreditar que eu entrasse na categoria daqueles com quem ele se importava. Eu era alguém de quem ele precisava.

— O que Cas fez não teve nada a ver com o questionamento de Landell. — Kieran virou o corpo na minha direção. — Não foi tão simples quanto Landell ser incapaz de entender como ou por que o Príncipe escolheu você. Nem teve nada a ver com ele desafiar Cas. Atlantes e lupinos fazem qualquer coisa para defender a sua terra, e ficou claro que Landell via você como uma ameaça ao reino — Kieran me disse, e fiquei imaginando o que eu tinha a ver com a preocupação de Landell sobre o seu território se tornar pequeno e inútil. — Cas agiu corretamente. Se ele não tivesse feito aquilo, Landell teria atirado aquela adaga. Outros vão querer fazer a mesma coisa.

O pavor se espalhou pelos meus ossos.

— Quer dizer que Landell foi outro aviso? Quantos avisos serão necessários?

— Tantos quantos forem precisos.

— E isso não o incomoda? Alguns deles são seus amigos, não?

— Se alguém é idiota o suficiente para insultar e ameaçar você na frente de Cas, é bem provável que eu não seja próximo dessa pessoa para início de conversa.

Eu quase ri, mas nada daquilo era engraçado.

— Todo mundo parece tão cheio de emoção em um instante e absolutamente apático no seguinte.

— Você não tentou sentir as minhas emoções para saber o que estou pensando? — perguntou Kieran, dizendo outra coisa inesperada. Olhei de volta para ele.

Então me lembrei de que Kieran estava presente quando usei o meu dom para aliviar a dor de um guarda moribundo. Ainda assim, era bizarro discutir aquilo com alguém depois de passar tanto tempo sendo forçada a esconder as minhas habilidades e nunca falar a respeito delas.

— Cas me disse que você só era capaz de sentir e aliviar a dor. Mas que isso mudou.

Assenti.

— Mudou, há pouco tempo. Não sei por quê. Perguntei à Duquesa sobre isso porque pensei que talvez a primeira Donzela fosse capaz de fazer a mesma coisa. — A tensão subiu pelo meu pescoço. A Duquesa Teerman havia me dito que o dom da primeira Donzela evoluíra de sentir dor para ler emoções, e que essa evolução aconteceu porque ela estava perto da Ascensão — assim como eu. Para falar a verdade, pouco se sabia a respeito da primeira Donzela. Nem mesmo o nome dela ou a época em que viveu. No entanto, a Duquesa insinuou que o Senhor das Trevas havia matado a primeira Donzela.

Casteel.

Tremi e achei que não tivesse nada a ver com o frio.

— Eu não tentei ler as suas emoções. Tento não fazer isso, pois me parece uma invasão.

— Talvez seja uma violação de privacidade — concordou ele. — Mas também lhe daria uma vantagem ao lidar com as pessoas.

É verdade.

— Você acha que ele contou para os outros? — perguntei.

— Cas? Não. Quanto menos os outros souberem sobre você, melhor — respondeu ele, e arqueei as sobrancelhas. — Não sei de nenhum Atlante vivo capaz de vivenciar o que os outros sentem.

— O que isso significa?

— Eu ainda não sei muito bem. — Ele começou a andar. — Você vem? Ou quer ficar aqui e tornar-se um cubo de gelo?

Suspirando, me afastei do gradil e fui até onde ele estava na frente da porta.

Ele tirou uma chave do bolso.

— A sua habilidade seria especialmente útil ao lidar com Cas.

— Eu não tenho a menor intenção de lidar com ele.

Um sorrisinho surgiu no seu rosto enquanto abria a porta. Entrei no quarto, aquecido pelo calor da lareira.

— Mas ele tem toda a intenção de lidar com você.

Mantendo a faca de carne escondida sob a túnica, encarei Kieran.

— Você quer dizer que ele tem toda a intenção de me usar.

Ele inclinou a cabeça para o lado.

— Não foi isso o que eu disse, Penellaphe.

— Por que não? Você acha que ele realmente desistiu do irmão? Eu, não. Ele até mesmo me disse que eu sou a favorita da Rainha — disparei, as duas últimas palavras ácidas na minha língua. — Esse negócio de casamento deve fazer parte do plano para recuperar o irmão. Só não faço a menor ideia de por que ele simplesmente não confessou isso à mesa.

— Acho que nenhum dos dois sabe a verdade.

Minha postura enrijeceu.

— O que você quer dizer com isso?

Kieran me encarou. Ele ficou quieto por tanto tempo que o desconforto dentro de mim triplicou.

— Ele lhe contou a verdade sobre os Ascendidos, não foi?

Eu não sabia muito bem o que aquilo tinha a ver com o que ele havia dito, mas respondi.

— Os Ascendidos são... vampiros, e tudo o que me ensinaram.. tudo o que todo mundo no Reino de Solis acredita... é mentira. Os Deuses nunca abençoaram o Rei Jalara e a Rainha Ileana. Os Deuses não são nem...

— Não, os Deuses são reais. Eles são *nossos* Deuses e agora descansam — corrigiu ele. — Você sabe que os Ascendidos não são Abençoados. Eles são tão amaldiçoados quanto aqueles mordidos por um Voraz. Só que não se deterioram. Você sabe disso, mas será que compreende?

As palavras dele foram como um soco no meu peito.

— O meu irmão... — Parei de falar. Eu não precisava falar sobre Ian. — Compreendo.

— E acredita no que Cas contou a você sobre os Ascendidos?

Olhei para o fogo, sem responder. Por um lado, eu tinha visto a prova do que Casteel alegava — marcada na pele dele. Os Ascendidos mantiveram Casteel em cativeiro antes de levarem o seu irmão. Ele foi torturado, forçado a fazer e participar de coisas que eu sabia que eram terríveis com base nos poucos pequenos detalhes que ele compartilhou comigo. O que eu sentia quando pensava nisso era muito pesado e nocivo para ser chamado de nojo. E a dor no meu coração era apenas o começo, por saber que o irmão de Casteel havia sido capturado enquanto o libertava.

Eu podia até estar furiosa com Casteel.

Podia até mesmo odiá-lo.

Mas isso não significava que eu não tinha vontade de gritar por causa de toda a agonia que Casteel havia sofrido e que o irmão dele certamente estava sofrendo naquele exato momento.

Será que isso significava que todos os Ascendidos eram maus? Todos eles, incluindo o meu irmão? Eu acreditei quando vi uma prova. Mas Casteel... Eu não podia confiar em mais da metade das coisas que saíam da sua boca, e não era como se todos os Atlantes fossem completamente inocentes.

— Se você acredita nele, então por que está lutando para voltar para lá? — perguntou Kieran, e meu olhar voou para o dele. — Não é isso que você está fazendo ao recusar Cas?

— Recusar a me casar com ele não tem nada a ver com os Ascendidos e tudo a ver com ele — argumentei. — Ele mentiu para mim sobre *tudo*.

— Ele não mentiu sobre tudo.

— Como é que você sabe? — eu o desafiei. — Quer saber de uma coisa? Nem precisa responder. Não importa. O que importa é que ele planeja me usar como refém para as mesmas pessoas que fizeram aquelas coisas horríveis com ele e com inúmeras outras pessoas. Ele quer me entregar àquelas que provavelmente vão me usar como uma bolsa de sangue até que eu morra. E mesmo *que*, por algum acaso, esses planos tenham mudado, eles só mudaram porque ele percebeu que eu era parte Atlante. Como é que isso melhora as coisas? Por que eu me casaria com ele?

— Por que ele se casaria com alguém que planeja usar como refém? — perguntou ele.

— Exatamente! — Exasperada, apertei os lábios enquanto me concentrava na noite escura atrás de Kieran. — Eu nem sei por que estamos tendo essa conversa.

Ele ficou calado outra vez.

— Você o provoca como se não tivesse medo, mesmo depois de tudo o que viu?

— Eu deveria ter medo dele? — perguntei. Uma parte incrivelmente idiota de mim quase não queria saber a resposta. Confiei a Hawke os meus segredos, os meus desejos, o meu corpo, o meu coração, a minha... vida. Eu confiei nele *tudo*, e nada sobre ele era real. Nem mesmo o nome Hawke.

Fui atraída por ele e me apeguei a ele, e estava com medo de continuar me apaixonando, apesar da sua traição. Era *disso* que eu tinha medo.

— Ele fez coisas que algumas pessoas poderiam considerar imperdoáveis. Coisas que assombrariam o seu sono e a deixariam com pesadelos muito tempo depois de acordar. Ele pode até detestar ser chamado de Senhor das Trevas, mas fez por merecer esse nome. — Os olhos claros de Kieran encontraram os meus conforme um arrepio percorria a minha espinha. — Mas ele é a única coisa em todos os reinos que você, e somente você, nunca precisará temer.

Capítulo 3

Se Kieran havia dito aquilo para me tranquilizar, o efeito foi o contrário.

Andei de um lado para o outro na frente da janela estreita e pequena demais para servir de fuga e encarei a porta. Estava trancada por fora.

Como uma cela.

Fechei as mãos em punhos enquanto passava outra vez na frente da janela, minha inquietação se transformando em raiva. Não era o fato de Kieran ter dito que Casteel mereceu o título de Senhor das Trevas. Depois da frieza e eficiência com que Casteel matou Phillips, o guarda que viajou conosco da Masadônia, eu já sabia como ele ganhara aquele apelido. Vê-lo se livrar de Landell foi só mais uma prova de que Casteel era capaz de matar sem pensar duas vezes, mas...

Parei subitamente. Eu também era capaz de matar sem muita relutância. Não tinha provado isso com o Lorde Mazeen? Quando Jericho e os outros vieram atrás de mim, eu estava preparada para matar. Baixei o olhar para as minhas mãos. Também estavam cobertas de sangue, e eu não podia dizer que era apenas por legítima defesa. Lorde Mazeen mereceu o final que teve. O Ascendido sentia a mesma alegria perversa que o Duque quando chegava a hora das minhas *lições*, mas não me atacou quando me voltei contra ele. Ele insultou Vikter momentos depois que o meu guarda e amigo deu o seu último suspiro, e eu não senti nem um pingo de culpa pela maneira como lidei com aquilo. Mesmo se não fosse um vampiro, ele ainda era um monstro. Talvez esse fosse o motivo pelo qual eu não ficara chocada com o que Casteel fizera no saguão.

E isso devia significar que havia algo errado comigo. De qualquer forma, foi o que Kieran disse antes de fechar a porta que me deixou com raiva.

Que Casteel era a única pessoa que eu nunca precisaria temer.

Kieran não poderia estar mais errado.

Olhei para a cama e senti o estômago embrulhado como se eu estivesse à beira de um precipício. Eu quase podia nos ver dois ali, entrelaçados com os corpos unidos. Uma pulsação latejante percorreu o meu corpo quando toquei a marca da mordida no meu pescoço. Estremeci, e então procurei algum indício de repulsa ou mesmo de medo. Não encontrei nada.

Ele havia me mordido.

E a mordida doera, mas apenas no início, por alguns poucos segundos. Em seguida, parecia... parecia que eu estava sendo mergulhada em um calor líquido. Eu nunca havia sentido algo tão intenso na minha vida — nem sabia que algo assim era possível. Mas não foram os efeitos da mordida que levaram ao que tínhamos feito na floresta enquanto a neve caía ao nosso redor. Nossos corpos se uniram por causa da minha atração por ele. Porque o que eu sentia por ele era maior que a verdade sobre o que e quem ele era. Era isso que me levara a uma necessidade de compreender como ele havia chegado àquele ponto na vida e por que estava fazendo o que fazia naquele momento. Era o que alimentava o desejo de esquecer tudo, exceto a felicidade que sentia enquanto estava em seus braços — com os lábios dele tocando minha pele, e a paz e o companheirismo que sentia quando estávamos conversando.

Mas eu não estava segura com ele.

Mesmo que Casteel nunca levantasse a mão para mim, eu não poderia esquecer o que ele era. O que ele causou. A morte de Vikter poderia até não ter vindo pela ponta de sua espada, mas foi causada pelas lâminas afiadas dos seus seguidores. E quanto a Loren e a Dafina, as damas de companhia que morreram durante o ataque ao Ritual? Elas estavam ansiosas para Ascender, mas duvido que soubessem a verdade. Não mereciam morrer daquele jeito, assassinadas por Descendidos que provavelmente nem sabiam os seus nomes. Mais uma vez, a morte das duas não viera pela mão de Casteel, mas o ato foi realizado em seu nome. Como eu poderia perdoar-lhe por isso?

E o que me doía toda vez que pensava nele era que ele sabia o quanto eu desejava a liberdade. Ter a capacidade de simplesmente escolher alguma coisa — qualquer coisa — para mim mesma. Fosse algo tão simples como andar por onde me apetecesse, sem o véu, ou falar com quem quisesse. Ou algo tão importante quanto escolher com quem compartilhava o meu corpo. Ele sabia o que a liberdade significava e estava tentando tirá-la de mim. Meu coração ficou tão dolorosamente apertado que parecia que alguém havia enfiado uma adaga no meu peito.

O que ele poderia sentir por mim, se é que sentia alguma coisa?

Meu coração *doeu* profundamente, como se eu estivesse sofrendo por alguém que havia morrido. De certa forma, *era* assim. Eu lamentava a perda de Hawke, e não importava que ele ainda estivesse vivo. O Hawke em que passei a confiar, o homem com quem compartilhei os meus segredos, havia partido. No seu lugar estava o Príncipe Casteel Da'Neer, mas eu ainda me sentia atraída por ele. Ainda sentia aquele desejo, necessidade e...

Era por isso que ele era a pessoa mais perigosa de qualquer reino. Porque eu não duvidava que ele planejasse me usar para libertar o irmão, me devolvendo aos mesmos Ascendidos que o mantiveram em cativeiro por cinco décadas e que agora aprisionavam Malik.

A pressão apertou o meu peito quando comecei a andar de um lado para o outro de novo, voltando os pensamentos para a Rainha Ileana. A minha mãe e a Rainha eram amigas. Tanto que, quando a minha mãe escolheu o meu pai em vez da Ascensão, a Rainha permitiu. Aquilo era inédito. Ainda mais raro foi a maneira como a Rainha cuidou de mim depois do ataque dos Vorazes, como se eu fosse a sua filha. Ela trocou os meus curativos, ficou comigo quando os pesadelos do ataque vieram e me abraçou quando tudo o que eu queria era ser abraçada pela minha mãe e pelo meu pai. Ela foi a primeira a me ensinar a não ter vergonha das minhas cicatrizes quando os outros arfavam e sussurravam por trás das mãos enluvadas. Durante aqueles anos, antes que eu fosse enviada para Masadônia, a Rainha se tornou muito mais que uma cuidadora.

E, de acordo com Casteel, foi ela quem o marcou com o Brasão Real.

Eu me lembrava com clareza dela segurando a minha mão enquanto passeávamos pelo Jardim Real sob o céu estrelado. Sua paciência e bondade pareciam intermináveis, ainda assim, a mesma mão que segurou a minha cortou a pele de Casteel. Se o que Casteel dissera fosse verdade, a mesma voz suave que me contou histórias sobre a minha mãe quando ela só era uma garotinha, correndo pelas mesmas trilhas em que nós caminhávamos, também alimentou um reino inteiro com mentiras sangrentas. Se Casteel estivesse falando a verdade, a Rainha usava o medo que as pessoas tinham das criaturas que ela e os outros como ela haviam criado para controlar os mortais.

E, se isso tudo fosse verdade, então será que a Rainha sabia o tempo todo que eu era meio Atlante?

Deuses, aquilo era difícil demais para digerir. Mas e quanto a Ian? Como ele poderia ter Ascendido? Casteel me disse que Ian só era visto durante a noite e que acreditava que ele *tivesse* Ascendido. Será que era como alguém sugeriu no jantar? Será que Ian era o meu meio-irmão? Eu achava difícil acreditar que um dos meus pais tivesse um filho com outra pessoa. O amor deles era... bem, era o tipo de amor que as pessoas esperavam encontrar na vida.

Ou eu poderia estar sendo ingênua. Porque se Ian não era filho deles, então onde eles o pegaram? Na beira da estrada ou algo do tipo?

Provavelmente, Casteel acharia que eu estava sendo uma tola.

Não que eu me importasse com o que ele achava. O que a Rainha sabia e se Ian era ou não o meu meio-irmão não eram relevantes. Voltei o olhar até a porta.

Eu tinha que fugir.

Mesmo com o aviso que Casteel havia deixado dependurado no saguão, era evidente que o seu povo ainda me considerava como a representante dos Ascendidos. Eu não achava que Landell tivesse mentido quando falou que a minha ancestralidade não importaria para o povo Atlante. Duvidava muito que os recém-chegados fossem desejar algo diferente dos outros. Parecia que Alastir acreditava que eu deveria estar em uma cela em vez de perambulando por aí.

Como se eu tivesse permissão para fazer isso.

E depois que ele me levasse para a Atlântia, se era isso o que Casteel realmente planejava fazer, eu ficaria cercada por eles e em uma posição ainda mais arriscada.

Uma pontada de animação surgiu em mim quando pensei em Atlântia. Eu não podia deixar de querer ver o reino. Muito provavelmente porque eu quase não tinha visto nada na minha vida. Mas ser capaz de ver um lugar que supostamente não existia? Isso era algo que poucas pessoas seriam capazes de fazer.

Suspirei e deixei aqueles sentimentos e pensamentos de lado. Não haveria escapatória se Casteel conseguisse me levar para a Atlântia.

Kieran estava errado ao presumir que eu estava brigando com Casteel para voltar para os Ascendidos. Eu estava brigando com ele para voltar para o meu irmão.

Eu tinha que chegar até Ian, mas nos meus próprios termos. Se conseguisse continuar viva para que Casteel me usasse como moeda de troca, eu passaria de uma gaiola para outra. Aquela só poderia ser a minha última opção. De modo que precisava chegar a Ian do meu jeito.

E depois?

Sabia que não ficaria em segurança entre os Ascendidos, mas *havia* vilarejos e cidades longínquas em que eu poderia tentar construir algum tipo de vida para mim.

Lentamente, levei a mão até o rosto, encontrando a cicatriz mais comprida com os dedos. Seria difícil escondê-la, não é? Mas eu teria que tentar. Porque me recusava a esconder o meu rosto outra vez. Não poderia viver assim.

Mas aquela era uma ponte que eu não poderia nem começar a atravessar antes de descobrir como fugir, seguir caminho até a capital e encontrar Ian sem ser capturada ou morta.

Nós fugiríamos dos Ascendidos juntos. Pois, mesmo que Ian não fosse o meu irmão de sangue e tivesse passado pela Ascensão, ele não poderia ser como os outros. Eu me recusava a acreditar nisso. Era impossível que ele se alimentasse de inocentes e de *crianças*. Impossível que todos os Ascendidos fossem maus. Alguns deles pareciam bastante normais.

Mas, se não se alimentavam dos terceiros filhos e filhas entregues aos Deuses durante o Ritual, então como eles sobreviveriam? Eles precisavam de sangue. Se não, eles acabariam morrendo das feridas letais que haviam recebido antes da Ascensão. Ian era saudável como um cavalo, mas quase todo seu sangue teria que ter sido drenado antes que ele pudesse se alimentar de um Atlante para Ascender. Isso o teria matado, e *ainda* poderia matá-lo se ele não se alimentasse.

Eu queria ver com os meus próprios olhos no que Ian havia se transformado. Faria tudo o que pudesse para ajudá-lo. Mas e se ele tivesse se transformado em um monstro que atacava os outros? Crianças? E então? Senti um aperto no coração, mas respirei fundo e lentamente. Eu sabia o que teria que fazer.

Teria que terminar aquilo por ele, e *faria* isso. Pois Ian tinha uma alma gentil e bondosa — sempre teve. Ele era um sonhador, destinado a contar histórias pelo resto da vida. Não a se tornar um monstro. Era impossível que ele quisesse se transformar em algo tão mau. Acabar com aquele pesadelo para ele seria a coisa mais honrosa a ser feita.

Mesmo que matasse uma parte de mim.

Meus músculos ficaram prontos para a ação, e o quarto me pareceu três vezes menor que antes. Eu não podia ficar mais nem um minuto ali com aqueles pensamentos, sem poder fazer nada.

Eu não tinha certeza se conseguiria resistir a Casteel.

Se Casteel estivesse certo, acho que não sobreviveria à minha passagem por Atlântia.

Mas poderia encontrar o meu irmão.

— E não vou passar nem mais um maldito minuto nesse quarto — disse em voz alta, caminhando até a porta. Eu me inclinei contra ela, tentando ouvir algum som lá de fora. Sem escutar nada, bati com os nós dos dedos na madeira. — Kieran?

Silêncio.

Kieran não estava de guarda na porta. Ele deve ter pensado que eu estava recolhida em segurança no quarto. Não era como se eu pudesse arrombar a porta com um chute ou pular daquela janela idiota e inútil. Ele deve ter achado que não havia saída. E não havia, a menos que a pessoa tivesse um irmão mais velho que a ensinara a arrombar uma fechadura.

Meus lábios se curvaram em um sorriso quando me virei. Peguei a faca de carne da mesa e a levei até a porta. A lâmina era grossa perto do cabo, mas a ponta, fina o suficiente para caber na fechadura.

Ajoelhei-me e a coloquei no buraco da fechadura. Ian me ensinou como mexer a faca, aplicando pressão para a direita e depois para a esquerda, repetindo até ouvir um clique suave. Antes de pedir para ser transferida para a parte mais velha do Castelo Teerman, que continha a antiga entrada dos empregados, permitindo que eu entrasse e saísse sem ser vista, muitas vezes ficava trancada dentro dos meus aposentos enquanto Ian tinha permissão de sair para estudar, brincar ou fazer seja lá o que fosse. Ele nunca me contou como aprendeu a arrombar uma fechadura, mas passou várias tardes me ensinando.

Você tem que ser paciente, Poppy, dizia ele, se ajoelhando ao meu lado enquanto eu enfiava a faca no buraco da fechadura. E ria conforme pousava a mão sobre a minha. *É delicada. Não pode atacar a fechadura como se fosse um aríete.*

Sendo assim, fui paciente e delicada. Mexi a faca até ouvir o estalo suave da ponta encontrando o lugar certo. Segurei a maçaneta com a outra mão e dei um suspiro quando o mecanismo cedeu um pouco. Desejei que a minha mão se firmasse enquanto girava no sentido anti-horário.

A maçaneta girou e a porta se abriu. O ar frio entrou enquanto eu espiava lá fora, olhando para a passarela vazia.

Uma onda de euforia tomou conta de mim quando fechei a porta, examinando o quarto. A bolsa de couro já estava embalada com os parcos itens que tinha trazido comigo. Fui pegá-la, mas meu olhar se desviou para a camisola de flanela em cima da cama, que alguém deixou para mim. Peguei a peça de roupa da cama e comecei a enfiá-la dentro da bolsa quando vi a bainha de coxa ali em cima. Rapidamente, prendi a bainha no lugar e enfiei a faca dentro dela, respirando fundo através da pontada de dor que senti quando pensei na minha adaga de osso de lupino e pedra de sangue. Será que ela ainda estava no estábulo, perdida sob os montes de palha e feno?

Guardei a camisola na bolsa e passei a alça sobre a cabeça e ao redor do peito. Virei e peguei a pesada capa forrada de pele. Era cor marrom-escura e desbotada, escolhida quando saímos da Masadônia porque não chamava a atenção. Joguei-a sobre os ombros, com os dedos firmes enquanto fechava os botões ao longo da gola da capa, embora o meu coração martelasse dentro do peito. Vesti as luvas, desejando que houvesse suprimentos no quarto além do que eu pensava ser bebida alcoólica na mesa abaixo da janela. Mas eu já tinha ficado sem comer antes, geralmente quando o Duque Teerman ficava desapontado com algo que eu fazia ou deixava de fazer. Podia passar por isso de novo.

Eu não tinha um plano nem conhecia muito bem as áreas circundantes, mas sabia que viajar para o leste me levaria mais perto das

Montanhas Skotos. Supostamente, Atlântia ficava — e prosperava — depois dos picos cobertos de nuvens e dos vales encharcados de névoa. Se fosse pela cidade, eu poderia seguir a estrada de volta para a Masadônia, mas ela me levaria direto pela Floresta Sangrenta. Se fosse para o sudoeste, através da floresta, eu acabaria chegando... qual era mesmo a cidade? Franzi o nariz enquanto tentava me lembrar de um dos mapas que tinha visto no Ateneu da cidade. Era velho, com a tinta desbotada, mas havia uma ponte desenhada...

A Ponte Branca.

A cidade de Ponte Branca ficava ao sul, mas eu não fazia a menor ideia da distância a pé. Amaldiçoando a minha inexperiência com cavalos, segui em frente e abri a porta. Com a passarela ainda livre, saí, fechando a porta atrás de mim. Eu podia trancá-la por fora, mas o tempo que demoraria para fazer isso não valeria os segundos que alguém levaria para destrancar a porta.

Corri até a escada, grudando o corpo na parede. Parei diante da porta e tentei ouvir algum sinal de vida. Como não escutei nada, entrei e desci correndo os degraus, com uma sensação surreal de *déjà vu* quando cheguei ao patamar. Virei-me para a porta que dava lá para fora, assim como havia feito depois de apunhalar Casteel.

Eu realmente esperava que dessa vez o resultado fosse diferente conforme puxava o capuz da capa sobre a cabeça e estendia a mão até a porta, abrindo-a lentamente.

Uma fina camada de neve foi esmagada sob as minhas botas quando saí no pátio, um som minúsculo, mas que parecia um trovão para os meus ouvidos. Respirei fundo e me lembrei de todas as vezes que escapei para a Colina sem ser vista ou perambulei por todo o castelo e pela cidade sem ser pega nem uma vez — até Casteel.

Eu não pensaria nisso agora. Pensaria em como era boa em escapulir, bem debaixo do nariz de todos.

Eu podia fazer isso.

O meu hálito soprou em pequenas nuvens de vapor enquanto eu olhava para a direita, na direção do estábulo. Será que a adaga de lupino estava mesmo lá?

Será que eu era burra o suficiente para ir conferir?

Sim?

A adaga significava... bem, significava tudo para mim. Mas Ian era mais importante — a minha *liberdade* era mais importante. Ir até o estábulo era um risco muito grande. Haveria cavalariços lá, Descendidos e talvez até mesmo Atlantes ou lupinos.

Eu *não* era *tão* burra assim.

— Droga — murmurei e então me afastei da parede. Corri para as sombras, com a bainha da capa fluindo atrás de mim enquanto evitava as tochas acesas com o seu brilho amanteigado.

Eu nem percebi que havia chegado à floresta antes que o luar prateado se fragmentasse, deixando entrar luz suficiente para que eu não trombasse com alguma árvore. Não desacelerei. Corri mais rápido que nunca, mantendo o ritmo para ficar o mais longe possível do forte. Quando a minha bota ficou presa em uma raiz exposta, fazendo com que eu caísse com força e batesse os joelhos no chão congelado, me levantei e corri um pouco mais, superando a dor e o frio, com o ar úmido espetando as minhas bochechas. Corri até que a dor na lateral do meu corpo se transformou em uma pontada que me forçou a desacelerar. Naquele ponto, eu não fazia a menor ideia da distância que havia percorrido, mas as árvores eram mais esparsas e o solo coberto de neve estava intocado.

Arfei enquanto esfregava a lateral do corpo e então segui em frente. Não deveria ser mais que um dia de viagem entre Novo Paraíso e Ponte Branca. A pé? Um dia e meio, talvez dois se parasse para descansar. Assim que chegasse lá, eu poderia encontrar o próximo grupo de viagem para a capital. Talvez tivesse sorte. Talvez não houvesse uma longa espera. Mas e se houvesse? Eu teria que me virar, muito embora a minha maior preocupação fosse saber se Ponte Branca era tão controlada pelos Descendidos quanto Novo Paraíso. Se sim, eles saberiam quem eu era? Eu acho que não. Poucas pessoas sabiam que eu tinha cicatrizes. Mas se Casteel divulgasse essa informação, assim como os Ascendidos fariam quando não aparecêssemos no próximo posto avançado, eu seria reconhecida. Até onde eu sabia, nós não tínhamos planejado parar em Ponte Branca, mas os planos compartilhados com a Duquesa não eram verdadeiros. Mas será que eu poderia usar a minha identidade? Se conseguisse provar a qualquer um dos mortais ou possivelmente aos Ascendidos que era a Donzela, então eu tinha certeza de que poderia garantir a minha viagem até a capital, de onde poderia fugir assim que estivéssemos lá dentro. Seria arriscado, mas nada daquilo era seguro. Só os Deuses sabiam o que vivia naquela floresta. Com a minha sorte, provavelmente uma família rabugenta de ursos enormes e famintos. Eu nunca tinha visto um urso antes, de modo que seria uma visão e tanto antes que ele mordesse o meu rosto. Mas, pelo menos, eu duvidava...

O estalo de um galho me deteve enquanto eu passava por uma árvore caída. Olhei para baixo, mas não vi nada além de neve lisa e folhas de pinheiro espalhadas. Prendi a respiração, com a pele formigando enquanto me esforçava para ouvir algum barulho. O som de estalo veio novamente, dessa vez mais perto, provocando uma onda de cautela por todo o meu corpo.

Dei meia-volta, examinando as árvores e os galhos baixos, carregados de neve e gelo. Será que aquela foi a causa do som? Galhos se quebrando? Dei uma volta completa, de modo mais lento, com os olhos lacrimejando no ar frio. Virei a cabeça para a direita. Estreitei os olhos para as sombras densas e profundas onde o luar mal penetrava. Enfiei a mão nas dobras da capa e desembainhei a faca de carne. Eu realmente esperava que não fosse um urso. Não queria ter que matar um urso. Quase ri porque duvidava muito que a faca fosse capaz de enfrentar um urso. Meus músculos se retesaram conforme a sombra se afastava, saindo da escuridão. Dei um passo para trás quando vi o tamanho dele, quase tão alto quanto um homem, com o pelo fulvo salpicado de neve.

Meu coração desceu até a ponta dos meus pés congelados enquanto o lupino espreitava, com os músculos se contraindo e ondulando sob o pelo pesado.

Kieran.

— Droga — rosnei, sentindo o gosto da fúria no fundo da garganta.

Ele achatou as orelhas enquanto subia até a metade da árvore caída, rasgando o tronco com as garras das patas dianteiras. Abaixou o queixo, com aqueles olhos azul-claros alertas enquanto nos encarávamos. Ele estava esperando, muito provavelmente que eu saísse correndo, mas eu sabia que aquilo não acabaria bem para mim. A sensação de desesperança, de como aquilo era injusto, quase me fez cair de joelhos.

Mas eu mantive a minha posição.

Não ia desistir.

Apertei o cabo da faca na palma da minha mão enluvada enquanto o meu coração martelava contra as costelas.

— Não vou voltar para o forte — disse a Kieran. — Você vai ter que me forçar, e não vou facilitar as coisas para você. Eu vou lutar com você.

— Se você está atrás de uma luta... — veio uma voz que provocou um arrepio na minha espinha e depois por toda a minha pele. Virei a cabeça na direção do som. — Então você vai lutar comigo, Princesa.

Capítulo 4

Casteel, vestido de preto, era uma figura impressionante destacada em silhueta contra a neve conforme avançava.

Ele parou ao lado de Kieran, e vi que estava armado com duas espadas curtas, os punhos cor de bronze escuro e as lâminas de pedra de sangue em tom de rubi.

A faca que eu empunhava nunca me pareceu mais patética do que naquele momento.

— Suponho que terei de acrescentar arrombamento de fechaduras à lista cada vez maior dos seus atributos — disse Casteel. — Mas que talento mais inapropriado para uma Donzela ter. Por outro lado, eu não deveria ficar tão surpreso assim. Você tem muitos talentos inadequados, não é?

Eu não disse nada enquanto o meu coração martelava dentro do peito.

— Você achou mesmo que conseguiria fugir de mim? — perguntou Casteel suavemente.

A raiva era mais afiada que qualquer lâmina, muito mais bem-vinda que a desesperança.

— Eu quase fugi.

— Quase não quer dizer nada, Princesa. Você deveria saber disso.

Eu sabia, sim.

— Não vou voltar para aquele forte.

— Você prefere que eu a carregue? — sugeriu ele.

— Eu *preferiria* nunca mais ver a sua cara.

— Ora, nós três sabemos que isso é mentira. — Ao lado dele, Kieran fez um som resfolegante, e eu pensei em atirar a faca no rosto do lupino. — Vou fazer um acordo com você.

Fiquei alerta quando ele passou por cima da árvore caída como se fosse apenas um galho.

— Não estou interessada em nenhum acordo. Estou interessada na minha liberdade.

— Mas você ainda não ouviu a minha proposta. — Ele colocou a mão no peito e soltou uma das espadas. — Lute comigo. Se vencer, você pode ficar com a sua *liberdade*. — Ele jogou a espada de modo que pousasse na minha frente.

Dei uma olhada rápida na arma e ri, o som áspero contra a minha pele.

— Como se ele fosse deixar que eu o ferisse. — Acenei com a cabeça para Kieran.

Casteel inclinou a cabeça enquanto o lupino levantava as orelhas.

— Volte para o forte, Kieran. Quero garantir que Poppy sinta que a luta é justa.

— Justa? — Fervilhei quando Kieran hesitou por um momento e então se afastou da árvore caída. Virando-se com toda a graça de um animal, ele saiu margeando a árvore. — Você é um Atlante. Como é que lutar contra você poderia ser justo?

— Quer dizer que você está com medo de perder? Ou de lutar comigo?

— Jamais — jurei.

Ele sorriu enquanto os seus olhos reluziam com um tom quente de ocre.

— Então lute comigo. Você se lembra do que eu disse antes? Eu quero que você me desafie. Estou ansioso por isso. Eu gosto disso. Não estava mentindo. Me enfrente.

É claro que eu me lembrava do que ele havia dito, mas não havia como vencê-lo. Eu sabia disso. *Ele* sabia disso. No entanto, eu não voltaria alegremente para a minha gaiola de jeito nenhum. Não quando passei a vida inteira em uma.

Mantendo os olhos fixos nele, deslizei a faca de volta para a bainha e soltei a capa, deixando que ela caísse no chão. Senti a falta do calor imediatamente, mas a vestimenta seria um empecilho. Também tirei a bolsa, colocando-a junto da peça de roupa externa.

Casteel arqueou a sobrancelha.

— Você estava planejando fugir só com isso? Algumas peças de roupa? Sem outros suprimentos? Nada de comida nem de água?

— Eu não podia correr o risco de ser flagrada pegando coisas na despensa, não é? — Observando-o, inclinei-me e peguei a espada curta, empunhando-a com ambas as mãos. Não era nem de longe tão pesada quanto uma espada larga, mas, mesmo leve como era, eu não tinha a força na parte superior do corpo daqueles que treinavam por anos com espadas. Vikter havia descartado rapidamente a ideia de que eu seria capaz de empunhar uma delas só com uma das mãos por qualquer período maior de tempo.

— Parece-me mais que foi um plano mal elaborado, nascido do pânico.

— Não nasceu do pânico. — Não exatamente. Talvez um pouco.

— Eu não acredito. Você é mais inteligente que isso, Poppy. — Ele desembainhou a outra espada, libertando-a da bainha. — Esperta demais para fugir no meio da noite sem comida, sem água e com apenas uma faca de carne insignificante como proteção.

Franzi os lábios conforme o calor da raiva aquecia a minha pele.

— Você sabe quanto tempo vai levar para chegar até Ponte Branca a pé? É para lá que você estava indo, não é? Você pensou em como fica frio no meio da noite? — exigiu saber ele, com uma pontada de raiva endurecendo o tom de voz. — Em algum momento, você parou para pensar no que poderia haver nessa floresta?

Não parei. Não de verdade. E ele tinha razão. Meu plano não foi muito bem pensado.

— Você já terminou de falar? Ou está com tanto medo de que eu possa derrotar você que não vai mais calar a boca?

— Eu gosto de ouvir o som da minha voz.

— Aposto que sim. — A neve aumentou, espiralando pelo chão.

— Está pronta? — perguntou ele.

— E você?

— Sempre.

Abaixei o olhar para a sua espada. Ele a empunhava com a ponta para baixo, não a postos. Havia um insulto ali, não importava se intencional ou não. Uma fúria ardente e fumegante queimou através de mim, me estimulando a entrar em ação.

Avancei, mirando na cintura dele, mas Casteel foi rápido, desviando meu ataque com um golpe simples da espada.

— Você deveria mirar no meu pescoço, Princesa. Ou a espada é pesada demais para você?

Apertei os lábios ao ouvir a provocação e brandi a espada mais para cima. Ele a bloqueou e me atacou, não tão rápido quanto era capaz, já que consegui me esquivar facilmente para longe do seu alcance.

— Você se esqueceu de muita coisa que eu lhe disse. — Ele avançou, bloqueando o meu próximo ataque com um golpe da lâmina.

— Talvez eu tenha decidido ignorar o que você tinha a dizer. — Estreitei os olhos e me esquivei.

— De qualquer forma, vou fazer um favor a você e repetir tudo.

— Não é necessário. — Acompanhei os seus movimentos enquanto ele me circundava. Ele era muito mais habilidoso com a espada, assim como Vikter quando treinava comigo. O que mesmo ele havia me ensinado? Nunca se esqueça de uma das armas mais importantes: o elemento-surpresa.

Casteel me perseguiu, com a espada erguida.

— Parece-me absolutamente necessário que eu me repita, levando em consideração a sua tolice.

Eu iria mostrar a ele o que era uma tolice.

— Lute comigo. Discuta comigo. Eu não vou impedi-la. Mas não vou permitir que você coloque a sua vida em perigo. E isso? Essa noite? É a epítome de um comportamento imprudente e arriscado.

— Você não queria que eu discutisse com você mais cedo — eu lembrei a ele, observando-o com atenção.

— Porque, como disse antes, você pode lutar comigo, mas não quando isso colocar a sua vida em perigo.

— Quer dizer que a minha vida corria perigo com Alastir?

— Eu estava me esforçando para garantir que esse não fosse o caso. No entanto, aqui estou eu, me assegurando que você não acabe se matando.

— Só porque você precisa de mim viva. Certo? De que adiantaria uma Donzela morta como instrumento de barganha para libertar o seu irmão?

Ele flexionou o maxilar.

— Quer dizer que você prefere ser morta?

— Eu prefiro ser livre — respondi entre os dentes conforme o vento soprava uma mecha de cabelo no meu rosto.

Ele repuxou o lábio superior, exibindo uma presa.

— Se você acha que voltar para os Ascendidos vai lhe trazer liberdade, então eu superestimei a sua capacidade de ter um pensamento crítico.

— Se você acha que é isso que estou planejando, então eu superestimei a sua — retruquei.

Foi então que Casteel atacou, brandindo a lâmina com força. Suspeitei que ele planejasse arrancar a espada da minha mão. Se acertasse o golpe, ele teria conseguido fazer isso, mas me joguei na frente da espada. Casteel arregalou os olhos de surpresa conforme puxava a lâmina para trás como eu sabia que faria. Morta, eu não servia de nada para ele.

Passei debaixo do braço dele, girei o corpo e dei-lhe um chute. Bati com a bota no seu abdômen, fazendo-o praguejar. Endireitei o corpo e brandi a lâmina. Casteel se esquivou, evitando por pouco um corte no peito.

— Bom trabalho — comentou ele, sem zombaria na voz.

— Eu não perguntei o que você achava.

A lâmina dele encontrou a minha com o tinido das pedras de sangue. Por vários momentos acalorados, aquele era o único som na floresta enquanto atacávamos e nos defendíamos. Uma camada fina de suor umedeceu a minha testa apesar do frio e, embora toda a correria fizesse os meus músculos urrarem em protesto, eu me recusei a desistir.

Não era uma luta até a morte. Lá no fundo, eu sabia que não era nem mesmo uma luta por liberdade, pois, não importava o acordo que Casteel fizesse, ele nunca me deixaria ir embora. Tratava-se de quem desarmava o outro primeiro. Quem derramava o sangue do outro primeiro. Tratava-se de afastar a raiva reprimida e a sensação inflamada de impotência que residia dentro de mim por muito mais tempo do que eu gostaria de admitir. E talvez fosse por isso que Casteel permitia que aquela luta acontecesse.

O gume da minha espada estava perto de cortar a sua bochecha esquerda quando ele afastou a lâmina para o lado, a defesa provocando um tremor latejante nos meus braços. Eu estava ofegante, já ele não mostrava nenhum sinal de cansaço.

Ele se moveu ao meu redor em um círculo lento, com a espada novamente abaixada.

— Eu a assustei hoje à noite? Por causa do que fiz com Landell? — perguntou ele. A arrogância estampada no rosto dele desapareceu, revelando uma pessoa completamente diferente. — Foi por isso que você fugiu? Está com medo de mim?

Atônita com a pergunta — pelo modo como ele parecia quase com medo de ouvir a minha resposta —, abaixei a espada alguns centímetros.

Isso foi um erro.

Casteel atacou tão rápido quanto um falcão com a presa na mira. Ele agarrou o meu braço e me girou, de modo que eu ficasse de costas para ele. Tentei me virar, mas Casteel me segurou pela cintura e me prendeu contra o peito. Fechou os dedos no meu pulso, forçando a minha mão a se abrir com um espasmo. A espada caiu na neve.

— Eu tive que fazer isso — disse ele, baixando a cabeça para que a sua bochecha se encostasse na minha. — Ninguém, e quero dizer *ninguém mesmo*, fala de você daquele jeito, a ameaça e continua vivo.

Meu coração idiota e ridículo deu um salto dentro do peito.

— Isso é tão fofo — disse, e senti o braço dele se afrouxar em volta da minha cintura. — Mas você trapaceou.

Virei-me para o lado e dei uma cotovelada no seu abdômen com toda a força que tinha. Casteel grunhiu e me soltou. Girei o corpo, golpeando rápido em vez de pegar a espada que ele ainda empunhava. Meu punho o acertou no canto da boca. O choque da dor reluziu nos seus olhos, e eu girei o corpo, me abaixando enquanto esticava a perna. Ele deu um pulo, mas atingi a sua perna, tirando-a debaixo dele. Casteel caiu no chão, e eu soltei um grito de vitória conforme me levantava de um salto e me virava para ele, ofegante.

Casteel largou a espada enquanto apoiava o corpo sobre o cotovelo, deslizando a mão pela boca enquanto olhava para mim. O sangue vermelho manchou as costas da mão dele, e uma sensação de prazer violento tomou conta de mim. Casteel me desarmou primeiro, mas eu o fiz sangrar.

— Só para você saber, eu faria aquilo de novo, mataria mil versões de Landell — disse ele, abafando um pouco da satisfação que eu sentia enquanto olhava para a espada que ele tinha largado. — E não perderia nem um segundo de sono por isso. Mas você nunca precisa ter medo de mim. Nunca.

Voltei o olhar para ele. Não havia nenhuma presunção nas palavras dele nem uma provocação no seu olhar.

— Eu não tenho medo de você.

Ele franziu o cenho, confuso, e aproveitei aquele momento para me jogar na direção da espada. Eu nem sabia muito bem o que faria depois que a empunhasse.

Não consegui descobrir.

Casteel me agarrou pela cintura, se movendo tão silenciosamente que não o ouvi se levantar nem se aproximar de mim. Ele me derrubou no chão, virando o corpo para absorver o impacto da queda. Acabei em cima dele.

— Isso me lembra do estábulo — disse ele para a parte de trás da minha cabeça, e qualquer vulnerabilidade que houvesse na sua voz momentos antes desapareceu. Casteel subiu em cima de mim. — Você foi tão violenta naquela hora quanto está sendo agora.

O peso e o calor do corpo dele contra as minhas costas e a frieza da neve na minha frente foram um choque para os meus sentidos, me deixando atordoada.

— A maioria das pessoas não acharia essa qualidade tão atraente. — A voz dele era um sussurro quente contra o meu ouvido, invocando lembranças de lençóis emaranhados e especiarias exuberantes.

Não havia nem sequer um centímetro entre nós dois. Eu podia senti-lo ao longo das costas, sobre a curva do meu traseiro e onde uma das pernas dele estava enfiada entre as minhas. O cheiro lascivo dele e o frescor da neve preenchiam cada uma das minhas inspirações curtas e superficiais conforme cada parte do meu corpo reagia ao dele.

— Mas... — disse ele, com a boca roçando no meu maxilar, seguido pelo arranhar dos dentes afiados, que provocou um arrepio inapropriado em mim. Ele ia me morder? Um peso latejante apertou o meu peito e deslizou para baixo, acendendo uma explosão de descrença. Será que eu...? Será que eu queria que ele fizesse isso? Não, é claro que não.

Eu não podia. Ele fechou os lábios sobre a minha pele, sobre a marca de mordida ainda cicatrizando. — Eu não sou como a maioria das pessoas.

— A maioria das pessoas não é tão louca quanto você — eu disse com uma voz gutural que não era minha.

— Isso não é uma coisa muito gentil de se dizer. — Ele roçou os dentes afiados com mais força, logo abaixo do lugar onde havia me mordido antes, e eu arfei enquanto o meu corpo estremecia. — E a verdade é que você gosta do meu tipo de insanidade.

O sangue pulsou nas minhas veias com um impulso vertiginoso.

— Eu não gosto de nada em você.

Ele riu enquanto roçava os lábios pela minha garganta.

— Eu adoro como você mente.

— Não estou mentindo — neguei, imaginando se ele havia empurrado a minha cabeça para o lado ou se eu tinha feito isso sozinha. Não podia ter sido eu.

— Hum? — Os lábios dele pairaram sobre o local onde a minha pulsação batia descontroladamente. — A sua tendência para a violência não é nada com que se envergonhar. Não comigo. Eu já não disse que isso me excita?

— Vezes demais — respondi, afastando o corpo do chão e contra Casteel. Eu o senti contra mim por um breve instante, senti a prova do que ele havia dito. A resposta latejante ao conhecimento me fez duvidar da minha própria sanidade.

Casteel não esperava aquele movimento e escorregou para o lado — ou talvez estivesse apenas se divertindo. Provavelmente a última opção. De qualquer maneira, fiquei de joelhos, me virei para ele e desferi um soco selvagem.

Casteel pegou a minha mão.

— Então acho que seria repetitivo da minha parte dizer o quanto você está me excitando agora?

— Repetitivo e incrivelmente perturbador.

Ele sorriu para mim, os olhos como duas chamas douradas.

— Eu prefiro um combate corpo a corpo com você — disse ele, pegando o meu outro pulso quando lancei o punho para baixo. — Gosto de como isso nos deixa próximos, Princesa.

Gritei de frustração — de irritação — com ele. Comigo mesma.

— Tem alguma coisa muito errada com você!

— Provavelmente, mas quer saber de uma coisa? — Ele ergueu a cabeça do chão. — É a parte que você mais gosta.

— Não há nada... — A resposta morreu na ponta da minha língua. Sob a cabeça dele, a neve parecia estar subindo do chão, mas isso... isso não estava certo. Ergui o olhar e vi nuvens brancas e nebulosas ondulando suavemente ao longo da neve. *Névoa*. — Você está vendo isso?

— O quê? — Casteel virou a cabeça. — Merda. Vorazes.

Meu coração fraquejou.

— Achei que não houvesse Vorazes por aqui.

— Por que você acharia que não há Vorazes por aqui? — A descrença ecoou no tom de voz dele. — Você está em Solis. Há Vorazes em toda a parte.

— Mas não há nenhum Ascendido por aqui — argumentei enquanto a névoa aumentava e se espalhava. — Como pode haver Vorazes?

— Costumava haver Ascendidos por aqui. — Ele se sentou e me trouxe para mais perto de si. — Eles se alimentavam, e muito. Elijah e os outros mantêm os Vorazes longe, mas, com Ponte Branca do outro lado da floresta e garotas jovens e bonitas correndo às cegas por aqui no meio da noite, eles têm uma bela fonte de alimento.

— Eu não estava correndo pela floresta às cegas — retruquei.

— Sim, estava e nem percebeu que existiam Vorazes na floresta. — O tom de voz dele endureceu com um vestígio da raiva anterior. — E você só tinha uma maldita faca de carne. Por que fugiu, Poppy?

Um grito agudo provocou uma onda de pavor em mim.

— Você acha que agora é um bom momento para termos essa conversa?

— Sim.

Eu lancei a ele um olhar incrédulo.

— Não? — perguntou ele e então acrescentou um suspiro. Ele se levantou tão rapidamente quanto o ar, me colocando de pé. Soltou um dos meus braços, se abaixou e apanhou a espada que tinha largado no chão.

Outro grito estridente soou, seguido pelo som de galhos de árvores se quebrando, o que fez com que o meu sangue congelasse nas veias.

— Eu acho que...

Casteel me puxou contra o seu peito sem dar nenhum aviso. Antes que eu soubesse o que estava fazendo, ele pousou a boca sobre a minha, tirando o meu fôlego e dispersando os meus pensamentos. O beijo foi intenso e violento, um choque de lábios e dentes. Eu me lembrei novamente de como, enquanto Hawke, ele se continha quando me beijava, e o quanto ocultava. Não apenas as presas, mas também o poder — o *seu* poder.

Ele tirou a boca da minha, com o olhar quase luminoso enquanto encarava os meus olhos arregalados.

— Mas teremos essa conversa mais tarde — prometeu ele, enfiando a espada na minha mão. — Faça com que eu me sinta incompetente e mate mais Vorazes que eu, Princesa.

Por um momento, fiquei paralisada onde estava, com o punho da espada frio contra a palma da minha mão. Os gritos dos Vorazes me tiraram do meu estupor. Eu me virei no instante em que Casteel pegava a outra espada. Não havia tempo para pensar em nada, muito menos no beijo. A névoa aumentou, alcançando os nossos joelhos.

Eles vieram de trás de um aglomerado de árvores, uma maré de corpos acinzentados e macilentos, com as presas à mostra e os olhos vermelhos como o carvão em brasas. Eu nunca havia visto Vorazes em um estado tão... decadente. Os crânios não tinham cabelos, ou apenas alguns tufos de fios esparsados. As costelas estavam quase expostas por baixo das roupas esfarrapadas que usavam. Eles estavam tão macilentos e ressequidos que não pude deixar de sentir pena dos mortais que costumavam ser e dos cadáveres apodrecidos que se tornaram.

Eu me preparei enquanto eles se derramavam sobre os galhos e rochedos caídos. Porque, mesmo naquelas condições, eles eram ágeis e seriam letais na sua sede de sangue.

O primeiro a me alcançar devia ter sido uma mulher, já que usava um vestido amarelo desbotado e um anel de pedras preciosas no dedo. Ela deu um berro, com as pernas finas como um caniço avançando conforme estendia as mãos para mim, os dedos terminando em garras afiadas capazes de rasgar a pele com facilidade.

Eu era prova disso.

O seu queixo estava caído, expondo os dois caninos alongados na parte de cima da boca e os dois dentes que se projetavam na parte de baixo. Fui ao encontro dela e cravei a espada em seu peito. O sangue fétido jorrou, enchendo o ar de podridão. Se a lâmina não fosse de pedra de sangue ou uma estaca feita com a madeira das árvores da Floresta Sangrenta, a mulher continuaria avançando, se partindo em duas para chegar até mim. Eu já tinha visto um Voraz fazer isso antes. Mas a lâmina *era* de pedra de sangue, e ela morreu no instante em que a espada perfurou o seu coração.

Puxei a arma e me virei enquanto ela caía no chão. Casteel havia decepado a cabeça de um Voraz, outro modo infalível de matá-los. Eu não estava preocupada com ele. Imaginei que seriam necessárias dezenas de Vorazes, se não mais, para subjugar um Atlante.

Ao perfurar o peito de outro Voraz, não pude deixar de me dar conta de que, se houvesse algum traço de verdade por trás das afirmações dos Ascendidos sobre o Senhor das Trevas controlar os Vorazes, eu duvidava muito que eles estivessem tentando rasgar a pele dele naquele momento. No entanto, eu já sabia disso, tendo visto os Vorazes o atacarem na Floresta Sangrenta. Era apenas mais uma prova de que ele dissera a verdade.

E das mentiras que me contaram.

A fúria alimentou a minha energia conforme eu enterrava a pedra de sangue no pescoço de um Voraz, cortando a cabeça dele. Eu me esquivei das entranhas, só para ficar diante de olhos medonhos e inumanos e dentes que se fechavam. Um momento de terror puro e absoluto tomou conta de mim quando encarei o Voraz. Aquilo ameaçou me lançar de volta para o passado, quando não consegui segurar a mão escorregadia e encharcada de sangue da minha mãe conforme a dor da primeira garra e depois da primeira mordida se transformava em um pesadelo sem fim.

Eu não era mais uma criança agora, incapaz de me defender. Não era fraca. Não era uma presa.

Com um berro cheio de raiva que mal reconheci como meu, enfiei a lâmina no peito afundado do Voraz. A luz ímpia se apagou dos olhos dele, o último vestígio de vida.

— Seis! — gritou Casteel. — E você?

— Quatro — respondi, me acalmando enquanto quase desejava não saber o que ele queria dizer. Eu me abaixei sob os braços de outro Voraz, enterrando a espada profundamente nas suas costas. — Cinco.

— Vergonhoso — provocou ele, e eu revirei os olhos.

O lamento de um Voraz chamou a minha atenção. Ele correu na minha direção, e eu dei um passo em frente, segurando o cabo com ambas as mãos enquanto empurrava a lâmina no queixo dele. Puxei a espada e vi que a névoa havia quase desaparecido.

Com o coração disparado enquanto Casteel enterrava a lâmina no último Voraz, abaixei a espada. Dei um passo para trás e respirei fundo. Assim que puxou a arma, ele virou a cabeça na minha direção. Não sei se ele estava olhando para ver se eu ainda estava de pé ou para se assegurar de que não iria fugir — ou avançar para cima dele com a espada.

Ele não precisava se preocupar com as duas últimas opções. Eu estava cansada demais para correr para qualquer lugar.

— Eu esperava ter a chance de resgatá-la. — Casteel se curvou e limpou a espada na calça do Voraz morto. — Mas você não precisou da minha ajuda.

— Desculpe por desapontá-lo. — Voltei o olhar para o Voraz diante de mim. Ele estava sem camisa, e foi por isso que pude ver a ferida no seu abdômen, quatro sulcos profundos ao longo da cintura em um tom feio de roxo enquanto o resto da sua pele era da cor da morte. Nenhum Ascendido havia se alimentado dele. Fiquei imaginando quantos anos ele tinha antes que a mordida de um Voraz o amaldiçoasse. Como será que ele ganhava a vida? Será que era um guarda ou um Caçador? Um banqueiro? Um fazendeiro? Será que tinha família? Filhos que foram feitos em pedaços na sua frente? — Eu já contei que um Voraz me mordeu?

— Não — respondeu ele baixinho. — Onde?

— Na perna. Com a cicatriz do jeito que está agora, parece que foram garras, mas foram presas. — disse, sem saber muito bem por que estava falando ou pensando a respeito daquilo. — Eu nunca entendi como sobrevivi à mordida enquanto todos os mordidos eram amaldiçoados. Pretendia contar a você sobre isso depois que ficamos... juntos, mas outras coisas aconteceram. Eu não disse nada antes porque era mais uma coisa que me falaram para manter em segredo. A Rainha me disse que foi porque eu era a Donzela, a Escolhida dos Deuses. Que foi por isso que não me transformei. Só que eu não fui escolhida de nada nem de ninguém. — Olhei para ele. — É porque eu sou metade Atlante, não é?

Ele deslizou a espada na bainha conforme caminhava na minha direção e parou do meu lado.

— A mordida de um Voraz não é capaz de amaldiçoar um Atlante, mas, em número suficiente e supondo que conseguissem cortar as nossas cabeças, eles poderiam nos matar.

— Acho que o motivo pelo qual nunca tive permissão de usar o meu dom nem de contar a ninguém sobre as mordidas é porque essas coisas são características dos Atlantes — disse. — Talvez os Ascendidos tivessem medo de que, se as pessoas soubessem, alguém acabaria percebendo o que isso significava.

— Alguém sabia? — perguntou ele.

— Vikter sabia sobre as mordidas e o meu dom, mas Tawny não. O meu irmão sabia... quero dizer, *sabe*. Ele sabe. — Franzi o cenho. — E os Teerman.

— Há Atlantes entre os Descendidos. Se um deles ficasse sabendo a respeito do seu dom ou da mordida, eles perceberiam o que isso significava. — Ele levou a mão até o meu rosto. Eu me retesei quando ele deslizou o polegar pelo lado do meu rosto até abaixo da cicatriz. — Sangue de Voraz — explicou ele, me limpando. Os olhos dele encontraram os meus. — Se soubesse que essas marcas eram de mordidas, eu teria percebido o que você era imediatamente.

— Sim, bem... — Parei de falar. — Isso teria mudado alguma coisa?

Ele não respondeu por um longo momento, e então disse:

— Não, Poppy. Você ser mortal ou meio Atlante não teria mudado o que já estava acontecendo.

— Pelo menos, você é sincero. — Uma dor apertou o meu peito enquanto eu desviava o olhar dele e olhava para os Vorazes. Eles tinham vindo da direção que eu seguia. Soltei um suspiro pesado, sabendo que não teria sobrevivido. Era impossível enfrentar uma dúzia de Vorazes sozinha. E só com uma faca de carne. Eu tinha que admitir. Eu teria morrido naquela noite, e aquele não era o tipo de liberdade que estava procurando.

Por algum motivo, pensei no que ele havia me dito antes, durante o que parecia ser uma vida diferente.

— Você se lembra de ter dito que sentia que já me conhecia quando nos encontramos pela primeira vez?
— Lembro, sim.
— Era mentira?
As feições dele se endureceram e depois suavizaram.
— Foi uma mentira para você?
Fiz que não com a cabeça.
— Então por quê?
Seus cílios volumosos se abaixaram.
— Acho que é o sangue Atlante que fez com que nós nos reconhecêssemos, mostrando a conexão através de uma sensação que poderia ser facilmente ignorada — disse Casteel conforme sentia a mão dele sobre a minha que segurava a espada. Ele tirou a arma das minhas mãos, e eu não tentei lutar contra ele. Fiquei observando enquanto ele limpava a lâmina e a embainhava ao lado da outra.
Eu o encarei de novo.
— Não vou entregar a faca de carne.
— Eu não esperava que você fizesse isso. — Um longo e silencioso momento se passou entre nós. — Já está na hora.
Eu sabia o que ele queria dizer. Era hora de voltar. E era mesmo. A luta por *aquela* batalha havia me cansado.
— Vou tentar fugir de novo.
— Imagino que sim.
— Não vou parar de lutar com você.
— Não gostaria que você fizesse isso.
Achei aquilo muito estranho.
— E não vou me casar com você.
— Vamos conversar sobre isso depois.
— Não vamos conversar, não — disse, indo na direção da minha capa com passos exaustos. Parei de repente, praguejando baixinho.
— O que foi? — perguntou Casteel.
— Há um Voraz morto em cima da minha capa. — Suspirei pesadamente.
— Foi um lugar muito inconveniente para a queda. — Ele o tirou de cima da capa, mas o estrago já havia sido feito. Eu podia ver e sentir o cheiro de sangue podre que manchava a peça de roupa.

— Se vestir isso, eu vou vomitar — avisei a ele.

Ele pegou a minha bolsa e a colocou sobre o ombro enquanto se levantava.

— Você chegou bem longe. Mais longe do que pensei que iria chegar — disse ele. Já que Casteel não estava olhando para mim, eu me permiti abrir um sorrisinho. — Mas acho que não vai congelar até a morte no caminho de volta. Depois vai poder descansar — disse ele, me encarando. — Você vai precisar de toda a sua força para as batalhas que estão por vir, Princesa.

Capítulo 5

A viagem de volta ao forte foi longa e silenciosa. O vento aumentou, fustigando a nós dois. Comecei a me perguntar se os Deuses haviam despertado e aquele era o seu castigo. Afinal de contas, se tudo o que Casteel e os outros alegaram fosse verdade, eu não era tão dissimulada quanto a Rainha e o Rei de Solis? Fiz todo o possível para disfarçar o quanto o frio estava me castigando, mas parecia impossível esconder alguma coisa de Casteel. No meio da jornada, ele acabou passando o braço pelos meus ombros, me puxando mais para perto de si enquanto avançávamos, seu corpo absorvendo o impacto do vento.

Que os Deuses me ajudem, mas não resisti. Atribuí isso ao excesso de cansaço e frio. Não tinha nada a ver com o modo como o cheiro exuberante dele mascarava o fedor dos Vorazes. Não tinha nada a ver com como... era bom me apoiar em alguém, deixando que ele aguentasse a pior parte do vento e carregasse o peso de nós dois. Tampouco tinha a ver com o simples luxo de poder ficar tão perto de alguém sem ter medo de ser repreendida ou considerada indigna.

Era só porque Casteel estava... quente.

Quando finalmente chegamos ao forte, eu não fazia a menor ideia de que horas eram. Mas, apesar do meu fracasso, acolhi o calor do quarto. Eu era um cubo de gelo ambulante, incapaz de sentir meu nariz e de ter certeza se ele ainda estava preso no meu rosto.

O que não aceitei bem foi encontrar Kieran esperando por mim dentro do quarto, sentado na cadeira de canto ao lado da lareira.

Ele ergueu o olhar, com a sobrancelha arqueada.

— Por que vocês demoraram tanto? Eu estava começando a imaginar que ela tinha derrotado você.

— Você me parece muito preocupado sentado aí — respondeu Casteel, me conduzindo na direção da lareira. Permiti que ele fizesse isso, já que estava tremendo tanto que podia jurar que até os meus ossos estivessem trepidando.

Kieran abriu um sorriso malicioso.

— Eu estava morrendo de preocupação.

Casteel bufou.

— Nós resolvemos as coisas.

— Não resolvemos, não — retruquei entre os dentes cerrados e rangentes.

Casteel ignorou o meu comentário e separou as minhas mãos entrelaçadas.

— Encontramos alguns Vorazes — ele disse a Kieran enquanto tirava as minhas luvas úmidas. Ele as largou em cima da lareira. — Pouco mais de uma dúzia.

Kieran inclinou a cabeça para mim conforme Casteel dava um passo para o lado e tirava a minha bolsa.

— Gostaria de saber como você enfrentaria essa situação só com aquela faca de carne.

— C-cale a boca — gaguejei, levando os dedos para o mais perto do fogo que podia sem encostá-los nas chamas.

— Ela sabe que não teria dado muito certo. — Casteel passou a mão pelos cabelos salpicados de neve, puxando as mechas para trás. — É por isso que está mal-humorada.

— Duvido que seja só por causa disso — comentou Kieran.

Eu lancei a ele um olhar que o teria destruído se ele se importasse.

Pelo jeito, ele não se importava, pois o seu sorriso aumentou mais ainda.

— Eu deixei o banho preparado. A água estaria mais quente se você tivesse voltado sem causar tantos problemas.

Quase corri direto para a sala de banho, mas a maneira como ele disse "tantos problemas" acabou com o meu entusiasmo.

— Você espera que eu agradeça?

— Seria bom — respondeu ele. — Mas duvido que isso vá acontecer.

O calor voltou para os meus dedos rapidamente enquanto eu lançava um olhar rápido e ansioso para a sala de banho.

— A sua expectativa está correta, então.

— Costuma ser. — Ele me estudou por um momento e depois se levantou da cadeira. — Vou juntar alguns homens e sair para cuidar dos Vorazes.

— Eu vou com você — disse Casteel, e eu olhei para ele, surpresa. Ele devolveu o meu olhar antes que eu pudesse desviar a atenção. — Não os deixamos apodrecer lá fora. Eles já foram mortais — explicou ele. — Nós os queimamos.

A mesma coisa era feita na Masadônia toda vez que os Vorazes alcançavam a Colina, mas foi o fato de que *ele* se ofereceu para voltar lá que me deixou chocada. Eu teria esperado isso de Hawke, mas ele era o Príncipe. E estava gelado lá fora. Por outro lado, ele não me pareceu nem de longe incomodado com o frio.

Mordi o lábio para me impedir de perguntar, mas não deu certo. A curiosidade sempre levava a melhor sobre mim.

— O frio não te afeta?

— Tenho a pele grossa — respondeu ele, e eu franzi o cenho, sem saber muito bem se aquilo era verdade. — Para combinar com a minha cabeça dura.

Disso eu tinha certeza.

— Eu pediria que você adiasse qualquer tentativa de fuga essa noite. Aproveite o banho e descanse — disse Casteel, e eu cerrei os dentes. — Mas, caso você queira testar quanto frio o seu corpo é capaz de suportar, saiba que Delano vai ficar de guarda do lado de fora do quarto.

Pobre Delano, pensei. Na última vez em que ele bancou o guarda, as coisas não foram muito fáceis para ele — nem para mim.

Casteel se juntou a Kieran na soleira da porta. Ele já estava saindo quando o ouvi dizer:

— Comporte-se, Princesa.

Milhares de respostas surgiram na ponta da minha língua conforme eu girava a cabeça na sua direção, mas ele já estava fechando a porta. Soltei um palavrão e, assim que a fechadura trancou, ouvi a risada dele.

Em vez de correr e chutar a porta como tive vontade de fazer, o que não serviria para nada além de machucar os meus dedos congelados, me afastei do fogo. Desenganchei a bainha da coxa e a coloquei perto das chamas para que secasse. Deixei a faca na mesinha de cabeceira de madeira e rapidamente tirei as roupas quase congeladas. Larguei a pilha perto do fogo e corri até a sala de banho. Várias lâmpadas a óleo estavam acesas, lançando um brilho suave sobre a banheira e os jarros cheios de água fresca. Mergulhei os dedos na água e fiquei aliviada ao descobrir que ainda estava quente.

Eu deveria ter agradecido a Kieran, já que aquilo tinha sido uma gentileza e tanto.

Mas ele também fazia parte do meu cativeiro, de modo que eu não deveria ficar muito grata. E *não* ficaria.

Revirei os olhos para mim mesma e entrei na banheira. Conforme afundava na água quente, estremecendo assim que ela tocou a minha pele gelada e os joelhos arranhados, a realidade daquela noite se assentou pesadamente no meu estômago. Casteel e Kieran não estavam nem perto do quarto quando fugi, mas ainda assim eles descobriram a minha ausência. Talvez eu tenha esperado tempo demais para sair e um deles já estivesse a caminho do meu quarto.

Coloquei a trança sobre os ombros enquanto pegava o sabão com cheiro de lilases e comecei a esfregar a minha pele com vigor. Não teria feito diferença se eu tivesse partido antes. Eles ainda teriam me encontrado, viva ou... despedaçada pelos Vorazes.

Minha fuga foi tola e mal planejada, nascida da necessidade de encontrar o meu irmão e... sim, do pânico. Não por causa do que Casteel havia feito no salão de banquetes, mas por causa da sensação de desamparo e...

Deixei que o sabão escorregasse dos meus dedos e levei a mão até a mordida no meu pescoço. Uma pulsação latejante vibrou no meu baixo-ventre. Daquilo. *Aquilo* tinha tudo a ver com o motivo pelo qual fugi.

Abri os olhos e pesquei a barra de sabão da água. Em meio ao silêncio da sala, reconheci a verdade sobre a minha situação. A fuga seria quase impossível, mesmo com um maior tempo de vantagem, suprimentos, incluindo pedra de sangue, e um clima mais amigável.

Kieran iria me rastrear.

Casteel iria atrás de mim.

Dei um suspiro, me recostei na banheira e fiquei na água até quase me esquecer de como estava com frio. Finalmente, saí dali. Depois de me secar, tirei a camisola da bolsa, aliviada por descobrir que estava seca. Eu a vesti e subi na cama, desfazendo a trança lentamente. As pontas do meu cabelo estavam úmidas, mas logo secariam. Deitei-me de lado, de frente para a porta.

O calor dos cobertores me embalou até o sono, apesar dos meus pensamentos acelerados. Não devia ter se passado mais de uma hora antes que uma risada profunda de fora do quarto me acordasse.

Casteel.

Ele estava ali, do lado de fora do quarto. Por quê? Minha mente imediatamente foi para mil lugares diferentes. Uma daquelas imagens instantâneas de nós dois, com os corpos entrelaçados...

Pulei da cama como se o colchão tivesse pegado fogo, agarrando a faca.

Ele não podia estar ali para se certificar de que eu ainda estivesse aqui dentro, não com Delano de guarda lá fora. Por que será que ele estava ali e não nos seus aposentos quando deveria estar exausto de todos os acontecimentos da noite?

Meu coração deu um pulo dentro do peito.

Ele deve ter o próprio quarto... não é? Olhei em volta, com o coração disparado. *Aquele* era o seu quarto.

Ao ouvir o rangido da fechadura, eu me virei.

A porta se abriu, deixando entrar uma rajada de ar frio e úmido que agitou as chamas da lareira. E ele...

Casteel entrou como se tivesse todo o direito de fazer isso. Ele parou no momento em que me viu com a faca e suspirou pesadamente. Fechou a porta atrás de si, sem tirar os olhos de mim.

— Poppy — começou ele. — Como você bem sabe, foi um dia e uma noite agitados. E embora eu esteja aliviado em ver que você não conseguiu escapar de Delano e de achar que você fica adorável com essa camisola e empunhando essa faca minúscula...

Atirei a lâmina, mirando na sua cabeça como ele me disse para fazer.

Casteel deu um passo para o lado e pegou a arma em pleno ar. Eu sabia como ele era ágil, mas ainda era chocante ver como ele podia ser rápido. Fiquei sem fôlego, mesmo quando uma voz irritante sussurrou na minha cabeça que eu *sabia* que ele iria se esquivar da faca com facilidade.

Ele praguejou baixinho enquanto fechava os dedos ao redor da lâmina. O sangue gotejou por entre os seus dedos e eu não senti nem uma gota de culpa quando ele baixou os olhos para a mão. Bem, talvez houvesse um ligeiro remorso — mas não muito maior que uma mosca. Ele não tinha feito nada naquele *exato* momento para merecer uma facada no rosto, mas eu tinha certeza de que ele seria mais do que merecedor dali a alguns minutos.

Ele abriu os dedos lentamente, deixando que a faca caísse no chão. A lâmina encharcada de sangue ressoou na madeira.

— É a segunda vez que você tira sangue de mim essa noite. — Ele olhou para mim. Um momento tenso se passou e então ele arqueou uma sobrancelha escura. — Você é tão incrivelmente violenta.

— Só perto de você — disparei.

Ele repuxou os lábios em um sorrisinho, revelando a covinha na bochecha direita.

— Ora, você sabe que isso não é verdade. — Ele foi até a bacia na sala de banho e lavou a mão. — Mas quer saber o que *é*?

Meu maxilar doeu com a força que o cerrei enquanto dizia a mim mesma para não perguntar. Talvez, se eu o ignorasse, ele fosse embora. Não era muito provável, mas eu poderia ter alguma esperança.

Casteel olhou por cima do ombro para mim, esperando.

A frustração ardeu dentro de mim.

— O quê? — exigi saber. — O que é verdade?

Foi então que ele abriu um sorriso verdadeiro. Ambas as covinhas ficaram à mostra, e não somente elas. Sem precisar esconder o que ele era por trás de um sorriso de lábios cerrados, eu podia ver um vislumbre das presas. Perdi o fôlego. Não sei se foi por causa das presas ou das covinhas. Ou da calidez genuína no seu sorriso — e eu já tinha visto todos os sorrisos dele para saber quais eram verdadeiros: o ligeiro repuxar de lábios que dizia que ele estava divertido. O sorriso predatório que me fazia lembrar de um gato selvagem cuja presa havia cometido um erro. O sorriso frio que não alcançava os seus olhos. O sorriso malicioso e cheio de violência incontida que era uma promessa de derramamento de sangue. Aqueles sorrisos podem até não ter sido direcionados a mim, nem mesmo hoje à noite, quando nos enfrentamos na floresta. Mas eu já tinha visto todos eles.

Só que aquele era o tipo de sorriso que suavizava as linhas marcantes do rosto dele e transformava o tom dos seus olhos de um âmbar frio para um mel quente. E, para mim, era o mais perigoso de todos. Ele não estava bravo por eu ter atirado a faca nele e feito com que sangrasse, mas os alertas soaram mesmo assim. Aquele tipo de sorriso implorava para que eu me esquecesse da realidade, das mentiras e do sangue que havia sido derramado.

Fazia com que eu pensasse nele como *Hawke*.

O instinto desencadeou a minha necessidade de autopreservação ao mesmo tempo que o seu sorriso deixava o meu coração idiota apertado e a sensação descia pelo meu corpo em uma espiral.

Casteel se virou para mim com a mão aberta. Não havia sangue. Nenhum ferimento, exceto por uma suave linha rosada no centro da palma.

— Isso ainda me excita, Princesa.

Soltei o ar de modo estridente.

— Acho que já disse isso uma centena de vezes, mas vou ter que repetir. Tem alguma coisa errada com você.

Ele encolheu os ombros.

— Alguns acreditam que tem alguma coisa errada com todos nós, e eu costumo acreditar nisso.

— Não sabia que você era tão filosófico. — Olhei para a faca no chão enquanto ele esvaziava a bacia em um balde. Não havia como ele ter se esquecido de que eu tinha aquela faca nem que ela estava ali agora. Será que ele estava esperando para ver o que eu faria?

— Há muita coisa que você não sabe a meu respeito — respondeu ele, voltando para o quarto para pegar a jarra de água aquecida junto à lareira. — Mal posso esperar para voltar para casa, para a terra onde tudo o que você precisa fazer para conseguir água quente é abrir a torneira.

— O quê? — Eu me virei para ele. — O que você quer dizer com isso?

O sorrisinho reapareceu.

— Na Atlântia, todas as casas têm água quente encanada que vai direto para as banheiras e pias.

— Você está mentindo.

Ele me lançou um olhar enquanto colocava o jarro no suporte ao lado da bacia.

— Por que eu mentiria sobre algo assim?

— Porque você é um mentiroso? — argumentei.

Ele afrouxou a gola da túnica e estalou a língua em desaprovação.

— Poppy, assim você me magoa. No fundo do meu coração — disse ele, pousando a mão sobre o peito. — De novo.

— Não reclame. Você vai se curar. De novo — retruquei. — Infelizmente.

Ele deu uma risadinha.

— Pelo que parece, eu não sou o único mentiroso por aqui. — Ele abaixou a mão e puxou a bainha da túnica. — Você ficaria muito triste se eu não me curasse.

— Eu não me importaria... — Arregalei os olhos quando ele puxou a túnica pela cabeça. — O que você está fazendo?

— O que é que parece? — Ele apontou para a banheira. — Acabei de colocar as mãos sobre o que são basicamente cadáveres em decomposição. Vou tomar banho.

Por um momento, não consegui dizer nada conforme ele se virava e despejava a água quente na banheira. Em parte, devido à descrença, mas também porque ele era... nossa, o corpo dele era uma obra de arte, mesmo com os inúmeros cortes e arranhões que eu mal conseguia ver sob a luz suave da lâmpada.

— Por que você está fazendo isso aqui?

— Porque esse era o meu quarto. E pelo restante da noite, que não é muita coisa, vai ser o nosso quarto. — Ele se curvou sobre a banheira, pegando as jarras de água que eu não tinha usado. Os músculos ao longo dos ombros e das costas dele se moveram sob a pele esticada de uma maneira interessante.

Meu coração se agitou dentro do peito.

— Eu usei a água da banheira...

— A água está suficientemente limpa — interrompeu ele. — E já dividi uma água muito mais suja com pessoas bem menos intrigantes.

— Você não poderia ir para outro quarto e tomar um banho preparado só para você? Com água fresca? — sugeri. — Tenho certeza de que muitos aqui ficariam felizes de servir ao seu Príncipe.

— Há muitos aqui que ficariam contentes em me servir. — Ele olhou para mim com as sobrancelhas arqueadas. — Mas deixá-la sozinha? Quando você poderia realizar todo o tipo de ato imprudente apesar de emocionante? Acho que não. Não posso deixar ninguém do lado de fora do seu quarto a noite toda. Eles precisam descansar. Eu preciso descansar.

— Por quê? Porque vamos embora amanhã?

— Não com a tempestade que se aproxima. Vai dificultar muito a viagem — ele me disse. — Você sabe, a mesma tempestade que pegaria se tivesse conseguido fugir. — Ele levou as mãos até a aba de botões das calças.

Desviei o olhar rapidamente.

— Não acredito que você está fazendo isso.

Casteel deu uma risadinha.

— Parece até que você já não viu tudo antes.

— Não quer dizer que eu tenha que ver tudo de novo — retruquei quando ouvi o farfalhar suave do tecido caindo no piso de pedra.

— Que escolha de palavras interessante.

Dizendo a mim mesma que não deveria fazer isso e incapaz de resistir, espiei a sala de banho...

Avistei a pele queimada de sol e coberta de pelos escuros, as coxas fortes e a curva lisa e musculosa do traseiro dele. Seu corpo era realmente uma obra de arte, com todos os cortes aumentando ainda mais a perfeição.

— Você poderia ter dito que não *queria* ver tudo — continuou Casteel, me sobressaltando o suficiente para que eu desviasse o olhar, com o rosto afogueado. A água espirrou contra os lados da banheira enquanto ele entrava nela. — Pode olhar agora. Eu estou... relativamente decente.

Cruzei os braços sobre o peito.

— Embora não seja decente o suficiente para os seus olhos de ex--Donzela — continuou ele. Dessa vez, virei-me na direção da sala de banho. Tudo que eu consegui ver foi a parte de trás da sua cabeça e a largura dos ombros, o que era mais do que suficiente. — Mas imagino que o seu problema não tenha nada a ver com o que é apropriado ou esperado de você, não é mesmo? Você nunca foi do tipo que segue as regras.

Balancei a cabeça, embora ele não pudesse me ver enquanto ele pegava o sabão e esfregava a barra entre as mãos. Ele tinha razão. Eu não me importava com o que era apropriado ou esperado, e isso muito antes que ele entrasse na minha vida como uma tempestade violenta. Mas não havia a menor chance de ele ficar naquele quarto comigo. Tirei os olhos dele e me virei...

— Vá buscar a faca. — A voz de Casteel me detêve.

Virei a cabeça na sua direção enquanto a água espirrava para todo lado. Como é que ele sabia?

— É o que você quer, não é? Se isso a faz se sentir mais segura, eu não me importo. — Ele lavou o rosto. A água escorreu pelo seu pescoço e sobre a curva bem delineada dos ombros. — Pegue a faca, Poppy.

Senti a boca seca.

— Não tem medo de que eu a use contra você enquanto toma banho?

— Estou esperando que você a use outra vez. Se não fizesse isso, eu ficaria chocado. É por isso que não trouxe as minhas espadas para o quarto. Imaginei que você fosse apanhar uma delas.

E apanharia mesmo, se estivessem por perto. Abri e fechei as mãos ao lado do corpo. Ele estava me oferecendo um certo nível de proteção, uma sensação de segurança, e, para algumas pessoas, isso seria encarado como algo positivo. Não por mim. Era meio ofensivo e inútil. Nós dois sabíamos que aquela faca só faria com que ele sangrasse por pouco tempo.

Ainda assim, fui até a faca e a peguei, com a irritação crescente dentro de mim cessando assim que vi o sangue na lâmina. O sangue dele. Senti o estômago embrulhado quando me levantei.

— Quer saber mais sobre a terra da água quente que espera por você com apenas o giro de uma torneira? — perguntou ele em meio ao gotejar da água.

Queria, sim, embora não soubesse muito bem se acreditava que algo assim existisse. No entanto, não disse nada enquanto pegava a toalha que havia usado antes. Limpei a faca.

— São aquecedores e canos — explicou ele. — O encanamento sai do aquecedor que costuma ficar em uma sala ao lado da cozinha. De lá, eles levam a água quente para onde for necessário.

Relutante, senti o interesse despertado e então aceso.

— O que você quer dizer com aquecedores?

— São como... grandes fornos onde o material combustível aquece um tanque de armazenamento de água. — Ele se levantou sem aviso, e toda a água escorreu pela pele brilhante das suas costas, entre...

Com o coração disparado, saí da sala de banho. Alguns segundos se passaram e olhei por cima do ombro conforme ele saía do aposento menor, com uma toalha enrolada na cintura. Ele estava... eu não sabia nem como descrever o nível de indecência. Ou talvez soubesse descrever bem demais...

Casteel sorriu para mim enquanto caminhava pelo quarto, abrindo um armário estreito na parede que eu ainda não tinha investigado. Ele tirou dali o que parecia ser uma calça preta.

— A eletricidade alimenta os aquecedores e, sim, na Atlântia, todas as casas e negócios, não importa quem more nelas, têm energia.

Com os olhos fixos no fogo, pensei sobre o que ele disse. Se ao menos o que ele afirmava fosse verdade. Aquela devia ser a primeira das muitas coisas que diferenciavam o reino dele daquele em que cresci. Somente os muito ricos ou bem relacionados tinham acesso à eletricidade no Reino de Solis.

— Como isso é possível?

— A eletricidade pode até ser uma fonte finita aqui, mas não tem que ser assim. Os Ascendidos é que fazem com que seja — disse ele, e um olhar rápido me informou que ele havia trocado a toalha pelas calças que tinha apanhado. Eram mais largas que as calças do uniforme e ficavam penduradas de modo indecentemente baixo nos quadris dele, sustentadas por uma espécie de cadarço que parecia desafiar a gravidade. Ele recolheu as nossas roupas e as guardou dentro de um cesto de roupa suja que colocou do lado de fora do cômodo. Fechou a porta e disse: — Uma parte crucial do seu controle absoluto é criar uma rixa entre os mortais que têm posses e os que não têm.

Casteel se sentou na cadeira de canto e se recostou, apoiando o tornozelo no joelho. Vestido apenas com aquelas calças largas e estranhas, eu nunca tinha visto um homem mais arrogantemente à vontade. Ele tamborilou os dedos lentamente no braço da cadeira.

— De modo que aqueles que mal têm o suficiente para sobreviver se revoltam contra aqueles que têm mais do que precisam. E nunca contra os Ascendidos.

Eu não podia discutir com aquilo. A divisão na Masadônia era tão nítida e abrangente quanto na capital. Enquanto a Viela Radiante, onde alguns Ascendidos e os ricos viviam, tinha apenas alguns quarteirões de comprimento, havia uma cidade inteira dentro da Carsodônia. E todo o resto era como as casas perto da Colina na Masadônia, atarracadas e empilhadas umas sobre as outras.

— Quer dizer que a Atlântia é governada de uma forma diferente? — desafiei, segurando a faca de encontro ao peito.

— É, sim.

Pensei no que Landell havia dito.

— Tive a impressão de que existiam problemas na Atlântia.

Ele parou de tamborilar os dedos.

— Existem problemas em todos os lugares, Poppy.

— E que tipo de problema de espaço limitado e terras inúteis a Atlântia tem?

Ele inclinou a cabeça para o lado.

— A Atlântia já englobou toda a extensão de terra que vai do Mar de Stroud até muito além das Montanhas Skotos. O meu povo construiu as cidades e cultivou as terras que os Ascendidos governam agora. Quando recuamos no final da Guerra dos Dois Reis, eles perderam todas aquelas terras. Estamos simplesmente ficando sem espaço.

— E o que acontece se vocês ficarem sem espaço?

— Não vou permitir que isso aconteça — respondeu ele, endireitando a cabeça. — Achei que você já estaria dormindo quando eu voltasse. O seu dia deve ter sido muito mais cansativo do que a da maioria de nós.

— Eu estava dormindo, mas... — Olhei para o peito dele, para os músculos retesados do abdômen. O brilho da lareira deixava muito pouco para a imaginação.

— Eu acordei você? Desculpe por isso — disse ele, e o pedido de desculpas me pareceu genuíno. — Temos que conversar a respeito de muita coisa, Poppy.

— Temos, sim. — Por exemplo, todo o absurdo do casamento. — Mas você não precisa ficar sem camisa para conversar.

— Eu não preciso ficar vestido para conversar. — Aquele sorrisinho dissimulado dele voltou. — Juro que algumas das conversas mais interessantes acontecem sem roupas.

O calor afogueou as minhas bochechas.

— Aposto que você já teve muita experiência com esse tipo de conversa.

— Com ciúmes? — Ele apoiou o cotovelo no braço da cadeira e pousou o queixo na palma da mão.

— Até parece.

O sorriso aumentou e, embora não pudesse ver a covinha atrás dos dedos espalmados no maxilar dele, eu sabia que ela devia estar ali.

— Então... distraída?

— Não — menti, e então menti mais um pouco. — Nem de longe.

— Ah, entendi. Você está deslumbrada.

— Deslumbrada? — Quase soltei uma risada atônita E lá estava aquele leve arregalar de olhos, os lábios entreabertos e a ausência de arrogância. Era como vê-lo tirar uma máscara, mas eu não fazia a menor ideia se o que se revelava era outra máscara, ainda mais quando o olhar desaparecia e a sua expressão se tornava indefinível de novo.

Soltei o ar lentamente.

— Não precisamos falar sobre o seu ego inflado. Isso já foi debatido e encerrado há muito tempo. Temos que conversar sobre essa coisa de casamento. Não há a menor chance de...

— Temos mesmo que conversar sobre isso, sobre o nosso futuro. Mas não agora. Já está tarde. Eu estou cansado. E, se estou cansado, você deve estar exausta — disse ele, e eu estreitei os olhos. — Esse é o tipo de conversa para a qual nós dois precisamos estar cheios de energia.

— Essa conversa levará o tempo suficiente para que eu diga que não vou me casar com você. Portanto, não há nenhum futuro para discutir. Agora a conversa acabou. Viu só como foi simples?

— Só que não é tão simples assim — respondeu ele suavemente. — Por que você fugiu hoje à noite?

A frustração começou a abrir um buraco dentro de mim.

— Será que foi porque você está tentando me forçar a casar com você? Isso nunca passou pela sua cabeça?

— Talvez, sim. — Houve um período de silêncio enquanto ele me encarava. — Você sabe por que escolhi o nome Hawke?

Meu coração disparou dentro do peito com a mudança inesperada de assunto.

— Imaginei que fosse o nome de uma pobre alma que você tivesse matado.

Ele riu, mas não havia nenhum senso de humor na risada. De repente, eu me dei conta de que as risadas dele, assim como suas expressões e até mesmo os sorrisos, também eram como máscaras — cada uma representava um Casteel diferente, uma verdade ou falsidade diferente.

— Nenhuma pobre alma tinha esse nome. Ou pelo menos não que eu saiba. Se existe ou existiu alguém, seria pura coincidência. Mas escolhi Hawke por um bom motivo.

Eu queria dizer a ele que não me importava, mas me importava, sim. Ah, Deuses, como eu queria saber.

Ele baixou a mão.

— Em Atlântia, é tradição ter um segundo nome, um nome do meio, por assim dizer. É dado em homenagem a um membro da família ou a um amigo querido, geralmente escolhido pela mãe, e é um segredo bem guardado, compartilhado fora da família só com os amigos mais íntimos e com aqueles que têm um lugar especial na sua vida. Minha mãe escolheu o meu nome do meio em homenagem ao seu irmão. O nome dele era Hawkethrone. Meu nome completo é Casteel Hawkethrone Da'Neer. Quando eu era criança, a minha mãe começou a me chamar de uma forma abreviada desse nome. E o meu irmão também. Só eles me conheciam como Hawke — disse ele. — Até você.

Capítulo 6

Hawke...

O nome não pertencia a outra pessoa. Era verdadeiro. Hawke era de verdade?

— Para ser sincero, a minha mãe só me chama de Casteel incluindo o meu nome do meio e sobrenome e normalmente significa que ela está irritada com algo que fiz ou deixei de fazer — continuou ele. — Embora Kieran não me chame de Hawke, ele conhece a origem do nome. Foi ele quem escolheu o sobrenome Flynn. Achou que combinava com Hawke.

— Nós... nós não temos nomes do meio — eu me ouvi dizer.

— Eu sei.

— Você está me contando a verdade agora?

As feições dele se contraíram quando algum tipo de emoção passou pelo seu rosto.

— Estou contando a verdade, Poppy.

O dom pressionou a minha pele, e o que Kieran me disse sobre as minhas habilidades voltou à tona. Eu havia dito que não tinha a menor intenção de lidar com o Príncipe, mas o meu dom poderia me dizer o que ele estava sentindo e talvez me ajudasse a determinar se estava mentindo. As mentiras e as verdades costumavam estar conectadas com as emoções, e uma pessoa poderia tentar esconder o que estava sentindo. Às vezes, elas eram bem-sucedidas, mesmo com uma angústia mental extrema. Mas, embora as pessoas pudessem mentir para alguém sobre o que sentiam, não podiam mentir para si mesmas.

Abrir-me sempre foi fácil. Não exigia nenhum esforço. Os meus sentidos se aguçaram e foi como se um fio se formasse entre Casteel e eu, nos conectando. Nem sempre era assim, tão singular. Às vezes, uma multidão me dominava e me puxava na sua direção. Algumas pessoas eram como projetores, com uma angústia tão profunda e bruta que estabeleciam uma conexão comigo sem sequer tentar. Com Casteel, eu levei alguns segundos para compreender o que captava dele. As emoções tinham um certo sabor e sensação para mim, e o que eu sentia agora era ácido e picante na minha boca. Desconforto e... tristeza.

Sua tristeza me era familiar. Estava sempre ali, acompanhando cada passo e respiração dele. Muitas vezes, eu me perguntava como ele conseguia rir e me provocar. Como podia ser tão ridiculamente irritante enquanto sentia tanta tristeza. Fiquei imaginando se a provocação e a risada fácil também eram máscaras, já que eu sabia que a dor dele começava e provavelmente terminava com o irmão.

Eu não sabia com o que o desconforto tinha conexão, mas não senti nada que me fizesse pensar que ele não estava contando a verdade naquele momento.

E talvez... talvez isso significasse que o nome Hawke era verdadeiro. Que não era uma mentira.

O meu fôlego seguinte me pareceu insuficiente.

— Por que você está me contando isso a respeito do seu nome? Qual é a importância?

Ele estava quieto agora, com o rosto suave.

— Porque saber que Hawke é uma parte do meu nome, uma parte de mim, importa para você.

— Você consegue ler a minha mente? — perguntei, pensando que já devia ter perguntado aquilo antes, mas sentindo que tinha que perguntar outra vez. Ler mentes não era tão absurdo assim, levando em consideração que ele era capaz de impor a sua vontade sobre os outros, e ainda mais quando o que disse era verdade. Aquilo importava para mim. Por quê? Eu não fazia a menor ideia, pois o que aquilo mudava? No final das contas... nada.

Um ligeiro sorriso surgiu nos lábios dele.

— Não, não consigo, o que é uma decepção quando se trata de você. Adoraria saber o que você está pensando, o que está realmente sentindo.

Graças aos Deuses que ele não sabia, pois o que eu estava sentindo era mais confuso do que quando tentei aprender a tricotar.

— Eu sou Hawke — disse ele depois de um momento. — E sou Casteel. Não sou duas pessoas diferentes, não importa o quanto você queira acreditar nisso.

Fiquei tensa e segurei o cabo da faca com força. Eu detestava que ele me conhecesse tão bem.

— Eu sei disso.

— Sabe mesmo?

Uma onda de frustração chamuscou a minha pele, pois muitas vezes eu pensava nele como duas pessoas diferentes, sobretudo que havia máscaras diferentes que ele usava, e uma delas tinha sido usada para Hawke.

Mas aquilo não importava. Não podia importar.

— Eu sei que você é a mesma pessoa — disse. — É o homem que mentiu para mim desde o começo, e que está me mantendo em cativeiro agora. Não importa o nome que usou ao fazer isso.

Ele arqueou uma sobrancelha escura.

— Ainda assim, você não me chamou mais de Hawke desde que soube quem eu era.

A frustração rapidamente se transformou em raiva.

— E qual é a importância disso, *Hawke*?

Foi então que um sorriso surgiu nos lábios dele, do tipo que exibia um leve indício das presas.

— Porque sinto falta de ouvir você dizer esse nome.

Eu o encarei pelo que me pareceu uma pequena eternidade.

— Você é ridículo, *Casteel*.

Ele riu, e o som era caloroso, profundo e genuíno. Senti o divertimento dele por meio da nossa da conexão, como uma pitada de açúcar na língua. Aquilo quase me deixou irritada o bastante para que fizesse algo muito imprudente com a faca outra vez. De alguma forma, consegui resistir ao impulso que provava como eu poderia ser violenta.

O humor no rosto dele se desvaneceu.

— Não menti mais desde que você soube quem eu era.

— Como é que vou acreditar nisso? — exigi saber. — E, mesmo que esteja falando a verdade agora, isso não apaga todas as mentiras.

— Você tem razão. Não espero que você acredite em mim nem que se esqueça das mentiras — disse ele. Mais uma vez, por meio da conexão que deixei aberta, senti a tristeza junto com o gosto de humor que ia desaparecendo. — Mas não tenho mais nada a ganhar com mentiras. Eu já possuo o que quero. Você.

— Você não me possui.

Ele repuxou um canto dos lábios.

— Vamos ter que concordar em discordar a respeito disso. Faça uma pergunta, Princesa. Faça qualquer pergunta e eu vou responder com a verdade.

Uma centena de perguntas surgiram na minha mente. Havia tanta coisa que eu poderia perguntar para ele. Duas coisas tomaram a dianteira.

Você já se importou comigo?

Aquilo foi verdadeiro?

Eu me recusava a fazer aquelas perguntas outra vez.

— E eu devo acreditar em você?

— Se acredita ou não, só depende de você.

Não era apenas uma questão de decidir acreditar nele, mas eu não disse isso. Outra pergunta veio à tona, algo em que estive pensando antes.

— Você matou a primeira Donzela? — perguntei.

— O quê? — A surpresa tomou conta do tom de voz dele, e eu também a senti por meio do fio. Fria como um jato de água gelada.

Contei a ele o que a Duquesa havia dito sobre as habilidades da primeira Donzela.

— Ela me disse que a Donzela foi considerada indigna, embora ainda fosse ser entregue aos Deuses. Só que as decisões e escolhas dela a levaram até o Senhor das Trevas. Até você. — *Assim como eu.* — A Duquesa basicamente me disse que o Senhor das Trevas a matou.

— Não sei por que a Duquesa diria uma coisa dessas para você. A única Donzela que conheci foi você — respondeu ele, e eu pude sentir a queimação quente e ácida da raiva que emanava dele. — Nem sei se realmente existiu outra Donzela.

Eu... eu não havia considerado a possibilidade de que não existisse outra Donzela. Isso poderia explicar por que não havia nada escrito a respeito dela, nem mesmo o seu nome. Mas será que ela sequer existira?

— Tenho muito sangue nas mãos, Poppy. Tanto que às vezes acho que nunca vão ficar limpas. Tanto que não sei se quero que fiquem.

Voltei o olhar para ele.

— E aposto que você ouviu muita coisa a meu respeito, a respeito do Senhor das Trevas. Algumas partes são verdade. Eu mato os Ascendidos sempre que tenho a oportunidade, na Carsodônia e em todas as cidades que visitei. E, sim, encontro maneiras peculiares de acabar com as vidas deles. Estou encharcado no seu sangue.

Com a pele gelada, não consegui desviar o olhar dele.

— Você foi responsável pela Mansão Brasão de Ouro, por Lorde Everton?

— O Lorde Everton não estava vivo quando deixei a cidade de Três Rios. Nem nenhum dos mortais que o ajudavam quando se tratava da sua tendência de se alimentar de meninos, uma predileção que ia além disso. E, como tenho certeza de que você já percebeu, alguns mortais sabem da verdade e ajudam a encobrir o que acontece nos Templos e o que eles fazem quando não há nenhum Ritual.

Imaginei que os Ascendidos tivessem ajuda. Só podiam ter. Os Sacerdotes e as Sacerdotisas nos Templos tinham que saber. Assim como as Senhoras das fortalezas e aqueles que serviam aos Ascendidos de perto.

— E aposto que você ouviu o boato de que foi o meu caso com Lady Everton que permitiu que eu entrasse na mansão — continuou ele. Eu já tinha ouvido aquilo. — Admito que usei todas as armas de que dispunha. Afinal de contas, os Ascendidos me ensinaram a agir dessa maneira.

Estremeci.

— Ela era conhecida pelos casos. Os empregados ajudavam os seus amantes a se esgueirar para dentro da mansão. Muitos nunca mais saíam de lá, mas eu me certifiquei de que ela me notasse. Por fim, ela me convidou para a sua cama e foi assim que consegui entrar. Mas não encostei nenhum dedo nela dessa maneira. Nunca. — Havia um ronco baixo no tom de voz dele. — E, se não tivesse fugido assim que as chamas começaram, ela também não teria escapado.

Não duvidei daquilo nem por um segundo.

Ele se inclinou para a frente e sustentou o meu olhar.

— Não é só o sangue dos Ascendidos que mancham as minhas mãos. Há inocentes. Mortais e descendentes de Atlantes que ficaram no meu caminho. O seu guarda, Rylan, foi um deles.

Senti um nó na garganta.

— Assim como os que viajaram até aqui conosco e inúmeros outros. Mortos por uma flecha, um veneno ou uma queda. Qualquer um que se interpôs entre você e eu. — Ele não desviou o olhar por um segundo sequer. — E quanto a Vikter? E aquelas damas no Ritual? Eu não os matei, mas você tem razão. Meus seguidores agiram por conta própria, mas foram inflamados pelas minhas palavras e estimulados pela minha liderança. De modo que o sangue deles também está nas minhas mãos. Eu deveria ter assumido a minha responsabilidade desde o começo.

Um arrepio de dor e tristeza percorreu o meu corpo.

— Alguma dessas mortes mancha a sua alma? — sussurrei.

— Muitas delas. — Ele se recostou na cadeira. — Mas essa Donzela não faz parte disso. Se existiu mesmo e era como você, parte Atlante e com os seus dons ou algo do tipo, ela não foi entregue aos Deuses. Deve ter sido usada da mesma maneira que tencionam usar você.

Soltei o ar de modo entrecortado.

— Se... se eles já tinham o seu irmão, por que é que precisariam dela?

Ele olhou para mim da cadeira.

— Os Atlantes precisam de sangue Atlante para sobreviver. Uma pessoa meio Atlante é capaz de fornecer o sustento necessário. Foi assim que fui mantido vivo.

Engoli em seco, sofrendo por ele apesar de tudo. Sofrendo por ela, uma mulher que não conhecia nem sabia ao certo se existia.

— Ela pode ter sido mantida em cativeiro para... alimentá-lo? Para mantê-lo vivo?

— Nós não morremos sem sangue Atlante — disse ele.

Franzi o cenho.

— Como é possível não sobreviver, mas continuar vivo?

— Porque o que nos tornamos não é algo que eu compararia a estar vivo — respondeu ele. Antes que eu pudesse questionar isso, ele explicou. — Se existiu uma primeira Donzela, ou ela manteve o meu irmão vivo ou foi usada da mesma maneira que ele. Possivelmente ambas as coisas. De qualquer forma, imagino que ela já tenha morrido há muito tempo. O que deveria se perguntar é por que eles precisam de você. Por que eles transformariam você na Donzela, mantendo-a escondida de todos e sob a sua proteção e o seu olhar sempre vigilante? Por que eles esperaram até agora pela sua *Ascensão*? — Ele cuspiu a última palavra. — Mais cedo, depois que encontramos os Vorazes, você estava certa sobre o motivo pelo qual eles a forçaram a ficar calada sobre ter sido mordida e a proibiram de usar as suas habilidades. Alguém poderia descobrir o que você era, e isso teria derrubado o castelo de cartas em cima deles. Sendo assim, por que eles esperaram tanto tempo e correram esse risco? Por favor, me diga que você já fez essas perguntas a si mesma.

Minha pele ficou enregelada.

— Já fiz, sim. Eles... eles querem me usar para fazer mais vampiros. Mas por quê? Eles têm...

— E por que você acha que eles esperaram tanto tempo? — repetiu ele. — Por que essa suposta primeira Donzela desapareceu convenientemente na mesma época em que as habilidades dela começaram a evoluir? Não existe nenhuma Ascensão. Os Deuses não requerem nenhum tipo de serviço. Eles esperaram para que você pudesse ser útil a eles. — Ele se sentou na beira da cadeira. — Há um motivo pelo qual os Ascendidos esperam até uma certa idade para Ascender. Você sabe o que acontece quando um Atlante atinge os dezenove anos de idade?

Sabia, sim. Eu tinha lido a respeito em *A História da Guerra dos Dois Reis e do Reino de Solis*. A resposta estava naquele maldito livro que fui forçada a ler centenas de vezes. Devia ser a única parte que era verdade.

— Um Atlante atinge uma fase de maturidade. Vocês a chamam de... Seleção, quando passam por mudanças físicas.

— E quando certas habilidades começam a se manifestar ou se intensificar em alguns de nós — acrescentou ele, com os olhos brilhando no quarto mal iluminado. — Para mim, foi a persuasão. Quando era criança, eu conseguia ser bastante convincente, mas depois que passei pela Seleção me tornei capaz de impor a minha vontade sobre as outras pessoas se assim quisesse.

Senti um vazio no estômago.

— Então por que você simplesmente não me faz concordar com tudo o que deseja que eu faça?

Ele franziu as sobrancelhas.

— Porque eu posso até ser um monstro, mas não sou *esse* tipo de monstro, Poppy.

Senti um aperto no peito conforme tirava os olhos dele.

— Além disso, a persuasão é temporária, útil apenas para um ganho imediato — disse ele. Quando olhei para ele de novo, a sua expressão havia se suavizado. — E, curiosamente, assim como você não consegue captar as emoções dos Ascendidos, a persuasão também não funciona com eles.

Pigarreei.

— Você sabe por quê?

— Alguns creem que é porque os Ascendidos não têm alma.

Pensei em Ian e então bloqueei aqueles pensamentos.

— Então você acha que as minhas habilidades estão mudando porque estou passando pela Seleção?

— Uma versão dela. O seu sangue não seria útil para eles antes que você tivesse pelo menos dezenove anos, mesmo que as suas habilidades levassem mais dois anos para se transformar.

Enquanto eu tentava compreender o que ele estava me dizendo, o meu cérebro seguiu por uma direção.

— Será que vou desenvolver... presas?

Ele arqueou as sobrancelhas.

— Duvido muito. Os meio Atlantes não precisam de sangue, de modo que não precisam ter presas.

— E quanto a... imortalidade?

— Você não gostaria de ser imortal?

Pensei nos Ascendidos, em quanto tempo eles viviam, e não sabia muito bem se a sua falta de humanidade era devido ao que faziam para sobreviver ou porque viviam o bastante para ver todos ao seu redor morrerem por várias gerações.

— Não sei — respondi com sinceridade. — Eu vou ser imortal?

Ele balançou a cabeça em negativa.

— Somente os Atlantes de sangue puro têm o que os mortais consideram imortalidade.

Eu não sabia ao certo se deveria me sentir aliviada ou não.

— Posso ao menos Ascender? Ser transformada em vampiro? — perguntei, pensando em Ian. Se ele fosse parte Atlante como eu...

— Não sei mesmo, Poppy. É proibido que um Atlante Ascenda uma pessoa que tenha uma única gota de sangue mortal. Nem os meio

Atlantes que moram na Atlântia são Ascendidos. Eles vivem e morrem como os mortais — explicou ele, e aquilo era algo que eu não sabia a respeito dos habitantes da Atlântia. Que nem todos os Atlantes eram como ele. — Imagino que aconteceria com um meio-Atlante e com um mortal a mesma coisa caso passassem pela Ascensão. Ambos se transformariam em vampiros.

Ou seja, eles seriam governados pela sede de sangue, embora não tão consumidos por ela quanto um Voraz. Senti um aperto no peito.

— Quando uma pessoa é transformada, em vampiro, o que acontece com ela?

Ele permaneceu calado por vários segundos antes de responder:

— Ela é drenada por outros vampiros, levada até à beira da morte pela perda de sangue, e em seguida é alimentada com o sangue de um Atlante. Às vezes, a mudança é imediata. Outras vezes, ela pode parecer morta por horas a fio. Mas depois acorda... com fome. Uma fome tão incontrolável quanto a de um Voraz; muitas vezes são necessários vários Ascendidos para subjugar a pessoa. — Seu maxilar se tensionou enquanto ele olhava para o fogo. — Mesmo depois de alimentada, ela é consumida pela fome. Ouvi dizer que pode levar semanas e até meses para um vampiro recém-criado controlar a sua sede.

Uma tontura, como se eu estivesse afundando, ameaçou me derrubar no chão. Houve um período de tempo após a Ascensão de Ian em que não tive notícias dele. Foi quando ele se casou, e se passaram vários meses.

— E sei que aqueles que não suportavam fazer o que era preciso se certificavam de que não fizessem mal a ninguém — acrescentou ele baixinho.

— Como? — perguntei, com o instinto me dizendo que a resposta não seria nada simples.

— Eles decidem andar sob o sol do meio-dia. Não demora muito, mas não é rápido de modo algum. Nem indolor.

Ah, Deuses.

Agora, isso... *isso* parecia algo que Ian faria. Só que ele estava vivo. Ele mandou cartas para mim. Só podia estar vivo.

Engoli em seco.

— E aqueles que você viu transformados? Todos pareciam ter ciência do que estava acontecendo?

Ele olhou de volta para mim.

— Eu sei aonde você quer chegar com isso e acho que a resposta não vai mudar as coisas da maneira que você gostaria.

— Você pode responder a minha pergunta?

Ele apertou os lábios.

— Os Ascendidos realizavam uma cerimônia para isso. Os mortais eram trazidos cobertos com mantos e de máscara. Palavras sem sentido eram entoadas e velas eram acesas. Alguns pareciam saber o que iria acontecer. A maioria parecia estar intoxicada. Eu não tenho a menor ideia se eles sabiam mesmo o que estava acontecendo. — O peito dele subiu quando ele respirou profundamente. — Alguns pareciam drogados. Duvido que eles soubessem se estavam acordados.

Eu o encarei, presa naquele lugar terrível entre o alívio e o horror. De repente, entendi por que ele não queria responder a minha pergunta. Se Ian tivesse sido drogado a ponto de não saber — se os outros não soubessem o que estava acontecendo —, aquilo era muito pior.

Casteel me observou em silêncio.

— Não há nenhum motivo para que um Ascendido transforme um meio-Atlante. Fazer isso macularia o sangue, exatamente o que eles precisam para transformar outros Ascendidos ou manter um Atlante vivo. Foi por isso que eles se asseguraram de que você estivesse saudável e em segurança, foi por isso que a sua preciosa Rainha cuidou tão ternamente de você — disse ele. Meu corpo inteiro ficou tão retesado quanto a corda de um arco. — O seu sangue não significava nada para eles antes de agora e significaria menos ainda se você passasse pela Ascensão.

Sendo assim, Ian e eu devíamos ter pais diferentes, um deles ou os dois. Pois ele só podia ter sido transformado. Ele me mandava cartas, e Casteel afirmou que Ian só era visto durante a noite. A não ser que...

A não ser que os contatos de Casteel tivessem visto outra pessoa e não fosse Ian que me mandava aquelas cartas.

A pressão dentro de mim aumentou, descendo para o meu estômago conforme eu engolia em seco. Eu não podia nem pensar naquilo agora que estava tão longe de Ian. As perguntas e dúvidas acabariam comigo.

E já me sentia destroçada.

Sabia o que eles planejavam fazer comigo, mas compreender por que haviam esperado e por que fizeram tudo o que haviam feito me deixou enjoada a ponto de achar que eu pudesse ficar fisicamente doente.

— Eles estavam me mantendo viva até que... — Engasguei com as palavras quando o peso delas ameaçou me esmagar.

Casteel não disse nada enquanto permanecia imóvel na cadeira, embora fosse melhor assim naquele momento. Eu me sentia como um barril de pólvora aceso. Dentro de mim, a descrença e a raiva pegaram fogo. Fui mantida protegida e virtualmente enjaulada, cuidada como se fosse um gado valioso até que o meu sangue envelhecesse. Até que fosse útil — para fazer mais vampiros ou manter outra pessoa viva para que continuasse fazendo mais.

— Eu não sou uma garrafa de vinho — sussurrei.

— Não — disse ele baixinho. — Você não é uma garrafa de vinho, Poppy.

Ergui a cabeça subitamente.

— E você não sabia disso quando veio atrás de mim? Jura? Você jura aqui e agora que não sabia que eu era parte Atlante? Que foi por isso que me transformaram na Donzela? Que eu estava sendo mantida viva e protegida de tudo até ser... útil?

O olhar dele encontrou o meu.

— Eu juro a você, Poppy. Não fazia a menor ideia de que você era Atlante até provar o seu sangue. Nem esperava que fosse quando soube do seu dom. Talvez devesse. — Uma sombra passou pelo rosto dele, mas desapareceu tão rápido que eu não sabia ao certo se a tinha visto. — Mas nenhum Atlante foi capaz de fazer algo assim por, bem, por centenas de anos. Eu não sabia.

Meus sentidos ainda estavam aguçados, e levei vários minutos para filtrar o que sentia para que pudesse distinguir as emoções dele. Ainda havia o gosto ácido da raiva, o sabor azedo que eu associava à incerteza e a tristeza que sempre pairava dentro dele.

O meu dom não era um detector de mentiras, mas não achei que ele estivesse mentindo. Trancar o meu dom foi a parte mais difícil, pois não me parecia natural. Natural seria ir até ele e aliviar a sua tristeza, lhe dar um pouco de paz momentânea. A minha pele formigava com o desejo de fazer isso, e não necessariamente porque era ele. O dom exigia ser usado para a cura. Eu o suprimi a duras penas, ofegando enquanto me sentava na beira da cama.

— Agora que você entende perfeitamente por que eles fizeram isso com você e quais são os seus planos — disse Casteel, com a voz endurecendo de um modo que eu raramente ouvia quando ele falava comigo. — Por que diabos você fugiria para voltar para eles, Poppy? Casando comigo ou não.

Eu encarei Casteel com a faca de carne frouxa nas mãos.

— Eu já disse que não fugi para voltar para eles.

— Então para onde você estava indo? Sem suprimentos, devo acrescentar.

— Você não precisa acrescentar nada. Sei muito bem o que levei comigo.

— Se não estava voltando para os Ascendidos, para onde você pensou em ir? Você estava seguindo na direção de Ponte Branca, para o sul. — Os olhos dele eram como cacos de âmbar. — Você não iria voltar para a Masadônia. Imagino que estivesse indo para a capital. Por quê? Mesmo sabendo de tudo o que já sabe, por que você faria uma coisa dessas?

— Por quê? — A raiva tomou conta de mim, quente e incandescente como as chamas. — Você está realmente me fazendo essa pergunta de novo?

— Eu pareço estar brincando? — perguntou ele.

Fiquei em silêncio, atônita, mas só por um instante.

— Por que é que eu ficaria aqui e deixaria que você me entregasse de volta para eles? Para as pessoas que você disse que queriam me usar, para as pessoas que abusaram de você e o torturaram? Que estão fazendo a mesma coisa com o seu irmão? Como é que isso faria de você uma opção melhor? Mais segura? Você está fazendo a mesma coisa que eles fizeram comigo! — Senti um nó de emoção medonha e dolorosa no fundo da garganta. — Você está me mantendo em segurança, bem alimentada e enjaulada até que possa me usar!

Ele flexionou um músculo no maxilar.

— E então você anuncia que vai se casar comigo. — Sacudi a cabeça, estremecendo. — Por que é que você diria uma coisa tão ofensiva assim?

— Ofensiva? Ora, Poppy, eu sei que lá no fundo você deve estar entusiasmada. Não é todo mundo que consegue se tornar uma Princesa de verdade.

— Eu não estou nem de longe... — Fechei a boca, me dando conta de que ele estava me provocando. Será que era tudo uma grande piada para ele?

— É considerada uma grande honra na Atlântia ser recebida no seio da nobre família governante — continuou ele. — Acho que a minha mãe vai gostar de você.

Eu me levantei de supetão.

— Nós não vamos nos casar! — Golpeei a faca para baixo, enterrando-a fundo na madeira da mesinha de cabeceira, com o cabo vibrando pelo impacto.

— Pensando bem, a minha mãe vai certamente gostar de você — murmurou Hawke, e, naquele momento, ele *era* Hawke.

Aquele era o tom de voz divertido com o qual eu estava acostumada e que me pegou tão desprevenida que levei alguns instantes antes que me recuperasse e me lembrasse que era apenas mais uma máscara.

— Por quê? Porque eu não a atirei na sua cara dessa vez?

— Ela provavelmente vai achar graça quando souber que você fez isso — disse ele, e eu franzi as sobrancelhas. — E ficará contente de saber que você é capaz de mostrar moderação.

— Agora eu gostaria de não ter mostrado moderação.

Casteel riu, e o som também me soou familiar, mas foi a risada de Casteel que se desvaneceu. Eram os olhos dourados dele que mantinham um olhar intenso de fascínio. Ele era Hawke e Casteel ao mesmo tempo, mas era com o último que eu lidava naquele momento. Ele se inclinou para a frente na cadeira, colocando os pés descalços no chão.

— Você fica tão incrivelmente bonita quando está com raiva.

Eu me recusei a ficar lisonjeada com aquele elogio um tanto estranho.

— E você é tão incrivelmente perturbado.

— Já fui chamado de coisa pior.

— Aposto que sim. — Cruzei os braços sobre o peito.

Ele se levantou da cadeira e, por um momento, fiquei um pouco perdida com toda aquela pele à mostra.

— Vamos conversar sobre o nosso futuro amanhã...

— Não vai haver futuro nenhum. Nós não vamos nos casar — eu o interrompi.

— Creio que você verá que os meus argumentos são impossíveis de refutar.

— Nada é impossível.

— Vamos ter de esperar para ver.

— Não vamos... O que você está fazendo? — exigi saber enquanto ele caminhava para o outro lado da cama. — O que você está fazendo?

— Indo para a cama.

— Para quê? — A minha voz soou aguda.

Ele arqueou a sobrancelha enquanto puxava o cobertor para o lado.

— Para dormir.

— Isso eu já imaginava, muito obrigada. Mas por que você acha que vai dormir no mesmo quarto e na mesma *cama* que eu?

— Porque, como já expliquei antes, esse é o meu quarto.

— Então vou encontrar outro quarto para mim.

— Não há outros quartos vagos, Princesa.

Enterrei as mãos no cobertor enquanto a minha mente ficava a mil.

— Isso não é apropriado. Eu sou a Donzela. Ou era. Tanto faz. Sou a própria definição de recato.

Ele me encarou.

— Além de não ser a própria definição de recato, todo mundo nesse forte sabe que nós já dividimos a mesma cama, Poppy.

— Bem, isso é... — Senti o rosto afogueado. — Isso é ótimo.

— Eu não vou deixar você sozinha.

— Eu não vou tentar fugir! Prometo.

— Espero que você não pense que sou tolo o bastante para acreditar na sua promessa. — Casteel pegou um travesseiro achatado e o afofou. — Então, ou eu fico aqui, ou Kieran fica. Você prefere que seja ele? Nesse caso, vou chamá-lo para você. — Ele jogou o travesseiro na direção da cabeceira da cama. — Mas, só para você saber, ele costuma assumir a forma de lupino e tem a mania de dar chutes durante o sono.

Entreabri os lábios pouco a pouco.

— O quê? Espere aí. Eu não preciso ouvir nenhuma explicação. Não quero Kieran aqui.

O vislumbre do sorriso dele era de pura malícia.

— Você me quer.

— Não foi isso que eu disse. Você pode dormir no chão.

— Eu não vou dormir no chão. E, antes que diga alguma coisa, nem você. — Ele deslizou para a cama com uma graça invejável. — Não importa o que você pensa que sabe a meu respeito, espero que perceba que eu nunca a forçaria a nada nem a persuadiria a fazer algo do tipo. Nunca vou fazer nada que você não queira, e não é só porque sei como é — disse ele categoricamente, e eu senti um aperto no peito. — Mas porque nunca fui esse tipo de pessoa.

— Eu não acho que você faria algo assim — disse rapidamente. E eu não queria saber. Eu... *precisava* saber. — O que foi que eles fizeram com você?

— Não gostaria de falar sobre isso, Poppy.

Abri e fechei a boca. Eu poderia entender isso. E respeitar.

E, enquanto permanecia onde estava, pensei sobre o que Kieran havia me dito antes sobre estar a salvo com o Príncipe. Infelizmente, também me lembrei dos efeitos do sangue dele e de como quase implorei para que ele me tocasse.

Não foi um dos meus melhores momentos.

No entanto, Casteel se recusou. Ele poderia muito bem ter se aproveitado da situação, mas o que foi que disse? Que não era um bom homem, mas estava tentando ser. Pensei na vergonha que senti dentro dele. Casteel era o vilão e o herói, o monstro e o matador de monstros.

Mas eu não estava com medo de que ele tentasse alguma coisa comigo. Estava com medo de mim mesma — medo de como o meu coração batia acelerado. Na noite em que passamos juntos, dormir nos braços dele foi... foi tão bonito quanto o que compartilhamos antes.

Só que não tinha sido de verdade.

O problema é que o meu coração não parecia entender isso, pelo menos não o tempo todo. Era por isso que batia tão rápido agora. Para alguns — possivelmente a maioria das pessoas no reino — dormir ao lado de alguém não significava grande coisa. Mas para mim? Era tão transformador quanto andar de mãos dadas, ser capaz de tocar outra pessoa abertamente ou dividir o jantar com alguém — coisas a que as outras pessoas geralmente não davam valor.

Por isso que dividir a mesma cama com Casteel era perigoso.

Eu o observei enquanto ele deixava o cobertor cair até a cintura e depois cruzava as mãos debaixo da cabeça. Assim que pareceu estar confortável, ele disse:

— Mas, só para você saber, se quiser os meus lábios em alguma parte do seu corpo, eu estou mais do que disposto a satisfazê-la.

Meu queixo caiu.

— E a minha disposição se estende às minhas mãos, aos meus dedos e ao meu pau...

— Ah, meus Deuses — eu o interrompi. — Não precisa se preocupar com isso. Eu jamais vou solicitar os seus... os seus serviços.

— Serviços? — Ele inclinou a cabeça na minha direção. — Isso me parece tão sacana.

Eu ignorei o comentário dele.

— Você e eu nunca mais vamos fazer nada do que fizemos antes.

— Nunca?

— *Nunca.*

— Você diria que é... impossível?

— Sim. É definitivamente impossível.

Foi então que Hawke sorriu, e *era* o sorriso de Hawke. As covinhas apareceram nas duas bochechas, e eu detestei o aperto que senti no peito ao vê-las. Odiava que aquilo fizesse com que eu o visse como Hawke.

— Mas você não acabou de dizer que nada era impossível? — ele quase ronronou.

Olhei para ele, sem saber o que dizer.

— Estou com vontade de apunhalar o seu coração nesse exato momento.

— Aposto que sim — respondeu ele, fechando os olhos.

— Tanto faz — murmurei, aceitando o fato de que teria que lidar com ele. Pelo menos durante a noite ou até que descobrisse como fugir. Recuei, enfiando as pernas debaixo do cobertor. E me deitei com tanta força que sacudi a cama.

— Está tudo bem aí? Parece que você se machucou.

— Cale a boca.

Ele deu uma risada.

De costas para ele, encarei a faca. A lâmina estava torta. Dei um suspiro. Um instante depois, ouvi um clique e o quarto ficou escuro. Ele tinha apagado a lâmpada a óleo no seu lado da cama.

No seu lado da cama?

Nós não tínhamos lados.

Puxei o cobertor até o queixo enquanto olhava para a lareira. Minha mente voltou para algo que não deveria importar, mas que importava, sim.

— Por que você me contou? — sussurrei, sem saber muito bem se ele ainda estava acordado nem por que eu estava fazendo aquela pergunta. Ele já tinha respondido. — Por que você tinha que me contar que Hawke era o seu nome do meio?

O fogo crepitou, cuspindo faíscas, e fechei os olhos.

Alguns segundos ou talvez minutos depois, Casteel disse:

— Porque você precisava saber que nem tudo era mentira.

Capítulo 7

Com todo o estresse e trauma dos últimos dias, não deveria ser nenhuma surpresa que o passado me encontrasse durante o sono. Ainda assim, foi um choque para os meus sentidos.

O sangue estava por toda a parte. Salpicado pelas paredes, escorrendo em correntes finas e se acumulando no assoalho de madeira empoeirado — sob as protuberâncias no piso, deformadas e estranhas. O ar estava denso com o cheiro de metal. Uma mancha azul sob a luz da lâmpada a óleo chamou a minha atenção. Uma camisa. O homem engraçado que serviu a nossa comida naquela noite não estava usando uma camisa azul? O sr. La... Lacost? Ele nos contou histórias sobre a família de ratos que vivia no celeiro dos fundos e que tinha feito amizade com os gatinhos. Eu queria vê-los, mas o Papai nos levou de volta para o quarto. Ele não sorriu nem riu durante o jantar. Não sorria desde que partimos. Ficou sentado à mesa, com o olhar disparando para a janela entre cada garfada rápida de comida.

Mas o peito e o abdômen do sr. Lacost me pareceram estranhos conforme eu ficava de pé ali, tremendo. Não estavam mais redondos, mas sim afundados e rasgados...

— Não olhe, Poppy. Não olhe para lá — veio a voz abafada de Mamãe enquanto puxava a minha mão. — Temos que nos esconder. Rápido.

Ela me puxou pelo corredor estreito, com a mão molhada contra a minha.

— Eu quero o Papai...

— Shh. Temos que ficar em silêncio. — A voz dela vacilou, soando muito fraca. As mangas de seu vestido estavam rasgadas, com o rosa-claro manchado de vermelho. Mamãe estava machucada e eu não sabia o que fazer. — Temos que ficar em silêncio para que o Papai possa vir nos encontrar.

Eu não entendia como ficar em silêncio ajudaria o Papai a nos encontrar. Estava escuro na sala em que entramos, e os sons, as respirações e gemidos irregulares, os gritos e berros incessantes eram altos. Papai tinha saído assim que eles chegaram, com o homem estranho que parecia conhecê-lo. Eu queria o meu pai. Eu queria Ian, mas ele tinha ido embora com a mulher com cheiro de açúcar e baunilha...

Um som estridente invadiu a escuridão. Mamãe apertou a minha mão com força, me puxando para baixo onde estava agachada. Ela abriu uma despensa grande atrás de mim quando alguém gritou. As panelas tilintaram no chão conforme Mamãe as tirava de dentro do armário.

— Entre, Poppy. Quero que você entre e fique bem quieta, tá bem? Quero que você seja silenciosa como um rato, não importa o que aconteça. Entendeu?

Olhei para trás pelo pequeno buraco em meio à escuridão e sacudi a cabeça. Mamãe não iria caber ali.

— Eu quero ficar com você.

— Eu estarei bem aqui. — Ela tocou na minha bochecha. Sua pele estava úmida quando ela virou a minha cabeça na sua direção. — Quero que você seja uma menina crescida e preste bem atenção. Você tem que se esconder...

O uivo estridente soou outra vez, e eu clamei por ela, me agarrando ao seu corpo. Enterrei os dedos na cintura pegajosa do vestido dela.

— Você tem que me soltar, querida. Precisa se esconder, Poppy.

Eu me segurei com mais força, sentindo um calor úmido que escorria pelo meu rosto.

Mamãe estremeceu ao ouvir um barulho — uma voz. Alguém falou alguma coisa, mas o meu coração batia forte demais nos meus ouvidos para que eu pudesse ouvir. Parecia uma queda d'água, e os sons do pesadelo ficaram mais altos e mais próximos. Então, ouvi uma voz de novo. E as mãos de Mamãe ficaram mais úmidas e pegajosas...

Alguém derrubou uma lâmpada em algum lugar. O vidro se estilhaçou. Mamãe gritou conforme me abraçava, com as palavras misturadas, sem fazer muito sentido, exceto por uma...

Gritos. Alguém estava gritando. Mamãe? Ela foi arrancada de mim, suas mãos deslizaram pelos meus braços e seus dedos apertaram os meus e depois escorregaram. Um corpo se chocou contra nós — contra mim — e eu cambaleei para o lado, soltando a Mamãe. Uma dor latejante cortou o meu rosto, me deixando atordoada. Caí para trás. Mãos me agarraram. Mãos pesadas demais. Mãos que me *machucavam*. Eu gritei...

Ouvi aquela voz outra vez, em algum lugar da escuridão, soando sob os berros.

Que florzinha linda.
Que linda papoula.
Colha e veja-a sangrar.
Já não é mais tão bonita...
Poppy.

Acordei sobressaltada, com um grito ecoando nos ouvidos e queimando a minha garganta enquanto arfava, lutando para me mover, mas sem conseguir. Os meus braços estavam presos contra a lateral do meu corpo e as pernas emaranhadas em um calor espesso. Abri os olhos e levei um instante para compreender o que estava acontecendo ao meu redor. Eu me concentrei nas batidas constantes sob a minha bochecha enquanto desenterrava pouco a pouco os espinhos do pânico e do medo.

Uma tênue luz acinzentada se infiltrava pela janela estreita em frente à cama. Eu não estava na estalagem, sendo rasgada e dilacerada. Estava no forte, na cama, com um peito duro e quente de encontro ao rosto, uma mão que alisava os meus cabelos sem parar e uma voz que sussurrava o meu nome repetidas vezes, me dizendo que estava tudo bem e me prometendo que eu estava a salvo. Eu estava aninhada no colo dele, segurada com firmeza contra o seu peito, como se ele tentasse manter os tremores sob controle só com o seu abraço.

Casteel.

A realidade voltou pouco a pouco conforme a desorientação do pesadelo diminuía, e comecei a perceber que ele estava me embalando devagar.

Eu sabia que precisava me afastar, que deveria manter a distância entre nós, mas havia algo reconfortante no abraço dele. Algo que me parecia inexplicavelmente certo depois de todo aquele sangue e horror.

Talvez porque muitas vezes eu acordasse sozinha após os pesadelos, abalada e apavorada, ainda mais depois que Ian foi para a capital. E, mesmo que os meus gritos acordassem Tawny, eu nunca me permiti ser tão... acalentada. Sempre tive vergonha de pedir isso para a minha dama de companhia. Só que não havia opção agora e foi a primeira vez que fiquei aliviada por não ter escolha. Fechei os olhos, deixando que o calor do corpo de Casteel invadisse o meu.

Uma pontada de vergonha tomou conta de mim, embora ele já soubesse dos pesadelos. Vikter o alertara a respeito, e eu sabia que ele não tinha feito isso para o benefício de Casteel, mas por mim. A tristeza deixou o meu peito apertado. Eu sentia tanta falta de Vikter, e, logo depois de acordar de um daqueles pesadelos sangrentos, a perda me doía muito.

Mas o constrangimento também afogueava a minha pele. Casteel deveria me achar incrivelmente tola por ter pesadelos tantos anos depois. Comecei a me afastar.

— Sinto muito — disse, estremecendo com a rouquidão na minha voz. Só os Deuses sabem que tipo de som devo ter feito para ficar com a garganta tão arranhada. — Eu não queria te acordar.

— Quando eu era mais novo, quando saí da Atlântia pela primeira vez, vi um Voraz nos entornos de um vilarejo. Nunca tinha visto nada mais assustador na minha vida. Achei que fosse impossível existir algo pior por aí. — Os braços de Casteel se apertaram ao meu redor. — Ele já estava naquele estado há bastante tempo e parecia um cadáver ambulante. Era muito mais apavorante do que qualquer coisa que eu pudesse imaginar enquanto criança. E ouvir os gemidos dele? Eu sabia que aquilo iria assombrar o meu sono, e assombrou mesmo. Por semanas a fio, mesmo longe de qualquer Voraz, eu acordava no meio da noite, jurando que tinha ouvido aquele som.

Os tremores foram diminuindo conforme ele fechava a mão atrás da minha cabeça.

— Mas então eu fui capturado. E a pior parte? Foi culpa minha. Eu ainda era jovem e idiota. Achei que pudesse resolver tudo eliminando o Rei Jalara e a Rainha Ileana sozinho. Eu acreditava mesmo que conseguiria fazer isso. Cheguei perto — perto o bastante para atacar. É claro que fracassei. E então descobri o que era o horror de verdade. Você me perguntou o que eles fizeram comigo. Eles se recusaram a me fornecer sangue, me mantiveram no limite, me dando apenas o suficiente para sobreviver — às vezes por pouco, mas o baixo suprimento afetou a minha habilidade de cura.

A bile subiu pela minha garganta, mas eu não disse nada enquanto permanecia nos braços dele.

— Leva bastante tempo para que esse efeito ocorra, e eles sabiam disso. Não me marcaram antes que tivessem certeza de que a marca permaneceria. — O peito dele inflou contra o meu rosto. — Quando as pessoas que traziam para me alimentar estavam perto da morte, incapazes de servirem ao seu propósito, eles as matavam bem na minha frente. Às vezes, lentamente, fazendo os mesmos cortes na sua pele até que morressem. Outras vezes, quebravam o pescoço delas. Mas houve momentos em que estava com tanta fome que... — Ele engoliu em seco. — Fui eu que rasguei as suas gargantas e as matei. E eles deixavam os cadáveres para apodrecer ali comigo. Por dias a fio. Semanas. Sem nada para ver, a não ser a pessoa que havia matado. Sem nada para pensar, a não ser o tipo de vida que ela levava antes daquele momento e que futuro eu tinha roubado dela. Às vezes, os cadáveres se acumulavam, deixados ali muito tempo depois que o fedor já tivesse passado.

Ah, meus Deuses.

Meus olhos estavam abertos, mas sem enxergar nada enquanto eu o ouvia. Será que aquilo também fazia parte da dor que ele carregava consigo? Nesse caso, eu podia entender o motivo. Todas as coisas horríveis que ele havia feito ou causado não importavam naquele momento. Eu não podia sequer imaginar o sofrimento que ele devia ter suportado. Ninguém merecia isso. Nem mesmo aqueles cujas ações provocaram a morte mereciam ser torturados, usados e abusados.

E ser assombrado por pesadelos décadas depois? Séculos depois? Acho que não conseguiria lidar com centenas de anos revivendo a noite em que os Vorazes me atacaram.

Havia um vazio na sua voz enquanto ele prosseguia.

— E eles faziam coisas comigo... coisas que causavam reações que eu não conseguia controlar. Mulheres. Homens. Eles me forçavam a... — Ele parou de falar, e eu senti o aceno da sua cabeça. — Descobri o que era o medo de verdade.

Soltei o ar de modo trêmulo.

— Eu... eu sinto muito. Gostaria que...

— Não precisa sentir. Não foi você, e eu não quero isso de você. — Ele fechou os dedos ao redor dos meus cabelos. — Não quero pena.

— Não tenho pena de você — eu disse a ele. — E sei que não sou responsável pelo que aconteceu. Nem você, mesmo que as suas ações tenham feito com que fosse capturado. Ainda me sinto péssima pelo que fizeram com você.

— Eu não quero que você se sinta assim. Só quero que saiba que eu tinha pesadelos, Poppy. Anos depois de ser libertado, eu acordava no meio da noite pensando que ainda estava naquela jaula, algemado pelos pulsos e tornozelos. Às vezes, as coisas que fiz depois de ser libertado me acompanham durante o sono.

Ele deslizou a mão até a minha bochecha, levando a minha cabeça para trás para que eu o encarasse.

— De modo que sei que o passado não permanece onde deveria. Que gosta de fazer uma visita quando você está mais fraco. Você não precisa pedir desculpas nem deveria ficar constrangida.

Meu coração ficou apertado ao mesmo tempo que um pouco do desconforto diminuía.

— Como... como você sobreviveu ao que fez?

— Acho que você não vai gostar da resposta — disse ele depois de um momento, desviando o olhar. — Quando fugi, eu prometi a mim mesmo que veria a vida se esvair dos olhos sem alma da Rainha Ileana e do Rei Jalara. — Ele abaixou a mão. — Foi assim que sobrevivi.

Engoli em seco com a frieza absoluta do tom de voz dele.

— Por vingança. — Quando ele assentiu, eu não soube muito bem como deveria me sentir a respeito do que ele havia dito. Será que deveria pensar mal dele? Eu ainda não sabia como conciliar o que ele tinha me contado sobre a Rainha com o que eu sabia, o que havia presenciado.

— Como você sobreviveu, Poppy? — Ele olhou de volta para mim, com os cílios semicerrados. — Como foi que você impediu que a noite do ataque dos Vorazes a deixasse com medo de tudo? Pois você é destemida, seja enfrentando uma multidão de Vorazes, encarando um lupino ou quando me provoca, mesmo sabendo o que eu sou.

A pergunta me pegou desprevenida, assim como saber que ele me achava destemida.

— Eu... não é que eu não tenha medo. Eu tenho medo das coisas, sim.

O interesse cintilou nos olhos dourados dele.

— Eu não acredito nisso.

Não havia a menor chance de admitir para ele que eu tinha mais medo de mim mesma do que jamais teria de um Voraz, de um lupino ou até mesmo dele.

— Eu sobrevivi porque me recusei a ficar indefesa outra vez. Isso me impediu de ceder ao medo. Foi o que me ajudou a superar a dor de treinar com Vikter, apesar dos machucados e hematomas. — Pensei na marca na coxa de Casteel, na dor que ele deve ter sentido para que algo assim deixasse uma cicatriz quando ele se curava com tanta facilidade. — Entendo como a necessidade de vingança o ajudou a continuar vivo.

Ele inclinou a cabeça conforme erguia os cílios, revelando um olhar brilhante e intenso.

— É assim que você está sobrevivendo agora? Imaginando o modo como vai me matar?

Não. Eu não estava pensando nisso de jeito nenhum. Talvez devesse, mas não estava.

Deslizei para longe do abraço dele e recuei até o meu lado da cama.

— Acho que você vai ter que esperar para ver.

Um sorrisinho surgiu no rosto dele, revelando a covinha na sua bochecha direita. Mas se desvaneceu rápido demais.

— Você se lembra de alguma coisa do pesadelo?

— Estou me esforçando para não pensar nisso — admiti, puxando o cobertor pesado até o peito.

Ele se reclinou sobre o cotovelo e o meu olhar baixou dos olhos dele para a extensão esbelta do seu abdômen.

— Você estava falando enquanto dormia.

— O quê? — Aquilo fez com que os meus olhos traiçoeiros voltassem para ele.

Casteel assentiu.

— Você estava dizendo algo que me parecia uma... canção de ninar perturbadora, para falar a verdade. Algo sobre uma linda flor.

No momento em que ele pronunciou aquelas palavras, o pesadelo voltou com uma clareza surpreendente.

— *Que linda papoula. Colha e veja-a sangrar* — murmurei. — *Já não é mais tão bonita.*

— Sim. Isso mesmo. — Ele arqueou a sobrancelha. — E é tão perturbadora quanto a primeira vez que ouvi.

— Eu não acredito que disse isso.

— Nem eu quando a ouvi — comentou ele. — Alguém já disse isso para você antes?

— Eu... — Franzi as sobrancelhas e balancei a cabeça. — Eu não sei. Às vezes, os pesadelos que tenho daquela noite não representam exatamente como as coisas aconteceram, mas não me lembro de ter ouvido isso antes. — Enrolei os dedos na gola da camisola. — E... tento não pensar nisso quando acordo. Posso ter ouvido isso antes e me esquecido. Às vezes, é...

— Desorientador — concluiu ele por mim.

Assenti, filtrando o que me lembrava. A náusea me atingiu quando fiz isso. Eu podia quase sentir o cheiro de sangue e a mão úmida da minha mãe contra...

— Alguém falou com a minha mãe. No meu pesadelo. Ouvi uma voz antes que o Voraz chegasse até nós. — Arregalei os olhos. — Acho que foi a pessoa que falou sobre a flor e a minha mãe respondeu alguma coisa. Mas eu...

A frustração me consumiu enquanto eu tentava compreender a palavra distorcida que achei que ela tivesse dito. Talvez fosse mais de uma palavra. Eu quase via os seus lábios se movendo, mas poderia ser uma lembrança falsa.

— Eu não... não consigo me lembrar.

— Talvez você se lembre depois.

— Talvez — suspirei. — Mas nem sei se o que ouvi era real.

— Pode não ser. Às vezes, as coisas do passado parecem se sobrepor durante os sonhos. A minha captura muitas vezes se confunde com a de Malik. — Ele se deitou de costas, com os olhos fixos nas vigas expostas do teto. — A noite do ataque dos Vorazes não foi a única provação pela qual você passou.

Afastei os dedos do decote da camisola. Percebi de imediato que ele se referia ao Duque. O calor subiu pela minha garganta e eu detestava a vergonha que aquilo provocava em mim — a humilhação do que ele fazia comigo e que eu era incapaz de impedir. E, como acabei de descobrir, se alguém sabia como era essa sensação era Casteel. No entanto, ele havia passado por uma situação muito pior.

— Como foi que você descobriu sobre o Duque? Eu nunca contei a você.

— Sobre as *lições* dele? — Duas linhas de tensão contornaram a boca dele. — O Duque Teerman era temido, mas não respeitado entre os Guardas Reais. Bastou apenas uma ligeira persuasão para que um deles compartilhasse o que sabia.

Fiquei com a boca seca ao saber que ele tinha usado de persuasão, mas não foi o que ele fez que causou essa reação. Foi o lembrete do que ele era capaz de fazer. Aquele tipo de habilidade era assustador — e digno de admiração. E ele não usá-la sempre que tinha a oportunidade também era impressionante. Eu duvidava muito que tivesse essa força de vontade.

Franzi o cenho.

Eu estava mesmo elogiando o caráter dele? Do homem que mentiu, me sequestrou e me mantinha em cativeiro?

Eu certamente precisava descansar.

— Sabe aquilo que você repetiu enquanto dormia? — perguntou ele, me afastando dos meus pensamentos. — Parece algo que o Duque diria a você. É perverso o bastante para aquele bastardo.

Casteel tinha razão. *Era* perverso o bastante para ser algo do Duque Teerman. A voz me parecia familiar. Será que ele estava certo? Será que eram duas... provações se sobrepondo? Houve momentos em que eu não me lembrava de tudo pelo que tinha passado no seu escritório particular, quando a dor dos açoites me deixava em um estado de semilucidez.

— Quantas vezes ele fazia aquilo? — perguntou Casteel baixinho. — Dava as lições dele?

Fiquei de boca fechada.

Casteel se virou para mim.

— Eu sei o que ele fazia. Sei que nem sempre estava sozinho. E sei que, às vezes, durava apenas meia hora. Outras vezes, o guarda perdia a noção do tempo. — As feições do rosto dele estavam angulosas e definidas. — E sei que ele preferia usar a bengala contra a pele nua.

A pressão deixou o meu peito apertado quando eu me lembrei de Lorde Mazeen segurando as minhas mãos sobre a mesa, me impedindo de cobrir o meu seio e de resguardar qualquer resquício de dignidade.

— Toda vez que ficava decepcionado comigo — respondi asperamente. — Isso acontecia com certa frequência.

Ele estreitou os lábios.

— Se soubesse que o Lorde Mazeen tomava parte disso, eu o teria empalado naquela parede ao lado do Duque.

Ergui o olhar até ele.

— Ainda bem que não empalou. Se você tivesse feito isso, eu não teria visto a expressão no rosto dele quando cortei a sua mão e depois a sua cabeça.

Casteel olhou para mim, repuxando os cantos dos lábios. Ele entreabriu a boca e eu vi um vislumbre das presas. A covinha surgiu na bochecha direita e depois na esquerda. Senti um nó no estômago.

— Você é tão incrivelmente violenta, minha Princesa.

A sensação desceu mais ainda.

— Eu não sou a sua Princesa.

Ele riu enquanto virava a cabeça.

— Acha que consegue voltar a dormir? — perguntou ele. — Acho que temos mais algumas horas antes que Kieran ou outra pessoa bata nessa porta para se certificar de que você não descobriu uma maneira de me matar no meio da noite.

Revirei os olhos.

— Assim que a tempestade passar, partiremos para o Pontal de Spessa.

Eu sabia muito pouco a respeito do Pontal de Spessa. Só que era uma pequena cidade semelhante a Novo Paraíso, situada na orla da Baía de Estígia. Era a cidade mais próxima de Pompeia, o último reduto Atlante durante a guerra. Uma das Sacerdotisas me contou que a Baía de Estígia era uma passagem para os Templos da Eternidade, supervisionados por Rhain, o Deus do Povo e dos Términos. Ela havia descrito a baía como preta como o céu noturno.

Deitada, eu me virei para o lado, mas não dormi. Em vez disso, fiquei olhando para as chamas que se apagavam, pensando no Duque, no pesadelo e na certeza de que haveria pouca chance de fuga entre aqui e o Pontal de Spessa.

— Você não está dormindo, está? — perguntou Casteel algum tempo depois.

— Como você sabia?

— Você está balançando aí como se fosse um bebê sendo ninado.

— Eu não estou... — Reprimi um gemido quando me dei conta de que estava realmente fazendo aquilo. Parei de balançar a metade inferior do corpo. — Desculpe. É um velho hábito de quando eu era criança. Geralmente, eu não consigo dormir depois dos pesadelos — admiti após alguns segundos.

— Era nessas horas que você saía de fininho para explorar a cidade?

Já que ele não podia me ver, abri um sorriso.

— Às vezes. Tudo dependia da hora.

— Bem, não há nenhuma cidade para explorar agora — disse ele, e senti a cama sacudir enquanto ele se remexia. — Tenho certeza de que você lembra como sou bom em fazer você dormir.

Faíscas dançaram sobre a minha pele. É claro que me lembrava da noite na Floresta Sangrenta quando ele deslizou a mão entre as minhas coxas e, pela primeira vez na vida, eu descobri o que era o mais absoluto prazer. Tentei bloquear aquelas imagens.

— Isso não é necessário.

— Isso é decepcionante.

— Esse é um problema seu... — Respirei fundo assim que o senti contra as minhas costas. Virei para trás. — O que você está fazendo?

— Abraçando você — respondeu ele, passando o braço sobre a minha cintura.

Meu coração deu um pulo dentro do peito, como se fosse uma bola infantil.

— Eu não...

— É só o que vou fazer — interrompeu ele. — Às vezes, sinto que ficar bem perto de outra pessoa me ajuda a adormecer.

Fiquei imaginando como ele tinha adquirido aquele conhecimento. Em vez disso, perguntei:

— Então por que você não sugeriu isso na Floresta Sangrenta?

— Porque não é nem de longe tão divertido ou interessante quanto o que eu fiz lá — respondeu ele. — Aliás, estou com aquele diário por aqui. Você sabe, aquele com o pulsante pa...

— Eu sei exatamente de qual diário você está falando. E também não será necessário.

— Isso tudo é tão decepcionante. — Ele acomodou a cabeça atrás da minha enquanto quase me puxava para baixo. — Preciso dormir, e não vou conseguir enquanto parecer que estou em um barco. — Ele fez uma pausa. — Um barco bastante instável.

— Eu não estava me balançando tanto assim! — neguei, me remexendo para aumentar a distância entre nós dois.

— Eu não faria isso se fosse você — disse ele, com a voz rouca conforme me apertava com força.

— Por quê?

— Se remexa alguns centímetros mais para baixo e aposto que vai descobrir por quê.

Arregalei os olhos enquanto ficava imóvel. Ele...? Ele estava excitado? Só porque estava deitado na cama ao meu lado? Ele só precisava disso? Depois de tudo o que tínhamos acabado de conversar?

Mordi o lábio inferior. Às vezes, bastava olhar para ele para me sentir de certa maneira. Saber que ele conseguia sentir tanto desejo e luxúria depois do que tinha passado era um alívio. Os traumas que ele viveu no passado não tinham nada a ver com a forma como ele se sentia agora. O que eu sentia quando ele me tocava não tinha nada a ver com a sensação de quando o Duque colocava as mãos em mim. Eu sabia disso.

E não deveria ficar chocada ao descobrir que Casteel era atraído por mim. Aquilo tinha ficado bastante evidente, a não ser que... que também tivesse sido um fingimento.

Não, eu não achava que fosse fingimento.

Não havia nenhum motivo para forçar a atração agora, ainda mais quando estávamos a sós...

— Eu quase consigo ouvir as engrenagens do seu cérebro, Princesa — disse ele.

— Por que você acha que estou pensando em alguma coisa? — exigi saber.

— Porque você está dura como uma pedra. Durma, Poppy. Temos muito o que conversar amanhã.

O casamento.

O nosso futuro.

Duas coisas irrelevantes, já que a primeira jamais iria acontecer, de modo que não haveria futuro nenhum para nós.

Além disso, como eu poderia dormir com ele enroscado em volta de mim como um daqueles animais fofinhos que viviam nas árvores perto da capital? Como é que se chamavam mesmo? Eu não conseguia me lembrar. Só tinha visto ilustrações em um livro infantil que encontrei certa vez no Ateneu. Eles eram bonitinhos e pareciam macios, mas Vikter me disse que eram criaturinhas cruéis.

— Você sabe qual é o nome daqueles animais fofinhos que vivem nas árvores perto da capital? — perguntei.

— O quê?

— Aqueles que ficam pendurados nos galhos — expliquei. — Eles são fofos e bonitinhos, mas supostamente cruéis.

— Meus Deuses, será que quero saber por que você está pensando nos ursos das árvores?

— Urso das árvores? — Franzi a sobrancelha. — É esse o nome?

— Poppy — suspirou ele.

Revirei os olhos.

— Você me lembra de um urso das árvores.

— Eu diria que estou ofendido, mas precisaria falar para isso, o que significaria que nenhum de nós está dormindo.

— Tanto faz — murmurei.

Deitada ali, toda dura, considerei apanhar a faca de carne e apunhalar o braço dele. Aquilo me pareceu uma reação um tanto exagerada, mas que eu adoraria ter, pelo menos naquele momento.

Não sei quando nem quanto tempo levou, mas em algum momento entre olhar para a faca e fazer de tudo para não balançar o corpo, as minhas pálpebras ficaram pesadas e eu acabei adormecendo.

E não sonhei.

Capítulo 8

Na próxima vez em que visse Casteel, eu iria cravar aquela faca idiota tão fundo no peito dele que ele teria que cavar para arrancá-la.

Olhei de cara feia para a porta, protegida do lado de fora, e reprimi um grito de frustração e raiva. Com a exceção da chegada de Delano com o almoço, fiquei trancada naquele quarto o dia todo, sozinha e prestes a enlouquecer.

Casteel já tinha ido embora quando acordei, o que foi uma descoberta bem-vinda, já que acordar nos braços dele não era algo que eu precisasse vivenciar outra vez. As lembranças daquilo já eram bastante difíceis de esquecer. Mas horas depois, conforme a neve caía sem parar e o vento uivava do lado de fora da janela estreita, qualquer gratidão que eu sentisse murchou e morreu.

Delano ficou de guarda lá fora praticamente o dia todo. Sabia disso porque, na última vez em que bati na porta, ele respondeu através da madeira pesada. Ele respondia quase da mesma maneira toda vez que eu pedia para sair.

Ninguém quer ir atrás de você no meio de uma tempestade de neve.

Prefiro não ser estripado pelo Príncipe, então a resposta é não.

O Príncipe vai voltar logo.

A minha resposta preferida tinha sido quando eu disse que só queria tomar um pouco de ar fresco.

Não é nada pessoal, mas não existe a menor chance de confiar em você o suficiente para abrir essa porta e deixar que nem mesmo um centímetro de ar fresco entre no seu quarto.

Como é que aquilo não era pessoal?

Avancei na direção da porta, pretendendo esmurrá-la até que o forte inteiro viesse correndo...

A porta se abriu subitamente e Delano entrou correndo, com a mão no punho da espada. Ele parou de repente, com os olhos brilhantes enquanto me examinava e vasculhava o quarto.

— Você está bem? — exigiu saber ele. Delano tinha o tipo de rosto dissimulado. A não ser pelo vinco quase permanente entre as sobrancelhas claras, havia um ar juvenil nas suas feições. Como se ele fosse sorrir no instante em que pensasse que você não estava olhando. Mas naquele momento, com a rigidez no maxilar e uma dureza nos olhos que eu nunca tinha visto antes, ele parecia prestes a cortar a cabeça de alguém.

— Além de estar com raiva por estar presa aqui? Estou, sim.

Ele estreitou os olhos.

— Você não estava gritando?

Arqueei as sobrancelhas.

— Não externamente. Você me ouviu gritando?

Delano inclinou a cabeça para o lado.

— O que você quer dizer com... não externamente?

— Eu devia estar gritando na minha cabeça por estar trancada aqui.

— Quer dizer que você não estava gritando?

— Não. Não em voz alta. — Cruzei os braços.

A pele clara dele me pareceu ainda mais pálida.

— Achei... achei que você estivesse me chamando. — A ruga no meio das sobrancelhas dele se aprofundou. — Pedindo ajuda. — Ele largou a espada e passou a mão pelos cabelos quase platinados. — Deve ter sido o vento.

— Ou a sua consciência pesada.

— O vento é mais provável.

Avancei na direção dele.

Lá estava aquele vislumbre de sorriso.

— Desculpe por interromper.

— Interromper o quê? Eu estou presa nesse quarto. O que poderia...? — Dei um berro quando a porta se fechou e trancou. — Agora estou gritando!

— É o vento — gritou ele através da porta.

Bati com o pé o chão em vez de ceder ao impulso de dar um grito de verdade.

Eu me joguei na cama, imaginando todos os lugares em que poderia apunhalar Delano, mas então me senti mal por isso. Não era culpa dele. Mas de Casteel. De modo que fiquei imaginando abrir inúmeros buracos nele antes que começasse a cochilar. Não lutei contra o sono. Estar inconsciente era muito melhor do que ficar impaciente. Não faço a menor ideia de quanto tempo dormi, se foram minutos ou horas, mas assim que abri os olhos embaçados vi que uma colcha de retalhos havia sido colocada sobre as minhas pernas e percebi que não estava sozinha. Kieran estava sentado em frente à cama, na mesma cadeira da noite anterior e praticamente na mesma posição — com o pé apoiado sobre o joelho dobrado.

— Boa tarde — cumprimentou ele enquanto eu piscava lentamente, olhando entre ele e a colcha. — Não fui eu que coloquei a colcha aí. Foi Cas.

Ele esteve ali? Enquanto eu dormia? Aquele filho da...

— Embora eu esteja grato por você ter acordado. Eu ia esperar mais cinco minutos antes de arriscar a minha própria vida e acordá-la. Ao contrário de Cas, não acho que vigiar o seu sono seja algo tão interessante assim.

Casteel ficou vigiando o meu sono? Espere um pouco. Há quanto tempo Kieran estava sentado ali?

— O que você está fazendo aqui? — murmurei.

— Além de ficar imaginando quais escolhas eu fiz na vida que me trouxeram a esse exato momento? — perguntou Kieran.

Estreitei os olhos.

— Sim. Além disso.

— Desde que imaginei que Delano gostaria de fazer uma pausa e fiquei pensando se você estaria com fome. Espero que sim, porque eu também gostaria de comer alguma coisa.

O meu estômago decidiu imediatamente que sim, que gostaria de um pouco de comida, e roncou alto.

— Vou aceitar isso como um sim.

Ao sentir as bochechas coradas, empurrei o cobertor para o lado e me levantei.

— Tenho mesmo permissão para sair desse quarto?

— Lógico.

Arqueei as sobrancelhas.

— Você diz isso como se eu estivesse fazendo uma pergunta idiota. Fiquei trancada aqui o dia inteiro!

— Se nós pudéssemos acreditar que você não fugiria, então talvez não precisasse ficar trancada aqui.

— Se vocês não estivessem me mantendo em cativeiro, eu não precisaria tentar fugir!

— É um bom argumento.

Pestanejei.

— Mas as coisas são do jeito que são. — Kieran arqueou a sobrancelha. — Você gostaria de sair do quarto para comer ou prefere ficar de molho aqui? A escolha é sua.

A escolha é minha? Eu quase dei uma risada.

— Tenho que ir na sala de banho primeiro.

— Não tenha pressa. Vou ficar sentado aqui e olhar para... o nada.

Revirei os olhos e comecei a me virar, mas então abri a minha boca idiota.

— Onde está Sua Alteza?

— Alteza? Cara, aposto que Cas adora ser chamado assim. — Kieran riu. — Já está com saudades dele?

— Ah, sim. É exatamente por isso que estou perguntando.

Ele abriu um sorriso malicioso.

— Ele está conversando com Alastir e os outros homens na cidade. Se não fosse o Príncipe da Atlântia, com todos os seus deveres principescos, tenho certeza de que ele estaria aqui... — Os olhos claros dele cintilaram. — Vigiando o seu sono.

— Graças aos Deuses ele tem algo com que passar o tempo — murmurei.

Ignorei o comentário e corri até a sala de banho. Cuidei das minhas necessidades e depois peguei a escova na penteadeira. Meus cabelos estavam desgrenhados pelo sono e devo ter arrancado metade dos fios enquanto tentava desembaraçar os nós. Assim que terminei, guardei a escova e me olhei no espelho, inclinando a cabeça para o lado.

Não olhei para as cicatrizes, embora achasse que elas pareciam menos perceptíveis de alguma forma — talvez por causa da iluminação. Em vez disso, estudei os meus olhos. Eram verdes, herdados do meu pai por mim e Ian. Os olhos da minha mãe eram castanhos e me lembrei de que os Atlantes tinham olhos dourados ou cor de avelã. Será que os olhos da minha mãe eram de um tom de castanho-claro? Ou castanho--dourado? Será que eu estava apenas presumindo que todos os Atlantes tivessem um tom dourado nos olhos?

Inclinei a cabeça para o lado e vi que a marca da mordida tinha virado um discreto hematoma lilás. Parecia um dos chupões de amor sobre os quais li a respeito no diário da srta. Willa Colyns. Enrubesci conforme trançava rapidamente os cabelos. Depois de terminar, joguei a trança por cima do ombro, esperando que a mecha grossa ficasse no lugar, escondendo a marca.

Baixei os olhos para as mãos. *Tenho muito sangue nas minhas mãos.* Por mais zangada que eu estivesse com Casteel, as suas palavras ainda me assombravam, assim como o que ele tinha me contado sobre o tempo que passou como prisioneiro. Ele não merecia aquilo.

Parte de mim ainda não conseguia acreditar que ele tinha assumido a responsabilidade pela morte de Vikter e dos outros, e não pude deixar de imaginar se aquelas mortes faziam parte do que maculava a sua alma.

Fiquei imaginando se o que ele não foi capaz de controlar enquanto estava aprisionado também manchava a sua alma.

Nesse caso, isso pesaria ainda mais no meu coração, e eu não sabia muito bem o que fazer com aquilo. Coisas pavorosas foram feitas com ele. Ele havia feito coisas horríveis. Uma coisa não cancelava a outra.

Kieran estava de pé quando saí da sala de banho. Ele examinava o fogo abafado e eu fiquei imaginando se aquele foi todo o movimento que ele havia feito.

— Você não fica entediado? — perguntei.

— De quê? — retrucou ele, soando o mais desinteressado possível.

— De ficar parado, esperando por mim? Parece que isso é tarefa sua com bastante frequência.

— Na verdade, é uma honra proteger algo que o Príncipe valoriza tanto — respondeu ele. — E, já que eu nunca sei ao certo o que você vai fazer de um segundo para o outro, não é nem de longe entediante. A não ser quando você está dormindo.

Dei um muxoxo conforme o meu coração entrava em guerra com o meu cérebro sobre o motivo pelo qual o Príncipe me dava valor. O meu coração, que deu um pequeno salto de felicidade, era obviamente estúpido.

Fui até a lareira e peguei a bainha de coxa. Aliviada ao descobrir que o couro flexível estava seco, perguntei:

— Você viu a minha adaga?

— Aquela feita com osso de lupino?

Estremeci.

— A própria.

— Não vi, não.

Arrependida e me sentindo um pouco insensível, eu me virei para ele.

— Quanto ao... ao cabo. Não tenho a menor ideia de como nem quando foi feito. Ganhei a adaga de presente...

— Eu sei — interrompeu ele. — A menos que você seja a pessoa que esculpiu o cabo a partir dos ossos de um lupino, não precisa se desculpar. Imagino que tenha sido feita logo após a Guerra dos Dois Reis. Muitos da minha espécie morreram durante as batalhas e não conseguimos recuperar todos os corpos.

Tive vontade de pedir desculpas de novo, ainda mais quando pensei sobre como as famílias não tiveram sequer a chance de honrar seus entes queridos com quaisquer práticas funerárias que seguissem. Resisti ao ímpeto de fazer algum comentário enquanto enfiava a faca de carne torta na bainha, meio que esperando que Kieran dissesse alguma coisa, mas o lupino apenas sorriu ligeiramente assim que olhei para ele.

— Está pronta? — perguntou ele. Quando assenti, ele se afastou da parede. — Vá na frente.

Eu fiz isso, com uma grande satisfação. Abri a porta, saí e caminhei até a passarela. Por que não parecia tão frio assim quando nevava?

Uma pergunta melhor voltou à minha mente assim que abri a porta para a escada.

— Os olhos de todos os Atlantes têm uma tonalidade dourada?

— Essa é uma pergunta incrivelmente aleatória — disse ele, segurando a porta antes que ela se fechasse na sua cara. — Mas, sim, a maioria dos Atlantes tem algum tom dourado nos olhos. Apenas aqueles da linhagem fundamental têm os olhos completamente dourados.

Eu quase tropecei.

— Linhagem fundamental? — perguntei, olhando por cima do meu ombro.

— Nem todos os Atlantes são iguais — observou ele. — Os seus livros de história deixaram isso de fora?

— Sim — resmunguei, olhando para a frente. Os textos mencionavam que os lupinos faziam parte de Atlântia, mas nada sugeria que existissem diferentes... linhagens. — O que é a linhagem fundamental?

— A linhagem que tem o sangue puro de Atlântia e cuja origem remete aos primeiros Atlantes conhecidos — respondeu ele. — Não são descendentes de sangue, mas de criação.

— Eles foram criados por outros... Atlantes?

— Sim, pelas divindades, os filhos dos Deuses.

— Você está falando sério? — perguntei, incerta. — Divindades?

— Estou, sim.

Franzi as sobrancelhas quando chegamos ao patamar. Eu não sabia muito bem se acreditava naquilo, mas não tinha certeza de mais nada. Olhei para ele de novo.

— Ainda há algum deles em Atlântia?

— Se houvesse, Cas não seria o nosso Príncipe. — Kieran tensionou o maxilar. — O último dessa linhagem desapareceu no final da guerra.

— O que você quer dizer com isso? Que Casteel não seria o Príncipe?

— Eles eram divindades, Penellaphe. Os que criaram os Atlantes fundamentais. Uma gota do seu sangue é uma gota dos Deuses. Eles usurpariam qualquer linhagem que sentasse no trono.

— Só porque podem remeter a origem do seu sangue a essas... divindades?

— Eles governaram Atlântia desde o início dos tempos, até que o último deles morreu. Não eram apenas uma linhagem — disse ele. — Eles *eram a própria* Atlântia.

Certo.

— E Casteel é da linhagem fundamental?

— É, sim.

Bem, se alguém viesse das divindades e dos Deuses, seria ele. Aquilo explicava a sua arrogância e atitude petulante.

— Quer dizer que há outras pessoas que moram em Atlântia? Além dos lupinos?

— Há, sim — respondeu ele, me surpreendendo. Eu meio que esperava que ele considerasse aquela informação confidencial. — Os Atlantes com sangue mortal, geralmente de primeira ou segunda geração, com um dos pais Atlante e o outro mortal.

Eram os meio-Atlantes que Casteel havia mencionado na noite passada.

— É muito raro que alguém da terceira geração ou de laços mais afastados tenha qualquer sangue ou traço Atlante perceptível. Mas, embora tenham uma expectativa de vida mortal, eles não costumam ser atormentados por doenças ou enfermidades.

— Já que o sangue deles é capaz de alimentar alguém da linhagem fundamental e ser usado para criar os vampiros, eles não precisam de sangue depois da Seleção, não é? — perguntei, me dando conta de que não tinha conversado com Casteel sobre essa parte.

Kieran arqueou a sobrancelha.

— Não. Eles não precisam de sangue.

Era um alívio, embora o sangue de Casteel não tivesse o gosto que eu havia imaginado.

— Os Atlantes da linhagem fundamental precisam de comida? — Eu já tinha visto Casteel comendo. Assim como os Ascendidos. — E os vampiros?

— Os Atlantes da linhagem fundamental podem passar longos períodos de tempo sem comida, mas isso requer que bebam sangue com mais frequência. Os vampiros podem comer, mas não precisam. A comida não faz nada para saciar a sua sede de sangue.

Parei no meio da escada.

— As pessoas que são em parte mortais... são aquelas que têm os olhos cor de avelã, só que mais dourados?

— A sua suposição está correta.

— Então por que os meus olhos são verdes? Nenhum dos meus pais tinha olhos cor de avelã — eu disse a ele. — Os olhos da minha mãe talvez fossem castanho-dourados, mas tenho quase certeza de que eram apenas castanhos.

Ele olhou de relance para a porta.

— Mesmo que a sua mãe ou o seu pai tivessem sangue Atlante, isso não quer dizer que o sangue deles fosse puro. Eles poderiam ser da segunda geração, e você pode estar enganada a respeito da cor dos olhos deles.

Franzi o cenho.

— Eu me lembro da cor dos olhos deles.

Ele olhou para mim.

— Também é possível que eles não fossem os seus pais biológicos.

Quase tropecei de novo.

— Eles apenas me encontraram em um campo ou algo do tipo e decidiram me criar?

— Os mortais costumam fazer coisas estranhas e inexplicáveis, Penellaphe.

— Tanto faz. — Eu estava me esforçando para aceitar muitas coisas que pareciam impossíveis. Que aqueles dois não fossem os meus pais biológicos não era uma delas. — Há mais... linhagens?

— Há, sim.

Esperei enquanto ele me encarava.

— Você não vai me dizer quais são?

O divertimento surgiu nos olhos invernais dele.

— Houve uma época em que existiam muitas linhagens. No entanto, a maioria morreu de causas naturais ou pereceu durante a guerra. Os metamorfos são outra linhagem, embora o seu número tenha diminuído drasticamente.

— Metamorfos? — repeti devagar, sem nunca ter ouvido aquela palavra antes.

— A maioria é de dois mundos, e são capazes de mudar de forma.

— Como um lupino?

— Sim. Alguns deles. — Ele voltou o olhar para a porta outra vez e estreitou os olhos. — Muitas pessoas acreditam que eles sejam primos distantes dos lupinos, filhos de uma divindade e de um lupino.

— Que tipo de forma eles podem assumir? — perguntei, me lembrando de uma das histórias que Ian tinha me mandado, aquela sobre o povo da água. Quase perguntei se eles podiam se transformar em peixes, mas aquilo era ridículo demais para dizer em voz alta.

— Muitas formas diferentes. Mas isso vai ter que esperar. — Ele encostou o seu dedo nos meus lábios assim que abri a boca. — Um segundo.

Olhei para ele em dúvida, mas ele afastou a mão, passando por mim para abrir a porta. Segui no seu encalço. Quando ele parou subitamente, eu quase dei um encontrão nas suas costas.

— Kieran. — A voz rouca e familiar fez o meu coração disparar dentro do peito, embora eu soubesse que não era Vikter. Mas Alastir. — Fiquei imaginando onde você estava o dia todo. Esperava vê-lo junto de Casteel.

— Eu estava ocupado — respondeu Kieran. — Cas já voltou?

— Ele ainda está com Elijah, falando sobre... sobre a mudança iminente. — Houve uma pausa enquanto eu espiava por trás de Kieran. Os cabelos de Alastir estavam presos em um coque atrás da nuca. Sem a capa, vi que ele estava armado. Havia uma adaga presa à sua coxa, e uma bainha com acabamento em ouro prendia uma espada do outro lado do quadril. Ele também não estava sozinho.

Havia um homem de cabelos castanho-avermelhados e com os mesmos olhos dourados e brilhantes de Casteel junto com ele. Um Atlante fundamental, agora eu sabia. Ele desviou o olhar do lupino para mim, praticamente escondida atrás de Kieran. Um canto de seus lábios se ergueu.

Kieran mudou de posição, bloqueando a minha visão do fundamental.

— Como imagino que você saiba, há uma certa apreensão — continuou Alastir.

— De Elijah ou sua? — perguntou Kieran.

— De todos — respondeu Alastir. — É um grupo considerável para deslocar e manter com saúde e inteiro durante a viagem. E depois que chegarmos lá...

A minha mente examinou aquela informação rapidamente. As pessoas que moravam em Novo Paraíso iriam se mudar para a Atlântia? Até mesmo os Descendidos, que não eram descendentes dos Atlantes? Achei que a preocupação principal fosse com a limitação das terras. Mas por que eles iriam para lá agora?

Kieran cruzou os braços.

— Isso precisa ser feito.

— Precisa mesmo? — veio a resposta serena de Alastir.

— Imagino que você, mais do que qualquer um, saberia que sim — respondeu Kieran enquanto eu dava um passo para o lado silenciosamente. — Não fazer nada é cruel.

A expressão de Alastir se anuviou conforme ele dizia:

— Concordo. Não fazer nada é cruel. A minha hesitação não vem de um lugar de apatia. Ora, você sabe que passei a maior parte da minha vida localizando o nosso povo e os seus filhos presos no Reino de Solis e os trazendo de volta para casa. — Alastir pousou a mão no ombro de Kieran. — A minha hesitação vem de um lugar de empatia. Espero que você e Casteel percebam isso.

— Percebemos, sim. — Kieran fechou a mão sobre o antebraço do lupino mais velho. — É uma situação complicada.

— É verdade. — Alastir virou a cabeça na minha direção. — Mas não tão complicado quanto isso.

Kieran começou a me bloquear de novo, e eu fiquei farta daquela situação ridícula.

— Ele consegue me ver parada atrás de você — disse. — Você é um grande imbecil, mas não tão grande assim.

Um sorriso largo surgiu no rosto de Alastir, e o fundamental atrás dele deu uma risada.

Kieran suspirou.

— Eu esperava ter a oportunidade de me encontrar com você outra vez sem que o Príncipe a fizesse sair às pressas. — O lupino apertou os lábios. — Ele parece bastante impressionado com você.

Eu me retesei, com vontade de salientar que Casteel não poderia estar impressionado comigo com os planos que tinha para mim. Mas, depois de lembrar que Casteel havia me dito que estava se esforçando para garantir que a minha vida não corresse perigo por causa daquele homem, consegui ficar de boca fechada.

— Acho que ele está muito mais impressionado consigo mesmo.

O fundamental deu uma gargalhada.

— Acho que agora posso dizer que também estou impressionado com você.

Enrubesci, com as bochechas ficando ainda mais coradas quando Kieran disse:

— Eu o aconselharia a não dizer isso na frente de Casteel.

— Eu gosto da minha cabeça presa ao corpo e do meu coração dentro do peito — respondeu o fundamental. — Não tenho a menor intenção de repetir isso.

— Ele me disse mesmo que você era... bastante franca.

Cruzei os braços.

— Disse ou avisou?

— Algo do tipo, mas ainda assim surpreendente. — Os olhos claros de Alastir cintilaram com um brilho divertido. — Não tivemos a chance de ser devidamente apresentados ontem. Eu me chamo Alastir Davenwell, e o homem atrás de mim é Emil Da'Lahr.

Emil sorriu enquanto fazia um aceno com a cabeça para mim.

— Vou sempre pensar em Kieran como um grande imbecil a partir de agora, graças a você.

— Que ótimo — murmurou o lupino de pé ao meu lado.

Lancei um olhar rápido para a expressão serena de Kieran e disse:

— Eu me chamo Penellaphe... Penellaphe Balfour.

Alastir me encarou enquanto franzia as sobrancelhas.

— Balfour?

Assenti.

— É um nome antigo, que remonta a centenas de anos no Reino de Solis — disse Alastir.

Quantos anos será que aquele lupino tinha?

— A família do meu pai estava envolvida com a navegação. Eram mercadores.

— Casteel me disse que você é descendente de Atlantes — afirmou Alastir depois de um momento. — O que explicaria por que os Ascendidos a transformaram na Donzela e a mantiveram por perto. — Ele inclinou a cabeça. E deve ter visto alguma coisa na expressão do meu rosto, pois prosseguiu. — Você já descobriu o que eles planejavam fazer com você.

Aquilo era uma afirmação, mas de qualquer modo fiz que sim com a cabeça.

— Eu sinto muito por isso — ofereceu ele com delicadeza, curvando a cabeça de leve. — Não posso nem imaginar como deve ser a sensação de descobrir que aqueles que cuidaram de você fizeram isso por um motivo tão abominável.

A sensação era de que o mundo não passava de uma mentira violenta.

— A sua mãe era íntima da Rainha vampira, e a família do seu pai era amiga do Rei. Certo?

A surpresa tomou conta de mim.

— Casteel contou isso para você?

Um ligeiro sorriso surgiu nos lábios dele.

— Eu conhecia um pouco da sua história antes de conhecê-la, Penellaphe. Os rumores a respeito de uma Donzela, Escolhida pelos Deuses, chegaram à Atlântia há muito tempo.

Aquilo não me deixou muito confortável.

— Imagino que tenha sido um choque para o seu povo, já que os seus Deuses estão em hibernação e, portanto, incapazes de escolher alguém.

Emil deu uma risada.

— É verdade. Ficamos imaginando se eles tinham despertado e se esquecido de nós.

— Acho que o mais chocante foi descobrir que você é descendente de Atlantes — disse Alastir, com as sobrancelhas franzidas. — Ainda mais que a sua mãe e o seu pai fossem tão ligados à Coroa de Sangue.

— Coroa de Sangue?

— A Rainha e o Rei de Solis. A Realeza — explicou Kieran. — Eles são chamados de Coroa de Sangue.

Eu podia apostar que havia uma precisão perturbadora por trás daquele título.

— Isso me faz perguntar como é que você está aqui — falou Alastir.

Kieran descruzou os braços.

— O que você quer dizer com isso?

— Não vai me dizer que nem você nem o Príncipe se perguntaram como o pai de alguém de ascendência Atlante sobreviveu tanto tempo perto da Coroa de Sangue. — Alastir olhou para mim. — Não é que eles possam sentir a nossa presença, mas, com a proximidade, eu imagino que logo teriam descoberto.

— E teriam usado um dos dois como o quê? Uma bolsa de sangue? — concluí.

Emil arqueou as sobrancelhas.

— É uma descrição e tanto, mas sim.

— Eu não sei qual deles era Atlante — admiti. — Kieran parece pensar que fui encontrada em um campo.

Emil lançou um olhar inquisitivo para o lupino.

Kieran suspirou.

— Eu não disse isso. Apenas sugeri que talvez um ou até mesmo os dois não fossem os pais biológicos dela.

— É possível. — Uma expressão pensativa surgiu no rosto de Alastir. — Eu nunca fiquei sabendo o que aconteceu com os seus pais. Eles ainda estão na capital de Solis? Se for o caso, imagino que eles saibam a resposta.

— Os meus pais não estão mais vivos. — Sem ter certeza se ele sabia a respeito da existência de Ian, eu não o mencionei. — Eles foram mortos durante um ataque dos Vorazes nos arredores da cidade.

Alastir empalideceu enquanto me encarava.

— Então isso são...? — Ele parou de falar, com dois sulcos ao redor da boca.

Tive a impressão de que sabia o que ele estava prestes a perguntar.

— Foi assim que ganhei essas cicatrizes — eu disse a ele, sustentando o seu olhar.

As rugas em torno da sua boca se aprofundaram.

— Você se orgulha das suas cicatrizes, Penellaphe.

— Assim como você — murmurei.

— Sinto muito pelos seus pais — disse Alastir. — Gostaria que houvesse mais alguma palavra de conforto.

— Obrigada — murmurei.

— Temos que ir. — Kieran tocou nas minhas costas de leve. — Com licença.

Alastir assentiu enquanto ele e Emil se afastavam.

— Foi bom conversar com você, Penellaphe.

— Com você também — respondi, abrindo um sorriso para os dois homens.

Kieran me conduziu pelo saguão vazio. Olhei por cima do ombro e vi os dois homens parados ali, nos observando. Virei para o corredor e diminuí o passo conforme dizia em voz baixa:

— Eles... me pareceram gentis. Eles são?

— São bons homens, leais à Atlântia e à dinastia Da'Neer.

Dinastia. A família de Casteel era isso? Uma dinastia?

— Venha. — Ele tocou nas minhas costas outra vez. — Precisamos comer alguma coisa. *Você* precisa.

Forcei os meus passos a acompanharem o ritmo de Kieran enquanto me esquecia momentaneamente de Alastir. Eu não conseguia enxergar depois da curva, mas senti um nó no estômago. Não queria ver as paredes com os mortos pendurados outra vez.

— Por que todo mundo está tão preocupado que eu coma bem?

— Nós queremos levá-la para Atlântia. Não matar você de fome.

Atlântia. Meu estômago já embrulhado se revirou. Eu sabia tão pouco acerca do que surgiu do sangue e das cinzas da guerra.

— Vocês têm mesmo água quente lá, direto da... torneira?

Kieran pestanejou.

— Temos, sim. É a coisa de que mais sinto falta quando estou aqui.

— Parece adorável — murmurei. — A parte da água quente. Não de sentir falta dela.

— Imaginei que fosse o que você queria dizer.

Ao me aproximar da curva, eu me preparei para a visão grotesca dos corpos empalados nas paredes. Será que Jericho ainda estava vivo? Será que os outros tinham começado a apodrecer? Estava tão frio ali que eles deveriam ter a mesma aparência de antes, apenas mais acinzentados e cerosos. Meu estômago vazio ficou revirado quando entrei no saguão e olhei para cima.

As paredes estavam vazias.

Nenhum cadáver. Nenhum traço de sangue; nada escorrendo pelas paredes e encontrando as diminutas rachaduras na pedra para formar pequenos riachos. Nada no chão.

Pousei a mão sobre o estômago.

— Eles se foram.

— Cas os tirou daqui ontem à noite após o jantar — explicou Kieran.

A surpresa tomou conta de mim.

— E quanto a Jericho?

— Ele não existe mais. Casteel cuidou dele enquanto você fugia para começar uma vida nova, que teria terminado com o seu desmembramento e morte nas mãos dos Vorazes.

Ignorei aquela alfinetada, sem saber se deveria me sentir tão aliviada quanto me sentia.

— Será que... que Casteel acredita que o seu alerta foi ouvido?

— Acho que ele ficou mais preocupado com o que você disse do que se o alerta foi deixado por tempo suficiente para ser acatado. — Kieran atravessou as portas abertas. — Se fosse por mim, eu teria deixado Jericho ali por pelo menos mais um dia.

Fiquei de queixo caído. Não sabia muito bem o que me deixava mais chocada. O fato de que Casteel tivesse agido de acordo com o que eu disse ou que Kieran teria deixado o lupino traidor em um estado doloroso de quase morte.

— Deveria sempre haver dignidade na morte — disse assim que recuperei a voz. — Não importa o que aconteça

Kieran não respondeu enquanto me conduzia até uma mesa vazia. As cadeiras da noite anterior haviam sido substituídas por um banco comprido. Sentei-me enquanto olhava ao redor, avistando umas poucas pessoas ao fundo do salão de banquetes, perto da lareira e das várias portas. Onde estava todo mundo? Com Casteel e Elijah?

Eu me virei quando Kieran se sentou ao meu lado.

— Não acredito que Casteel tenha agido de acordo com as minhas palavras, mas, se foi o caso, fico feliz por saber.

Ele apoiou o cotovelo na mesa.

— Acho que você não percebe a influência que tem sobre ele.

Comecei a negar aquela afirmação, mas uma mulher mais velha com um avental branco que cobria a frente do vestido amarelo-claro correu até a mesa, carregando dois pratos. O cheiro da comida fez o meu estômago roncar outra vez. Ela colocou os pratos na nossa frente, ambos cheios de purê de batata macio, carne assada e pãezinhos brilhantes ao lado. Estudei a cor dos olhos dela com a maior discrição possível. Eram castanhos, sem nenhum indício de dourado.

— Obrigada — disse.

Ela emitiu um grunhido de confirmação, mas quando Kieran ofereceu o mesmo agradecimento recebeu em troca um sorriso caloroso e um doce "eu que agradeço". Apertei os lábios, mas não deixei que aquilo me incomodasse conforme pegava o garfo e começava a enfiar o purê de batata na boca. Embora fosse uma experiência peculiar ser capaz de encarar alguém, esse alguém me ver, e trocarmos uma simples gentileza. O purê tornou-se uma serragem na minha língua, de modo que acho que a resposta dela me incomodou, *sim*. Um pouco.

Olhei para Kieran e notei que ele tinha recebido um garfo *e* uma faca. Estreitei os olhos. Era um pouco mais fina, mas muito mais afiada que a minha lâmina patética.

Assim que terminei o purê, voltei à minha linha de interrogatório.

— Ela é mortal, não é? A mulher que trouxe a comida?

Ele assentiu enquanto cortava a carne assada em pedaços que pareciam do mesmo tamanho.

— É, sim.

Então ela deveria ser uma Descendida, uma mortal do Reino de Solis. Eu costumava ficar imaginando quais dificuldades alguém teria que enfrentar na vida para começar a apoiar o Senhor das Trevas e o reino deposto. Mas isso foi antes de saber da verdade. Agora eu me perguntava que sofrimento teria feito com que ela se desse conta da verdade.

— O povo daqui está planejando partir para a Atlântia? — perguntei.

— Vejo que você sabe somar dois mais dois.

— Eu sou tão esperta.

Ele arqueou a sobrancelha.

— Quer dizer que estou certa? Por que eles vão embora daqui?

— Por que alguém iria querer continuar sob o controle dos Ascendidos?

Bem, aquele parecia ser um bom motivo.

— Mas por que agora?

— Os Ascendidos vão perceber que a Donzela está desaparecida mais cedo ou mais tarde e então começarão a procurá-la. Eles vão vir até aqui — disse Kieran. — E há bastante seguidores em Novo Paraíso.

Olhei para a lareira agora vazia enquanto pensava em todas as casas cheias ao longo da rua pela qual entramos na cidade.

— Quantas pessoas vivem aqui?

— Centenas.

— Há espaço para todo mundo na Atlântia?

Kieran me encarou, e percebi que ele estava descobrindo que eu sabia sobre o problema da falta de terra.

— Nós vamos dar um jeito.

Tive a impressão de que não era tão simples assim. Gostaria de saber o que aconteceria se eles não conseguissem fazer a mudança a tempo.

Eu me detive antes de perguntar. Não era problema meu. Os problemas deles não eram meus.

Depois de uns dez anos, Kieran finalmente terminou de cortar a comida.

— Posso pegar a faca? Isso se você já acabou de usar, quero dizer. Não sei muito bem, mas o último pedaço de carne parece um pouco mais grosso que o restante.

Lentamente, ele olhou de esguelha para mim.

— Quer que eu corte a comida para você?

— Quer que eu derrube você do banco?

Ele deu uma gargalhada.

— Cas tem razão. Você é incrivelmente violenta.

— Não sou, não. — Apontei o garfo para ele. — Só não sou mais uma criança. Eu não preciso que ninguém corte a carne para mim.

— Aham. — Kieran me entregou a faca e eu a peguei antes que ele mudasse de ideia.

Não demorei o mesmo tempo que ele para cortar a carne macia, mas também não devolvi a faca. Eu a mantive na mão esquerda enquanto espetava a comida com o garfo

— Onde está todo mundo?

— Suponho que estejam aproveitando a vida — respondeu ele, bastante nostálgico.

Lancei a ele um olhar sombrio, mas não me intimidei.

— De qualquer modo — balbuciei, voltando ao assunto que estávamos conversando antes de nos encontrarmos com Alastir. — Como são chamadas as pessoas que têm sangue mortal? Os meio-Atlantes? Como você me chamaria?

— De Atlante.

— É mesmo? — respondi, pegando um dos pãezinhos. — Isso deixa as coisas muito confusas.

— Não para mim.

Revirei os olhos, mordi o pão e quase soltei um gemido. Era tão amanteigado, e havia um toque de doçura que não consegui identificar. Seja lá o que fosse, era maravilhoso.

— A quantidade de sangue não define um Atlante — explicou Kieran. — Os fundamentais não são mais importantes que os outros.

Eu não sabia muito bem se acreditava naquilo, já que os fundamentais eram mais poderosos, viviam mais tempo e foram criados pelos filhos dos Deuses.

— Os metamorfos têm maior expectativa de vida? Suponho que os lupinos, sim.

— Temos, sim. — Ele suspirou, pegando a caneca. — E eles também.

— Quanto tempo eles costumam viver? — Peguei um pedaço de pano, limpei os dedos e em seguida me abaixei, desembainhando a faca estragada.

— Mais do que você é capaz de compreender. — Ele olhou para a frente, mastigando lentamente.

— Eu compreendo o que é muito tempo. Os Ascendidos vivem para sempre. Os Atlantes, bem, aqueles que são da linhagem fundamental, praticamente vivem para sempre também. — Coloquei a faca estragada em cima da mesa e deslizei a outra para dentro da bainha.

— Nada vive para sempre. Tudo pode ser morto se você tentar com bastante afinco.

Extremamente orgulhosa de mim mesma, cortei outro pedaço de carne.

— Suponho que sim.

— Mas não importa o afinco com que tente com essa faca que acabou de afanar — disse ele, e eu arregalei os olhos —, você não vai conseguir matar Cas com ela.

Virei a cabeça na direção dele.

— Não estou planejando matá-lo com essa faca.

— Espero que não. — Ele olhou para mim com o canto do olho. — Isso só faria com que ele se afeiçoasse ainda mais a você.

Sacudi a cabeça de leve.

— Vou ignorar essa possibilidade bastante perturbadora.

— Ignorar algo não faz com que não seja verdade, Penellaphe.

— Por que você só me chama de Penellaphe?

— Por que você tem tantas perguntas?

Estreitei os olhos.

— Por que você não responde a minha pergunta?

Kieran se inclinou para mim, abaixando o queixo.

— Os apelidos são reservados para os amigos. Não acredito que você nos considere amigos.

O que ele disse fazia tanto sentido que eu não sabia muito bem como responder. Quando finalmente disse alguma coisa, aposto que ele não ficou muito feliz em saber que era outra pergunta.

— Assim como os Atlantes só contam qual é o seu nome do meio para os amigos?

— Para os amigos *íntimos*, sim. — Ele me estudou por um momento. — Suponho que Casteel tenha contado o nome dele para você.

— Sim.

— Isso mudou alguma coisa para você?

Não respondi porque ainda não entendia por que aquilo era importante para mim. Ou talvez entendesse, mas não quisesse reconhecer. Kieran não insistiu e terminamos o que restava do nosso almoço em silêncio. Continuei olhando para a porta aberta. Não que estivesse procurando por Casteel, mas por... por qualquer um. As poucas pessoas que estavam no fundo do salão praticamente desapareceram.

Imaginei que Kieran estivesse grato pela trégua, mas, infelizmente para ele, foi de curta duração.

— Sabe o que eu não entendo?

— Mais uma pergunta — disse ele, dando um suspiro absurdamente alto.

Fingi não ouvir o comentário dele.

— Alastir levantou um bom argumento a respeito dos meus pais. Eu devo ser da segunda geração, certo? Já que, até onde eu sei, nenhum dos dois era de sangue puro nem nascido na Atlântia — eu disse a ele. — Mas a Rainha Ileana sabia o que eu era... — Parei de falar e franzi o cenho.

Eu realmente não fazia a menor ideia se os Ascendidos sabiam o que eu era antes ou depois do ataque dos Vorazes. Sobreviver à mordida dos Vorazes e não me transformar devem ter sido uma prova cabal para a Rainha Ileana.

— O que foi? — insistiu Kieran.

— Eu... Para falar a verdade, eu não me lembro de ser chamada de Donzela nem de Escolhida antes da partida dos meus pais. Mas eu era tão nova e tenho tão poucas lembranças daquela época. — E não podia confiar que as lembranças da noite do ataque dos Vorazes fossem exatamente verdadeiras. — Não sei como eles descobriram o que eu era. Se foi por causa das minhas habilidades antes do ataque ou depois disso.

— E você não lembra por que os seus pais saíram da capital?

— Lembro que eles queriam uma vida mais tranquila, mas e... e se eles sabiam o que iria acontecer comigo? Com os filhos deles?

— E estivessem fugindo dos Ascendidos? — Kieran tomou um gole da bebida. — É possível.

Olhei de volta para a porta.

— Alastir ajudava a realocar os Atlantes que estavam exilados no Reino de Solis?

— Sim, mas, se os seus pais eram da primeira geração e não sabiam disso, duvido muito que eles soubessem como entrar em contato com alguém como Alastir.

— Como eles poderiam entrar em contato com ele? — Eu me virei para Kieran.

— Eles teriam que conhecer alguém que conhecia alguém que conhecia alguém e assim por diante, e teriam que confiar completamente em cada uma dessas pessoas.

Levando em consideração o modo como os Descendidos eram tratados, eu não podia imaginar que alguém tivesse esse tipo de confiança nos outros. Ainda assim, e se eles estivessem procurando alguém como Alastir? E se eles tivessem partido sem nem mesmo saber que havia outras pessoas lá fora que poderiam ajudá-los? Será que isso teria mudado o desfecho das coisas? Provavelmente.

— Alastir levantou outro argumento muito bom — comentou Kieran.

— Que nenhum dos meus pais acabou sendo usado para criar mais vampiros.

— A não ser que...

Eu sabia aonde ele queria chegar com aquilo.

— De qualquer modo, vamos voltar para a minha pergunta original.

— Oba — murmurou ele.

— Se os meus pais eram da primeira geração, eu sou da segunda.

Ele estudou o meu rosto, passando pelas minhas cicatrizes sem sequer arregalar os olhos.

— *Supondo* que ambos sejam seus pais, sim. Eu cogitaria que você fosse da primeira geração por causa das suas habilidades, mas é possível que você seja da segunda.

— E todos os Atlantes têm olhos dourados de algum modo — disse. — Como você pode notar, eu não tenho olhos dourados.

— Não. Mas eu nunca disse que todos os Atlantes têm olhos dourados. Disse que a *maioria tem* — corrigiu Kieran, brincando com o garfo. — Os metamorfos não têm e tampouco têm uma cor de olhos em particular. Assim como algumas das outras linhagens que acreditamos terem perecido — acrescentou ele, parando de girar o garfo entre os dedos. — Talvez estivéssemos errados ao presumir que algumas das linhagens mais antigas tinham deixado de existir. Talvez você seja a prova disso.

Capítulo 9

— Você acha que eu posso ser descendente de uma das outras linhagens? Ou... ou uma metamorfa? — Milhares de pensamentos entraram na minha cabeça de uma vez só. — Eu não posso mudar de forma. Quero dizer, eu nunca tentei fazer isso. Deveria? — Franzi o nariz. — Provavelmente não. Com a minha sorte, a minha outra forma seria de jarrato. — Estremeci. Os jarratos eram roedores do tamanho de um urso pequeno.

Kieran olhou para mim, contraindo os lábios.

— Você tem uma memória seletiva. Eu disse que a *maioria* pode mudar de forma, mas não todos. E duvido muito que até mesmo uma descendente da primeira geração da linhagem metamorfo pudesse fazer isso.

— Desculpe, eu fiquei obcecada com a parte da mudança de forma. Do que os outros metamorfos são capazes? Aqueles que não se transformam?

— Alguns deles têm sentidos aguçados, habilidades mentais. Assim como os Atlantes da linhagem fundamental costumam ter.

— Como... ser capazes de prever o futuro ou saber coisas a respeito das pessoas?

Ele assentiu.

A mulher no Pérola Vermelha veio à minha mente de imediato. Ela sabia demais para alguém que eu nunca tinha visto antes e, na época, fiquei imaginando se ela era uma Vidente, mas me pareceu mais provável que estivesse de conluio com Casteel. Contudo, ela havia me dito alguma coisa. Naquele momento, foi muito estranho e não fez lá muito sentido. O que tinha sido mesmo?

Você se parece com uma segunda filha, mas não da maneira que pretendia.

Será que ela quis dizer segunda filha como se fosse... da segunda geração?

De qualquer modo, com as minhas habilidades, fazia sentido que eu descendesse de tal linhagem. Ser capaz de saber quais eram as emoções das outras pessoas era um sentido aguçado.

— E quanto às outras linhagens? — perguntei. — Aquelas que pereceram?

— Havia... — De repente, Kieran virou a cabeça na direção da porta. Segui o seu olhar, encontrando a área vazia a princípio. No entanto, em uma questão de segundos, *ele* surgiu ali.

Perdi o fôlego em algum lugar do peito quando vi Casteel. Aborrecida com a minha reação e também um tanto impressionada com a ideia de que a simples visão de alguém pudesse causar tamanho reflexo físico, eu tive de admitir que ele era uma figura marcante e imponente, vestido com uma túnica e calças pretas e com uma capa pesada e forrada de pele jogada sobre os ombros. Conforme ele avançava, a capa se abriu, revelando as duas espadas curtas, embainhadas ao lado do abdômen, com as pontas afiadas e letais afastadas dos braços e os lados serrilhados nivelados contra o seu corpo. Os cabelos dele tinham sido soprados para trás pelo vento, acentuando as linhas das maçãs do rosto.

Casteel dera apenas alguns passos no salão de banquetes quando se virou na nossa direção. O olhar dele encontrou o meu com uma precisão infalível. A distância entre nós pareceu encolher enquanto ele sustentava meu olhar. Senti o coração disparado e meu rosto esquentar.

Eu não me lembrava de ter adormecido hoje de manhã, mas me lembrava muito bem de sentir o braço dele sobre a minha cintura, o peito dele a poucos centímetros das minhas costas. Foi uma *experiência* e tanto e teria sido perfeita se as coisas fossem... diferentes. Se as coisas fossem diferentes, eu ficaria ansiosa pelas muitas noites e manhãs que certamente nos aguardavam. Uma pulsação aguda e latejante percorreu as minhas veias.

Um dos cantos da boca de Casteel se ergueu. Eu sabia que veria a covinha na sua bochecha direita se estivesse mais perto. Era quase como se ele soubesse para onde os meus pensamentos tinham divagado. Tirei os olhos dele e me dei conta de uma coisa. Ele sabia.

Encarei Kieran e perguntei em voz baixa:

— Ele consegue saber... o que eu estou sentindo? Não como eu consigo, mas de outro jeito?

Kieran inclinou a cabeça na direção da minha, franzindo e então relaxando as sobrancelhas escuras conforme uma pontada de divertimento surgia em seus lábios.

Ah, não.

Eu me retesei, sabendo instintivamente que não iria gostar nada da resposta.

— Os Atlantes da linhagem fundamental têm sentidos aguçados — explicou ele. — Sua visão é muito superior que a de um mortal, permitindo que eles enxerguem com nitidez mesmo durante as horas mais escuras da noite.

Eu já sabia daquilo.

— O paladar também é aguçado, assim como o olfato — continuou ele, sorrindo mais ainda. — Eles são capazes de sentir o cheiro particular de uma pessoa, e com isso podem saber muitas coisas a respeito de alguém e do seu corpo, onde ela esteve, qual foi a última coisa que comeu e com quem estava.

O alívio começou a tomar conta de mim. Aquilo não parecia tão ruim assim...

— Em determinadas situações, eles são capazes de dizer se uma pessoa está doente, ferida ou o contrário. Como, por exemplo, se alguém está... — Ele fez uma pausa. — Excitado.

E lá estava o que eu mais temia.

Casteel era capaz de sentir a *excitação*?

O calor percorreu cada centímetro do meu corpo, e eu podia apostar que estava tão vermelha quanto as folhas da Floresta Sangrenta. Ah, Deuses. Isso explicava como ele parecia saber exatamente quando eu mentia sobre me sentir atraída por ele. Mas será que ele era capaz de sentir *aquilo* a distância? Eu duvidava muito.

— Como isso é possível?

— Todo mundo tem um aroma particular. Em determinados momentos, o cheiro fica mais forte. Principalmente quando alguém está excitado.

— Gostaria que você parasse de dizer essa palavra — murmurei.

— Por quê? Não há nada com que se envergonhar — respondeu ele. — É uma das coisas mais naturais que existem.

Natural ou não, agora eu percebia como era saber que alguém poderia ter acesso a emoções tão íntimas. Sentindo como se o jogo tivesse se virado contra mim, peguei o copo e engoli o suco doce.

— Somente os lupinos têm sentidos ainda mais apurados, que nos permitem rastrear por distâncias maiores — acrescentou Kieran. — E períodos de tempo mais longos.

Quase engasguei com o suco.

A noite na Floresta Sangrenta voltou à minha mente com detalhes vívidos e impressionantes. Kieran estava de guarda enquanto Casteel... enquanto ele me *ajudava a* dormir. Naquela época, pensei que Kieran estivesse longe demais para ouvir, ver ou *cheirar* alguma coisa.

Eu quase soltei um palavrão que teria deixado Vikter chocado e depois morrendo de rir.

— Fiquei curioso — disse Casteel, me sobressaltando. Eu nem tinha ouvido ele se aproximar. — O que vocês dois estão conversando que Poppy parece estar prestes a rastejar para debaixo da mesa?

— Nada — respondi.

— Eu estava apenas contando a ela que você tem sentidos aguçados — respondeu Kieran ao mesmo tempo que eu. — Como a habilidade de enxergar melhor que ela e sentir o cheiro da sua excitação...

— Ah, meus Deuses! — Girei o corpo no banco, avançando para cima de Kieran, mas ele se esquivou do meu soco com facilidade.

— Sinto muito. — Kieran não parecia nem um pouco arrependido.

— Eu quis dizer desejo. Ela não gosta da palavra excitação.

— Cuidado, Kieran — murmurou Casteel, pegando a minha mão antes que eu pudesse golpear Kieran de novo. — Na próxima vez, ela vai ameaçar esfaquear você.

O lupino sorriu.

— Tenho certeza de que isso já aconteceu.

— Eu te odeio — anunciei. — Odeio vocês dois.

Casteel deu uma risadinha.

— Isso é mentira.

Lancei um olhar na direção dele enquanto puxava a minha mão.

— Você não é capaz de pressentir isso.

Ele não soltou a minha mão.

— Não por meio de algum sentido aguçado, mas sei que você não me odeia mesmo assim.

— Tudo o que você pensa que sabe está completamente errado. Eu detesto a sua mera existência. — Olhei de cara feia para ele. — E pode soltar a minha mão, por favor e muito obrigada.

— Por que você acha que odeia a minha mera existência? — Os olhos dele cintilaram conforme o vislumbre de um sorriso surgia nos seus lábios. — E, apesar de ter pedido com tanta gentileza, receio que, se eu soltar a sua mão, Kieran e eu estaremos em grande perigo.

Kieran assentiu.

— Covardes — sibilei.

— Além disso, eu gosto de segurar a sua mão — disse Casteel, sugando o lábio inferior entre os dentes — entre as *presas*.

— Eu não me importo com o que você gosta. E também não acredito que você está me perguntando por que eu o odeio. Você tem a memória fraca?

— Acho que tenho uma memória impressionante. Você não acha, Kieran?

— Você não se esquece de quase nada — respondeu o lupino.

O vapor deveria estar saindo dos meus ouvidos.

— Além do fato de ter mentido para mim, me sequestrado e planejado me usar como moeda de troca, você me manteve trancada dentro de um quarto o dia todo. Como é que você acha isso melhor que as coisas que os Ascendidos fizeram comigo por toda a minha vida?

A calidez e o divertimento desapareceram sob o olhar gélido de Casteel.

— Porque dessa vez é para sua segurança.

Dei uma risada áspera.

— E não era isso que eles alegavam?

Ele tensionou um músculo no maxilar.

— A diferença é que eles estavam mentindo para você, mas eu não estou.

— Há pessoas que arriscariam a própria vida para se vingar dos Ascendidos — acrescentou Kieran. — Ele está tentando proteger você.

— Para quê? — Lancei a cada um deles um olhar fulminante. — Para que eu continue viva por tempo suficiente para que ele me troque pelo irmão?

Casteel arqueou a sobrancelha, mas não disse nada.

A raiva e o constrangimento eram uma mistura perigosa. Eu estava furiosa por ter ficado trancada o dia inteiro e envergonhada por saber que aqueles dois sabiam como eu reagia a Casteel — como o meu corpo clamava pelo dele.

— Você não é melhor que os Ascendidos.

Casteel não se mexeu.

Kieran não disse nada.

O silêncio se alongou por tanto tempo entre nós que a inquietação surgir em mim, fazendo com que o meu coração disparasse dentro do peito. Eu não devia ter dito aquilo. Percebi assim que pronunciei aquelas palavras, mas não consegui voltar atrás.

— Tenho que mostrar uma coisa para você — disparou Casteel, praticamente me levantando do banco. Ele começou a andar, me puxando atrás de si enquanto segurava a minha mão com firmeza, mas sem machucar.

Eu me esforcei para acompanhar o seu passo largo enquanto ele atravessava o salão de banquetes.

— Eu não quero ver nada que você tenha para me mostrar.

— Você não vai querer ver isso. Ninguém quer. Mas *precisa* ver.

Confusa com aquela afirmação, olhei por cima do ombro e vi Kieran recostado, com os braços apoiados na mesa e as pernas compridas estendidas na frente do corpo. Ele acenou para mim.

Fiz algo que Ian me ensinou certa vez, algo que vi os guardas fazerem uns para os outros — às vezes, brincando e, outras vezes, com raiva. Era considerado um gesto feio, e eu nunca tinha feito aquilo antes.

Mostrei o dedo médio para Kieran.

O lupino jogou a cabeça para trás e deu uma gargalhada ruidosa.

Casteel olhou de relance para mim, com as sobrancelhas arqueadas enquanto encarava Kieran.

— Será que eu quero saber o que você acabou de fazer?

— Não é da sua conta — resmunguei, com as bochechas afogueadas.

— Você está com um ótimo senso de humor hoje.

— Estou começando a duvidar da sua capacidade de compreensão. Você me deixou...

— Trancada dentro do quarto o dia todo. Eu sei — interrompeu ele enquanto atravessávamos o saguão vazio. — Eu preferiria não fazer isso. Acredite se quiser, mas a ideia de mantê-la confinada é algo que considero desagradável.

Eu queria acreditar nele. De verdade, mas não era tão ingênua assim.

— Então é só não fazer isso.

Ele soltou uma risada seca.

— E arriscar que você fuja de novo, despreparada e desprotegida? Acho que não.

— Eu não vou tentar fugir...

Casteel riu de novo, dessa vez tão alto quanto Kieran. Achei que fosse explodir de raiva enquanto entrávamos no saguão. Havia algumas pessoas ali, e não faço a menor ideia do que elas pensaram quando nos viram passando. Imaginei que um de nós ou os dois devíamos parecer prestes a partir para a batalha.

Mais adiante, um dos homens de sentinela ao lado da porta a abriu para nós, e eu não fazia a menor ideia para onde íamos conforme Casteel me levava lá para fora. Apesar disso, me sentia grata por ele não me levar de volta para o quarto. Eu certamente perderia a cabeça se isso acontecesse.

A neve caía em um ritmo leve e lento, tendo diminuído um pouco. Marchamos por vários centímetros de gelo no chão enquanto atravessávamos o pátio.

— Por que estamos indo para a floresta? — perguntei, imaginando se deveria ficar preocupada, mesmo sabendo que morta eu não servia de nada para ele.

— Nós não vamos muito longe. — Depois de diminuir o ritmo para que eu pudesse caminhar ao seu lado, ele olhou de esguelha para mim. — Você está com frio?

Fiz que não com a cabeça.

— Não vamos ficar aqui fora por muito tempo — disse ele.

Estendi a mão enquanto caminhávamos, momentaneamente distraída pela neve. Observei os flocos caírem e derreterem sobre a minha pele. Depois de um instante, percebi o olhar intenso de Casteel sobre mim. Fechei a mão e a abaixei ao lado do corpo.

— Nevava na Masadônia, não é mesmo? — perguntou ele baixinho assim que alcançamos os limites da floresta. — Você já brincou na neve?

— Brincar na neve seria considerado impróprio para a Donzela. — Fiz uma careta enquanto caminhávamos sob as árvores. A neve cobria grandes áreas do solo da floresta e se acumulava em pilhas mais altas onde havia vãos entre as árvores. — Algumas vezes, eu via a neve quando conseguia sair de fininho durante a noite, mas era raro. Umas duas vezes com Ian. Uma vez com Tawny.

Tawny.

Meu coração ficou apertado quando pensei nela, e quase desejei não ter feito isso. Deuses, como eu sentia falta dela. Ela era a segunda filha de um comerciante bem-sucedido, entregue à Corte Real aos treze anos durante o Ritual. Foi incumbida de ser uma acompanhante para mim, mas se tornou bem mais que isso. Muitas vezes me preocupei que a nossa amizade não fosse nada além de uma tarefa, um dever para ela. Mas agora eu compreendia melhor as coisas. Ela realmente se importava comigo.

— Todo mundo parecia sair do castelo quando a neve caía — continuei. — De modo que me esgueirar sem ser vista nem sempre era possível.

— Que pena. Poucas coisas são mais prazerosas do que passear sobre a neve. — Casteel diminuiu o ritmo e então parou, soltando a minha mão.

Com a palma da mão ainda formigando pelo contato, cruzei os braços sobre o peito enquanto ele se curvava.

— Neva em Atlântia?

— Nas montanhas, sim. — Ele ergueu um galho pesado e então limpou a fina camada de neve do que parecia ser uma portinhola de madeira no chão. — Meu irmão e eu costumávamos ir de fininho para as montanhas quando sabíamos que estava nevando. Às vezes, Kieran nos acompanhava, assim como... outras pessoas. — Ele puxou um gancho de ferro, abrindo a porta. — Sei fazer uma bola de neve daquelas.

Examinei o buraco mal iluminado. Degraus de pedra e terra batida surgiram das sombras.

— Ian me ensinou a fazer bolas de neve, mas não jogo há anos.
Ele olhou para mim com um leve sorriso nos lábios.

— Aposto que você é do tipo que aperta tanto a neve que deixa vergões para trás sempre que atinge alguém.

Franzi os lábios conforme desviava o olhar, pensando que a máscara do Príncipe tinha rachado um pouco ali, revelando uma amostra de Casteel ou de outra máscara.

— Sabia — murmurou ele e, em seguida, limpou a garganta. — Encontrei Alastir antes de entrar no salão de banquetes. Ele me disse que conversou com você.

— Conversamos, sim. Por um breve instante. — Olhei de relance para ele. — Kieran estava lá.

— Eu sei. — Ele me estudou. — O que você acha de Alastir?

Pensei sobre isso por um momento.

— Ele parece gentil, mas não o conheço. — Eu o encarei. — Kieran me disse que você é íntimo dele.

— Eu o conheço a minha vida inteira. Ele é como um segundo pai para mim e Malik. Até mesmo para Kieran. Quando eu queria fazer alguma coisa e a minha mãe não deixava e então o meu pai perguntava o que ela havia dito — um ligeiro sorriso surgiu nos lábios dele —, o que geralmente era não, é claro, eu procurava Alastir.

— E o que ele dizia?

— Na maior parte das vezes, sim. E, se era algo imprudente ou se ele achava que eu poderia me meter em encrenca, me seguia — respondeu ele. — Alastir achou você muito... imprevisível.

— Pensei que você tivesse lhe avisado como eu era franca.

— Parece que não foi o suficiente.

Respirei fundo.

— Ainda corro perigo com ele?

— Espero que não por muito mais tempo. — Casteel se voltou para os degraus de terra batida. Outro longo momento se passou. — Sei que você detesta ficar trancada dentro de um quarto, isolada. Eu não tinha a intenção de deixar você lá por tanto tempo.

Sem dizer o que eu queria fazer, encarei o ombro dele.

— Eu tive que falar com a sra. Tulis a respeito do marido — continuou ele, com a voz suave. — Explicar por que aquilo teve que ser feito.

Com a boca subitamente seca, eu o encarei.

— Ela ficou aborrecida. O que não é nenhuma surpresa. Mal podia acreditar que ele havia participado daquilo. Acho que não acreditou em mim. — Ele inclinou a cabeça para trás, observando a neve que pairava entre as árvores com os olhos semicerrados. — Não posso nem culpar a mulher por duvidar do que eu disse. Quantas vezes os Ascendidos mentiram para ela? Falar com ela demorou mais do que eu esperava.

Um lampejo de culpa brotou dentro de mim.

— Como...? Ela está bem agora? — perguntei, estremecendo. É lógico que ela não estava bem. O marido estava morto.

— Eu dei a ela a opção de ficar com o povo de Novo Paraíso, prometendo que não faria nenhum mal a ela ou, caso preferisse, disse que poderia providenciar uma viagem segura para outra cidade. — Ele abaixou o queixo. — Ela ficou de decidir.

— Espero que ela decida ficar — sussurrei.

— Eu também. — Ele soltou o ar asperamente. — Você consegue enxergar os degraus? — Assim que assenti, ele disse: — Vou descer atrás de você.

Hesitei e engoli em seco. Eu não estava com medo do escuro nem dos túneis, mas...

— Nunca estive debaixo da terra antes.

— É muito parecido com a superfície.

Lancei a ele um olhar seco.

— É mesmo?

Foi então que ele riu, e a risada foi suave e genuína.

— Certo. Não é nada parecido com a superfície, mas só vamos passar por um túnel estreito por uma distância muito curta e então você vai esquecer que está debaixo da terra.

— Não sei, não.

— Vai, sim — disse ele, com o tom de voz baixo e sério.

Nós nos entreolhamos por um momento, e então eu soltei o ar e assenti. Não fazia a menor ideia do que estávamos fazendo, mas eu estava curiosa. Sempre fui curiosa. Desci os degraus com cuidado, apoiando as mãos nas paredes úmidas e frias. Assim que cheguei ao fundo, tentei não pensar que estava debaixo da terra. Dei alguns passos cautelosos para a frente. As tochas acesas, separadas por vários metros, iluminavam o chão de pedra e terra batida e o teto baixo, que seguia por toda a extensão por onde eu conseguia enxergar. Não estava tão frio ali quanto imaginava.

A porta se fechou e Casteel aterrissou atrás de mim. Eu me virei, imaginando se ele havia pulado, mas então ele se virou de frente para mim. De repente, ficamos com o tórax de um encostado no do outro. Sob o aroma do solo rico, havia uma sugestão do cheiro dele. Pinho e especiarias. Os olhos dele encontraram os meus, e eu desviei o olhar rapidamente, perturbada por... tudo.

— O que é isso? — perguntei, esperando que a minha voz soasse mais firme do que parecia.

— São coisas diferentes para pessoas diferentes. — Casteel passou por mim, roçando o ombro e os quadris nos meus. Eu sabia que o meu arrepio não tinha nada a ver com o ambiente.

Ele pegou a minha mão outra vez, e a faísca da sua pele tocando a minha percorreu todo o meu braço.

— Para algumas pessoas, é um lugar de reflexão — continuou ele enquanto começava a andar, e eu fiquei imaginando se ele sentiu aquela carga de energia. Seguimos pelo túnel. — Para outras, é um lugar para testemunhar o que muitos se esforçam para esquecer.

As sombras logo adiante desapareceram quando o túnel chegou ao fim. Vários metros de escada levavam a um espaço que se abria para uma espécie de câmara circular com o teto alto e... bons Deuses, devia ser do tamanho do próprio forte. Dezenas de tochas se projetavam da pedra, iluminando as paredes da câmara. Somente o centro permanecia nas sombras. Em meio à penumbra, parecia haver vários bancos lá.

— E, para outras, é apenas uma tumba. Um solo sagrado. — Casteel soltou a minha mão. — Um dos poucos lugares em todo o Reino de Solis onde aqueles que perderam membros da família para os Ascendidos podem prantear.

Segui antes mesmo de me dar conta, descendo as escadas e pisando no chão da câmara. Havia pedestais a cada meio metro, e sobre eles repousavam pequenos cinzéis e martelos. Fui para a direita, examinando a parede — o que estava gravado na pedra. Havia palavras. Nomes. Idades. Alguns tinham epítetos. Outros sem nenhum. Ao me aproximar, vi esboços esculpidos na pedra. Retratos feitos por mãos hábeis e artísticas. Um suspiro trêmulo escapou de mim conforme eu acompanhava a curva da parede. Os nomes... existiam tantos nomes. Eles fluíam pela superfície, do chão até o teto, mas foram as datas que deixaram o meu peito apertado, cada uma marcando o nascimento e depois a morte. A percepção de que muitos compartilhavam a mesma data de morte fez o nó descer até a minha garganta e, assim que reconheci as datas, os entalhes na parede ficaram todos borrados.

Muitas das datas de morte eram esporádicas, algumas de centenas de anos atrás. Enquanto outras eram de uma década ou de cinco anos atrás, ou do ano passado, ou... ou de dois meses atrás. Mas muitos outros tinham datas que se alinhavam com as datas dos Rituais do passado.

E as idades...

Levei a mão até o peito. Dois anos de idade. Sete meses de idade. Quatro anos e seis meses de idade. Dez anos de idade. E assim por diante. Eram tantos. *Milhares*. Milhares de crianças. Bebês.

— Elas... elas são dos Rituais — quebrei o silêncio, com a voz áspera e rouca.

— Muitas são, mas também há Descendidos que foram mortos — respondeu ele de algum lugar atrás de mim. — Alguns morreram do que os Ascendidos chamam de doença debilitante, mas, na verdade, foi por causa de uma alimentação descontrolada.

Fechei os olhos com força quando o sr. e a sra. Tulis surgiram na minha mente. Eles haviam perdido dois filhos daquela maneira. Dois.

— E os nomes sem data de morte? — Ele estava mais perto agora. — São dos desaparecidos, que provavelmente se transformaram em Vorazes ou morreram.

Abri os olhos e pisquei para conter as lágrimas. Eu me aproximei e estendi a mão para traçar ranhuras que formavam bochechas e olhos, mas parei de repente. Ali embaixo, encostadas na parede, havia flores velhas e secas. Algumas novas. Joias que brilhavam debilmente sob a luz do fogo. Um colar. Uma pulseira. Um anel. Duas alianças de casamento sobrepostas. Minha mão tremia quando a levei de novo até o peito. Parei na frente de um bichinho de pelúcia. Um ursinho velho com uma fita desbotada como coroa. Minha garganta ardeu.

— Essa é apenas uma pequena fração das vidas tiradas pelos Ascendidos. Há enormes câmaras sem espaço para sequer mais um nome. E são só os nomes dos mortais que foram levados. — Ele pronunciou cada uma das palavras com amargura. — Em Atlântia, há muros que se estendem até onde a vista alcança com os nomes dos nossos mortos.

Engoli em seco e passei os dedos sobre as bochechas, enxugando a umidade enquanto olhava para o urso.

— Eu não sou um homem sem pecados. Tenho certeza de que fiz com que nomes fossem gravados em outras paredes, mas não sou como eles. — A voz dele era baixa na câmara, mas ainda assim ecoava. — *Nós* não somos como eles. E tudo o que peço é que, na próxima vez em que achar que não sou melhor que um Ascendido, você se lembre dos nomes nessas paredes.

As palavras *Eu sei que você não é como eles* estavam na ponta da minha língua, mas não consegui falar nada. Eu mal me mantinha de pé.

— Juro a você que a grande maioria das pessoas que matei, que terminaram em tumbas ou em paredes, mereceu o destino que teve. Não perco nem um segundo de descanso pensando nelas. Mas os inocentes? — continuou Casteel, com a voz baixa e tão afiada quanto os cinzéis que aguardavam os dedos trêmulos pelo luto. — Aqueles que foram mortos por casualidade ou pelos meus seguidores? Eu perco o sono por causa deles. Por causa das Lorens e Dafinas do mundo. Dos Viktors...

— Pare — pedi com voz rouca, incapaz de me mover pelo que me pareceu uma eternidade.

Casteel se calou, e eu não sabia se era porque ele já havia dito tudo o que tinha a dizer ou se era uma pequena bênção que me concedia.

Meus lábios tremiam quando finalmente consegui me mexer. Continuei a caminhar, descobrindo flores mais frescas, datas mais recentes e nomes mais comuns — e vários intervalos de datas muito curtos e outros que ficaram em aberto.

Não sei quanto tempo ficamos ali, mas senti que precisava andar por cada centímetro da câmara, vendo todos os nomes que podia ler, memorizando o máximo possível e testemunhando a terrível e dolorosa perda da vida, assim como outros tinham feito antes de mim.

Casteel estava certo quando disse que ninguém queria ver aquilo. Eu não queria, mas precisava ver. Ninguém poderia fingir aquilo. Era simplesmente impossível.

Lentamente, eu me virei.

Ele estava parado na entrada.

— Pronta?

Assenti, me sentindo como se tivesse acabado de lutar contra uma legião de Vorazes.

— Ótimo. — Ele esperou até que eu me juntasse a ele antes de subir as escadas. Nenhum de nós dois disse nem uma palavra antes que chegássemos à superfície e descobríssemos que o dia tinha dado lugar à noite há muito tempo.

Observei enquanto ele fechava a portinhola e colocava o galho ali em cima.

— Por que você tirou os cadáveres do saguão? — perguntei.

Ele continuou ajoelhado ali.

— Isso importa?

— Sim — sussurrei.

Ele ergueu a cabeça e olhou para a neve banhada de luar.

— Não menti quando contei a você que ajudava os amaldiçoados pelos Vorazes a morrerem com dignidade. Eu fazia isso. Porque acredito que deve haver dignidade na morte, mesmo para aqueles que detesto. Eu me esqueci disso em um momento de raiva e... — Ele parou de falar e olhou para mim. — Você me lembrou que, enquanto Hawke, eu acreditava nisso.

Enquanto Hawke.

— Obrigada — disse com a voz rouca. Não sabia muito bem se estava agradecendo a ele por se lembrar ou por me mostrar o que eu não queria, mas precisava ver.

Ele inclinou a cabeça enquanto olhava para mim e depois se levantou.

— Vamos — disse ele calmamente. — Temos muito a discutir antes que seja tarde demais.

O pedido que não era um pedido de verdade.

O nosso futuro que jamais iria acontecer.

Eu não disse nada enquanto caminhávamos de volta para o forte nem resisti quando ele segurou a minha mão outra vez. Não sei por que ele fez isso. Duvidava muito que ele tivesse medo que eu fugisse. Talvez ele apenas gostasse de segurar a minha mão.

Eu gostava de ter a mão segurada por ele.

O último homem que fazia isso com tanta frequência era Ian, e só quando não havia ninguém por perto. Mas a sensação não era nem um pouco parecida.

Talvez eu gostasse tanto disso porque ainda estava pensando sobre aquela câmara — não, aquela *cripta* sem cadáveres, no meio de todas aquelas pessoas que nunca mais andariam de mãos dadas. Ou talvez porque ainda estivesse pensando sobre o momento em que Casteel se lembrou de uma parte dele que era Hawke.

Nós não nos falamos durante todo o caminho de volta para o forte e até o quarto. Assim que entramos, ele me levou até a lareira. Fiquei ali ao lado dele, deixando que o fogo aquecesse a minha pele gelada.

— Vamos partir amanhã? — perguntei, quebrando o silêncio.

— A tempestade está diminuindo, mas ainda tem que se afastar das estradas. — Alguns flocos de neve derreteram e desapareceram entre as mechas escuras dos seus cabelos enquanto ele olhava para a janela sacolejante. — O vento deve ajudar com isso... e provavelmente derrubar o forte se continuar assim por mais uma noite.

Dei uma gargalhada, lembrando de uma história que Ian me contou que tinha ouvido certa vez. Casteel se virou para olhar para mim.

— Desculpe — disse. — Eu estava pensando sobre uma história que Ian ouviu certa vez. Sobre um lobo que derrubava as casas de porquinhos. Por alguma razão, pensei em um lupino fazendo isso.

— Não precisa pedir desculpas — disse ele. — Você é linda quando fica calada e séria, mas quando ri? Só o nascer do sol nas Montanhas Skotos poderia se comparar.

Ele me pareceu tão sincero, como se realmente pensasse aquilo, e eu não conseguia entender.

— Por que você diz esse tipo de coisa?

Ele me estudou.

— Porque é verdade.

— Verdade? — Eu ri, me afastando do fogo. O ardor voltou para a minha garganta, ameaçando me sufocar. — Você vai entalhar o meu nome na parede depois que me entregar? No final das contas, eu vou acabar morta. Essa é a verdade. Então não diga esse tipo de coisa.

— Mas isso não é verdade. De jeito nenhum — disse ele, encontrando e sustentando o meu olhar. — É por isso que temos que nos casar.
— Por que você é tão inflexível sobre esse casamento? — exigi saber. — Não faz o menor sentido.
— Faz, sim. É a única maneira de conseguir o que eu quero e garantir que você continue viva. Espero que possa viver uma vida longa e *livre*.

Capítulo 10

— O quê? — perguntei, dessa vez em pouco mais que um sussurro. Viver uma vida longa? Livre? Como aquilo seria possível se ele conseguisse o que queria, a liberdade do irmão em troca do meu cativeiro?

— Você vai me deixar explicar isso para você? Não estou pedindo que você confie em mim.

— Confiar em você não é algo com que precise se preocupar.

Ele se inclinou para trás, retesando o maxilar.

— Nem estou pedindo o seu perdão, Penellaphe.

O uso do meu nome formal foi chocante, fazendo com que o meu coração disparasse dentro do peito enquanto silenciava todas as palavras amargas na ponta da minha língua.

— Eu sei que o que fiz com você não é algo que possa ser esquecido — continuou ele. — Tudo o que peço é que você ouça o que tenho a dizer. E, com sorte, chegaremos a um acordo.

Eu me forcei a assentir. A necessidade de entender o que ele estava sugerindo superava em muito a vontade de discutir com ele.

— Eu... eu vou ouvir você.

Ele arregalou os olhos ligeiramente, como se esperasse que eu me recusasse, e então a sua expressão se suavizou.

— Você lembra quando eu saí para falar com o meu pai? É claro que lembra — acrescentou ele depois de um momento. — Foi quando Jericho foi atrás de você. — Ele retesou o contorno do maxilar de novo.

— O meu pai não pôde comparecer e mandou Alastir no seu lugar. Havia problemas em casa que ele precisava resolver.

— Problemas com os lupinos e a falta de terra? — presumi.

Ele assentiu.

— Não imediatamente, mas em breve, com a escassez da terra, vamos ter falta de alimentos e de outros recursos.

Uma pequena parte de mim ficou surpresa por ele ter respondido a minha pergunta.

— Quando Alastir falou com Kieran, me pareceu que o povo de Novo Paraíso fosse partir para a Atlântia em breve.

— E vai mesmo.

— Porque você me sequestrou, e então os Ascendidos virão até aqui à minha procura.

Ele me entreolhou.

— Havia planos para levá-los para a Atlântia antes mesmo que eu a sequestrasse. As minhas ações adiantaram o cronograma, mas a falta de terra não teria sido resolvida antes disso.

Refleti sobre aquilo.

— Então, os recursos estão prestes a ficar ainda mais escassos.

— Sim, mas não chegamos ao limite. Ainda não — disse ele. — Algumas pessoas desejam uma postura mais agressiva para aliviar a escassez. Muitos lupinos fazem parte desse grupo, assim como Atlantes. As discussões acerca do que deve ser feito foram acaloradas, e foi por isso que o meu pai teve que ficar para trás.

Naquele momento, Casteel se levantou e foi até uma mesinha sob a janela. Ele pegou uma garrafa de vidro cheia de um líquido de cor âmbar que suspeitei ser bebida alcoólica.

— Aceita uma bebida? Se bem me lembro, você gostava de tomar uma ou duas doses de uísque com Tawny.

Tawny.

Eu queria tanto vê-la, saber se ela estava bem. Mas se ela estivesse aqui...

Fechei os olhos por um instante, esperando que Tawny estivesse em segurança. Mais do que nunca, fiquei grata por ela não estar ali. Ela poderia ter se tornado um problema tratado da mesma forma que Phillips e os outros guardas.

Respirando fundo, abri os olhos e perguntei:

— Você a teria matado? Tawny? Se ela tivesse vindo comigo, você a teria matado?

Casteel fez uma pausa enquanto pegava um copo e servia o uísque até a metade.

— Não tenho o hábito de matar mulheres inocentes. — Ele encheu outro copo. — Eu teria feito tudo o que pudesse para garantir que isso não fosse necessário, mas a presença dela poderia ter causado uma complicação que não gostaria de resolver.

O que significava que, se precisasse, ele a teria matado. No entanto, ele *tinha* garantido que aquela situação não surgisse ao proibir que Tawny viesse comigo. Eu não sabia como me sentir em relação a isso. O que havia de certo ou de errado ali? Contudo, nada disso significava que Tawny estivesse em segurança. Ela estava destinada a Ascender.

Mas será que ela ou as outras damas e cavalheiros de companhia Ascenderiam agora que eu estava desaparecida? Todas as Ascensões do reino estavam ligadas à minha. Eles ainda estavam de posse do irmão de Casteel e deviam ter outro Atlante para manter o Príncipe vivo. Sem mim, eles poderiam prosseguir com a Ascensão, a não ser que...

A não ser que tivesse acontecido alguma coisa com o Príncipe Malik? Engoli em seco enquanto deixava aquela pergunta para depois. Não adiantaria nada perguntar uma coisa dessas, e eu duvidava muito que Casteel já não tivesse considerado aquela possibilidade.

Ele trouxe o copo de uísque para mim, e eu o aceitei, embora não tivesse pedido a bebida. Em seguida, ele se postou diante da lareira.

Deslizei o polegar ao longo do copo frio, levei-o até os lábios e tomei um pequeno gole. A bebida queimou a minha garganta, mas o segundo gole foi bem mais suave. Ainda assim, tive que dar um pigarro. Tawny e eu costumávamos afanar bebidas alcoólicas e eu tomava um ou cinco goles de vez em quando, mas nem de longe o bastante para estar acostumada a beber.

— O que os problemas do seu povo têm a ver com esse negócio de casamento?

— Já vou chegar lá. — Ele se virou para mim, apoiando o cotovelo na lareira. — Mas antes preciso dizer que o meu povo obedece às minhas ordens até a morte, tanto os Atlantes quanto os lupinos. — Ele sacudiu o líquido no copo. — Tenho esperanças de que isso e as ações que tomei para lembrá-los de que você não deve ser ferida os ajudem a fazer escolhas inteligentes na vida. No entanto, não é uma situação comum. Você não é uma situação comum.

— Mas eu não fiz nada para o seu povo. Até tentei salvar um deles.

— Muitos Descendidos não fizeram nada para você, mas você achava que eles fossem cruéis e assassinos — replicou ele. — Você acreditava que os Atlantes não passavam de monstros, e ainda assim nenhum Atlante jamais fez mal a você.

Abri a boca.

— É a mesma coisa, não é? Os Descendidos e eu representamos a morte e a destruição, embora muitos deles não tenham feito nada além de falar a verdade. — Ele olhou para as chamas que bruxuleavam suavemente. — Você representa uma dinastia que subjugou e dizimou as famílias deles, tirou a vida dos seus entes queridos, os seus Deuses e até mesmo o seu herdeiro legítimo. Você não fez nada disso, mas é o que eles veem quando olham para você. Uma oportunidade de se vingarem.

As palavras dele caíram como uma pedra no meu estômago aquecido pela bebida, e eu não pude deixar de dizer:

— Sinto muito.

— Pelo quê? — Ele franziu as sobrancelhas.

Ofegante com o grande gole de uísque que havia tomado, pisquei rapidamente.

— Pelo que foi feito com o seu povo — eu disse a ele, com a voz rouca. — Com a sua família. Com você. Sei que já disse isso ontem à noite e que você não aceitou as minhas desculpas, mas tenho que me repetir.

Casteel olhou para mim.

— Acho que você já bebeu uísque demais. — Ele fez uma pausa. — Ou talvez devesse beber mais ainda.

Bufei. Como um leitãozinho.

— O que você fez não me impede de sentir compaixão. — Comecei a tomar mais um gole, mas pensei melhor. Seja lá que tipo de uísque fosse, aquele ali parecia ter um efeito muito mais rápido que qualquer bebida que eu tenha tomado antes. — O que você fez não me impede de saber e me importar com o certo e o errado. O que eles fizeram com o seu povo foi terrível. — Baixei os olhos para o líquido dourado no copo, pensando em todos aqueles nomes nas paredes. Quem sabe quantos nunca foram listados ali? — E... e o que os Ascendidos estão fazendo com o povo do Reino de Solis é terrível. É tudo um horror.

— Isso é verdade — concordou ele baixinho.

— Acho que entendo por que eles me odeiam. — Pensei no sr. Tulis e tomei um grande gole. — Gostaria que não me odiassem.

— Eu também. É uma das razões pelas quais devemos nos casar.

Voltei o olhar para ele e quase me engasguei.

— É isso o que eu não entendo. Como você chegou a essa conclusão ou por quê. Como você vai trazer o seu irmão de volta desse jeito? Como é que isso vai ser de ajuda com os recursos limitados? Como é que eu vou ser... livre?

Foi então que ele me lançou um olhar penetrante.

— Há uma chance de que alguns ainda desobedeçam às minhas ordens. A vingança pode ser uma motivação poderosa. Pessoalmente, eu adoro e aprecio o sabor da vingança, e sei que você também.

Comecei a negar aquilo, mas ele estava presente quando eu me voltei contra o Lorde Mazeen. Saberia que a minha negação era uma mentira.

— Tenho que voltar para casa para ajudar a aliviar a apreensão dos outros, onde você vai ficar cercada por aqueles que acreditam que qualquer pessoa do Reino de Solis é a *lamaea* em carne e osso.

— *Lamaea?*

— É uma criatura com barbatanas no lugar das pernas e tentáculos no lugar dos braços que se esconde debaixo das camas das crianças, à espera de que as luzes se apaguem. No escuro, ela sai de debaixo da cama para sugar a vida delas.

— Ah. — Franzi os lábios.

— Ela não existe. Ou pelo menos eu nunca vi uma, mas, quando era criança, tanto o meu irmão quanto eu brigavamos para manter as luzes acesas durante a noite — disse ele, e pude vê-lo como um menino precoce, escondido debaixo do cobertor com olhos dourados arregalados.

Observei como os músculos do seu braço se retesavam conforme ele levava o copo de uísque até os lábios.

Bem, eu *quase* podia vê-lo como um menino.

— Espere aí — disse, confusa. — Como é que ela sai de debaixo da cama se tem barbatanas no lugar das pernas e tentáculos no lugar dos braços?

Seus lábios se curvaram.

— Acho que a minha mãe me disse que ela serpenteava e deslizava pelo chão, como uma cobra.

— Isso é extremamente perturbador. — Franzi o nariz enquanto olhava para a garrafa de uísque, imaginando se deveria tomar mais um copo. — Também não entendo a parte dos tentáculos no lugar dos braços.

— Ninguém entende. — Ele desviou o olhar, abaixando o queixo enquanto deslizava as presas sobre o lábio inferior.

Os meus olhos — todo o meu ser — pareceram hipnotizados por aquele gesto. Um tênue arrepio percorreu a minha pele.

— O que estou tentando dizer é que, embora eu tenha ordenado que ninguém a machuque, você ainda pode estar em perigo — explicou ele. — Para algumas pessoas, a noção da vingança é muito maior que o medo da morte certa.

Levei algum tempo para afastar os pensamentos daquela tal de *lamaea* e do vislumbre das presas dele antes de conseguir me concentrar no tema da conversa.

— E você acredita que vai me afastar do perigo se casando comigo?

— Garantir que as pessoas saibam que você é parte Atlante e vai ser a minha esposa *deve* torná-la intocável. Principalmente para quem ainda tem um pouco de medo da morte e bom senso. — Ele tomou um gole. — Você não será mais a Donzela para eles. Mas a minha noiva. Para eles, você será a Princesa.

Refleti sobre o que Casteel estava dizendo e não sei se era o cansaço me vencendo ou a bebida embotando as minhas emoções, mas consegui compreender o que ele estava me dizendo sem jogar o copo em cima dele.

O que aposto que ele gostou.

E provavelmente por que me ofereceu a bebida em primeiro lugar.

— O que você está pensando? — perguntou ele.

— Se deveria tomar mais um copo de uísque.

— Você pode tomar tudo o que quiser.

Tudo o que eu quisesse? Olhei para ele, e a intensidade do desejo que crescia dentro de mim me disse que não seria muito inteligente tomar outro copo de uísque.

Inclinei o corpo e coloquei o copo vazio em cima da mesa.

— Você vai se casar comigo para... me proteger. É isso que está me dizendo?

— Sim e não.

Apesar do calor no meu estômago, senti o peito gelado.

— O que você quer dizer com isso?

— Que o casamento vai lhe trazer segurança, mas também o que eu quero e o que meu reino precisa.

— Como é que se casar comigo vai garantir a libertação do seu irmão ou trazer ao seu reino o que ele precisa?

Ele tomou mais um gole.

— O que você acha que os governantes do Reino de Solis valorizam mais? A capacidade de criar mais vampiros ou de permanecerem vivos?

Inclinei a cabeça para trás ao ouvir a pergunta.

— Espero que seja a última opção.

— Eu também espero que sim — concordou ele, e um momento se passou. — O meu pai acredita que Malik está morto ou que não pode mais ser salvo.

Eu ofeguei.

— Ele acredita? — Quando Casteel assentiu, eu não soube o que dizer. — Isso... isso é tão triste.

Ele retesou o maxilar.

— É a realidade da situação, e não posso culpá-lo por isso, mas não acredito que Malik esteja perdido. Eu me *recuso* a acreditar nisso — afirmou ele com firmeza, e eu esperava que ele tivesse razão. — Muitos Atlantes desejam a vingança. Não só pelo que os Ascendidos fizeram com o Príncipe, mas pelas incontáveis vidas que tiraram, assim como a terra e o futuro que roubaram de nós. O meu pai está se tornando uma dessas pessoas que deseja a vingança. E a questão é que nós podemos nos vingar, Poppy. A Atlântia se ergueu do sangue e das cinzas. Não somos mais um reino derrotado. Em nenhum sentido da palavra. Há muito tempo. Somos um reino de fogo.

Senti os pelos do meu corpo se arrepiarem.

— Podemos até ter recuado depois da guerra, mas o fizemos pelo bem do nosso povo e pela vida dos mortais entre nós, mas isso não significa que tenhamos padecido. Que nos tornamos inferiores ao reino que já fomos um dia. Desde a guerra, a nossa população cresceu e se espalhou para longe da Atlântia, se entrincheirando em todas as cidades do Reino de Solis e abrindo os olhos daqueles que estão dispostos a enxergar a verdade.

O meu coração disparou dentro do peito enquanto eu o observava levar o copo até os lábios mais uma vez.

— Muitos passaram os últimos quatrocentos anos se preparando para retomar os reinos — disse Casteel, e eu devo ter parado de respirar naquele momento. — Eles querem entrar em guerra com Solis e, se conseguirem convencer o meu pai, inúmeras pessoas vão morrer. Atlantes. Lupinos. Mortais. A terra vai ficar encharcada de sangue. Só que dessa vez não haverá recuo. Se o meu pai se convencer a entrar em guerra, Atlântia não tombará. Nós não vamos parar até que todos os Ascendidos, assim como os seus seguidores, se transformem em cinzas.

— E... você não quer isso? Retomar o reino e acabar com os Ascendidos? — Eu poderia entender se ele quisesse, mas não conseguia parar de pensar em Ian e Tawny, e em todas as pessoas inocentes que seriam esmagadas no processo.

Ele olhou para mim por cima da borda do copo.

— Às vezes, o derramamento de sangue é a única opção. Se chegar a esse ponto, eu não hesitarei em brandir a minha espada, mas o meu irmão será uma das vítimas. Não há a menor chance de ele continuar vivo se entrarmos em guerra contra os Ascendidos. Tenho que libertá-lo antes que isso aconteça.

— E você acha que o seu povo não vai querer ir para a guerra se ele voltar? — perguntei.

— Não se trata apenas dele, mas, se eu tiver êxito, acho que não. Caso contrário, pelo menos os mortais vão ter mais tempo para se prepararem. Para escolher um lado ou fugir para o mais longe que puderem e esperar a guerra acabar. Prefiro não sujeitar essa terra a outra guerra de centenas de anos.

Ele se importava com os mortais? Mesmo aqueles que não apoiavam a Atlântia? Aquilo soava com o Hawke que eu conhecia, mas não com aquele que mereceu ganhar a alcunha de Senhor das Trevas. Inquieta, alisei a bainha da minha túnica.

— Como é que você vai conseguir isso se casando comigo? Eu sou apenas a Donzela, e nós dois sabemos que isso não significa nada. Os Deuses não me escolheram...

— Mas o povo de Solis não sabe disso — retrucou ele. — Para eles, você é a Donzela. Você *foi* Escolhida pelos Deuses. Assim como é a representante dos Ascendidos para a Atlântia, você é um símbolo para o povo de Solis. — Um sorrisinho surgiu nos lábios dele. — Além disso, você é a favorita da Rainha.

Sacudi a cabeça.

— Isso pode até ser verdade, mas não entendo como adianta alguma coisa.

— Você não se dá o devido valor, Princesa. Você é muito importante para o reino, para o povo e mais ainda para os Ascendidos. É a cola que mantém todas as mentiras juntas.

Eu me retesei.

— Imagine só o que vai acontecer quando o povo de Solis souber que você, a Donzela Escolhida, se casou com um Príncipe Atlante e não se transformou em Voraz? Nem mesmo depois de um beijo venenoso? — Ele lançou um sorriso malicioso para mim, revelando uma das covinhas. Estreitei os olhos. — Só isso bastará para abrir muitos olhos. E, por meio da nossa união, nós poderemos apresentar aos mortais um mundo onde o povo Atlante não estivesse derrotado e espalhado pelos quatro ventos. Mas também mostraremos a eles que os Deuses aprovam a nossa união. Afinal de contas, de acordo com o que os Ascendidos disseram a eles por gerações, se não aprovarem, os Deuses buscarão a vingança. O povo de Solis não sabe que os Deuses estão hibernando. E os Ascendidos contam que eles nunca descubram isso.

Assenti lentamente, pensando nas pessoas.

— O povo pensaria que os Deuses aprovavam a união.

— E o que você acha que o povo faria se os Ascendidos se voltassem contra a Escolhida pelos Deuses? Os próprios Deuses que, de acordo com os Ascendidos, mantêm o povo de Solis a salvo dos Vorazes? Se os Ascendidos se voltarem contra você, o seu reino baseado em mentiras vai começar a rachar. Não vai demorar muito para despedaçar tudo. E, se eu me lembro bem da Rainha Ileana, ela é uma mulher muito inteligente. Ela sabe disso.

Abalada por ouvi-lo dizer o nome dela quando raramente fazia isso, eu o vi franzir os lábios.

— Mas não inteligente o bastante para saber que o Reino da Atlântia cresceu a ponto de se tornar uma ameaça considerável ao seu reinado?

— Eles sabem que a Atlântia ainda existe e já fortificaram o seu exército, seus cavaleiros.

Um arrepio gélido percorreu a minha espinha com a menção dos Cavaleiros Reais. Eles formavam o exército de Solis, fortemente blindados, excepcionalmente bem-treinados e absolutamente imponentes. Eu só os tinha visto na capital e mesmo assim era raro ver um cavaleiro, já que eles ficavam acampados no sopé dos Picos Elísios. Muitos deles haviam feito o voto de silêncio.

— Mas tomamos o cuidado de manter o nosso crescimento e realizações em segredo, nos certificando de que os Descendidos sejam vistos como um grupo desorganizado de pessoas que seguem um Príncipe solitário e decidido a recuperar o trono. Eles se tornaram complacentes ao longo dos anos. — Ele arqueou a sobrancelha enquanto tomava um gole. — E acredito que os estudiosos já disseram que o ego é a ruína de muitas pessoas poderosas. Nem mesmo os cavaleiros e os guardas reais serão suficientes para nos derrotar. É aí que você entra. Ou, mais precisamente, onde *nós entramos*. Juntos. Casados. Unidos. Você e eu...

— Já entendi — interrompi com um rosnado baixo.

A tonalidade dos olhos dele se intensificou.

— Apesar do meu talento considerável, eu não consigo chegar perto deles nem dos Templos. Tentei inúmeras vezes enquanto estava na Carsodônia, mas você... você é a minha porta de entrada.

Soltei o ar pesadamente.

— Você acha que comigo, ao se casar comigo, será capaz de negociar a libertação do seu irmão.

— E barganhar a devolução de parte de nossas terras. Quero tudo a leste de Novo Paraíso.

— Tudo a leste de Novo Paraíso. Então seria... as Terras Devastadas e Pompeia. E, mais ao sul, o Pontal de Spessa...

— E uma infinidade de vilarejos e campos. Muitos desses lugares não são nem ao menos governados por um Ascendido local — disse ele. — Eles sequer utilizam muitos deles. Seria um pedido justo.

Era um pedido justo. Solis continuaria com as principais cidades comerciais e fazendas nos arredores da Carsodônia e da Masadônia, entre outras. Mas...

— Não vai ser tão simples quanto mandarmos uma carta para eles, anunciando as nossas núpcias. — Casteel atraiu a minha atenção. — Assim que perceberem que você está desaparecida, os Ascendidos podem acreditar que você teve um final infeliz.

— Nas mãos do Senhor das Trevas?

Ele inclinou a cabeça na minha direção.

— Ou de alguma pessoa muito má. De qualquer forma, a Rainha Ileana e os Ascendidos não vão acreditar na nossa união sem ver que você ainda está viva, saudável e inteira. Vamos nos encontrar com eles sob os nossos próprios termos e apresentar as opções disponíveis.

— Ceder às suas exigências ou entrar em guerra? — concluí. — A guerra pode acabar acontecendo de qualquer modo, mas, se eles concordarem, podemos ganhar algum tempo para o povo de Solis.

Casteel assentiu enquanto colocava o braço de volta sobre a lareira.

— O que você está pedindo é justo. Eles estão de posse do seu irmão, e a perda de terra não prejudicaria Solis tanto assim — disse. — Espero que tenham o bom senso de concordar. Talvez não sejam capazes de fazer mais vampiros, isso se não capturaram outros para esse fim. — Vi uma imagem de Ian na minha mente e senti um nó no estômago. — E se eles não concordarem... então haverá guerra. — Ergui o olhar para ele. — Quando se encontrar com o Rei e a Rainha e se eles concordarem, você os deixará vivos?

Ele abaixou o queixo enquanto um sorriso lento e frio surgia no seu rosto deslumbrante.

— Assim que conseguir o que eu quero e o que meu reino precisa, eles não permanecerão no trono de Solis. Nem continuarão respirando. Não aqueles dois. Não ela.

Desviei o olhar, me retesando para não estremecer. Eu conseguia entender aquilo, ainda mais depois do que eles haviam feito com Casteel. Mas era difícil esquecer todos aqueles meses e anos após o ataque, quando tudo o que eu tinha era Ian e a Rainha Ileana.

Mas eu havia visto as paredes da câmara subterrânea. Assim como as cicatrizes de Casteel. Eu já tinha as minhas suspeitas antes mesmo de conhecê-lo. Sabia que o que ele afirmava era verdade. Não precisava ver nem saber de mais nada para acreditar nisso.

— E você planeja permitir que os Ascendidos continuem vivos? Quem governaria o Reino de Solis? — Me interrompi antes de perguntar: e quanto a Ian?

— Para evitar a guerra e repetir a história, nós teríamos que permitir que eles continuassem vivos. Mas as coisas teriam que mudar. Chega de Rituais. Chega de mortes misteriosas. Eles precisariam se controlar.

— E você acredita que isso é possível? Você disse que leva meses, senão mais...

— Mas eles são capazes de se controlar. Já se controlam em alguns casos; e muitos Ascendidos têm idade suficiente para isso. Podem tornar a mordida agradável. Podem se alimentar sem matar. Tenho certeza de que muitas pessoas se ofereceriam. Ou os Ascendidos poderiam até pagar pelo serviço. De qualquer forma, se quiserem continuar vivos, eles vão precisar controlar a sede de sangue. O fato de não serem os Vorazes que criam é a prova dessa capacidade. Eles simplesmente nunca tiveram um motivo para fazer isso.

— Você acha que isso vai dar certo? — perguntei.

— É a única chance de sobrevivência dos Ascendidos — disse ele.

Mas e se ele estivesse errado — e se ele fracassasse? E se seu irmão já tivesse morrido? Olhei para Casteel e tive a certeza absoluta de que ele mataria todo mundo ou morreria tentando fazer isso.

Senti um nó na garganta.

— E depois disso, com ou sem o seu irmão, eu estarei livre?

Ele me encarou.

— Você estará livre para fazer o que quiser.

— Então o casamento não será... verdadeiro?

Houve um momento de silêncio antes de ele dizer:

— Tão verdadeiro quanto você acredita que qualquer coisa a meu respeito seja.

Naquele momento, ele não estava mais olhando para mim. Sua atenção estava fixa nas chamas. O contorno do maxilar dele parecia feito de mármore.

— Eu realmente não faço a menor ideia do que isso significa — admiti, dobrando as pernas debaixo do cobertor. — Como serei livre se nos casarmos?

— Vou conceder o divórcio se for o que você quiser.

Arquejei antes que conseguisse me controlar. Os divórcios eram praticamente desconhecidos no Reino de Solis. Era preciso ir até a Corte até mesmo para fazer uma petição e, na maioria das vezes, era rejeitada.

— O divórcio é comum na Atlântia? — perguntei.

— Não — respondeu ele. — Incomum é que dois Atlantes que não se amam se casem. Mas quando as pessoas mudam, assim como o amor, elas podem se divorciar.

Fiquei encasquetada com a parte sobre casar sem amor não ser comum. Se era tão raro assim, então como ele poderia entrar em uma união com alguém que nitidamente não amava? A resposta era fácil. Ele faria qualquer coisa pelo irmão.

— Então o casamento não é verdadeiro. — Puxei o ar de leve. — E se eu recusar? E se eu disser que não?

— Espero que não seja o caso, ainda mais depois de tudo o que viu. Mas dessa forma você não vai ser usada para enviar uma mensagem para os Ascendidos nem vai ser usada por eles. É uma saída. — Ele passou a mão pelos cabelos. — Não é perfeita, mas é uma saída.

Era... era uma saída. Uma saída tortuosa e cheia de reviravoltas, mas sabia que, se ele nunca tivesse vindo atrás de mim, eu ainda estaria na Masadônia, de véu e desconfiada, mas sem ter a noção verdadeira do horror que estava acontecendo — do futuro com que iria me deparar. Casteel não era um mal que vinha por bem. Eu não sabia o que ele era, mas nada estaria bem se ele não tivesse entrado na minha vida.

Ergui o queixo.

— E se eu ainda disser que não?

— Não vou forçá-la a se casar comigo, Poppy. O que eu já tenho que forçar a você é... bastante desagradável, dado tudo o que foi tirado de você antes mesmo de me conhecer. — O peito dele subiu com uma respiração pesada. — Se você se recusar, não sei o que vou fazer. Terei que encontrar outra maneira de libertar o meu irmão e de escondê-la para que ninguém, incluindo o meu próprio povo, possa colocar as mãos em você.

A surpresa tomou conta de mim e, sem pensar, agucei os sentidos para ele e li suas emoções, buscando algum sinal de conspiração ou astúcia. Qualquer indicação de que ele não estivesse sendo sincero. O que senti foi tristeza, mais pesada e intensa que antes, e um gosto azedo na boca, algo que me deixou com a sensação de querer trocar de pele.

Vergonha.

Senti a vergonha emanando dele, e não estava enterrada lá no fundo. Estava bem ali, logo abaixo da superfície.

— Você... você não gosta disso, não é? Da situação em que eu estou... em que nós dois estamos.

Ele flexionou um músculo no maxilar mais uma vez, mas não disse nada.

— É por isso que não vai me levar direto para a capital agora e exigir a troca — disse. — Seria mais rápido. Mais fácil...

— Não seria *nada* fácil entregar você para eles. — Seus olhos reluziram com um brilho âmbar intenso antes que ele desviasse o olhar. — E pare de ler as minhas emoções. É uma grosseria.

Arqueei as sobrancelhas.

— E me forçar a beber o seu sangue não foi?

— Eu estava salvando a sua vida — resmungou ele.

— Talvez eu esteja salvando a sua vida ao ler as suas emoções — retruquei, trancando os meus sentidos.

Casteel me encarou com um olhar seco.

— Por favor, me explique como você chegou a essa conclusão.

— Porque é um alívio saber que você não me forçaria a me casar com você. — E aquilo afrouxou mesmo um pouco da tensão no meu peito. — Não muda as mentiras e tudo o mais, mas pelo menos amortece a minha fúria quase assassina. — E a decepção devastadora, mas eu não iria admitir aquilo. — De modo que posso até não tentar cortar a sua cabeça enquanto você dorme.

Os lábios dele se curvaram.

— Mas você não me promete nada?

Eu nem me dei ao trabalho de responder àquilo.

— Então você vai dizer para todo mundo que nós vamos nos casar, e eu devo agir como se fosse verdade quando estivermos perto de outras pessoas? E, depois de nos casarmos, nós iremos para a capital?

Casteel ergueu a cabeça, com o olhar fixo na parede diante de si.

— Sim, mas precisamos ser convincentes. Não é tão simples quanto anunciar ao mundo que vamos nos casar. Devemos nos casar assim que chegarmos à Atlântia. Antes que eu a leve para conhecer os meus pais.

Senti um embrulho no estômago.

— Você acha que é inteligente se casar antes mesmo de contar ao Rei e à Rainha que está noivo?

— Não exatamente. — Havia o lampejo de um sorriso juvenil nos seus lábios, que imaginei que surgisse quando ele era mais novo e estava prestes a fazer algo que sabia que o meteria em encrenca. — Os meus pais vão ficar... aborrecidos.

— Aborrecidos? — Engasguei com uma risada. — Tenho a impressão de que a emoção será mais intensa que isso.

— É bem possível. Mas os meus pais vão tentar adiar o casamento até terem certeza de que é verdadeiro. Não podemos esperar para obter a permissão deles, permissão de que não preciso — disse ele. — Como disse antes, o meu povo deseja a vingança. Se acharem que isso é uma manobra para recuperar um Príncipe por quem já se enlutaram e se valorizarem a vingança mais que a própria vida, eles vão tentar fazer alguma coisa. Depois que se tornar a minha esposa, você estará protegida.

— O seu povo parece... — Parei de falar. O povo dele parecia bárbaro, mas o meu não era muito melhor que isso. Quer reivindicasse os Ascendidos como o meu povo ou não, eu tinha sido criada por eles. E não seria tão violenta como os Atlantes se vivesse todos os dias sabendo que os Ascendidos poderiam chegar a qualquer momento e me massacrar sem questionamento nem punição? Eu estaria tão furiosa quanto eles.

Um arrepio percorreu o meu corpo enquanto eu olhava para o perfil de Casteel, as linhas tensas do seu rosto e as olheiras. Percebi que talvez não fôssemos tão diferentes assim.

— Entendo.
Ele se voltou para mim, com os olhos arregalados.
— O quê?
— Eu entendo porque você está fazendo isso. Eles estão de posse do seu irmão, que foi capturado enquanto o libertava — eu disse a ele, pensando em Ian. — Entendo que você adote medidas extremas para tê-lo de volta.
Ele se virou para mim.
— É mesmo?
Assenti.
— Eu faria a mesma coisa. De modo que posso entender e ainda assim não gostar disso. Detesto não ser nada além de um peão para você, mas entendo os seus motivos.
— Você não é só um peão para mim, Poppy.
— Não minta — eu disse a ele, sentindo um aperto no peito. — Não vai ser bom nem para mim nem para você.
Ele abriu e fechou a boca, parecendo repensar o que estava prestes a dizer.
— Eu entendo por um bom motivo — continuei. — Você faria qualquer coisa para libertar o seu irmão, e eu farei qualquer coisa para ter o meu irmão de volta. Concordo com o casamento se você prometer que vai me ajudar a chegar até Ian.
— Poppy...
— Eu sei o que ele é, e você sabe que tenho que ver o que ele se tornou.
Ele virou o rosto para me encarar.
— E se ele se tornou igual aos outros?
— Ser um Ascendido não significa instantaneamente que ele seja mau. Não. — Levantei a mão quando ele fez menção de falar alguma coisa. — Você me disse que eles são capazes de controlar a sede de sangue, se quiserem. Muitos Ascendidos são maus, mas muitos deles eram boas pessoas antes da Ascensão e não tinham a menor noção da verdade. O meu irmão... — Puxei o ar, trêmula, e endireitei os ombros. — Tenho que ver com os meus próprios olhos o que ele se tornou. Esse é o acordo. Eu me caso com você temporariamente e o ajudo a libertar o seu irmão se você me ajudar a libertar o meu.

Casteel inclinou a cabeça para o lado enquanto me encarava por um longo momento. Não tenho ideia do que ele viu, mas logo assentiu.

— Concordo.

— Certo — sussurrei.

— Você não vai discutir comigo a respeito disso?

Refleti sobre aquilo.

— Não na frente dos outros. Por que eu faria isso? Se fazer com que eles acreditem que nós vamos nos casar me mantiver viva, então por que eu não seguiria o plano? — argumentei, franzindo o cenho de leve. Jamais imaginei que o uísque tivesse uma capacidade tão impressionante de desanuviar os pensamentos de uma pessoa. — Eu não quero morrer. Nem gostaria de ser enjaulada e usada como uma bolsa de sangue.

Ele estremeceu. De leve, mas eu notei.

— Mas, em particular, você vai lutar comigo com unhas e dentes? — presumiu ele.

— Kieran sabe dos seus planos, não é?

Ele assentiu.

Eu o encarei.

— Então, na frente dele e em particular, vou lutar com você com unhas e dentes. Não vou fingir que sou uma noiva dócil sem uma plateia.

— É compreensível. — Ele deslizou o polegar sobre o copo. — Mas se você quiser fingir que é dócil em particular...

— Sem chance.

Um brilho reluziu nos olhos dourados dele.

— Acho que você vai descobrir que posso ser incrivelmente charmoso.

Olhei de cara feia para ele.

— Você se lembra do que disse sobre algo ser impossível?

Eu me lembrava, sim.

— Mas isso é definitivamente impossível.

— Acho que vamos ter de esperar para ver.

— Acho que sim — eu disse a ele, relaxando. Aquela zombaria parecia normal. Pelo menos para nós dois.

Casteel olhou para mim.

— Tenho a impressão de que isso é um truque e você está prestes a tentar cravar aquela faca no meu coração outra vez.

Soltei uma risada seca.

— De que isso iria adiantar? Você só ficaria irritado; e aquela faca não é nem de longe afiada o bastante para cortar ou perfurar a sua cabeça incrivelmente dura.

Ele abriu um sorriso malicioso e terminou de beber o uísque que restava no copo antes de se afastar da lareira.

— Mas te daria muita satisfação.

Refleti sobre isso.

Daria, sim.

— Eu sabia — murmurou ele, colocando o copo em cima da mesa.

Alguns momentos se passaram enquanto eu sentia o olhar de Casteel sobre mim.

— Os Atlantes seguem a tradição das alianças quando ficam noivos? — perguntei. Os Ascendidos não seguiam, mas muitos mortais do Reino de Solis, sim. As alianças eram presenteadas no noivado do casal e então trocadas durante a cerimônia de casamento.

— Seguimos, sim.

— Então como é que eles vão acreditar que nós estamos noivos se eu não ganhei uma aliança?

— É um bom argumento — murmurou ele.

— Eu quero uma aliança — anunciei. — Uma aliança obscena de tão grande como as que vi nas mãos das esposas de comerciantes ricos. Com diamantes enormes que parecem pesados no dedo.

Ele curvou o corpo na minha direção.

— Vou encontrar um diamante tão grande que vai entrar em um aposento antes de você.

— Ótimo. — Levei um instante para perceber que estava sorrindo. Fiquei imaginando se deveria me preocupar com isso enquanto repensava as coisas. Eu me sentia um pouco mais à vontade. O que disse a ele sobre entender por que ele estava fazendo aquilo era verdade. Não significava que eu tivesse que gostar daquilo ou que a realidade não doesse e me magoasse profundamente. Mas, se Vikter me ensinou alguma coisa e se eu aprendi alguma coisa com a Rainha Ileana e o tempo que passei como a Donzela, lidando com o Duque Teerman e o Lorde Mazeen, era que ser pragmática e racional era a única maneira de vencer uma batalha e sobreviver a uma guerra. Eu seguiria aquele plano porque era assim que continuaria viva e chegaria perto de Ian. Assim como Casteel, eu faria qualquer coisa pelo meu irmão. E isso incluía passar de um ninho de cobras para o outro.

Capítulo 11

Eu estava noiva.

Esse foi o último pensamento que tive antes de adormecer e o primeiro pensamento que tive ao acordar — duas coisas que fiz sozinha.

Casteel partiu logo depois que concordei com o plano, pois Delano o chamou. Acabei caindo no sono e só soube que ele tinha voltado no meio da noite porque acordei em algum momento com o calor do corpo dele a centímetros do meu. Fiquei deitada ali por muito tempo, ouvindo o som regular de sua respiração e lutando contra o desejo de me virar na cama e olhar para ele. Ele já tinha ido embora quando acordei e fiquei aliviada — dessa vez por motivos diferentes dos anteriores.

Eu precisava compreender com o que tinha concordado e tentei fazer isso enquanto me postava diante da penteadeira mal iluminada na sala de banho, desembaraçando os nós dos meus cabelos como se eles tivessem as respostas para todas as minhas perguntas.

O casamento era verdadeiro... só que não. Era um acordo de negócios que daria a nós dois o que queríamos. O irmão dele. Terra. O meu irmão. Liberdade. E talvez até mesmo o fim de uma guerra que não havia sequer começado.

Bem, com sorte, nós conseguiríamos o que desejávamos.

Como eu poderia não concordar com aquilo? Se dissesse que não e Casteel realmente me deixasse partir, me escondendo onde ninguém pudesse me encontrar — se é que isso fosse possível —, eu ainda teria que ver Ian. Dessa forma, eu não faria isso sozinha. Poderia até ser a chave de Casteel para o Rei e a Rainha, mas tinha a inteligência e o bom senso suficientes para reconhecer que ele também era o caminho mais seguro e inteligente para chegar até o meu irmão.

Mas não foi só por isso que concordei.

Apesar das mentiras e da traição de Casteel, eu sabia que não poderia ir embora e deixá-lo sozinho para tentar encontrar outra maneira de salvar o irmão e até mesmo o seu povo. Embora não tivesse me dado muitas oportunidades para descobrir quem eu era como pessoa, sabia o suficiente a respeito de mim mesma para saber que não teria sequer um minuto de paz na minha liberdade. Não depois de tudo o que descobri e enquanto houvesse algo que eu pudesse fazer.

Mas casamento?

Fazia muito tempo desde que minhas fantasias infantis sobre casamento e a possibilidade de me unir a um Ascendido — algo que, na época, eu não sabia que nunca aconteceria — me deixavam cheia de medo e pânico.

Aquele casamento também me deixava cheia de pânico e medo, mas por um motivo muito diferente. Nós teríamos que nos comportar como se quiséssemos um ao outro não só de corpo, mas de alma. Teríamos que agir como se estivéssemos apaixonados. E isso era perigoso. Mesmo com a minha falta de experiência, eu sabia disso. O que sentia por ele apesar de tudo já me parecia arriscado. Seria difícil fingir que estávamos juntos para convencer o seu povo do nosso relacionamento e não ser afetada por isso. Precisaríamos estabelecer alguns limites. Regras. Eu ainda era um peão. Só que agora tinha uma participação ativa.

Eu não podia me esquecer disso.

E não iria.

Outra preocupação se manifestou. Como iríamos convencer alguém de que estávamos em um relacionamento amoroso se eu recusei o pedido em público e insinuei, de forma contundente, que achava que ele tinha perdido a sanidade?

Como é que eu deveria agir? Tudo o que eu tinha como exemplo eram os meus pais e, até onde me lembrava, tudo acerca do amor deles — os olhares demorados e a maneira como eles se tocavam o tempo todo — era *natural*. Algo que não podia ser fingido nem forçado. Os outros relacionamentos que eu via com regularidade eram dos Ascendidos, e nunca tinha visto o Duque e a Duquesa se tocarem. O próprio Ian nunca havia mencionado a esposa em nenhuma das cartas que mandou nem sequer uma vez depois de anunciar o casamento — ao qual não tive permissão para ir. Naquela época, a recusa da Rainha

Ileana em permitir que eu viajasse foi explicada como uma questão de segurança. Mas agora eu me perguntava se havia algo mais.

Eu deveria ter sido mais questionadora, mas me tornei complacente com o controle absoluto dos Ascendidos sobre mim. Como foi que isso aconteceu? Como foi que o povo de Solis chegou ao ponto em que tão poucos questionavam a entrega dos próprios filhos? Alguns deles faziam isso de bom grado, se sentindo honrados. Seria por medo? Desinformação? Falta de acesso à educação e outros recursos? Os motivos eram inúmeros, ainda mais para aqueles que começaram a suspeitar que as coisas não eram como pareciam, mas criaram desculpas.

Como eu fiz.

Porque enxergar a verdade era assustador.

E se o plano de Casteel desse certo? Se eu visse Ian e... lidasse com o que tinha acontecido. E depois? Será que os Ascendidos mudariam mesmo? Será que o povo de Atlântia ficaria satisfeito? E como é que poderíamos saber se os Ascendidos estavam seguindo as novas regras e vivendo uma vida mais limitada? Mesmo que eles fizessem isso, eu duvidava muito que a rixa entre aqueles que moravam em lugares como a Viela Radiante e os que moravam nas favelas perto da Colina fosse desaparecer do nada. A roda que os Ascendidos haviam criado continuaria a girar, não é? Ou será que perder a Rainha e o Rei faria com que o restante dos Ascendidos se dispersasse, forçando-os a assumir um novo estilo de vida?

Eu não sabia as respostas para nada disso. Tudo o que sabia era que o povo de Solis não podia mais continuar sendo perseguido. E, se pudesse ajudar a acabar com isso, eu o faria.

Era um propósito muito mais digno que aquele com que vivi enquanto a Donzela. Era algo verdadeiro. Que mudaria a vida das pessoas. Eu me sentia como se tivesse sido escolhida para algo *que realmente importava*.

Mas nada disso me dizia como eu deveria agir em um relacionamento *amoroso*. Os Ascendidos costumavam dar a impressão de que não sentiam necessidades físicas, mas eu sabia que nem sempre era assim. Muito embora as perversões do Duque Teerman e do Lorde Mazeen não fossem bons exemplos de como se comportar em um relacionamento.

O meu coração disparou dentro do peito assim que ouvi uma batida. Um instante depois, a porta se abriu e Kieran me chamou:

— Quer tomar o café da manhã?

— Sim. — Larguei a escova e me apressei para fora da sala de banho.

Kieran segurou a porta aberta para mim.

— Alguém está com muita fome.

Eu não tinha certeza se conseguiria comer nem uma colherada. Saí para a passarela e vi que a neve tinha parado de cair, embora o vento ainda soprasse por entre as árvores, fazendo com que os flocos rodopiassem pelo pátio.

— Vamos partir em breve? — perguntei. — Já que a neve parou de cair?

— Creio que Alastir e alguns dos outros vão partir mais tarde para verificar as estradas ao leste, para ver se estão transitáveis. Espero que sim, já que a tempestade não se estendeu muito para o oeste.

O que significava que as estradas da Masadônia, ou mesmo da capital, não estariam tão intransitáveis.

— Você acha que eles perceberam que ainda não chegamos à próxima parada?

— Acho que não. Nós temos tempo. Não muito, mas um pouco — disse ele.

Era estranho me sentir aliviada, quase como se fosse uma espécie de traição, embora eu soubesse que não era.

— Então, Penellaphe. Para variar, eu tenho uma pergunta para você — disse Kieran lentamente assim que alcançamos a escada.

Olhei de relance para ele.

— Hmm... Ok?

— Qual é a sensação de estar prestes a se tornar uma Princesa de verdade?

— Ele já contou para você? — Eu não sabia por que estava surpresa. Casteel devia ter se encontrado com Kieran na noite passada.

— É claro que sim. Eu provavelmente sabia que os planos de Cas tinham mudado antes dele.

Estreitei os olhos.

— E aposto que os planos mudaram quando ele descobriu que eu era parte Atlante.

Ele sorriu, e a sua expressão ocultava uma imensidão de mistérios.

— Os planos mudaram muito antes disso. Mas, como eu disse, ele ainda não tinha percebido

— Mas você já tinha? Você o conhece *tão bem* assim?

— Conheço, sim.

— Ora, que bom para você — murmurei.

Ele deu uma risadinha.

— Mal posso esperar para ver como vocês dois vão fazer isso.

Minha pulsação disparou como um cavalo selvagem.

— O que você quer dizer com isso?

Kieran me lançou um olhar astuto conforme entrávamos no saguão movimentado.

— Desde que saímos da Floresta Sangrenta, você não passou nem sequer um minuto sem ameaçar a vida de Casteel.

— Que exagero. Certamente houve... Vários minutos que se passaram. — Me retraí, mas Kieran tinha razão.

— Acho que vamos descobrir em breve.

Eu estava nervosa demais para ficar imaginando se alguém me lançava olhares odiosos conforme entramos no salão de banquetes vazio e nos sentamos à mesa. As cadeiras haviam substituído os bancos.

A comida foi servida — salsicha e ovos, junto com aqueles pãezinhos maravilhosos. De alguma forma, superei o nó no estômago e peguei um deles. Fiquei muito mais calada enquanto comia hoje de manhã. O motivo apareceu assim que terminei o que conseguia comer. Kieran olhou por cima do ombro, e eu logo soube quem havia chegado.

Lentamente, espiei atrás de mim. Casteel entrou no aposento com Alastir e vários homens ao seu lado. Enquanto Alastir conversava com ele, Casteel olhou para onde Kieran e eu estávamos. Nossos olhares pareceram se cruzar por um instante e então eu desviei o olhar rapidamente, com o coração parecendo trovejar dentro do peito.

— Casteel vai anunciar o noivado. — Kieran abaixou o copo. — Vai ser inteligente se você se comportar de maneira adequada.

Estreitei os olhos para Kieran.

— Você acha que eu vou esbravejar com Casteel e sair correndo?

O vislumbre de um sorriso surgiu nos lábios dele.

— Eu não ficaria surpreso.

Revirei os olhos e examinei a porta. O grupo havia parado ali defronte e conversava com Naill, que, assim como o resto, tinha o hábito de aparecer do nada.

— Você acha que ele vai acreditar em nós?

— Outra pergunta? — Kieran se recostou, cruzando os braços. — É sério? Você não se cansa de fazer tantas?

— Parece que você não se cansa, já que acabou de fazer três.

Ele deu uma risada.

— Acho que vai ser difícil convencer Alastir.

Eu o encarei.

— Isso é muito encorajador. Obrigada.

— De nada.

Com um olhar de esguelha, vi que eles continuavam perto da porta.

— Como você sabe que ele vai anunciar que aceitei o pedido de casamento? Ele contou para você?

— Não.

— Então como é que você sabe?

— Eu só sei das coisas.

Eu o encarei com um olhar inexpressivo.

— Sei que vocês dois são íntimos, mas... — Lembrei-me de uma coisa. O vínculo. — Li que alguns Atlantes de uma determinada classe social têm vínculos com os lupinos.

— Leu, é? — murmurou ele.

— Sim. Acredita-se que os lupinos têm o dever de proteger o Atlante ao qual estão vinculados.

— Você vai comer aquele pãozinho? — perguntou ele.

Franzi o cenho e fiz que não com a cabeça.

— Pode ficar com ele.

Kieran pegou o pão e começou a rasgá-lo em pedacinhos, me lembrando de como os pequenos roedores que os Curandeiros mantinham presos em gaiolas rasgavam o revestimento de papel.

Tirei aquela imagem da minha cabeça.

— Acho que os textos de história explicavam a parte sobre o vínculo ser com um Atlante de determinada classe de modo errado. É de determinada linhagem. Da fundamental.

— Você tem razão. — Ele colocou um pedaço de pão na boca. — Eu poderia viver só com esse pão.

— O pão é... muito gostoso. — Quase desejei não ter deixado que ele ficasse com o pão. — O vínculo entre vocês dois é mais do que apenas protegê-lo, não é?

— Nós fomos vinculados desde o nascimento, e a conexão é um monte de coisas, Penellaphe.

Eu estava prestes a pedir mais detalhes, como se ele fosse capaz de pressentir o que Casteel estava prestes a fazer, mas o som de passos se aproximando reprimiu o meu ímpeto. Meu coração, que tinha desacelerado só um pouco, voltou a bater descompassado. Casteel e os homens estavam vindo, e eu não fazia a menor ideia do que deveria fazer. Sorrir encantadoramente e agir como se Casteel pendurasse a própria lua e as estrelas no céu toda noite? Meus ombros se retesaram quando tentei me imaginar fazendo isso. E, por algum motivo, as cicatrizes no meu rosto me pareceram maiores e ainda mais visíveis.

— Você está sem fôlego? — perguntou Kieran.

— O quê? — Baixei os olhos para o prato. — Não.

— Você está respirando rápido demais.

Estou? Ah, Deuses, estou, sim. Por que é que eu estava agindo como uma...?

— Você deveria se acalmar — aconselhou ele. — Como disse antes, é muito improvável que Alastir acredite em Casteel. Os outros vão segui-lo.

— De novo — murmurei. — Você não está me ajudando.

Não tive a oportunidade de perguntar por que Alastir teria tanta influência assim.

Antes que Kieran pudesse responder, ouvi Alastir dizer algo para ele e, para falar a verdade, parecia uma língua diferente. Meus ouvidos só começaram a compreender os sons quando ouvi Casteel dizer o meu nome.

O sangue disparou ao ritmo de um tambor nas minhas veias e lembrei dos anos de aulas de etiqueta e bom comportamento a que fui submetida. Eu me pus de pé sem nem perceber.

Casteel tocou na minha lombar de leve, mas senti o toque em quase todas as partes do corpo. Ergui o olhar até ele, e a intensidade naquelas profundezas cor de âmbar prendeu a minha atenção. Pensei ter visto algo similar à apreensão no seu rosto. Será que eu ainda estava respirando rápido demais?

— Penellaphe? — repetiu ele.

— Desculpe. — Pestanejei, me sentindo um pouco tonta. — Você disse alguma coisa?

— Eu perguntei se você já terminou de tomar o café da manhã. — Casteel me observou atentamente.

— Sim. — Assenti com a cabeça para dar ênfase.

— Ótimo. — Ele segurou a minha mão enquanto afastava os cabelos do meu rosto, jogando as mechas pesadas para trás. Aquele era um gesto íntimo ao qual eu não estava acostumada, e a expressão que surgiu no seu rosto me dizia que ele *estava* ficando preocupado.

Eu tinha que me recompor.

Se era capaz de ficar de pé e em silêncio durante as lições do Duque Teerman, eu conseguiria me comportar como se não estivesse prestes a desmaiar.

Coloquei um sorriso no rosto e me virei para Alastir, exibindo as boas maneiras aprendidas há muito tempo.

— Olá, Alastir. Você teve uma boa noite?

Os lábios dele se moveram num sorriso leve enquanto curvava a cabeça.

— Tive, sim. Obrigado por perguntar. — Ele percebeu que Casteel segurava a minha mão e então arqueou a sobrancelha para Kieran. — É muito educado da parte dela perguntar, ao contrário de vocês dois.

Kieran pareceu engasgado com o próprio ar e pensei ter ouvido um bufo abafado do outro lado. Apertei a mão de Casteel. Com força.

— Estou descobrindo que esses dois não são muito bem-educados — disse eu. — Peço desculpas pela falta de consideração deles.

Alastir voltou o olhar para mim enquanto Emil sorria de onde estava, conversando com Naill. Alastir deu uma gargalhada, enrugando a pele ao redor dos olhos. Entreabri os lábios com um suspiro. Aquela risada. Eu só conseguia pensar em Vikter, e senti uma pontada de dor no coração.

— Eu não consideraria esses dois bem-comportados sob nenhuma circunstância — respondeu Alastir.

Casteel olhou para mim e pensei ter visto um pedido de desculpas no seu olhar, como se ele não estivesse muito animado com a forma como aquilo poderia se desenrolar. Ele não disse nada, embora Alastir estivesse esperando e os outros, observando. Ele retribuiu o aperto de mão, nem de longe tão forte quanto eu tinha feito. Será que ele queria que eu... o lesse? Agucei os sentidos, e o que senti de repente foi uma mistura de amargo e baunilha. De vergonha e sinceridade. Ele não tinha orgulho disso. Ou eu estava decifrando as suas emoções de modo errado. Era possível, mas acho que não. Assenti, e ele baixou as pestanas, escondendo os olhos por um breve instante.

E então eu vi.

A máscara deslizou para o devido lugar, com o repuxar do canto dos lábios em um sorriso arrogante. As feições dele ficaram mais angulosas e, quando Casteel voltou a abrir os olhos, eles me lembraram de lascas de âmbar.

— Fiquei sabendo que devo felicitá-la — disse Alastir, chamando a minha atenção. A risada tinha desaparecido há muito tempo. — O Príncipe me contou hoje de manhã que você aceitou o pedido de casamento.

— Aceitei, sim.

— Para ser sincero, quando ele me contou, eu pensei que tivesse bebido demais na noite passada. Não acreditei quando ele disse que iria se casar, muito menos com a Donzela.

— Ela não é a Donzela — interrompeu Casteel rapidamente. — Não mais. — Ele soltou a minha mão e tocou nas minhas costas outra vez.

Senti um calor inexplicável no peito, que me deixou imensamente perturbada.

Alastir arqueou a sobrancelha.

— Imagino que não — disse ele, e arregalei os olhos ligeiramente. — Mas ela *era* a Donzela. — Ele se virou para Casteel. — Quem ela era pode até ser passado, mas não muda tal passado.

Casteel espalmou a mão nas minhas costas conforme respondia:

— O passado é irrelevante.

— Você acredita mesmo nisso? — ponderou Alastir.

— Não importa no que eu acredito. — Casteel deslizou a mão das minhas costas, deixando um arrepio no seu encalço. Ele pegou a minha mão de novo. — O que importa é que todo mundo acredite nisso.

— Você falou como um Príncipe de verdade. Sua mãe e seu pai ficariam orgulhosos. — Alastir deu uma risada curta e seca enquanto o seu olhar vagava sobre mim mais uma vez, se demorando no lado do meu pescoço onde os cabelos estavam jogados para trás dos ombros. Não havia a menor dúvida de que Alastir tivesse visto as marcas descoradas. Ele franziu os lábios. — Estou feliz que você esteja aqui, Penellaphe, já que só tivemos alguns minutos para conversar e tenho muitas perguntas.

— Eu posso imaginar — murmurei.

Casteel puxou a minha mão com delicadeza.

— Quer se sentar?

Assenti e fiz menção de voltar para o assento de onde tinha acabado de me levantar, mas Casteel caminhou até a cabeceira da mesa. Ele se sentou, e foi só então que entendi onde queria que eu me sentasse. Não na cadeira, mas no seu colo. Hesitei. Eu não iria me sentar no colo dele de jeito nenhum. Por cima do ombro, vi os outros homens se acomodando enquanto Kieran se postava à esquerda de Casteel e Alastir se sentava na cadeira à sua direita, onde eu estava sentada antes.

Casteel olhou para mim, suavizando a curva dos lábios. O que havia no olhar dele era um desafio. Estreitei os olhos, e ele arqueou a sobrancelha. Não tinha outro lugar para me sentar. A única opção seria ficar de pé atrás dele como uma criada, e eu me recusava a fazer isso. Havia um espaço na beira...

— Você gostaria de se sentar aqui, Penellaphe? — ofereceu Alastir.

Já que a posição a uma mesa costumava ser demonstração do prestígio de alguém, eu sabia que não deveria aceitar aquela oferta.

— A minha noiva está chateada comigo — anunciou Casteel, me surpreendendo o suficiente para que eu me virasse para ele.

— Não consigo nem imaginar Penellaphe chateada com você — comentou Kieran, e eu senti uma vontade enorme de me abaixar e dar um soco na cara dele.

— Eu sei. — O sorriso de Casteel estava mais largo agora, mais verdadeiro. A covinha na bochecha esquerda começava a aparecer e o vislumbre das suas presas deixou o meu estômago embrulhado no mesmo tempo em que aumentava a minha fúria. — Mas admito que mereço isso.

Fiquei imóvel, sem saber do que ele estava falando.

— Você ainda nem se casou e já está deixando a sua noiva chateada? — Emil deu uma risada. — Não é um bom começo.

— Não, e é por isso que devo consertar as coisas imediatamente. Sinto muito — disse ele, parando de sorrir assim que me encarou. — De verdade. Isso não foi planejado.

Fiquei toda arrepiada. Ele estava se desculpando por eu não estar preparada para aquilo na frente dos outros?

Casteel mudou de posição e passou o braço ao redor da minha cintura. Pega de surpresa com o que ele tinha acabado de dizer, acabei sentada de lado no seu colo. Ele abaixou o queixo e roçou a curva da minha orelha com os lábios enquanto sussurrava:

— Eu pensei que teria tempo para falar com você antes.

Assenti ligeiramente.

Os lábios dele eram uma carícia suave como uma pena na minha bochecha, e então Casteel disse mais alto:

— Eu não planejei fazer o pedido de casamento e, para falar a verdade, não foi o melhor pedido de todos, como muitos dos presentes em Forte Paraíso testemunharam, incluindo aqueles sentados à mesa. Na verdade, ela me disse que não a princípio.

— Não foi a única coisa que ela disse — comentou Naill com uma risada. — Ela disse que ele tinha perdido a cabeça. E mais um monte de coisas.

Será que aquele Atlante queria morrer?

Casteel riu.

— É verdade, mas eu a conquistei, não foi?

As risadas masculinas em resposta fizeram a minha pele formigar de irritação. Abri a boca antes que conseguisse me conter.

— Depois que eu atirei uma faca no seu rosto.

Alastir emitiu um som de tosse enquanto o prato de Kieran e o meu eram retirados da mesa e substituídos por comida.

— Como é que é?

— Sim. — Os olhos de Casteel eram como poças quentes de ouro. — Depois que você atirou a faca na minha direção. Eu não tenho sido o melhor dos pretendentes — continuou ele, levantando a minha mão esquerda. — Prometi dar a ela o maior diamante que conseguir encontrar assim que voltarmos para casa.

— Bem — conseguiu dizer Alastir enquanto pegava um garfo. — Isso pode ser facilmente arranjado com a nossa volta. A Rainha tem exatamente o que você precisa dentro do cofre.

A mãe dele tinha um anel de diamante? Para Casteel? Para quando ele se casasse? Minha coluna não poderia ficar mais tensa. Por que foi que mencionei aquela joia idiota? Eu nem me importava com isso, já que... bem, nunca tive permissão para usar nenhuma joia além das correntes de ouro do véu.

— Casteel não me deu muitos detalhes sobre como vocês dois se conheceram. — Alastir mordeu a salsicha, sem perder tempo para fatiá-la e cortá-la como Kieran havia feito. — Eu tinha a intenção de perguntar quando conversamos na última vez. Como foi que você acabou nas mãos incorrigíveis do nosso Príncipe, Penellaphe? Imagino que alguém da sua... posição seja difícil de alcançar, ainda mais por alguém como ele.

Casteel soltou uma risada baixa.

— Você deveria ter mais fé na minha capacidade de conquistar o que desejo.

Eu me retesei, sentindo que aquelas palavras eram dirigidas a mim e não a Alastir.

— Seja como for — disse Alastir com um sorriso irônico —, como foi que ele encontrou um caminho para chegar até você?

Fiquei imaginando se deveria ser sincera e que tipo de boatos ele tinha ouvido, e então decidi ser o mais honesta possível. No passado, aprendi que a maioria das mentiras eram bem-sucedidas quando as poucas informações fornecidas eram verdadeiras.

— Ele se tornou o meu guarda.

— Bem, não foi assim que nós nos conhecemos. — Casteel mudou de posição a mão que descansava sobre a curva dos meus quadris, fazendo com que eu quase saísse da minha própria pele. — Na verdade, foi em um bordel.

Alguém na mesa parecia estar engasgado com a comida. Aposto que era Emil.

Alastir arqueou uma sobrancelha loira enquanto mastigava lentamente.

— Isso foi... inesperado.

— O Pérola Vermelha não é só um bordel — corrigi, virando um olhar penetrante para Casteel.

Ele sorriu.

— Não é?

— Há jogos de cartas lá.

— Esse não era o único jogo que acontecia lá, Princesa. — Ele deslizou o polegar ao longo da lateral do meu quadril, deixando o meu estômago revirado. — Penellaphe tinha o hábito de sair de fininho e explorar a cidade durante a noite.

Mordisquei a parte de dentro dos lábios enquanto tirava os olhos de Casteel. Será que ele sabia com que frequência eu fazia isso? Ele disse que estava me observando por mais tempo do que eu pensava.

— O que sei a respeito da Donzela, e, sim, Casteel, sei que ela não é mais a Donzela, mas é o que ela era — acrescentou Alastir antes que Casteel pudesse corrigi-lo. — É que a Ascensão das outras pessoas está vinculada à sua, não é mesmo? E, mais uma vez, lamento que você tenha sido criada em uma teia de mentiras contadas pelos Ascendidos.

Vários dos homens sentados à mesa praguejaram ao ouvir a menção dos Ascendidos.

— Obrigada. E, sim, você está certo. — Franzi o cenho ligeiramente. — Ou estava. Não sei se as Ascensões serão realizadas agora.

— Espero que não — comentou Delano.

— Concordo — disse baixinho, pensando em Ian.

— Concorda mesmo? — perguntou Alastir. — De verdade?

— Concordo, sim — admiti. — Eu não sabia quem ou o que os Ascendidos eram de verdade. Assim como a maioria das pessoas no Reino de Solis, só conhecia o que me era mostrado.

— Então imagino que muitos sejam ignorantes a respeito do que está bem diante dos seus olhos — comentou alguém, um jovem de cabelos castanho-escuros no final da mesa.

— Muitos vivem com medo de serem dilacerados pelos Vorazes ou de desagradar os Ascendidos e provocar a ira dos Deuses — repliquei. Casteel apertou a minha cintura, comprimindo o meu quadril de leve. Será que aquilo era um tipo de mensagem? Eu não fazia a menor ideia, nem me importava. O povo de Solis eram vítimas assim como os Atlantes. — Muitos estão mais preocupados em sustentar a família e mantê-la em segurança do que em questionar o que os Ascendidos dizem.

— Eles estão tão distraídos com a vida cotidiana que não questionam a entrega dos filhos à Corte ou a Deuses que nunca viram? — perguntou Alastir. — Ou será que são submissos demais?

— Eu não confundiria submissão com distração nem obediência com estupidez quando é evidente que você sabe muito pouco a respeito do povo de Solis — afirmei friamente.

Alastir voltou o olhar para mim.

— O que eles ouviram a respeito dos Atlantes, dos Deuses e dos Vorazes é tudo o que sabem. Geração após geração, eles foram ensinados a acreditar no Ritual e que é uma honra para os terceiros filhos e filhas servirem aos Deuses. Ensinados a acreditar que os Ascendidos e os Deuses são a única coisa entre eles e os Vorazes. Fui criada da mesma maneira. — Inclinei o corpo para a frente, um pouco surpresa ao descobrir que Casteel não me deteve. — Os Deuses pertencem ao povo de Atlântia, não é? O seu pessoal acredita neles, muito embora nunca os tenham visto?

O silêncio recaiu em torno da mesa.

Foi Kieran quem respondeu:

— Os Deuses estão hibernando há centenas de anos, e somente os mais velhos entre os Atlantes se lembram de tê-los visto. Mas nós acreditamos neles mesmo assim.

Sorri com os lábios apertados.

— Assim como o povo de Solis acredita neles.

— Mas nem todos em Solis seguem o Rei Jalara e a Rainha Ileana — salientou Alastir. — Há muitas pessoas que enxergaram a verdade e apoiam Atlântia.

— Você tem razão. São os Descendidos. — Soltei o ar lentamente. — Sei que tive suspeitas durante toda a minha vida. Aposto que muitos outros também, mas por alguma razão ainda não abriram os olhos por completo. Imagino que tenha algo a ver com a estabilidade do que já se conhece, mesmo que não seja muito confortável. E suponho que tenha muito a ver com o medo de reconhecer o que existe ao nosso redor, o que isso significa para nós e para aqueles com quem nos importamos.

Alastir se recostou na cadeira, olhando para mim.

— É admirável.

— O quê?

— A sua absoluta falta de medo ao falar comigo, com qualquer um de nós, apesar de saber o que somos — disse ele. — E do que somos capazes.

Sustentei o olhar dele.

— Não sou tola o bastante para não ter medo quando sei que qualquer um de vocês poderia me matar antes mesmo que eu tivesse a oportunidade de dar um último suspiro. Mas temer o que vocês são capazes de fazer não quer dizer que eu tenha medo de vocês.

Casteel se inclinou e sussurrou no meu ouvido.

— Ainda assim, você é incrivelmente corajosa — murmurou ele, e aquele calor inexplicável voltou ao meu peito.

— Eu gosto dela. — Alastir disse a Casteel depois de um segundo, e achei que ele poderia estar falando a verdade. Então, fiz o que Kieran sugeriu. Usei as minhas habilidades mais uma vez. Agucei os sentidos e me conectei com Alastir. Não senti nenhuma raiva emanando dele, mas havia um sabor ácido que eu costumava associar com a tristeza. Eu não sabia muito bem o que poderia ter provocado essa reação, mas achei que ele estivesse sendo sincero.

— Mas voltando a como você e o Príncipe se conheceram naquele... estabelecimento peculiar. Como foi que isso aconteceu? — Alastir tamborilou com os dedos distraidamente na mesa, e eu podia jurar ter ouvido um suspiro coletivo de alívio com a mudança de assunto. — Com as Ascensões vinculadas à Donzela, eu tinha a impressão de que você era muito bem protegida e mantida... — Ele parou de falar, como se estivesse procurando a palavra certa para usar.

— Em cativeiro? — sugeri. — Enjaulada? Era, sim. Na maior parte do tempo — acrescentei. — Eu não tinha permissão para caminhar livremente, só podia sair do meu quarto com um dos meus guardas ou com a minha dama de companhia e apenas para ter aulas com a Sacerdotisa ou passear pelos jardins do castelo em determinados horários.

Emil parou com o copo no meio caminho até a boca e as sobrancelhas franzidas. Os olhos dele eram de um tom vibrante de dourado.

— E no restante do tempo você deveria permanecer dentro do quarto? Até mesmo durante as refeições?

Assenti.

O Atlante pareceu atônito e alguém murmurou baixinho.

— Mas você dava um jeito de sair de fininho. Um comportamento extremamente arriscado. Alguém poderia ter sequestrado você em qualquer momento durante essas explorações — salientou Alastir.

O que senti emanando dele era... mais cauteloso que alguns momentos antes, mas ainda assim não detectei a queimação ácida da raiva e do ódio. Pelo contrário, ele estava mais reservado que da última vez em que conversamos, assim como eu.

— Alguém a sequestrou mesmo. É óbvio — disse Casteel naquele momento, com o polegar traçando um círculo lento e constante.

— Ah, sim, você a sequestrou. — Alastir inclinou o queixo. — Mas você tem mesmo a intenção de ficar com ela?

Capítulo 12

— Eu não me casaria se não pretendesse ficar com ela.

Minha audição não devia estar boa. Ficar comigo? Como se eu fosse um bichinho de estimação? Pousei a mão sobre a dele enquanto colocava um sorriso no rosto e cravei as unhas na sua carne.

O polegar de Casteel não parou de deslizar nem por um segundo ao longo da lateral do meu quadril.

— Não consigo me conter. — Os lábios dele roçaram a minha bochecha, e eu tive que me controlar para não dar uma cotovelada na sua garganta. — Penellaphe me deixou intrigado desde o primeiro instante em que falei com ela.

Intrigado. De novo essa palavra.

— Eu entendo o motivo. — Alastir inclinou a cabeça. — Ela é absolutamente especial e certamente não é o que se esperaria da Donzela.

— Ela é especial e corajosa, inteligente e linda — concordou Casteel, pelo jeito não mais contente em me enlouquecer apenas com o polegar. Os outros dedos também estavam envolvidos agora, deslizando da palma da mão e então voltando pelo mesmo trajeto. — E completamente inesperada. Mas ela não é a Donzela, Alastir. — O queixo dele roçou no meu ombro enquanto ele virava a cabeça na direção do lupino. — E, se você se referir a ela como a Donzela mais uma vez, nós vamos ter um problema. Entendeu?

Dessa vez, os meus músculos se retesaram em resposta às suas palavras.

— Entendi — murmurou Alastir.

— Ótimo. — O queixo de Casteel pairou sobre o contorno do meu maxilar quando ele se recostou na cadeira.

Alastir permaneceu em silêncio por um momento e em seguida se dirigiu aos homens.

— Certifiquem-se de que os cavalos estejam prontos para verificarmos as estradas.

Todos na mesa se levantaram — exceto Delano e Naill. Os dois continuaram sentados mesmo depois que Alastir lançou um olhar penetrante na direção deles.

— Se eu chamasse aqueles homens de volta, eles atenderiam à minha convocação — começou Casteel, com os dedos ainda deslizando ao longo da minha cintura e quadris. — E os que ficaram só sairão dessa mesa quando eu ordenar.

Alastir encarou Casteel.

— Eu sei disso.

— Fico feliz em saber, porque por um momento achei que você pudesse ter esquecido quem comanda quem aqui.

Um arrepio percorreu a minha espinha; um lembrete de quem era o colo em que eu estava. Aquele não era Hawke. Ele era o Príncipe de um reino e não seria desobedecido.

— Não esqueci, Casteel. Você me conhece melhor que isso. É por isso que devo falar francamente.

— Então fale — respondeu Casteel baixinho, e a imagem dele enfiando a mão dentro do peito de Landell surgiu diante de mim.

— Você quer que eu faça isso agora? — O olhar de Alastir pousou em mim por um breve instante. — Mesmo que o que eu tenha a dizer seja algo que você não queira que seja dito nesse momento?

Uma sensação de formigamento tomou conta de mim quando os dedos de Casteel pararam de se mover nos meus quadris. Por um momento, pensei que ele fosse me pedir que saísse.

— Você ficaria surpreso com o que Penellaphe já sabe.

Alastir arqueou as sobrancelhas.

— Ele planejava me usar como resgate em troca do irmão — anunciei, decidindo que aquilo soava um pouco melhor vindo de mim. Alastir arregalou os olhos ligeiramente. — Não é nenhum segredo. Todos nessa mesa sabem disso.

— E isso mudou? — perguntou Alastir baixinho, mas nem Casteel nem eu tivemos a chance de responder antes que ele continuasse. — Eu vi você crescer de um garotinho sentado ao lado da mãe para o homem que é hoje, assim como Malik. E não há nem um maldito dia que eu não deseje ter podido vê-lo se tornar o Rei que estava destinado a ser. Vocês dois fariam qualquer coisa um pelo outro, sacrificariam qualquer coisa. — A parte sobre *sacrificar qualquer pessoa* não foi dita, mas ficou pairando no ar. — E eu compreendo o senso de obrigação que você carrega dentro de si. Compreendo mais que a maioria das pessoas, como tenho certeza de que você se lembra.

A tensão tomou conta do corpo de Casteel, e percebi que Alastir havia tocado em um ponto sensível.

— Eu sei que você não desistiu do seu irmão de repente, não importa o quanto esteja intrigado. — Alastir se inclinou na nossa direção, abaixando a voz. — Nem a sua mãe nem o seu pai queriam que você partisse. Eles entendem por que você achou que tinha de ir, mas você também sabe qual é a posição deles a respeito disso.

— Eu sei qual é a posição deles — afirmou Casteel, e o instinto me disse que Alastir estava se referindo ao Príncipe Malik. — E a *sua*?

— É a mesma de sempre, com o Reino da Atlântia — respondeu Alastir. — Por outro lado, eu jamais imaginaria que você fosse desistir de Malik. Não conseguiria fazer isso se fosse você, de modo que tenho de perguntar. Esse... noivado é outro estratagema para libertar o seu irmão?

O fato de Alastir ter acertado em cheio o que Casteel estava planejando me dizia que ele o conhecia tão bem quanto afirmava.

Foi então que percebi que eu não precisaria convencer Alastir da autenticidade do noivado. Mas sim Casteel. E se ele não conseguisse? O que iríamos fazer?

— Como é que me casar com Penellaphe teria alguma coisa a ver com o meu irmão? — A voz de Casteel soou firme.

— É uma boa pergunta. — Alastir se recostou na cadeira. — Talvez você acredite que pegar o que o Reino de Solis cobiça e colocá-la na linha de sucessão para ser a Rainha da Atlântia lhe trarão um melhor poder de barganha.

O fato de Alastir estar mais uma vez tão certo a respeito dos planos de Casteel deveria ter me deixado atônita. Não deixou. O que me pegou de surpresa foi a parte sobre ser a *Rainha da Atlântia*.

Eu teria caído da cadeira se não fosse pelo braço de Casteel ao meu redor. Foi então que me dei conta de que ele tinha deixado uma parte muito importante de fora quando discutiu o nosso acordo.

Ele se tornaria Rei.

Ah, nós tínhamos *tanta* coisa para conversar que nem era tão surpreendente.

— Talvez isso fizesse com que todos nós tivéssemos um melhor poder de barganha — observou Casteel. Mordi a parte de dentro dos lábios. — Mas, depois do tempo que passei na capital e na Masadônia, passei a aceitar que o meu irmão está fora do meu alcance.

Mentira. Que mentira das grandes. Mas não disse nada, pois até mesmo eu tinha o bom senso de ficar calada.

Alastir permaneceu em silêncio por um longo momento e então soltou o ar pesadamente.

— Por mais que deteste dizer isso, pois amo você e Malik como se fossem os meus próprios filhos, eu espero que seja verdade. Nem que seja para o seu bem e para o bem do reino. Já passou da hora de seguir em frente.

Agucei os sentidos de novo, dessa vez sem hesitação. A sinceridade ecoou por aquele fio invisível, com gosto de baunilha quente.

— É, sim — disse Casteel, e eu voltei a minha habilidade na direção dele. O surto de agonia era ácido e revestiu as minhas entranhas.

Minha mão foi na direção da dele por instinto e só me detive no último instante. Ele ficaria sabendo o que eu tinha feito. Afastei a mão e a fechei sobre o colo.

— E quanto às suas obrigações? — Alastir retribuiu o olhar de Casteel de modo firme. — O que era esperado de você antes de partir ainda aguarda o seu retorno.

Casteel começou a mover os dedos mais uma vez ao longo da curva dos meus quadris.

— As coisas mudam o tempo todo.

O que era esperado de Casteel com o seu retorno? As perguntas borbulhavam na ponta da minha língua, mas eu me contive, imaginando que, no instante em que começasse a fazer perguntas, eles parariam de falar. Naquele momento, era como se tivessem esquecido que eu estava sentada ali.

— E as coisas mudaram depois que você foi embora, Casteel. Você partiu há mais de dois anos — alertou Alastir, pegando o copo. — Há uma inquietação entre o nosso povo, principalmente entre os lupinos.

— Sei disso — respondeu Casteel enquanto eu olhava de relance para Kieran. Ele estava com a mão no punho da espada, mas, fora isso, fiquei imaginando se seria possível alguém dormir de olhos abertos. Ele parecia tão entediado. — E farei tudo o que puder para atenuar essa inquietação.

— Ao se casar com alguém que é somente meio Atlante? Com uma estrangeira? — Alastir se virou para mim. — E não tenho a intenção de ofendê-la com isso, Penellaphe. De verdade.

— Você não me ofendeu — eu o tranquilizei. Ele tinha razão. Eu seria uma estrangeira para o povo de Casteel.

— Ela pode até ser somente meio Atlante e criada no Reino de Solis, mas o meu povo a aceitará porque *eu a* aceito. — Casteel afirmou aquilo como se não houvesse outra opção. — Sabe, você estava parcialmente certo quando disse que me casar com ela nos trará um poder de barganha. É verdade. Com ela ao meu lado, nós teremos mais chances de recuperar as nossas terras.

Alastir se recostou na cadeira.

— Para evitar a guerra?

— Sim. Não é isso o que você quer? Não é melhor do que mandar o nosso povo para morrer aos milhares? — exigiu saber Casteel. — Você quer ver mais lupinos morrerem?

— É claro que não. — Alastir balançou a cabeça. — Eu quero evitar a guerra. Já perdi o bastante para os Ascendidos, como você bem sabe.

Senti uma tensão momentânea no corpo de Casteel.

— Sei, sim. Deuses, como eu sei. — Ele soltou o ar pesadamente, relaxando um pouco, e pressenti que havia mais coisas que não estavam sendo ditas. — A parte sobre a qual você estava errado foi quando presumiu que o único motivo para me casar com Penellaphe é para angariar poder de barganha, seja para o meu irmão ou para o reino. Se não sentisse nada por ela, eu poderia simplesmente usá-la da maneira que tinha planejado a princípio.

A verdade doeu, mas as mentiras arranharam a minha pele como uma faca incandescente. Mantive o rosto impassível, não demostrando nenhuma reação.

— Isso é verdade. — Alastir deslizou o lábio inferior entre os dentes. — Só espero que a inquietação seja fácil de controlar. Eu venho tentando, mas os jovens... eles têm uma certa visão sobre como as coisas deveriam ser feitas. E o seu pai tem concordado com eles cada vez mais. — Alastir fixou o olhar no copo que segurava. — Ele esperava que o tempo que você passou no Reino de Solis fosse render frutos. Ele descobriu que sim. No entanto, agora tem planos, Casteel. E ainda é o Rei.

— E esses planos me envolvem? — Lá se foi a percepção de que deveria ficar calada. Ainda assim, não consegui me conter. Por muitos anos, permaneci em silêncio enquanto outras pessoas falavam a respeito de mim, da minha vida e do meu futuro.

Não mais.

A expressão de surpresa no rosto de Alastir deu lugar a um ligeiro sorriso.

— Tenho a impressão de que muitas coisas incluem você agora. — O rosto dele assumiu uma expressão séria quando ele olhou de volta para o Príncipe. — Eu gostaria de falar com Penellaphe.

— Sobre o quê? — indagou Casteel.

— Sobre tudo isso. Quero falar com ela a sós — afirmou ele.

Casteel se inclinou para a frente, pressionando o peito contra as minhas costas.

— Por que você quer fazer isso?

— Você precisa mesmo fazer essa pergunta? — retrucou Alastir, as bochechas afogueadas com o primeiro indício de raiva genuína. — Você vai precisar da minha ajuda para convencer o seu pai e os lupinos de que esse é um casamento legítimo, que beneficiará o reino, e que você realmente a escolheu. Você sabe disso. Acha que vou concordar com isso se ela estiver sendo forçada a se casar?

Meu respeito pelo velho lupino subiu até o telhado do forte.

— Não, não acredito que você vá concordar com isso — respondeu Casteel. — Se Penellaphe quiser conversar com você, eu não vejo nenhum problema.

Meu coração disparou dentro do peito, mas, quando Alastir se virou para mim, assenti.

— Eu vou conversar com você.

— Perfeito. — Alastir me lançou um sorriso tenso enquanto se levantava. — Venha. Vamos dar um passeio.

Casteel afastou o braço do meu corpo e me pus de pé.

— Só para você saber, a Penellaphe não precisa de proteção. Ela é mais que capaz de lidar com as coisas sozinha. Mas é com o meu futuro que você está saindo agora. Cuide bem dela. A sua vida depende disso.

*

— É verdade? — perguntou Alastir enquanto caminhávamos pelos corredores estreitos do forte, com a minha mão enganchada na dobra do braço dele. Uma luz débil tremeluzia nas arandelas a óleo, lançando sombras ao longo das paredes de pedra desconhecidas. — Você é capaz de se defender sozinha? Com ou sem uma arma?

— As duas coisas — respondi. — Fui treinada para usar a adaga e a espada, além do arco e flecha. Também fui treinada para lutar em combate corpo a corpo.

Uma expressão de surpresa e de respeito surgiu no rosto de Alastir enquanto ele olhava para mim.

— Isso não é comum para as mulheres de Solis, muito menos para aquela que era a Donzela.

— Não é, não — concordei. — Mas fiquei tão indefesa quando os meus pais morreram. Eu era uma criança, mas a minha mãe não sabia lutar. Se soubesse, poderia ter sobrevivido. Eu só... eu não queria ficar indefesa daquele jeito de novo e muitas pessoas, principalmente as mulheres, nunca tiveram a oportunidade de aprender a se defender. Elas têm que confiar nos outros, nos Ascendidos, e eu... Estou começando a perceber que isso fortalece ainda mais o controle absoluto que os Ascendidos têm.

— Mas eles permitiram que você aprendesse a lutar?

Imaginei a reação da Duquesa ou do Duque a uma notícia dessas e ri baixinho.

— Não. Os meus tutores teriam um ataque. Mas, para ser sincera, sempre pensei...

— Pensou o quê? — insistiu ele quando parei de falar.

Eu não sabia muito bem se deveria compartilhar aquilo, mas havia alguma coisa em Alastir que me deixava à vontade e talvez fosse porque ele me lembrava tanto de Vikter.

— Sempre pensei que a Rainha Ileana aprovaria se soubesse que eu era capaz de lutar. Não sei por que acredito nisso. É só que... a Rainha que eu conhecia...

— Não é a Rainha que os outros conhecem — disse ele, e eu assenti. — As pessoas têm muitos lados. Até mesmo os Ascendidos. Como foi que você aprendeu a lutar?

— Um dos meus guardas pessoais me ensinou em segredo. O nome dele era Vikter. — Senti um nó na garganta, que continuou ali enquanto eu contava a Alastir sobre Vikter e os riscos que ele tinha corrido. — Vikter era como um pai para mim e eu... Deuses, eu sinto tanta falta dele.

Alastir parou de andar enquanto eu falava sobre Vikter, mas ainda segurava o meu braço.

— Ele parece ser um homem incrível.

— Vikter era, sim, e eu... — Pisquei para conter as lágrimas quentes. — Ele deveria estar vivo hoje.

Ele me estudou conforme perguntava:

— E Vikter morreu nas mãos dos Descendidos que estavam seguindo a liderança do Príncipe Casteel? Como você conseguiu superar isso?

Como? Senti o estômago revirado. Eu *não* tinha superado isso.

— Acho que nunca vou superar isso.

— E ainda assim você se apaixonou por Casteel? Ele pode até não ter empunhado a espada...

— Mas eles mataram Vikter em seu nome — concluí por ele. — Eu sei disso. Casteel sabe disso. Ele sabe que é o responsável e sei que perde o sono com isso. — Senti a boca seca quando disse: — Não é fácil, mas o que sinto por ele não tem nada a ver com Vikter. — A mentira saiu da minha língua com bastante facilidade. Talvez até demais. Meu coração deu um salto quando o vento bateu em uma janela próxima. —

Nada sobre minha relação com Casteel foi fácil. Pensei que ele fosse outra pessoa quando nos conhecemos, mas comecei a me apaixonar desde aquela época. — E Deuses, essa era a verdade. — E, agora, aqui estamos.

— Sim, aqui estamos. — Alastir deu um sorriso de boca fechada enquanto mudava o meu braço de posição para segurar a minha mão. — Eu conheço Casteel desde que ele nasceu, assim como o seu irmão. Já conhecia o pai dele antes, e a sua mãe há ainda mais tempo. Lembro da época em que a Rainha era casada com outro Rei — afirmou ele calmamente, e isso por si só me dizia que ele era muito mais velho do que eu esperava. — Casteel é como um filho para mim. Na verdade, ele teria sido o meu filho se o destino tivesse acontecido de outra maneira.

Teria sido o meu filho?

— O que você quer dizer com isso?

A pele ao redor dos olhos dele se enrugou quando o meu dom de repente pressionou a minha pele, reagindo à mudança repentina nas suas emoções. A agonia era tão potente e intensa que chegou até mim. Agucei os sentidos, incapaz de conter o meu dom, e fiquei imediatamente tensa com a turbulência que passava dele para mim. Seu sofrimento era tão profundo que ficou difícil de respirar. Comecei a usar o meu dom de outro jeito, para aliviar a dor dele.

— Você sabia que Casteel já se apaixonou antes?

A pergunta me pegou desprevenida, fazendo com que eu perdesse a conexão com ele. Mesmo assim, o amargor ácido da tristeza ainda enchia a minha garganta.

— Sim, sei disso.

E era só isso o que eu sabia. Que ele já havia se apaixonado.

— Ele contou a você que já ficou noivo antes?

Eu não sabia o que dizer. Fiz que não com a cabeça.

Um sorriso triste surgiu nos lábios dele.

— Não estou surpreso. Ele não fala sobre ela com muita frequência. Não importava o quanto eu tentasse no passado. Para ser sincero, não me lembro da última vez que ele disse o nome dela. Não posso culpá-lo por isso, e você também não deveria. Ela é uma ferida que sarou, mas ainda assim é uma ferida. Ele ficaria... — Ele examinou o corredor, seus ombros retesando e relaxando logo depois. — Ele ficaria muito chateado comigo se soubesse que falei sobre Shea com você. E, para dizer a verdade, estou passando dos limites aqui. Mas você precisa saber por que fiquei tão surpreso quando descobri sobre o noivado. Sinceramente, achei que Casteel nunca mais se permitiria sentir isso de novo. — Ele me encarou. — Você precisa saber por que espero que as motivações dele para esse casamento sejam verdadeiras e enraizadas no seu coração e não uma tentativa desesperada de encontrar o irmão.

Eu não sabia qual parte do que ele havia me contado era a mais chocante. Que Casteel já ficou noivo — de uma lupina —, que ele se apaixonou por alguém que evidentemente não estava mais viva ou que Alastir queria que o nosso casamento fosse verdadeiro.

Pigarrei.

— Shea era a sua filha?

Alastir assentiu.

— Era, sim. E é estranho, eu mal a conheço, mas você me lembra dela. Ela costumava dizer o que pensava, para a ira de todos ao redor. E era capaz de se defender sozinha, caso fosse necessário. — Ele deu uma risada de leve. — Acho que é uma das coisas que atraiu Casteel em você e permitiu que ele visse além do véu, por assim dizer.

Eu não sabia o que pensar a respeito disso.

— Quando ela... morreu? Como?

— Foi há bastante tempo, muitos anos antes de você nascer. — As palavras dele eram mais um lembrete dos anos de experiência de Casteel. — Ela é a minha filha, mas não sou eu que devo contar a história da sua morte. Mas sim Casteel. — Ele me encarou. — E espero que ele compartilhe isso com você algum dia.

Eu acreditava que a origem da dor de Casteel viesse da captura do seu irmão, mas já tinha descoberto que uma parte decorria do que tinha sido feito com ele. E agora fiquei imaginando o quanto dela estava ligado à filha daquele homem.

— Sinto muito pela sua filha — disse, sinceramente. — Não vou dizer nada para ele.

— Eu não me importo se você fizer isso. Para ser franco, espero que ele converse com você... que converse com alguém sobre Shea.

Eu era a última pessoa que deveria conversar com ele sobre Shea.

— Mas por que você está me contando isso? Não me parece algo que eu deva mencionar a ele.

— Não é. Pelo menos, não agora. Espero que ele se abra e converse com alguém algum dia, mesmo que não seja comigo. Estou dizendo isso porque Shea não era nenhuma dama em perigo. Vejo que você também não. Mas espero que não seja tão parecida com ela a ponto de não pedir ou recusar ajuda quando precisar. — Ele deu um tapinha na minha mão. — Serei sempre leal ao meu reino, aos Deuses e aos Da'Neer, mas, mesmo que nunca tivesse tido uma filha, eu não poderia ficar parado e ver uma jovem ser usada contra a vontade dessa maneira. A guerra é cruel. Há vítimas. Mas isso seria desnecessariamente cruel e não vou tolerar uma coisa dessas.

Meu coração martelava dentro do peito. Será que ele conseguia sentir isso?

— Casteel está determinado a encontrar o irmão há várias décadas, Penellaphe. Tempo suficiente para ultrapassar a duração da vida de um mortal. E, mesmo que eu espere que ele finalmente tenha seguido em frente e vá assumir o papel que o reino precisa tão desesperadamente, o mais importante é que desejo que Casteel finalmente esteja se permitindo viver. Eu quero acreditar nisso. Mas não acredito.

Eu me retesei.

Alastir me encarou.

— Então é por isso que estou oferecendo a minha ajuda. Se você está sendo forçada a isso, vou ajudá-la a fugir. Farei tudo ao meu alcance para garantir uma viagem segura. Não para mandá-la de volta para Solis. Não vou entregá-la àqueles que pretendem abusar de você de uma maneira diferente. Mas vou me certificar de que você vá para um lugar em que nem os Ascendidos nem Casteel possam encontrá-la. Você só precisa me pedir e vou acabar com tudo isso.

Perdi o fôlego enquanto refletia sobre o que ele havia me dito — a sua proposta. Liberdade. A mesma liberdade que Casteel me ofereceu, mas sem os laços de casamento e todos os fingimentos e riscos envolvidos. E eu acreditava na sinceridade da proposta. Aquele homem, que tinha acabado de me conhecer, se arriscaria a incorrer na ira do seu Príncipe e a sofrer consequências que deveriam ir muito além da raiva, para ajudar uma garota que mal conhecia. Tudo porque ele era...

Porque ele era um *bom* homem.

E era algo que eu podia ver Vikter fazendo. Era algo que eu sabia que Vikter desejava poder ter feito assim que percebeu o quanto ser a Donzela estava me *matando*, pouco a pouco, dia após dia. As lágrimas arderam nos meus olhos mais uma vez.

— Bons Deuses — proferiu Alastir. — Acho que a iminência das lágrimas me diz tudo o que preciso saber. Sinto muito...

— Não. Não é isso. — Apertei a mão dele. — É só que a sua proposta foi inesperada. Você é uma boa pessoa e... não há muitas pessoas boas no mundo. É algo que acho que Vikter teria feito e me fez pensar nele.

— E é só isso? — Ele me observou atentamente, pousando a outra mão sobre a minha.

— Sim — disse, sustentando o olhar dele. — Agradeço a sua proposta. Agradeço o que você está disposto a fazer por mim. Mas ele não está me usando. Não desse jeito.

— Quer dizer que você não precisa da minha ajuda?

— Não. Juro a você.

E eu não precisava. Agora não.

Se ele tivesse me procurado um dia antes, a minha resposta teria sido diferente. Eu teria dito que sim. Teria fugido. Mas ele não podia me dar o que Casteel podia. Ian. E eu não podia partir agora, sabendo que poderia ajudar a mudar as coisas para o povo de Solis. A liberdade que Alastir oferecia não era do tipo que eu precisava.

Alastir suspirou, e percebi que ele achava que eu estava fazendo uma escolha idiota. Talvez isso significasse que Alastir não acreditava em Casteel. Ou poderia significar que ele se sentia mal por mim porque acreditava em mim. Eu não tinha como saber.

— Se você mudar de ideia — disse ele, com os olhos tristes —, é só me falar. Você promete?

Tive muita vontade de chorar naquele momento.

— Prometo.

— Ótimo. — Ele sorriu, e eu...

Eu nem sabia o que estava fazendo até que avancei e passei os braços sobre os ombros de Alastir. Eu o abracei. O gesto o deixou atônito. Por um momento, ele nem se mexeu, mas em seguida retribuiu o meu abraço.

— Desculpe — murmurei, me afastando. Eu estava com o rosto afogueado.

Alastir sorriu, enrugando a pele nos cantos dos olhos.

— Você não precisa pedir desculpas por causa de um abraço, Penellaphe. Para falar a verdade, faz muito tempo que não ganho um. Nem Casteel nem Kieran são do tipo que abraçam.

Dei uma risada rouca.

— Acho que se eu tentasse abraçar o Kieran, ele desmaiaria.

— É possível. Bem, acho que sei tudo o que preciso saber — disse Alastir, mas ainda parecia triste. Pensei que a emoção fosse por causa da filha dele, por Casteel, ou até mesmo por mim. — É melhor levar você de volta para o Príncipe.

Comecei a me virar, mas parei. Eu não sabia quando teríamos a chance de falar em particular outra vez.

— Posso fazer uma pergunta? — Quando Alastir assentiu, eu disse: — Você costumava ajudar a realocar os Atlantes e os seus descendentes para longe de Solis?

— Sim.

— Eu estava pensando no meus pais, sobre por que eles saíram da capital. É possível que soubessem o que os Ascendidos planejavam fazer ou tivessem descoberto que eles próprios eram descendentes dos Atlantes. Pelo menos um deles. Havia outras pessoas que faziam a mesma coisa que você?

— Havia, sim. Não muitas. E, infelizmente, a maioria nunca voltou para casa. — Alastir esfregou o queixo com o polegar. — Acreditamos que eles foram capturados, de modo que não existam muitas pessoas com quem você possa conversar.

Eu nem tinha me permitido esperar que houvesse alguém com quem pudesse conversar.

— Eu só estava imaginando se seria possível que os meus pais soubessem que havia alguém como você.

— É claro que sim. O Rei e a Rainha sabiam que nós estávamos procurando o nosso povo — confirmou ele. — É possível que um dos seus pais tenha ficado sabendo a nosso respeito por meio de um Ascendido. — Ele inclinou a cabeça. — Então, você acha que foi isso que aconteceu?

— Não sei — admiti, passando a mão sobre a faca embainhada na minha coxa. — Não me lembro muito bem da noite em que fui atacada, mas lembro que meu pai estava mais calado do que de costume durante a viagem. E minha mãe também. Eles pareciam nervosos e não animados por começar uma vida nova em um lugar mais tranquilo. E eu... eu acho que o meu pai se encontrou com alguém. Lembro-me vagamente de haver outra pessoa lá.

— Mas as suas lembranças não são muito nítidas. — Quando balancei a cabeça em negativa, ele afirmou: — Isso é bastante comum depois de um trauma desses.

Era mesmo. Ou foi o que me disseram.

— Depois da guerra, muitos sobreviventes afirmaram ter se esquecido de batalhas inteiras em que lutaram. As emoções e as cicatrizes continuavam lá, mas os detalhes não passavam de sombras — explicou ele. — A mesma coisa aconteceu com Casteel. Ele se lembra muito pouco do tempo que passou em cativeiro.

Aquilo não era verdade. Casteel se lembrava de tudo, ou pelo menos o suficiente para não ter que procurar os detalhes nas sombras, mas eu não disse isso. Fiquei surpresa por ele ter me contado o bastante para saber que se lembrava, mas não ter dito nada para Alastir.

— Eu tenho sonhos. Às vezes, eles revelam um pouco mais. É como abrir um baú e deixar que tudo saia. Mas não sei se essas memórias são verdadeiras ou não. As novas, quero dizer — acrescentei. — De qualquer forma, não sei se isso importa. Eu só queria saber.

— Querer saber é compreensível. Entendo perfeitamente. — Ele franziu o cenho por um momento e então suavizou a expressão. — A maioria das pessoas que sabiam como procurar por nós usava um sobrenome falso. Quais eram os primeiros nomes dos seus pais?

Soltei o ar pesadamente.

— Coralena e Leopold. Cora e Leo — respondi, olhando para a lâmpada e tentando me lembrar do meu pai. As lembranças dele haviam desaparecido. — Era assim que eles chamavam um ao outro.

— Coralena — disse Alastir depois de um momento, limpando a garganta. Olhei para ele, mas o lupino também estava olhando para a lâmpada. — É um nome bonito. Diferente o bastante para que, se eles tivessem usado os nomes verdadeiros, alguém se lembraria. Quando chegarmos à Atlântia, vou perguntar àqueles que ainda estão conosco se eles se lembram de ter falado com alguém com esse nome. É um tiro no escuro, mas nunca se sabe. O mundo, não importa como pareça grande, geralmente é menor do que imaginamos.

Capítulo 13

Alastir me levou até uma sala em que eu nunca havia estado antes, do outro lado do salão de banquetes no forte. Soube que Casteel deveria estava lá dentro, já que as portas tinham guardas de sentinela. No momento em que as portas se abriram, o cheiro de mofo que chegou até o meu nariz deixou o meu coração repleto de alegria.

Livros.

Fileiras e mais fileiras de livros.

Entrei, atordoada, sem prestar muita atenção ao que Alastir estava dizendo e sem notar qualquer outra coisa além das possibilidades que me aguardavam atrás das lombadas grossas e multicoloridas. Avancei como se estivesse hipnotizada...

Um braço me agarrou pela cintura. Reprimi um gritinho de surpresa quando fui puxada para baixo. Pela segunda vez, me vi no colo de Casteel.

Tão concentrada nos livros, eu nem o vi sentado no divã por onde passei. Virei-me na direção dele, ignorando a minha pulsação acelerada quando os olhos semicerrados e cor de âmbar encontraram os meus.

— Isso era necessário?

— Sempre — respondeu ele, com os braços frouxos ao meu redor enquanto vários homens saíam da sala, com os olhos fixos adiante como se não se atrevessem a olhar na minha direção.

A porta se fechou, deixando apenas Kieran para trás, sentado em uma poltrona com os pés apoiados em um baú de cedro. Comecei a me desvencilhar de Casteel. Não fui muito longe.

Ele apertou os braços ao meu redor.

— Como foi a sua conversa com Alastir?

— Foi tudo bem — respondi, pensando imediatamente na mulher de quem Casteel foi noivo. Shea. Eu queria perguntar a respeito dela. Queria saber o que aconteceu. Queria saber por que ele nunca a mencionou, embora eu compreendesse que não havia motivo para trazê-la à tona. Nós já havíamos sido amigos. Ou pelo menos eu acreditava nisso. Embora tenha sido quando pensei que poderíamos ser mais que amigos. Mas isso foi antes de descobrir a verdade. E, mesmo que tivéssemos entrado em um acordo, eu não era... bem, eu não era importante para ele a ponto de compartilhar segredos.

Mas isso é verdade? Uma voz sussurrou lá no fundo da minha mente. Casteel compartilhou comigo o que fizeram com ele enquanto era prisioneiro dos Ascendidos. Ele não tinha se aberto com Alastir, o pai da sua antiga noiva. Será que aquilo significava alguma coisa? De qualquer forma, perguntar sobre a mulher com quem ele tencionava se casar por nenhuma outra razão além do fato de que a amava parecia muito... íntimo. Como se fosse algo que amantes de verdade fariam.

E nós não éramos.

Alastir teria que depositar as suas esperanças em outra pessoa.

— Só tudo bem? — Ele arqueou uma sobrancelha escura.

Um peso inexplicável se abateu no meu peito enquanto eu assentia.

— Ele deveria ser mais minucioso na sua indagação — comentou Kieran. — Devemos nos preocupar que Alastir tente tirar você daqui?

Eu lancei a ele um olhar enviesado.

— Por que vocês pensariam uma coisa dessas?

— Porque nós dois sabemos o tipo de homem que Alastir é — disse Casteel, chamando a minha atenção de volta para ele. — Alastir deve estar preocupado que você esteja sendo forçada a se casar comigo e provavelmente lhe ofereceu ajuda para fugir.

— Você me deu uma escolha ontem à noite. Se eu não concordasse com o casamento, você não me forçaria. Chegamos a um acordo — lembrei a ele. — Se tivesse aceitado a proposta de Alastir, eu estaria sentada aqui?

— Suponho que não. — Ele me estudou sob os cílios semicerrados.

— Ou você poderia estar esperando por um momento mais oportuno. Mas, só para você saber, eu sempre espero que você faça algo inesperado.

Franzi as sobrancelhas.

— Você me parece paranoico.

— Como se eu não tivesse motivo?

— Estou ofendida por você achar que eu voltaria atrás na minha palavra. Eu concordei, *Vossa Alteza*. — Sorri quando vi seu maxilar ficar tenso. — Alastir me ofereceu ajuda, sim. Eu recusei.

Um momento se passou.

— Então peço desculpas por ser paranoico, Princesa.

Eu bufei.

— É óbvio que pede.

— Agora estou ofendido por você duvidar da minha sinceridade.

Revirei os olhos.

— Tenho algumas perguntas para você. Coisas mais importantes que o que Alastir e eu discutimos.

— Você tem algumas perguntas? — O tom de voz de Kieran estava repleto de uma surpresa fingida. — Estou completamente chocado.

— Sou um livro aberto — respondeu Casteel. — O que você gostaria de saber?

Um livro aberto? Muito improvável.

— Quais são os planos do seu pai?

Casteel se inclinou no divã cor de creme, parecendo impossivelmente à vontade.

— O meu pai tem muitos planos, Poppy. — O olhar dele vagou pelo meu rosto. Lá no fundo, me dei conta de que ele não tinha me chamado de Poppy nem sequer uma vez na frente de Alastir. — Mas, se incluírem você, esses planos logo não serão nada além de um fruto da imaginação dele.

— Parece que eu faria com que as suas *atividades* rendessem bons frutos.

— Não se preocupe com o meu pai — disse Casteel, tirando a mão dos meus quadris. Ele passou o polegar pelo meu lábio inferior, provocando uma vibração indesejada no meu peito. — Ele tem preocupações mais urgentes do que você no momento.

Estreitei os olhos conforme o pegava pelo pulso.

— Como a questão da falta de terra? — Afastei a mão dele.

Os olhos de Casteel assumiram um tom quente de âmbar.

— Tenho certeza de que isso está ocupando muito do seu tempo, mas ele não vai se arriscar a prejudicar a relação comigo para tomar alguma atitude contra você.

Eu queria acreditar nisso. Voltar para Ian dependia de permanecer viva e inteira. Ser parte dos planos do Rei não deveria ser um bom presságio para que eu permanecesse intacta.

Ainda mais se o esquema provavelmente incluía me mandar de volta para a capital de Solis em pedacinhos.

— Acho que você se esqueceu de me contar uma coisa — disse.

Ele arqueou as sobrancelhas.

— Vou precisar de mais detalhes.

— Por quê? Há tantas coisas assim que você não me contou?

— Um homem deve ter segredos. Isso não faz parte da sedução?

Lutando para ter paciência, tentei contar até dez. Cheguei a três.

— Os seus segredos são o contrário de sedutores. Se existisse um repelente antiatração seria exatamente isso.

— Droga — murmurou ele, com os olhos reluzentes.

— Você vai se tornar Rei com seu retorno? — exigi saber. — É o que se espera de você?

O divertimento desapareceu dos olhos dele.

— Uma das coisas. O Rei e a Rainha só podem governar a Atlântia durante alguns anos. É feito dessa forma para que possa acontecer uma mudança. Se um dos filhos não assumir o trono, qualquer um pode se apresentar e disputá-lo. O reinado dos meus pais se estendeu além do prazo. E, já que não acreditam que Malik vai voltar, eles sentem que é hora de eu assumir esse papel.

— Alguém disputou o trono?

— Até onde eu sei, não.

Mas como ele poderia saber se não ia para casa há anos?

— Você não achou que seria uma boa ideia me contar isso?

— Não exatamente.

— Ah, meus Deuses — comecei a dizer.

— Ainda mais sabendo que isso iria deixar você apavorada — acrescentou ele.

— Como está agora — murmurou Kieran.

— Ninguém pediu a sua opinião — rebati, e o lupino deu uma risada. Olhei de cara feia para Casteel. — Não importa se isso iria me deixar apavorada ou não, eu tinha de saber que...

— Isso não muda nada — interrompeu ele. — Só porque os meus pais acreditam que é hora de assumir o trono não significa que eu deva nem que irei fazer isso. Eles não podem me forçar. O meu irmão é o herdeiro legítimo do trono Atlante. Eu, não. E ele vai assumir o trono assim que eu o libertar.

Com os lábios apertados, olhei para Kieran a fim de avaliar a sua reação ao que Casteel havia dito, mas ele olhava para a frente com uma expressão ininteligível no rosto. Eu duvidava muito que os meus sentidos pudessem me dizer mais alguma coisa, mas sabia que Casteel tinha toda a intenção de salvar o irmão. Ele não queria ser Rei, mesmo que já tivesse passado da hora de um novo Rei ser coroado. Por isso, eu não teria que me preocupar em me tornar a Rainha. Comecei a me levantar.

Casteel apertou o braço ao meu redor.

— Aonde você vai? Eu estava tão confortável com você no meu colo.

— Aposto que sim, mas não tem plateia aqui.

— E quanto a mim? — perguntou Kieran. — Eu ainda estou aqui.

— Você não conta.

— Essa doeu — murmurou ele.

— Mas não estamos em particular, Princesa. Não foi esse o acordo? Em público, você não discutiria comigo.

Estreitei os olhos.

— Não há mais ninguém nessa sala. As portas estão fechadas, e o acordo que fizemos não incluía me sentar no seu colo.

— Eu sei. — Ele chupou o lábio inferior volumoso entre os dentes, revelando as pontas das presas. — Mas eu gosto tanto disso.

Os músculos se retesaram no meu baixo-ventre, e eu não me importei com a maneira com que o meu corpo reagiu ao olhar intenso dele e ao vislumbre daquelas presas. Com um rubor inebriante que eu só podia esperar que não fosse tão visível quanto parecia. Também provocou uma pulsação aguda e intensa em uma área que me fez querer fechar as pernas com força. E eu detestava ter ciência de que ele sabia exatamente como eu reagia a ele. Soltei o seu pulso.

— Eu não me importo se você gosta.

— Mentirosa — murmurou ele, ajeitando o meu cabelo para trás da orelha. — Você também gostou.

— Mas sabe do que eu mais gostei? — Eu me aproximei dele, vendo o brilho de surpresa nos seus olhos dar lugar ao fogo.

Aquele olhar preguiçoso e meio encoberto voltou.

— Tenho alguma noção.

— De atirar a faca na sua direção e fazer você sangrar — disse, afastando a cabeça do toque dele. Dessa vez, ele não me impediu assim que me levantei.

Casteel riu, pousando a mão no braço da cadeira.

— Era uma das minhas ideias.

— Vocês dois estão mais convincentes agora que durante todo o tempo com Alastir — comentou Kieran. — E, se não conseguirem convencer Alastir de que estão tão apaixonados um pelo outro que Casteel se esqueceu da busca de décadas pelo irmão e você perdoou os planos dele de usá-la como resgate, então não há a menor chance de convencerem o Rei. E muito menos a sua mãe.

Infelizmente, Kieran tinha razão.

— Alastir não acredita em nós. Ele não disse isso abertamente, mas percebi que tem sérias dúvidas. Ele deve achar que eu estou apaixonada por você e você está apenas me usando.

Um sorriso lento tomou conta do rosto de Casteel, parando de crescer quando viu o olhar que lancei a ele. Seus olhos ainda brilhavam.

— Vamos ter que nos esforçar mais, não é mesmo?

Cruzei os braços.

— Como é que alguém poderia acreditar em nós quando perguntei se você tinha perdido a cabeça algumas noites atrás?

— Muita coisa pode acontecer em algumas noites, Poppy. Principalmente comigo.

— A sua arrogância nunca deixa de me surpreender — murmurei.

Casteel ignorou o meu comentário.

— Acho que ele vai acreditar em nós. Temos bastante tempo para convencê-lo, mas agora aposto que preciso tranquilizá-lo antes que ele saia para verificar as estradas. — Casteel se levantou.

— Tranquilizá-lo de quê?

— Ele pode ser... sensível. Sendo assim, preciso tranquilizá-lo de que não o matarei antes de sairmos daqui — respondeu ele, e eu não sabia se ele estava falando sério ou não. — Você gostaria de ficar aqui mais um pouco? Há muitos livros. Embora nenhum tão interessante quanto o diário da srta. Willa.

Aquele maldito diário.

— Eu gostaria de ficar aqui — concordei.

Casteel olhou de relance para Kieran, que disse:

— Vou ficar de olho nela.

— Vocês acham mesmo que estou correndo tanto perigo assim? A notícia do nosso noivado deve ter se espalhado por todo o forte a essa altura.

— Não vou assumir nenhum risco com você. — Casteel avançou e tocou na minha bochecha logo abaixo da cicatriz. — Obrigado.

— Pelo quê? — O toque dos dedos dele foi suave, mas senti um arrepio percorrer o meu corpo mesmo assim.

— Por me escolher.

*

Passei o resto do dia na biblioteca, almoçando uma sopa junto à lareira crepitante enquanto folheava as páginas empoeiradas de contos infantis e antigos registros de quem já tinha morado em Novo Paraíso. Enquanto ia de fileira em fileira, não pensei no que Alastir havia me dito nem no que me aguardava assim que deixássemos o forte. Eu me perdi na liberdade de poder ler qualquer livro que quisesse. Na Masadônia, eu só tinha permissão para ler textos históricos e, embora Tawny muitas vezes me trouxesse livros mais interessantes para desfrutar, nunca era o suficiente.

Kieran era uma presença silenciosa no recinto, tendo pegado um dos livros que descartei. Suspeitei que ele estivesse satisfeito com a tarefa, pois eu estava muito ocupada para fazer perguntas.

Só depois que terminei a tigela de legumes ensopados e vasculhei todas as prateleiras, exceto a última atrás de uma grande mesa de carvalho, é que encontrei um texto interessante. Era um livro fino, encadernado em couro tingido de dourado, meio escondido atrás dos inúmeros registros, com o dourado coberto de pó. Tirei o volume da prateleira, tossindo quando uma nuvem de poeira pairou no ar.

— Por favor, não morra — comentou Kieran de onde estava. — Casteel ficaria muito descontente.

Ignorei o comentário e limpei a capa enquanto levava o livro até a mesa. Abri o volume e fui folheando o pergaminho em branco desbotado para um amarelo-fosco. Parei assim que vi a data. O livro de capa dourada era mais um registro, só que muito mais antigo que o resto. Tinha a data de pelo menos oitocentos anos atrás.

Virei as páginas e li as datas de nascimento e morte, as ocupações e os endereços, notando que aqueles registros eram bem diferentes. O intervalo de anos entre as datas de nascimento e morte chamou a minha atenção.

Centenas de anos.

Eram os registros dos Atlantes que tinham vivido em Novo Paraíso. A poltrona gasta rangeu quando me sentei nela. Muitos dos nomes eram ilegíveis, com a tinta bastante desbotada, assim como as ocupações. Algumas eram mais fáceis de decifrar. Padeiro. Cavalariço. Ferreiro. Curandeiro. Estudioso. Era estranho ver aquelas habilidades comuns listadas ao lado de datas que sugeriam que eles viveram dez vezes mais que um mortal. Mas suponho que, quando a Atlântia governava todo o reino, muitas pessoas viviam bem mais. Havia ocupações e palavras desconhecidas, que vi repetidas na coluna que listava os empregos, e palavras muitas vezes entre parênteses perto dos nomes que eu conseguia ler.

— O que é um felídeo? — perguntei, sem saber se tinha pronunciado corretamente.

— O quê? — Kieran ergueu os olhos do livro no seu colo.

— Eu encontrei os registros de quando os Atlantes viviam aqui — eu disse a ele. — A palavra *felídeo* aparece com frequência.

Kieran tirou as pernas de cima do baú e se levantou, colocando o livro onde os seus pés estavam antes. Ele se postou ao meu lado.

— Onde?

— Está vendo? — Tamborilei o dedo abaixo da tinta preta desbotada. — Há palavras que não reconheço. Como essa aqui. — Deslizei o dedo mais para baixo. — Sirena.

— Diabos. — Kieran se inclinou para a frente, virando as páginas de volta até chegar à página do título. — São os registros Atlantes.

Arqueei a sobrancelha.

— Foi o que eu disse.

— Estou surpreso que isso tenha ficado aqui por todos esses anos. — Ele voltou para a página que eu examinava.

— Estava atrás de outros livros e coberto de poeira. Deve ter sido esquecido.

— Certamente foi esquecido. Os Ascendidos destruíram todo e qualquer registro dos Atlantes que viveram aqui. Não importa se tinha a pouca relevância de um censo.

— Então, o que felídeo significa?

— Os felídeos eram uma linhagem Atlante que pereceu durante a guerra — explicou ele. — Eles também pertenciam a dois mundos, mortal e animal.

— Como os lupinos e os metamorfos?

Ele assentiu.

— Só que os felídeos podiam assumir a forma de gatos maiores que aqueles que vagam pelas cavernas das Terras Devastadas. Aqui. Dragontino? — O braço dele roçou no meu quando Kieran se aproximou para apontar um lugar mais abaixo na página.

Ele sibilou entre os dentes enquanto puxava o braço para trás. Eu me virei e o encontrei parado a vários metros de distância.

Arqueei as sobrancelhas, pensando que aquela era uma reação um tanto exagerada ao toque do braço dele no meu.

— Você está bem?

Ele me encarou com os olhos mais arregalados do que eu já tinha visto antes e brilhantes de um jeito nada natural.

— Você não sentiu isso?

— Você tocou no meu braço. Foi só o que senti. — Eu o observei esfregando o braço. — O que você sentiu?

— Um choque — respondeu ele. — Como se tivesse sido atingido por um raio.

— Você já foi atingido por um raio antes?

— Não. É jeito de falar. — Ele olhou de relance para a porta antes de pousar aqueles olhos brilhantes demais sobre mim. — Você não sentiu nada mesmo?

Fiz que não com a cabeça.

— Talvez tenha sido tipo a energia estática que você recebe quando arrasta os pés sobre o tapete. — Um ligeiro sorriso surgiu nos meus lábios. — Eu costumava fazer isso com Ian o tempo todo.

— Por que isso não me surpreende? — Kieran abaixou a mão. — O Príncipe está chegando.

Abri a boca, mas a porta se abriu um segundo depois. A audição de Kieran era tão boa assim?

Casteel entrou com os cabelos afastados do rosto, e foi como se todo o ar tivesse sido sugado do ambiente, e a biblioteca de repente ficou três vezes menor. Mas era apenas ele, a sua mera presença tomando conta do espaço de imediato.

Ele passou os olhos entre mim e Kieran.

— Parece que vocês dois estão se divertindo.

Com a cara de Kieran de quem tinha visto um fantasma, eu duvidava muito.

— Encontrei um livro de registros da época em que os Atlantes viviam aqui. — Peguei o livro.

— Parece muito divertido — disse Casteel lentamente.

— Você chegou na hora certa. — A expressão de Kieran se suavizou. — A sua noiva tem algumas perguntas.

A maneira como ele pronunciou a palavra *noiva* me deu vontade de jogar o livro na sua cabeça.

— Talvez eu tenha as respostas. — Casteel se encostou na mesa. — E, sim, antes de perguntar, você está livre para fazer o que quiser.

— Graças aos Deuses — murmurou Kieran, se afastando das estantes embutidas. Ele se encaminhou na direção da porta. — Está tudo bem com Alastir?

Casteel assentiu.

— Ele saiu com vários homens para verificar as estradas.

— Ótimo. — Kieran se virou. — Divirtam-se.

Eu o observei fechar a porta.

— Ele está agindo de um modo estranho.

— É mesmo?

— Ele levou um choque estático ao roçar no meu braço e agiu como se eu tivesse feito isso de propósito.

— Você sabe que alguns fios elétricos podem entrar em curto? Emitir faíscas ou cargas de energia? — Quando assenti, ele disse: — Os lupinos podem perder o controle sobre a sua forma se entrarem em contato com a eletricidade, mesmo em níveis inofensivos. Às vezes, durante uma tempestade com raios muito intensos, eles são afetados.

— Ah. Então tá. — Fiz uma pausa. — Ele é estranho mesmo assim.

Casteel deu uma risada, e o som era grave, genuíno e agradável.

— Então, sobre o que você queria me perguntar?

Olhei para ele e desejei não ter feito isso. As palavras que ele disse antes de sair para conversar com Alastir voltaram à minha mente. *Obrigado por me escolher*. Só que eu não o escolhi. Não de verdade.

Senti um nó no estômago e voltei a atenção para o livro.

— Encontrei algumas palavras que não compreendo. Kieran tinha acabado de me explicar que os felídeos podiam se transformar em grandes felinos e estava prestes a me dizer o que é um dragontino.

— Ah, *é* um livro antigo *mesmo*. — Ele se inclinou, examinando as páginas. O aroma de fumaça de lenha se misturou ao seu cheiro. — Os dragontinos eram uma linhagem poderosa, capazes de criar asas da largura de um cavalo e garras tão afiadas quanto uma lâmina. Eles podiam voar. Alguns podiam até mesmo cuspir fogo.

Ergui o queixo e o encarei.

— Como... como um dragão?

Casteel assentiu.

— Achei que os dragões fossem um mito. — Eu me lembrava de ter lido histórias a respeito deles nos livros que peguei emprestado na biblioteca da cidade. Alguns até tinham ilustrações das assustadoras bestas.

— Todo mito é baseado em um fato — respondeu ele.

— Se existiam dragontinos capazes de voar e cuspir fogo, como é que os Ascendidos poderiam ter alguma vantagem sobre a Atlântia? — perguntei.

— Porque os dragontinos basicamente desapareceram antes mesmo que o primeiro vampiro fosse criado. — Ele pegou uma mecha dos meus cabelos e começou a enrolá-la no dedo. — Se eles ainda existissem, não restaria nada dos Ascendidos além de uma terra queimada.

Estremeci.

— O que você quer dizer com *basicamente desapareceram*?

— Bem, minha Princesa curiosa, as lendas afirmam que muitos dos dragontinos não morreram. Que eles hibernam junto com os Deuses ou protegem o seu local de descanso.

— As lendas são verdadeiras?

Ele desenrolou a mecha de cabelo.

— Isso eu não sei responder. Nunca vi um dragontino, o que é uma pena. Eu adoraria ver um.

— Eu também — admiti, imaginando que seria uma visão feroz, mas majestosa.

Casteel estava examinando a página enquanto girava o meu cabelo ao redor do dedo outra vez.

— As sirenas estiveram aqui? Hã. Eu nunca teria pensado nisso.

— Por que não? — Puxei o meu cabelo, soltando-o da mão dele.

Ele fez um beicinho.

— Porque não há nenhum mar nem uma grande extensão de água aqui perto. As sirenas também pertenciam a dois mundos, parte mortal e...

— Povo da água? — sussurrei, com o coração acelerado.

— Imagino que algumas pessoas possam tê-las chamado assim. Elas tinham barbatanas, mas não como uma lamaea... — Ele sorriu, e um vislumbre da covinha apareceu. — Suas nadadeiras estavam no lugar certo, mas a linhagem também pereceu antes da guerra.

Será que foi coincidência Ian ter escrito uma história sobre duas crianças que fazem amizade com o povo da água? Pensei que fosse só um fruto da sua imaginação. Mas talvez ele tenha descoberto as sirenas.

— Como foi que elas morreram?

— Há muitas discussões a respeito disso. Alguns dos Atlantes mais velhos dizem que elas caíram em depressão quando Saion foi hibernar, perdendo a vontade de viver. Outros acreditam que depois de gerações de casamentos com outras linhagens, não sobrou mais nenhuma sirena de sangue puro.

— Espero que seja a última opção — disse, embora fosse uma coisa estranha de se esperar. — Morrer por causa de um deus que foi hibernar é muito triste.

— Isso é verdade. — Casteel virou a página. — Você vai gostar disso. — Ele colocou o dedo no meio da página. — Centurião.

Eu me concentrei de novo.

— O que é isso?

— Um termo geral para várias linhagens antigas de guerreiros inatos em vez de treinados. — Ele colocou a mão ao lado da minha. — Havia dezenas em certa época, cada linhagem definida pelos seus próprios talentos especiais que os tornavam perigosos de enfrentar em combate. Muitas das linhagens de guerreiros morreram centenas de anos antes dos Ascendidos.

— Como?

— Todos os reinos são erigidos a partir do sangue. A Atlântia não é diferente — explicou ele. — A guerra que dizimou a maioria das linhagens de guerreiros começou com a revolta dos fundamentais contra a linhagem dominante.

Lembrei-me do que Kieran havia me contado e perguntei:

— As... as divindades?

— Alguém tem conversado bastante com você.

— Kieran me contou algumas coisas, mas eu não compreendo. Ele me fez pensar que as divindades tivessem uma autoridade inquestionável, que eram os filhos dos Deuses e que criaram os fundamentais.

— É claro que Kieran diria isso. — Ele bufou. — Mas, sim, elas criaram os fundamentais e a maioria das linhagens de guerreiros, mas sempre chega um momento em que a criatura procura se elevar acima do criador. Os fundamentais e várias das outras linhagens orquestraram um massacre, conseguindo matar várias divindades, o que imagino que não foi nada fácil. Algumas das linhagens de guerreiros ficaram do lado dos fundamentais enquanto outras, das divindades. A guerra não durou tanto tempo quanto a guerra contra os Ascendidos, mas foi muito mais destrutiva. No final das contas, quase todas as divindades foram mortas, linhagens inteiras pereceram e uma divindade ainda permaneceu no trono até que foi finalmente deposta e assassinada, dessa vez, por um motivo mais importante que os meus ancestrais terem decidido que eram mais adequados para governar.

— E qual foi esse motivo?

— Eu já contei isso para você. — Ele inclinou a cabeça quando olhei para ele. — Ele criou o primeiro vampiro.

— O Rei Malec? Ele era uma divindade?

Casteel assentiu.

Bons Deuses, isso queria dizer que a mãe de Casteel tinha sido casada com uma divindade?

— Ele estava vivo desde o começo dos tempos? Ou era um descendente da linhagem?

— Ele era filho de duas divindades anciãs.

Balancei a cabeça, sentindo como se o meu cérebro estivesse prestes a implodir. Isso não me impediu de fazer mais perguntas.

— Que tipo de talentos esses guerreiros tinham?

A covinha se aprofundou quando ele disse:

— Alguns eram capazes de usar a terra durante a batalha, de invocar o vento ou a chuva. Eles pertenciam à linhagem primordial. Outros podiam invocar as almas daqueles que foram mortos pela pessoa contra quem lutavam. A linhagem listada aqui em cima? — O dedo mindinho dele roçou no meu, enviando um choque de energia que não senti quando Kieran tocou em mim. — Ígnea? Eles eram capazes de convocar o fogo para as suas lâminas. Aqui embaixo está a linhagem soturna.

Ele deslizou o dedo mindinho sobre o meu enquanto eu olhava para a palavra escrita com uma tinta desbotada demais para os meus olhos. Assenti.

— Eles eram capazes de invocar a noite, bloqueando o sol e deixando o inimigo cego para os seus movimentos.

— Isso... isso tudo me parece fantasioso demais — admiti enquanto o dedo dele traçava o contorno do meu, provocando uma onda de percepção por todo o meu corpo.

— Sim, mas os lupinos também o são para muitos mortais. — Ele tinha razão. — E imagino que os empáticos também.

— Empáticos?

— Uma linhagem de guerreiros que pereceu logo depois da guerra, mas eles eram ainda mais especiais, Poppy. Todos temiam enfrentá-los em combate. — Ele deslizou os dedos sobre os meus, e eu olhei para ele. — Eles eram favorecidos pelas divindades, pois eram os únicos capazes de fazer o que faziam: ler as emoções dos outros e transformar isso em uma arma, amplificando a dor ou o medo. Afugentando um exército inteiro antes mesmo que uma espada fosse desembainhada.

Perdi o fôlego.

— É a linhagem da qual acredito que você descende, Poppy. Ou pelo menos foi o que andei pensando. — Ele pousou a mão sobre a mesa. — Guerreiros empáticos. É a única que faz sentido. Alguns deles podem ter se perdido no Reino de Solis, sem conseguir voltar para a Atlântia ao final da guerra e, portanto, foram considerados mortos. Em algum momento, um deles pode ter conhecido uma mortal, anos mais tarde, ou então o filho de dois deles se conheceram, criando a primeira geração que deu à luz a você, ou...

— Ou um dos meus pais era... era um guerreiro empático. — Atônita, não consegui me mexer. — Eles tinham uma cor de olhos específica? Porque eu não tenho olhos dourados nem cor de avelã.

— Não. Os seus olhos são da cor de uma primavera Atlante, das folhas beijadas pelo orvalho.

Eu pisquei.

Casteel desviou o olhar e pigarreou.

— De qualquer forma, as linhagens de guerreiros não tinham nenhum traço específico.

Sendo assim, a minha mãe *ou* o meu pai podem ter sido um guerreiro empático ou filho deles.

— É possível que a Rainha Ileana ou o Rei Jalara fossem tão amigos dos dois e não soubessem disso?

— É possível. Mas, se fossem guerreiros empáticos, então eles saberiam o que os Ascendidos eram. — Casteel apoiou o peso do corpo sobre a mão e abaixou a cabeça para que ficássemos quase da mesma altura. — De modo que acho que um deles era da primeira geração. E, assim como você, não entendiam por que não conseguiam sentir as emoções dos Ascendidos.

— Mas eu não sei usar o meu dom como uma arma nem nada do tipo.

— As habilidades mudam quando o sangue mortal é introduzido. — Ele examinou o meu rosto.

— Como eles morreram? — perguntei, e então logo soube qual era a resposta. — Eles não conseguiam usar a habilidade contra os Ascendidos, não é?

— Ou porque eles não conseguiam sentir as emoções ou porque não sabiam como fazer isso. Ainda assim, eram combatentes excepcionais. Isso explicaria o seu talento praticamente inato com as armas. — O tom de voz dele ficou mais suave. — Eles eram mais ousados e corajosos que quaisquer das outras linhagens.

Olhei para a tinta desbotada. Guerreiros empáticos. Será que eu descendia de uma linhagem tão poderosa que era capaz de derrotar um exército inteiro antes mesmo que a batalha começasse? Uma linhagem favorecida pelos filhos dos Deuses? Será que eu fazia parte dessa linhagem? Soava bem. Parecia que a peça final do quebra-cabeça tinha sido encontrada. Parecia *certo*. Meus lábios se curvaram e abri um sorriso.

— Linda — sussurrou Casteel.

Sobressaltada, olhei de volta para ele. No momento em que os nossos olhos se cruzaram, não consegui mais desviar o olhar. A cabeça dele estava tão perto da minha e a sua boca ainda mais — perto o suficiente para que, se eu inclinasse a cabeça e me aproximasse uns cinco centímetros, os nossos lábios se tocariam. Meu coração começou a bater descompassado. Eu queria isso? Ou não queria? Não mudei de posição para aumentar a distância entre nós. Comecei a fechar os olhos...

Casteel recuou, voltando a cabeça na direção da porta. Ele se afastou da mesa no instante em que um punho bateu na madeira.

— Entre.

Naill entrou com a mão na espada.

— Um dos guardas de sentinela avisou que temos companhia, vinda das estradas a oeste.

— Quem? — exigiu saber Casteel.

— Os Ascendidos.

Capítulo 14

Eu já estava de pé quando Casteel se virou para mim.

— Precisamos ir — disparou ele.

Comecei a contornar a mesa, mas parei.

— Espere um pouco. — Virei-me, peguei o livro e o coloquei de volta onde o tinha encontrado, atrás dos outros registros.

Casteel observou as minhas ações em silêncio e, assim que dei a volta na mesa, pegou a minha mão.

Como é que eles poderiam saber que eu estava desaparecida? Era muito cedo para isso, ainda mais com a tempestade. Ela só havia bloqueado as estradas a oeste, mas eles com certeza imaginariam que ela nos atrasaria.

— Eles já estão no pátio — informou Naill quando saímos da biblioteca, fazendo meu estômago se contorcer.

— Seja inteligente — aconselhou Casteel. E, com um breve aceno de cabeça, Naill saiu disparado. — Venha — disse ele.

Casteel me conduziu em silêncio pelos corredores sinuosos e mal iluminados que pareciam um labirinto projetado para nos aprisionar. Chegamos a uma velha porta de madeira que ele abriu com um empurrão do braço e entramos na cozinha. Os rostos das pessoas por quem passávamos eram um borrão conforme elas saíam do caminho, fazendo uma reverência para Casteel.

— Os Ascendidos estão aqui — disse ele, e vários suspiros ecoaram no recinto. — Escondam os mais jovens lá embaixo e avisem os outros. Não antagonizem os Ascendidos.

Um homem mais velho deu um passo à frente, batendo com o punho no peito.

— De Sangue e Cinzas.

Casteel pousou o punho sobre o coração.

— Nós ressurgiremos.

As pessoas se dispersaram antes que chegássemos até a porta que dava lá para fora. Estávamos perto do estábulo, o ar estava frio, mas calmo, quando olhei para o céu que havia dado lugar à noite. Nós nos dirigimos para a área densamente arborizada, sem dizer nem uma palavra antes de estarmos entre os galhos pesados de neve. Foi só então que me dei conta de como a minha vida tinha mudado.

Eu estava fugindo dos Ascendidos.

Não indo de encontro a eles.

Casteel segurava a minha mão enquanto caminhava pela floresta escura.

— Aonde estamos indo? — perguntei, o clima estava tão frio que saía vapor da minha boca ao falar.

— Vamos ficar aqui fora até eu saber ao certo o que está acontecendo. — Ele pegou um galho baixo e sem folhas e o tirou do caminho.

Eu me mantive por perto enquanto caminhávamos ao longo dos limites da floresta. Percebi que havíamos adentrado mais na mata enquanto rodeávamos o forte e então começamos a nos reaproximar. Uma meia hora deve ter passado antes que o frio começasse a me afetar. Estremeci e fechei minha mão livre para que ficasse escondida sob a manga.

— Desculpe — disse ele mal-humorado. — Gostaria que tivéssemos tido tempo para pegar uma capa ou pelo menos as suas luvas.

— Tudo bem.

Ele olhou de relance para mim, mas não consegui distinguir a sua expressão. Seguimos em frente, nos aproximando ainda mais do forte.

Casteel me deteve.

— Espere.

O tom de voz dele me deixou alerta.

— O que foi?

Ele virou o queixo para a frente.

— Alguma coisa está acontecendo.

— O quê? — repeti e segui o olhar dele, me esforçando para enxergar através das árvores. — Eu não tenho visão superespecial de Atlante.

— E aposto que isso a deixa cheia de uma inveja furiosa.

Deixava, sim.

— Temos que ficar em silêncio.

Dei ouvidos a ele, o que aposto que foi um choque para Casteel. Nós nos esgueiramos na direção da beira da floresta e, conforme as árvores diminuíam, pude ver que o pátio estava bem iluminado, muito mais do que eu já tinha visto antes.

E não estava vazio. Nem um pouco.

Casteel parou mais uma vez, dessa vez me puxando até que ficasse de joelhos ao seu lado. A neve fria se infiltrou no tecido das minhas calças. A inquietação surgiu dentro de mim enquanto o meu olhar vagava pelos homens a cavalo. Havia dezenas deles, com pelo menos metade posicionada ao redor de uma carruagem sem janelas quase preta sob o brilho das tochas acesas. Mas eu não precisava de nenhuma visão especial de Atlante para saber que a carruagem não era preta nem de uma iluminação melhor para reconhecer o símbolo gravado na lateral. Os mantos pendurados sobre os ombros dos guardas de armadura não eram brancos, mas sim pretos.

E a carruagem era vermelha.

O emblema era um círculo com uma flecha perfurando o centro. O Brasão Real.

Aqueles homens não eram Guardas Reais — eles eram a *própria* guarda. Membros dos Cavaleiros Reais.

— Eles trouxeram cavaleiros — sussurrei o óbvio, pois tinha que dizer aquilo em voz alta para acreditar no que estava vendo. Eu nunca tinha visto um cavaleiro fora da capital.

— Sim, eles trouxeram os cavaleiros — respondeu o Príncipe, em um tom de voz monótono, mas com uma pontada de desafio conforme soltava a minha mão. — Então, o que você vai fazer, Princesa?

Eu podia sentir a intensidade do olhar dele enquanto observava as portas do forte se abrindo. Dois cavaleiros apareceram, com as mãos a postos nos punhos das espadas enquanto levavam os habitantes do forte até o frio da noite. Uma mistura de descrença e confusão tomou conta de mim enquanto os cavaleiros enfileiravam todo mundo. Reconheci Elijah e Magda de imediato, pois estavam perto de uma das tochas. Para variar, o homem estava calado parado ali, com os braços cruzados sobre o peito largo. Não vi Kieran nem Naill e Delano, mas havia pelo menos duas dúzias de pessoas do lado de fora do forte, e havia... ah, Deuses, havia crianças entre elas, tremendo sem as capas enquanto uma fina rajada de neve pairava no ar. E se Alastir e os seus homens voltassem no meio daquilo? Eles teriam que vê-los antes de serem vistos.

— Você vai até eles? Gritar e alertá-los da sua presença? — indagou Casteel baixinho.

— Por que eu faria isso? — Virei a cabeça na direção dele. — Eu concordei com a sua proposta. Recusei a ajuda de Alastir.

— Mas isso foi antes que os Ascendidos estivessem aqui. Bem na sua frente.

— Sim, isso foi antes — eu disse a ele, com a frustração me forçando a falar a verdade. — Mas isso não muda o que decidi. Tenho mais chance de chegar até o meu irmão por meio de você do que deles.

Alguma espécie de emoção cintilou no rosto dele.

— Ainda não consigo acreditar que você ia tentar fazer isso sozinha. Você não teria chegado nem perto dele sozinha, Poppy. — Ele inclinou a cabeça conforme estreitava os olhos. — A não ser que não estivesse planejando fazer isso sozinha. Bons Deuses, você iria deixar que os Ascendidos a encontrassem? Era isso que pretendia dizer à primeira pessoa que encontrasse quando tentou fugir? Que você era a Donzela? Você achou que eles a levariam para a capital? Para ele? Se for esse o caso, você é muito mais imprudente do que jamais imaginei.

Soltei o ar, bufando.

— Imaginei que seria mais fácil fugir deles do que de você, depois que eu chegasse aonde precisava ir.

Ele olhou para mim como se eu tivesse duas cabeças.

— Depois que chegasse aonde queria, Poppy, você estaria onde *eles* queriam que estivesse, sozinha e desprotegida.

— Como se isso fosse diferente com você. — Apertei os lábios e me virei para o forte. Um dos cavaleiros desceu do cavalo.

— Você está protegida comigo e nunca estará sozinha — respondeu ele.

Senti um aperto no peito que ignorei.

— Aliás, caso você estivesse se perguntando, o seu plano teria saído tão mal quanto o seu passeio na floresta — rosnou ele.

— Você acha que é um bom momento para relembrar algo que nem importa? — exigi saber.

— Eu acho isso importante.

— Bem, então você está errado.

— Eu raramente estou errado.

— Ah, meus Deuses, acho que prefiro tentar a sorte com eles a ficar aqui com você por mais um segundo.

— Bem, é o seu dia de sorte. Eles estão bem ali. Vá até eles. Conte quem você é.

— Como se você fosse me deixar fazer isso — rebati, virando de frente para ele.

— Como se você tivesse alguma ideia do que eu permitiria ou não. — Os olhos dele estavam quase reluzentes de fúria. — Mas você tem razão. Eu não permitiria *isso*, pois me recuso a entalhar o seu nome na parede lá embaixo.

Estremeci quando meus olhos pararam nos dele. Casteel praguejou, olhando para o castelo.

O cavaleiro, que desceu do animal e falou, pelo jeito não era um daqueles que tinham feito o voto de silêncio.

— Todo mundo que mora nesse forte está aqui?

— Todo mundo e mais alguns — respondeu Elijah. — Acabamos de jantar e estávamos colocando o papo em dia.

— Interessante — respondeu o cavaleiro, parando na frente dele. — E ainda assim o Lorde que supervisiona Novo Paraíso não está em lugar nenhum do forte?

Eles... eles não estavam ali por minha causa? Mas para ver se o Lorde Halverston estava bem? Meu olhar disparou para a carruagem. Mas por que um Ascendido viria até ali? Acompanhado de cavaleiros?

— Como disse antes, o Lorde Halverston está caçando com os seus homens — respondeu Elijah, e eu sabia que era mentira. O Lorde Halverston, um Ascendido, estava morto, assim como todos os Ascendidos que moravam ali. — Ele saiu algumas noites atrás e voltará em breve. Ele tem uma cabana de caça...

— Nós já verificamos a cabana de caça perto dos pântanos — interrompeu o cavaleiro. — Ele não estava lá. Parece que ninguém vai lá há muito tempo.

— Se não está lá, então ele deve estar no meio de uma caçada e decidiu acampar em outro lugar. — Elijah não perdeu o ritmo. — Ele estava animado para partir. Só falava sobre isso há várias noites. Disse que sentia falta da emoção da caça.

Elijah era um mentiroso muito convincente.

Mas não suficientemente persuasivo.

— É mesmo? — A dúvida escorria do tom de voz do cavaleiro.

— É, sim — disparou Elijah. — E, para ser sincero, não gosto da insinuação de que não estou falando a verdade.

Bem, ele não estava falando a verdade nem de longe.

— E também não gosto que você e os seus cavaleiros de armaduras pretas extravagantes e mantos pretos mais extravagantes ainda apareçam a essa hora da noite — continuou Elijah. — Arrastando todo mundo para o frio, incluindo as crianças, como se elas pudessem ajudá-lo de alguma maneira.

— Cuidado, Elijah — murmurou Casteel.

A porta da carruagem se abriu sem emitir nenhum som, e uma voz soou lá de dentro, suave e quase amigável.

— Todo mundo em Novo Paraíso pode ajudar se receber a motivação adequada.

Magda pousou a mão sobre o braço de Elijah, muito provavelmente silenciando seja lá o que fosse sair da boca do homem.

— Afinal de contas, enquanto súditos do Reino de Solis, deve ser necessária uma motivação mínima para alguém fiel ao seu Rei e à sua Rainha. — O Ascendido entrou no meu campo de visão. Eu conhecia aquele rosto em formato de meia-lua e os cabelos compridos e pretos como as penas de um corvo.

— Lorde Chaney — sussurrei, pressionando as mãos contra a casca de uma árvore. O Ascendido não estava de capa nem de luvas, mas apenas com uma túnica pesada por cima das calças escuras. — Ele é da Masadônia. Por que está aqui procurando por Halverston?

Aquilo não fazia sentido, a não ser que eu... eu estivesse enganada ao pensar que eles estavam atrás do Lorde de Novo Paraíso.

Casteel não respondeu, e a inquietação cresceu assim que olhei para ele. Ele estava com o queixo abaixado e a mandíbula firme enquanto olhava para a frente. Fechou a mão em torno do punho da espada curta.

— Considero a ausência de Lorde Halverston preocupante, e teremos que resolver essa questão de modo apropriado — comentou Chaney, atraindo o meu olhar de volta para ele. — Mas eu vim até aqui para cuidar de negócios muito mais importantes e que devem ser tratados primeiro. Sei que não nos conhecemos, então acho importante que vocês saibam que, ao contrário dos cavaleiros, não sou tão paciente quando se trata de perder tempo com assuntos inúteis.

— Não acho que os seus cavaleiros sejam tão pacientes assim — respondeu Elijah.

Chaney deu uma risada, o som tão frio quanto o vento que soprava a neve ao longo do chão. Eu não sabia muito a respeito de Lorde Chaney, além de vê-lo nas reuniões da Câmara. Às vezes, quando me esgueirava pelo Castelo Teerman, eu ouvia as conversas dele com o Duque ou a Duquesa. Todos os Ascendidos me davam arrepios, mas Chaney parecia bastante agradável. Ele sempre acenava educadamente para mim quando nos cruzávamos, nunca ficava me encarando por muito tempo e era gentil com a criadagem, até onde eu sabia.

— Bem, por favor, observe que sou ainda menos paciente. — O Ascendido parou na frente de uma das crianças, o menino que eu tinha visto correndo de casa em casa quando chegamos a Novo Paraíso. Ele estava no estábulo na noite em que descobri a verdade sobre Casteel. — Fiquei sabendo que vocês receberam visitantes há alguns dias.

Minha coluna ficou rígida. Eles só podiam ter vindo por minha causa, mas como foi que descobriram tão rápido que estávamos aqui?

— Você ouviu errado, milorde — respondeu Elias. — Não recebemos nenhum visitante. Somente aqueles que voltaram para o forte.

O Lorde passou por Elijah, com as mãos entrelaçadas atrás das costas. Ele parou de novo, dessa vez na frente de um homem idoso com o braço em volta de outro que parecia mal conseguir ficar de pé.

— Vim aqui em nome da Coroa. — Ele olhou por cima do ombro para Elijah. — De modo que espero que você não minta para mim. Seria como mentir para o Rei e a Rainha, um ato de traição. Mesmo que sejam os nossos benfeitores benevolentes, eles ainda são os nossos governantes. Fui explícito?

— Muito. — respondeu Elijah, resignado.

— Ótimo. — Chaney girou o corpo para olhar para Elijah e soltou as mãos. — Sei muito bem que um grupo chegou aqui recentemente. Eu posso chamá-los de visitantes. Você pode se referir a eles como "aqueles que voltaram para o forte". Semântica. Então, vou ignorar isso. Uma jovem viajava com eles. Onde ela está?

Soltei o ar, com uma sensação crescente de pavor.

Foi Magda quem falou.

— Nenhuma mulher chegou aqui recentemente, milorde.

Cravei os dedos na casca da árvore enquanto Chaney olhava para ela, longe demais para que eu pudesse ler a expressão no seu rosto. Mesmo já sabendo o que iria acontecer, agucei os sentidos e formei uma conexão invisível com o Lorde.

Não senti nada. Uma vastidão. Sem fim. Vazia. Será que era isso o que acontecia com os guerreiros empáticos, que eram muito mais fortes do que eu? Será que os Ascendidos não tinham emoções mortais? Senti um arrepio na pele quando virei os meus sentidos para Elijah. No instante em que me conectei com ele, senti a queimação quente e ácida da raiva e o gosto de ferro da determinação. Ele não estava com medo. De jeito nenhum. Rompi a conexão.

Chaney estalou os dedos e um dos cavaleiros deu um passo em frente, abrindo a porta da carruagem. Franzi o cenho, me inclinando para a frente quando uma silhueta apareceu, com os ombros curvados e a cabeça baixa.

— Ah, meus Deuses — sussurrei, me afastando da árvore tão rápido que perdi o equilíbrio.

Casteel me apanhou antes que eu caísse no chão.

— Fique firme — murmurou ele.

— É a sra. Tulis — eu disse a ele, atônita.

— Você tem que ir para a câmara subterrânea. — Ele começou a me virar.

Cravei os pés no chão.

— Não.

— Você não precisa ver isso — argumentou ele.

Só que eu tinha que ver.

Eu tinha que ver isso.

Casteel praguejou, mas não me forçou a sair dali.

Com um vestido puído e gasto, a mulher parou a alguns metros da carruagem. Ela tremia tanto que fiquei imaginando como conseguia continuar de pé. O vento puxava o coque do seu cabelo, levantando as mechas que já haviam se soltado. Os braços dela estavam fechados em volta do peito — braços *vazios*.

— Onde está o filho dela? — perguntei. Casteel balançou a cabeça quando olhei para ele.

— Diga outra vez, sra. Tulis — ordenou Chaney, parando de novo. — Quem foi que chegou aqui há alguns dias?

— F-foi a Donzela — gaguejou ela, e senti um aperto no coração. — A E-Escolhida. Ela veio com outros da Masadônia. — Ela deu um passo hesitante na direção de Elijah. — Sinto muito. Ele...

— Já chega, sra. Tulis. — Foi só o que Chaney precisou dizer, e ela se calou imediatamente, retraída. — Tenho certeza de que todos sabem quem é a Donzela. Ela estava sendo escoltada até a capital. E, como estou certo que vocês sabem, Novo Paraíso não está na rota. Parar aqui não fazia parte dos planos.

— Não há nenhuma Donzela aqui. Em nenhum sentido da palavra — disse Elijah, e alguns dos enfileirados deram uma risada.

— Ele ainda vai morrer pela boca — murmurou Casteel.

Temi que a morte de Elijah já fosse chegar quando vi Chaney respirar fundo.

— Então, você está dizendo que ela é uma mentirosa? — perguntou ele.

— Só estou dizendo que não há nenhuma Donzela nesse forte — respondeu Elijah, e aquilo não era mentira de certa forma.

— Certo. — Chaney assentiu e então se moveu como todos os Ascendidos faziam, quase tão rápido quanto um Atlante. Em um momento, ele estava parado a vários metros da sra. Tulis. No seguinte, ele estava atrás dela, afundando os dedos nos seus cabelos revoltos pelo vento. Um estalo perverso soou quando ele girou a cabeça dela para o lado.

Cambaleei para a frente e coloquei as mãos sobre a boca para silenciar o grito que subia pela minha garganta. Elijah fez menção de avançar na direção do Lorde, mas parou quando vários cavaleiros desembainharam as espadas.

Com os olhos arregalados e incrédulos, vi Lorde Chaney erguer as mãos. A sra. Tulis desabou no chão como uma pilha de ossos aos pés dele. Mesmo depois de ver a câmara subterrânea com todos aqueles nomes, eu não poderia... Eu não poderia ter me preparado para o que testemunhei. Ele quebrou o pescoço dela. De repente. Ele a matou como se ela não significasse nada, como se a sua vida não tivesse valor. Lentamente, abaixei as mãos.

— Por quê? — perguntou Magda, pressionando a barriga arredondada. — Por que você faria uma coisa dessas?

Lorde Chaney passou por cima do corpo da sra. Tulis como se ela não fosse nada, completamente irrelevante.

— Por que ela deveria ficar impune por mentir?

Ah, Deuses. Um estremecimento tomou conta de mim. Ela não estava mentindo. Magda sabia disso. Todos eles sabiam disso.

— A menos que sejam vocês que estão mentindo — disse ele. — E a única razão para explicar isso é que muitos de vocês, senão todos, sejam Descendidos. Assim como aquela que vocês acusaram de mentir. Afinal de contas, ela morava na Masadônia, mas desapareceu junto com o marido e o filho pouco antes do Ritual e depois que o seu pedido público de recusar o Ritual foi negado. Ela teve uma morte rápida e justa.

Ela teve uma morte justa? Eu não conseguia acreditar no que estava ouvindo. E como ele teve acesso a ela se a sra. Tulis estava em Novo Paraíso? Onde estava Tobias?

— Mas voltando ao assunto em questão. A Donzela é muito importante para o reino. Ela tem mais valor que cada um de vocês. — Chaney se dirigiu às pessoas enfileiradas. — Onde ela está?

Ninguém disse nada.

Chaney olhou para o único cavaleiro que falou. Sem dizer nem uma palavra, ele avançou e enterrou a espada na barriga de um homem que estava na fila.

O horror tomou conta de mim quando Casteel deu um pulo, mas em seguida parou e rosnou baixinho. O ar ao seu redor vibrou de raiva, e os meus sentidos se aguçaram conforme a agonia do homem reverberava pelo pátio. Senti um nó na garganta enquanto lutava contra o ímpeto quase irresistível de me conectar a ele. Eu não podia permitir isso. Seria demais.

O homem cambaleou, mas não gritou. Ele nem mesmo berrou de dor. Imaginei uma tesoura gigante cortando todos os fios que o meu dom estava tentando conectar a ele... a Casteel... e a todos os outros. A raiva encobria o ar, caindo mais pesada que a neve, e eu tremi com o esforço de desligar a minha habilidade. De trancar tudo antes que a necessidade de aliviar o sofrimento do homem e o medo e a raiva dos outros me dominassem.

Antes que eu piorasse as coisas.

Nem um único membro do forte contraiu um músculo quando o homem ergueu a cabeça e cuspiu no rosto do cavaleiro.

O cavaleiro torceu a espada antes de soltar a lâmina. O sangue vermelho jorrou do abdômen do homem, espesso e pegajoso, enquanto ele caía de joelhos no chão.

— Foda-se — disse o homem entre os dentes cerrados.

O segundo golpe da espada foi mais como um volteio, separando a cabeça dos ombros. Ouvi suspiros. Ou pelo menos achei que sim, mas o sangue pulsava muito alto em meus ouvidos. Talvez o suspiro tivesse vindo de mim mesma.

Casteel se levantou mais uma vez, abrindo e fechando as mãos ao lado do corpo. Ele flexionou um músculo ao longo do maxilar e então virou o pescoço para a esquerda e para a direita antes de voltar e se ajoelhar ao meu lado.

A bile subiu pela minha garganta enquanto o cavaleiro limpava o cuspe da bochecha com as costas da mão livre.

— Eu vou matar aquele homem — jurou baixinho Casteel, com a voz mais gélida que o ar que respirávamos. — Vou matar aquele homem de modo lento e doloroso.

Um dos outros cavaleiros deu um passo em frente e agarrou um menino — aquele que correu de casa em casa quando chegamos a Novo Paraíso. Ele encostou a ponta da espada sob o queixo da criança.

Meu coração parou de bater.

— É assim que eles realmente são. — Casteel fechou os dedos em volta do meu queixo, atraindo o meu olhar para ele. — Eram eles que você acreditava ser mais fácil de manipular e fugir.

Estremeci.

O olhar de Casteel estudou o meu.

— Eu sei. Eu *entendo*. Mesmo depois de tudo que contei a você sobre os Ascendidos e do que lhe mostrei, testemunhar isso ainda é um choque. — A voz dele ficou mais suave, perdendo um pouco da frieza. — É sempre diferente quando você vê.

E era.

Chaney voltou para a fieira.

— Se esconderam a Donzela em algum lugar, vocês só têm que me contar onde foi. Se os outros foram embora com a Donzela, então vocês só têm que me dizer para onde. Me digam onde ela está. É simples assim. Provem para mim que valorizam suas vidas.

— E depois? Você vai embora desse lugar? Até parece que vai nos deixar vivos se contarmos o que você quer saber — rosnou Elijah. — Posso até ter meus momentos de estupidez, mas não sou tão burro assim.

Chaney deu uma risadinha.

— Creio que isso seja questionável.

— Talvez — respondeu Elijah, e eu quase podia ouvir o sorriso de desdém no seu tom de voz. — Mas não sou eu que estou me escondendo atrás de uma criança.

O Ascendido permaneceu em silêncio enquanto os pelos da minha nuca se eriçavam.

— Você está sugerindo que eu sou um covarde?

— Foi você quem disse isso. — Elijah descruzou os braços. — Não eu.

Casteel atraiu a minha atenção enquanto levava a outra mão à bota.

— Gostaria que você não tivesse que ver nada disso.

Ele não me deu a oportunidade de responder. Levantou-se rapidamente e em um piscar de olhos já estava perto da beira das árvores.

Levei um momento antes de perceber que o espaço onde ele estava ajoelhado ao meu lado não estava completamente vazio.

Sobre uma almofada de folhas mortas e neve havia uma lâmina cor de sangue com um cabo feito de osso liso e branco como o marfim. Uma adaga de lupino — a *minha* adaga de lupino.

Lentamente, eu a peguei com a mão trêmula, sentindo o peso familiar e bem-vindo. Olhei para Casteel, se movendo como uma sombra entre as árvores. Há quanto tempo ele estava com a adaga e por que a devolveu para mim agora?

Porque a pedra de sangue podia matar um Ascendido.

Ele me deixou com uma arma que eu poderia usar caso o Ascendido chegasse até mim.

— Você está procurando a Donzela? — gritou Casteel, e o Lorde se virou. Vários dos cavaleiros o flanqueavam.

Chaney inclinou a cabeça quando Casteel entrou na clareira.

— Quem diabos é você?

— Quem sou eu? — Casteel riu como se aquilo fosse uma piada para ele. — Quem você acha que eu sou?

Levantei lentamente, me encostando na base de uma árvore antes de me mover ao redor dela. Parei assim que vi um lampejo de pelos fulvos na área do estábulo. *Kieran*. Ele se esgueirou pela lateral da construção, desaparecendo nas sombras.

— Não sei — respondeu Chaney. — Mas espero que você seja alguém que saiba responder a minha pergunta. Eu detestaria ver uma vida tão jovem abreviada.

Fechei os dedos com força ao redor do cabo de osso da arma enquanto avançava, olhando na direção do cavaleiro. Será que eu conseguiria chegar atrás dele antes que alguém me visse? Antes que o Lorde Chaney desse o sinal verde e acabasse com outra vida? Bastaria um aceno de cabeça e a vida daquela criança se acabaria.

O barulho suave das folhas secas me fez virar a cabeça para a direita. Um enorme lupino branco roçou na árvore atrás da qual eu estava me escondendo, quase se misturando à neve.

Uma súbita lembrança veio à tona — de mim, deitada na cela depois do ataque que Jericho havia liderado, sangrando. Um lupino de pelo branco cutucou a minha bochecha e em seguida uivou. Pensei que fosse Kieran, mas tinha sido aquele lupino.

Delano.

Ele olhou para mim, com os olhos azul-claros brilhando contra os tufos de pelo branco. Deu um resfolegar suave enquanto caminhava até onde eu estava. A cabeça dele alcançava os meus quadris, e senti uma vontade estranha de estender a mão e coçar a sua orelha. Mas resisti a esse impulso. Não me pareceu apropriado.

Casteel parou no meio do pátio, com os braços ao lado do corpo.

— Eu sei responder a sua pergunta. A Donzela está aqui.

Aquilo me deixou paralisada.

— Está? — Lorde Chaney bateu palmas enquanto olhava ao redor do pátio para as pessoas enfileiradas ali. — Viram como não era difícil? Eu fiz uma pergunta e recebi uma resposta.

— Você deveria perguntar como ele sabe que a Donzela está aqui — disse Elijah com uma risada, e eu vi Magda dar um pequeno passo para trás.

Ciente de Delano no meu encalço, avancei enquanto Lorde Chaney olhava para Casteel. Cheguei até a última árvore e me detive quando Chaney exigiu baixinho:

— Você não me disse quem era. Vai responder a essa pergunta?

— Eu nasci no primeiro reino. — A voz de Casteel ecoou como o vento e a neve, atingindo os cavaleiros, que se viraram, um a um, para olhar na direção dele. — Criado a partir do sangue e das cinzas de todos aqueles que pereceram antes de mim. Ressuscitei para recuperar o que é meu. Eu sou aquele que você chama de Senhor das Trevas — disse ele, e eu senti um calafrio na minha pele. — Sim, eu estou com a Donzela e não vou devolvê-la.

Lorde Chaney se *transformou*.

O verniz de civilidade se foi. Ele contorceu o rosto, acentuando as maçãs enquanto abria a mandíbula. Os olhos dele ardiam como carvão em brasas — como os olhos de um *Voraz*. Cambaleei para trás, esbarrando em Delano quando vi...

Vi a verdade mais uma vez.

O Ascendido exibiu as presas enquanto sibilava como uma grande serpente e se agachava no chão.

— As minhas são maiores que as suas — respondeu Casteel por sua vez, avançando na direção dele.

Então os cavaleiros se *transformaram*, pelo menos metade deles, expondo caninos alongados conforme repuxavam os lábios. Senti o chão se mover sob os meus pés, embora o mundo inteiro parecesse ter parado de girar. Havia Ascendidos entre o Exército Real. Isso... isso era inédito. Apenas a Realeza Ascendia. Ou foi o que nos disseram...

E essa era outra mentira, outro fato exposto a todos que estavam ali naquele momento. Eu imediatamente me dei conta de outra verdade. O Ascendido não tinha a intenção de deixar que ninguém saísse do pátio com vida.

Capítulo 15

Foi... foi um caos.

Metade dos cavaleiros atacou Casteel e os outros se voltaram contra os que estavam enfileirados.

Elijah agarrou o braço de um cavaleiro que havia erguido sua espada, esmagando o seu punho fechado. O osso quebrado provocou um uivo de dor conforme Elijah pegava a espada e a virava contra o guarda. A espada era de pedra de sangue e cumpriu o seu objetivo, perfurando a armadura preta e cravando bem no peito do cavaleiro. Elijah puxou a lâmina para trás, e eu esperei que o cavaleiro tombasse no chão, assim como um Voraz, enquanto Elijah girava o corpo e sua espada se chocava com outra. Havia gritos de dor e um assobio horripilante, mas não consegui tirar os olhos do cavaleiro.

Ele não morreu como um Voraz. Fissuras apareceram ao longo das suas bochechas e se espalharam pelo rosto e pescoço, formando uma teia de fraturas que desaparecia sob as roupas e a armadura. A pele dele... *rachou*.

Tiras de carne se soltaram e descascaram, virando um pó que foi levado pelo vento. Em uma questão de segundos, nada restou do cavaleiro além das roupas e da armadura que ele usava, deixadas em uma pilha no chão.

Os Vorazes não morriam daquele jeito. Seus corpos permaneciam inteiros. Aquilo não aconteceu com o Duque, mas ele foi morto com uma bengala feita com a madeira de uma árvore da Floresta Sangrenta. Tampouco aconteceu quando matei o Lorde Mazeen, mas a lâmina era feita de aço. Não de pedra de sangue.

Olhei para a adaga de lupino. Era... era isso o que a pedra de sangue fazia com um Ascendido?

Por alguns segundos preciosos, fiquei paralisada, examinando o pátio, com o duelo de espadas e corpos e o sangue espirrando na neve.

Os cavaleiros... não estavam apenas lutando contra os Descendidos. Eles os estavam *atacando*. Muitos ainda estavam com as espadas nas bainhas. Suas armas eram suas presas e sua força bruta. Eles dominaram os mortais do forte quase que de imediato, com os rostos retorcidos em rosnados e as presas brilhando sob a luz da lua. Voaram sobre eles, saltando em cima de alguns e os derrubando no chão como... como um Voraz faria. Senti os joelhos estranhamente bambos enquanto ficava parada ali.

Sede de sangue.

Talvez eles não gritassem como os Vorazes nem parecessem estar em decomposição e quase mortos, mas o que eu via era claramente a sede de sangue.

Qualquer dúvida remanescente que eu tivesse sobre o que Casteel havia me contado quase desapareceu por completo assim que vi a câmara. Agora, não existia mais nenhuma dúvida. Aquela era a verdadeira aparência dos Ascendidos, e eu nunca tinha visto nada mais assustador.

De repente, Naill surgiu não sei muito bem de onde. Ele agarrou um cavaleiro pela nuca e o arrancou para longe de um homem. Naill enterrou uma espada curta nas costas do cavaleiro, mas já era tarde demais para o homem, que caiu no chão, com a garganta em retalhos.

Delano passou correndo por mim, me tirando do meu estupor. Com uma investida vigorosa, ele derrubou um cavaleiro que tinha agarrado uma mulher e enterrado o rosto no pescoço dela — e os dentes em sua garganta. A mulher cambaleou por alguns metros, pressionando a mão sobre o ferimento.

Pisquei, me virei e vi Casteel cravar uma espada no peito de um cavaleiro e em seguida girar o corpo, deixando a espada ali. Ele agarrou o crânio de outro cavaleiro, puxando-o para trás. A cabeça do Ascendido caiu e Casteel...

Soltei o ar entre os lábios entreabertos.

Ele rasgou o pescoço do cavaleiro, abrindo-o por completo. Jogou o homem para o lado e cuspiu o sangue enquanto soltava a espada do peito do outro, puxando-a um segundo antes que o cavaleiro virasse cinzas.

Vasculhei o pátio e não encontrei mais o Lorde Chaney, mas vi um cavaleiro recuando — aquele que segurava a criança. Ele usava o menino como escudo, mantendo a espada sob o queixo do jovem.

A adaga de lupino praticamente vibrou na minha mão e *finalmente* entrei em ação. O instinto superou o terror, e foi como estar na Colina ou como quando enfrentei os Vorazes. Uma sensação de foco e calma se apoderou de mim enquanto eu corria para o pátio na direção da carruagem. Com o canto do olho, vi Kieran saltar sobre um cavaleiro que tinha encurralado Elijah contra a parede de pedra do forte. Ele agarrou o cavaleiro com as mandíbulas ferozes de lupino e o atirou no chão. Magda surgiu e o golpeou com uma das espadas de pedra de sangue.

Diminuí a velocidade enquanto me movia ao longo da parte traseira da carruagem, parando na beirada. Espiei o entorno e vi o cavaleiro arrastando o garoto que agora lutava na direção do estábulo, com o braço grosso em volta do pescoço dele. À luz da lua, os olhos arregalados e apavorados da criança encontraram os meus um instante antes que o cavaleiro se virasse.

— Continue lutando — rosnou o cavaleiro. — Faz o sangue bombear.

O menino não era mais um escudo.

Ele era alimento.

A fúria bombeou o *meu* sangue quando saí de trás da carruagem, atravessando a distância entre nós enquanto virava a adaga de cabo pesado para segurá-la pela lâmina — assim como Vikter havia me ensinado.

O cavaleiro se virou de repente, arrastando o menino como se ele fosse uma boneca de pano. Ele brandiu a espada conforme os seus olhos, de um tom de preto-avermelhado ao luar, cintilou sobre mim — sobre o meu rosto. As *cicatrizes*. Ele arregalou os olhos em reconhecimento. Sabia quem eu era. Ele afrouxou o braço, que desceu ligeiramente enquanto abaixava a espada.

Eu vi uma oportunidade.

E a aproveitei.

A adaga voou dos meus dedos, girando no ar. A lâmina atingiu o alvo, perfurando o olho do cavaleiro e cravando bem no seu cérebro. A mão dele se abriu com um espasmo, soltando a espada. A arma caiu no chão enquanto pequenas rachaduras surgiram na carne dele, percorrendo toda a sua pele. Elas eram finas, mas profundas, e quando ele se desfez foi quase como se desabasse dentro de si mesmo.

— Caramba — disse o garotinho, com os olhos arregalados. Ele se virou, se abaixou para pegar a adaga da armadura e a entregou para mim. — Você o acertou! Você o acertou bem no olho! Como foi que fez isso? Pode me ensinar?

Aliviada ao ver que a criança não estava nem um pouco traumatizada, curvei os lábios.

— Talvez...

— Dois pelo preço de um? — soou uma voz atrás de nós. — Perfeito.

— Corra e se esconda — eu disse ao menino, empurrando-o para longe. Esperando que ele me desse ouvidos, encarei o cavaleiro. Sangue e entranhas cobriam a boca dele em uma massa espessa. Comecei a pensar que o voto de silêncio não se aplicava quando eles não escondiam o que eram.

Ou ele não tinha recebido uma descrição da minha aparência, o que não me parecia provável, ou estava perdido demais em meio à sede de sangue. Isso parecia mais provável. Ele revelou as presas, sibilando enquanto se agachava. Percebi que os dentes deles eram como os dos Vorazes. Não havia somente duas presas, mas quatro. Duas na parte superior e duas na parte inferior da arcada. Curtas e facilmente escondidas, mas não menos letais.

O cavaleiro avançou sobre mim com toda a graça de um jarrato. Sabendo que seria difícil perfurar a armadura mesmo com uma adaga de pedra de sangue, eu me preparei. No instante em que os dedos dele roçaram no meu braço, eu me esquivei enquanto cravava a adaga no meio do seu peito com toda a força. O golpe encontrou alguma resistência, mas o próprio peso do corpo e a velocidade do cavaleiro trabalharam a meu favor. A lâmina perfurou a armadura e em seguida o peito dele.

O grito de dor e choque do cavaleiro terminou abruptamente. Puxei a adaga para trás e recuei assim que as fissuras surgiram na sua pele. Eu não queria estar por perto quando ele se desfizesse. Só de pensar nas cinzas, nos *pedaços* dele, caindo em cima de mim, no meu cabelo, na boca e — ah, Deuses, nos meus olhos — tive vontade de vomitar.

— Donzela?

Fiquei com a nuca toda arrepiada quando ouvi a voz de Lorde Chaney. Eu me virei, sentindo o coração preso na garganta. As presas dele estavam escondidas e a sua expressão plácida não demonstrava espanto. O sangue escorria de uma ferida no seu peito. Parecia que alguém quase o havia acertado com uma espada ou adaga, mas ele tinha sido mais rápido. O que provocou o aperto no meu peito foi o que ele segurava de encontro ao corpo.

O menino.

A criança não tinha me dado ouvidos ou não foi rápida o bastante. Lorde Chaney tinha a mão fechada sobre a garganta do menino. O sangue escorria de onde as unhas do Ascendido se cravaram na pele dele.

— Fiquei sabendo que você tinha cicatrizes — disse o Lorde. Os olhos dele pareciam um fogo preto quando avistaram a adaga. — Pensei que eles quisessem dizer que era apenas um arranhão, só um leve defeito. Mas é você.

— Sou eu. — Repassei rapidamente todas as hipóteses possíveis enquanto o garoto tremia de medo. Quase todas terminavam com a morte da criança, e eu não podia ficar com isso na minha consciência. Muitas pessoas já tinham morrido ou ficado gravemente feridas. Os nomes delas ficariam gravados nas paredes da câmara só porque os Ascendidos tinham vindo atrás de mim. Vi apenas uma maneira de o menino sobreviver. — Você veio para me salvar. — As palavras tinham gosto de cinzas na minha língua. — Graças aos Deuses.

Lorde Chaney me observou atentamente.

— Tem certeza de que precisa ser salva? Você matou dois cavaleiros.

— Um deles estava tentando machucar o menino e o outro cavaleiro... me assustou — eu me forcei a dizer. — Pensei que eles fossem me ferir. Eu não sabia que havia Ascendidos entre os Cavaleiros Reais.

Um sorrisinho sem senso de humor surgiu nos lábios dele.

— Não há o que temer agora, Donzela — disse ele. — Você está a salvo. Abaixe a pedra de sangue.

Os pelos da minha nuca continuavam arrepiados. A adaga era a minha única arma contra um Ascendido. Sem ela, a insignificante faca de carne seria de pouca ou nenhuma ajuda. Assim como seria se eu tivesse conseguido fugir na noite anterior. Casteel tinha toda a razão sobre como isso teria dado errado, embora agora não fosse a hora mais apropriada para uma autorrecriminação.

— Você está machucando o menino.

O Lorde arqueou as sobrancelhas enquanto o barulho da luta continuava no pátio.

— Estou?

Assenti.

— Ele está sangrando.

Ele não tirou os olhos de mim. Eu sabia que não conseguiria atirar a adaga como tinha feito antes. Havia perdido o elemento-surpresa.

— Ele é um Descendido, Donzela.

— Ele é só uma criança...

— Filho daqueles que pretendiam sequestrar você. A segurança dele deveria ser a menor das suas preocupações. Por que você está diante de mim sem o véu, não apenas empunhando uma adaga de pedra de sangue, mas sabendo como usá-la, é muito mais preocupante.

Eu quase dei uma risada. Só mesmo um Ascendido para acreditar que o meu rosto desvelado e a minha habilidade de lutar eram mais preocupantes que o destino de uma criança.

— Mas ele é só um garotinho e acredito que seja um segundo filho — menti rapidamente. — Ele está destinado a Ascender, e os Deuses ficariam muito descontentes se alguma coisa acontecesse com ele, não é?

— Ah, sim. Eu não gostaria de desagradar aos Deuses. — Os dedos dele relaxaram e o menino arfou com dificuldade. O Lorde pousou as mãos sobre os ombros minúsculos do menino. — Abaixe a adaga. Você não precisa dela agora. Então, eu o deixo ir embora. Vou levá-la para longe daqui, de volta para a sua Rainha. Ela está muito preocupada com você, Donzela.

Com a adaga, eu teria uma chance. Lorde Chaney era rápido e mais esperto que o cavaleiro. Ele não avançaria sobre mim como um javali. Eu teria que ser esperta. Mas sem a arma de pedra de sangue? Eu não teria a menor chance. O Lorde não iria me matar. Os Ascendidos precisavam de mim. Mas e quanto à criança? Ele a mataria sem pensar duas vezes. Olhei para o menino. Ele estava no estábulo, gritando: "De Sangue e Cinzas" quando os outros clamaram para que eu fosse devolvida à Rainha em pedacinhos. Mas ele era só uma criança.

Soltei o ar lentamente e abri a mão. A adaga escorregou dos meus dedos. Ela caiu no chão com um baque suave que soou como uma porta sendo fechada.

— Estou pronta para ir para casa. — Firmei a minha voz. — Para a minha Rainha. Por favor?

Lorde Chaney sorriu mais uma vez, e o pavor deu um nó no meu estômago. Ele acenou com a cabeça, e esse foi o único alerta que recebi antes que uma dor surpreendente explodisse na parte de trás da minha cabeça e o mundo mergulhasse na escuridão.

*

Acordei com a cabeça latejando como se estivesse se partindo ao meio e com a boca seca como um algodão velho. O balanço constante e violento me forçou a abrir os olhos. Tudo era um borrão de vermelho.

Pisquei até desanuviar a visão. Uma lâmpada a gás lançava um brilho suave sobre o carmesim. Eu estava em uma carruagem, deitada em um banco estofado coberto de vermelho. Respirei fundo e quase tossi com a colônia doce e intensa demais.

— Você acordou.

Senti o estômago embrulhado. Lorde Chaney. Sentei-me, vacilante, estremecendo quando a dor atingiu a parte de trás do meu crânio. O Ascendido surgiu no meu campo de vista conforme eu estendia a mão e tocava na região com cuidado. Estava sensível e com um pequeno galo, mas não sangrava, embora a área estivesse latejando.

— Você me bateu — disse, com a voz rouca.

— Eu não bati em você — retrucou Lorde Chaney. Ele estava reclinado de modo arrogante, com os braços apoiados nas costas do banco. — Foi Sir Terrlynn. Foi desagradável, mas necessário.

— Por quê? — Passei os olhos ao redor da carruagem. Não vi nada que pudesse usar como arma, e eu duvidava muito que houvesse alguma pedra de sangue ou estaca da Floresta Sangrenta escondida por ali.

Mas eu tinha a... faca. No entanto, o que é que eu iria fazer com uma faca de carne contra um Ascendido?

— Nós tínhamos que nos apressar, e temi que você fosse... nos atrasar sem querer. — Ele mudou de posição, com rugas de tensão se formando nos cantos da boca.

Baixei o olhar conforme pousava a mão no assento ao meu lado. O ferimento no peito dele era visível sob o rasgo na túnica. A pele rosa-avermelhada estava irregular e o corte parecia profundo. Os Ascendidos costumavam sarar rapidamente das feridas, assim como os Atlantes.

— Por quanto tempo fiquei inconsciente? — perguntei. Sem janelas, eu não sabia se era dia ou noite.

— Você dormiu por cerca de uma hora.

Meu coração disparou dentro do peito. Uma hora? Bons Deuses, eu mal podia acreditar que ele havia escapado do forte — ludibriando Casteel. Mas o Príncipe já devia ter percebido que fora levada.

E se ele pensasse que eu tinha partido com o Ascendido por vontade própria, mesmo depois de tudo o que vi e ouvi? Senti um aperto no peito, mas não podia me preocupar com isso agora. Olhei para a porta. Acima do som das rodas da carruagem, ouvi o bater de cascos. Não estávamos sozinhos.

— Se você está planejando fugir, eu desaconselho fazer uma coisa tão tola — afirmou o Lorde Chaney. — Estamos viajando em alta velocidade e duvido que você sobreviva a tal queda. E, mesmo que sobrevivesse, saiba que não estamos viajando sozinhos. Sir Terrlynn cavalga ao nosso lado, assim como vários cavaleiros e guardas.

Dei um suspiro e ignorei o enjoo profundo que senti assim que encontrei os olhos escuros como o breu do vampiro. Um arrepio percorreu a minha pele. Mesmo que não tivesse pensado em me jogar de uma carruagem em alta velocidade, é lógico que eu planejava fugir. Eu não fazia a menor ideia de quanto tempo passei na biblioteca, mas imaginava que ainda faltassem muitas horas antes do amanhecer, quando o Lorde e os cavaleiros teriam que se refugiar do sol. Essa seria a minha chance de escapar.

E depois?

Não sei, mas teria que descobrir assim que chegasse a esse ponto. Até então, seria melhor convencer o Lorde de que eu era uma participante voluntária nisso.

— Por que você acha que eu iria querer fugir? — perguntei enquanto me recostava no banco, entrelaçando as mãos no colo e cruzando os tornozelos. Senti-me como faria se estivesse de véu. Era como vestir uma máscara, um disfarce sufocante e tóxico. — Temi que ninguém viesse atrás de mim. Estou surpresa por você ter me encontrado tão rápido.

— Temos olhos por toda a parte, Donzela — respondeu ele, esfregando a pele acima do ferimento. — Mesmo nos lugares onde os Descendidos estão bastante entrincheirados.

— Foi assim que você encontrou a sra. Tulis? A mulher que... que estava com você? — Naquela mesma carruagem, provavelmente onde eu estava sentada. E agora ela estava morta no chão frio. Onde estava o filho dela?

Um sorriso tenso surgiu nos lábios dele.

— Nós nos deparamos com ela por acaso. Ela estava a pé, a alguns quilômetros de Novo Paraíso, caminhando sobre a neve. Estava quase congelada quando a encontramos. Que idiota. — Ele soltou uma risada áspera, e eu tive vontade de golpeá-lo, fazendo com que aquela risada fosse o seu último suspiro. — Ela disse que o Senhor das Trevas tinha matado o seu marido.

A sra. Tulis não escolheu nenhuma das opções que Casteel lhe deu. Com o coração cheio de dor, reprimi um arrepio. Será que Casteel sabia que a sra. Tulis tinha partido? Será que eu podia culpá-la? Ela devia ter medo de que a mesma coisa acontecesse com ela.

— Nós já estávamos a caminho de Novo Paraíso, apenas alguns dias atrás de vocês — ele me disse. — Descobrimos que vários dos homens que a escoltavam não eram quem diziam ser. Os Descendidos se infiltraram até mesmo nas mais altas patentes dos nossos guardas.

Será que ele estava falando do Comandante Jansen? Faria sentido se tivessem descoberto que ele ajudou Casteel. Nesse caso, eu sabia que Jansen estava morto.

— De qualquer modo, a sra. Tulis foi um achado inesperado, mas ela confirmou que uma mulher viajava com o Senhor das Trevas, alguém que as pessoas diziam ser a Donzela — ele me falou, engolindo em seco. — Ela tinha razão.

— Mas, se você sabia disso, por que a matou? — perguntei, com uma parte de mim precisando entender tal gesto.

— Ela saiu da cidade em vez de obedecer ao comando do Ritual.

Esperei que ele continuasse, mas não existia mais nada a ser dito. Respirei fundo, quase engasgando com o perfume floral da sua colônia.

— E quanto ao filho dela?

Lorde Chaney apenas sorriu. Não houve nenhuma explicação. Nada. O pavor tomou conta do meu peito quando vi a curva fria e desumana dos seus lábios. Ele não poderia ter feito nada com a criança. Certo? Fechei os olhos por um instante. Minha recusa não advinha da ingenuidade, mas da incapacidade de imaginar como alguém conseguiria sorrir se tivesse feito mal a uma criança. Se bem que havia todas aquelas crianças, algumas delas tão pequenas, que eram entregues aos Templos durante o Ritual. Ninguém nunca mais as viu, e o motivo não tinha nada a ver com servir aos Deuses.

— E o menino? — Abri os olhos. — Os pais podem até ser Descendidos, mas ele é só uma criança.

— Ele ficou no forte.

Era uma dose pequena de alívio, mas me agarrei a ela. Qualquer coisa para me impedir de vomitar enquanto colocava o que esperava ser uma expressão serena no rosto. Um olhar de confiança cega e devotada enquanto ele me observava e eu... o observava.

Lorde Chaney poderia ser considerado um homem bonito. Eu tinha ouvido algumas das damas de companhia, as segundas filhas entregues à Corte para Ascender, falando a respeito dele. Mas não me lembrava de que ele era tão pálido assim. Sua pele estava descorada, e eu podia ver as veias azuis ali embaixo.

— Você está... bem? — perguntei. — O ferimento parece... bem feio.

— É um ferimento... muito feio. — Ele continuou massageando o peito. As rugas em torno da sua boca se aprofundaram quando ele entreabriu os lábios. — Penellaphe?

Estremeci ao ouvir o meu nome.

— Sim, milorde?

Ele não tinha piscado sequer uma vez desde que acordei, e aquilo não era muito perturbador?

— Você pode parar de fingir.

Senti o sangue gelar em minhas veias.

— Fingir o quê?

Chaney se inclinou na minha direção e eu fiquei tensa. Ele parou de mover os dedos

— Diga-me uma coisa, *Donzela*. Você aceitou ser mordida por um Atlante? Talvez até mesmo tenha gostado do beijo de sangue proibido. Ou ele a forçou? Te segurou e bebeu o sangue contra a sua vontade?

Aquela maldita mordida.

Cravei as unhas na palma da mão.

— Isso... não foi aceito

Um vislumbre de vermelho se agitou no abismo preto dos olhos dele. Iguais aos olhos de um Voraz. Deuses.

— É mesmo? — perguntou ele.

Assenti.

— O Senhor das Trevas a mordeu e, ainda assim, você está diante de mim, não como uma Voraz. Deve ter sido um choque e tanto.

Deuses, eu havia me esquecido disso. Como é que eu poderia ter esquecido que os Ascendidos nos ensinaram que a mordida de um Atlante era venenosa?

— Sim, mas eu sou a Escolhida...

— E você nos viu no pátio hoje à noite. Viu o que somos — interrompeu ele. — Ainda assim, você não me parece surpresa. Você demonstrou mais choque e preocupação em relação à morte daquela mulher. — Ele ergueu a mão e a colocou no banco ao lado do meu joelho.

— Você diz que está aliviada por eu tê-la encontrado?

— E estou.

Ele riu suavemente.

— Eu não acredito em você.

Todos os meus sentidos entraram em alerta quando olhei de relance para a mão dele. As veias estavam salientes. Ele não estava bem. De jeito nenhum.

Chaney estalou a língua baixinho.

— O Rei e a Rainha vão ficar tão descontentes.

Não me atrevi a tirar os olhos dele.

— Descontentes com o quê? Por você ter mandando um cavaleiro me bater?

— Eles podem ficar infelizes ao saber disso, sim, mas acredito que vão ficar mais aborrecidos quando descobrirem que você foi comprometida. — O vermelho cintilou com mais intensidade nos olhos dele.

— E muito provavelmente de mais de uma maneira.

A insinuação no tom de voz dele provocou a minha ira e, por um momento, lembrei que não estava de véu.

— Você deveria se preocupar mais consigo mesmo. — Eu o encarei. — Você não me parece nada bem, Lorde Chaney. Talvez o ferimento seja mais grave do que imagina.

— Aquele bastardo de Atlântia quase acertou o meu coração — disse ele, com o rosto encovado. — Mas eu vou sobreviver.

— Fico feliz em saber disso — disparei.

— Aposto que sim. — A carruagem bateu em uma pedra, e eu me sacudi, mas Chaney pareceu não notar. — Recebi a incumbência de encontrar você por um bom motivo. Sabe qual é?

— A sua paciência e generosidade?

A risada dele soou como uma unha se arrastando ao longo dos meus nervos.

— Eu não sabia que a Donzela era tão geniosa.

Arqueei a sobrancelha.

— Fui escolhido porque sei o que você é.

Forcei as minhas mãos a se abrirem.

— Sei o que existe no seu sangue, e ouso dizer que sei mais do que você mesma.

— É mesmo?

Ele entreabriu os lábios e tive vontade de recuar ao ver as suas presas — uma reação que não se parecia em nada com quando eu via as presas de Casteel.

— Você mal pode imaginar por que foi Escolhida, mas isso não é assunto para agora. Vai descobrir em breve.

— O que é que eu vou descobrir?

Os olhos dele, um caleidoscópio de vermelho e preto, se fixaram em mim — no meu pescoço.

— Que você dará início a uma nova era de Ascendidos.

A repulsa tomou conta de mim.

— Você acha que eu não sei disso?

— Acho que você não pode sequer imaginar o que isso significa. Mas, seja como for, você tinha razão. Eu estou mais ferido do que dei a entender. Se não fosse pela pedra de sangue, o ferimento estaria sarando a essa altura. Já cansei de dizer à Rainha e ao Rei que todas deveriam ser destruídas. Mas, sem a pedra de sangue, ela teme que os Vorazes subjuguem o povo.

— Vocês não podem deixar que a sua fonte de alimento seja destruída, não é mesmo? — disse antes que pudesse me conter.

— Obviamente o Senhor das Trevas andou cochichando no seu ouvido. — Ele deslizou a língua sobre o lábio inferior. — Obviamente ele tem feito muito mais que isso.

— Não importa o que ele anda fazendo. — Sorri tão friamente quanto ele. — O que importa é que eu sei porque sou a favorita da Rainha. Sei o que vocês pretendem fazer comigo. E sei que você não vai tocar em mim. Vocês precisam de mim viva para que eu possa manter o Atlante em cativeiro alimentado ou ser usada para fazer mais Ascendidos.

Ele inclinou a cabeça.

— Você tem razão a respeito de uma coisa. Nós precisamos de você viva, sim. E só isso.

Antes que pudesse compreender o que ele havia dito, que eu só tinha razão a respeito de uma coisa, ele se levantou e se aproximou de mim.

E eu reagi.

Inclinei o corpo para trás e plantei os pés no peito dele, chutando-o de volta no banco.

Ele arregalou os olhos enquanto ria.

— Minha cara Donzela, isso foi desnecessário. Eu só preciso de um gole. O Rei e a Rainha não precisam ficar sabendo. Vai ser o nosso segredinho. Um segredo que será sensato guardar...

Dei outro chute, atingindo-o no peito de novo.

Ele sibilou de dor.

— Isso não foi muito gentil da sua parte — rosnou ele enquanto eu me remexia e pegava a faca. — Doeu de verdade.

— Era a minha intenção. — Desembainhei a lâmina, segurando-a com firmeza. — Se você sabe tanto quanto pensa a meu respeito, então vai se dar conta de que sei como usar uma faca. Talvez eu não o mate, mas posso fazer com que você deseje que sim.

Ele arregalou os olhos pretos e ardentes enquanto erguia as mãos no ar.

— Calma. Calma — disse em um tom apaziguador. Condescendente. — Não há necessidade de me ameaçar com violência.

— Ah, não? — De olho nele, deslizei pelo banco na direção da porta. Ele notou os meus movimentos.

— Você se esqueceu da velocidade em que viajamos? Dos cavaleiros?

— Prefiro correr o risco de ser pisoteada até a morte. Pelo menos irei para o túmulo sabendo que você vai estar bem atrás de mim assim que o Rei e a Rainha descobrirem que estou morta por sua causa. — Alcancei a porta...

Chaney avançou.

Eu esperava que ele fosse atrás da faca. Recuei. No instante em que a mão dele se fechou ao redor do meu tornozelo, me dei conta de que tinha cometido um erro de cálculo fatal. Ele deu um puxão com força, me tirando do banco. Bati com as costas na beira do assento, fazendo com que a minha cabeça latejasse mais ainda enquanto caía com tudo no espaço apertado.

Ele me puxou em sua direção sobre o chão áspero, sujo e molhado, rindo o tempo todo.

— Não adianta lutar...

Eu me apoiei no joelho dele e me sentei, enfiando a faca com toda a força no seu peito — bem no meio do ferimento purulento.

Chaney uivou e me atacou. O punho dele golpeou o meu queixo, jogando a minha cabeça para trás. Vi uma explosão de luzes brilhantes atrás dos olhos enquanto ele desabava sobre o banco, segurando o peito. Levantei-me com dificuldade. A carruagem deu um solavanco, me sacudindo para trás e para a frente. Agarrei o seu ombro para me equilibrar e subi em cima dele. Ele se contorceu embaixo de mim, deitando de costas e em seguida rolando o corpo, me jogando para o lado. Bati no encosto do banco, contra as almofadas, e depois caí no chão. O ar saiu dos meus pulmões em um golpe doloroso. Comecei a me sentar, mas Chaney desabou em cima de mim.

— Não sei como os Teerman conseguiam ficar perto de você, sabendo o que você é. Não sem roubar nem ao menos uma gota. Você pode até ser só meio Atlante, mas o seu sangue é poderoso. — O peso e o fedor do perfume dele eram insuportáveis, me sufocando conforme ele puxava o meu braço esquerdo e o levava até a boca. — Eu só preciso de um pouquinho. Para que esse maldito latejar no meu peito passe...

— Não! — gritei, lutando freneticamente debaixo dele. Todos os meus anos de treinamento desapareceram em uma onda de pânico. Chutei o fundo do banco com a perna que não estava presa. Dei um chute nele, no chão, no assento...

Mas não adiantou.

Os dentes do vampiro rasgaram a minha pele, afundando na carne do meu braço.

Capítulo 16

Meu braço estava pegando fogo.

As chamas incendiaram o meu corpo, tão intensas e arrebatadoras que temi que o meu coração fosse parar de bater.

Senti medo de que isso já tivesse acontecido pois estava sendo queimada viva, gritando enquanto pressionava o corpo contra o chão, tentando escapar da dor, fugir do que estava acontecendo, mas aquilo invadia cada parte de mim. Eu conseguia senti-lo sugando o meu sangue para dentro de si, arrancando pedaços de mim com cada gole. Não foi nada parecido com a vez em que Casteel me mordeu. A dor não diminuiu. Não foi embora. Aumentou mais a cada segundo.

Ele gemeu, mordendo com mais força, cravando os dentes inferiores na minha pele. Igual a um Voraz. Igual a antes. Como *naquela* noite em que eu era pequena e nova demais para revidar, tão indefesa.

A carruagem derrapou e parou bruscamente, afastando Chaney de mim. Tive um momento de trégua quando a queimação diminuiu o suficiente para o meu cérebro voltar a funcionar. Fiquei ofegante enquanto fechava os dedos com um espasmo ao redor do cabo da faca. *A faca.* Eu ainda a empunhava. Não era uma criança. Não era mais indefesa. *Mova-se, Poppy. Mova-se.*

Chaney se agarrou ao meu braço de novo, e a dor foi como um carvão em brasas na minha pele, fazendo com que eu superasse o choque antes que pudesse se apoderar de mim mais uma vez.

Eu o apunhalei, enfiando a faca nas suas costas repetidas vezes até que ele finalmente a sentiu e deu um berro de raiva assim que tirou a boca do meu braço. Chaney deu uma guinada para trás, procurando a faca. Agarrei o seu ombro e me apoiei ali, cravando a faca no ferimento, no peito, no rosto dele — em qualquer lugar que conseguisse alcançar — e ele perdeu o controle assim como eu. Uma nova onda de dor explodiu ao longo do meu braço e das minhas bochechas, e vi as luzes brilhantes e ofuscantes outra vez atrás dos olhos. Gritei quando algo pareceu se abrir no meu interior. Meus sentidos se expandiram e se conectaram com o Ascendido. Nada. Nada. Nada além da minha dor, da minha raiva. Ela pulsava e latejava dentro de mim, através de mim, fluindo pelo fio de conexão e por toda a carruagem, se transformando numa terceira entidade tangível enquanto eu enfiava a faca no rosto dele. Chaney recuou, aos berros. O sangue espirrou e jorrou, escorrendo dos seus olhos e ouvidos. Não parei. Nem mesmo quando um estrondo ecoou no teto da carruagem. Nem mesmo quando pensei ter ouvido gritos lá fora. Abri inúmeros buracos no Lorde com a faca, até que ele começou a vazar por todo o corpo e as minhas mãos ficaram escorregadias com o sangue dele e o meu, mas continuei o golpeando sem parar.

A porta da carruagem foi aberta, arrancada das dobradiças. O ar frio entrou junto com a noite, e a noite estava *enfurecida*. Ela tomou conta de mim com uma intensidade tão impressionante que me dominou, trancando os meus sentidos.

E então Chaney se foi, junto com o peso esmagador e a colônia doce e forte demais, mas não consegui parar. Cega pela raiva, pela dor e pelo velho e conhecido pânico, continuei apunhalando o ar, a noite, a silhueta que preenchia a porta aberta e depois o que pairou acima de mim. Até que uma mão agarrou o meu pulso...

— Tudo bem. Calma, tá tudo bem, Poppy. Pare. Olhe para mim — ordenou uma voz. — Olhe para mim, Princesa.

Princesa.

Um Ascendido não me chamaria assim.

Ofegante, vasculhei a carruagem com um olhar selvagem, parando assim que o encontrei. Ele pairava acima de mim, com as bochechas salpicadas de sangue.

— *Hawke* — sussurrei.

— Sim. Sim. — A voz dele estava entrecortada e agitada pelo vento. — Sou eu.

— Eu... eu não queria partir com ele — disse, precisando que ele soubesse que *eu* entendia, que vi o que os Ascendidos eram, antes mesmo de acordar na carruagem. — Ele estava com um menino e eu...

— Eu sei. Encontrei a adaga de lupino perto do estábulo. Sei que você não a teria deixado para trás se tivesse escolha. — Ele tirou a faca da minha mão com delicadeza e a colocou em cima do banco. Os contornos geralmente marcantes do seu rosto me pareciam embaçados. — E eu que pensei que faria uma bela entrada, resgatando você. Não sei muito bem se você precisava ser resgatada.

Eu não tinha tanta certeza disso. Pousei o olhar sobre a faca ensanguentada. Mesmo tonta como estava e por mais que os meus pensamentos estivessem turvos, eu sabia que não teria conseguido matar Chaney. Nem sabia ao certo se tinha conseguido feri-lo gravemente. Ele teria se recuperado e me mordido outra vez. Chaney continuaria me mordendo, se alimentando de mim e...

— Ei, fique comigo. — A voz suave de Casteel interveio, acabando com a espiral de pânico antes mesmo que eu me desse conta de que estava descendo por ela. Ele tocou no meu queixo, afastando o meu olhar da faca. Ele estudou o meu rosto, se demorando no ponto onde o meu maxilar latejava violentamente, e então abaixou o olhar. A tensão irrompeu no seu maxilar. — Ele machucou você.

Levantar a cabeça exigiu mais esforço do que imaginei. Parecia estranhamente pesada quando olhei para baixo. A frente da minha túnica estava rasgada, cheia de listras vermelhas.

— Você está sangrando — disse ele, com a voz áspera enquanto tocava na pele sob o canto do meu lábio. Aquilo também doeu, mas em seguida ele puxou a manga esquerda da minha túnica com cuidado. Ele ficou tão imóvel quanto as estátuas do Castelo Teerman, como se também fosse feito de calcário.

Seus olhos eram como cacos de âmbar brilhante.

— Ele mordeu você em mais algum lugar?

— Não. — Engoli em seco, perdendo a rigidez dos músculos. — Doeu muito. Parecia a mordida de um Voraz. — Um tremor sacudiu o meu corpo inteiro. — Não foi nada como...

Casteel me entreolhou, e um longo momento se passou enquanto ele olhava para mim como se... se *importasse*, como se fosse fazer qualquer coisa para aliviar a dor que eu sentia.

— Ele queria que doesse.

— Canalha — sussurrei, deixando que a minha cabeça caísse para trás.

Casteel deslizou a mão sob a minha cabeça antes que entrasse em contato com o chão duro. Eu queria agradecer a ele, mas o meu rosto doía — o meu corpo inteiro doía e o meu braço não parava de latejar.

— Ele poderia tê-la matado — disse ele e, pela primeira vez desde que o conheci, achei que ele parecesse cansado. — Você é apenas meio Atlante.

Existia algo importante a respeito daquilo — algo que Chaney havia me dito. Mas os meus pensamentos estavam desconexos como nuvens de fumaça.

— A sede de sangue o teria consumido e ele não teria parado. Quase sempre é preciso ter outro vampiro junto para fazê-los parar. Às vezes, nem isso é suficiente. Achei... — A respiração dele estava entrecortada. — Achei que você não estaria mais viva quando eu a alcançasse.

Mais uma vez, ele me pareceu preocupado, mas só podia ser por causa do ferimento na minha cabeça. Ou talvez fosse a adrenalina que se dissipava.

Ou quem sabe a perda de sangue.

— Por que você fez isso? — perguntou ele.

— Ele estava... com aquele menino. Eu tinha que fazer alguma coisa — forcei a minha língua a dizer. Senti as pálpebras pesadas. Tudo estava pesado, mesmo quando senti Casteel me pegar nos braços e me levantar do chão da carruagem. — Só assim ele deixaria o menino ir embora.

— Mas ele não fez isso — disse Casteel enquanto os meus olhos se fechavam e eu desmaiava. — Ele não deixou o menino ir embora.

*

A viagem de volta para o forte foi uma confusão de imagens turvas, pedaços desconexos de sonhos e estrelas rodopiantes. O rosto de Casteel estava tão perto do meu que achei que ele fosse me beijar, mas parecia ser uma hora inusitada para isso. Ouvi sons. Vozes que reconheci, algumas com um toque de preocupação. Em seguida, senti um gosto estranho na língua que me lembrou de especiarias, frutas cítricas, neve e Casteel. O calor do sol de verão invadiu as minhas veias, e, quando a quentura começou a se infiltrar nos meus músculos e se espalhar pela minha pele, pensei ter ouvido o som de água corrente e senti o cheiro de algo doce, como lilases. Mas Casteel era como um sussurro pesado contra a minha pele, e então não senti mais nada.

Quando abri os olhos de novo, a confusão tomou conta de mim. Reconheci as vigas expostas do teto e o aroma de especiarias e pinho que pairavam no cobertor enrolado ao meu redor, mas não sabia como tinha voltado para o quarto. Olhei para a luz cinzenta que se infiltrava pela janela. A última coisa de que me lembrava era Casteel me carregando para fora da carruagem. Havia imagens fragmentadas, coisas que não faziam sentido por mais que eu tentasse entender.

— Poppy?

Com o coração batendo forte contra as costelas, virei a cabeça na direção da voz dele.

Casteel estava perto da lareira, se levantando de uma cadeira. Ele estava vestido como o vi da última vez, todo de preto. Só faltavam as espadas. Ele caminhou lentamente na direção da cama, com o rosto limpo das manchas de sangue.

— Como você está se sentindo?

Tive que arrancar as teias de aranha que sufocavam os meus pensamentos para responder à pergunta.

— Eu... me sinto bem. — E me sentia mesmo. Como se tivesse passado a noite inteira em um sono reparador.

Ele parou na beira da cama, com a sobrancelha arqueada.

— Parece que você não acha que isso seja uma coisa boa.

— Eu não entendo. Eu devia... — Perdi o fôlego quando tirei os braços de debaixo do cobertor. As mangas soltas da camisola escorregaram e exibiram... uma pele mais rosada que o normal em dois lugares, mas não em um tom profundo de vermelho nem dilacerada. Lentamente, levei os dedos até a boca e depois para o maxilar. A pele também não estava inchada ali. Senti apenas uma ligeira dor quando engoli em seco. Baixei as mãos para o cobertor macio assim que senti um gosto cítrico e de neve na boca.

— Poppy?

Engoli em seco outra vez.

— Como foi que eu entrei nessa camisola?

Houve um segundo de silêncio e, quando olhei para Casteel, vi que ele estava com ambas as sobrancelhas arqueadas. Ele parecia totalmente pego de surpresa.

— Você... você fez isso?

Ele pestanejou e então balançou a cabeça em negativa.

— Não. Foi Magda. Achamos que você ficaria muito mais confortável.

Então, Magda estava viva.

— É a sua única pergunta? — indagou ele.

Olhei de novo para as feridas leves de mordida no meu braço.

— Você me deu o seu sangue.

— Dei, sim.

— Eu estava tão ferida assim?

— Você estava machucada e sangrando, e isso já é bem ruim — afirmou Casteel, e eu olhei para ele mais uma vez. — Também havia um galo preocupante na parte de trás da sua cabeça. Kieran não achou que fosse tão grave, mas eu... eu não vou correr nenhum risco. — Ele flexionou o maxilar. — Além disso, não podemos nos arriscar a permanecer aqui para que você tenha tempo de se curar. Outros virão atrás de você.

Outros.

— Eles estavam nos seguindo — disse, pigarreando. — O Lorde Chaney me disse que eles descobriram que...

— Eu sei — disse ele, e o vislumbre de um sorriso surgiu nos seus lábios. — Tive uma conversinha com o vampiro e posso ser muito persuasivo quando se trata de obter informações.

Fragmentos do que Lorde Chaney havia me dito se juntaram pouco a pouco na minha mente.

— Ele... ele viu a marca de mordida na minha garganta e percebeu que eu tinha descoberto a verdade. — Franzi as sobrancelhas. — Ele me disse que não conseguia entender como o Duque e a Duquesa nunca se alimentaram de mim... como conseguiram resistir mesmo sabendo o que eu era. Disse que o meu sangue é poderoso.

Ele cerrou o maxilar.

— Para um vampiro, o sangue Atlante teria o gosto de um bom vinho. Um Atlante de sangue puro seria como...

— Uísque envelhecido?

Ele abriu um pequeno sorriso.

— Bastante envelhecido e suave na boca.

Sacudi a cabeça.

— Bem, acho que os Teerman resistiram porque sabiam que a Rainha e o Rei ficariam furiosos. Além disso, exporia a verdade sobre eles. — Brinquei com a ponta do cobertor. — Chaney estava ferido.

— Elijah deu um bom golpe de espada nele antes que o covarde fugisse.

Eu gostaria de ter visto isso, mas outra coisa que Chaney havia me falado veio à tona.

— Eu disse a ele... eu disse a ele que sabia por que eles precisavam de mim com vida. Ele insinuou que eu estava enganada.

Casteel abriu um sorriso desdenhoso.

— É claro que sim. Duvido que a Rainha ou o Rei queiram que você saiba a verdade ou acredite nela. Eles querem que você coopere, que não lute contra eles, para que possam mentir para você até que a tenham onde desejam. Se não tivesse sido ferido, ele provavelmente teria dito que era tudo mentira. Ele teria se esforçado para ganhar a sua confiança.

— Mas o apelo do meu sangue foi demais para ele?

Casteel assentiu.

Meu estômago se contorceu de enjoo.

— O Lorde Chaney sempre me pareceu... gentil — disse. — E mais mortal que o Duque ou Mazeen.

— Os Ascendidos são mestres em esconder a sua verdadeira natureza.

Assim como Casteel.

Meu coração deu um salto dentro do peito, ainda sem conseguir acreditar que todos os Ascendidos fossem assim. Pensei na Duquesa, que me disse para não perder nem mais um minuto pensando em Lorde Mazeen quando perguntei se seria punida ou não. Talvez houvesse um bom motivo pelo qual eu nunca tinha visto ela e o Duque se tocarem. Apesar de ser uma vampira, isso não significava que ela estava a salvo da crueldade dele. E então pensei em Ian.

Em meio ao silêncio e desesperada para não pensar no meu irmão, lembrei do cavaleiro — Sir Terrlynn. Naturalmente, percebi que foi ele quem falou na frente do forte e que estripou o Descendido.

— Você matou o cavaleiro?

— Eu fiz a mesma coisa que ele. Cortei o seu abdômen e o deixei sangrar. Ele era um vampiro, mas não foi indolor. — Os olhos de Casteel arderam com um fogo dourado. — E então eu o matei.

— Ótimo — sussurrei.

Uma pontada de surpresa cintilou no rosto dele.

— Não houve muita dignidade na sua morte.

Isso era verdade.

— Mas ele está morto agora?

Casteel assentiu.

— Pelo menos foi uma... morte relativamente rápida. — Não me senti nada mal que o cavaleiro tivesse sofrido. E talvez devesse me preocupar com isso. Era provável que me preocupasse mais tarde. Respirei fundo. — Quantos foram perdidos?

Quantos nomes seriam adicionados às paredes?

— Houve quatro mortos, além da sra. Tulis. Seis gravemente feridos, mas eles vão sobreviver.

Senti um aperto no peito.

— E quanto ao menino? Ele está bem, certo?

Ele semicerrou os olhos e de repente me lembrei do que Casteel havia me dito. *Ele não deixou o menino ir embora.* Apoiei o corpo nos cotovelos.

— O menino está bem, certo? Foi só por isso que abaixei a adaga. Chaney me disse que deixaria o menino ir embora.

— Ele fez o que todos os Ascendidos fazem. Mentiu. — As rugas de tensão envolveram a boca dele quando eu estremeci. — A única bênção é que foi uma morte rápida. O menino teve o pescoço quebrado. Não foi usado como alimento.

Por um longo tempo, não consegui pensar. Não conseguia nem falar enquanto a imagem dos olhos arregalados e apavorados do menino tomava conta da minha mente. O horror e a tristeza se apoderaram de mim.

— Por quê? — Senti um nó na garganta. — Por que ele faria isso? Por que matá-lo e nem mesmo se alimentar dele? Por qual motivo?

— Você está pedindo uma resposta para algo que nem mesmo eu consigo compreender — respondeu ele baixinho. — O vampiro fez isso porque queria e podia fazer.

Fechei os olhos e apertei os lábios enquanto o meu coração se retorcia dentro do peito. As lágrimas arderam nos meus olhos e tive vontade — tive vontade de *gritar*. De me revoltar contra a falta de sentido daquilo.

Não sei quanto tempo levei para recuperar o controle, para não cair no choro nem me entregar à raiva provocada pela impotência. Fiz tudo o que pude para salvar aquele menino, e não adiantou nada. *Nada*. Ele seria mais um nome adicionado a uma lista longa e interminável de mortos. E para quê? E quanto ao filho dos Tulis? Lá no fundo, eu sabia que ele também estava morto. Suspirei enquanto me deitava na cama, espalmando as mãos sobre o rosto. Minhas bochechas estavam úmidas.

Casteel permaneceu quieto, silencioso e vigilante. Quando abri os olhos de novo, perguntei:

— Qual era o nome dele?

— Renfern Octis — ele me disse.

— E os pais dele? — perguntei com a voz rouca.

— Os pais dele morreram há algum tempo. A mãe foi morta por um Voraz e o pai, de doença. O tio e a tia cuidavam dele.

— Deuses — sussurrei, olhando para as vigas. — Eu... eu vi o cavaleiro levando o menino. Não consegui ver aquilo e não fazer nada.

— Gostaria que não tivesse feito isso, mas não espero nada menos de você.

Voltei o olhar embaçado para ele. As palavras não foram ditas com aborrecimento. Pensei ter ouvido respeito nelas.

— Foi por isso que você devolveu a minha adaga.

Casteel não disse nada.

— Você... você está com ela?

Ele assentiu.

Fiz menção de pedir a arma de volta, mas Casteel disse:

— Não importa quantas mortes eu tenha presenciado, nunca é fácil. — Ele baixou os cílios, encobrindo o olhar. — Nunca é menos chocante. Fico grato por isso, pois acho que, se a morte parar de me chocar algum dia, posso parar de valorizar a vida. De modo que acolho o choque e o sofrimento. Caso contrário, eu não seria melhor que um Ascendido.

O que eu disse a ele no outro dia deixou um gosto azedo na minha língua.

— Sei que você não é como eles, como os Ascendidos. Não devia ter dito isso para você.

Casteel olhou para mim por tanto tempo que comecei a ficar preocupada. Mas, então, ele disse:

— Você não vai perguntar se vai se transformar em uma Voraz agora? Não está com raiva por eu ter lhe dado o meu sangue?

— Sei que não vou me transformar em uma Voraz. — Sentei-me com facilidade e me recostei na cabeceira da cama. — Você usou de persuasão comigo?

— Não para fazê-la beber. Você concordou prontamente com isso, o que me deixou ainda mais preocupado — respondeu ele, e de repente fiquei grata por não me lembrar disso. — Assim que você começou a sentir o... efeito do meu sangue, usei de persuasão para ajudá-la a dormir. Imaginei que você fosse gostar disso.

Levando em consideração o modo como reagi da última vez, eu *realmente* gostei disso. Dobrei a perna debaixo do cobertor.

— Não estou com raiva. Não sinto dor nenhuma, e teria sentido se você não fizesse isso. — Olhei para o meu braço outra vez, ainda chocada por não ver nada além de uma marca tênue. — Quantas vezes você pode me dar o seu sangue? Quero dizer, aconteceria alguma coisa se você continuasse fazendo isso?

— Espero não ter que continuar fazendo isso, mas não aconteceria nada. — Ele franziu os lábios. — Pelo menos, eu acho que não.

— O que você quer dizer com "pelo menos" acha que não?

— Os Atlantes não costumam compartilhar o seu sangue com os mortais, nem mesmo com os meio Atlantes. — Ele se sentou na beira da cama. — Para falar a verdade, é proibido.

— Por causa da sua linhagem?

— O nosso sangue não tem muito impacto para os mortais além das suas qualidades curativas e afrodisíacas. Só que você não é completamente mortal. Imagino que possa fortalecer a sua parte Atlante, pelo menos temporariamente. — Ele me encarou de novo. — Mas existe a preocupação de que compartilhar o sangue com aqueles que têm sangue mortal possa levar a uma Ascensão.

— Ah. — Compreendi por que aquilo seria preocupante. — Você teria problemas se alguém descobrisse?

— Você não precisa se preocupar com isso.

— Mas eu me preocupo — deixei escapar.

Ele arqueou a sobrancelha.

— Quer dizer que você está preocupada comigo, Princesa?

Meu rosto esquentou.

— Se alguma coisa acontecer com você, isso poria em risco o que eu quero.

Ele inclinou a cabeça enquanto me estudava. Um longo período de silêncio se passou.

— Ninguém que viu como você estava ferida vai contar que eu lhe dei o meu sangue.

Era bom saber disso.

— Mas o que aconteceria?

Ele deu um suspiro.

— Kieran tinha razão. Você faz perguntas demais.

Estreitei os olhos.

— A curiosidade é um sinal de inteligência.

Casteel sorriu ao ouvir isso.

— Foi o que ouvi dizer. — A covinha desapareceu. — O Rei e a Rainha ficariam aborrecidos, mas, como sou filho deles, provavelmente gritariam comigo e é só.

Eu não sabia muito bem se ele estava dizendo a verdade ou não.

— Achei que você fosse ficar com raiva — admitiu ele.

— Como posso ficar com raiva se você garantiu que eu não sentisse dor? — perguntei, e não sentia mesmo. — Você não me machucou. Isso não o machuca, certo? Estou feliz por não ter uma dor de cabeça latejante e... — Olhei para as marcas suaves. — Não vou ficar com outra cicatriz.

Dois dedos tocaram no meu queixo e ergueram o meu olhar até ele.

— As suas cicatrizes são lindas — disse ele, e senti um calor no peito que não podia ser abafado, não importava o que o meu cérebro esbravejasse com ele. — Mas eu me recuso a permitir que o seu corpo seja mutilado outra vez.

Meu coração voltou a bater descompassado.

— Você diz isso como se estivesse falando sério.

— Porque estou mesmo.

Eu queria que isso fosse verdade, o que já era um sinal de alerta. Eu me afastei do toque dele.

— Quando... quando vamos partir?

— Naill está fazendo o reconhecimento, se certificando de que não há nenhum tráfego inesperado nas estradas a oeste. Não posso ir embora antes de ter certeza de que não existe uma ameaça iminente ao forte — explicou ele, e isso fazia sentido. — Espero que possamos partir pela manhã ou no dia seguinte, o mais tardar.

Assenti e fechei os olhos. Quando comecei a ver o rosto de Lorde Chaney, voltei os pensamentos para o que tinha aprendido antes da chegada do Ascendido. Era provável que tivesse descoberto de qual linhagem eu descendia — uma linhagem de guerreiros.

A necessidade de me levantar e entrar em ação — de fazer alguma coisa — tomou conta de mim de novo, mas, dessa vez, eu tinha um propósito.

— Os feridos estão sentindo dor?

Casteel franziu o cenho.

— Eles receberam o que temos à disposição para aliviar a dor. Magda saiu para buscar mais.

— Eu posso ajudá-los. — Corri para o outro lado da cama e empurrei o cobertor para o lado.

Ele se levantou.

— Poppy...

— Eu posso ajudar — repeti, me pondo de pé. — Você sabe que sim. Por que não deveria? — Arqueei as sobrancelhas quando ele não respondeu. — Não há nenhum motivo para não fazer isso.

— Além de ter acabado de se machucar? — sugeriu ele.

— Eu estou bem, graças a você. — Minhas mãos se abriram e se fecharam ao lado do corpo. — Você sabe como eu detestava não poder usar as minhas habilidades antes, ser forçada a não fazer nada quando podia ajudar as pessoas. Não faça isso comigo.

— Eu não estou tentando fazer isso com você.

— Então o que é que você está tentando fazer? — exigi saber. — Esse é o seu povo. Eu quero ajudá-los. Me deixe fazer isso.

— Você não entende. — Ele passou a mão pelo cabelo. — As pessoas daqui não a conhecem. Elas não...

— Confiam em mim? Gostam de mim? Eu já sei disso, Casteel. Não preciso de nenhuma das duas coisas. Não é por isso que quero usar as minhas habilidades.

Casteel ficou em silêncio e me encarou por tanto tempo que me preparei para uma discussão.

— Então é melhor trocar de roupa — disse ele, se virando. — Vou ficar com ciúmes se alguém ficar vendo como as suas pernas são bonitas.

Capítulo 17

Quando Casteel e eu saímos do quarto, eu estava mais uma vez vestida com roupas emprestadas. O suéter pesado era de um tom escuro, verde-floresta, o tecido quente e macio, mas as calças eram um ou dois tamanhos maiores que o meu. Ajustadas na cintura por um cordão dourado, as calças estavam largas em toda a extensão da perna. Eu tinha certeza de que o cordão era normalmente usado para atar as cortinas de uma janela. Senti-me um pouco tola, como uma criança brincando de se vestir com as roupas de um adulto, mas não ia reclamar. As roupas eram quentes e estavam limpas, cheirando a capim-limão.

Quando chegamos ao final da escada, Casteel segurou a minha mão. Senti um disparo de eletricidade passar entre as palmas unidas, subindo pelo meu braço. Olhei para ele, surpresa.

Casteel olhou para mim, com os lábios entreabertos o suficiente para que eu conseguisse ver um vislumbre das presas. O tom âmbar dos seus olhos era luminoso na escura escada.

— Faíscas — murmurou ele.

— O quê?

Ele balançou a cabeça, sorrindo ligeiramente.

— Vamos. Há algo que quero dar para você assim que terminar com os feridos.

Casteel empurrou a porta antes que eu pudesse perguntar o que ele queria dizer com aquilo ou o que pretendia me dar.

As pessoas se amontoavam ao redor das portas abertas da entrada do forte, olhando para fora. O vento soprava em uma nuvem de neve, mas ninguém parecia prestar atenção ao ar frio que entrava ali.

— O que elas estão olhando? — perguntei.

— Algo inesperado — respondeu Casteel, e eu franzi o cenho.

Agora, mais curiosa ainda, comecei a andar na direção da porta. Casteel não me deteve. Ciente da chegada do Príncipe, o povo abriu caminho e fez reverências, voltando os rostos pálidos e os olhares distraídos para o exterior.

Segui adiante e vi mais pessoas paradas lá fora, com os braços envoltos na cintura. Elas estavam de frente para o estábulo. Conforme os raios de sol da manhã se estendiam pelo chão coberto de neve, nós contornamos a esquina do forte.

Parei de andar subitamente, minha mão amolecendo dentro da de Casteel.

À nossa frente, onde o espaço foi esvaziado, onde Lorde Chaney me encontrou na noite passada, havia uma árvore.

Ergui o olhar, seguindo o troco largo e reluzente até os galhos grossos que se elevavam até a altura do forte, pesados de folhas cor de carmesim no sol brilhante da manhã.

Não era uma muda recém-plantada. A árvore estava bem enraizada, como se estivesse ali por décadas, se não por centenas de anos. A seiva escoava pelo tronco, formava contas e descia lentamente até as pontas das folhas, caindo em gotas vermelhas que espirravam na neve.

Uma árvore de sangue.

— Como? — sussurrei, embora ninguém soubesse como as árvores da Floresta Sangrenta cresciam nem por que sangravam. Por que será que uma delas cresceu ali durante a noite, onde não existia nada antes?

— As pessoas estão dizendo que é um presságio — respondeu Casteel baixinho.

— De quê?

— De que os Deuses estão nos observando. — Ele apertou a minha mão enquanto eu estremecia. — De que, embora ainda estejam em hibernação, eles estão nos mandando um sinal de que uma grande mudança está por vir.

*

— Por acaso você se esqueceu da árvore de sangue? — perguntei enquanto voltávamos para o forte. — Foi por isso que não disse nada?

— Para falar a verdade, eu tinha preocupações mais urgentes.

Arqueei a sobrancelha.

— É mesmo? O que é mais urgente que um presságio enviado pelos Deuses?

— Você acordar ilesa era mais urgente que uma mensagem vaga e relativamente inútil dos Deuses — respondeu ele quando entramos no salão de banquetes, e eu quase tropecei.

— Você não pode estar falando sério — disse.

Ele franziu a testa.

— Eu estou falando muito sério.

Não existia a menor chance de ele estar sendo sincero. O presságio era bem mais importante que qualquer coisa que tivesse a ver comigo. Quando foi a última vez que os Deuses enviaram algum tipo de mensagem? Não havia nada nos livros de história e, mesmo que houvesse, eu duvidava muito que fosse uma informação precisa.

Mas havia algo mais urgente que a árvore de sangue, e era o que nos aguardava ali.

Os feridos foram colocados em uma sala adjacente ao salão de banquetes. Antes mesmo que as portas se abrissem, senti a dor irradiando pelas paredes de pedra. Minha pulsação deu um salto, embora eu não diminuísse o ritmo.

Casteel entrou antes de mim e foi imediatamente saudado por Alastir.

— Vejo que você voltou — disse Casteel enquanto eu examinava a sala, meus pensamentos sobre a árvore de sangue agora totalmente esquecidos. Havia seis macas armadas, todas ocupadas por homens, exceto a última. O sangue vermelho manchava o curativo em volta do pescoço dela. Eu a reconheci. Um dos cavaleiros a tinha agarrado, e fiquei surpresa ao ver que ela havia sobrevivido. No entanto, a sua pele estava a apenas um tom de distância da morte, e ela estava impossivelmente imóvel. Havia uma mulher mais velha ao seu lado, com as mãos unidas enquanto os lábios se moviam em uma prece silenciosa.

— E eu vejo que deveria ter voltado mais cedo — comentou Alastir.

— Você voltou cedo o bastante, de acordo com Elijah. — Casteel apertou a mão do lupino mais velho. — Ouvi dizer que você e os seus homens cuidaram do resto dos cavaleiros.

Alastir assentiu distraidamente enquanto inspecionava a sala, com os lábios franzidos.

— Eles que se danem. Essas pessoas não mereciam isso.
— Os Ascendidos vão pagar por isso.
— Vão, é? — perguntou Alastir.
— É uma promessa que não vou quebrar — respondeu Casteel.

Alastir soltou um suspiro trêmulo enquanto se virava para mim.

— Estou feliz em saber que você voltou em segurança, Penellaphe, e que eles não tiveram êxito na tentativa de recuperá-la.

Sem saber o que ele tinha ouvido, assenti enquanto murmurava um agradecimento. Minha pele vibrava com a urgência de seguir em frente. Apenas a mulher parecia ter superado a dor. Eu me virei para Casteel.

Ele notou o meu olhar e fez que sim com a cabeça. Corri na direção do primeiro homem. Era um cavalheiro mais velho com o cabelo mais grisalho que preto. Eu não sabia quais eram os seus ferimentos, mas ele me encarou com os olhos acinzentados e turvos. Agucei os sentidos, respirando fundo quando a angústia, tanto mental quanto física, veio das camas e das pessoas sentadas ao lado delas. A agonia enchia o ar, sufocante. Olhei de relance para a mulher e depois para a velha ao seu lado. Algumas pessoas não iriam sair daquela sala. Outras sabiam disso. Com as mãos ligeiramente trêmulas, eu me concentrei no homem diante de mim.

— Sinto muito pelo que fizeram com você — sussurrei, e o homem não disse nem uma palavra quando pousei a mão sobre a dele.

Geralmente, eu levava alguns momentos para invocar o tipo de lembranças que causavam o alívio da dor. Pensava na areia das praias do Mar de Stroud, em segurar a mão de minha mãe. Mas, dessa vez, senti um calor na palma da mão. Não precisei invocar nada, só pensei em aliviar a dor. Percebi o instante em que o meu dom chegou até ele. Sua boca ficou relaxada enquanto o peito subia em uma respiração mais profunda e estável. Segurei a mão dele até que as nuvens abandonassem os seus olhos. Ele me encarou, mas não disse nada, nem o homem ao seu lado, jovem demais para ter um olhar tão assustado. Aliviei a dor que advinha da ferida que o cobertor cobria e do que era ainda mais profundo. *Luto*. Agudo e intenso.

— Quem você perdeu? — perguntei quando ele parou de tremer, ciente de que ninguém falava na sala. Não Alastir. Nem Casteel, que me seguia pelo recinto.

— Meu... meu avô — disse ele com a voz rouca. — Como você... como você sabia?

Sacudi a cabeça e ajeitei o braço dele ao lado do corpo.

— Sinto muito pela sua perda.

Olhos me seguiram quando fui até o homem seguinte e me ajoelhei. Lá no fundo, fiquei imaginando se era o sangue de Casteel que tornava mais fácil usar o meu dom ou se era por causa da Seleção. De qualquer forma, fiquei feliz em descobrir que ele funcionava sem muito esforço. Continuar pensando em tempos mais felizes não era fácil quando a morte enchia a sala.

O homem diante de mim estava desorientado, se contorcendo e gemendo baixinho quando pousei a mão sobre a dele, canalizando a minha energia para o seu corpo. Sua expressão de agonia, molhada de suor, se suavizou em questão de segundos.

— O que você fez? — perguntou uma jovem ao cair de joelhos ao lado do homem, soltando uma pilha de toalhas limpas. — O que ela fez?

— Está tudo bem. — Casteel pousou a mão no ombro dela. — Ela apenas aliviou a dor dele até que Magda volte.

— Mas como...? — Ela parou de falar, arregalando os olhos castanhos enquanto colocava a mão sobre o peito.

Olhei para Casteel e então me levantei e fui até outro homem, com olhos invernais. Um lupino. Não fazia a menor ideia de quantos anos ele tinha, mas, em anos mortais, ele parecia ter uns dez anos ou mais que eu, com a pele cor de ônix repuxada em rugas de tensão. Havia um corte profundo no seu peito nu, onde uma espada havia rasgado tecido e músculos.

— Eu vou sarar — disse ele rispidamente. — Os demais, não tão fácil assim.

— Sei disso. — Eu me ajoelhei. — Mas não quer dizer que você precise sentir dor.

— Suponho que não. — A curiosidade surgiu nos seus olhos quando ele ergueu a mão. Fechei a minha mão sobre a dele e, mais uma vez, senti que existia uma dor mais profunda. Anos de tristeza. Minha palma esquentou e formigou.

— Você também perdeu alguém.

— Há muito tempo. — Ele perdeu o fôlego quando a sua respiração desacelerou. — Agora eu entendo.

— Entende o quê?

Ele não estava olhando para mim. Segui o seu olhar até Casteel. Atrás dele, Alastir estava parado como se não pudesse acreditar no que estava vendo. Acho que devíamos ter avisado a ele.

— Jasper vai ficar interessado nisso — disse o lupino com um sorriso fraco enquanto encostava a cabeça no travesseiro plano.

— Aposto que sim — comentou Casteel, com um brilho nos olhos. — Fique bem, Keev.

O lupino assentiu e eu me levantei, curiosa para saber quem era Jasper enquanto seguia até o homem ao lado de Keev, aquele que tinha me observado o tempo todo. Comecei a avançar.

— Não — disse o homem entre os dentes, com o suor escorrendo pelo rosto. Os olhos dele eram de um tom de avelã dourado. — Eu não quero o seu toque.

Fiquei imóvel.

— Sem ofensa, meu Príncipe. — A respiração superficial dele preencheu o silêncio. — Não quero isso.

Casteel assentiu.

— Tudo bem. — Ele tocou na minha lombar, me incentivando a seguir em frente.

Segui, olhando por cima do ombro para o mortal com sangue Atlante. Ele me observava, com o rosto afogueado pela febre. Eu me conectei com ele e logo cortei a conexão. A explosão quente e ácida do ódio e a amargura da desconfiança me deixaram atordoada. Desviei o olhar rapidamente, engolindo em seco enquanto os meus sentidos se estendiam por todos os cantos da sala, e fui invadida por uma torrente de emoções e sabores. *Limonada gelada. Fruta azeda e pungente. Baunilha. Açúcar.* Confusão e surpresa. Medo e admiração. Desconfiança. Divertimento. Meu coração começou a bater descompassado contra as minhas costelas.

Casteel espalmou a mão nas minhas costas enquanto olhava para mim.

— Eu estou bem — sussurrei enquanto cortava as conexões, me concentrando apenas nas duas mulheres na minha frente.

A mulher mais velha, de olhos castanho-dourados, olhou para mim e observou enquanto eu seguia na direção da outra mulher, imóvel na maca. Sabia que ela era mortal, ou pelo menos em parte. Um Atlante como Casteel já estaria sarando, mas ela...

Ela não deveria ser muito mais velha que eu, com a pele sem rugas e intocada pela idade. Eu me abaixei, embora não sentisse... nada emanando da mulher.

— Você não precisa fazer isso — disse a mulher mais velha.

Com a mão a poucos centímetros da mão cerosa e flácida da mulher ferida, olhei para ela.

— Eu sei. — Ela engoliu em seco. — Você iria desperdiçar o seu dom com a minha filha.

— Eu... — Eu não sabia o que dizer.

Ela olhou para a mulher, tocando a bochecha e depois a testa dela.

— Ouvi falar de você antes de vir para cá. Morei na Masadônia por um tempo, há alguns anos — disse ela, me surpreendendo. — Elas cochichavam a seu respeito, as famílias das pessoas de quem você cuidava, quero dizer.

Afastei a mão, percebendo como Casteel ouvia atentamente.

— Diziam que você dava dignidade aos amaldiçoados. — Sua pele ficou enrugada quando ela sorriu para a filha. — Aliviava a dor deles antes de acabar com o seu sofrimento. Eu não acreditei nisso. — Uma lágrima caiu no peito da mulher. — Não acreditava que algo criado pelos Ascendidos fosse capaz de dar uma coisa de tanto valor. Eu não acreditei. — Ela olhou para mim.

Perdi o fôlego. Os olhos dela... As manchas douradas pareciam reluzir enquanto ela me olhava, olhava diretamente para *dentro* de mim.

— Você *é* uma segunda filha — sussurrou ela, provocando um arrepio por todo o meu corpo. — Não é uma Donzela, mas foi Escolhida mesmo assim.

*

Perturbada pelas emoções das pessoas na sala e pela sombra da morte que aguardava a jovem, tive vontade de ir lá para fora, onde uma chuva torrencial poderia lavar a minha pele.

— Alguns deles estavam com medo de mim — disparei assim que Alastir fechou a porta atrás de nós. — Aquele cara, o que não deixou que eu tocasse nele? Ele não confiava em mim, e eu podia sentir o seu medo.

Casteel estreitou os olhos na direção da porta.

— Eles não compreendem o que você é capaz de fazer.

— Eles nunca viram nada parecido. — Alastir se juntou a nós em uma mesa vazia, ainda pálido. — Eu não vejo nada desse tipo desde...

— Desde que existiam guerreiros empáticos? — presumiu Casteel. — Acho que é a linhagem da qual Penellaphe descende. Alguns deles devem ter ficado no Reino de Solis.

Alastir assentiu enquanto olhava para mim.

— Quando foi que os seus pais descobriram a sua habilidade? Ou quando você a descobriu pela primeira vez?

— Não sei a idade exata, mas foi antes de sairmos da capital. Não sei se os Ascendidos sabiam do que eu era capaz naquela época.

— E você tem um irmão? — perguntou Alastir, e Casteel virou a cabeça na direção dele. — Ele é seu irmão de sangue?

— Acho que sim — disse, me dando conta de que alguém deveria ter contado a Alastir sobre Ian ou que ele devia ter ficado sabendo a respeito dele quando ouviu falar de mim pela primeira vez. — Mas se ele for como eu, meio Atlante, então por que eles teriam permitido que Ian se tornasse um Ascendido?

Alastir olhou para Casteel.

— Você tem certeza de que ele é um Ascendido?

— Tanta quanto posso ter sem ter visto a Ascensão com os meus próprios olhos.

Um olhar pensativo tomou conta do rosto de Alastir.

— É improvável que eles o tivessem transformado se ele fosse descendente de um Atlante, mas... coisas mais estranhas já aconteceram. — Ele olhou para mim e então se virou para Casteel. — Ela exibiu mais alguma característica dos empáticos?

Casteel balançou a cabeça em negativa e presumi que Alastir estivesse se referindo ao modo como os guerreiros empáticos eram capazes de usar o que sentiam contra as pessoas.

— Mas por que eles ficariam com medo? — perguntei. — Eles me viram ajudar o primeiro homem.

— As pessoas, mesmo aquelas que moraram em Solis, podem ficar desconfiadas a respeito de coisas que nunca viram antes nem compreendem — explicou Casteel, e me ocorreu que talvez ele não quisesse que eu ajudasse por causa da reação delas.

— Em Atlântia, os mais velhos, que sobreviveram à guerra, se lembram dos empáticos. — Alastir tocou no encosto de uma cadeira, em silêncio por um momento. — E isso pode ser um problema. Aposto que você viu aquela maldita árvore lá fora. Os Deuses nos mandaram um sinal de alerta.

— Ora, Alastir, quando foi que você se tornou um fatalista? — A irritação cintilou no rosto de Casteel. — O presságio não é necessariamente um sinal de alerta. A mudança pode ser boa ou ruim. E, de qualquer forma, não tem nada a ver com ela.

É claro que aquele presságio não tinha nada a ver comigo. A simples ideia era ridícula. Cruzei os braços.

— Por que seria um problema que os Atlantes mais velhos se lembrassem dos guerreiros?

— Você não tem nada a ver com aquele presságio. Uma grande mudança não necessariamente significa algo ruim. — Casteel se empertigou. — As habilidades dos guerreiros empáticos costumavam ser temidas, principalmente porque não era possível esconder muita coisa deles. Além disso, de todas as linhagens, eles eram os mais próximos das divindades.

Alastir arqueou a sobrancelha.

— E porque eram capazes de sugar a energia por trás das emoções — detalhou ele. — Eles podiam se alimentar dos outros desse modo. Eram muitas vezes chamados de Devoradores de Almas.

— Devoradores de Almas? — Fiquei tensa. — Mas eu não sou capaz de fazer isso. Não recebo nada das pessoas que ajudo. Quero dizer, não recebo energia nem nada, e não consigo amplificar o medo.

— Eu sei disso. Nós dois sabemos disso — assegurou Casteel.

— Só que eles não. — O lupino tirou a mão da cadeira e me deu um sorriso débil, que não chegava até os seus olhos. — Casteel tem razão. Só temos que garantir que eles entendam que você não é capaz de fazer a mesma coisa que os seus ancestrais. E, assim que eles a conhecerem, acredito que não vão mais pensar na pequena porcentagem de seus ancestrais que suscitavam o medo.

— Será? — A dúvida me preencheu completamente.

Alastir assentiu.

— Certamente. Você não precisa se preocupar com isso.

Eu esperava mesmo que fosse o caso, pois já tinha muito com o que me preocupar.

Ele voltou a se concentrar em Casteel.

— E não tenha tanta certeza assim de que o presságio não tem nada a ver com ela. Com vocês dois. Vocês vão se casar. Isso não vai trazer uma grande mudança?

Casteel arqueou as sobrancelhas em uma expressão pensativa.

— Bem, é um belo argumento — disse ele, e eu estreitei os olhos. — Você vai partir em breve? — Quando Alastir assentiu, ele pegou a minha mão, me surpreendendo com a casualidade. O gesto parecia quase intrínseco para ele, mas cada vez que Casteel segurava a minha mão era como uma revelação para mim. — Boa viagem. Vemos você no Pontal de Spessa.

— Boa viagem para vocês dois. — Alastir colocou a mão delicadamente no meu ombro. — Obrigado por vir ajudar o nosso povo, mesmo que alguns não tenham entendido nem apreciado o seu gesto.

Assenti, me sentindo desconfortável com a gratidão dele.

Nós nos separamos de Alastir e atravessamos o salão de banquetes.

— Ele já vai partir para o Pontal de Spessa?

— Enquanto você estava descansando, conversei com Emil. Depois do que aconteceu, achamos que é melhor viajar para o leste em grupos menores para evitar chamar muita atenção.

— Faz sentido — murmurei. — Você acha mesmo que o presságio tem a ver com o nosso casamento?

— Quem sabe — respondeu ele, mas não estávamos em um lugar privado o bastante para que eu pudesse comentar que o casamento não era de verdade. Não de modo a trazer uma grande mudança.

A não ser que o nosso plano funcionasse. *Aquilo* traria uma grande mudança.

Voltei os pensamentos para o que tinha acontecido na sala, com sorte dissipando a sensação oleosa na minha pele.

— A mãe disse a mesma coisa que a mulher no Pérola Vermelha. Que eu era uma segunda filha, mas não como pensava. — Olhando por cima do ombro, vi Alastir na porta. O pobre homem ainda parecia atônito. — Não entendi na época, mas agora acho que ela quis dizer que eu era da segunda geração.

— Que mulher no Pérola Vermelha?

— Aquela que me mandou para o quarto em que você estava. Evidentemente.

Ele franziu o cenho conforme olhava para mim.

— Eu não faço a menor ideia de que mulher você está falando.

— É mesmo? — respondi, com um tom de voz seco. — A mulher que você pediu que me mandasse para o seu quarto. Acho que ela era uma Vidente, uma metamorfa.

— Eu não pedi que mulher nenhuma mandasse você para aquele quarto, muito menos uma metamorfa. — disse ele. — Fiquei sabendo quem você era no instante em que puxei o seu capuz para trás, mas não pedi que ninguém a mandasse para o meu quarto.

Eu o encarei.

— Você está falando sério?

— Por que eu mentiria sobre uma coisa dessas? Já disse que sabia quem você era naquela noite.

— Então como...? — Parei de falar quando Casteel fez uma curva fechada para a esquerda, abrindo uma porta e me empurrando para dentro de uma sala com cheiro de terra e ervas. A porta se fechou atrás de nós. Olhei em volta e vi latas de vegetais, sacos de batatas e bolsinhas com ervas secas. — Você acabou de me empurrar para dentro de uma despensa?

— Sim. — Casteel abaixou o queixo enquanto se aproximava de mim. Seu cabelo escuro caiu sobre a sua testa.

Dei um passo para trás, batendo em uma prateleira. Frascos chocalharam. Ele era tão alto que eu tive que esticar o pescoço inteiro para retribuir o seu olhar.

— Por quê?

— Eu queria um momento a sós. — Ele colocou as mãos no armário acima da minha cabeça. — Com você.

Com os sentidos alertas, eu o observei se inclinando na minha direção conforme um confuso tremor de expectativa percorria a minha espinha.

— E você precisava desse momento a sós em uma despensa?

Ele virou a cabeça ligeiramente, nivelando a boca com a minha.

— Eu só *precisava*.

Pequenos arrepios percorreram todo o meu corpo. Abri a boca para dizer que seja lá o que fosse que ele precisasse não envolvia nós dois em uma despensa, mas não saiu nada. Nenhum grito de protesto. Nenhum alerta. Eu apenas olhei para ele, com expectativa e... desejo.

— Sei como deve ter sido difícil para você. — Ele semicerrou os olhos enquanto o seu hálito dançava nos meus lábios. — Entrar lá com as suas habilidades e se abrir para sentir a dor deles.

Fechei os dedos na borda de uma prateleira.

— Não foi nada.

— Isso é mentira, Princesa. — A boca dele estava mais perto, a apenas um suspiro da minha. — Você fez isso mesmo sentindo o medo e a desconfiança deles. Foi tudo.

Senti os meus lábios entreabrirem.

— E era isso o que você precisava me dizer na despensa?

Casteel balançou a cabeça em negativa, fazendo com que eu perdesse o fôlego quando os lábios dele roçaram no canto dos meus.

— Eu não acabei de falar.

— Desculpe — murmurei. — Por favor, continue.

— Obrigado pela permissão — respondeu ele, e eu podia ouvir o sorriso na sua voz. — Há muitas vezes em que fico absolutamente maravilhado com você.

Fiquei paralisada. Cada parte de mim congelou.

— Eu não deveria ficar surpreso com o que você é capaz — continuou ele. — Do que está disposta a fazer. Mas fico. Fico sempre maravilhado com você.

O aperto que senti no peito roubou um pouco do meu fôlego.

— Era disso o que você precisava quando me empurrou para dentro da despensa?

— Eu ainda não acabei de falar, Princesa.

Minha pulsação disparou.

— Não?

— Não. — Ele encostou a testa na minha. — Há mais uma coisa de que preciso. Algo de que preciso há dias. Semanas. Meses. Talvez desde sempre. — A ponta do nariz dele roçou no meu. — Mas sei que você não vai permitir. Não desse jeito.

A pulsação em meu peito pareceu descer pelo meu ventre.

— Do que... do que você precisa há tanto tempo assim?

— De *você*.

Estremeci.

— Então, talvez, só por alguns minutos, quando não há ninguém olhando, quando não há mais ninguém aqui, nós podemos fingir.

Eu me recostei no armário, me sentindo tonta, como se não tivesse ar suficiente nos meus pulmões.

— Fingir?

— Fingir que não há passado. Nem futuro. Somos só nós dois, nesse exato instante, em que posso ser Hawke — disse ele no espaço cada vez mais quente entre nós. Tremi mais uma vez. Ele tocou na minha bochecha, provocando um choque de percepção através do meu corpo. Ele deslizou os dedos sobre o meu queixo e lábio inferior. — E você pode ser a Poppy, e nós dois podemos simplesmente dar um beijo.

— Um beijo?

Ele assentiu.

— Apenas finja. — Os lábios dele eram como um sussurro na minha bochecha. — É só um beijo.

Eu não deveria.

Havia uma centena de motivos para não fazer isso. Confundia os limites de quem nós éramos. Eu tinha dito a ele que isso nunca mais aconteceria. Ele estava me usando. Eu o estava usando. Beijá-lo não seria nada inteligente. Mesmo com a minha inexperiência, eu sabia o bastante para entender que um beijo nunca parava no toque dos lábios, mesmo quando parecia acabar. Sempre havia *mais*. Desejo. Urgência.

E eu não sabia muito bem como me sentia em relação a Casteel, já que os meus sentimentos por ele pareciam mudar a cada cinco minutos. Mas, de qualquer forma, eu não deveria permitir que nada do tipo acontecesse. Se fizesse isso, tudo ficaria ainda mais difícil e confuso do que já era. Tawny poderia resumir perfeitamente o que aquilo era em duas palavras: uma bagunça.

Mas uma mulher estava prestes a morrer.

A mãe dela disse que eu ainda era a Escolhida.

Um homem recusou o meu toque.

Algumas pessoas naquela sala tinham *medo* de mim.

Me odiavam.

Eu ainda podia sentir os dentes do Lorde Chaney na minha carne, embora não houvesse nenhuma ferida.

Ainda podia ver o carvão em brasas dos seus olhos e sentir que não era nada além de um objeto para ele. Alimento. Nutrição. Uma coisa.

E não queria sentir nada disso.

Eu queria me deleitar com a admiração de Casteel por mim e talvez... talvez eu já soubesse, lá no fundo, como me sentia em relação a ele.

— Só fingir? — Tremi quando as pontas dos dedos dele escorregaram ao lado da minha garganta até chegarem à nuca.

— Só fingir. — Os lábios dele pairaram sobre os meus mais uma vez, bem ali, provocantes.

Fechei os olhos, com a voz pouco mais que um sussurro.

— Sim.

Capítulo 18

Como antes, na noite do Ritual, quando nós estávamos sob o salgueiro do jardim e eu pedi que ele me beijasse, Casteel não perdeu nem um minuto.

Só que ele ainda era Hawke naquela época, e nós não estávamos fingindo.

Os lábios dele roçaram nos meus, duas vezes, tão incrivelmente macios e delicados que ameaçaram acabar com todo o fingimento. Estremeci e senti os seus lábios se fecharem sobre os meus. Sabia que ele estava sorrindo. Sabia que, se abrisse os olhos, eu veria aquela covinha irritantemente tentadora. O toque na minha nuca e bochecha, logo abaixo da cicatriz, era leve como uma pluma enquanto ele parecia mapear a sensação dos meus lábios com os dele, voltando a se familiarizar comigo de maneira calma e sem pressa. Pequenos calafrios percorreram todo o meu corpo.

Mas eu queria mais. Já.

A impaciência ardeu dentro de mim. Tirei as mãos da prateleira, agarrei a frente da túnica dele e o puxei na minha direção.

— Pensei que você fosse me beijar.

— Não é o que estou fazendo?

Fiz que não com a cabeça.

— Você pode fazer melhor que isso.

Ele riu nos meus lábios.

— Tem razão. Posso, sim.

Então, ele me beijou de verdade.

Ele tomou os meus lábios como se estivesse reivindicando a minha própria alma. A possibilidade de que ele estivesse no caminho certo deveria ter servido de alerta, mas eu já estava imersa e absorta demais na sensação dele, perdida nos seus lábios exigentes. Ele puxou o meu lábio inferior com as presas, me incitando a abrir a boca. Ofegante, eu me rendi a ele. O beijo se intensificou e a língua dele deslizou sobre a minha. Um pequeno gemido arfante escapou da minha boca para a boca quente de Casteel. O gosto, o cheiro... todo ele me invadiu por completo, me escaldando.

Nós nos beijamos e nos beijamos de novo, e eu... eu ainda queria *mais*. Queria continuar fingindo enquanto o fogo líquido se derramava dentro de mim, eliminando o toque gelado de Lorde Chaney e levando embora a sensação opressiva da sala onde a morte certamente já havia passado, junto com o desconhecido do que estava por vir.

Ele sabia disso, sentia, e me deu o que eu precisava tão desesperadamente.

Casteel finalmente afastou a mão da minha bochecha e a desceu, alisando o meu seio. Havia uma reverência no seu toque, como se o ato de deslizar a mão sob a bainha do meu suéter fosse um ato de adoração. Carne na carne. Meu corpo estremeceu quando os dedos dele roçaram a colcha de retalhos de cicatrizes e depois subiram até o contorno das minhas costelas, na parte inferior do meu seio. Gemi em sua boca quando o dedo dele alcançou o mamilo. Choques de prazer atravessaram o meu corpo.

O gemido dele ecoou através de mim ao mesmo tempo que a mão dele deslizou do meu pescoço até a lombar. Ele me puxou para si, para longe do armário e continuou a me devorar com os lábios e a me marcar com o seu toque. A fome com que ele fazia isso deveria ter me assustado, mas só inflamou a mesma urgência dentro de mim.

Nós estávamos apenas fingindo...

Mas aquilo parecia tão real.

Ele parecia muito real, com os lábios nos meus, no meu queixo — o toque no meu seio, nas minhas costas e contra o meu corpo. Joguei a cabeça para trás enquanto a boca dele traçava um caminho ardente até a mordida curada. Senti a sua língua úmida e quente, as presas perversamente afiadas conforme ele as arranhava ao longo da minha pele. Gemi, com o corpo inteiro retesado, me contorcendo de prazer e expectativa proibida.

— Poppy — arfou ele, talvez implorando. Eu não sabia muito bem. Sua língua deslizou pela minha pele.

Será que ele iria me morder?
Eu queria isso?
Eu iria detê-lo?
Meu corpo já sabia a resposta quando estiquei o braço e afundei a mão nas mechas macias de seu cabelo.

— Você quer isso — sussurrou ele na minha pele sensível. — Não quer?

Estremeci, incapaz de responder.

— Quer, sim.

Uma pulsação latejante me deixou sem fôlego e, em seguida, em uma demonstração de força impressionante, ele colocou as mãos sob as minhas coxas e me ergueu enquanto se virava. Minhas costas foram de encontro à porta conforme ele enganchava as minhas pernas em volta da cintura. O corpo dele encontrou o meu, e ele pressionou as partes mais rígidas dele nas partes mais macias de mim.

Gemi quando Casteel fechou a boca no meu pescoço. Ele puxou a pele entre os dentes afiados e eu afastei os quadris da porta, empurrando-os contra os dele.

Ele puxou a pele com mais força, arrancando outro gemido, mas não rompeu a carne. Não tirou sangue. Em vez disso, ele me tentou e provocou até que cada terminação nervosa parecesse ter chegado ao ponto de ruptura, até que meu corpo estivesse se movendo contra ele, com ele.

E, quando a sua boca finalmente voltou para a minha, percebi que nós dois estávamos perdendo o controle.

Nós estávamos fingindo.

Mesmo enquanto ele me beijava como se bebesse dos meus lábios. Mesmo quando ele pressionava o seu corpo no meu e eu cravava os dedos nos ombros dele e então no tecido que cobria o peito de Casteel. Nós estávamos fingindo.

Pouco a pouco, os beijos diminuíram de intensidade, embora os quadris dele ainda prendessem os meus contra a porta. Ele estava tão ofegante quanto eu quando afastou a boca da minha.

— Acho... acho que é o suficiente.

Era mesmo?

Encostei a cabeça na porta e assenti enquanto engolia em seco. Tinha que ser o suficiente porque aquilo era uma loucura — e levaria a ainda mais loucura. Ele parecia prestes a arrancar as minhas roupas e me possuir ali contra a porta. Eu me sentia como se estivesse prestes a implorar que ele fizesse isso. Soltei a camisa dele conforme abria os olhos.

Casteel olhou para mim, com os lábios inchados e os olhos de um tom intenso de ouro derretido. Deuses, ele era descaradamente bonito e parecia tão entregue quanto eu me sentia.

Ele gemeu.

— Não olhe para mim desse jeito.

— Que jeito? — Não reconheci a minha voz rouca.

— Como se achasse que não foi o suficiente. — Ele alisou o meu quadril, apertando a minha bunda enquanto puxava a parte inferior do meu corpo da porta e contra o volume rígido em sua calça. Ele pegou o meu suspiro com um beijo rápido e profundo em que tive vontade de mergulhar.

Mas o beijo terminou, e ele colocou as minhas pernas no chão com delicadeza. Casteel continuou perto de mim por um bom tempo, com a testa encostada na minha enquanto afastava as mechas do meu cabelo para trás com mãos que eu podia jurar que tremiam de leve. Senti os joelhos estranhamente bambos quando ele deu um passo para trás, aumentando a distância entre nós. Nós nos entreolhamos, a vontade latejante dentro de mim pulsando junto com o meu coração.

— Isso foi... — Mordi o lábio, sem fazer a menor ideia do que iria dizer.

— Não precisa dizer nada. — Ele voltou para onde eu estava, pegando uma mecha do meu cabelo e colocando-a atrás da minha orelha. — Provavelmente é melhor assim.

— Certo — sussurrei, com vontade de pressionar a bochecha na mão dele, mas resistindo ao impulso.

Ele sorriu de leve.

— Eu tenho uma coisa de que você precisa. Um presente. Algo que pretendia dar para você quando saímos da sala. Antes que eu me... distraísse.

Distraísse? Aquilo era uma distração para ele? Será que significava algo mais para mim?

— Não é uma aliança — disse ele. — Mas acho que você vai gostar mesmo assim.

Franzi o cenho, confusa.

— Que tipo de presente?

— Do melhor tipo — disse ele. — Vingança.

*

Eu não fazia a menor ideia de como Casteel conseguia estar tão relaxado e controlado depois daquele beijo, mas, quando olhei para ele, parecia que ele tinha acabado de assistir a uma leitura de *A História da Guerra dos Dois Reis e do Reino de Solis*, que era tão estimulante quanto observar a grama crescer.

Era como se o que havia acontecido na despensa tivesse sido um fruto da minha imaginação e, se não fosse pela sensação dolorosa de frustração, eu duvidaria seriamente se havia acontecido. Mas não foi imaginação. Foi real. Ele me beijou, como se a sua própria vida dependesse disso.

Será que ele não foi mesmo afetado por isso e, se sim, por que fingir?

Antes que eu pudesse usar os meus sentidos, Casteel abriu uma pesada porta de madeira. Logo reconheci o cheiro de mofo e umidade.

— O meu presente está na masmorra? — perguntei, diminuindo o ritmo enquanto descíamos a escada estreita. Senti o estômago embrulhado com o cheiro.

— Pode parecer um lugar estranho para um presente, mas você vai entender em breve.

Ignorei a voz paranoica que me dizia que aquilo era algum tipo de armadilha e segui em frente. Depois de concordar com o casamento, eu duvidava muito que ele pretendesse me jogar dentro de uma cela. Ainda assim, era perturbador estar ali outra vez, onde eu quase tinha morrido.

Uma sombra se afastou da parede assim que chegamos ao corredor iluminado por tochas. Kieran. O olhar pálido do lupino passou de Casteel para mim.

— Como você está se sentindo?

— Tudo bem. E você? — perguntei por algum motivo, e então senti as bochechas coradas. Não havia a menor chance de que ele pudesse saber o que tinha acontecido na despensa, mesmo com as suas habilidades especiais de lupino...

A menos que ele soubesse por causa do vínculo.

Eu tinha que descobrir mais a respeito desse vínculo.

Ele repuxou os lábios em um sorriso.

— Tudo ótimo. — Ele olhou para o seu Príncipe. — E você?

— A resposta é a mesma da última vez que você me perguntou — respondeu Casteel, e eu franzi o cenho.

Eu me virei para ele.

— Você foi ferido?

— Você morreria de preocupação se eu dissesse que sim?

Os cantos dos meus lábios se voltaram para baixo. Não? Sim?

— Não exatamente.

— Essa doeu. — Ele pressionou a mão contra o peito. — Você me machucou de novo.

— Ele não está machucado — respondeu Kieran. — Pelo menos, não fisicamente. Emocionalmente, acho que você o deixou em pedaços.

Revirei os olhos.

— Então por que você perguntou se ele está bem já que não está ferido?

Kieran fez menção de responder, mas Casteel se antecipou.

— Ele é paranoico. Está sempre com medo de que eu tenha me machucado ou me esforçado demais e querendo saber se tive oito horas de sono ou comi três refeições ao dia.

— Sim, é exatamente isso — respondeu Kieran, espirituoso.

Casteel sorriu para ele e então fez um sinal para mim.

— Venha. O seu presente a aguarda.

Sem fazer a menor ideia do que os dois estavam falando, segui atrás do Príncipe, começando a suspeitar qual era o meu presente. *Vingança.* O cheiro de ferro e sangue pesava no ar. Fresco. O aroma floral e enjoativamente doce que se insinuava sob o sangue confirmou as minhas suspeitas antes mesmo que eu visse o que me aguardava na cela diante da qual Casteel havia parado.

Acorrentado à parede, com os braços estendidos e as pernas amarradas, estava Lorde Chaney. Ele certamente já estivera melhor. Um olho tinha sumido. Sulcos profundos marcavam o seu rosto, causados pela faca que eu empunhava. O sangue escorria da boca entreaberta em um gotejamento incessante. A camisa estava aberta, revelando que o ferimento que eu tinha visto antes fazia parte de três cortes profundos no seu peito. Havia marcas de garras na pele logo abaixo da garganta e atravessando o tórax estreito. As algemas ao redor dos pulsos e tornozelos tinham espinhos, que cravavam na sua pele e tiravam sangue. Ele devia estar sentindo uma dor incomensurável.

Não senti nem um pingo de pena enquanto olhava para o vampiro.

— Você não o matou — disse, e o Ascendido abriu um olho. Estava mais vermelho que preto.

— Não. — Casteel encostou o quadril nas grades, inclinando o corpo na direção do meu. — Tive vontade de matá-lo. Ainda tenho. Bastante. Mas ele não me feriu. Não foi a minha pele que ele rasgou nem o meu sangue que roubou.

Meu coração martelava dentro do peito conforme eu olhava do vampiro para Casteel.

— A vingança é sua, se você quiser — disse ele. — E, se não, eu serei a sua lâmina, a coisa que vai acabar com a existência miserável dele. Você decide. — Ele tirou uma lâmina da bota e a segurou entre nós dois. Era a minha adaga de lupino. — De qualquer forma, isso pertence a você, não importa se encontrar o alvo no coração de um Ascendido ou não.

Sem saber o que dizer, fechei os dedos em torno do punho de osso, acolhendo o peso frio mais uma vez. Olhei para a cela novamente.

— Ele não fala mais? — perguntei. O Ascendido parecia incapaz de ficar calado antes.

— Eu arranquei a língua dele — anunciou Kieran, e Casteel e eu olhamos para ele. — O que foi? — O lupino encolheu os ombros. — Ele estava me irritando.

— Hum — murmurou Casteel. — Tudo bem então.

O Ascendido deu um gemido patético, atraindo o meu olhar de volta para ele. Toda a empatia que brotou no meu peito quase me deixou sufocada.

Só que não era pelo monstro diante de mim.

Era pela sra. Tulis, cujo pescoço ele quebrou sem pensar duas vezes. E pelo seu filho, Tobias, que eu sabia que não tinha mais futuro. Pelo homem que o cavaleiro tinha matado sob as ordens de Chaney, e por aqueles que tinham morrido. Pelas pessoas que estavam na sala ao lado do salão de banquetes e pela mulher que já devia estar morta a essa altura. A queimação na garganta e nos meus olhos era pelo menino, que o Ascendido matou só porque podia.

Só porque quis.

— Abra a cela — ordenei.

Kieran deu um passo em frente e destrancou a porta da cela, e os meus pés me levaram lá para dentro.

Talvez aquilo fosse errado. Certamente não era algo digno da Donzela, mas eu não era mais a Donzela. Para falar a verdade, nunca fui. Mesmo assim, vingar uma vida com outra não era certo. Eu sabia disso. Assim como sabia que a mão que agora empunhava a adaga havia segurado a mão dos feridos, aliviando a dor em vez de causar mais dor ainda.

Casteel ou Kieran poderiam acabar com a vida de Chaney, assim como qualquer pessoa dentro do forte que também tinham o direito de se vingar. O sangue não precisava sujar as minhas mãos.

Mas sangue fora derramado por minha causa.

Parei na frente de Lorde Chaney e olhei para cima, para o olho em chamas. Havia tanta frieza ali. O vazio era imenso enquanto ele me encarava, lutando contra as algemas e arrancando mais sangue enquanto tentava me alcançar. Um gemido lamurioso e reverberante emanou do Ascendido. Se conseguisse se libertar, ele avançaria para cima de mim como um Voraz, estalando os dentes e rasgando a minha carne. Ele me mataria com a sua avidez, sem se importar com as consequências. O que eu significava para os Ascendidos não faria diferença. Ele se alimentaria sem parar e, se não tivesse vindo para Novo Paraíso, continuaria a matar. Olhei para o único olho dele e tudo o que vi foram os rostos das suas vítimas, sabendo que muitas delas permaneceriam sem nome.

A adaga quase zumbiu na minha mão.

O que fiz com o Lorde Mazeen se originou do luto e da fúria, mas ainda assim foi um ato de vingança. Havia algo no meu âmago que permitiu que eu matasse o Ascendido. Seja lá o que fosse, Casteel reconhecia isso. Foi por isso que ele me deu aquele *presente*. Ele sabia do que eu era capaz, e talvez devesse me incomodar com isso. Era provável que ficasse incomodada mais tarde.

Ou talvez não.

Não sabia mais o que voltaria para me assombrar, se o que me deixava acordada durante a noite ainda deixaria. Eu estava mudando, não a cada dia, mas a cada hora. E as regras que me limitavam quando eu usava o véu não tinham mais domínio sobre mim.

Sustentei o olhar de Lorde Chaney. Não tirei os olhos do vampiro. Não disse sequer uma palavra ao aceitar o presente do Príncipe, enfiando a pedra de sangue no coração do Ascendido.

Fiquei olhando até que o brilho vermelho desaparecesse do olho dele. Observei a sua carne rachar e descascar, descamando e se espalhando pela cela enquanto as algemas batiam contra a parede de pedra. Não me virei até que não restasse nada além de uma fina camada de cinzas, que caíram lentamente no chão.

*

Algum tempo depois, eu me sentei em uma mesa da biblioteca e folheei os registros de Atlântia. Mal vi as letras, mesmo as que conseguia ler. Meus pensamentos estavam em um milhão de lugares diferentes e eu não conseguia me concentrar. Recostei na cadeira e dei um longo suspiro.

— Você quer conversar sobre alguma coisa? — Kieran ergueu os olhos do livro que estava folheando. Casteel havia deixado o lupino tomando conta de mim enquanto se reunia com as famílias daqueles que tinham perdido um ente querido. Ele não perguntou se eu queria participar, mas tive o bom senso de perceber que a minha presença seria indesejável ou uma distração. O que ele estava fazendo naquele momento não tinha nada a ver comigo.

— Ou gostaria de fazer alguma pergunta? — acrescentou Kieran.
— Aposto que você tem uma pergunta.

Fiz uma careta para o lupino.

— Eu não tenho nenhuma pergunta.
— Então por que você está suspirando a cada cinco minutos?
— Não estou suspirando a cada cinco minutos. Na verdade, eu *tenho* uma pergunta — me dei conta, e ele ficou com uma expressão impassível no rosto. — Esse vínculo que você tem com Casteel. O que isso envolve? Tipo, você sabe o que ele está pensando? Se acontecer algo com ele, acontece a mesma coisa com você?

— Eu não deveria ficar surpreso com uma pergunta tão incrivelmente aleatória, mas fiquei.

— De nada — respondi, irônica.

Ele fechou o livro.

— Não posso ler os pensamentos de Casteel, nem ele pode ler os meus. Graças aos Deuses.

— Eu posso sentir as emoções dele, provavelmente de um jeito similar ao modo como você lê as outras pessoas. E ele pode sentir as minhas — continuou ele. — Se algo acontecesse com Casteel, se ele ficasse seriamente enfraquecido, o vínculo permitiria que ele sugasse a minha energia.

Eu me inclinei para a frente.

— E quando ele foi mantido em cativeiro?

Kieran não respondeu por um longo momento.

— Quando ele foi embora de Atlântia, eu não fazia a menor ideia do que ele iria fazer. Ele não queria que eu fosse, me proibiu expressamente de ir, para falar a verdade.

— E você deu ouvidos a ele?

— Ele me proibiu enquanto Príncipe. Até mesmo eu tenho que obedecer às vezes. — Ele deu um sorriso. — Gostaria de não ter obedecido, diabos; se soubesse o que ele ia fazer, eu teria feito todo o possível para fazê-lo entender como o plano era idiota. E se isso não funcionasse... — Kieran tirou a perna de cima da mesinha de centro. — Percebi que ele tinha sido ferido quando fiquei doente de repente, do nada. E que não era um ferimento leve quando a doença me deixou completamente sem forças. Soube que ele tinha sido capturado quando não consegui mais andar e nenhuma quantidade de comida ou água aliviava a minha fome ou me fazia manter o peso.

— Meus Deuses — sussurrei. — Ele ficou aprisionado por...

— Cinco décadas — concluiu Kieran.

— E você ficou... você ficou doente esse tempo todo?

Ele assentiu.

— O irmão dele... o Príncipe Malik está vinculado a alguém?

As feições de Kieran endureceram e depois se suavizaram.

— O lupino ao qual ele estava vinculado morreu enquanto tentava libertá-lo.

Recostei na cadeira e passei as mãos pelo rosto.

— O que aconteceria se ele morresse? Se você morresse?

— Se algum de nós morresse, o outro ficaria enfraquecido, mas acabaria se recuperando.

— Então o que o vínculo faz? Passa a energia entre vocês, se for necessário?

Ele assentiu.

— O vínculo é um juramento que requer que eu obedeça e proteja Casteel, mesmo que custe a minha própria vida. Não há nada mais importante que esse compromisso.

— E ele faria a mesma coisa por você?

— Faria, sim. Não é obrigatório, mas todos os fundamentais vinculados fariam isso.

Pensativa, fechei cuidadosamente o livro de registros.

— Como os vínculos começaram a ser feitos?

— Foram os Deuses — respondeu ele. — Quando os seus filhos, as divindades, nasceram nessa terra, eles convocaram os lobos kiyou que antes eram selvagens e lhes deram formas mortais para que pudessem servir de protetores e guias em um mundo que era desconhecido para eles. Eles foram os primeiros lupinos. Com o passar do tempo, conforme os fundamentais começaram a ser mais numerosos que as divindades, os vínculos passaram para eles. — Ele se inclinou para a frente, apoiando os braços nos joelhos. — Nem todos os fundamentais são vinculados. Delano não está vinculado a um fundamental.

— E os pais de Casteel?

— Os lupinos deles morreram durante a guerra.

— Deuses — sussurrei. — E Alastir? Ele não está vinculado?

— Estava até a guerra — respondeu ele, e era só o que precisava dizer para que eu soubesse que a pessoa a quem Alastir estava vinculado não tinha sobrevivido. — O vínculo não ocorre mais com muita frequência. Não é exigido de um lupino, e muitos simplesmente decidem não fazer isso. Mesmo que ainda fosse exigido, não há lupinos suficientes para que isso ocorra com frequência.

— Por causa da guerra?

Kieran assentiu.

Encostei a cabeça na cadeira.

— É por isso que os lupinos estão mais inquietos sobre a retomada da terra?

— Sim.

— Eles não querem a guerra. — Olhei para o teto. — Querem vingança.

Ele não disse nada. Não precisava. Eu já sabia a resposta.

— E você? — perguntei. — O que você quer?

— Eu quero a mesma coisa que Casteel.

— Por causa do vínculo? — Arqueei a sobrancelha.

— Porque a guerra deveria ser o último recurso — respondeu ele. — E assim como Casteel, se chegar a esse ponto, eu terei que empunhar a minha espada, mas espero que não.

— Eu também — sussurrei, deixando que os meus pensamentos divagassem. — Você viu a árvore de sangue?

— Vi, sim.

— Casteel me contou que as pessoas estão dizendo que é o presságio de uma grande mudança. Alastir disse que deve ter algo a ver com o meu casamento com Casteel. — Lembrei da reação dele. — Você acha que é um sinal?

Ele me encarou.

— Acho que ele tem razão. O casamento vai trazer mudanças para ambos os reinos, de uma forma ou de outra.

De uma forma ou de outra. Não importava se tivéssemos êxito e evitássemos a guerra ou se falhássemos. Estremeci. Nenhum de nós disse mais nada depois disso. Não até que me levantei depois do que me pareceu uma eternidade.

— Eu quero fazer uma coisa.

Kieran olhou para mim e então se levantou.

— Vá na frente.

Ele me seguiu para fora da biblioteca e pelo corredor. As pessoas pelas quais passamos conforme seguíamos até o saguão abriram caminho para nós, e eu podia sentir os olhares — alguns breves, outros mais demorados. Não precisei aguçar os sentidos para saber que alguns olhares eram de desconfiança. Os rumores sobre o que eu tinha feito mais cedo já deviam ter circulado.

Fiquei de cabeça erguida enquanto os grupinhos cochichavam entre si. Se Kieran ouviu alguma coisa, ele não demostrou enquanto caminhávamos lá para fora, sob o céu sombreado de violeta e do azul-escuro da noite que se aproximava. Não olhei na direção do estábulo para não ver a árvore de sangue. O vento tinha parado de soprar e o único som vinha da neve esmagada sob as minhas botas.

A caminhada pela floresta e até a câmara subterrânea de nomes foi feita em silêncio. Kieran não disse nada conforme eu pegava o cinzel e o martelo e começava a procurar um espaço vazio, encontrando-o vários minutos mais tarde. No meio da parede, à esquerda da entrada, novos nomes haviam sido entalhados, as marcações ainda com uma camada de pó.

O último nome era Renfern Octis.

Com o peito apertado, tracei o nome com o dedo e as datas ali embaixo. Ele tinha apenas onze anos.

Onze.

Coloquei o cinzel contra a pedra e martelei um nome e depois mais dois, o último depois de achar que já tinha terminado. Eu não sabia a data de nascimento, mas acrescentei a data de morte.

Sra. Tulis.

O filho dela, Tobias.

E então gravei o nome do sr. Tulis na parede. A morte dele podia até não ter sido causada pelas mãos dos Ascendidos, mas foram eles que o levaram à morte.

Capítulo 19

Como pôde...?
Mamãe!
Sentei na cama com um grito preso na garganta e estendi a mão, vasculhando a mesinha de cabeceira até que os meus dedos se fechassem ao redor do cabo da adaga de lupino.

— Poppy — veio a voz rouca de sono de Casteel ao meu lado, me sobressaltando. Quando ele voltara? Devia ter sido depois de eu ter pegado no sono. — Foi um pesadelo?

Engoli em seco e assenti enquanto fechava os olhos. Imediatamente, vi o rosto horrorizado da minha mãe e a dor no seu olhar. Havia tanto sangue — escorrendo pela frente do vestido dela, se derramando das feridas no seu peito. Não de mordidas. Não...

Senti um aperto no peito e perdi o fôlego. Abri os olhos de supetão, mas podia jurar que tinha ouvido gritos. Não berros. Gritos e o cheiro... o cheiro de madeira queimando.

A cama se remexeu quando Casteel se sentou. Ele tirou a adaga dos meus dedos com delicadeza.

— Só vou abaixar a adaga. Ainda está ao seu alcance, caso você queira me apunhalar.

Eu o observei se inclinar sobre mim e colocar a arma do outro lado.

— Não quero apunhalar você — resmunguei.

— Isso é novidade — provocou ele, e dei uma risada trêmula. — Tente se lembrar disso mais tarde, quando eu lhe der um motivo para me apunhalar.

Sacudi a cabeça, levando as mãos trêmulas até o rosto.

— Desculpe. — Afastei o cabelo para trás. — Eu não queria acordar você. Sei que temos que partir bem cedo.

Delano tinha voltado depois do jantar constrangedor no salão de banquetes, onde as pessoas ficaram me encarando ou cochichando entre si até que o olhar gélido de Casteel as silenciou. As estradas estavam livres o bastante para que Casteel sentisse que era seguro partir de Novo Paraíso.

— O que eu disse para você antes? — perguntou Casteel. — Não se desculpe. Não é culpa sua. Não se preocupe com isso.

Mais fácil falar que fazer.

— Acha que vai conseguir dormir de novo?

— Sim. — Eu me deitei, encolhida de lado. As chamas da lareira ondulavam suavemente, e, quanto mais eu olhava para elas, mais imagens do pesadelo começavam a se formar na minha mente. A névoa... era tão densa quanto a fumaça. Tinha o cheiro de madeira queimada e de algo pungente. Não foi isso o que Ian e eu achamos que fosse a princípio? Não foi por isso que eu saí para procurar o meu pai? Tentei imaginar o rosto dele, os seus olhos, mas não conseguia por mais que tentasse. Eu só conseguia enxergar o sangue vermelho. Havia tanto vermelho: nas paredes e acumulado no chão, nos corpos dilacerados. Mas nenhum Voraz. Nenhum Voraz se alimentou daqueles cadáveres. Por quê? Por que havia tanto sangue...?

Um surto de inquietação tomou conta de mim, aumentando o medo e o pânico remanescentes. Não podia ficar deitada ali. Não podia fechar os olhos.

Sentei e comecei a me levantar da cama, mas Casteel passou o braço em volta da minha cintura.

— Não posso ficar deitada aqui. Eu não consigo dormir. Só tenho que...

— Esquecer. — Sob o brilho do fogo, ele tocou na minha bochecha, atraindo o meu olhar para o dele. — Eu sei. Entendo. De verdade.

Ofegante, eu sabia que ele, mais que qualquer um, entendia. Coloquei as mãos sobre o rosto.

— Não quero pensar naquela noite. — As lágrimas queimaram a minha garganta, e eu detestava aquilo, detestava a fraqueza evidente. — Só quero esquecer.

— Mas você tem que sentir algo para fazer isso. Tem que substituir esse medo por outra coisa. É por isso que você costumava explorar a cidade durante a noite — disse ele, afastando as mãos do meu rosto. — Mas não há nenhuma cidade aqui para onde você possa fugir. Você só tem a mim.

Você só tem a mim.

Senti um nó no coração.

— Deixe que eu ajude você a substituir o medo e o desamparo. Eu posso acabar com isso. Prometo — sussurrou ele, me puxando para a cama até que estivesse deitada outra vez. — Deixe que eu seja o bastante para você, pelo menos por essa noite.

— Eu... — Fiquei sem saber o que dizer conforme ele mudava de posição e bloqueava o brilho do fogo, me deixando na escuridão do quarto.

— Somos só nós dois. Não há mais ninguém aqui. — Ele roçou a minha bochecha com os lábios, me fazendo ofegar. — Como antes, na despensa, nós podemos fingir.

Fechei os olhos.

— Aqui, no escuro, eu sou só o Hawke. — Ele afrouxou o braço da minha cintura enquanto deslizava a mão pelo quadril e descia até a coxa, onde a camisola se emaranhava em volta das minhas pernas. — Você é só a Poppy, e eu posso ajudá-la.

Pode ter sido culpa do pesadelo. Pode ter sido por causa da escuridão e da súbita dor latejante que veio à tona. Ou talvez porque na escuridão nós podíamos ser Hawke e Poppy, sem passado nem futuro. E fingir... fingir não tornava nada daquilo real. Talvez tenha sido por causa de todas essas coisas que eu virei a cabeça na direção dele. Nossos lábios se tocaram.

— Fingir — sussurrei e... e o beijei.

Casteel deixou que eu explorasse a sua boca, permanecendo imóvel, exceto pela mão. Ele subiu a mão lentamente pelo meu quadril e abdômen e a pousou entre os meus seios, levantando a bainha da camisola até o meu pescoço. O ar frio seguiu no seu encalço, provocando a minha pele exposta.

Eu o beijei, estremecendo ao sentir a mão dele no meu seio. O mamilo enrijeceu de modo quase doloroso. Ele deslizou o polegar preguiçosamente sobre um peito e depois sobre o outro enquanto dizia:

— Gostaria que você pudesse ver o que vou fazer agora.

Umedeci os lábios enquanto ele se afastava, esfregando o polegar sobre a pele rosada e contraída. Em seguida, ele fez alguma coisa com o polegar e o indicador que fez com que o meu corpo inteiro estremecesse e uma onda de calor úmido se acumulasse entre as minhas coxas.

— Deuses — exclamei ofegante.

— Hum. — Ele percorreu a pele do meu pescoço com a boca outra vez. — Você gosta disso?

Não havia sentido em responder. Casteel sabia que sim e fez de novo. Meus quadris se moveram por reflexo, estimulados pelo ardor crescente no meio das minhas pernas. Ele não tinha me tocado daquele jeito desde aquela vez na floresta depois que eu o apunhalei, mas o meu corpo não havia esquecido. Eu desabrochava com o calor.

Ele fechou a boca sobre o meu mamilo, e a combinação da sua língua com o arranhar das presas afiadas me fez jogar a cabeça para trás. Soltei um gemido ofegante enquanto meus olhos se arregalavam. Ele puxou a pele com a boca enquanto descia a mão pelo meu abdômen e mais para baixo, no que era agora o centro de todo meu corpo. Foi um toque leve e suave, tentador e provocante.

— Você está tão molhada, Poppy — murmurou ele contra o meu mamilo latejante. — Gosto disso. Muito.

Incapaz de ficar constrangida ou chocada com a franqueza das suas palavras, eu só consegui gemer enquanto ele deslizava o dedo com movimentos lentos e preguiçosos.

— Também gosto da rapidez com que você reage ao meu toque. — Ele beliscou a pele do meu outro seio enquanto girava o polegar ao redor da carne sensível. — Quer que eu faça algo a respeito?

— Sim — respondi, ofegante.

Casteel reagiu, pressionando o ponto mais sensível. Gemendo, arqueei o corpo contra a mão dele, me sentindo encharcada, à beira do afogamento. Assim que fechou a boca sobre o meu seio outra vez, ele deslizou um dedo dentro de mim. Emiti um som abafado, e não havia mais como pensar em uma noite tanto tempo atrás nem me preocupar com a manhã que se aproximava rapidamente. Meu coração martelou dentro do peito.

Ele deslizou o dedo para dentro e para fora de mim enquanto afastava a cabeça e, embora eu não pudesse ver, sabia que ele podia. Sabia que ele estava olhando para a própria mão no meio das minhas pernas abertas. Sabia que ele estava concentrado no que eu estava fazendo, no modo como erguia os quadris para encontrar as suas estocadas. Ele ficou olhando enquanto colocava outro dedo na entrada apertada e úmida. Fechei os olhos de novo, e percebi que era isso que ele queria fazer antes, na despensa. Eu me rendi àquilo, ao calor úmido, à escuridão e à malícia do seu toque. Casteel gemeu quando pressionei os quadris contra a mão dele.

— Isso. — A voz dele estava rouca. — Cavalgue meus dedos.

Obedeci, esfregando o corpo contra a mão dele enquanto a vibração do êxtase aumentava. Em seguida, a tensão, ainda bastante desconhecida para mim, cresceu e cresceu até que parecesse demais.

— Ah, Deuses, eu não consigo... — Pressionei os quadris na cama.

— Consegue, sim. — Ele continuou movendo os dedos dentro de mim. — Vai conseguir.

Era demais, intenso demais e não havia como escapar. Ele enganchou os dedos lá dentro de mim, e a lava correu nas minhas veias. E quando pensei que fosse explodir em chamas...

— Isso. — A voz dele soou rouca e grave.

Mordi o lábio enquanto a tensão crescia e se contorcia profundamente, mais forte, e enterrei o rosto na curva do braço dele. Ele roçou a minha bochecha com os lábios conforme pressionava o polegar sobre o ponto mais rígido. Meus quadris se ergueram da cama conforme toda a tensão se rompia. Foi como se um raio corresse pelas minhas veias. O tipo mais doce de agonia, esvaziando a minha mente enquanto o êxtase reverberava e se dissipava conforme ele tirava os dedos de dentro de mim. Saciada e atordoada, eu me senti sem ossos, exausta e com o corpo mole enquanto Casteel me puxava para perto de si. O cobertor caiu em cima de mim — de nós dois — quando ele me puxou de encontro ao peito. Sob a bochecha, senti o coração dele batendo forte.

O coração que eu havia perfurado há tão pouco tempo.

Casteel me abraçou apertado, deslizando a mão ao longo da minha coluna. Não sei se ele se dava conta do tipo de conforto que sua proximidade e o seu toque me traziam. Talvez sim, e era por isso que continuava naquele quarto mesmo sabendo que eu poderia acordá-lo a qualquer momento da noite. Havia outros quartos, outras camas mais silenciosas e muito menos complicadas, mas ele estava aqui. Ele me abraçou, acalmando os meus nervos em frangalhos depois de afastar o terror persistente de uma noite que eu só queria esquecer. Ele me ajudou a esquecer enquanto oferecia prazer e êxtase para substituir o medo e o desamparo, e isso sem receber nada em troca.

Caí no sono, na escuridão onde eu era só a Poppy e ele apenas Hawke.

*

Nós estávamos partindo.

Para Atlântia.

Conforme suspirava, parecia que aqueles momentos íntimos na escuridão do meio da noite tinham acontecido há uma eternidade e não há algumas horas. Examinei as pessoas ali conosco. Naill e Delano estavam com Elijah, e eu não fazia a menor ideia se eles sabiam do plano que Casteel tinha tramado, de modo que fiquei calada. Passei a maior parte da manhã apreensiva sobre o modo como deveria agir. A preocupação que desapareceu logo depois da chegada do Ascendido, e de tudo o mais que aconteceu, tinha voltado com tudo.

— Você quer alguma coisa antes de partirmos? — perguntou Casteel, e então senti um leve puxão na minha trança. — Poppy?

Percebi que ele estava falando comigo e balancei a cabeça em negativa.

— Não. Eu estou bem. Obrigada.

Kieran e Casteel olharam para mim, e o silêncio se prolongou tanto que tive de olhar para ver se eles ainda estavam ali. Olhei por cima do ombro e vi que os dois estavam me encarando, com uma expressão de perplexidade no rosto.

— O que foi? — exigi saber.

— Nada. — Casteel piscou. — Quer dizer que você está pronta?

Fiz que sim com a cabeça.

Ele estendeu a mão para mim enquanto me observava como se eu fosse uma cobra prestes a dar o bote. Fiz menção de me levantar sem pegar a sua mão, mas me contive. Um olhar rápido me informou que os outros estavam parados perto da porta. Imaginei que recusar um gesto tão simples não seria um bom começo para convencer as pessoas de que nós estávamos juntos e então coloquei a mão na dele.

O contato da pele dele na minha enviou mais um choque por todo o meu corpo. Olhei para ele, mas não consegui decifrar nada do seu olhar semicerrado conforme ele me ajudava a ficar de pé.

— Está tudo pronto? — perguntou Kieran.

— Está, sim — respondeu ele. — Elijah acredita que podemos chegar ao Pontal de Spessa no final da semana se não fizermos muitas paradas.

— É possível — concordou Kieran. — E aconselhável.

— O povo daqui têm apenas alguns dias antes que os Ascendidos mandem outros atrás dela — disse Casteel enquanto estendia a mão entre nós e puxava a ponta da minha trança. — Devem mandar batedores e mais cavaleiros. — Ele soltou a minha trança atrás do ombro e pegou a minha bolsa.

Kieran assentiu.

— Magda voltou hoje de manhã. Ela me disse que acha que a maioria vai estar pronta para a viagem em um ou dois dias.

— Ótimo. — Casteel olhou para mim. Sem saber o que fazer, decidi que o silêncio seria a melhor forma de agir. Afinal de contas, aquilo costumava ser um hábito, embora eu tivesse penado para permanecer calada quando coloquei o véu pela primeira vez. Kieran achava que eu fazia perguntas demais, mas ele ia querer morrer se me conhecesse quando eu era mais nova.

Casteel me lançou um olhar curioso e seguiu na direção dos outros. Naill e Delano me cumprimentaram com um aceno de cabeça, sem dizer nem uma palavra. Foi Elijah quem disse:

— Não tive a chance de agradecer pelo que você fez ontem. Por ajudar aqueles que aceitaram a sua ajuda.

Mudei de posição, me sentindo desconfortável, e pigarreei.

— Só espero ter ajudado.

— Ajudou, sim. A dor é o maior obstáculo para a cura, e é por causa da sua intervenção que não vamos ficar parados aqui por mais tempo que devíamos. — Um grande sorriso surgiu no meio da barba dele. — Também não tive a chance de parabenizar vocês dois pelas núpcias.

Para ser sincero, não há nem sequer um dia que eu não espere encontrar o Príncipe todo fatiado.

Pisquei, perplexa.

Casteel deu uma gargalhada.

— Você não é o único. Eu esperava ter que juntar os meus pedaços. — Ele olhou para mim, com os lábios ligeiramente entreabertos. — Mas certa vez me disseram que os melhores relacionamentos são aqueles em que a paixão é intensa.

Comecei a franzir as sobrancelhas.

— Fico imaginando quem disse isso para você — falou Kieran.

— Fui eu. — Elijah riu enquanto colocava a mão no ombro de Kieran, fazendo o lupino tropeçar. A pele se enrugou ao redor dos olhos cor de avelã dele e, embora preferisse que o assunto fosse outro, fiquei feliz em vê-lo sorrir depois do que tinha acontecido ali. Mas me fez imaginar se ele estava tão acostumado com a morte que os seus efeitos não durassem muito. — Eu disse a ele que, se uma mulher luta com esse tipo de paixão e o faz se esforçar tanto para ganhar um mero sorriso, então esse é o tipo de mulher que você quer ao seu lado dentro e fora do quarto.

Fiquei boquiaberta, mas não tinha nada a dizer.

— Eu sempre achei que você tivesse sangue lupino em algum lugar da sua linhagem — comentou Kieran.

Elijah zombou.

— Eu já disse que só tenho mijo e uísque na minha linhagem.

— Talvez essa seja a linhagem da qual você descende — murmurou Casteel enquanto me guiava por eles.

Arqueei as sobrancelhas, mas não disse nada conforme entrávamos no corredor vazio e saíamos no pátio. A neve havia parado de cair, mas o meu hálito formava nuvens de condensação. Eu iria me arrepender de ter deixado a capa para trás, mesmo impregnada com o fedor do sangue dos Vorazes.

Enquanto caminhávamos para o estábulo, senti um mal-estar ao ver as folhas que brilhavam como rubis sob a luz do sol. Não havia ninguém ali fora olhando para ela hoje de manhã, mas eu podia jurar que a árvore de sangue estava maior do que no dia anterior. A seiva de tom carmesim ainda escorria pela neve em uma rede de linhas finas e vermelhas, que me faziam lembrar de veias ou raízes.

Três cavalos já tinham sido levados lá para fora, com as orelhas em pé enquanto um cavalariço segurava as rédeas, olhando nervosamente para a árvore de sangue. Casteel nos conduziu, passando por eles, até onde Setti aguardava dentro do estábulo. O enorme cavalo preto recebeu o nome do cavalo de batalha do Deus da Guerra. Eu costumava achar que o belo cavalo tinha uma grande responsabilidade nos cascos, mas agora, sabendo da verdade, imaginei que Setti a cumprisse perfeitamente.

Quando nos aproximamos do animal, Casteel soltou a minha mão. Minha palma sentiu falta do seu calor, algo que eu nunca contaria para ninguém. Caminhei até Setti enquanto Casteel dava a volta para prender a minha bolsa ao lado de onde o alforje dele estava pendurado. Examinei o celeiro, parando em uma coluna com um sulco profundo. Sabendo o que havia causado aquela marca, resisti ao impulso de desviar o olhar de onde Phillips havia sido morto por uma flecha disparada por Casteel. Em vez disso, eu me obriguei a olhar, para lembrar. Phillips tinha descoberto a verdade, ou pelo menos que Casteel não era quem dizia ser. Ele tentou me ajudar a fugir, mas eu não dei ouvidos. Eu não fazia a menor ideia se Phillips sabia a verdade a respeito dos Ascendidos. Talvez soubesse, mas isso não importava. Ele estava morto, de qualquer modo.

Dei um suspiro e vi aquele mesmo arco preso ao lado de Setti. Era curvo como os arcos que eu usava, mas tinha uma alça e uma flecha já encaixada. Eu nunca tinha visto uma arma parecida. Só podia ser Atlante.

Estendi a mão para o cavalo, deixando que ele me cheirasse.

— Lembra de mim?

Setti me cheirou enquanto Casteel terminava de prender as correias. O animal cutucou os meus dedos e eu sorri, acariciando de leve a ponta do focinho dele.

— Parece que ele sentiu a sua falta. — Casteel se juntou a mim. — E acho que ficou mimado com toda a atenção que você deu a ele.

Eu não achava que fosse possível mimar um animal demais. Cocei a orelha dele.

Casteel estava mais perto e, com o canto do olho, eu o vi acariciar a crina de Setti. Ele olhou para os fundos do celeiro e abaixou a mão.

— Volto já.

Mordisquei o lábio inferior e espiei por cima do ombro. Casteel atravessou o celeiro para falar com uma mulher mais velha. Ela tinha algo escuro nas mãos. Setti cutucou os meus dedos outra vez, exigindo atenção.

— Tá bom. Tá bom. — Voltei a acariciar o cavalo. — Me desculpe.

Afaguei o pescoço comprido e gracioso e vi que Delano e Naill já tinham montado. Kieran caminhou na direção do seu cavalo, mas parecia que Elijah não se juntaria a nós.

Um momento depois, Casteel voltou.

— Aqui — disse ele. — Você vai precisar disso até chegarmos ao Pontal de Spessa.

Isso era uma capa preta forrada com uma pele macia. Eu me virei para pegá-la, mas Casteel se moveu atrás de mim e ajeitou a vestimenta sobre os meus ombros.

— Pedi para uma das costureiras fazer a capa, já que era impossível salvar a antiga — continuou ele enquanto estendia a mão ao redor do meu corpo.

Não me atrevi a respirar fundo enquanto ele fechava os botões sob a minha garganta. Tentei não prestar atenção em como ele estava perto — reprimi um suspiro quando a parte de trás dos dedos dele roçaram nos meus seios, me lembrando da noite passada. Eu certamente não precisava pensar naquilo.

Os braços dele roçaram no meu peito. Quantos botões tinha naquela capa? Olhei para baixo e quase gemi. A fileira de círculos pretos e brilhantes terminava logo abaixo do peito.

— Só para você saber, queimei a capa junto com os Vorazes — prosseguiu ele, e eu senti a pulsação acelerada quando ele roçou o queixo na minha bochecha. — Tivemos a sorte de que uma das costureiras já tivesse essa capa quase terminada. Pronto. Agora, é menos provável que você passe a viagem inteira implorando pelo calor do meu corpo. Embora fosse um prazer satisfazer um pedido desses.

Eu apostava que sim.

— Obrigada — murmurei.

Ele deslizou as mãos dos botões para os meus ombros e então pelos meus braços, deixando arrepios no seu encalço. Arrepios que irradiaram pela frente do meu corpo. Ao erguer o olhar, vi Elijah caminhando na nossa direção e quase acenei para ele de alívio.

— Um segundo — gritou Casteel, e Elijah parou no meio do caminho. Um instante depois, Casteel me virou nos seus braços de modo que eu ficasse de frente para ele. — Você está bem?

Eu o encarei, imaginando como ele podia ter cílios tão volumosos.

— Sim.

Ele me estudou.

— Você está muito calada.

Estava, sim, mas como é que eu poderia explicar que era porque não fazia a menor ideia de como me comportar? Eu tinha certeza de que ele acharia aquilo uma tolice; a minha falta de conhecimento era tão grande que não fazia a menor ideia de como fingir.

— É por causa do que você fez na cela? — perguntou ele.

— Não — respondi rapidamente.

— Por causa das pessoas daqui?

Fiz que não com a cabeça.

Ele ficou com uma expressão tensa no rosto.

— Então é por causa da noite passada?

— Não — neguei, sem hesitação. E provavelmente rápido demais com base no súbito clarão nos olhos dele. — Só estou um pouco cansada.

Ele me observou atentamente.

— Não tenho certeza se é por causa disso.

— É, sim — eu disse a ele. — Não é por causa do que aconteceu na noite passada nem nada. Você sabe que não dormi muito.

Casteel me olhou de um jeito que me dizia que não sabia muito bem se acreditava ou não na minha resposta, mas, depois de um momento, ele assentiu. Deu um passo para trás e acenou para que Elijah se juntasse a nós.

— Ainda acho que vocês vão chegar logo — disse Elijah enquanto segurava as rédeas de Setti.

— Espero que sim. — Casteel colocou as mãos nos meus quadris.

Congelei.

— Coloque um pé no estribo — ele me lembrou suavemente. — E então pegue o pito. Vou levantar você.

Eu me senti absolutamente inadequada, mas estendi a mão e agarrei o pito. A maioria das pessoas aprendia a andar a cavalo quando chegava à adolescência.

— Você não está acostumada com os cavalos, hein? — perguntou Elijah.

Balancei a cabeça, esperando ouvir uma zombaria no tom de voz dele, ou, pelo menos, descrença. Não ouvi nada disso.

— Eu nunca teria imaginado, vendo você tão à vontade com esse burro temperamental aqui.

— Ei — disse Casteel. — É exatamente por causa dessas coisas que você diz que ele é um burro temperamental com você.

Elijah deu uma risada enquanto Setti abaixava as orelhas.

— Peça a ele que a ensine a cavalgar — disse ele enquanto Casteel me levantava com facilidade. — Você parece ter um talento natural.

— Isso já está na enorme lista de coisas que pretendo ensinar a ela — respondeu Casteel enquanto eu me acomodava na sela.

Ele pretendia fazer isso? Senti uma empolgação surgir. Se soubesse montar e conduzir um cavalo, eu poderia viajar mais facilmente depois que ficasse livre. Para falar a verdade, seria uma habilidade necessária.

Espere aí.

Quais eram as outras coisas que ele pretendia me ensinar?

O sorriso que Elijah lançou para Casteel não me passou despercebido.

— Aposto que sim.

Senti o rosto afogueado, embora só tivesse uma vaga ideia do que ele queria dizer com aquela insinuação.

— Você ainda acha que vai conseguir mandar o primeiro grupo daqui a dois dias? — perguntou Casteel enquanto montava atrás de mim com uma desenvoltura surpreendente. Podia apostar que, se tentasse fazer isso, eu acabaria caindo de barriga na sela e escorregando do outro lado.

— Espero mandar o primeiro grupo amanhã de manhã — Elijah disse a ele.

— Ótimo. Vou esperar a chegada deles no Pontal de Spessa antes de seguir viagem para Atlântia. Desse modo, vou me sentir mais seguro ao atravessar as Montanhas Skotos — disse ele. — Mas não quero que você espere tempo demais. As estradas a oeste estão livres agora, mas você sabe que não vão continuar assim por muito tempo.

— E você sabe que eu não vou partir antes que o último habitante de Novo Paraíso esteja a caminho de casa.

Pensar em todas as pessoas forçadas a abandonar seus lares me entristeceu. Não importava que aquilo tivesse sido planejado muito antes da minha chegada. Eu havia acelerado os planos.

— Sei, sim. Foi por isso que você ficou responsável por essas pessoas. — Casteel pegou as rédeas que Elijah entregou a ele. — Espero ver você em casa, meu amigo.

— E verá. — Elijah olhou para mim. — Mantenha o nosso Príncipe na linha e tome cuidado. Espero ouvir muitas histórias sobre você brigando com ele.

— Você não precisa encorajá-la. — Casteel passou o braço em volta da minha cintura e, um segundo depois, eu estava aninhada entre as coxas dele, com as costas pressionadas no seu peito.

Embora não tivesse me esquecido da falta de privacidade enquanto estava montada a cavalo, as lembranças tinham se desvanecido. Eu não tinha certeza se precisava da capa, mas sabia por experiência própria que não fazia sentido me sentar ereta como um poste. Só conseguiria ficar com dor nas costas e com os ossos rígidos. Além do mais, acho que uma... noiva feliz não se afastaria do seu futuro marido.

E, para ser sincera, eu não queria me afastar. Não fazia a menor ideia se esse desejo tinha a ver com evitar o desconforto ou se era por causa da noite passada, do presente dele, da despensa, dos segredos que ele compartilhou comigo e de todos os outros momentos.

Elijah dobrou o braço, pressionando o punho sobre o coração.

— De Sangue e Cinzas.

— Nós ressurgiremos — concluiu Casteel, e eu senti um nó no estômago. Aquelas palavras eram a marca do Senhor das Trevas, a promessa que ele fez para o seu povo e seguidores espalhados por todos os reinos de que eles se ergueriam mais uma vez.

Aquelas palavras já foram o prenúncio do caos, mensageiras da dor e da morte. E agora o Senhor das Trevas estava sentado atrás de mim.

E eu ia me casar com ele.

Por algum tempo.

E deixei que ele me beijasse. Me tocasse.

Porque nós estávamos fingindo.

Nada daquilo era real.

— Até a próxima. — Elijah fez uma reverência para mim.

— Espero que a sua viagem seja tranquila — disse, surpreendendo a mim mesma e talvez até a Casteel, pois ele apertou o braço ao meu redor. E falei sério porque... bem, eu gostava de como Elijah estava sempre dando risadas.

Mesmo quando elas me deixavam irritada.

E as pessoas que viviam ali não precisavam passar por mais violência ou pesar.

— Eu também. — Elijah sorriu e deu um passo para trás. — Embora duvide que ela precise disso, proteja a sua noiva, Príncipe.

— Eu sempre protejo o que é meu — murmurou Casteel, e eu estreitei os olhos quando ele deu uma cutucada de leve em Setti.

Setti trotou para a frente. Os outros três estavam esperando e acabamos no meio do grupo conforme cavalgávamos para o pátio e passávamos pelo misterioso sinal que os Deuses haviam deixado para trás. As batidas do meu coração acompanhavam o estrondo ritmado dos cascos de Setti enquanto eu me segurava na sela.

— Onde estão as suas luvas? — perguntou Casteel.

Recuperei a voz depois de um instante.

— Na bolsa.

— Não vão adiantar de nada lá dentro. — Ele passou as rédeas para a mão ao redor da minha cintura e então me entregou as luvas. — O Pontal de Spessa fica no sul. O clima é mais quente lá.

Peguei as luvas e as coloquei lentamente enquanto o meu coração dava um pulo dentro do peito. Adiante, os telhados das casas surgiram. Olhei para trás e vi somente a esquina do forte de pedra antes que ele também desaparecesse.

A mistura de nervosismo e expectativa que surgia dentro de mim era uma companhia inusitada quando me virei para a frente de novo.

Dentro de alguns minutos, assim que deixássemos a Colina ao redor de Novo Paraíso, eu não teria mais nenhuma chance de fugir, se quisesse. Nós iríamos viajar para muito longe a oeste. Eu teria que me comprometer plenamente com o acordo que fiz com Casteel — com o plano dele. Pois não havia mais como voltar atrás.

— Aliás, eu não sou sua — disse a ele. — Não pertenço a ninguém além de a mim mesma. Nada muda isso.

— E se eu quisesse só um pedaço seu? — Ele passou as rédeas para a outra mão. — Um pedacinho só para mim? Posso pensar em alguns que adoraria ter, Princesa.

Senti meu rosto esquentar.

— Aposto que sim.

A risada dele foi áspera e grave.

— Diga que pedaço posso ter. Você pode escolher qualquer pedacinho. Seja lá o que for, eu aceito. — O queixo dele roçou na minha bochecha. — Vai ser o meu bem mais precioso.

Não ofereci a Casteel nenhum pedaço de mim enquanto cavalgávamos adiante, nos juntando aos outros. Não havia razão para isso, pois o que ele não sabia era que já possuía muitos deles.

Capítulo 20

— Você está calada demais hoje — comentou Casteel outra vez, depois de várias horas de viagem para o Pontal de Spessa.

— Estou? — perguntei, sabendo muito bem que não havia por que negar. Senti o pescoço rígido. As conversas zumbiam ao meu redor. Piadas eram contadas. Insultos de brincadeira eram trocados e, embora Casteel fosse o Príncipe, o seu status não dava imunidade a ele. Poucas perguntas e comentários foram dirigidos a mim, a maioria a respeito do meu treinamento e como fui capaz de mantê-lo oculto de todos. Além de explicar como treinava com Vikter, permaneci em silêncio.

Havia menos chance de fazer besteira desse jeito.

— Está, sim — respondeu ele.

Ciente de como Delano e Naill estavam perto, cavalgando a alguns passos atrás de nós, eu disse:

— Fiquei... distraída com a paisagem.

— Pela paisagem? — repetiu ele. — Você está entretida com a visão das... árvores?

Franzi o cenho e assenti. Enormes pinheiros ladeavam a estrada para o Pontal de Spessa, crescendo tão perto um do outro que os galhos se estendiam de árvore em árvore. Não era possível ver muita coisa além deles.

— Eu não fazia a menor ideia de que você era tão interessada na vegetação.

Curvei os cantos dos lábios para baixo e me retesei, me afastando de Casteel.

— Pensei que você fosse ficar agradecido por eu estar calada.

— Por que você acha que eu ficaria agradecido por isso?

Olhei para ele por cima do ombro com a sobrancelha arqueada.

— É sério? — perguntei em voz baixa.

Ele estreitou os olhos e, assim que voltei a olhar para os pinheiros cobertos de neve, incitou Setti a seguir em frente. O grande cavalo reagiu imediatamente, passando à frente do grupo.

— O que está acontecendo com você? — perguntou ele, com a voz baixa.

— Não faço a menor ideia do que você está falando. — Ergui a cabeça ao ouvir o bater de asas. Um pássaro, maior do que eu já tinha visto em toda a minha vida, alçou voo do topo de um dos pinheiros, planando graciosamente pelo céu. A envergadura das suas asas era enorme, vários e vários centímetros. — Bons Deuses, que tipo de pássaro é esse?

— Acho que é um falcão prateado. Eles são conhecidos por capturar pequenos animais e até mesmo crianças se estiverem com muita fome.

Arregalei os olhos.

— Já ouvi histórias sobre pássaros que podiam pegar crianças, mas pensei que fossem lendas.

— Aposto que muitas coisas nessa floresta são temas de lendas desse tipo, mas há apenas uma história que estou interessado em ouvir. — Ele usou o braço em volta da minha cintura para me puxar de volta contra si e acrescentou, com a voz soando logo acima da minha orelha: — A que explica por que você ficou subitamente tão silenciosa quanto um fantasma.

— Você precisa de mim tão perto assim para fazer essa pergunta? — vociferei.

Ele deu uma risadinha.

— Aqui está ela — disse. — A minha Princesa.

— Eu estive aqui o tempo todo e não sou a sua Princesa.

— Tecnicamente, você *é* a minha Princesa, e, não, você não esteve aqui o tempo todo — retrucou ele. — A Poppy que eu conheço não é quieta e dócil. Pelo menos, não aquela sem o véu.

Fiquei olhando para a frente, irritada com o fato de sua observação ser tão precisa que chegava a ser desconfortável.

— E essa Poppy, aquela que não diz nada, só apareceu hoje de manhã — continuou ele. — Você me disse que não é porque decidiu acabar com a vida daquele bastardo Ascendido com as próprias mãos. Eu a conheço bem o bastante para acreditar nisso.

— Eu não sei por que você acha que me conhece tão bem assim — retruquei, embora ele soubesse mais a respeito de mim que qualquer pessoa, incluindo Vikter, Tawny e o meu irmão.

— Sei que você fez o que achou que era certo e fim de papo. Você não é o tipo de pessoa que fica remoendo as próprias escolhas — disse Casteel, e ele *estava* certo. Argh. — E me disse que não foi por causa da noite passada, e estou inclinado a acreditar que isso seja verdade.

— Se eu dissesse que não me importo com o que você acredita, isso faria alguma diferença e o obrigaria a ficar calado?

— Não.

Suspirei.

— Sou um jogador, de modo que estou disposto a apostar que tem tudo a ver com o nosso *acordo*.

A irritação tomou conta de mim. Por que ele tinha que ser tão observador? Era muito irritante.

— Então, em vez de me dizer que não há nada errado, espero que você seja sincera comigo.

— Espero que aquele falcão volte e, em vez de agarrar animais e crianças indefesas, ele agarre você.

Casteel riu, e o som reverberou pelo meu corpo. Sabia que, se me virasse, eu veria o vislumbre das presas e daquelas malditas covinhas.

— Creio que as suas esperanças não serão atendidas.

— Como de costume — murmurei.

Ele ignorou o comentário.

— Não vou deixar isso para lá, e você, mais do que ninguém, deveria saber que sou insistente quando quero alguma coisa.

Um arrepio percorreu a minha espinha, e a mão que acabou entre as dobras da minha capa, em algum momento durante a viagem, deslizou do meu quadril até o abdômen. Engoli em seco, me forçando a pensar em qualquer coisa que não envolvesse a mão dele tão baixo no meu ventre.

— Fale comigo, Poppy — sussurrou ele perto do meu ouvido conforme começava a mover os dedos. Cada célula do meu corpo pareceu se concentrar na ponta daqueles dedos. — Por favor?

Por favor.

O pedido suave me pegou desprevenida. Era tão raro ouvir aquela palavra nos lábios dele, mesmo antes de revelar a sua identidade. Balancei a cabeça de leve.

— Eu... eu não sei como agir.

Ele inclinou a cabeça para que pudesse olhar para mim.

— O que você quer dizer com isso?

Os dedos dele continuavam se movendo, traçando círculos ao redor do meu umbigo. Senti o rosto afogueado e não sabia muito bem se era por causa do constrangimento ou do ritmo lento e preguiçoso dos seus movimentos, que me fazia lembrar demais daquelas horas escuras da madrugada.

— Não sei como devo me comportar para convencer os outros de que nós estamos... juntos.

Ele deteve os dedos por um segundo e então recomeçou o movimento.

— Você só tem que ser você mesma, Poppy.

Falar é fácil.

— Ser eu mesma incluiria discutir com você constantemente...

— E ameaçar me apunhalar — interrompeu ele. — Eu sei disso.

— Como é que ameaçar apunhalar você vai convencer alguém de que esse noivado é de verdade?

— Admito que isso levaria a maioria das pessoas a acreditar que não existe nenhuma afeição entre nós, mas ninguém acreditaria que eu escolheria uma Donzela submissa em vez do meu irmão. Eles esperariam que eu me apaixonasse por alguém tão impetuosa quanto bondosa e corajosa... até demais. Alguém que revida. — Os dedos dele agora se moviam para cima e para baixo em linha reta, mas, pela primeira vez, as suas palavras foram muito mais perturbadoras. — Para ser sincero, eles esperariam alguém como você. Não a Donzela de véu. Aquela não é quem você é.

Incomodada com o que ele disse, me segurei na sela com força.

— Você tem razão. Não sou a Donzela de véu. Não mais, só que eu... — Olhei para a faixa de céu nublado. — Eu estou acostumada a agir como a Donzela, acho. Não estou acostumada com isso.

— Imagino que você não esteja acostumada com nada disso, e não me refiro à parte sobre ser sequestrada.

Um sorriso irônico surgiu nos meus lábios.

— Tudo isso é novo. A ausência do véu e poder falar quando eu quiser e com quem quiser. Ou ser capaz de usar as minhas habilidades em vez de escondê-las. Não consigo nem me lembrar da última vez que jantei em uma mesa com mais de duas pessoas. Não estou acostumada a ficar em uma sala cheia de pessoas, sendo o centro das atenções, mas de certa forma ainda invisível para elas. Eu... — Parei de falar antes de admitir o que tinha vindo à tona. Não estava certa de que sabia quem eu era sem o véu e todas as suas limitações, pois, embora ainda houvesse novas regras a seguir, aquilo era diferente de tudo que vivi antes. — Eu acho que o modo como agia enquanto a Donzela...

— O modo como você era forçada a agir enquanto a Donzela — corrigiu ele suavemente.

Assenti.

— Acho que é com o que me sinto confortável quando não sei o que é esperado de mim. E o silêncio, a docilidade eram sempre esperados.

— Mas era fácil?

O movimento dos dedos dele, descendo ainda mais no meu ventre, despertou a minha atenção e provocou um lampejo de calor líquido pelo meu corpo, me fazendo pensar que deveria ter estabelecido alguns limites para aquele acordo. O que ele estava fazendo com a mão não convenceria ninguém do nosso relacionamento, uma vez que estava oculto debaixo da capa.

— Princesa? — murmurou ele, com os lábios roçando na minha orelha.

Soltei o ar, trêmula, esperando que o que Kieran havia dito sobre a habilidade de Casteel e dos lupinos de sentirem o cheiro do desejo fosse um exagero.

— Eu... eu sempre tinha vontade de gritar, gritar sem nenhum motivo, no meio do Salão Principal durante as reuniões da Câmara Municipal. Eu adoraria ter gritado bem na cara da Sacerdotisa Analia.

Ele soltou uma risada curta e áspera.

— Eu esperava que você sentisse vontade de fazer algo muito mais violento em relação àquela vadia. E continuo não usando essa palavra com frequência, mas uso com orgulho quando se trata dela.

Sorri, sentindo uma alegria inebriante ao me lembrar dos olhos arregalados da Sacerdotisa quando Hawke a colocou no seu devido lugar.

— E... e detestava ouvir o Duque irritado porque eu não andava sem fazer barulho...

— Ele realmente te deu um sermão por causa disso?

— Sim. — Eu ri, mas não havia nada de engraçado nisso. — Ele me dava um sermão por qualquer coisa. Procurava qualquer motivo para uma *lição*. Por não ficar ereta. Por ficar calada demais. Por não responder rápido quando era questionada, isso quando eu tinha permissão de responder, o que sempre mudava. Eu... — Sacudi a cabeça. — Eu tinha vontade de gritar com ele... não, isso não é verdade. Eu queria acertar. Frequentemente. Com os punhos. — Fiz uma pausa. — Com uma adaga.

Casteel ficou em silêncio por um momento.

— Como você conseguia lidar com ele? Eu não consigo entender isso. Você não é fraca. Não é permissiva. Isso é o oposto de quem você é. Como é que nunca revidou?

Fiquei tensa, tomada pela vergonha.

— Eu não podia fazer isso.

— Eu sei — assegurou ele de imediato. — Não estou sugerindo que pudesse. Você estava aprisionada. Assim como eu estive, e se alguém achar que você deveria ter revidado é porque nunca esteve em uma posição em que tivesse de fazer qualquer coisa para sobreviver.

Relaxei um pouco.

— Eu só... você sabe, eu levei algum tempo para aprender como me desligar daquilo. Meu corpo estava presente, mas eu pensava em outra coisa. Qualquer coisa. Às vezes, pensava em como iria me vingar de cada coisa odiosa que ele fazia ou dizia. Outras vezes, imaginava que estava treinando com Vikter. Quando ficava muito difícil me concentrar, contava. Contava até um milhão, se pudesse.

Ele parecia ter parado de respirar.

— Estou feliz por tê-lo matado.

— Eu também. — Pigarreei. — De qualquer forma, nem sempre era fácil, mas às vezes era... mais fácil simplesmente fazer o que eles queriam e ser o que eles esperavam que eu fosse. Sei que isso parece horrível.

— Talvez para alguém que nunca foi açoitado por uma bengala sem nenhum motivo. — O tom de voz dele ficou mais duro. — Todo mundo faz o que é preciso para sobreviver. Eu fiz inúmeras coisas que jamais pensei que faria — admitiu ele espontaneamente, sem um pingo de vergonha. E eu...

Eu senti inveja disso, mas as circunstâncias eram diferentes. A dele era uma questão de sobrevivência, de vida ou morte. A minha, não.

— Mas acho que foi por ter escolhido o caminho mais fácil que ignorei as minhas suspeitas sobre os Ascendidos, ou pelo menos isso me ajudou a descartá-las.

— Acho que você não foi a única a escolher esse caminho. Aposto que muitas pessoas em Solis tinham as mesmas suspeitas, mas era mais fácil ignorá-las, mesmo que isso significasse sofrimento ou sacrifício.

Assenti.

— Porque a alternativa seria subverter tudo o que você acreditava ser verdade. E não só isso, mas também perceber o papel que você desempenhava nisso tudo. Pelo menos para mim. Eu era apresentada para o povo, exposta para lembrar a todos que os Deuses poderiam escolher qualquer um, que eles também poderiam ser Abençoados algum dia. E eu sempre soube que não era a Escolhida — sussurrei a última parte, sentindo um peso no peito. — Mas compactuei com isso. E, durante todo esse tempo, eles roubavam crianças para se alimentar. Pegavam boas pessoas e as transformavam em monstros. O caminho mais fácil que segui muitas vezes me tornou parte do problema.

Casteel não disse nada, mas continuou a mover os dedos distraidamente.

— Me fez parte do sistema que aprisiona um reino inteiro em correntes criadas pelo medo e por crenças falsas. — Virei o rosto na direção dele. — Você sabe que é verdade.

— Sim. — O hálito dele soprou no canto dos meus lábios. — É verdade.

Baixei o olhar para o chão de terra batida da estrada.

— Mas sabe o que mais é verdade? Nesse exato momento, você está destruindo uma seção intrincada do sistema que aprisionou um reino inteiro por centenas de anos — acrescentou ele. — Você jamais deve se esquecer de que já foi cúmplice, mas também não deve se esquecer do que faz parte agora.

Olhei em frente, para a estrada estreita adiante e os pinheiros cobertos de neve.

— Mas será que o presente realmente repara os erros do passado? Casteel não respondeu imediatamente.

— Quem pode julgar isso? Os Deuses? Eles estão em hibernação. A sociedade? Como é que as pessoas podem tomar decisões imparciais se são prejudicadas pelos próprios pecados? — indagou ele, e eu não soube como responder. — Deixe-me perguntar uma coisa. Você culpa o Vikter?

Franzi o cenho.

— Pelo quê?

— Ele era como um pai para você, Poppy. Ele tinha que saber como essa coisa de Donzela era difícil para você. Mesmo que não tivesse percebido isso, deve ter visto como era.

A última conversa que tive com Vikter, logo antes do ataque ao Ritual, foi a respeito de como eu realmente me sentia enquanto a Donzela.

— E ele sabia o que o Duque fazia com você, não é? Mas não impediu que isso acontecesse — acrescentou ele baixinho.

Inclinei a cabeça para o lado.

— O que ele poderia ter feito? Se falasse alguma coisa ou interviesse, ele teria sido demitido e condenado ao ostracismo, o que é praticamente uma sentença de morte. Ou ele teria sido assassinado. E então eu não teria sido treinada e nunca teria aprendido a me defender. Vikter fez tudo que pôde — eu o defendi veementemente. — Assim como a minha mãe e o meu pai fizeram na noite em que foram mortos.

— Mas alguém poderia dizer que o certo seria intervir. Impedir que o Duque a machucasse — disse ele. — E sei que não sou de falar sobre fazer a coisa certa, mas ele poderia ter escolhido o caminho mais difícil. De qualquer modo, você não usa isso contra ele. E, mesmo que tivesse usado, você já o perdoou, certo?

Olhei para a frente, com o coração apertado.

— Não havia nada para perdoar. Mas ele... você ouviu o que ele me disse antes de morrer.

— Ele se desculpou por ter falhado com você — confirmou Casteel.

Lágrimas arderam nos meus olhos. As últimas palavras dele foram brutais. Eu não me arrependi do que disse a ele antes do ataque, mas e agora? Agora gostaria de não ter sido tão franca. Eu faria qualquer coisa para que Vikter tivesse morrido sentindo que tinha feito o melhor por mim. E ele fez isso, o máximo que pôde. Era por causa dele que eu sabia como empunhar uma espada e disparar uma flecha, lutar com as próprias mãos e com a minha mente.

— Acho que Vikter sabia que você nunca usou a omissão dele contra ele mesmo, mas se acreditava que tinha feito tudo o que podia ou não era algo que apenas ele podia saber — continuou Casteel suavemente. — Acho que se trata de descobrir se você é capaz de se perdoar.

Entendi aonde ele estava tentando chegar, mas não sabia se qualquer coisa que eu fizesse a partir daquele momento seria o suficiente para apagar o fato de ter sido uma cúmplice silenciosa dos Ascendidos.

— Nesse meio-tempo, enquanto você tenta descobrir se é capaz de se perdoar, ajuda encontrar alguém para culpar. E, no seu caso, e no de Vikter, a culpa pode ser compartilhada.

— Com os Ascendidos? — presumi.

— Você não concorda?

Os Ascendidos criaram o sistema em que Vikter, eu e todos os outros tomamos parte, reforçamos involuntariamente e, por fim, fomos vítimas de diversas maneiras. A minha mãe não foi capaz de se defender ou a mim por causa das limitações que os Ascendidos impunham às mulheres. As famílias entregavam os filhos à Corte ou aos Templos porque os Ascendidos lhes ensinaram que era a única maneira de apaziguar os Deuses e então usavam os monstros que eles mesmos criaram para reforçar esse temor. O sr. Tulis decidiu cravar uma faca em mim, mas foi o reino que os Ascendidos criaram que o levou a isso. Vikter jamais poderia se opor ao Duque sem enfrentar repercussões que o teriam afastado completamente da minha vida ou acabado com a dele. E eu...

Eu tive a liberdade arrancada de mim e era tão isolada que não podia compartilhar as minhas suspeitas com ninguém. E a Rainha, que cuidou de mim com tanta ternura, era a base desse sistema. Não havia como negar isso. Nem havia como negar que o sistema só se fortaleceria e cresceria, a menos que o acesso aos Atlantes fosse interrompido.

Mesmo sem a habilidade de fazer mais Ascendidos, eles ainda seriam fortes se permanecessem no controle. Se o pai de Casteel não fosse à guerra contra eles.

Mas a guerra nunca era unilateral. As baixas se amontoavam em ambos lados, e as perdas eram sempre maiores entre os mais inocentes. Muitas das pessoas que seriam libertadas se Atlântia entrasse em guerra com Solis morreriam antes mesmo de perceber como estavam aprisionadas.

— Sim. Eles são os culpados — respondi por fim, com a voz áspera. Eu não fazia a menor ideia de como havíamos nos desviado tanto do assunto. Afastei uma mecha de cabelo do rosto e limpei a garganta.
— Então, aí está a explicação para o meu silêncio. Se soubesse que insultá-lo e ameaçá-lo convenceria os outros do nosso acordo, eu teria apontado uma faca para você hoje de manhã no salão de banquetes.

— Bem, eu não chegaria a tanto — disse ele, me apertando. — Mas posso dar uma sugestão? Se fosse você, eu não chamaria o nosso noivado de acordo ou entendimento. Fica parecendo um negócio. Como se estivéssemos discutindo a venda de vacas leiteiras.

— Mas não é isso?
— Eu diria que o nosso acordo é muito íntimo. Então, não.
— O nosso acordo é algo impessoal e nada mais.
— Impessoal? É mesmo? — Ele deslizou a mão até a aba de botões da minha calça.

Perdi o fôlego.
— Sim.
— De verdade?
— *Sim* — sibilei.
— Interessante. Não me pareceu nada impessoal na noite passada — murmurou ele, e então pegou o lóbulo da minha orelha entre os dentes. Fiquei ofegante, com os olhos arregalados quando a mordidinha deixou o meu sangue pegando fogo. Ele soltou a carne sensível lentamente e riu quando tocou o ponto atrás da minha orelha com os lábios. Em seguida, senti um arrepio de excitação com os seus dentes afiados deslizando sobre a minha garganta.

Por um momento, todos os meus pensamentos se dispersaram. O sangue em ebulição rugia nos meus ouvidos e por todo o meu corpo, fazendo os meus seios se enrijecerem e se acomodando no meio das minhas pernas, por onde os dedos dele se aventuravam perigosamente. Eles faziam aqueles círculos que puxavam a costura da minha calça, esfregando-a contra o meu âmago. Arqueei as costas sem querer, e uma parte oculta e imprudente de mim desejou poder fazer aqueles dedos abaixarem...

— E agora? — repetiu ele. — Certamente não me parece nada impessoal.

Reagi sem pensar e dei uma cotovelada na sua barriga. Casteel praguejou, rosnando.

— Por favor, não briguem em cima do cavalo! — gritou Delano de algum lugar atrás de nós. — Ninguém quer ver Setti atropelar um de vocês dois.

— Fale por você — veio a voz divertida de Kieran.

Casteel se endireitou atrás de mim.

— Não se preocupe. Nós não vamos cair. Foi só um tapinha de amor.

— Não me pareceu um tapinha de amor — comentou Naill.

— É porque foi uma tapinha bastante apaixonado — respondeu Casteel.

— Você está prestes a ganhar um tapinha de amor bem no meio da cara — murmurei baixinho.

Casteel apertou o braço com mais firmeza em volta da minha cintura enquanto ria.

— Aí está aquela criaturinha feroz. Senti a falta dela.

— Tanto faz — resmunguei.

Ele se inclinou na minha direção, baixando o tom de voz de novo.

— Voltando ao assunto em questão, o nosso *noivado* é muito mais verossímil quando você bate em mim do que quando fica em silêncio.

Franzi o cenho.

— Isso me parece um... noivado muito... disfuncional.

— Mas disfuncional é muito mais divertido, não é mesmo?

— Isso... eu nem sei o que dizer sobre isso.

— Só estou dizendo que você tem que ser você mesma, Princesa. Casais discutem. Brigam. A maioria não sai por aí apunhalando ou socando o outro...

— A maioria não começa o relacionamento sendo enganada nem sequestrada — interrompi.

— É verdade, o que levou à apunhalada e aos socos, mas as pessoas apaixonadas o bastante para se casar, aquelas que os outros percebem que estão juntas antes mesmo de elas se darem conta, nunca consistem em apenas uma pessoa, uma personalidade e uma vontade. Elas brigam. Discutem. Discordam. Fazem as pazes. Conversam. Entram em acordo. A única coisa que não são é perfeitas.

— Você está me dizendo que a solução é brigar e fazer as pazes? — perguntei, porque não havia a menor chance de alguém olhar para nós, ver como tratávamos um ao outro e pensar que estávamos loucamente apaixonados. As pessoas deviam achar que nós éramos malucos.

— O que estou dizendo é que não existe uma maneira única de alguém se comportar em um relacionamento. Não existe um manual que ensine o que fazer ou como se comportar, exceto pela apunhalada. Retiro o que disse sobre algo disfuncional ser divertido.

— Graças aos Deuses.

— Só quero ter certeza de que você entende isso, para que quando estiver livre e se decidir ir embora...

— Se? Você quer dizer quando eu for embora?

— Sim. Peço desculpas — contestou ele. — *Quando* você for embora e encontrar um companheiro que nunca mentiu...

— Nem me sequestrou?

— Nem a sequestrou, você não deve apunhalar nem dar socos nele. Apenas dar beijos e fazer promessas até o leito de morte — disse ele. — É o que você merece receber de quem escolher amar.

Eu não sabia o que pensar sobre isso — sobre ele falar em mim... amando outra pessoa — amando alguém de verdade. Senti um nó no estômago.

— A questão é que você não vai estragar as coisas se ficar brava. Não vai fazer nada de errado. Cada casal é diferente. Alguns ficam o tempo todo sussurrando palavras doces no ouvido do outro. Enquanto outros ficam o tempo todo se provocando. Os dois gostam de ser o felino em uma briga de gato e rato. Assim como nós — disse ele. — Ou como parecemos ser para as pessoas. Não vai ser difícil. Não com o quão somos passionais um com outro e, antes que você tente mentir e dizer que não há paixão coisa nenhuma, saiba que isso me faria querer provar que tenho razão.

A última coisa de que eu precisava era que ele provasse que tinha razão. Havia paixão entre nós, não importava se fosse certo ou errado, e acho que seria muito mais difícil fazer aquilo se não pudéssemos suportar o toque um do outro.

E o que ele disse fazia muito sentido. Não o absurdo sobre sermos o felino em uma briga de gato e rato, o que não fazia sentido nenhum. Mas a parte sobre não existir um manual nem regras a seguir fazia sentido. Tanto que parecia algo que eu já deveria saber.

— Você deve achar que eu sou uma tola por não saber...

— Eu não acho que você seja uma tola. Nunca achei. Bem, retiro o que disse. Acho que você foi bastante tola quando tentou fugir — disse ele, e eu revirei os olhos. — Você nunca esteve em um relacionamento e nunca presenciou um relacionamento normal de perto, de modo que entendo por que não sabe muito bem como agir. E não é como se essa situação fosse algo comum.

Relaxei um pouco, me sentindo melhor.

— E você esteve em um relacionamento. Quero dizer, você disse que já se apaixonou antes.

— Já, sim.

Observei a neve deslizar dos galhos enquanto passávamos, pensando na filha de Alastir. Shea. Era um nome tão bonito e, já que Casteel tinha me contado outras coisas antes, talvez ele estivesse disposto a falar sobre ela.

— O que... o que aconteceu?

Os dedos dele pararam de se mover e ele ficou em silêncio por tanto tempo que achei que não fosse responder, o que me deixou ainda mais curiosa. Mas então ele disse:

— Ela se foi.

Mesmo já sabendo disso, senti uma dor aguda no coração e agucei os sentidos para ele sem pensar muito bem. No instante em que me conectei a ele, fui atingida por uma onda de angústia tão poderosa que quase encobria a raiva ali embaixo. Eu tinha razão. A dor e a tristeza de Casteel não eram só por causa do irmão. Mas também por causa daquela mulher sem rosto.

Pensei no que Casteel havia me contado na noite do Ritual, antes do ataque. Ele me levou até o salgueiro no jardim e me contou sobre um lugar onde costumava ir com o irmão e o melhor amigo. Uma caverna que transformaram no seu próprio mundinho. Ele me disse que perdeu o irmão e depois o melhor amigo alguns anos mais tarde. Será que o melhor amigo era Shea, a mulher que ele amava?

Mas a sua dor...

Antes mesmo de saber o que estava fazendo, larguei a sela e comecei a tirar a luva...

— Não — alertou ele suavemente, e minhas mãos ficaram imóveis. — Agradeço o gesto, mas não preciso nem quero que você alivie a minha dor.

Ainda conectada a ele, eu não conseguia imaginar como isso era possível. A agonia que existia atrás dos sorrisos desdenhosos e dos olhares zombeteiros — atrás de todas as máscaras dele — era quase insuportável. Ameaçava me derrubar no chão congelado. Ser pisoteada por Setti era quase preferível a sentir o que supurava daquelas feridas invisíveis.

— Por que você não quer isso?

— Porque a dor é um lembrete e um alerta. Um aviso que eu pretendo jamais esquecer.

Cortei a conexão quando a bile começou a subir pela minha garganta.

— Ela... ela morreu por causa dos Ascendidos?

— Tudo de podre na minha vida tem ligação com os Ascendidos — respondeu ele, colocando a mão de volta no meu quadril.

— Eu tenho ligação com os Ascendidos — disse antes que pudesse me conter, antes que conseguisse ignorar aquele incômodo estranho.

Casteel não respondeu. Ele não disse nada. Os segundos passaram e se transformaram em minutos, e senti como se tivesse uma faixa apertando o meu peito.

Olhei para a frente e passei as horas seguintes imaginando como ele suportava ficar perto de mim — de alguém ligada aos Ascendidos como eu era. Eles tiraram o irmão dele. Tiraram a pessoa que ele amava. A sua liberdade. O que mais poderiam tirar dele?

A sua vida?

Um arrepio percorreu a minha pele quando me sentei ereta, segurando a sela. Pensar em Casteel morto, pensar sobre ele não estar mais ali com aqueles sorrisinhos frustrantes e olhares provocantes, as respostas perspicazes e aquelas malditas covinhas irritantes? Não, eu não podia sequer pensar nisso. Ele era muito cheio de vida para eu conseguir pensar nele não estando mais ali.

Mas ele não estaria algum dia. Quando isso tudo terminasse e nós nos separássemos, ele sairia da minha vida. Era o que eu queria — o que pretendia fazer.

Então por que de repente tive vontade de chorar?

*

Acampamos perto da estrada, muitas horas depois que o sol se pôs. Estava frio, mas nem de longe tão frio quanto na Floresta Sangrenta. Casteel não falou muito comigo a não ser para me oferecer comida ou perguntar se eu precisava descansar, mas, assim que me deitei no meio da noite sem estrelas, ele voltou para o meu lado e se acomodou atrás de mim. Acordei nos braços dele.

Os três dias seguintes foram iguais.

Casteel mal falou. Seja lá o que ele estivesse sentindo, e eu não aguçei os sentidos para saber de verdade, era como uma sombra mais fria que as noites. Muitas vezes, tive vontade de perguntar — de dizer a ele que sabia a respeito de Shea. Que sentia muito por ele a ter perdido. Eu queria fazer perguntas a respeito dela — dos dois. Queria que ele fizesse o que Alastir disse que não fazia. Queria que ele conversasse comigo, pois sabia que o silêncio alimentava a sua angústia. Mas não fiz nada, dizendo a mim mesma que não era da minha conta. Que, quanto menos eu soubesse, melhor seria.

Mas ele se deitava ao meu lado durante a noite e estava lá quando tive um pesadelo, me acordando antes que eu pudesse dar som aos gritos que surgiam dentro de mim. Ele me abraçou em silêncio, acariciando as minhas costas até que eu caísse no sono outra vez.

Os pesadelos... eram diferentes. Descontínuos, como se eu entrasse e saísse deles em vez de seguir os eventos da noite como antes. Também não faziam o menor sentido para mim. Não as feridas na minha mãe, nem os gritos nem a fumaça sufocante. Não aquela voz assustadora que sussurrava sobre papoulas sangrando. Era como se os pesadelos não fossem mais reais.

Era nisso que eu estava pensando quando selamos os cavalos e seguimos caminho para o Pontal de Spessa no quarto dia. Não fazia a menor ideia de quanto tempo havia se passado quando vi algo nas árvores à minha esquerda. Não consegui distinguir o que era e, quando pensei que estava vendo coisas, vi de novo, algumas árvores adiante na estrada.

Estava pendurado em um galho sem folhas de pinheiro nem neve. Uma corda moldada em uma espécie de símbolo — um círculo. Virei na sela, mas não consegui descobrir onde aquilo estava na massa densa de árvores. O braço ao redor da minha cintura me apertou, a primeira reação de Casteel em dias. Eu podia sentir a tensão no braço dele enquanto examinava a floresta.

A forma atiçou a minha memória. Parecia algo que eu já tinha visto antes. À direita, vi aquilo de novo — uma corda marrom pendurada em outro galho sem vegetação, moldada quase como uma forca, mas com uma vara ou algo do tipo atravessando o centro.

Eu tinha visto algo semelhante na Floresta Sangrenta. Só que era feito com pedras e me lembrava do Brasão Real. Mas, agora que conseguia ver aquele ali com mais nitidez, eu me dei conta de que só *parecia* com o Brasão.

Não era uma linha reta como uma flecha, inclinada em um ângulo, mas na direção contrária. E aquilo... aquilo não era uma vara presa na corda. Era de uma cor acinzentada, com as pontas nodosas.

Ah, Deuses.

Era um *osso*.

Setti diminuiu o ritmo e Casteel tirou o braço da minha cintura.

Lentamente, ergui o olhar e a apreensão tomou conta de mim. Havia dezenas daqueles símbolos pendurados no meio das árvores, todos diferentes, a uma altura vertiginosa.

— Casteel? — chamei baixinho. — Você viu isso no meio das árvores?

— Sim.

— Eu vi as mesmas formas na Floresta Sangrenta.

— Cas. — A voz de Kieran era baixa, quase inaudível.

— Eu sei — respondeu ele, e eu ouvi o estalo silencioso de um fecho. Quando colocou o braço de volta na minha cintura, ele apoiou o estranho arco no meu colo. De perto, pude ver que a flecha era mais grossa que o normal e, embora já tivesse visto o tipo de dano que o projétil era capaz de causar, ainda era de alguma forma incompreensível.

Examinei o arco e a flecha de pedra de sangue.

— São os Vorazes? — perguntei, já que vi as pedras um pouco antes que eles chegassem. Olhei para baixo, mas não avistei névoa nenhuma.

— Não acredito que os Vorazes tenham começado a decorar as árvores com projetos de artesanato, Princesa — disse ele, e o meu coração deu um salto idiota dentro do peito. Era a primeira vez que ele me chamava assim em dias. Ele colocou a alça do arco na minha mão. — A linda decoração é cortesia do Clã dos Ossos Mortos.

— Do quê? — Virei a cabeça na direção dele.

— Eles costumavam viver por todo o Reino de Solis, principalmente onde a Floresta Sangrenta está localizada agora, mas se mudaram para essas florestas e colinas nas últimas décadas.

— Nunca ouvi falar deles.

— Há muitas coisas que os Ascendidos não contam para o povo de Solis. Como o fato de que há pessoas que vivem e sobrevivem fora da proteção da Colina.

— Como? — exigi saber. Muitos dos vilarejos equipados com Colinas menores eram frequentemente invadidos pelos Vorazes.

— Eles fazem o que for necessário. Para esse clã, um dos meios é matar qualquer pessoa que considerem uma ameaça. Supostamente, eles comem aqueles que matam e costumam usar a carne para fazer máscaras e os ossos... bem, você já viu o que eles gostam de fazer com os ossos. Você conhece o ditado: não desperdice para não faltar.

Fiquei boquiaberta.

— Eu...

— Sim, Princesa, também não sei o que dizer. Nós tentamos evitá-los quando passamos por aqui. Normalmente, não temos nenhum problema. Mas se tivermos... — Ele fechou a mão sobre a minha. — Consegue sentir essa peça de metal? É o gatilho. Você mira o arco como faria com um arco normal, mas, em vez de puxar a corda para trás, você pressiona o gatilho e ele dispara a flecha.

Eu tinha tantas perguntas, mas fechei os dedos em torno da alça de madeira, sentindo o seu peso. O instinto me dizia que o mais importante era me concentrar naquelas instruções.

— Certo.

— A flecha é encaixada da mesma forma, só que fica fixa. Você só tem que mirar e apertar o gatilho. Projéteis de pedra de sangue também matam os mortais — instruiu ele. — Você já sabe o que fazer se tivermos algum problema com essas pessoas. Continue viva.

Fiz menção de responder, mas Kieran deu um berro. Não mais que um segundo depois, Casteel me puxou de encontro ao corpo. A alça do arco pressionou o meu abdômen enquanto alguma coisa zumbia a poucos centímetros do meu rosto. Virei a cabeça para a direita quando um galho se partiu em dois do outro lado da estrada, derrubado por...

— Nas árvores! — gritou Naill. — À esquerda!

Casteel fez Setti dar meia-volta, guiando o poderoso cavalo de modo que eu ficasse de frente para a direita. Ele mudou de posição na sela, pressionando o meu corpo para baixo o máximo que podia.

Houve outro disparo, e então Casteel caiu de cima de Setti e foi derrubado no chão.

Capítulo 21

— Casteel! — gritei, com o coração martelando contra as costelas. Virei na sela e agarrei o arco enquanto olhava para baixo.

Casteel rolou para longe dos cascos de Setti e se pôs de joelhos no chão. Senti um nó no estômago assim que vi as *flechas* que se projetavam das costas dele. Uma delas estava alojada no seu ombro esquerdo. A outra estava perto do meio das costas, bem à direita. O sangue já escurecia a capa preta.

Bastardos de Solis! – gritou alguém das árvores. — Vocês vão morrer hoje!

Outra flecha passou pelo meu rosto, errando o alvo por meros centímetros. O pânico tomou conta de mim quando Setti trotou em um círculo fechado, assustado. *Ele está bem*, eu disse a mim mesma enquanto agarrava o pito da sela com a outra mão. Ele é um Atlante. Duas flechas não são capazes de derrubá-lo. *Ele está bem*. Eu o apunhalei bem no coração, e ele ficou bem. *Ele está bem*.

Setti empinou. Minha mão escorregou da sela. Eu não fazia a menor ideia de como controlar um cavalo e, se tirasse a mão dali para pegar as rédeas, cairia no chão. Eu não era tão rápida quanto Casteel. Lancei um olhar desnorteado para a fileira de árvores densas quando Naill praguejou alto depois de ser atingido por uma flecha na perna. Setti bateu com os cascos da frente no chão, me sacudindo até os ossos. Soltei a sela e escorreguei. O céu virou de lado...

Um braço me agarrou por trás. O cheiro de especiarias e de frutas cítricas na neve fresca me envolveu. Casteel me puxou para baixo no instante em que Delano apareceu do outro lado de Setti. Ele pegou as rédeas de Setti, se agachou na sela e pulou em cima do cavalo, segurando as rédeas da sua montaria na outra mão. Deslizou no assento e cravou os calcanhares no animal, incitando Setti e o seu cavalo a seguirem na direção da floresta à direita.

Um borrão de pelos fulvos passou por nós e entrou na floresta. *Kieran*. Vários segundos depois, ouvi um ganido e um grito agudo conforme Casteel praticamente me carregava para as árvores à direita.

— Malditos lupinos! — bufou um homem, a afirmação entusiasmada em desacordo com o que saiu da sua boca a seguir. — Hoje é o nosso dia de sorte, rapazes! Como os Deuses são bons!

Casteel girou de repente, protegendo o meu corpo com o seu. Ele estremeceu e praguejou alto, e percebi que tinha sido atingido por outra flecha.

— Isso está ficando muito irritante — rosnou ele, me empurrando para trás de uma árvore. Ele jogou a aljava de flechas que eu não o tinha visto pegar na minha direção. — Não leve uma flechada. Isso seria ainda mais irritante.

— Que tal você tentar não levar *mais uma* flechada? — Uma flecha se projetava da lombar de Casteel, e ele continuava de pé. Lá no fundo, eu sabia por quê. Ele era um Atlante. Mas, quando vi as três flechas cravadas no corpo dele, só consegui pensar em uma coisa... e se não fosse?

Ele estaria morto, e eu...

— Mas eu fico bonito com as flechas, não? — Casteel girou o corpo bruscamente, abrindo a mão. Ele pegou a próxima flecha que lhe era destinada.

Eu o encarei.

— Não sei por que algum de vocês acha que hoje é o seu dia de sorte — gritou ele enquanto se virava. Ele quebrou a flecha no punho fechado. — Não é mesmo. Não quando a minha capa foi destruída. E eu gostava muito dela. Era quentinha, e agora está cheia de malditos buracos. Como é que ela vai me esquentar?

Algo sobre ele estar mais chateado com a capa estragada do que com os *inúmeros* buracos no corpo teve um estranho efeito tranquilizador sobre mim. Minhas mãos pararam de tremer conforme me concentrava nos pinheiros do outro lado da estrada. Eu sabia como disparar um arco. E era muito boa nisso. Vikter dizia que eu era uma das melhores arqueiras que ele já tinha visto. Eu tinha as mãos firmes, o olhar atento e os reflexos rápidos. Foi por isso que Casteel entregou o arco para mim. Ele sabia que eu poderia usá-lo bem.

E agora as minhas mãos estavam firmes.

Um som começou a ecoar, uma grande onda de chocalho que me fez lembrar daqueles brinquedos de madeira com miçangas dentro de que as crianças tanto gostavam. Parecia vir de todas as direções, como o raspar de ossos secos. Os pelos da minha nuca ficaram todos eriçados.

Examinei rapidamente o outro lado da estrada em busca de qualquer movimento que não fosse castanho-amarelado e levantei o arco ao passo que Naill se juntava a Casteel. Fechei o dedo ao redor do gatilho enquanto continuava procurando...

Uma forma amarronzada surgiu por um breve instante entre os pinheiros, e eu não hesitei. Nem por um segundo. Nivelei o arco assim que o meu alvo levantou a arma, mirando em Naill. Apertei o gatilho.

O projétil foi lançado com um assobio, voando pela estrada. Eu já sabia que tinha acertado o alvo quando peguei outra flecha mais pesada e grossa.

O movimento despertou a minha atenção. Olhei bem a tempo de ver Casteel dar um salto no ar. Ele pulou mais alto que a própria altura, bem mais que um metro e oitenta. Entreabri os lábios quando ele pousou em cima de um galho, sacudindo as folhas de pinheiro e os flocos de neve. Só consegui ver o soco dele nas sombras do galho. Um segundo depois, ele arrancou um mortal dali e o jogou no chão.

Delano saiu disparado da floresta. Na forma de lupino, ele não passava de uma faixa de pelos brancos. Pegou o mortal antes que caísse no chão, balançando a cabeça imensa e sacudindo o homem como um cachorro faria com o seu brinquedo preferido. Ouvi um estalo, e então Delano largou o mortal alquebrado. O sangue escorria dos pelos de Delano quando ele avançou, pegando pela garganta outro membro do clã que Casteel tinha jogado da árvore de... bons Deuses... lá de cima.

Tirando os olhos do que era improvável que fosse me esquecer, encaixei mais uma flecha e disparei em outro mortal que surgiu do meio das árvores. Carreguei o arco, virei a cintura e me inclinei...

— Malditos chupadores de sangue! Rapazes, sejam rápidos! — soou aquela primeira voz de novo, em algum lugar das árvores. — Não estamos lidando apenas com lupinos! Mirem na cabeça!

Certo, era interessante o fato de que esse tal de Clã dos Ossos Mortos sabia a respeito dos lupinos e dos Atlantes. E eu...

Uma dor lancinante percorreu a minha pele quando uma flecha passou por mim, roçando no meu braço. Respirei fundo enquanto corria para trás do olmo, sacudindo o pulso como se isso pudesse diminuir a ardência de algum modo.

Não ajudou muito.

Gritos de dor ecoaram pelos rosnados longínquos. Rangendo os dentes, olhei por cima do ombro, mas não vi nem Casteel nem Delano. Naill também tinha ido embora. Permaneci imóvel até que percebi uma mudança nas sombras e um lampejo de movimento à minha esquerda. Mirei ali.

Disparei o projétil no instante em que o som de passos chamou a minha atenção para a direita. Um homem correu na minha direção — ou pelo menos pensei que a silhueta alta e larga fosse de um homem, mas não sabia ao certo. O rosto dele estava coberto por algo que parecia couro. Tufos de cabelo castanho despontavam da máscara. Ele não carregava um arco, mas uma espécie de porrete e era rápido para alguém do seu tamanho.

— Merda — sussurrei, girando na direção da aljava. Peguei uma flecha e a encaixei rapidamente.

O homem girou o porrete antes que eu conseguisse disparar. Eu me abaixei, mas não fui rápida o bastante. O porrete atingiu o arco, arrancando-o das minhas mãos com um golpe violento. Ele riu.

— Que tipo de vadia você é? — perguntou ele quando eu dei um pulo para trás. Reconheci a voz do homem. Era aquele que tinha gritado e, agora que ele estava a poucos centímetros de distância, entendi por que pensei que a máscara fosse feita de couro.

E também entendi que Casteel não estava brincando quando disse que o Clã dos Ossos Mortos operava com base no credo do desperdício.

Era pele.

Pele humana esticada para caber na cabeça dele, costurada em pedaços irregulares ao redor das aberturas que foram criadas para os olhos e a boca. Senti meu estômago se revirar, mas não me entreguei ao enjoo.

— Você é meio cachorro ou gosta de chupar as coisas? — perguntou ele, passando o porrete para a mão esquerda. — Se implorar direitinho, tenho uma coisa para você chupar. — Ele baixou a mão e pegou o que presumi ser aquilo a que ele estava se referindo. — O rosto pode até ser uma bagunça, mas a sua boca parece servir.

Com o coração disparado, me esquivei para longe do alcance do porrete quando ele o girou no ar outra vez. Pus a mão dentro da capa e desembainhei a adaga. Permaneci imóvel, esperando enquanto abria e fechava os dedos ao redor do cabo. Eu tinha que ser rápida e esperta. Só teria uma chance.

— Aposto que você é uma daquelas vadias dos lupinos. Ouvi dizer que eles gostam das mulheres todas cortadas. — Ele assobiou, como se chamasse um cachorro, e eu segurei a adaga com força. — Diga-me, garota. Que tipo de vadia você é?

Ele ergueu o porrete de novo e eu ataquei. Disparei para a frente, deslizando sob o braço dele e agarrando a túnica suja. Empurrei a adaga para cima, usando toda a força que eu tinha para cravá-la bem embaixo do queixo do homem.

— Eu sou *esse* tipo de vadia — rosnei. Os músculos debaixo da máscara feita de carne humana ficaram frouxos quando puxei a adaga.

O sangue jorrou em um jato quente. Seja lá o que ele estivesse prestes a dizer, terminou em um gorgolejo. O porrete caiu da sua mão, e então ele tombou como uma árvore, direto e para a frente, me levando consigo.

Caí no chão coberto de folhas de pinheiro e neve com um grunhido enquanto o ar saía dos meus pulmões. O inimigo estava flácido, com o rosto grotescamente mascarado esmagado contra o meu ombro.

— Droga — murmurei enquanto o peso dele afundava em cima de mim. O homem tinha um cheiro de podre e de outras coisas que eu não queria nem pensar. Deixei minha cabeça cair contra o chão. — Que ótimo.

Um bater de asas atraiu o meu olhar para o céu. Estreitei os olhos quando aquele enorme falcão de antes surgiu lá no alto, pairando graciosamente antes de desaparecer no meio das árvores. Uma asa, acariciada pelo sol, brilhava como prata. Eu realmente esperava que a minha capa nova não acabasse encharcada de sangue.

Suspirei e reuni todas as minhas forças para empurrar o inimigo, conseguindo tirá-lo de cima de uma parte do meu peito. Respirei fundo...

O homem foi subitamente erguido e jogado para o lado como se não passasse de um saco de pedregulhos. Não faço a menor ideia de onde ele caiu. Não conseguia parar de olhar para Casteel.

Ele pairava acima de mim, com o rosto salpicado de pontos vermelhos.

— Você está sangrando.

— Você tem três flechas cravadas no corpo.

— Você foi ferida. Onde? — Casteel se ajoelhou ao meu lado, ignorando a minha observação um tanto desnecessária.

— Eu estou bem. — Sentei-me, com os olhos grudados na flecha que se projetava do abdômen dele enquanto embainhava a adaga. — Isso dói?

— O quê?

— As *flechas*. — Fiz uma pausa quando ele pegou o meu braço esquerdo, empurrando a capa para o lado. — As flechas cravadas no seu corpo.

— Isso não passa de um aborrecimento. — Ele virou o meu braço e eu estremeci. — Desculpe — disse ele rispidamente enquanto expunha o rasgo na manga da minha túnica.

— Elas estão dentro do seu corpo — repeti. — Como isso pode ser apenas um aborrecimento? É porque você é da linhagem fundamental?

— Sim. — As feições dele se acentuaram conforme Casteel puxava a bainha do meu suéter com cuidado. — As feridas vão sarar assim que eu arrancar as flechas.

— Então por que você ainda não fez isso?

— Porque não vão apodrecer, ao contrário das suas feridas se houver sujeira nelas. — Ele ergueu o olhar e os seus olhos atraíram toda a minha atenção. Suas pupilas pareciam maiores. — Você está preocupada comigo, Princesa?

Fechei a minha boca.

— Está, sim. Ouvi você gritar o meu nome quando eu caí do cavalo — continuou Casteel, e era estranho ele me provocar depois de cavalgar em silêncio por horas e com três flechas saindo do corpo. — A sua preocupação aquece o mesmo coração que você feriu tão dolorosamente.

Lancei-lhe um olhar furioso.

— Você não serve de nada para mim morto.

Um canto dos lábios dele se ergueu enquanto examinava o meu braço.

— Parece ser um ferimento superficial. Você vai sobreviver.

— Eu disse a você que estava bem.

— Ainda precisa ser coberto. — Ele se levantou, me trazendo consigo. Deu um passo para trás e arrancou um pedaço da capa. — Não é a opção mais higiênica, mas vai ter que dar até chegarmos ao Pontal de Spessa.

O ruído de folhas esmagadas atraiu o meu olhar. Vi Delano se esgueirando entre os pinheiros, ainda na forma de lupino. Listras vermelhas manchavam o seu pelo. Seus olhos claros passaram de Casteel para mim, e então ele deu um grande salto e disparou para o meio das árvores.

— Aonde ele vai?

— Deve ter ido pegar os cavalos — respondeu Casteel.

Olhei de relance para Casteel. Ele estava ao meu lado, segurando o meu braço em uma das mãos e o tecido na outra, mas não fez nenhum movimento para cobrir a ferida que sangrava. Só ficou parado ali, com o rosto encovado.

A ardência no meu braço caiu no esquecimento quando a apreensão *realmente* tomou conta de mim.

— Tem certeza de que você está bem? — perguntei. — Talvez fosse melhor arrancar essas flechas ou algo do tipo.

Ele engoliu em seco e entreabriu os lábios. Vi um ínfimo vislumbre das presas.

— Casteel — gritou Kieran atrás de nós.

O Príncipe piscou os olhos e ergueu a cabeça para olhar por cima do meu ombro. As pupilas dele pareciam ainda maiores, expulsando o âmbar das íris. O instinto enviou um arrepio de alerta por todo o meu corpo.

— Eu estou bem.

— Você tem certeza disso? — perguntou Kieran.

Observei Casteel atentamente, imaginando o que havia de errado com ele.

— Seus olhos — sussurrei. — As pupilas estão enormes.

— Elas ficam assim de vez em quando. — Casteel pigarreou, finalmente se mexendo enquanto repetia mais alto: — Eu estou bem. — Ele enrolou a tira da capa em volta do meu braço. — Isso pode doer.

A sensação não foi muito boa quando Casteel apertou o curativo improvisado, prendendo-o de modo que ficasse no lugar. Assim que terminou, ele abaixou o meu braço e colocou a capa por cima. Eu o observei recuar e olhar para si mesmo, ainda... bem, ainda preocupada com ele.

— Obrigada.

Casteel olhou rápido para mim, e parecia haver uma pontada de surpresa naqueles olhos estranhos. Ele assentiu e então se virou para Kieran.

— Sobrou algum deles?

— Os vivos voltaram para as casas que construíram para si mesmos — afirmou Kieran. — Naill está patrulhando a estrada adiante para se certificar de que não vamos encontrar mais ninguém.

Eu queria saber como aquelas pessoas sabiam o que Kieran e Casteel eram e me virei na direção dele para perguntar. Mas então esqueci o que ia dizer. Fiquei de queixo caído.

— Você está pelado!

— Estou, sim — respondeu Kieran.

E estava mesmo.

Tipo completamente nu, a pele marrom totalmente exposta. Eu me virei rapidamente, meus olhos arregalados encarando Casteel.

— Você devia ver a sua cara agora. — Casteel segurou a flecha em seu abdômen. — Parece até que estava tomando banho de sol.

— Porque ele está pelado — sibilei. — Tipo, superpelado.

— O que você acha que acontece quando ele muda de forma?

— Na última vez, ele continuou de calças!

— Mas, às vezes, não. — Casteel encolheu os ombros.

— Acho que aquelas calças eram mais largas — afirmou Kieran. — Você não precisa ficar envergonhada. É só pele.

O que eu vi *não* era só pele. Ele era... bem, o corpo dele era muito parecido com o de Casteel. Esbelto, musculoso e...

Eu me recusava a pensar sobre o que vi.

Sem saber o que dizer, deixei escapar em um sussurro:

— Ele deve estar com frio!

— A temperatura corporal de um lupino é mais alta que o normal. Só estou sentindo um friozinho — comentou Kieran. — Como aposto que você notou.

Casteel abriu um sorriso malicioso.

— Duvido que ela saiba do que você está falando.

Respirei fundo e soltei o ar lentamente.

— Eu sei muito bem do que ele está falando, muito obrigada.

— Como é que você sabe disso? — Casteel arqueou as sobrancelhas e percebi que as pupilas dele pareciam ter voltado ao tamanho normal. — Se você sabe o que isso significa é porque já foi muito safada.

— Sei disso porque... — Fiquei ofegante quando ele arrancou a flecha. — Ah, meus Deuses.

— Parece pior do que é. — Ele jogou a flecha no chão e então puxou a do ombro esquerdo.

Fiz menção de me virar, mas lembrei que o que estava atrás de mim era muito mais traumatizante.

— Espero que você tenha uma muda extra de roupas — eu disse a Kieran.

— Tenho, sim. Assim que Delano chegar com os cavalos, vou ficar decente e apresentável outra vez.

Estremeci quando Casteel arrancou a segunda flecha.

— Acho que você nunca ficou decente e apresentável.

— Isso é verdade — concordou Kieran, e tive a impressão de que ele tivesse se aproximado. — Você matou o falastrão?

Assenti enquanto Casteel praguejava quando a flecha que estava puxando ficou presa em algo importante. Tipo um órgão.

— Com a sua adaga? — Kieran parecia impressionado.

— A adaga e a minha personalidade encantadora.

O lupino bufou.

— Deve ter sido isso então que o matou.

Senti um nó no estômago quando Casteel arrancou a terceira e última flecha. Engoli em seco. *Com força.*

— Mas acho que ele quebrou o arco.

— Mas não quebrou você. — Casteel endireitou a túnica, aliviando a tensão em torno da boca. — E isso é tudo o que importa.

*

Assim que Delano voltou com os cavalos e Naill relatou que a estrada adiante parecia desimpedida, nós seguimos nosso caminho.

Com um Kieran completamente vestido, graças aos Deuses.

Cavalgamos em silêncio, vigilantes e alertas para qualquer sinal do Clã dos Ossos Mortos. O céu estava escurecendo para um tom azul-escuro quando a estrada finalmente se alargou e as temperaturas caíram ainda mais. Assim que a aglomeração de olmos diminuiu, imaginei que seria seguro falar. Eu estava ansiosa para fazer isso.

— Eu tenho tantas perguntas sobre o Clã dos Ossos Mortos.

— Que surpresa — murmurou Kieran, que cavalgava à nossa esquerda.

Casteel riu baixinho, e foi o primeiro som que fez desde que montou no cavalo. Fiquei imaginando — não me preocupando — se ele ainda sentia dor por causa das flechas, mas, se perguntasse, eu seria submetida a sua provocação melodramática.

— Não prometo que conseguiremos responder a essas perguntas, mas o que você gostaria de saber? — perguntou ele, com o braço relaxado ao meu redor.

— Por que o Clã dos Ossos Mortos nos atacou daquele jeito? — comecei por aí. — Entendo que eles sobrevivam fora de uma Colina dessa forma, mas é evidente que não somos Vorazes.

— O Clã dos Ossos Mortos não é somente anti-Vorazes. Eles são contra... todo mundo — disse Naill atrás de nós. — Às vezes, deixam que as pessoas passem pela estrada. Outras vezes, não. Só podemos esperar que Alastir e o seu grupo tenham conseguido passar, mas eles estavam armados. Assim como aqueles que estão atrás de nós.

Deuses, eu nem tinha pensado neles. Espero que tenham conseguido passar. Eu gostava de Alastir e esperava que o povo de Novo Paraíso não encontrasse mais problemas.

— Se tivessem capturado Alastir e o grupo, eles não teriam vindo atrás de nós. Aposto que estão com fome — afirmou Kieran, e eu franzi os lábios.

— Ouvi um deles falar que gostaria de fazer uma capa com o meu pelo — disse Delano à nossa direita. Ele franziu o cenho. — Meu pelo deveria ser reservado para algo muito mais luxuoso que uma capa. Eu o mordi mais forte por causa disso.

Apertei os lábios quando Casteel acrescentou:

— Pelo que descobri a respeito do Clã, quando a guerra estourou eles fugiram para essa floresta. Acho que ninguém mais sabe se eles sempre tiveram uma predileção por carne, por comê-la e vesti-la.

Eu não queria pensar sobre a predileção deles por carne.

— Eles sabiam o que vocês eram — comentei.

— Você precisa ter em mente que eles são remanescentes de uma época em que Atlântia governava todo o reino — afirmou Casteel. — Imagino que cada geração aprendeu sobre nós por meio das histórias contadas pelos mais velhos. Fora do domínio dos Ascendidos, as nossas histórias não foram reescritas nem perdidas.

— Certo, mas eles ainda tentaram matar você.

— Matar todos *nós* — corrigiu Casteel, e eu senti o estômago revirado. — Muitos Atlantes e lupinos passaram por essa estrada ao longo dos séculos. Duvido que a sua mentalidade de atacar primeiro e fazer perguntas depois tenha estimulado alguma afeição após eles perceberem que não seríamos mortos por flechas ou porretes. — Ele mudou de posição como se procurasse ficar mais confortável. — Além disso, o pelo dos lupinos dá mesmo belas capas.

Naill riu enquanto o lupino praguejava.

— Mas eles viviam em uma das cidades perto da Floresta Sangrenta. Em algum momento ao longo das últimas centenas de anos, eles acabaram aqui — continuou Casteel. — Já viajei por essa estrada antes e nunca lidei com eles até agora.

Isso explicava por que eu tinha visto os símbolos lá e depois aqui.

— Como eles passaram despercebidos pelos Ascendidos?

— Quem pode dizer que passaram? — retrucou Naill.

— Bem, eles ainda estão vivos — argumentei. — De modo que acho que sim.

Kieran seguiu na dianteira.

— Já que o Clã dos Ossos Mortos costuma atacar de imediato e com o número de membros cada vez menor, acho que não devem valer a perda de tempo dos Ascendidos.

Olhei para trás, imaginando quantas pessoas viviam na floresta. Centenas? Milhares? Se houvesse milhares, os Ascendidos certamente fariam valer o seu tempo. Milhares poderiam organizar uma rebelião. Talvez não fosse bem-sucedida, mas poderia causar muitos problemas, ainda mais que o clã possuía o tipo de conhecimento que os Ascendidos gostariam que não tivessem.

— Além disso, os Ascendidos não costumam mandar pessoas para cá — acrescentou Delano. — Isso pode mudar quando eles perceberem que você está desaparecida, mas só os Deuses sabem a última vez que alguém enviado por eles veio tão longe ou foi além desse ponto.

Algo na sua voz me fez olhar para ele. Na luz tênue, pude ver as linhas duras e inflexíveis do seu rosto.

— Por quê?

— Você vai ver — respondeu Casteel.

E foi só o que ele disse — o que qualquer um disse enquanto a noite descia e a lua surgia, lançando uma luz prateada sobre as colinas que se seguiram depois da floresta.

Com a mente ocupada com tudo o que tinha acontecido e com o que descobri antes que a primeira flecha atravessasse a estrada, não imaginei que pudesse cochilar. Mas foi exatamente o que aconteceu quando me senti relaxando no espaço entre os braços de Casteel. Em algum momento, acabei me recostando nele e, assim que me dei conta disso, endireitei o corpo.

— Sinto muito — murmurei, com os músculos cansados enquanto me forçava a sentar ereta. Percebi que estávamos bem espaçados de novo, com Delano e Naill vários metros na frente e Kieran mantendo o ritmo ao nosso lado.

— Pelo quê?

— Você levou uma flechada. — Reprimi um bocejo. — Pelo menos três flechadas.

— Eu já estou curado. Tá tudo bem. — Como não me mexi, ele usou o braço ao redor da minha cintura para me puxar de volta contra si.

Que os Deuses me ajudassem, mas não resisti.

— Relaxe — sussurrou ele no topo da minha cabeça. — Devemos chegar ao Pontal de Spessa em breve.

Olhei para as estrelas cintilantes, me perguntando como poderia haver tantas delas. Não sei por que fiz aquela pergunta.

— Isso o incomoda?

— O quê, Princesa?

— Ter que estar tão perto de alguém que representa os Ascendidos — disse. — Depois que eles tiraram tanto de você.

Um momento se passou.

— Eu faria qualquer coisa pelo meu irmão.

Sim, eu já tinha me dado conta de que ele faria.

— E você é parte Atlante — acrescentou ele. — Isso ajuda.

Eu não sabia se ele estava brincando ou não, mas então Kieran mencionou o aumento das nuvens. O assunto mudou, e eu divaguei...

Nós acampamos nos prados que encontramos e, pela manhã, a primeira coisa que descobri foi que não precisávamos mais usar as capas após o sol ter nascido. Sabia que isso significava que devíamos estar perto. O dia foi um borrão de campos abertos e de um céu azul interminável e, quando o sol se pôs, nós não paramos. Seguimos em frente.

Em seguida, os cavalos diminuíram a velocidade. A primeira coisa que vi foi uma piscina interminável do tom mais escuro de ônix. Era como se o céu tivesse beijado o chão.

— A Baía de Estígia — sussurrei.

— O suposto portal para os Templos da Eternidade, a terra de Rhain — respondeu Casteel.

— Os rumores são verdadeiros?

— Você acreditaria em mim se eu dissesse que sim, Princesa? — Ele me puxou contra si, de modo que me recostei nele outra vez. — Você está quentinha — ofereceu ele à guisa de explicação.

— Pensei que os Atlantes não ficassem com frio.

— Não aponte as minhas contradições.

Talvez fosse porque eu estava cansada. Talvez por causa da tranquilidade e da beleza da baía. Não sei bem por quê, mas ri.

— Nem está tão frio assim agora.

Ele emitiu um som, um ronronar baixo que senti mais que ouvi.

— Você não ri muito. Você nunca ri.

Senti um aperto no peito, e me forcei a respirar fundo.

— A baía é o portal para os verdadeiros Templos de Rhain? — perguntei em vez disso.

Senti o seu hálito quente na minha bochecha quando ele disse:

— Rhain hiberna na Baía de Estígia, bem lá no fundo. Ela faz fronteira com Pompeia, e a costa sul chega até o Pontal de Spessa.

O choque me deixou de olhos arregalados. O deus hibernava ali?

— Nós estamos no Pontal de Spessa?

— Não — respondeu Kieran. — Estamos a cerca de um dia de viagem de lá. Nós chegamos a Pompeia.

Pompeia — o último reduto Atlante.

O que vi tomando forma na escuridão da noite roubou o que eu estava prestes a dizer.

Primeiro, era a Colina ou o que restava das muralhas em ruínas. Havia apenas algumas partes da entrada, sem nenhum portão, se erguendo em uma altura vertiginosa até o céu. O resto não devia ter mais de um metro e meio, e a maior parte consistia em pilhas de pedras quebradas.

Chegamos a uma cidade que não existia mais. Casas queimadas ladeavam a estrada, a maioria sem paredes inteiras ou destruídas até a fundação. Não havia ninguém por perto, nenhuma luz de vela saía das janelas das casas que ao menos tinham quatro paredes e um telhado. Apenas o som dos cascos dos cavalos batendo nos paralelepípedos era ouvido enquanto entrávamos na cidade, passando por construções maiores com colunas derrubadas — estruturas que imaginei ser a sede de reuniões ou de festivais de entretenimento. As árvores não passavam de esqueletos, mortas e em decomposição, e não havia sinal de vida em lugar algum. Seja lá o que tenha acontecido ali, não foi durante a guerra. A terra já teria reivindicado as construções e as ruas se fosse o caso.

— O que aconteceu aqui? — Estremeci ao ouvir o som da minha própria voz. Parecia errado falar, quebrar o silêncio do que parecia ser o cemitério de uma cidade.

— Os Ascendidos temiam que, como uma outrora próspera cidade Atlante, Pompeia se tornasse um refúgio para os Descendidos. Mas não tinham muitos motivos para acreditar nisso — disse Casteel, com a voz baixa. — Havia Descendidos aqui só porque não existia nenhum membro da Realeza para governar a cidade depois da guerra, mas a maioria da população era de mortais, fazendeiros e assim por diante. Só que nenhum Ascendido queria governar ao leste, de modo que devastaran a cidade.

— E as pessoas que viviam aqui? — perguntei, com medo de já saber a resposta.

Casteel não disse nada porque a resposta à minha pergunta surgiu diante de mim quando fizemos uma curva na estrada. Seguia até onde a vista alcançava, monte de pedra após monte de pedra, iluminados apenas pelo luar prateado. Eram centenas, tantos que eu não conseguia acreditar no que estava vendo, embora soubesse que o que via era a realidade. Pompeia era uma cidade massacrada, um verdadeiro cemitério.

— Eles vieram durante a noite a uns quarenta anos atrás — disse Delano. — Um exército de Ascendidos. Invadiram a cidade como uma praga, se alimentando de homens, mulheres e crianças. Aqueles que não foram mortos se transformaram em Vorazes e saíram de Pompeia em busca de sangue.

Deuses.

— Os que morreram foram deixados para trás para apodrecer no calor do verão e congelar durante o inverno — disse Kieran. — Os cadáveres ficaram onde morreram. Uma pessoa sozinha perto de uma árvore, dezenas de pessoas no meio da rua. — Ele pigarreou. — Casais encontrados nas camas. Famílias inteiras dentro de casa, mães e pais abraçados aos filhos.

— Nós as enterramos — afirmou Casteel. — Demorou, mas conseguimos enterrar todas as que restaram. Seiscentas e cinquenta e seis pessoas.

Bons Deuses.

Fechei os olhos contra a maré de tristeza e choque que tomou conta de mim, mas não podia apagar da memória as pilhas de pedras de tantas mortes sem sentido.

Casteel soltou o ar de modo brusco.

— Então, agora você sabe por que os Ascendidos não costumam viajar para tão longe.

Sabia, sim.

Eu vi.

— Eu... eu não sei por que estou chocada — admiti. — Depois de tudo o que vi, não entendo por que não consigo acreditar nisso.

Casteel apertou o braço ao meu redor, mas foi Naill quem falou, ecoando o que o Príncipe havia dito antes:

— Acredito que não seja possível se acostumar com isso. Ao menos, eu não gostaria de me acostumar. Quero ficar chocado. Preciso ficar — disse o Atlante de pele escura. — Caso contrário, a linha que nos separa dos vampiros seria muito tênue.

Capítulo 22

Cavalgamos em silêncio, passando pelas pilhas de pedras intermináveis e pelas ruínas de casas e lojas. Paramos do lado de fora da cidade, na costa da baía.

Não dormi muito bem naquela noite, vendo o cemitério de pedras toda vez que fechava os olhos. Surpreendentemente, quando finalmente descansei, não tive pesadelos. Quando partimos na madrugada da manhã seguinte, eu sabia que as ruínas assombrosas da cidade ficariam comigo para o resto da vida. E, conforme viajávamos ao longo da Baía de Estígia, temi o que nos aguardava no Pontal de Spessa.

Com o sol começando a sua escalada regular, cintilando na baía cor da meia-noite, as capas e luvas se tornaram desnecessárias. No entanto, a cada construção incendiada ou fazenda dilapidada pela qual passávamos, eu me sentia toda gelada de novo.

Quando Casteel me pegou olhando para algumas colunas de mármore tombadas entre os juncos avermelhados, ele perguntou:

— Você não esperava por isso, não é?

Balancei a cabeça, negando.

— Eu não sabia que era assim. Na verdade, eu não sabia muito a respeito de Pompeia ou do Pontal de Spessa, mas nunca pensei que fosse assim. Acreditava que as cidades ainda existissem. Vikter também. Ele dizia que gostaria de visitar a baía.

— Tão poucos viajam para tão longe que não há muita chance de que o povo de Solis descubra o que aconteceu com essas cidades e o seu povo.

— Nem muita chance de que descubram o que foi reconstruído — acrescentou Delano.

Por fim, o dia deu lugar à noite, e o ar mais frio voltou. Os campos vazios foram substituídos por uma área densamente arborizada que delimitava os campos por onde cavalgávamos. Eu estava começando a imaginar se Pontal de Spessa existia de verdade ou onde ficaríamos assim que chegássemos ao outro lado da baía escura quando ouvi o canto suave e cadenciado de um pássaro.

Casteel se remexeu atrás de mim, levantando a cabeça. Ele imitou o canto. Comecei a me virar para ele, surpresa, quando o chamado foi respondido. Não eram pássaros canoros. Mas sinais. No instante em que me dei conta disso, finalmente vi o vislumbre de uma cidade.

O luar banhava em prata as paredes de arenito da Colina. Nem de longe tão alta quanto as que cercavam as grandes cidades no Reino de Solis, a estrutura ainda se estendia pelo menos por uns quatro metros de altura e pude distinguir vários parapeitos em forma de quadrado espaçados em alguns metros de distância.

Adiante, pesados portões de ferro estremeceram e gemeram, se abrindo lentamente. Tochas se projetavam dos muros grossos e largos da Colina, lançando uma luz pelo perímetro deles. A maior parte do pátio estava na penumbra, mas, mais adiante, a luz cintilava como um mar imerso em estrelas baixas.

— Isso não foi destruído? Ou foi reconstruído? — perguntei enquanto cavalgávamos pela Colina.

— A Colina sofreu alguns danos, mas permaneceu praticamente intacta. Conseguimos reparar essas seções. Está vendo as luzes? Aquela é a Fortaleza de Estígia. Pertencia aos guardiões da baía e foi reforçada durante a Guerra dos Dois Reis — explicou Casteel. — A fortaleza ficou praticamente incólume, mesmo depois da guerra. Suponho que os Ascendidos ficaram com medo de provocar a fúria de Rhain ao destruir a sua morada, de modo que a deixaram de pé.

— E os guardiões? — Eu estava com um pouco de medo de perguntar.

— Eles estão enterrados mais adiante, em túmulos de pedra junto com o resto do povo original do Pontal de Spessa — respondeu ele.

Enjoada — eu me sentia realmente enjoada. Duas cidades inteiras destruídas. E para quê? Só porque os Ascendidos temiam a verdade e não queriam governar tão ao leste? Era uma crueldade sem tamanho, sem sentido e inconcebível, e eu sabia que o Pontal de Spessa e Pompeia não deveriam ser os únicos casos. Novo Paraíso provavelmente teria o mesmo destino, e a única bênção era que Elijah estava tirando as pessoas de lá antes que elas também acabassem com apenas uma pilha de pedras como indicativo das vidas que levaram.

— Contudo, nós recuperamos o Pontal de Spessa e reconstruímos tudo o que conseguimos — continuou Casteel. — E os Ascendidos não fazem a menor ideia.

— O que você quer dizer com isso?

— Você vai ver. — Casteel deslizou o polegar ao longo do meu quadril. — Encontrei uma solução temporária para os nossos problemas de território.

Antes que eu pudesse continuar, uma silhueta surgiu na estrada, suspendendo qualquer resposta às minhas perguntas. Setti diminuiu a velocidade enquanto eu me retesava, levando a mão até a adaga presa na minha coxa por puro instinto.

Casteel pousou a mão sobre a minha.

— Ele é um amigo.

— Desculpe — murmurei.

— Não precisa pedir desculpas — disse ele em voz baixa. — Prefiro que você seja alerta a confiante demais.

Uma tocha foi acesa, lançando um brilho avermelhado no rosto de um jovem. Ele não estava sozinho. Havia um lupino ao seu lado, um lupino pequeno com o pelo da cor da baía. Do nada, o lupino avançou na nossa direção, pulando e saltitando como... um cachorrinho animado que reconhecia os visitantes.

— Alguém está feliz em ver você — comentou Kieran.

Casteel riu enquanto apertava as rédeas de Setti.

— Cuidado, Beckett. Você não quer chegar muito perto do cavalo.

O jovem lupino saltou para trás enquanto balançava o rabo freneticamente antes de se esgueirar na direção de Delano.

— Vossa Alteza — disse o jovem que segurava a tocha com uma voz cheia de admiração. Ele se ajoelhou e abaixou a cabeça, e eu fiquei com medo de que ele deixasse a tocha cair no chão.

— Não há necessidade disso — falou Casteel, nos levando para mais perto do jovem. Ele mudou de posição atrás de mim. — É você, Quentyn?

O homem balançou a cabeça em afirmativa.

— Sim, Vossa Alteza. Quero dizer, meu Príncipe. Sou eu, sim.

— Deuses, você cresceu mais de meio metro desde a última vez em que o vi. — O sorriso era evidente no tom de voz de Casteel, e eu quase me virei para vê-lo. — Alastir arrastou você até aqui?

— Eu quis vir com ele — respondeu Quentyn. — Beckett também.

— Talvez você possa dizer a ele para se levantar. — Kieran passou pelo jovem. — Quanto mais ele continuar ajoelhado, maior ficará o seu ego.

— Não sei se isso é possível — disse Naill baixinho.

Arqueei a sobrancelha.

Casteel deu uma risada.

— Pode se levantar, Quentyn. E me chame de Casteel, como todo mundo.

Quentyn se levantou tão rápido que não sei como não botou fogo na própria cabeça no processo. A admiração estava estampada no rosto do rapaz. Estava muito escuro para que eu pudesse ver os seus olhos enquanto ele olhava curiosamente na minha direção.

— Nós estávamos esperando por você, esperançosos de que chegasse aqui hoje à noite.

— Onde está Alastir? — perguntou Casteel enquanto o lupino trotava entre Delano e nós dois.

— Ele já foi dormir.

Casteel bufou.

— Deve ter desmaiado. Ele estava falando sobre um uísque que arranjou na última vez em que o vi.

— Eu... ãh, acredito que o uísque pode ter contribuído com a sua incapacidade de continuar acordado — respondeu Quentyn timidamente.

Sorri, incapaz de me conter.

— Mas nos certificamos de acender a lareira nos quartos, já que fica frio aqui durante a noite — continuou Quentyn, olhando para mim com curiosidade.

— Permita-me apresentar a minha noiva. — disse Casteel ao perceber o seu olhar inquisitivo. — Essa é Penellaphe.

Noiva.

Soltei a sela e fiquei imaginando se a tontura existia somente na minha imaginação. Achei que nunca iria me acostumar a ouvi-lo dizer aquilo.

— Alastir me disse que você estava trazendo uma dama com você, a sua noiva. — A tocha balançou junto com ele. — Quero dizer, parabéns! Para vocês dois. Você ouviu isso, Beckett? Essa é a noiva do nosso Príncipe.

Beckett, o lupino, saltou alegremente pela estrada, desaparecendo no mato.

— Penellaphe, esse é Quentyn Da'Lahr. O cachorrinho animado demais é Beckett Davenwill, o sobrinho-neto de Alastir.

Seja você mesma. Foi o que Casteel me aconselhou mais cedo. O que eu faria normalmente? Não ficaria sentada ali, olhando para o jovem como se não tivesse um cérebro entre as orelhas. Eu abriria um sorriso e o cumprimentaria. Podia fazer isso.

Coloquei o que esperava ser um sorriso normal no rosto e acenei para Quentyn.

— É um prazer conhecer você.

— É uma honra conhecê-la! — Quentyn ofereceu um aceno jovial com a tocha em resposta.

O entusiasmo na voz e saudação dele suavizou o meu sorriso, que não parecia mais grudado em meu rosto.

Eu tive orgulho de mim mesma enquanto passávamos por um bosque de árvores e a fortaleza apareceu. Tochas e arandelas aqueciam a pedra cor de areia da antiga fortaleza, que se elevava mais alto que a Colina. Colunas maciças sustentavam as passarelas que conectavam o telhado da construção à Colina.

Assim que chegamos ao estábulo, Casteel desmontou com destreza e, em seguida, colocou as mãos nos meus quadris e me levantou da sela. Senti o coração acelerado quando o meu corpo deslizou contra o dele, com as capas pesadas provando não serem uma barreira de verdade. Ele fechou as mãos ao redor dos meus quadris. Olhei para cima e encontrei o seu olhar. Por um momento, nenhum de nós se movimentou enquanto olhávamos um para o outro. Havia uma intenção na curva dos lábios dele que o meu corpo parecia reconhecer e retribuir instintivamente. De repente, me senti ao mesmo tempo muito tensa e completamente relaxada. Ele inclinou a cabeça, fazendo com que o sangue corresse nas minhas veias. A expectativa foi súbita e doce, e eu sabia que deveria me afastar. Nós não precisávamos ser *tão* convincentes assim, mas não me mexi. Não consegui. Estava enfeitiçada como um coelho.

— Os quartos são por aqui — anunciou Quentyn, quebrando o feitiço. Casteel se virou e pegou as nossas bolsas enquanto Quentyn se dirigia para a esquerda. Dei um tapinha de boa-noite em Setti e então segui Quentyn.

— Nenhum dos quartos nos andares superiores está em boas condições, mas os do andar térreo são muito bons. — Ele parou de repente. — Ah, um segundo. Eu já volto.

Com o sangue ainda vibrando, vi Quentyn disparar por uma porta aberta até uma sala iluminada.

— Ele... hã, ele parece ser jovem.

— Ele acabou de passar pela Seleção — explicou Casteel, e achei que a sua voz parecia mais densa e vibrante.

— Estou surpreso em vê-lo aqui — disse Kieran, tendo reaparecido. — E principalmente — ele acenou com a cabeça atrás de nós — aquele ali.

Olhei e me deparei com Delano conduzindo os cavalos na direção do estábulo. O pequeno lupino trotava ao lado dele, de orelhas em pé e balançando o rabo freneticamente enquanto Delano falava com ele.

— Os dois são jovens demais. — Naill se juntou a nós. — Eu tinha a impressão de que nenhum dos jovens havia se mudado para cá.

— Assim como eu. — Casteel semicerrou os olhos. — Na última vez em que vi Beckett, ele mal conseguia se manter em uma forma ou em outra.

Pisquei, surpresa.

— Isso é comum?

Kieran assentiu.

— Leva pelo menos duas décadas para conseguirmos controlar as nossas duas metades. Qualquer ligeira mudança de emoção pode nos fazer ficar sobre duas ou quatro pernas.

— Isso deve ser... inconveniente.

Ele riu secamente.

— Você não faz ideia.

— Os Atlantes se mudaram para o Pontal de Spessa? — perguntei. — Foi isso o que você quis dizer com uma solução temporária para a questão do território?

Casteel assentiu.

— Não teve um grande impacto. Ainda não. Mas liberou algumas das casas e terras. A maioria das pessoas que se mudaram para cá foram escolhidas a dedo. Com idade suficiente e treinadas para o caso de os Ascendidos se aventurarem por essas partes, mas isso não aconteceu desde que sitiaram a cidade.

— Quantas pessoas vivem aqui agora? — perguntei.

— Cerca de cem.

A irritação tomou conta de mim enquanto eu examinava a fachada de pedra lisa da fortaleza. Por que Casteel só estava me contando isso agora e não quando mencionou o problema de território e população de Atlântia pela primeira vez? Ou em qualquer momento depois disso? Melhor ainda, por que fiquei irritada por ele não ter feito isso? Eu precisava mesmo ter essa informação? Provavelmente não, mas ainda assim... me deixava frustrada.

O jovem Atlante reapareceu, carregando uma trouxa.

— Alastir me disse que você poderia precisar de roupas, e nós conseguimos reunir alguns itens. Não sei se isso vai ajudar, mas estão limpas e tenho certeza de que conseguiremos mais pela manhã.

Peguei o leve pacote.

— Estou certa de que será útil. Obrigada.

Quentyn sorriu antes de dar meia-volta. Kieran ficou para trás enquanto seguíamos o Atlante pela passarela coberta. Ele tagarelava, nos contando sobre os animais selvagens que tinha visto conforme passávamos por vários quartos escuros e continuávamos contornando o forte, onde era evidente que não havia mais quartos por perto. Ele jurou ter visto um gato das cavernas, embora Alastir dissesse a ele que não restara nenhum gato vivo naquela área.

A primeira coisa que vi foi uma sacada. O vento soprava pelas cortinas amarradas, fazendo com que o tecido estalasse baixinho. Enquanto

Quentyn destrancava a porta, consegui distinguir uma espreguiçadeira em uma extremidade e várias cadeiras baixas.

Quentyn entregou a chave para Casteel e então abriu a porta.

— Alastir se certificou de que o quarto fosse arejado e a lareira acesa, já que as noites são bastante frias aqui.

Ele acendeu uma lâmpada, que lançou uma luz por toda a sala privativa e espaçosa, equipada com sofás de veludo e uma mesa de jantar.

— Há jarros de água fresca perto da lareira. — Quentyn abriu outro par de portas e senti o cheiro de limão e baunilha.

Se a sala de estar tinha sido uma surpresa, o quarto foi um choque total. A lareira ficava no canto e, como Quentyn disse, com vários jarros no chão em frente. No meio do quarto, havia uma cama de dossel com cortinas brancas e diáfanas. Diante dela, portas duplas de treliça pareciam levar a outro terraço. Do outro lado, existia uma porta para a sala de banho. Fiquei olhando tudo, admirada.

— Se algum de vocês quiser, posso pegar mais água para o banho — ofereceu Quentyn.

Casteel olhou para mim e eu sacudi a cabeça. Era tarde demais para todo aquele trabalho.

— Isso não será necessário, mas obrigada.

— Vocês é quem sabem. — Quando assenti, Quentyn acrescentou: — Mal posso esperar para tomar um banho onde a única coisa que tenho que fazer é abrir a torneira do chuveiro.

— Chuveiro?

Casteel me lançou um sorrisinho.

— Em vez de se deitar na banheira, você fica de pé. A água limpa vem do teto. É como tomar um banho de chuva, uma chuva quente.

Eu o encarei.

Uma covinha surgiu na sua bochecha quando ele se virou para o outro Atlante.

— Ela não acredita que temos água quente encanada em Atlântia.

Os olhos de Quentyn ficaram do tamanho de pequenos pires.

— Ele está falando a verdade. Eu nunca dei valor para isso. Agora sei da importância.

Maravilhada com o conceito de uma banheira em pé que jorrava chuva quente, nem percebi que Quentyn tinha saído até que Casteel falasse comigo.

— Você está com fome? — perguntou ele, colocando as bolsas ao pé da cama.

Fiz que não com a cabeça, satisfeita com as barras de castanhas assadas que Casteel havia trazido conosco.

— Não consigo acreditar nesse quarto. — Toquei em uma das cortinas da cama. — É lindo.

— Meu pai ficava nesse ou no quarto de frente para a baía quando viajava para o Pontal de Spessa. Ambos os cômodos foram reformados tanto quanto possível.

Eu me virei para ele.

— Estava esperando um quarto com o mínimo necessário.

— Nós pretendemos reformar os quartos do segundo andar. Desse modo, mais pessoas vão poder ficar aqui enquanto as casas estão sendo reparadas ou reconstruídas. — O olhar dele me percorreu. — Eu quero ver como está o seu braço.

— Nem está doendo — eu disse a ele, colocando a pequena trouxa de roupas em um divã no canto perto da cama.

— Seja como for, eu ainda gostaria de dar uma olhada.

Sabendo que ele não iria desistir, tirei a capa e a pendurei em um gancho perto da lareira e então arregacei a manga do suéter. Comecei a puxar o nó, imaginando se ele tinha amarrado de modo que precisasse de uma tesoura para tirar o curativo.

— Deixe que eu faço isso. — Casteel se aproximou de mim tão silenciosamente como de costume. Seus dedos estavam quentes quando roçaram na minha pele. Ele desatou o nó em um piscar de olhos. O curativo escorregou, revelando um corte fino que havia parado de sangrar há algum tempo. Casteel deslizou o dedo sobre a pele perto da ferida. — Não está doendo?

— Eu juro que não. — Mordi o interior da bochecha. Não doía. Nem o toque dele nem a região. O toque suave do seu polegar era... agradável e arrepiante.

O peito dele subiu com uma respiração profunda e então Casteel soltou o meu braço e deu um passo para trás.

— Vou ver se Quentyn e os outros estão bem. Vá em frente e se instale. Aposto que você está cansada. Só não esqueça de limpar a ferida.

— Vou fazer isso.

Nós nos entreolhamos, e só consegui pensar naqueles momentos lá fora, depois que ele me ajudou a descer de Setti. Será que Casteel teria me beijado? Eu teria deixado que ele fizesse isso? Imaginei que teríamos que nos beijar na frente das pessoas.

— Descanse um pouco, Poppy.

Casteel foi embora antes que eu pudesse formular uma resposta e sabia que deveria ficar aliviada com isso. Mas eu...

Eu não tinha certeza de que estava.

Voltei a atenção para o divã e fui pegar a trouxa de roupas. Havia um fino robe de dormir lilás e uma túnica verde-escura mais pesada, que certamente viria a calhar.

Desabotoei minha bainha, abri a cortina da cama e fui saudada por peles macias e uma montanha de travesseiros.

— Minha nossa — murmurei, colocando a bainha em cima da cama.

Levei apenas um dos jarros aquecidos até a sala adjacente. Com medo de que Casteel voltasse enquanto eu estava nua, me limpei o mais rápido possível na sala muito mais fria, me certificando de cuidar da ferida com água fresca e uma barra de sabão com cheiro de menta. Assim que terminei, coloquei o robe macio, amarrando a faixa em volta da cintura. Tirei a escova da bolsa, desfiz a trança e desembaracei os nós no meu cabelo enquanto olhava para a porta da sala de estar.

Algum tempo mais tarde, deitada debaixo do cobertor, não estava pensando no Clã dos Ossos Mortos, no casamento ou no que aconteceu no forte. Nem imaginando o que o sol revelaria sobre o Pontal de Spessa na manhã seguinte ou como era estranho que Casteel tivesse saído tão rápido do quarto. Fiquei pensando naqueles túmulos de pedras, nas casas queimadas e destruídas em Pompeia e nos campos entre as duas cidades. Se Tawny estivesse ali, ela estaria convencida de que os espíritos vagavam pela noite.

Estremeci enquanto fechava os olhos, imaginando como os Ascendidos conseguiram tanto poder que eram capazes de destruir cidades inteiras sem nenhum empecilho.

E a única resposta era amarga.

Poucas pessoas questionavam o que os Ascendidos alegavam, e eu simplesmente aceitava o que eles diziam, sem dar ouvidos a nenhuma das minhas suspeitas. Aquilo era mais do que submissão e sim uma ignorância deliberada.

A vergonha tomou conta de mim, outro sinal revelador de que, de muitas maneiras, eu tinha sido parte do problema. Uma engrenagem na roda do sistema que brutalizava milhares de pessoas, incluindo a mim mesma.

•

O fogo deve ter sido alimentado em algum momento durante a noite, pois um calor agradável envolvia o meu corpo. Eu sequer me lembrava de me sentir tão quentinha no meu quarto na Masadônia. Esse foi meu primeiro pensamento enquanto despertava devagar.

Eu não queria acordar e deixar o calor da cama nem o aroma inebriante de especiarias e pinho. Aconcheguei-me na cama dura e quente e soltei um suspiro de satisfação.

Espere aí.

Cama *dura*?

Isso... isso não fazia o menor sentido. A cama era macia, do tipo em que você afunda. Mas agora estava quente, dura e suave debaixo da minha bochecha e mão. Não apenas isso, mas também estava enrolada em volta da minha cintura e dos meus quadris.

Abri os olhos, atônita. Minúsculas partículas de poeira flutuavam sob o sol da manhã, que entrava pelas portas do terraço em frente à cama. As cortinas estavam presas, e eu sabia que não tinha feito isso antes de cair no sono.

E eu não estava deitada na cama, pelo menos não por inteiro. O que estava debaixo da minha bochecha não era um travesseiro. Era um peito que subia e descia a intervalos regulares. Debaixo da minha mão não senti a textura gasta do cobertor, mas de um abdômen. A cama não estava enrolada ao meu redor. Era um braço pesado sobre a minha cintura e uma palma calejada no meu quadril — meu quadril *nu*.

Ah, meus Deuses, eu estava usando Casteel como travesseiro.

E, já que estava deitada em cima dele, fui eu quem o procurou durante o sono. Quando foi que ele voltou para o quarto? Isso importava no momento? Não quando me dei conta de cada lugar em que os nossos corpos se encontravam.

Não era como dormir abraçados enquanto acampávamos na estrada. Não havia desculpa para estar toda enroscada nele.

Fiquei ali imóvel, com o coração batendo na garganta. Meus seios estavam pressionados contra a lateral do corpo dele. Uma das suas coxas estava enfiada entre as minhas, a camurça macia da calça aninhada contra uma parte muito íntima de mim. O robe se abriu abaixo da faixa durante o meu sono. Não havia nada entre a palma dele e a minha pele, e essa mão se estendia pelo meu quadril, com as pontas dos dedos descansando na curva da minha bunda.

Uma sensação doce e quente tomou conta de mim e eu fechei os olhos. Sabia que não deveria me sentir assim. Era imprudente e idiota e parecia tão perigoso. Em vez de me deleitar com a sensação do corpo dele contra o meu, eu deveria estar tramando uma maneira de me desvencilhar dele sem acordá-lo, mas o meu cérebro seguiu em uma direção completamente diferente. Era quase como se eu conseguisse... fingir de novo. Que estava tudo bem. Que *Hawke* estava me abraçando durante o sono, e que era só mais uma das muitas manhãs em que acordávamos daquele jeito. Ele me beijaria e me tocaria, aconchegando os nossos corpos, e isso porque éramos amantes prestes a casar por nenhuma razão além do fato de que queríamos, desejávamos e precisávamos um do outro. Perdi o fôlego outra vez e a minha pulsação acelerou. Raios quentes dançaram sobre a minha pele e percorreram as minhas veias. Eu quase podia imaginar a mão no meu quadril deslizando para o traseiro e depois ainda mais para baixo. Os dedos dele eram capazes de provocar sensações que eu sequer sabia que existiam, nem mesmo após ler o diário escandaloso da srta. Willa Colyns. Meu mundo inteiro se concentrou na lembrança daqueles dedos esfregando a pele sensível da parte interna das minhas coxas e, em seguida, deslizando para dentro de mim. Uma dor latejante se acomodou no meu âmago, e uma pequena parte de mim desejou nunca ter experimentado tanto prazer nas mãos dele. Se não tivesse, eu não iria querer isso agora, mas era só uma pequena parte. O resto não poderia se arrepender de ter experimentado algo tão poderoso e bonito quando passei a maior parte da vida proibida de saber o que era o prazer.

Mas eu não deveria estar pensando nisso — como tinha sido para ele e para mim, e como ele me fazia sentir até mesmo agora. Pois nas primeiras horas da manhã, quando estava sozinha, eu podia admitir que o que ele provocava em mim ia além do físico.

Não parecia importar que eu não devesse desejar nada disso, mas o meu corpo não se importava com o que era certo ou errado. Eu ainda tremia de desejo enquanto meus dedos dos pés se curvavam.

Casteel se mexeu debaixo de mim e o meu coração pareceu palpitar dentro do peito. Ele estava dormindo, mas será que ainda conseguia... sentir o meu desejo? Ele apertou o braço ao meu redor, me puxando com mais firmeza para si. Pressionou a coxa entre as minhas. Um latejar doloroso ricocheteou por mim em ondas quentes e intensas. De repente, até mesmo o meu cérebro me traiu. Fui bombardeada por imagens e sensações — a lembrança perversa da boca dele acariciando o meu pescoço, o deslizar e arranhar dos dentes afiados e a explosão de dor que tão rapidamente se transformou em um prazer intenso. Havia chamas no meu sangue, se acumulando no meu íntimo. Lá no fundo, eu sabia que aquele era o terreno perigoso que temia que viria com o nosso... acordo. Dividir a mesma cama. Fingir estar... apaixonada. Tocar e beijar. *Fingir*...

Fingir que já não estava escorregando por aquela ladeira abaixo.

Casteel afrouxou o braço, mas eu ainda estava pressionada contra ele, com o coração batendo tão rápido que ficaria surpresa se ele não sentisse. Será que ainda estava dormindo? A cada respiração, o ar queimava os meus pulmões conforme eu erguia o rosto com cuidado.

A cabeça de Casteel estava levemente afastada de mim. Um emaranhado de ondas escuras caía sobre sua testa. O cenho e o contorno do maxilar estavam relaxados. Cílios grossos ocultavam os seus olhos e os lábios dele estavam entreabertos enquanto o peito continuava a subir e a descer com a respiração profunda e regular.

Incapaz de desviar o olhar, fiquei enfeitiçada pelo jeito como Casteel parecia tranquilo enquanto dormia, tão jovem e vulnerável. Ao vê-lo assim, eu nunca teria imaginado que ele tinha mais de duzentos anos de idade nem que era capaz de cometer atos tão ferozes e letais.

Estudei as feições dele, me concentrando em sua boca volumosa. Eu deveria ter percebido que Casteel não era mortal na primeira vez em que o vi. Ninguém se parecia com ele. Pelo menos ninguém do Reino de Solis, nem mesmo o mais belo dos Ascendidos. Por que será que ele me quis? Por que será que ele ainda me queria? Se bem que, na noite em que ele me ajudou a substituir o pânico e o medo do pesadelo por algo bom, algo *desejado*, não procurou obter nenhum prazer para si mesmo. Isso significava que Casteel não queria mais isso... de mim?

Essas perguntas não vinham da insegurança mesquinha que eu fazia de tudo para esconder, mas simplesmente da lógica pura. Eu sabia como era metade do meu rosto. Sabia como as pessoas viam a outra metade. Muitos não me considerariam inegavelmente atraente, embora eu tivesse ouvido as pessoas dizerem que a atração nem sempre advinha da parte física. Mas eu não sabia muito bem se isso era verdade. Não era como se eu tivesse tido muita experiência com essas coisas. Certa vez, a Rainha Ileana me disse que a beleza era mais do que linhas retas e suaves quando me mostrou a Estrela, um diamante altamente cobiçado em todo o Reino pela sua raridade e aparência luminosa e prateada.

— *As coisas mais bonitas em todo o reino costumam ter linhas irregulares e tortas, cicatrizes que intensificam a beleza de um modo intrincado que os nossos olhos e mentes não são capazes de detectar nem de começar a compreender* — dissera a Rainha enquanto girava o diamante na mão, com a luz iluminando as depressões e picos irregulares. — *Sem elas, ele seria apenas comum, como todos os outros diamantes de corte suave que você pode encontrar em qualquer lugar. A beleza, minha doce criança, muitas vezes é imperfeita e afiada, e sempre inesperada.*

Eu não sabia muito bem se o que ela dissera se aplicava às pessoas. Parecia que não, pois Casteel era todo de linhas retas e suaves, e ele era magnífico.

Não importava por que ele me queria ou como poderia me querer quando havia outras garotas com linhas igualmente retas e suaves. O que importava era que eu estava olhando para ele enquanto ele dormia, e isso era quase bizarro.

Eu me forcei a desviar o olhar e mordi o lábio enquanto decidia que aquilo seria como arrancar um curativo de uma ferida. Eu só tinha que sair dali. Fazer isso rápido e esperar que Casteel não acordasse antes que eu ajeitasse aquele robe idiota ou que ele percebesse que eu estava dormindo em cima dele. Comecei a me afastar...

Do nada, Casteel se mexeu. Não houve tempo nem para reagir. Ele foi surpreendentemente rápido quando me jogou embaixo dele, com a mão em volta da minha garganta. Engasguei com o choque.

As pupilas de Casteel estavam tão dilatadas que somente uma faixa fina de âmbar cintilou quando ele repuxou os lábios, revelando as presas afiadas e ligeiramente alongadas. Um rosnado baixo e feroz de advertência retumbou dele e vibrou por todo o meu corpo.

— Casteel! — consegui dizer apesar do aperto na minha garganta.
— Qual é o seu problema?

O aperto no meu pescoço se intensificou, expulsando o ar dos meus pulmões. O instinto assumiu o controle, rompendo a camada de surpresa enquanto eu o golpeava com o punho, pretendendo socar o braço dele e afastá-lo de mim. Isso nunca aconteceu.

Ele pegou a minha mão e a empurrou contra a cama. Eu me retesei contra ele, mas a sua mão era como uma faixa de aço. Ergui a mão esquerda, afundei os dedos no cabelo dele e puxei com força, jogando a sua cabeça para trás.

— Me solta!

O som que veio dele me deixou toda arrepiada conforme ele resistia com facilidade, nivelando a cabeça mais uma vez.

Não havia mais nenhum traço de âmbar nos seus olhos e ele olhava para mim como... como se não fizesse a menor ideia de quem eu era. Como se ele não me visse.

Meu coração parou de bater. Havia... havia algo errado.

— Casteel?

A única resposta foi um rosnado que me fez lembrar de um animal selvagem imenso e encurralado enquanto aqueles olhos quase pretos me examinavam. Ele parecia não reconhecer o próprio nome nem a mim.

De súbito, me lembrei do que ele havia me dito. Ele tinha pesadelos e, às vezes, quando acordava, não sabia onde estava. Devia ser o que estava acontecendo naquele momento.

Forcei o meu coração a se acalmar.

— Casteel, sou eu...

O grunhido de aviso soou mais uma vez. Ele inflou as narinas quando respirou fundo. A modéstia que se danasse. Eu não me importava que tudo da cintura para baixo estivesse à mostra pois, fosse um pesadelo ou qualquer outra coisa, seja lá o que estivesse acontecendo, aquilo o dominava. Tive uma suspeita terrível de que estava prestes a virar o café da manhã dele.

Lembrei da adaga que tinha colocado debaixo do travesseiro, e então estendi a mão para trás e agarrei o cabo enquanto Casteel se movia em cima de mim, tirando a mão da minha garganta e a fechando em volta do meu quadril.

O choque tomou conta de mim quando senti o contorno do queixo dele no meu baixo-ventre. Ah, Deuses, o que será que ele estava fazendo? Peguei a lâmina e me sentei o melhor que pude com a mão ainda presa à cama. Encostei a adaga no pescoço dele.

Ele parecia completamente alheio a tudo, enquanto o seu hálito quente dançava mais baixo. A tensão apertou o meu peito e desceu — de um modo inesperado e louco. Porque ele estava...

Ah, *Deuses*.

Não importava o que eu pensava. Nem a pulsação indecente que ecoava dentro de mim nem o modo como o meu corpo inteiro parecia se retorcer conforme o hálito dele se aproximava do ponto no meio das minhas coxas. Outro grunhido veio do fundo da sua garganta, dessa vez diferente, mais grave e áspero.

— Eu não sei qual é o seu problema, Casteel, mas você tem que me soltar. — Coloquei pressão na garganta dele com a lâmina. — Ou vamos descobrir o que acontece com um Atlante quando a sua garganta é cortada.

Isso pareceu atrair a sua atenção porque ele parou e ergueu o olhar. Aqueles olhos completamente escuros me deixaram nervosa. Forcei a mão a continuar firme. Sabia que, se ele decidisse me atacar, eu não poderia fazer muita coisa para impedi-lo. Eu poderia fazê-lo sangrar se tivesse a chance, talvez até coisa pior.

— Saia de cima de mim — ordenei. — Agora.

Ele permaneceu incrivelmente imóvel enquanto olhava para mim, como um predador que avistou a presa e estava prestes a dar o bote. Fiquei tensa quando o meu dom veio à tona, saindo de dentro de mim como acontecia quando eu estava no meio de uma enormidade de fortes emoções. Não havia como impedi-lo. A conexão foi feita, e os sentimentos dele passaram para mim em uma onda de... escuridão *corrosiva* e fome insaciável. Do tipo que eu mesma senti em mais de uma ocasião, quando o Duque Teerman ficou desapontado com algo que fiz ou deixei de fazer e me deixou sem comida até que eu aprendesse a me comportar. O período mais longo foi de três dias, e aquela fome retorcia minhas entranhas com uma necessidade dolorosa. Não foi só isso o que senti. Sob a sensação de vazio absoluto, havia um gosto de especiarias na minha boca que alimentou as chamas dentro de mim.

Casteel estava com fome.

Faminto.

Será que era de sangue? Ele me disse que os Atlantes precisavam do sangue dos seus iguais. Será que ele estava... se alimentando bem? É claro que sim. Havia Atlantes ali. Ele havia me mordido alguns dias atrás. Ele tinha bebido de mim, mas não muito. Eu não fazia a menor ideia da potência do meu sangue, mas, se era capaz de criar vampiros, imaginava que teria algum atrativo para ele. Também não fazia a menor ideia de quantas vezes um Atlante precisava se alimentar, mas aquela sensação suntuosa e intensa que passava através da conexão despertou um tipo de conhecimento primitivo de que não se tratava apenas de satisfazer uma fome física.

Mas, sob a fome, não senti nenhuma emoção. A tristeza aguda que sempre o permeava estava ausente. Eu não sabia se alguma parte de Casteel ou mesmo de Hawke se encontrava ali naquele momento.

Meu coração batia forte enquanto eu puxava o braço esquerdo, que ainda estava preso à cama ao lado da cintura. Ele afrouxou a mão e então me soltou, mas não se mexeu. Eu tinha plena ciência de como o hálito e a boca de Casteel estavam perto da parte mais sensível de mim, onde eu sabia que havia uma artéria principal. Ele virou a cabeça ligeiramente, e o seu queixo roçou na dobra da minha coxa. Vários centímetros abaixo, mais perto do joelho, estavam os sulcos na minha pele que pareciam marcas de garras, mas que tinham sido feitos pelos dentes de um Voraz. Não senti nada do horror e do medo daquele primeiro momento, nem a repulsa e a certeza da morte. Tudo o que sentia era uma dor deliciosa.

A mão que segurava a adaga na garganta dele tremeu quando uma pulsação imprópria de excitação trovejou pelas minhas veias. Aquilo era errado, e eu não deveria sentir o calor e a umidade se acumulando ali. Mas também parecia certo e tão natural, embora *nada* daquilo fosse natural.

Ele emitiu aquele som de novo, o grunhido reverberante, e o meu corpo inteiro estremeceu. Eu mal conseguia respirar, muito menos pensar. Meus sentidos estavam disparando de uma vez só e, quando ele abaixou a cabeça, meu braço ficou flácido e se dobrou em rendição. Abri os dedos em um espasmo e a adaga caiu na cama ao meu lado.

O que você está fazendo? Qual é o seu problema? O que você está...?

Ele agarrou os meus quadris com ambas as mãos, me levantando, e então desceu a boca sobre mim, eliminando as minhas dúvidas temerosas. O ar saiu dos meus pulmões quando a língua dele deslizou sobre o meu âmago. Não foi como da última vez, a única vez. Não houve uma exploração lenta e provocante conforme ele me levava até o ato malicioso. Dessa vez, ele me *devorou*, prendendo a minha carne com a boca, mergulhando no calor e na umidade com movimentos firmes e determinados da língua. Ele se alimentava de mim como se eu fosse o néctar mais doce, a fonte da força vital de que ele precisava. Eu estava sendo consumida.

Gemi enquanto jogava a cabeça para trás, perdida naquela sensação intensa. Meu corpo se moveu por conta própria — ou pelo menos tentou. Ele me segurou firme no lugar, e não havia como competir com o ataque pecaminoso nem como escapar, mesmo se eu quisesse. Um calor feroz cresceu dentro de mim, se retorcendo e contraindo enquanto tudo em mim parecia se concentrar onde ele estava. Arqueei as costas enquanto puxava os lençóis da cama. Os lábios dele se moveram na minha pele, com a língua dentro de mim e o roçar afiado dos dentes arranhando o ponto mais sensível. A sensação ecoou na marca da mordida sarada no meu pescoço. Era demais. Gritei enquanto me despedaçava, me partindo em mil pedaços de prazer conforme o êxtase intenso e impressionante percorria o meu corpo em ondas reverberantes.

Eu ainda estava tremendo quando o senti levantar a cabeça. Pisquei até abrir os olhos, em transe, e abaixei o queixo. Foi então que o pouco ar que havia nos meus pulmões me abandonou.

Os olhos dele estavam completamente pretos, sem nenhum traço de âmbar, mas não eram vazios e frios como os de um Ascendido. Eram infindáveis e inflamados, mas igualmente perturbadores de se olhar. Ele entreabriu os lábios reluzentes...

A porta do terraço se abriu e uma rajada de vento soprou pelo quarto e sobre a cama enquanto Kieran entrava furioso, com a mão no punho da espada.

Ele parou de supetão, com as sobrancelhas arqueadas no meio da testa. Eu não fazia a menor ideia do que ele podia ver ou de quanto o corpo de Casteel ocultava, já que as cortinas estavam abertas.

— Eu ouvi você gritar — disse Kieran à guisa de explicação. — É evidente que interpretei mal a situação.

Não tive tempo de me sentir envergonhada. Casteel virou a cabeça na direção de Kieran. Um rosnado violento de advertência apagou o calor lânguido do meu corpo. Era um som muito diferente do que eu tinha ouvido antes, mesmo quando ele acordou. Aquele som prometia uma morte sangrenta.

— Merda — murmurou Kieran, arregalando os olhos azul-claros para o Atlante. — Cas, meu irmão, eu avisei que isso iria acontecer.

Eu não fazia a menor ideia do que Kieran tinha avisado a Casteel, mas pude ver os seus músculos retesados, se preparando, e os meus sentidos... ah, Deuses, os meus sentidos ainda estavam aguçados e conectados a ele. O que senti emanando dele me deixou verdadeiramente assustada. O toque ácido da raiva misturado com um gosto defumado que eu não conhecia, mas seja lá o que fosse, era ruim o bastante para que eu temesse pela vida de Kieran.

E eu não sabia muito bem quando comecei a me importar com o lupino, mas a morte dele seria... seria mais uma morte desnecessária. Eu não queria isso.

— Casteel — chamei, tentando atrair a atenção dele, mas não a sanha assassina.

Ele pareceu não me ouvir e abaixou ainda mais o queixo enquanto afastava os dedos dos meus quadris. Rosnou, exibindo as presas.

— Espero que você esteja me ouvindo, Poppy — disse Kieran, com a voz baixa e incrivelmente calma enquanto soltava o punho da espada.

— Quando ele avançar sobre mim, saia correndo. Vá até a área perto do estábulo, onde há portas duplas. Encontre Naill ou Delano. Se prepare.

Se prepare? Ele esperava que eu saísse correndo dali? Além de que raramente corresse para buscar ajuda, eu duvidava muito que conseguiria chegar até a porta.

— Casteel — chamei de novo, e, quando senti a potência se acumulando dentro dele, fiz a única coisa em que consegui pensar. Usando o meu dom, estendi a mão e toquei no braço dele. Pensei em todos as sensações maravilhosas que já experimentei na vida. Como andar na praia com a minha mãe segurando uma das minhas mãos e o meu pai a outra e Ian saltitando na nossa frente, chutando a areia. Enviei isso através da conexão, por meio do contato da minha carne com a dele, usando a mesma técnica que utilizava para aliviar a dor temporariamente. Não sei por que disse aquilo em seguida, só que precisava dizer. — Está tudo bem, Hawke.

O corpo inteiro dele estremeceu como se uma mão invisível tivesse agarrado o seu ombro e o puxado. Ofegante, ele arqueou as costas e pousou as mãos ao lado dos meus quadris. Ele não se mexeu por um bom tempo, mas pouco a pouco, por meio da minha habilidade, não tive mais aquele gosto defumado na boca e senti algo sob a fome — um ciclone de vergonha e tristeza.

Lentamente, ele ergueu a cabeça e abriu os olhos. Deixei escapar uma respiração entrecortada. Eram cor de âmbar mais uma vez, com o preto apenas nas pupilas. Ele me encarou, e um longo momento se passou entre nós. Engoli em seco e afastei a mão quando ele olhou para baixo.

— Mel — sussurrou Casteel. Ele pegou as duas metades do meu robe e as fechou sobre os meus quadris e coxas. Suas mãos continuaram lá, trêmulas, enquanto ele olhava para mim outra vez. — Desculpe.

E então ele se levantou da cama e saiu pela porta que dava no terraço, passando por Kieran sem dizer mais nada.

Capítulo 23

A luz do sol penetrava pelas portas do terraço e, por alguns momentos, só consegui ficar sentada ali olhando para a porta aberta. Não conseguia acreditar no que tinha acontecido, desde o momento em que acordei, toda enroscada em Casteel, até o instante em que ele saiu do quarto. O que aconteceu com ele me deixou confusa. E as minhas ações, o que fiz e permiti, me deixaram atordoada e estarrecida.

Casteel tinha perdido a cabeça.

Eu tinha perdido a cabeça.

Kieran fechou a porta, interrompendo o fluxo de ar doce e me arrancando do meu devaneio. Olhei para ele, diante da lareira. As chamas abrandaram, sem serem agitadas pelo vento.

— Ele machucou você?

— O quê? — Pestanejei, com a voz rouca.

— Ele machucou você, Penellaphe? — repetiu Kieran, suavizando a voz.

— Não. Ele... — Olhei para as minhas pernas desnudas. Ele não me machucou. Poderia ter feito isso, e eu não sabia ao certo se ele não tinha essa intenção, mas fez o oposto de me machucar. Peguei o cobertor e o puxei até a cintura.

Kieran flexionou um músculo no maxilar.

Ele não forçou você?

— Deuses, não. — Afastei o cabelo do rosto e avistei a adaga. Estava no lugar onde eu a deixei, em cima da cama. Casteel não tinha forçado nada, e a verdade era que eu poderia ter impedido o que aconteceu a qualquer momento, se quisesse. Eu poderia tê-lo ferido o suficiente para tentar fugir. Mas não fiz nada disso porque eu... eu *desejei* o que aconteceu. Acordei desejando aquilo. E não sei se Casteel tinha sentido o meu desejo através do que seja lá o que for que o tinha dominado, mas, mesmo assim, eu desejei aquilo.

Ele.

Procurei o remorso ou a vergonha, qualquer coisa que indicasse que eu me arrependia do que tinha acontecido, mas não havia nada. Como antes, havia apenas uma enorme confusão e irritação comigo mesma porque eu era mais esperta que isso — sabia que coisas assim só fariam com que me apaixonasse ainda mais por ele. Há bem pouco tempo, disse a ele que nada desse tipo jamais aconteceria outra vez e provei que não podia confiar em mim mesma para tomar boas decisões na vida — não uma nem duas, mas três vezes. A despensa. O pesadelo. E, agora, isso. Como é que eu poderia desejá-lo tanto a ponto de não me importar com o que ele fazia nem com quem era? Ou com o que ele poderia fazer comigo?

— O que aconteceu? — perguntou Kieran.

Demorei alguns minutos para organizar os pensamentos.

— Casteel acordou e foi como se não me reconhecesse. Estava rosnando, com os olhos escuros como o breu. — Deixei de contar muita coisa conforme olhava para Kieran, mas podia apostar que ele já sabia muito bem o que tinha acontecido. — Pareciam os olhos de um Ascendido. Ele está... ele vai ficar bem?

A expressão de Kieran estava incrivelmente impassível, ainda mais levando em conta o que tinha acabado de acontecer.

— Casteel deve ficar bem, assim que se acalmar.

— Se acalmar? Acho que ele precisa fazer mais que isso. — Olhei de relance para a porta. — Ele estava prestes a atacar você.

— Naquele momento, Casteel me viu como um desafiante. — Ele fez uma pausa. — Uma ameaça.

— Para quem? Para ele?

— Para você.

Meu coração deu um pulo dentro do peito.

— Isso não faz sentido.

Kieran cruzou os braços sobre o peito largo.

— Sob certas ou, suponho, *extremas* circunstâncias, os Atlantes da espécie dele podem se tornar bastante possessivos.

— Com o quê? Suas refeições?

— Ele mordeu você?

— Além da primeira vez? — Resisti ao impulso de tocar na marca quase desbotada na minha garganta. — Não.

Algo parecido com a decepção cintilou no rosto dele e, sem pensar, agucei os sentidos e me conectei com ele. Mais tarde, eu poderia me culpar por bisbilhotar quando não parecia exatamente necessário. O que senti não foi decepção como havia imaginado. Era espesso e enjoativo, me lembrando de um creme muito gorduroso. *Preocupação*. Ele ficou preocupado. Voltei a trancar os sentidos.

— O que havia de errado com ele? — perguntei, embora já suspeitasse.

Ele me observou por um momento.

— Ele vai ficar bem. Mas sugiro que você aproveite esse tempo para se preparar antes que ele volte.

A frustração brotou dentro de mim e estreitei os olhos.

— Obrigada pela sugestão, mas você não respondeu à minha pergunta. Você disse que avisou Casteel. Sobre o quê?

Kieran não disse nada.

Sem conseguir ficar sentada quando a raiva começava a correr pelas minhas veias, peguei a adaga, empurrei o cobertor para o lado e me pus de pé.

Ele arqueou a sobrancelha para mim.

— Você pretende usar isso?

— Por que todo mundo pensa que vou apunhalar alguém quando pego qualquer coisa que seja afiada?

— Bem — respondeu Kieran suavemente. — Você tem o hábito de fazer isso.

Comecei a argumentar, mas logo percebi que, infelizmente, ele tinha razão.

— Só quando é merecido. — Coloquei a adaga em cima da mesinha de madeira. — E não é culpa minha se alguns de vocês mereçam ser apunhalados. Várias vezes.

Ele inclinou a cabeça como se concordasse com o que eu disse.

— Você não deveria se preocupar com ele...

— E você deveria responder à minha pergunta. — Eu o encarei. — Havia algo de errado com Casteel. Ele perdeu o controle de si mesmo e eu senti a sua fome. Ele estava morrendo de fome.

— Quer dizer que você usou a sua habilidade? — Um ligeiro sorriso surgiu nos lábios dele. — Que bom que você seguiu o meu conselho.

Revirei os olhos.

— Eu sei que os Atlantes precisam se alimentar de outros Atlantes. Casteel me disse que eles não precisam do sangue dos mortais, mas da sua própria espécie. Que precisam se alimentar. Mas não me contou por quê. Posso não ser uma estudiosa sobre Atlântia, mas suponho que olhos pretos e ficar prestes a arrancar a sua cabeça sejam algumas das razões pelas quais os Atlantes precisem se alimentar, não?

— Os olhos pretos, sim. Mas a vontade de arrancar a minha cabeça deve estar relacionada com as atividades matinais que vocês dois estavam praticando.

Senti o rosto em brasas e me esforcei para ignorar o comentário.

— Ele precisa se alimentar... — lembrei de antes, logo depois do ataque do Clã dos Ossos Mortos. — Foi por isso que ficou olhando fixo para o meu braço na floresta! Quando você perguntou se ele estava bem. Ele estava com fome. É por isso que estava... rosnando e querendo arrancar a sua cabeça com uma mordida.

— Parte da razão. Sim. — Kieran desviou o olhar e deslizou os dentes sobre o lábio. Um longo momento se passou. — Casteel precisa se alimentar. Eu sabia que ele estava chegando ao limite, mas não está prestes a cair. Ele não está tão perto assim.

A inquietação tomou conta de mim.

— Como ele pode não estar perto do limite? Ele não reconheceu nenhum de nós.

Ele voltou a me encarar.

— Se estivesse perto do limite, ele teria arrancado a minha cabeça e você estaria Ascendendo nesse exato momento, isso sendo proibido ou não. Ou então estaria morta. Se ele estivesse muito perto do limite, uma gota do seu sangue faria com que ele perdesse o controle. Você provavelmente teria morrido, e, quando se desse conta do que tinha feito, ele... Não quero nem pensar no que ele faria.

Respirei fundo, sem saber qual das duas opções era pior. Bem, Kieran ter a cabeça arrancada parecia ser bem mais doloroso e... caótico do que o que poderia ter acontecido comigo.

Se Casteel estivesse muito perto do limite, se ele tivesse se alimentado e acabado me transformando, eu me tornaria... uma Ascendida. Incapaz de controlar a sede de sangue. Incapaz de andar sob o sol. Praticamente imortal. Mas que tipo de vida era essa?

No entanto, que tipo de vida eu teria com Casteel? Quando eu ficasse velha e grisalha, ele teria a mesma aparência de agora. Jovem. Cheio de vitalidade. Ele iria...

Espere aí. Por que eu estava pensando no futuro — o nosso futuro — quando não havia um? Eu devia ter mesmo perdido a cabeça.

Senti a necessidade de me sentar.

— Se ele não estava perto do limite, então acho que não quero nem ver quando estiver.

— Não, não quer mesmo. — Kieran recostou a cabeça na parede. — Ele acordou sozinho ou no susto?

Pensei no que eu estava fazendo e fantasiando antes que Casteel acordasse e fiquei feliz por Kieran não estar olhando para mim.

— Acho que eu o acordei. Eu me mexi, e foi então que ele meio que avançou sobre mim.

— Faz sentido — murmurou ele, fechando os olhos. — Eu não gosto de falar sobre ele, sobre esse tipo de coisa. Se descobrir, é bem provável que ele *arranque* a minha cabeça. E vou merecer isso, pois há coisas que só ele deveria ter permissão para repetir. Mas acho que você precisa saber, embora não tenha certeza se merece ter conhecimento disso.

— Por que não iria merecer? — perguntei. Não era eu quem andava por aí sequestrando as pessoas. Mas Casteel, sim.

— Porque é algo que só os amigos íntimos e entes queridos deveriam saber, e você não é nenhum dos dois.

Bem, ele tinha razão sobre isso. Mas eu já sabia o que Kieran não achava certo me contar.

— Ele já me contou que tem pesadelos e que às vezes, quando acorda, não sabe onde está.

Se a situação fosse outra, eu teria rido ao ver Kieran tão surpreso. Mas nada daquilo era engraçado.

— Ele contou para você?

Assenti.

— Eu tive um pesadelo, tenho pesadelos muito ruins, e, depois que um deles o acordou, ele me contou sobre os pesadelos dele.

A expressão de Kieran se suavizou.

— Sim. Ele tem pesadelos. Você sabe o que fizeram com ele quando foi aprisionado pelos Ascendidos. Às vezes, ele acorda lá, enjaulado e usado, sem posse do próprio sangue ou do corpo.

Dessa vez, eu me sentei sem nem perceber, embora não me surpreendesse. O peso das palavras dele me colocou ali e a lembrança da agonia e do horror que Casteel enfrentou me manteve sentada.

— Quando ele tem aqueles pesadelos e acorda assustado, às vezes a sua mente fica presa naquela loucura — continuou Kieran. E eu sabia muito bem como os pesadelos podiam parecer reais. — E, se não se alimentou, ele pode virar o animal em que o transformaram.

Um monstro.

Estremeci e fechei os olhos. O que foi que ele disse quando eu o chamei de monstro? *Não nasci assim. Foi o que* fizeram *de mim*. Mas ele não era isso. Senti o coração tão apertado como quando Casteel me contou sobre o cativeiro.

Dei um suspiro trêmulo, abri os olhos e me deparei com Kieran me observando.

— Ele não é um animal — disse, e não sei muito bem por que disse isso, mas tive de dizer. — Não sei o que ele é, mas não é isso. Ele não é um monstro.

— Não, não é. — Ele inclinou a cabeça para o lado. — Acho que você teria gostado dele se o tivesse conhecido antes disso.

Desconfortável com o quanto eu teria preferido isso, passei o braço sobre a cintura.

Um sorriso triste e irônico surgiu no rosto de Kieran, quase como se ele soubesse o que eu estava pensando.

— Imagino que as coisas seriam muito diferentes.

Assenti lentamente, saindo do poço de tristeza que mais parecia uma caverna no meu peito.

— Por que ele não se alimentou? Havia Atlantes no forte, não é? Há Atlantes aqui.

Kieran assentiu.

— Ele poderia ter se alimentado de várias pessoas, mas não fez isso.

— Por quê? Por que ele deixaria que as coisas chegassem a esse ponto? Ele arqueou a sobrancelha.

— É uma boa pergunta, não é?

*

Minha boa pergunta não tinha resposta e me atormentou enquanto eu me lavava e vestia as calças largas e a túnica verde-escura que estavam na trouxa que Quentyn havia me dado. Outras perguntas não respondidas também me incomodavam. Por que Casteel não tinha se alimentado? Será que os pesadelos também eram parcialmente responsáveis pela sua imensa tristeza? Se ele era daquele jeito quando não estava perto do limite, então como seria quando estivesse no limite? O que teria acontecido se ele não tivesse... bem, se alimentado de mim de um jeito diferente?

E por que foi que eu deixei que ele fizesse aquilo quando era evidente que ele não estava no seu juízo perfeito? E *por que* ele fez aquilo? Será que a sede de sangue provocava tais ações? Ou foi porque ele sentiu a minha excitação? Senti o rosto queimando e não sabia muito bem se queria ouvir a resposta para aquela pergunta.

De qualquer forma, eu estava errada quando disse que não queria morrer. Porque e se ele estivesse à beira do limite e tivesse usado a boca para outra coisa?

Meu estômago se contorceu enquanto eu passava a escova no cabelo embaraçado. À luz suave da lâmpada a óleo, as mechas me lembravam mais de um vinho rubi que de um fogo ardente, como costumava acontecer sob o sol. Inclinei a cabeça para o lado. As marcas da mordida não estavam mais visíveis, mas deixei o cabelo solto de qualquer modo e então voltei para o quarto.

Kieran estava perto das portas que davam no terraço, olhando lá para fora. Não fiquei exatamente surpresa ao ver que ele ainda estava ali.

— Você está de babá? Eu já concordei com o casamento — disse enquanto pegava a bainha de coxa. A palavra *casamento* ainda parecia estranha na minha boca. — Não vou fugir.

Ele se virou para mim.

— Eu estava esperando para ver se você quer tomar o café da manhã.

— Ah. — Enfiei a adaga de lupino no suporte e endireitei a bainha da túnica. A blusa era mais justa do que eu estava acostumada, mas estava limpa. Olhei para a porta. — Devemos... devemos esperar por Casteel?

Ele se virou para mim.

— Isso não será necessário. Ele vai nos encontrar assim que estiver pronto.

Mordi o lábio inferior. Não me parecia certo sair quando ele estava... bem, passando por seja lá o que estivesse passando. E também me parecia estranho ficar tão preocupada com ele.

— Você está com fome? — perguntou Kieran, chamando a minha atenção. — Ou prefere ver a baía?

— A baía — escolhi, sabendo que o meu estômago ainda estava revirado demais para comer qualquer coisa.

— Ótimo. — Kieran se virou e abriu a porta.

Um ar mais quente do que eu esperava nos saudou quando fomos lá para fora e atravessamos o pátio. Depois de alguns minutos, arregacei as mangas do suéter.

— Eu não esperava que fosse tão gostoso aqui, falando do clima.

— Assim como na Carsodônia, estamos na região sul de Solis. Vai esfriar durante a noite, ainda mais quando a estação mudar, mas os dias vão continuar agradáveis.

— Igual a capital. — Inclinei a cabeça para trás, deixando que o sol banhasse o meu rosto enquanto ouvia o som de vozes distantes e risos vindos do que achei que fosse o lado de fora da fortaleza. — Você ficou na capital com Casteel?

— Por um tempo, sim. Eu não gostava muito de lá — disse ele, e olhei para Kieran com a sobrancelha arqueada. Ele encolheu os ombros. — Ascendidos demais. Gente demais.

— E não há muita gente em Atlântia? — perguntei enquanto passávamos por um muro de pedra em ruínas. As águas escuras da Baía de Estígia cintilavam como poças de obsidiana, imóveis e vastas. A baía seguia até onde a vista alcançava, desaparecendo no horizonte.

— Ainda não, mas, se a população continuar aumentando, as nossas cidades vão ficar lotadas de gente.

Ao chegar ao topo de uma pequena colina, eu me virei, sem conseguir ver nada depois das muralhas da fortaleza.

— Mas vocês têm o Pontal de Spessa.

Kieran assentiu, e eu ainda não conseguia acreditar que havia algo ali. Comecei a descer a colina e a grama deu lugar à areia. Não senti nenhum cheiro de umidade quando nos aproximamos das pilastras quebradas que se projetavam da água como dedos podres. O ar cheirava a lavanda, só que não vi nenhuma das plantas de ponta roxa. Fiquei olhando para as águas paradas da cor da meia-noite, imaginando quando ou se o deus que hibernava no fundo da baía iria despertar. Nesse caso, o que será que o Deus do Povo e dos Términos acharia do mundo que deixou para trás e do que estavam fazendo com os mortais de quem ele cuidava na morte?

Olhei para baixo e uma vontade repentina me percorreu.

— Faz anos que não piso na areia.

— É um ótimo momento para fazer isso de novo, eu acho.

A resposta seca dele não me deteve enquanto eu tirava as botas e meias. Um sorriso surgiu nos meus lábios conforme enfiava os dedos dos pés na areia quente e áspera.

Kieran bufou.

— Malik fazia a mesma coisa sempre que pisava na praia. Tirava os sapatos para sentir a areia nos pés.

Senti um peso nos ombros enquanto caminhava na direção da baía, deixando as botas e meias para trás em uma pilha.

— Como Malik era? Quero dizer, como ele é?

Kieran seguiu alguns passos atrás de mim, calado por um longo momento.

— Ele era gentil e generoso, mas também brincalhão. Casteel sempre foi o mais sério. — Ele se juntou a mim. — Era ele quem você acharia que estava sendo preparado desde o nascimento para ser Rei.

Casteel, o sério? Aquilo me surpreendeu mais que a existência de um deus hibernando na baía.

Os pensamentos deveriam estar estampados no meu rosto porque ele disse:

— O jeito como Casteel age com você, as provocações e as tentativas de irritá-la, não é como ele age com a maioria das pessoas.

— Quer dizer que é só encenação?

— Não, Casteel só se sente mais... vivo quando está com você — disse ele, e eu... Achei que o meu queixo fosse cair na areia.

— E Malik era a vida e a alma da família — continuou Kieran. Meu queixo caiu no chão. — E o pretérito está correto. Mesmo que esteja vivo, ele não será mais quem era antes.

— Mas ele vai ter a família para ajudá-lo a se lembrar. Os pais, Casteel, você — argumentei. — Todos vocês podem ajudá-lo a se lembrar de quem ele era.

Kieran não respondeu.

Olhei para ele.

— Você... você acha que ele ainda está vivo?

— Ele tem que estar vivo. Mesmo que os vampiros tenham capturado outros Atlantes por todos esses anos, de sangue puro ou não, não deixariam que o Príncipe morresse. Com ele, é necessário menos sangue para completar a Ascensão. Ele é um prêmio muito grande para deixarem que definhe e morra.

Com o estômago revirado, fechei os olhos por um instante. Embora uma grande parte de mim esperasse que ele ainda estivesse vivo, uma pequena parte quase desejou que não. Uma existência sob o controle dos Ascendidos não era vida.

A pergunta já respondida veio à tona mais uma vez. Como os Ascendidos poderiam continuar?

Eles não podiam.

Se Casteel e eu fôssemos bem-sucedidos, será que eu ficaria satisfeita em passar o resto da vida escondida em segurança enquanto eles continuavam governando o povo de Solis a partir do medo? Roubando os seus filhos e quem sabe mais quantas pessoas? Se a Rainha e o Rei morressem, será que os outros Ascendidos não iriam simplesmente encontrar outro Atlante para continuar fazendo mais Ascendidos, mesmo que isso fosse proibido?

Casteel queria evitar a guerra, mas como alguém poderia ter certeza de que a Realeza mudaria? Que eles não procurariam voltar a fazer as coisas como eram antes?

Kieran se remexeu, olhando por cima do ombro. Segui o olhar dele, estreitando os olhos. Três ou quatro pessoas passaram pelo muro em ruínas, com as roupas em tons vibrantes de dourado e azul.

— Quem são eles?

— Não sei muito bem quem são — respondeu Kieran, se virando. — Mas a maioria das pessoas aqui são Descendidos mais velhos, Atlantes e lupinos.

Fiquei olhando até que não conseguisse mais vê-los, sentindo o estômago embrulhado de novo. Como será que eles reagiriam a meu respeito? Seriam amigáveis e extrovertidos como Elijah e Alastir ou como os outros?

— Casteel e eu viemos aqui quando éramos mais jovens, antes que a cidade fosse arrasada — disse Kieran, chamando a minha atenção. — Foi uma das primeiras vezes que saímos de Atlântia. Malik estava conosco, e as pessoas que moravam aqui, meio Atlantes ou seguidores, sabiam quem éramos e agiram como se o próprio Rhain tivesse saído da baía.

Não um, mas dois Príncipes na cidade deviam ter causado uma comoção.

— Um monte de gente encheu as margens da baía. — Ele apertou os olhos como se estivesse tentando enxergar o que havia ali naquele dia. — Uma garotinha escorregou da orla e caiu na água. Houve pânico e impotência enquanto todo mundo ficava olhando.

Sentei-me a vários metros da beira da água.

— Ninguém pulou atrás dela?

Ele fez que não com a cabeça.

— Nenhum mortal entra nessas águas e volta. As pessoas acreditavam que as sentinelas de Rhain capturariam qualquer um que se atrevesse a fazer isso, agarrando os seus tornozelos e puxando-o para o fundo da baía. — Ele curvou um canto dos lábios em um sorriso irônico enquanto se sentava ao meu lado. — Mas Cas pulou. Não pensou duas vezes sobre o assunto. Ele simplesmente mergulhou, embora a garota tivesse submergido e não voltado à tona.

Voltei a olhar para a baía.

— Ele a encontrou?

— Encontrou, sim. Trouxe a garota de volta para a orla onde Malik e... — Ele respirou fundo, esticando a perna. — Uma das nossas amigas conseguiu tirar a água dos seus pulmões. A garota voltou a respirar. Continuou viva. E aqueles que não sabiam o que Malik e Cas eram acreditaram que eles fossem mesmo Deuses.

Fiquei feliz em saber que a garota havia sobrevivido e esperava que o que havia acontecido com aquela cidade tivesse se passado muito depois da sua época. Mas fiquei encucada com uma coisa. Kieran quase disse o nome daquela *amiga*, e eu fazia boa ideia de quem era.

— Foi Shea quem veio aqui com vocês?

— O quê? — Kieran virou a cabeça na minha direção. — Como você sabe o nome dela? — Ele estreitou os olhos e, antes que eu pudesse responder, murmurou: — Alastir.

Assenti.

— Alastir me contou a respeito dela. Disse que Casteel já foi noivo de sua filha.

A expressão de Kieran endureceu.

— Alastir não deveria ter dito nada.

— Por quê? Ela era a filha dele — argumentei. — Alastir também a perdeu e, antes que você fique com raiva, ele até me falou que não deveria ter me contado a respeito dela. Eu não disse nada para Casteel.

— Bem, isso era meio que verdade.

— Mas é claro que você tem algumas perguntas.

— Tenho, sim — admiti.

Kieran balançou a cabeça lentamente enquanto olhava para a baía.

— Você não está pedindo conselho, mas vou dar um mesmo assim. Dessa vez, espero que você me dê ouvidos. — Os seus olhos azuis como o gelo encontraram os meus. — Não fale a respeito de Shea para Cas. Esse é um caminho que você não quer trilhar com ele. Jamais.

Arqueei as sobrancelhas.

— Mas ela é uma parte dele e...

— E por que isso importa para você? — indagou ele. — Esse casamento vai ser apenas temporário, certo? Por que você precisa saber sobre as pessoas que moldaram quem ele é? Esse tipo de conhecimento é para quem planeja um futuro.

Fechei a boca quando a frustração fervilhou dentro de mim. Kieran tinha razão, mas...

Suspirei e olhei por cima do ombro, conseguindo ver a parte de cima das muralhas da fortaleza. Será que Casteel já tinha se acalmado?

— Você tem certeza de que ele vai ficar bem?

Kieran inclinou a cabeça conforme me estudava.

— Você quer ouvir uma resposta sincera ou uma que torne as coisas mais fáceis para você?

— Você disse antes que ele iria ficar bem — salientei enquanto o pavor vinha à tona.

— Ele vai ficar. — Ele fez uma pausa. — Por enquanto.

— O que você quer dizer com isso?

— Quero dizer que ele vai ficar bem por mais algum tempo, mas precisa se alimentar. Já demorou demais.

Então um pavor tomou conta de mim por completo.

— Quando foi a última vez que ele se alimentou?

— Não sei ao certo, mas deve ter sido quando estávamos na Masadônia. — Ele passou a mão sobre a cabeça e então a abaixou e olhou de novo para a água. — Normalmente, ele poderia ficar semanas sem se alimentar, mas deu sangue a você duas vezes e depois foi ferido. Isso o deixou mais perto do limite.

— Ele não precisava me dar o sangue na última vez.

Ele olhou de volta para mim.

— Eu sei. Eu disse para Casteel não fazer isso, mas ele fez mesmo assim. Não queria ver você sofrendo.

Respirei fundo.

— E agora ele está sofrendo por causa disso. Por minha causa?

— Não é por sua causa, Penellaphe. Foi a escolha dele. Assim como foi escolha dele não se alimentar.

— Eu não entendo. — Frustrada, peguei um punhado de areia. — Por que ele faria isso consigo mesmo? Eu senti a fome dele, Kieran. Era intensa, e quanto mais tempo ele ficar sem se alimentar só vai piorar...

— E você vai ficar ainda mais em risco.

Fiquei imóvel, embora o meu coração retumbasse dentro do peito.

— Pensei que ele fosse a única pessoa com quem eu estava a salvo. Não foi isso que você me disse?

— Foi, mas, quando um Atlante não se alimenta, ninguém está a salvo. Nem mesmo as pessoas com quem ele se importa ou ama.

O ar escapou dos meus pulmões de uma vez só. Ama?

— Ele não se importa comigo.

Kieran me encarou.

— Se acreditar nisso for bom para você, então continue. Mas não quer dizer que seja verdade.

Olhei de cara feia para ele.

— E dar declarações vagas também não faz o que você esteja dizendo ser verdade.

— Ele lhe deu sangue quando você não precisava, só para que não sentisse dor assim que acordasse...

— E para que eu não atrasasse a partida de Novo Paraíso!

— É engraçado como não planejávamos partir no momento em que você acordasse de qualquer modo — respondeu ele. — Algo que você está convenientemente esquecendo.

Fiquei de boca fechada.

— Mesmo se fosse verdade, o que não é, se ele não se importasse não teria se preocupado com o seu desconforto durante a viagem, não é? E, se não se importasse, ele já teria usado centenas de persuasões diferentes a essa altura, não importava como fossem temporárias, para mantê-la sob controle, algo que tornaria a nossa vida muito mais fácil.

Estreitei os olhos.

— Ele não se casaria com você, se arriscando a provocar a ira não somente de todo o reino, mas também dos seus pais, que você logo vai descobrir que são duas pessoas que você *não* gostaria de irritar, só para que tenha a chance de sair dessa com vida, livre dos Ascendidos e dele. Se for isso que você quiser — continuou ele. — Mas, o mais importante, ele teria seguido o plano que passou anos tramando e já estaríamos na metade do caminho para a Carsodônia para trocá-la pelo seu irmão. No entanto, nós estamos aqui. E isso só mudou porque, depois que Casteel a conheceu, ele começou a se importar com você.

Eu queria que Kieran retirasse o que disse, pois aquelas palavras faziam coisas com o meu coração e, pior ainda, coisas perigosas com a minha mente.

— Você é irritante — murmurei.

— A verdade costuma ser assim. Mas quer saber de uma verdade ainda mais irritante?

— Na verdade, não.

— Que pena, porque você precisa ouvir isso. Ele se importa com você assim como *você se* importa com ele, apesar das mentiras e da traição — afirmou Kieran. — É por isso que, mesmo enquanto era a Donzela, você contou os seus segredos para ele e deixou que ele fizesse coisas que jamais teria permitido que outra pessoa fizesse. É por isso que você não usou essa adaga presa na sua coxa hoje de manhã, mesmo sabendo como usá-la contra um Atlante. É por isso que você quer saber mais a respeito de Shea. É por isso que, mesmo agora, você está preocupada com ele. — Os olhos dele brilharam com um tom intenso de azul. — E, só para você saber, a única razão pela qual não acabei com a sua vida no instante em que descobri que você apunhalou o coração dele é porque ele se importa com você. Isso foi menos vago o suficiente para você, Penellaphe?

Entreabri os lábios e puxei o ar, trêmula. Eu não queria ouvir o que ele disse. Não queria reconhecer a verdade daquelas palavras. Constatar aquilo era... parecia irrevogável.

Porque me importar com Casteel significava mais do que apenas desejá-lo. Significava perdoar ou esquecer as suas mentiras e traições, e eu não sabia se isso era certo ou errado. Porque ele se importar comigo significava que aquilo era mais que somente um acordo ou fingimento, e as implicações disso eram... bem, eram assustadoras por inúmeros motivos. Kieran poderia estar errado. Casteel poderia se importar comigo, mas não tanto assim. Enquanto que eu... ah, Deuses, eu já sabia o que significava para mim me importar com ele — o que eu desejava desesperadamente que não fosse verdade.

Que comecei a me apaixonar por ele quando nós nos conhecemos e não havia parado de me apaixonar desde então.

Além disso, eu era a Donzela — uma pessoa que o povo dele, a família, provavelmente odiaria. E era apenas meio Atlante. Eu ia envelhecer e morrer, e ele continuaria a ser quem era naquele momento por tantos anos que pareceria uma eternidade para mim.

Fiquei olhando para a areia, me sentindo mais deslocada agora do que desde que aquilo tudo começou.

— Na noite antes de descobrir quem ele realmente era, eu já tinha decidido que não poderia mais ser a Donzela. Não só por causa dele. Acho que o que senti por Casteel foi o primeiro passo para perceber que jamais poderia viver na pele da Donzela, mas eu queria ficar com ele — admiti, com a voz rouca, pouco mais que um sussurro. — Mesmo achando que Casteel fosse um Guarda Real que teria de se esconder comigo, eu queria ficar com ele... continuar com ele de alguma forma. Porque ele fazia eu me sentir.... Ele fazia eu me sentir *viva*. — Engoli em seco. — Eu me importava com ele. Muito.

— Ele era Casteel naquela época, assim como é Hawke agora — afirmou Kieran baixinho, atraindo o meu olhar de volta para ele. — E você sabe disso. Só não está pronta para aceitar.

Fechei os olhos por um instante. Ainda assim, me importar com ele poderia causar uma reação em cadeia que eu não seria capaz de impedir. Me importar com Casteel era como trair não apenas Vikter, Rylan e todos os que morreram por sua causa, mas também a mim mesma. Que eu havia perdoado as suas mentiras e transgressões. Continuar me importando com ele significava...

— Continuar me importando com ele só me daria mais dor de cabeça — sussurrei, sabendo da verdade naquele exato instante. Eu me importava. Nunca deixei de me importar. E reconhecer isso era como afundar naquela água escura.

— Não tem que ser assim — disse Kieran. — Mas às vezes o sofrimento que acompanha o amor vale a pena, mesmo que amar essa pessoa signifique ter de dizer adeus a ela.

A aspereza no tom de voz dele dizia mais que as suas palavras.

— Parece que você tem experiência com isso.

— Tenho, sim. — Um longo momento de silêncio passou entre nós. — Você sabe o que acontece quando um Atlante se importa com alguém?

Fiz que não com a cabeça, querendo saber mais a respeito da pessoa que ele amava, mas da qual teve que se despedir.

Kieran não me deu a chance de perguntar.

— Ele acha repulsiva a noção de se alimentar de outra pessoa. É muito íntimo para sequer considerar isso. E se o parceiro for mortal? Geralmente, é necessário que o mortal prove ao outro que está tudo bem que ele se alimente e, em alguns casos, o Atlante se perde na escuridão da fome. É por isso que Casteel não se alimentou.

Meu coração disparou contra as costelas enquanto eu dizia a mim mesma que não podia ser aquilo que estava acontecendo com Casteel. Simplesmente não podia.

Kieran ficou calado por apenas alguns minutos.

— Cas me disse que sentia como se já a conhecesse depois de conversar com você apenas algumas vezes.

Enterrei os dedos dos pés na areia mais uma vez.

— Eu perguntei a ele sobre isso.

— Olha a minha cara de surpresa — murmurou Kieran, e, quando eu olhei para ele, a sua expressão era a mesma de sempre. Tédio com um toque de divertimento.

Curvei os lábios apesar da loucura da nossa conversa enquanto me voltava para a água da cor da meia-noite banhada pelo sol.

— Ele me disse que acreditava que o sangue Atlante dele reconhecia o meu.

— E você também se sentiu assim?

Assenti.

— É possível?

— É — respondeu ele depois de um momento. — Mas não acho que seja isso. Acho que é algo mais profundo. Algo intangível, muito mais raro e forte que as linhagens e até mesmo do que os Deuses. Algo tão poderoso que provocou uma grande mudança no passado.

Tensa, eu tive a impressão de não querer saber o que ele achava. Que seja lá o que fosse, seria ainda mais devastador do que o que ele já tinha me contado. Seriam palavras que eu não poderia controlar.

— Acho que vocês são corações gêmeos.

Capítulo 24

Corações gêmeos.

Kieran não explicou o que isso significava e eu não pedi mais informações. Nunca tinha ouvido falar de algo assim nem queria ouvir.

Compreender a noção de que Casteel se importava comigo já era bastante complicado sem acrescentar um elemento intangível a isso.

Mas o que Kieran havia dito — tudo o que ele havia dito — continuou comigo ao longo do café da manhã, roubando todo o sabor da comida enquanto o meu olhar vagava para as flâmulas brancas penduradas nas paredes da sala de jantar, espaçadas a cada dois metros. No centro de cada uma delas, havia um emblema gravado em dourado, com a forma do sol e dos seus raios. E, no meio desse sol, uma espada na diagonal em cima de uma flecha.

Eu sabia que estava olhando para o Brasão de Atlântia.

Nós comemos a uma mesa estreita em uma sala de jantar que antes era usada pelas pessoas do Pontal de Spessa, mas que agora estava vazia, exceto por Quentyn, que trouxe ovos, bacon crocante e pãezinhos assim que chegamos. Ele ficou conversando com Kieran, com a mesma energia da noite anterior. Tentei me concentrar na conversa, ciente de como aquilo era diferente da última vez em que Kieran e eu dividimos uma refeição. Quentyn não me ignorou nem me tratou com uma aversão mal contida. Se sabia que eu já tinha sido a Donzela, ele não se importava. E isso era, bem... teria sido algo para desfrutar se eu não continuasse olhando em volta para ver se Casteel aparecia ou se a minha mente não estivesse tão absorta no que Kieran havia me contado.

Eu não conseguia me concentrar no fato de que Casteel poderia se importar comigo. Não podia nem refletir sobre a revelação de que eu havia passado da fase de me importar com ele há muito tempo. Não era hora nem lugar para lidar com aquilo e com o que significava.

O que eu ficava revirando uma vez após outra em minha mente era que Casteel precisava se alimentar e, se o que Kieran havia dito era verdade, então eu precisava convencê-lo a fazer isso de outra pessoa ou... *eu mesma* precisava alimentá-lo.

Mas, na verdade, não havia opção. Naill e Delano sabiam que eu era meio Atlante e, se os outros, seja lá quem estivesse ali, não soubessem, logo descobririam. Casteel se alimentar de outra pessoa não convenceria ninguém da nossa intenção de nos casarmos, não é?

Teria que ser eu.

Senti um nó no estômago quando o pedaço de bacon desceu arranhando a minha garganta. Será que eu ficaria bem com isso? Pensei em como tinha sido quando ele me mordeu antes e peguei o copo de água, bebendo quase tudo de uma vez só. Não seria exatamente uma provação. Seria...

Deuses, seria intenso.

Nada parecido com a mordida de Lorde Chaney. Nada parecido com a mordida de um Voraz.

— A única coisa que não estou ansioso para fazer é viajar pelas montanhas — disse Quentyn, interrompendo os meus pensamentos. Quando eu o vi pela primeira vez sob a luz forte da lâmpada a óleo, descobri que ele era louro, não cor de platina como Delano, mas de um tom mais... dourado. Ele era jovem, magro como um caniço e mais alto que eu. Havia uma delicadeza nas suas feições que chamava a atenção, e imaginei que a beleza nos traços do seu rosto só aumentaria à medida que ele envelhecesse. Seus olhos eram de um tom vibrante de âmbar, assim como os de Casteel, mas curvados para cima no canto externo de modo que parecia que ele estava sempre sorrindo.

— Sim, também não estou ansioso por essa parte da viagem — concordou Kieran.

— Você está falando sobre as Montanhas Skotos? — perguntei, olhando para a porta pelo que deveria ser a centésima vez desde que Kieran e eu nos sentamos ali.

Quentyn assentiu conforme olhava na minha direção. Quando ele me viu pela primeira vez, o seu olhar se fixou no lado esquerdo do meu rosto, mas foi só isso. Não continuou me encarando. Nem desviou o olhar rapidamente, constrangido. Ele viu as cicatrizes e seguiu em frente, e eu gostei disso.

— A névoa, cara. A *névoa*. Durante o dia, ela se dissipa um pouco. Mas e à noite? Você mal consegue enxergar alguns metros adiante.

Lembrei o que Kieran me contou sobre a longa cordilheira.

— E isso é... magia Atlante?

— Sim. Foi concebida para afastar os viajantes, fazendo com que pensem que há Vorazes nas montanhas, mas não há nenhum — disse Kieran, olhando para o meu prato. — Você vai comer o bacon?

— Não. — Empurrei o prato na direção dele. — Como funciona a magia Atlante?

— Essa é uma pergunta complicada com uma resposta ainda mais complexa. — Kieran pegou uma fatia de bacon do meu prato. — E sei que você está se preparando para fazer mais uma centena de perguntas.

E estava mesmo.

— Mas a resposta mais simples é que a magia está vinculada aos Deuses — concluiu ele.

Bem, isso só fez com que eu tivesse ainda mais perguntas e me lembrasse da árvore da Floresta Sangrenta, do presságio que apareceu do nada em Novo Paraíso.

— Além do mais, a névoa não é só uma névoa — acrescentou Kieran entre as garfadas de bacon. — É, Quentyn?

— Não. — O jovem arregalou os olhos. — É mais como um... sistema de aviso.

— Ela reage aos viajantes, até mesmo aos Atlantes, e o modo como reage é diferente para cada pessoa. Grupos maiores parecem desencadear esse efeito. — Quentyn tamborilou os dedos sem parar em cima da mesa. — É por isso que nos dividimos em grupos de no máximo três pessoas.

Aquilo parecia... preocupante.

— E o único caminho é pelas montanhas?

— É, mas não se preocupe tanto assim. — Quentyn sorriu. — Não tivemos muitos problemas quando passamos por elas antes.

Muitos problemas?

— Falando nisso, posso fazer mais bacon para quando partirmos. — Ele se levantou da cadeira. — Se você quiser...

Kieran fez uma pausa com a segunda fatia na metade do caminho até a boca.

— Quando se trata de bacon, a resposta é sempre sim.

O jovem Atlante riu enquanto olhava por cima do ombro. A porta se abriu e o meu coração subiu até a garganta conforme eu examinava os rostos dos homens e mulheres que entraram. Meus ombros relaxaram quando não reconheci ninguém. Havia meia dúzia de pessoas.

— Vocês estão com fome? — gritou Quentyn e foi saudado por várias respostas entusiasmadas. Ele se virou e deu de ombros, dizendo:
— Eu gosto de cozinhar.

Em seguida, com um aceno de cabeça para nós dois, ele correu até a cozinha.

Observei o grupo de recém-chegados se dividir em dois e se acomodar nas mesas redondas perto da porta. Todos nos cumprimentaram com um aceno de cabeça, mas ninguém se aproximou. Uma mulher de cabelo escuro olhou por cima do ombro. Tinha olhos dourados. Uma Atlante. Assim como o homem que nos encarava, sentado diante dela.

Ignorando a agitação nervosa no estômago, eu abri um sorriso.

A mulher virou de costas para mim e o homem olhou para outro ao seu lado.

Suspirei e me virei para Kieran.

— Quando você acha que vamos partir?

— Se Elijah conseguiu tirar o primeiro grupo de lá um dia depois que partimos, eles devem chegar aqui daqui a uns dois dias. Já que o grupo é maior, eles não vão viajar tão rápido quanto nós. — Ele limpou os dedos brilhantes de gordura em um guardanapo. — Mas nós estamos a menos de meio dia de cavalgada das montanhas, de modo que devemos alcançá-los amanhã à tarde, o que nos permitirá atravessar metade do caminho antes do anoitecer. E então chegaremos a Atlântia.

Meu coração falhou uma batida. Eu não tinha me dado conta de que estávamos tão perto do que era basicamente uma linha de fronteira não oficial.

— Sem mais nem menos?

Ele sorriu de leve quando um dos homens mais jovens de cabelo castanho-claro inclinou a cabeça na direção da mulher, e sussurrou:

— Sem mais nem menos.

Recostei na cadeira e fiquei examinando aquelas pessoas. Suas posturas pareciam terrivelmente empertigadas. Mordi o interior do lábio e agucei os sentidos, deixando que fizessem uma conexão. No instante em que as emoções amargas e azedas delas irradiaram até mim, desejei não ter usado o meu dom. Desconfiança e antipatia costumavam ser difíceis de separar, mas, em alguns casos, elas estavam unidas. Como naquele momento.

Elas só podiam saber quem eu era. Era o único motivo para se sentirem assim.

— Você está mais calada do que eu esperava — comentou Kieran.

Bloqueei os sentidos e encolhi os ombros.

— Eu estava pensando. — O que não era exatamente uma mentira. Eu tinha pensado bastante durante o café da manhã.

— Que maravilha.

Lancei a ele um olhar irritado.

— Aliás, é culpa sua.

— Eu deveria ter ficado de boca fechada.

— Eu meio que gostaria que você tivesse ficado.

— Mas não fiquei.

— Não — suspirei, pegando o guardanapo da mesa. — Onde ele está?

— Quem?

Inclinei a cabeça para o lado.

— Como se você não soubesse.

— Eu conheço um monte de *eles*.

— *Eles* não é o pronome certo — murmurei. — Onde está Casteel? Ele está...?

— Ele está o quê? — perguntou ele baixinho quando não terminei a pergunta.

— E se ele não estiver bem? — Olhei de cara feia para ele. — E se ele estava mais perto do limite do que você achou e agora está lá fora, se alimentando de... pessoas aleatórias.

— Eu não conheço você há muito tempo. — Ele balançou a cabeça, e eu pensei que talvez estivesse procurando ter paciência. — Mas, às vezes, as coisas que a sua mente inventa me deixam preocupado.

— Acho que é uma preocupação válida — resmunguei.

— Imagino que ele tenha se acalmado, se vestido e esteja falando com as pessoas. — Kieran olhou para mim com o canto do olho. — Fico feliz em ver que você reconhece que se importa com ele e queira saber sobre o seu bem-estar.

Comecei a dizer que não, mas seria uma mentira evidente. Kieran sabia disso. Eu sabia. E eu detestava todo mundo, mas principalmente Kieran.

Algo me veio à mente naquele momento e fiquei completamente horrorizada. Eu não fazia a menor ideia do que diria a ele sobre hoje de manhã. Não sobre o negócio da alimentação. Eu sabia o que precisava fazer para me assegurar de que ele não voltasse aqueles olhos de Ascendido para mim outra vez. Mas e a outra *coisa*? Será que eu poderia fingir que não aconteceu nada?

Parecia ser um bom plano.

Curvei os ombros e mudei de assunto.

— Posso fazer uma pergunta?

— Tenho a impressão de que, se eu dissesse não, você iria me perguntar de qualquer jeito.

Ele tinha razão. Ia mesmo. Mantive a voz bem baixa.

— Casteel disse que, se eu recusasse o casamento, ele me deixaria ir. Que ele me levaria para um lugar seguro. Ele estava falando a verdade?

Kieran olhou para mim com as sobrancelhas arqueadas.

— Então, você está basicamente me pedindo para traí-lo?

— Eu não estou pedindo... Certo, estou, sim.

— Ele não estava mentindo — disse Kieran após um momento. — Se você recusasse, ele teria deixado você ir. Mas duvido muito que você estaria livre dele.

Meu sorriso desmoronou.

— Se eu não estaria livre dele, então como é que ele teria me deixado ir?

Kieran encolheu os ombros.

— As duas coisas não são mutuamente exclusivas.

Franzi ainda mais o cenho, mas então balancei a cabeça enquanto olhava para a porta. Saber que ele não estava mentindo era importante. Era muito importante, pois Casteel faria *qualquer coisa* para recuperar o irmão.

Mas não me forçaria a casar com ele para conseguir o que queria. Ele não me usaria como moeda de troca e, pela primeira vez desde que tudo começou, eu me dei conta de que os planos de me usar haviam mudado muito antes que eu soubesse — provavelmente antes mesmo que *ele* soubesse disso. Não apenas pela sua afirmação ou pelo que Kieran disse. Era por tudo isso e pelas próprias ações de Casteel. Eu só não queria aceitar — nem ver, nem entender. Pois, embora Casteel não fosse um monstro, ele *era* capaz de fazer coisas monstruosas para conseguir o que queria. Mas eu estava isenta disso. Ele não era o mocinho — um salvador ou um santo. Ele matou para libertar o irmão. Usou inúmeras pessoas — mortais e Atlantes — para libertar o irmão. E continuaria fazendo isso. Para ele, os fins justificavam os meios.

Contudo, Casteel tinha um limite que se recusava a atravessar.

E esse limite era eu.

Constatar isso era apavorante. Meu coração já estava batendo forte e aquela sensação de inchaço tinha voltado, enchendo o meu peito. E isso me assustou. Ignorar e negar o que sentia por ele eram mais fáceis quando eu podia convencer a mim mesma de que não passava de um peão — outro meio justificado pelo fim.

Agora, não havia como ignorar nem negar nada.

Não sabia se isso significava o que Kieran disse — que Casteel e eu éramos corações gêmeos, mas significava alguma coisa. E também não sabia o que isso mudava para mim — para nós dois.

Respirei fundo. O ar não chegou aos meus pulmões, e parecia que o chão estava se movendo — o mundo inteiro estava girando, embora eu estivesse sentada.

— Eu vou fazer isso.

— Estou meio com medo de perguntar o que você vai fazer.

Cruzei os braços sobre o peito e revirei os olhos.

— Vou me oferecer... basicamente como jantar. Para Casteel — acrescentei.

— Como jantar?

— Basicamente. — Olhei para Kieran e percebi que ele estava tentando não rir.

— Só uma pequena parte de mim está surpresa, mas estou aliviado. — E os ombros dele pareciam menos curvados. — Ele precisa de você.

*

Eu tinha acabado de voltar para os aposentos que Casteel e eu tínhamos recebido, esperando que ele já tivesse voltado, quando Alastir bateu na porta principal.

Deixei que ele entrasse, dizendo a mim mesma para não me estressar com a ausência prolongada de Casteel. Ele deveria estar bem... *de certo modo*, e ainda era bem cedo.

Alastir estava vestido com uma roupa muito mais adequada para o clima ameno, apenas com uma camisa branca de botão e calças compridas. Fiquei meio tentada a cortar as mangas do suéter, embora continuasse fresco dentro do quarto.

— Não vou ocupar muito o seu tempo — disse ele, se sentando na beira do divã enquanto afastava uma mecha de cabelo do rosto. — Eu só queria ver se você estava bem depois de ficar sabendo que a sua viagem foi muito mais conturbada que a minha.

Sentei-me diante dele em uma das poltronas almofadadas.

— A maior parte foi bastante monótona até que descobri sobre a existência do Clã dos Ossos Mortos de forma bem educativa.

— Eu mal pude acreditar quando Casteel me contou que eles tinham atacado o seu grupo — respondeu ele, e o alívio que senti ao ouvir aquilo foi ridículo. Ele devia ter falado com Alastir naquela manhã. — Para ser sincero, imaginei que já não existissem muitos deles a essa altura.

— Bem, eles certamente ficaram com menos membros agora. — A imagem de Casteel jogando os homens de cima da árvore me veio à cabeça. — Eu ainda não consigo acreditar que os Ascendidos permitiram que eles vivessem na floresta ou que não soubessem a respeito deles. — Olhei ao redor, balançando a cabeça. — Parte de mim mal consegue acreditar que eles não sabem a respeito disso. Fiquei chocada quando vi.

— Solis é um reino poderoso, mas eles são muito arrogantes. Acho que jamais consideraram que Atlântia pudesse retomar algumas das terras.

— Casteel me disse algo parecido. Sobre a arrogância deles.

Ele assentiu.

— Casteel não contou a você sobre o Pontal de Spessa? Sobre como ele espera realocar centenas de pessoas para cá?

Mordisquei o lábio, sem saber se deveria mentir ou não, mas decidi que seria bobagem. Era evidente que eu não fazia a menor ideia.

— Ainda não.

Uma ligeira ruga surgiu ao redor dos lábios dele.

— Eu realmente esperava que ele tivesse contado a você. Retomar o Pontal de Spessa é incrivelmente importante para Casteel e para o reino. Além disso, foi ideia dele. E ele convenceu o pai e a mãe a fazerem isso.

A irritação surgiu de novo, assim como algo mais intenso. Constrangida, pois aquilo parecia ser algo que uma noiva deveria saber, eu me remexi desconfortavelmente na poltrona.

— Estou certa de que ele pretendia me contar, mas com tudo o que aconteceu...

Alastir assentiu, mas eu pude ver o ceticismo nos olhos dele.

— Tenho certeza que sim, e que foi um simples descuido. Não é uma questão de confiança ou desatenção.

Fiquei tensa, eu não tinha nem pensado em uma questão de confiança, mas... mas fazia sentido, não? O que estava acontecendo no Pontal de Spessa seria uma informação altamente cobiçada pelos Ascendidos. Se eles descobrissem, isso poderia significar mais um ataque à cidade, a destruição do que eles estavam construindo ali — seja lá o que fosse. Eu não sabia muito bem, já que só tinha visto alguns relances. Será que foi por isso que Casteel não me deu nenhuma informação até que eu estivesse bem longe dos Ascendidos, de modo que não seria mais um risco para o Pontal de Spessa se fosse capturada ou se... voltasse atrás no nosso acordo? Será que ele achava que eu diria alguma coisa que colocasse pessoas inocentes em perigo?

Pessoas inocentes que eu presumia serem as culpadas até bem pouco tempo atrás.

Perturbada com os meus pensamentos, perguntei a Alastir sobre a viagem. Partindo daí, ele falou sobre a próxima travessia. Relaxei enquanto ele falava por causa da sua voz e da sua risada áspera, tão familiar e parecida com a de Vikter. Havia uma qualidade calmante nela, e eu fiquei tão grata pela sua visita que, quando percebi que ele logo iria embora, quis encontrar uma desculpa para que continuasse ali.

— Há outra razão pela qual queria conversar com você — disse ele enquanto se inclinava na minha direção. — Quando falei com Casteel hoje de manhã, ele parecia... bem, como se estivesse tenso demais. Então descobri que ele foi ferido quando o seu grupo foi atacado pelo Clã dos Ossos Mortos.

Assenti, com o rosto impassível.

— Ele foi ferido, sim.

— Eu não sei o quanto você sabe a respeito dos Atlantes e das suas necessidades e costumes, como a União, ou o que acontece quando eles decidem ficar com alguém, mas ele pode precisar se alimentar. E, já que não está acostumada com os costumes Atlantes, eu queria me certificar que você soubesse — disse ele, com o sorriso gentil vincando a pele nos cantos dos olhos.

Senti um súbito nó na garganta e quase avancei sobre o pobre homem, mas de alguma forma consegui não repetir aquele momento embaraçoso.

— Eu sei que ele precisa se alimentar. E vai fazer isso. — Senti minhas bochechas corarem. — Mas o que é a União?

Alastir arregalou os olhos.

— Ele não contou a você?

Curvei os ombros.

— Ele deveria ter me contado?

— Acho que sim. — Ele estreitou os olhos ligeiramente. — É o esperado, principalmente pelo fato de você não ser uma Atlante de sangue puro, mas... bem, não seria exatamente uma conversa agradável de se ter com alguém que não cresceu em Atlântia. — Ele começou a se levantar. — E é algo que sou eternamente grato por nunca ter precisado explicar para a minha filha.

— Espere. — Levantei a mão. — O que é?

— Você deveria perguntar a Casteel.

— Você deveria me contar, já que você tocou no assunto — salientei.
— O que é esse negócio? A união?

Alastir ficou imóvel por um momento e então fechou os olhos.

— Essa conversa vai ser tão constrangedora.

Comecei a sorrir.

— Agora, eu fiquei mesmo interessada.

— Mas vai mudar de ideia bem rápido. — Ele coçou o queixo. — Deuses, ele não deve ter contado a você por causa do seu passado.

— Meu passado? — Arqueei as sobrancelhas. — Como a Donzela?

Ele assentiu.

— Você mesma me disse que era bastante protegida, mas, mesmo se não fosse, o que você está prestes a ouvir teria sido um choque.

— É mesmo? — A curiosidade queimava através de mim.

— A União é uma tradição muito antiga, que nem sempre é feita. E agradeça aos Deuses por isso. — Ele franziu o lábio superior com repulsa. — É tão vulgar.

Aquele não deveria ser um bom momento para admitir que fiquei ainda mais curiosa.

— Quando um fundamental vinculado assume um parceiro, o vínculo pode ser estendido a essa pessoa. É necessária uma troca de sangue entre os três, ou quatro, se o parceiro também for vinculado. E a troca de sangue... bem, é bastante... — Ele pigarreou enquanto o seu rosto ficava corado. — Pode ser bastante *íntima*. De uma forma que provavelmente a deixaria muito desconfortável.

Fiquei chocada com alguma coisa muitas vezes na vida. As últimas semanas foram uma surpresa depois da outra, mas isso...

Mesmo protegida como era, eu fazia uma boa ideia do que Alastir estava tentando me dizer graças ao diário da srta. Willa Colyns.

— Você está falando de sexo?

O rosto dele estava tão vermelho quanto o meu.

— Infelizmente.

Eu o encarei, boquiaberta, mas não fazia a menor ideia do que dizer.

— Mas — disse ele rapidamente — como eu disse antes, é uma tradição bastante antiga e, embora alguns dos meus irmãos e irmãs mais jovens sejam mais abertos às tradições arcaicas, não é algo que costume ser praticado hoje em dia por... bem, por motivos óbvios.

— Eu... — Eu me sentia quente e fria ao mesmo tempo. — Mas você disse que era esperado, já que não sou uma Atlante de sangue puro. Por quê?

— Por quê? — Ele piscou para mim, e então a sua expressão suavizou. — Penellaphe, minha querida, você e Casteel não discutiram o futuro? Nem um pouco?

O olhar dele fez o meu estômago arder. Era um olhar de paciência paternal, do tipo que uma criança recebe quando se mete em encrenca e precisa de um adulto para resgatá-la.

— Você vai envelhecer e, embora Casteel também, ele vai envelhecer de modo que, daqui a oitenta anos, terá a mesma aparência e...

— E eu vou ficar velha e grisalha, isso se sobreviver tanto tempo assim — interrompi e soltei uma mentira. — Nós já conversamos sobre isso.

Ele me estudou.

— A União não apenas garantiria que o lupino tivesse o dever de proteger a sua vida, mas também conectaria a sua vida ao fundamental e ao lupino. Você viveria tanto quanto o lupino, não importa quanto tempo fosse.

Mais uma vez, fiquei sem saber o que dizer. Muitas coisas passaram pela minha cabeça, mas o que veio à tona foi o fato de que eu sabia por que Casteel nunca tinha mencionado isso. A tensão tomou conta dos meus músculos e o peso no meu peito pareceu sufocante. Não havia necessidade de que isso... isso acontecesse. Apesar do que Kieran pensava, Casteel não pretendia continuar casado comigo.

Capítulo 25

A compreensão teve um efeito muito mais devastador do que deveria, e foi tudo culpa da história idiota de corações gêmeos de Kieran.

E, pensando bem, por que Kieran não mencionou isso?

Então pensei em ter essa conversa com Kieran e tive vontade de passar uma escova de aço no cérebro. Por mais bonito que achasse que Kieran fosse, eu só... eu não conseguia nem imaginar fazer algo do tipo com ele.

Com ele *e* Casteel.

Procurei um copo de água, mas não havia nenhum por perto.

— Você não precisa se preocupar com isso. Acho que ele não espera algo do tipo. Casteel não é preso às velhas tradições — disse Alastir.

— Mas o lupino espera? — perguntei, e então a pior coisa possível saiu da minha boca. — Será que Shea teria feito isso?

Alastir arregalou os olhos.

Imediatamente, desejei não ter dito nada.

— Desculpe. Como lupina, imagino que ela não teria que fazer isso. E eu não deveria ter falado sobre ela...

— Não. Não, está tudo bem. — Alastir se esticou e pousou a mão sobre a minha. — Não se desculpe. Na verdade, fico feliz que você esteja disposta a falar sobre ela. — Ele sorriu mais uma vez, apertando a minha mão antes de se encostar no divã. — Embora fosse uma lupina, é uma tradição que alguns esperariam que fosse honrada, e o juramento de Kieran também se estenderia a ela. Ela era... — Ele apertou os lábios e um longo momento se passou. — Shea nunca desistiu de nada, não importava se as pessoas achassem repugnante ou vulgar. Ela teria feito qualquer coisa por Casteel.

E será que Casteel teria feito aquilo?

Deuses, eu nem queria pensar nisso.

Engoli em seco enquanto afundava na poltrona. Minha cabeça ficou a mil outra vez.

— Já tomei bastante do seu tempo. — Alastir começou a se levantar de novo.

— Espere — quase gritei, quando me lembrei de uma coisa. — Se a União pode estender a vida de um mortal, então por que o Rei Malec não fez isso com Isbeth, a sua amante? Em vez de transformá-la em vampira? Ou ele não era vinculado?

Alastir olhou para mim como se eu tivesse sugerido adotar o estilo de vida dos Ascendidos de todo o coração.

— O Rei Malec tinha um lupino vinculado. Na verdade, ele teve mais de um, já que costumava viver mais que eles. Mas não teria dado certo com uma mortal. A parceira precisa ter sangue Atlante e, mesmo se aquela mulher tivesse sangue Atlante, isso teria sido um grave insulto à Rainha. Seria muito pior do que ter casos extraconjugais. Qualquer lupino de valor teria se recusado. Disso, eu sei. — Ele me encarou. — Quantos anos você acha que eu tenho?

A pergunta me pegou desprevenida.

— Eu... eu não sei. Muito mais velho do que parece, imagino.

— Já vivi oitocentos anos.

Bons Deuses.

— E a razão pela qual sei que o lupino vinculado teria se recusado? — perguntou Alastir. — É porque eu fui o último lupino do Rei, e fui eu quem alertou a Rainha sobre o que Malec tinha feito, violando um juramento inquebrável.

*

Algum tempo depois que Alastir saiu, a banheira foi enchida com água morna, cortesia de Casteel, de acordo com os dois mortais — um homem mais jovem e uma mulher de olhos curiosos. Eles não fizeram perguntas nem se demoraram mais que o necessário e me disseram que, se eu colocasse as roupas e a camisola na cesta de vime que puseram do lado de fora da porta, as minhas roupas seriam lavadas. Embora esperasse ver Casteel, apreciei o gesto e também fiquei aliviada por ele não ter voltado.

Eu precisava de tempo para digerir... *tudo*.

Então aproveitei o banho, lavei o cabelo e depois vesti o robe, amarrando-o na cintura. O sol estava alto, mas havia um frio no quarto que não estava presente lá fora. Eu me sentei diante da lareira, desembaraçando lentamente o cabelo enquanto a minha mente vagava de um assunto chocante para o outro.

Alastir tinha sido o lupino vinculado de Malec? E a União? Meus Deuses, será que o povo de Atlântia realmente esperava isso de mim — de nós três? O calor do constrangimento quase fez com que eu me afastasse do fogo. Não que eu estivesse com nojo ou repulsa. O que as pessoas decidiam fazer e com quem ou quantos eram da conta delas. E a maneira como a srta. Willa havia escrito sobre dividir a cama com mais de um parceiro nunca foi abordada de modo que me deixasse desconfortável.

Bem, isso não era exatamente verdade.

Sobretudo, eu não entendia como isso funcionava. Não a parte física. Ela entrou em bastante detalhes acerca disso. Mas tudo parecia tão complicado. Eu simplesmente não conseguia compreender algo do tipo quando as coisas com Casteel já eram tão complexas.

E por que é que eu estava preocupada com isso? Era evidente que Casteel não pretendia fazer isso comigo. Mas será que ele pretendia fazer com Shea?

— Pare com isso — sibilei, me forçando a pensar em outra coisa. Sem nenhuma surpresa, os meus pensamentos voltaram direto para *ele*.

Como será que era o Casteel sério? Era outra máscara que ele usava? Eu já tinha visto um relance dessa sua versão sempre que ele exercia a sua autoridade, mas ele era bem rápido em me provocar e zombar de mim.

Ele se sente mais vivo quando está com você.

Coloquei a escova no chão, fechei os olhos e pensei em Shea. Será que ele agia assim com ela? Eu duvidava muito que Casteel usasse alguma máscara com ela. É mais provável que ele fosse uma pessoa completamente diferente naquela época.

O que será que aconteceu com ela? Tudo o que eu sabia era que os Ascendidos tinham algum envolvimento no seu destino. Como foi que ela morreu? Quanto tempo ela e Casteel ficaram juntos? Será que ela também o amava?

É claro que amava.

Mesmo com pouca ou nenhuma experiência, eu sabia que era melhor não seguir por esse caminho. Vi como Casteel reagiu e, embora nunca tivesse estado em um relacionamento ou amado antes, eu sabia que as pessoas não falavam ou não conseguiam falar sobre certas coisas. Coisas que só poderiam ser compartilhadas com aqueles que você amava, aqueles em quem você realmente confiava.

Acho que vocês são corações gêmeos.

Senti um nó no peito conforme mordia o lábio inferior. Depois de descobrir a respeito da União, eu sabia que Kieran estava totalmente errado sobre esse negócio de corações gêmeos, mas eu ainda queria seguir por esse caminho com Casteel. Queria saber quem ele era antes de perder Shea e o irmão. E queria saber tudo isso porque eu... eu me *importava* com ele. Porque nunca parei de me apaixonar.

Deuses.

Eu estava tão encrencada.

E existia uma grande probabilidade de Alastir ter percebido o que eu percebi enquanto conversávamos. O fato de que Casteel não tinha confiado em mim acerca do Pontal de Spessa. Pior ainda, não havia a menor chance de que ele acreditasse que o nosso noivado era verdadeiro.

Casteel se deparou comigo sentada com a cabeça para trás e os olhos fechados quando entrou no quarto. De modo inacreditável, todos os pensamentos nos quais eu estava absorta desapareceram e foram substituídos pelo que decidi fazer.

— O que você está fazendo? — perguntou ele, e ouvi a porta se fechar atrás dele.

— Penteando o cabelo. — Eu me empertiguei e abri os olhos, mas não me virei.

— Você não precisa de uma escova para fazer isso? — Ele parecia estar mais perto de mim.

— Sim. — Senti uma vibração imensa no peito.

Um momento depois, ele estava sentado ao meu lado, com um joelho dobrado e o outro encolhido, encostado no meu. Lentamente, olhei para ele. No instante em que os nossos olhares se cruzaram, o ar escapou dos meus pulmões. Não sei se tinha algo a ver com o que Kieran havia me dito ou por causa de todo o resto.

— Sinto muito — disse ele. — Sinto muito por hoje de manhã, por perder o controle daquele jeito. Isso nunca mais vai acontecer.

Minha pele ficou toda arrepiada. O pedido de desculpas era inesperado, e eu não sabia muito bem se queria aquilo. O que aconteceu parecia estar fora do controle dele, e o seu pedido de desculpas... me fez respeitá-lo. Assenti.

— Eu pretendia falar com você mais cedo. Voltei depois de... bem, voltei e você não estava mais aqui.

— Eu estava com Kieran — disse a ele. — Nós descemos até a baía e depois tomamos café da manhã.

Um sorriso tênue surgiu nos lábios dele.

— Fiquei sabendo.

Arqueei as sobrancelhas.

— Ficou, é?

Ele assentiu.

— As pessoas me contaram.

Não comentei que aquelas pessoas não falaram comigo durante o nosso breve encontro, mas que sentiram a necessidade de relatar a ele que tinham me visto.

— Voltei para ver se você havia retornado assim que pude.

— Tudo bem. — Engoli em seco. — Obrigada pelo banho.

— Sou eu quem deveria agradecer a você.

— Pelo quê?

— Por saber como me alcançar hoje de manhã — disse ele, e o calor subiu ao meu rosto.

Brinquei com a ponta da faixa enquanto olhava para ele. Palavras surgiram e morreram na ponta da minha língua. Ele olhou para as chamas, com as linhas do rosto nem de longe relaxadas. Foi então que algo me veio à cabeça, no meu desespero para não pensar sobre aquela manhã.

— Quando você me apresenta às pessoas, por que insiste tanto para que ninguém se refira a mim como a Donzela?

— Essa é uma pergunta incrivelmente aleatória.

Era mesmo.

— Estou começando a me dar conta de que sou uma pessoa incrivelmente aleatória.

O sorrisinho voltou aos lábios dele.

— Eu gosto. Isso me força a ficar alerta quando estou perto de você. Mas, respondendo à sua pergunta, quanto menos as pessoas pensarem em você como a Donzela, mais pensarão em você como a meio Atlante que conquistou o meu coração. — Havia um vazio estranho nas suas palavras, e, quando ele olhou para mim, notei as tênues olheiras sob os seus olhos. — E é menos provável que queiram feri-la.

Assenti enquanto aguçava os sentidos para ele. A conexão foi surpreendentemente rápida e, em um piscar de olhos, a sua fome me atingiu — a fome e a tristeza, essa última mais amarga que o normal e intensa — tão intensa. Ele não se sentia assim antes. Seria por causa do que aconteceu hoje de manhã ou de algo mais?

— Também não é mais quem você é — acrescentou ele, e eu bloqueei o meu dom, percebendo que recolhê-lo tinha ficado mais fácil depois que Casteel me deu o seu sangue pela segunda vez. — Você nunca foi.

— Não, nunca.

— Você já aceitou isso? — Ele espalmou a mão no chão ao meu lado e se inclinou alguns centímetros. — Houve um momento em que você quis ser o que eles fizeram de você?

Ninguém nunca havia me perguntado aquilo antes, e levei algum tempo para descobrir como responder.

— Houve momentos em que eu quis que a Rainha ficasse feliz, que os Teerman ficassem satisfeitos comigo. Então eu tentava ser boa... ser o que esperavam que eu fosse, mas era como... usar uma máscara. Eu tentava, mas a máscara caía bem rápido.

— Forçar uma guerreira a usar um véu de submissão não poderia durar muito.

Desviei o olhar, sentindo minhas bochechas aquecerem.

— Não sei muito bem sobre a parte da guerreira...

— Eu sei — insistiu ele. — Desde o instante em que você ficou em vez de sair daquele quarto no Pérola Vermelha, eu soube que você tinha a força e a coragem de uma guerreira. Foi por isso que você compareceu ao funeral de Rylan. Foi o que a levou a ir até a Colina quando os Vorazes atacaram e a lutar, inclusive contra mim. Foi por isso que você não se curvou aos comentários de Alastir quando o conheceu, mas desafiou as crenças dele. Ora, foi o que a levou a aprender a lutar para começo de conversa. — Uma covinha surgiu na bochecha direita dele. — É a sua linhagem, é quem você é.

O calor no meu peito tinha pouco a ver com o fogo.

— Eu ainda estou chateada por não ser da linhagem dos metamorfos e não poder mudar de forma.

Casteel riu, e o som foi tão genuíno e ensolarado quanto a sensação em meu peito. E, quando ele olhou para mim, finalmente encontrei a coragem da guerreira que ele dizia que eu era.

E começou com a coisa mais embaraçosa de todas.

— Conversei com Alastir mais cedo.

— Ele mencionou que vinha ver você.

— Ele veio e... e me contou sobre a União.

Casteel virou a cabeça na minha direção tão rápido que fiquei surpresa por ele não quebrar o pescoço.

— Ele fez o *quê*?

— Tenho mesmo que repetir isso?

— O que ele contou a você?

— Ele me contou o que é. — Eu foquei o olhar em minha escova. — Uma troca de sangue que muitas vezes se transforma em algo, hã, mais íntimo.

— Bons Deuses, ele não fez isso.

— Fez, sim.

— Eu... — De repente, Casteel deu uma gargalhada profunda e estrondosa. Do tipo tão alto e forte que parecia machucar a garganta.

Eu o encarei com os olhos arregalados.

— Desculpe — ofegou ele. — É que eu teria pagado uma boa grana para vê-lo tentar explicar isso a você.

Estreitei os olhos.

— Teria, é?

— Ora, e como teria! Ah, Deuses. — Ele passou a mão pelo cabelo e olhou para mim. — Posso adivinhar? Ele disse que era vulgar e nojento?

— Sim. Exatamente.

— Deuses, que velho alarmista. — Ele riu de novo, com os ombros tremendo. — Eu gostaria de ter visto a sua cara.

— Bem, já que descobri isso com ele, eu gostaria de ter dado um soco na sua cara.

— Aposto que sim.

— Não sei o que é tão engraçado. Ele disse que as pessoas podem esperar isso de nós, principalmente porque não sou uma Atlante de sangue puro!

— Em primeiro lugar — disse ele, tentando recuperar o fôlego —, acho que ninguém vai esperar isso.

O complemento *de você* pareceu pairar entre nós, sem ser dito.

— E embora seja um ritual íntimo, que não é mais feito com muita frequência, nem sempre é sexual. Para algumas pessoas, aposto que se torna sexual *naturalmente*. E, ei, cada um na sua. São todos adultos, e você pode fazer o que bem quiser, sabe? Eu não vou julgar.

— Também não estou julgando.

Ele arqueou a sobrancelha.

— Não está?

— Não estou, não — insisti.

— Quer dizer que você ficou interessada? — perguntou ele.

— Não foi isso o que quis dizer.

— Aham.

Ignorei o tom em que ele disse isso.

— É verdade que um mortal com sangue Atlante receberia uma expectativa de vida mais longa?

Casteel fez que sim com a cabeça.

— Isso já foi feito antes?

— Eu não conheço nenhum fundamental vinculado que tenha assumido um parceiro mortal com sangue Atlante — respondeu ele. — Até onde sei, não houve ninguém. E é pedir muito a um lupino. Esse tipo de vínculo de sangue vale para os dois. Se o lupino morrer, o mortal também morre e, se o mortal com sangue Atlante morrer, o lupino também morre.

— Ah. — Pisquei surpresa. — Alastir não mencionou isso.

— Espere aí. — Ele girou a cabeça na minha direção. — Você ao menos sabe o que pode acontecer durante esse ritual para que fosse considerado algo tão vulgar?

— Eu sei o que pode acontecer — retruquei.

— Por causa daquele diário?

— Cale a boca.

— Você marcou os capítulos que contavam em detalhes como Willa passava as tardes entretendo não um, mas dois pretendentes, um na frente e o outro...

— Você parece saber muito a respeito daquele livro.

— Eu adoro aquele livro — disse ele, e eu senti o maxilar doendo pela força com que o apertava. — Quer dizer que você está mesmo interessada, Princesa. Você tem um lado bastante selvagem.

— Não foi isso o que eu disse! — Minhas bochechas ficaram coradas.

— Eu sei. — Ele deu uma risadinha. — Desculpe. Estou sendo um babaca.

— Pelo menos, você reconhece.

— Eu só... eu não estava esperando isso. Mas você tem mesmo uma personalidade bastante... *aventureira*.

— Eu te odeio — rosnei.

— Não *tão* aventureira assim, hein? — Casteel riu novamente. — Olha, eu sei que você não quer que esse casamento vá além do necessário — disse ele, e senti aquela dor estranha e idiota no peito. — De modo que não é algo com que você precise se preocupar. Mas a União visa a fortalecer o vínculo que já existe e garantir que o parceiro também faça parte desse vínculo. Não é feito de modo leviano e, mais uma vez, nem sempre é algo sexual. Sei que já foi feito de modo que todos ficaram com as partes íntimas escondidas.

Arqueei as sobrancelhas.

— Então por que Alastir fez parecer que fosse uma...

— Uma coisa suja? — Ele sorriu. — Porque ele é velho, melodramático e acha que está ajudando.

— Por que...? — Parei de falar antes que pudesse perguntar por que *ele* nunca tocou no assunto. Eu já sabia por quê. Assim como sabia por que ele não tinha me contado sobre o Pontal de Spessa.

— O quê?

Balancei a cabeça, mudando de assunto.

— Alastir me disse que ele era o lupino vinculado de Malec.

— É verdade. Ele disse a você que contou à minha mãe que Malec havia Ascendido Isbeth? — Assim que assenti, Casteel jogou a cabeça para trás. — Alastir violou o seu juramento, rompendo o vínculo. Isso... bem, isso raramente acontece. Às vezes, Alastir fala demais, mas ele é um bom homem.

Assenti lentamente, observando-o enquanto ele fechava os olhos.

— A sua mãe não o deixou depois disso?

— Não.

— Ela ficou com ele porque o amava?

— Olha, eu não sei. Ela não fala sobre ele, mas é de se imaginar, já que deu ao primeiro filho um nome tão parecido — disse ele. Fiquei imaginando como o pai dele se sentia a respeito disso. — A minha mãe confrontou Malec em particular, mas o que ele fez ficou conhecido por todos, mesmo assim. E outros seguiram o seu exemplo. De certa forma, tudo aconteceu muito rápido.

— E aqui estamos nós — murmurei.

— Aqui estamos nós — confirmou ele.

Respirei fundo e disse o que precisava ser dito.

— Eu sei que você precisa se alimentar. E sei que está perto do limite e que não se alimentou de mais ninguém.

— Alguém tem dado com a língua nos dentes — respondeu ele sem emoção. — E duvido muito que tenha sido Alastir.

— Alguém tinha que fazer isso. O que acontece se você não se alimentar, além dos olhos pretos? Se você acabar ultrapassando o seu limite? — perguntei. — Você nunca me explicou, só disse que era algo muito ruim.

Casteel desviou o olhar, arrastando o lábio entre os dentes.

— É como estar... morto por dentro, pior que um Ascendido. Nós entramos em uma sede de sangue, mas é uma loucura violenta, como a de um Voraz. Só que não definhamos nem apodrecemos. — Ele balançou a cabeça. — Quando ultrapassamos o limite, ficamos mais fortes a cada alimentação, tal qual uma doença, pois nos tornamos animais raivosos. Poucos conseguem se recuperar disso.

Eu me lembrei do que Casteel disse que os Ascendidos fizeram com ele — suspenderam o sangue até que ele ficasse faminto.

— Os Ascendidos negavam o sangue a você com muita frequência?

— Havia anos em que eles me mantinham bem alimentado. — Casteel curvou os lábios em uma imitação de sorriso. — Em seguida, eles me davam certa quantidade para que eu não morresse e, às vezes, isso não era suficiente.

Anos.

A tristeza deixou o meu coração apertado — por ele, pelo irmão e qualquer um que estivesse passando por isso. Mas principalmente por Casteel, porque ele sabia exatamente o que o irmão estava enfrentando.

— Mas você se recuperou.

— Houve momentos em que pensei que não fosse me recuperar, Poppy. — Ele olhou para as chamas, com a voz quase inaudível. — Quando esqueci quanto tempo havia se passado. Quando esqueci quem eu era e o que importava para mim. Era como se algumas partes do meu cérebro tivessem ficado no escuro. — Ele passou a mão pelo cabelo e a deixou cair sobre o joelho. — Mas eu me recuperei. Não sou o mesmo. De jeito nenhum. Mas encontrei algumas partes de quem eu era antes.

Engoli em seco, com um nó na garganta.

— Eu...

— Não diga que sente muito. — Casteel me lançou um olhar penetrante que teria ferido os meus sentimentos antes, mas entendi. Eu o entendia. A simpatia nem sempre era desejada. — Você não fez nada pelo qual devesse se desculpar.

— Você tem razão. Eu ia dizer que estou feliz por você ter se reencontrado.

Ele deu uma risada áspera.

— Sério, Poppy? Você está mesmo feliz?

— Sim, acho que estou. — Encolhi os ombros. — Você pode ter voltado como um babaca, mas é melhor do que estar perdido na própria mente. Eu não desejaria isso a ninguém.

A risada que Casteel deu foi mais suave e fez os meus lábios se curvarem.

— Verdade. — Ele passou a mão pelo rosto. — De qualquer forma, sei como é estar perto do limite. Já passei por isso. Eu estou bem.

— Só que não está, Casteel.

Ele arregalou os olhos ligeiramente conforme olhava para mim.

— O que foi?

— É que você quase não diz o meu nome.

— Devo chamá-lo de Vossa Alteza?

— Deuses — balbuciou ele. — Não.

Sorri de leve ao ouvir isso, e Casteel notou e olhou para mim como se eu tivesse acabado de realizar uma proeza. Não sei por que ele se sentia assim com um sorriso meu.

Concentrei-me novamente na minha tarefa.

— Senti a sua fome hoje de manhã — disse a ele. — Sei que você está faminto e sei como é, pelo menos até certo ponto. O Duque me proibia de comer quando ficava com raiva. Você precisa se alimentar.

— Em primeiro lugar, só de saber que o Duque fazia isso fico com vontade de matá-lo outra vez. Mas, em segundo lugar, sangue não era a única coisa pela qual eu estava ávido hoje de manhã. — Os olhos dele estavam da cor de mel cálido. — E acho que você sabe disso.

Minha pulsação acelerou e a minha voz soou mais áspera que o normal quando eu disse:

— Se você se recusa a fazer isso, se não consegue, então precisa beber o meu sangue.

Casteel recuou como se eu tivesse batido nele. Levantou-se em um piscar de olhos.

— Poppy...

— Você não pode continuar assim. — Eu me levantei, nem de longe tão graciosa quanto ele. — E se for ferido de novo?

— Vou ficar bem. — Ele deu um passo para trás. — Já disse. Não vou mais perder o controle.

— Acho que você não tem escolha, não é mesmo? É parte de quem você é. Você precisa de sangue Atlante. Você não se alimentou de mais ninguém, então talvez possa se alimentar de mim. Não é como se você não tivesse me mordido antes.

Os contornos do rosto dele ficaram bem destacados.

— Eu não me esqueci disso.

— Então não deveria ser um problema. Você precisa de sangue. Eu tenho o sangue. Vamos acabar logo com isso.

Casteel deu uma risada sem humor.

— Acabar logo com isso? Como se fosse apenas mais uma transação de negócios?

Ergui o queixo.

— Se é o que precisa ser, então será.

— Quer dizer que você não se importa com isso? De ser a fonte da minha força, depois de tudo o que eu fiz com você? De acrescentar isso à longa lista de coisas que você não quer fazer, mas acha que precisa?

— Bem, quando você coloca as coisas dessa forma... — Atirei as mãos para cima, frustrada. — Talvez eu prefira ser a fonte da sua sanidade para não ter de me preocupar que você rasgue o meu pescoço entre esse momento e até que isso acabe.

O peito dele subiu com uma respiração funda e entrecortada enquanto os seus ombros se contraíam de tensão.

— Você pode me prometer que isso não vai acontecer de novo? Olhe bem na minha cara e me diga que você realmente acredita que vai conseguir se conter da próxima vez — exigi saber. Quando ele inflou as narinas e não disse nada, eu soube da verdade. E soube que tinha de admitir outra verdade, uma verdade que não poderia retirar depois de ter dito. — Eu senti a sua fome, Casteel, e não *preciso* fazer isso. Parei de fazer coisas que não queria no momento em que tirei aquele maldito véu. Quero ajudá-lo. Por mais idiota que seja, e só os Deuses sabem por quê, me importo com você! Então, sim, não quero ter a garganta rasgada, mas também não quero saber que você está sofrendo sem motivo.

Trêmula e com o estômago se contorcendo, eu me sentia como se tivesse acabado de tirar toda a roupa.

— Deve haver algo de errado comigo. Na verdade, certamente há algo de errado comigo. Isso é óbvio. Mas se você... — Eu me forcei a pronunciar aquelas palavras antes que elas me sufocassem. — Se você se importa um pouco comigo, não vai querer me colocar em risco. Vai aceitar o que estou oferecendo com um agradecimento e parar de agir como um idiota!

Casteel olhou para mim com as sobrancelhas arqueadas e, depois do que me pareceu uma eternidade, encolheu os ombros.

— Eu sou tão incrivelmente indigno de você — sussurrou ele, e estremeci, me lembrando da única vez que Casteel disse aquilo para mim. Foi na noite em que compartilhei o meu corpo, o meu coração e a minha alma com ele. Ele ergueu a cabeça e pareceu inspirar. — Certo.

Soltei o ar lentamente.

— Certo.

— Com uma condição — disse ele. — Não vou fazer isso sozinho. Não depois... não depois de ficar sem me alimentar por tanto tempo. Não vou me arriscar. Eu... eu poderia beber demais. Você concorda?

A princípio, a ideia de ter outra pessoa presente me deixou desconfortável, mas então me lembrei de como era a sensação da mordida dele. Talvez ter alguém presente limitasse esse efeito.

De modo que assenti.

— Concordo.

Capítulo 26

Encolhi os pés descalços sobre o piso de madeira enquanto Kieran olhava de Casteel para mim e desejei não ter conhecimento da União e de como poderia se tornar... *íntima*.

Kieran estar presente enquanto Casteel se alimentava me parecia extremamente íntimo.

Casteel se ausentou por alguns minutos, e eu permaneci no mesmo lugar de antes, como se estivesse grudada no chão. Não que tivesse alguma dúvida. Eu simplesmente não conseguia acreditar que tinha me oferecido para fazer isso — que não apenas queria fazer isso, mas que também admiti que me importava com ele. Parecia que a minha vida havia mudado mais uma vez em uma questão de minutos.

— Não preciso beber muito — Casteel disse a Kieran, que parecia prestes a ir para a guerra. Na verdade, eles estavam batalhando um com o outro nos últimos dez minutos ou mais. Casteel estava hesitante e Kieran parecia perto de atirá-lo em cima de mim.

O lupino ficou postado ali, de braços cruzados e olhos reluzentes.

— Você precisa tomar mais que um ou dois goles. Precisa se alimentar como de costume.

Um músculo latejou no maxilar de Casteel enquanto ele olhava na minha direção. Senti a necessidade de dizer alguma coisa para tranquilizá-lo, pois Casteel parecia próximo de sair em disparada.

— Beba o quanto precisar — disse a ele, me forçando a firmar a voz.

Casteel me encarou e, por um momento, vi um brilho de incredulidade no seu olhar, e então ele semicerrou os olhos.

Meu coração bateu dolorosamente dentro do peito conforme Casteel abria os olhos.

Ele deu um passo e então parou. Seu peito estava ofegante.

— É a última chance de mudar de ideia. Você tem certeza disso?
Engoli em seco e assenti.
— Sim.

Ele fechou os olhos de novo e, quando os reabriu, somente uma faixa estreita de âmbar era visível. Casteel abaixou o queixo e a intensidade da fome ficou estampada no seu rosto.

— Você sabe o que fazer. — A voz dele estava mais áspera, quase irreconhecível, enquanto ele falava com Kieran. — Se eu não parar.

Mas será que Kieran iria intervir? Meu coração palpitou. Um fio de medo se entremeou à onda de expectativa proibida dentro de mim.

Kieran se moveu atrás de mim e então senti os dedos dele ao longo do lado direito do meu pescoço. Eu me sobressaltei, dizendo a mim mesma para não pensar na União. Para não seguir por esse caminho. Porque, se fizesse isso, seria eu a sair em disparada do quarto.

— Vou só monitorar a sua pulsação — disse ele baixinho. — Só pra ter certeza.

Olhei para Casteel. Ele parecia um animal enjaulado cuja cela estava prestes a ser aberta.

— Você costuma fazer isso quando... quando ele se alimenta?

— Não. — Os dedos dele estavam frios no meu pescoço. — Mas ele está muito perto do limite.

Muito perto do limite...

Então já era tarde para ter dúvidas.

De repente, Casteel estava diante de mim, com o cheiro de especiarias e pinho quase irresistível. Ele enroscou os dedos no meu cabelo, mas não me puxou, embora eu pudesse sentir o seu corpo vibrando de urgência.

Não sei se decidi deliberadamente me conectar com ele naquele momento ou se o meu dom assumiu o controle. Sua fome imediatamente me atingiu, se firmando no meu peito e estômago em uma dor torturante que parecia não ter fim. E, por baixo disso, o peso da preocupação.

Ele roçou a sua bochecha na minha enquanto inclinava a minha cabeça para trás e para o lado.

— Vai doer só um segundinho. — O hálito dele era quente na minha garganta, e a voz rouca. — Prometo.

Em seguida, ele me mordeu.

Uma dor ardente me deixou sem fôlego e senti o corpo estremecer, interrompendo a conexão que formei com ele. O instinto me fez dar um passo para trás, mas esbarrei em Kieran. Ele colocou a mão no meu ombro e me prendeu ali, e então Casteel passou o braço pela minha cintura. A dor ficou mais intensa, me deixando atordoada, e então...

O segundo passou rápido.

A boca de Casteel repuxou a minha pele e eu senti aquele puxão impressionante por todo o meu corpo. A dor passou tão rápido quanto me atingiu. Tudo o que restou, tudo o que existia no mundo eram a sensação da boca de Casteel na minha garganta, as doses demoradas do meu sangue saindo de mim para dentro dele. Eu estava de olhos abertos, fixos no gesso branco do teto, mas então os fechei e entreabri os lábios. Ele bebeu de mim, enrolando os dedos no meu cabelo. Ele ergueu a boca...

— Não é o suficiente — disse Kieran. — Não é nem de longe o suficiente, Cas.

A testa de Casteel pressionou o meu ombro enquanto a mão nas minhas costas agarrava o tecido do meu robe.

A conexão vibrou intensamente, e eu ainda podia sentir a fome dele. Havia diminuído um pouco, mas ainda era aguda. Kieran tinha razão. Ele não bebera o suficiente.

Hesitante, ergui as mãos e toquei nos braços dele. Não na pele. Não sabia se aliviar a sua dor faria com que ele parasse ou não.

— Eu estou bem. — Minha voz parecia ofegante, como se eu tivesse corrido em círculos ao redor da fortaleza. — Você precisa de mais. Beba.

— Ela está dizendo a verdade. — Kieran colocou a mão sobre a minha e apertou o braço de Casteel. — Beba.

Casteel estremeceu e então ergueu ligeiramente a cabeça. Seus lábios roçaram no meu queixo e então no contorno do meu pescoço, provocando um arrepio na minha espinha enquanto eu mordia o interior da bochecha. Ele pressionou os lábios sobre a pele acima da mordida, num sussurro de beijo que me pegou de surpresa, e então mais uma vez fechou a boca sobre a pele formigante.

Todo o meu corpo pareceu se concentrar no ponto onde a boca de Casteel se prendia na minha garganta. Meus pensamentos se dispersaram quando uma dor brotou no meu baixo-ventre e no meio das minhas pernas. Tentei me lembrar de que Kieran estava ali, monitorando a minha pulsação, e que o que estávamos fazendo era quase como... como uma intervenção para salvar a vida de Casteel, mas não conseguia me ater a esses pensamentos. A cada puxão na minha pele, a cada tranco que parecia chegar até os meus pés, aquela pulsação se intensificava e o latejar aumentava, aquecendo o meu sangue e minha pele.

Eu precisava pensar em qualquer coisa que não fosse na sensação de ter Casteel no meu pescoço, movendo os lábios, com os músculos dos braços contraídos sob a minha mão. Mas não adiantava e — ah, Deuses — a conexão com ele ainda estava aberta. Havia fome, sim, mas também algo mais. Senti um gosto picante e defumado na garganta. O gosto e a sensação eram inebriantes e dominaram os meus sentidos. Meu corpo estremeceu com uma onda de desejo que deixou as minhas pernas bambas. Não sei como ainda estava de pé ou se Casteel ou Kieran me seguravam. Minha respiração parecia fraca demais enquanto a dor subia até os meus seios. A tensão se contraiu com força dentro de mim até o ponto da agonia — um tipo de prazer intenso que deixava seu próprio tipo de cicatrizes.

Casteel emitiu um som, um ronco gutural. E então ele se moveu subitamente, repuxando a minha garganta com firmeza enquanto pressionava o meu corpo — me imprensando contra Kieran com uma força inesperada. O lupino bateu na parede atrás de nós com um grunhido quando Casteel nos prendeu ali. Ele afundou a boca no meu pescoço enquanto empurrava os quadris contra o meu ventre...

Ah, Deuses.

Eu podia senti-lo contra mim. Podia senti-lo dentro de mim — o desejo dele junto com o meu, se complementando. Um rugido surdo encheu os meus ouvidos, e de repente me afoguei em uma torrente de sensações que vinham até mim em ondas intermináveis. Receio e preocupação com o que estava acontecendo enquanto não estávamos sozinhos, com Kieran ali, alojado atrás de nós, plenamente ciente de tudo. Vergonha com a explosão de umidade, a que Casteel reagiu com um movimento dos quadris enquanto levava as mãos até a minha cintura. Desejo, que de alguma forma se misturava a algo mais profundo e irrevogável. E descrença enquanto eu passava o braço ao redor do pescoço dele e o abraçava, querendo me afogar naquele fogo. Até me dar conta de que já tinha me afogado.

Não sei em que momento as coisas saíram tanto do controle. Quando o modo como ele me segurava e pressionava o corpo contra o meu não era mais para matar a sede e sim para saciar uma fome diferente. Não sei quando perdi a luta contra o meu corpo. Não sei quando parei de pensar que não era só o corpo de Casteel que tocava o meu, nem no peito dele em que eu repousava a cabeça.

Será que foi a mordida? Ou era a urgência e o desejo que vieram à tona naquela noite no Pérola Vermelha e nunca passaram, mas incendiavam o meu sangue até o ponto de ebulição sempre que eu ficava perto de Casteel? Será que era algo imprudente e malicioso dentro de mim, no âmago de quem eu era, que permitia que eu me entregasse e me esquecesse de... *tudo*? Ou eram todas essas coisas juntas? Eu não sabia — não sabia de nada conforme Casteel deslizava as mãos trêmulas pela minha coxa, por cima do robe. Ele me levantou na ponta dos pés e depois mais alto, passando uma das minhas pernas em volta da cintura. A parte de baixo do robe se abriu e a parte de cima escorregou do meu ombro esquerdo. Quando a rigidez dele me pressionou, descobri que tinha me transformado nas chamas no meu sangue, algo completamente desconhecido para mim, atrevido e despudorado. Eu era o fogo e Casteel, o ar que o alimentava.

Os quadris de Casteel afundaram nos meus, e o meu corpo reagiu instintivamente, se agitando contra ele enquanto ele se alimentava sem parar. A tensão aumentou ainda mais. Lá no fundo, eu não sabia se era a mordida ou a sensação dele no meio das minhas pernas que estava me levando rapidamente até o limite.

— Já chega — disse Kieran. A voz dele deveria ter sido um choque para mim, mas foi apenas uma fonte de frustração. — Já chega, Casteel.

Com o corpo latejando, abri os olhos em transe enquanto o peito de Casteel arfava contra o meu. Um momento se passou e então perdi todo o fôlego quando senti a lambida úmida e pecaminosa da língua dele abaixo da mordida e depois contra ela. A tensão pulsou de novo, e então ele afastou a boca do meu pescoço. Casteel permaneceu ali por vários momentos e em seguida recuou, me levando consigo conforme o meu coração e sangue continuavam acelerados e eu continuava a *queimar*. Ele cruzou o braço sobre a minha cintura e levou a outra mão até o meu cabelo, abaixando a minha cabeça. Enterrei o rosto no pescoço de Casteel, sentindo o seu cheiro e apenas *respirando*. Minhas duas pernas estavam enroladas ao redor da sua cintura, e eu nem sabia quando aquilo tinha acontecido, mas ele me manteve ali, sem nenhuma distância entre os nossos corpos, enquanto olhava por cima do meu ombro para Kieran.

— Obrigado — disse ele, com a voz rouca.

— Você está bem? — perguntou Kieran, e eu senti Casteel assentir. — Penellaphe?

Minha língua estava pesada, mas consegui emitir um "Sim" abafado.

— Ótimo. — O ar se agitou ao nosso redor quando Kieran passou por nós. A porta se abriu com um rangido e o vento frio atingiu as partes nuas da minha pele, mas não fez nada para aplacar o calor.

— Obrigado — repetiu Casteel para Kieran, e então a porta se fechou. Ele virou a cabeça na minha direção. — Obrigado a *você* — sussurrou ele.

Eu não disse nada enquanto o abraçava, arrebatada por uma tempestade de... desejo. Casteel se moveu, curvando o corpo e me colocando em cima da cama. A parte de trás da minha cabeça pousou no travesseiro enquanto as mãos dele deslizavam embaixo de mim. Senti a cama afundar com o seu peso quando ele se sentou ao meu lado e abri os olhos.

Casteel estava perto, com as mãos ao lado da minha cabeça enquanto pairava acima de mim. Percebi que o robe tinha escorregado ainda mais, exibindo a parte superior dos meus seios. Os mamilos esticavam o tecido fino do robe macio. Mais para baixo, uma perna inteira era visível, até a dobra da minha coxa e quadril. Eu deveria ajeitar o robe e me cobrir. Deveria me sentir envergonhada, mas não me mexi. Não que não pudesse. Simplesmente não fiz isso conforme olhava para ele.

Aqueles olhos brilhavam como mel cálido, lindos e fulminantes. Nenhum de nós disse nada enquanto o peito dele arfava, com a respiração tão acelerada quanto a minha. Seus músculos se mostravam rígidos enquanto ele se controlava. Eu sabia que era isso que ele estava fazendo porque ainda estava conectada a Casteel, com os sentidos aguçados para ele por mais tempo do que já estive para qualquer pessoa, e não sentia mais aquela fome torturante. O que eu sentia era rico e defumado, e quase tão intenso. Perdi o fôlego e senti meu corpo incendiar ainda mais.

Ele entreabriu os lábios e as pontas das presas apareceram. A mordida formigou tanto que uma onda de arrepios percorreu o meu corpo, fazendo com que eu apertasse as coxas e movesse os quadris.

Casteel fechou os olhos e respirou fundo.

— Poppy... — Havia uma enorme urgência naquela única palavra, no meu nome. Estremeci. Em seguida, ele abriu os olhos outra vez, e eles estavam quase luminosos. — Você já doou tanto de si mesma, já fez tanta coisa por mim — disse Casteel, e eu achei que ele estivesse se referindo a algo mais que o meu sangue. Ele abaixou a boca e a minha expectativa aumentou. Parou a poucos centímetros da minha boca enquanto fechava a mão ao redor do meu quadril. — Deixe-me fazer isso por você. Deixe eu satisfazer sua vontade.

Meu coração clamava por isso ao mesmo tempo que o meu corpo inteiro se retesava. Eu tinha que dizer não. Havia centenas de motivos para isso. Mas não foi o que saiu da minha boca em uma voz rouca que não pertencia a mim.

— Mas e quanto a sua vontade?

Um leve tremor percorreu o corpo de Casteel.

— Isso não é sobre mim. — Ele deslizou a mão sobre meu abdômen até a pele nua no meu quadril esquerdo. — Deixe-me agradecer a você da única maneira que consigo no momento. Deixe que eu demonstre a minha gratidão.

Eu mal conseguia respirar ou pensar. Bloqueei os sentidos, pensando que isso me ajudaria a aclarar as ideias, mas o desejo ainda batia dentro de mim, em sintonia com o meu coração descompassado. E me dei conta de que eu ainda era fogo. Ainda o queria, não importava se fosse certo ou errado, assim como naquela manhã, que parecia ter se passado há uma eternidade.

Tive a vaga consciência de dar um aceno de cabeça, e então Casteel abaixou o queixo e roçou os lábios nos meus. Ele me virou de lado, de costas para ele, enquanto se deitava atrás de mim. Confusa, olhei para ele por cima do ombro conforme ele se apoiava no cotovelo e me encarava.

— Você é tão corajosa — murmurou ele, me puxando para o aconchego dos seus quadris. O robe havia escorregado, e não havia nada além das calças dele entre a curva da minha bunda e o volume rígido dele. Mordi os lábios enquanto ele deslizava a mão pela minha coxa, levantando a minha perna o suficiente para enfiar uma das pernas no meio das minhas.

Casteel subiu a mão pela lateral do meu corpo, até o meu braço, e então voltou a descer.

— E forte.

O robe escorregou de novo, parecendo seguir a mão dele. Vi que o tecido tinha se aberto ainda mais, expondo um dos seios. O calor irrompeu nas minhas bochechas quando vi a prova do meu desejo no mamilo entumecido. Casteel fechou a mão sobre o meu seio, me fazendo suspirar enquanto girava o polegar no mamilo. Arqueei as costas com o toque, na direção dele.

— Tão generosa — disse ele com a voz rouca, deslizando a mão sobre o meu umbigo e quadris desnudos e então ainda mais para baixo. Seus dedos encontraram a umidade acumulada ali, e então ele me segurou com a mão em concha. O toque era como uma marca conforme ele esfregava o dedo lentamente sobre o meio das minhas pernas com movimentos suaves e brincalhões que fizeram o meu corpo inteiro se contorcer. Casteel continuou com aqueles movimentos até que eu pensei que fosse sair da minha própria pele e pegar fogo, e então afundou um dedo dentro de mim. Atirei a cabeça contra o peito dele e arfei.

— Tão linda — disse ele entre os dentes, tirando o dedo até que estivesse quase fora do meu corpo e, em seguida, empurrando-o de volta.

Ele posicionou a mão de modo que o seu polegar roçasse sobre o ponto mais sensível enquanto continuava a dar estocadas com aquele dedo longo e talentoso, entrando e saindo lentamente de dentro de mim e roubando cada vez mais o meu fôlego a cada impulso. Casteel passou o outro braço em volta de mim, cruzando-o sobre o meu peito. Espalmou a mão no meu seio enquanto penetrava outro dedo, forçando a entrada e alimentando o fogo ainda mais.

Gemi, pressionando o corpo contra a mão dele. Senti a sua respiração entrecortada quando virei a cabeça para trás e o vi observando as próprias mãos, como eu me erguia e me espremia contra elas. Eu me deixei levar por aquela sensação agradável, afundando insanamente nela. A realidade ficou para trás. Eu não era a prisioneira. Casteel não era o meu sequestrador. Nós não éramos sócios em um acordo, usando um ao outro. Éramos apenas nós dois, os dedos e as mãos hábeis dele, o calor dos seus braços, a tensão gloriosa dentro de mim; e então ele estremeceu, praguejando enquanto eu me movia contra sua mão, cavalgando a rigidez que pressionava o meu corpo por trás. Era tudo isso, assim como a excitação súbita do poder e do controle.

Ele começou a inclinar o corpo de modo que houvesse uma distância entre nós, mas eu já tinha me entregado ao fogo. Levei a mão para trás, fechei os dedos ao redor do quadril dele e cravei as unhas em uma ordem silenciosa.

Casteel me obedeceu.

Ele cedeu, praguejando e passando os lábios quentes pelo contorno dos meus enquanto afundava os dedos com mais força e mais fundo. Movi o corpo contra ele, fora de ritmo conforme nós dois nos balançávamos e nos retesávamos. A ondulação no meu baixo-ventre girava sem parar.

— Poppy, eu... — Ele parou de falar quando coloquei a minha mão sobre a dele, segurando-o contra mim enquanto *eu* me esfregava nele.

E então aconteceu — a tensão e a ondulação, tudo isso se desfez e irradiou pelos meus membros. Gemi conforme o êxtase reverberava através de mim e eu estremecia em volta dos seus dedos. E *ele* estremeceu, ainda movendo aqueles malditos dedos e provocando todas as sensações que podia até que eu o soltei e meu corpo amoleceu. Até que a respiração dele se regularizou na minha bochecha. Então, lentamente, ele saiu de dentro de mim.

Casteel não afastou muito a mão, mas a deslizou para cima e parou logo abaixo do meu umbigo. Depois puxou as metades do meu robe com a outra mão, ajeitando-o no lugar sob os meus seios. Havia algo naquele gesto que me parecia... gentil.

Lentamente, notei uma umidade na minha lombar e na parte de cima da minha bunda. Inclinei a cabeça para trás.

Casteel estava com a cabeça em cima do travesseiro atrás da minha, com as feições relaxadas de um jeito que eu só tinha visto quando ele estava dormindo. Seus olhos estavam pesados e semicerrados quando ele olhou para mim.

E então algo muito estranho aconteceu. Seu rosto ficou corado e ele afastou os quadris para longe de mim.

— Desculpe — disse ele com a voz rouca e um sorriso juvenil nos lábios. — Não era para isso ocorrer.

Olhei para baixo. Havia uma mancha na frente da sua calça de um preto mais escuro. Úmido. Senti as bochechas coradas quando voltei o olhar para ele.

— Isso não acontece desde... — O sorriso se tornou envergonhado e, entre isso e o leve rubor nas suas bochechas, era como ver alguém completamente diferente. — Bem, isso nunca aconteceu antes.

— É mesmo? — perguntei, surpresa com a rouquidão da minha voz.

— É. — Ele me estudou. — Eu não queria... quero dizer, é claro que eu queria isso. Queria mais. Eu sempre quero mais quando se trata de você. — O tom dos olhos dele se iluminou mais uma vez, e eu flexionei os dedos dos pés. — Mas queria que fosse para você.

Deuses, havia algo tão terno na maneira como ele falou aquilo.

— Foi para mim. Você tentou colocar uma distância entre nós dois — Virei a cabeça e olhei para as mãos dele. — Fui eu que não deixei.

— E eu gostei disso. — Uma pausa. — Muito. É óbvio.

Contraí os lábios.

— Quem diria que você era tão exigente assim — continuou Casteel, e eu revirei os olhos. — Também gostei disso. É óbvio.

Abri um sorriso.

Ele deu um suspiro suave, fazendo cócegas na minha nuca.

— Sabe o que você fez por mim ao se oferecer para me alimentar? Eu sei que deve ter sido assustador.

Não foi. Não de verdade.

— E só quero que você saiba que eu... — Ele pigarreou. — Não sei mesmo como agradecer, além de dizer "obrigado".

Olhei para os dedos e os tendões das mãos dele, em busca de algum indício de arrependimento ou vergonha. Eu estava certa de que o constrangimento viria mais tarde, quando me encontrasse com Kieran, mas não me arrependi de oferecer o meu sangue a Casteel. E, assim como antes, não quis que o que aconteceu depois não tivesse acontecido. Não parecia vergonhoso nem errado. Parecia natural, como se algum conhecimento inerente me dissesse que era comum que aquele nível de intimidade viesse da alimentação. Desse lugar a algo *mais*. Se eu tivesse crescido em Atlântia, se ele e eu fôssemos pessoas diferentes, o que fizemos depois seria algo normal. Mais uma vez, parecia... que a nossa posição em relação um ao outro havia mudado.

— Você não precisa me agradecer. — Fechei os olhos. — Foi uma escolha minha.

*

Casteel tirou o braço de debaixo de mim e a cama se mexeu quando ele tirou o peso de cima dela. Um calor lânguido recaiu sobre mim enquanto eu o observava andar até a bolsa no pé da cama. Ele tirou alguma coisa dali e então desapareceu na sala de banho, fechando a porta atrás de si. Ouvi o som débil da água fresca dos jarros esvaziados na banheira. A água espirrou, e eu fiquei imaginando como ele conseguia suportar o frio.

Retorci os dedos dos pés contra o cobertor amontoado ao pé da cama, pensando que deveria me levantar ou ao menos puxar o cobertor, mas estava confortável demais para fazer esse esforço. Fechei os olhos, reabrindo-os quando ouvi a porta se abrir. Casteel saiu, vestido somente com aquelas calças largas de algodão que pendiam de modo indecente nos quadris. Eu não deveria ficar olhando para ele e muito menos o encarando, mas me entreguei à visão dos músculos magros e contraídos do abdômen e dos contornos definidos do peito e dos ombros de Casteel. Sua forma física era a prova dos anos passados brandindo uma espada e usando o corpo como arma, mas ter a aparência dele...

Deveria ser proibido.

Casteel me pegou olhando para ele e curvou os lábios volumosos em um sorriso. A covinha da bochecha direita apareceu.

E depois a da esquerda.

— Eu gosto disso — disse Casteel.

— Do quê?

— De você olhando para mim.

Eu o observei jogar o par de calças enroladas na bolsa.

— Eu não estou olhando para você.

— Então, me enganei — murmurou ele, com a covinha na bochecha direita ainda ali. Casteel se endireitou, e os músculos ao longo da sua coluna fizeram coisas fascinantes.

Esperei que ele me provocasse sobre o que tínhamos feito, que comentasse que mais uma vez, e duas vezes em um só dia, eu provei que estava errada quando se tratava dele.

A provocação nunca veio.

Ele sumiu do meu campo de visão e de alguma forma consegui não me virar para olhá-lo. Alguns momentos se passaram, e então a cama afundou sob o seu peso de novo. A surpresa tomou conta de mim. Eu já devia saber que Casteel não sairia mais do quarto assim que o vi com aquelas calças, mas acho que não esperava que ele fosse ficar. Era muito cedo, nem meio-dia ainda.

Casteel pegou o cobertor e o puxou sobre mim — sobre nós dois — e então se aconchegou atrás de mim como havia feito antes.

O silêncio se alongou, enchendo o aposento, e então ele perguntou:

— Posso... posso abraçar você? — perguntou ele, e eu nunca o ouvi tão inseguro. — Há coisas que eu deveria fazer e sei que não estamos em público e que o que compartilhamos não muda nada, mas... posso... podemos apenas fingir?

Meu coração disparou dentro do peito mais uma vez, e não sei se era o efeito da alimentação ou do que tínhamos feito depois. Ou se foi por causa da suavidade do pedido dele, da sua vulnerabilidade, e da sensação de que as coisas haviam mudado ainda mais entre nós dois. Podem ter sido todas essas coisas que me levaram a dizer:

— Pode, sim.

Casteel deu um suspiro entrecortado, mas não se mexeu. Quando olhei por cima do ombro, ele estava de olhos fechados e com os lábios entreabertos. Fiquei imaginando se ele estava bem.

— Casteel?

Ele ergueu os cílios volumosos, revelando os olhos cor de âmbar extraordinariamente brilhantes.

— Eu... eu achei que você não fosse deixar.

Pousei a cabeça no travesseiro e umedeci os lábios.

— Não deveria?

— Sim? Não? Eu não sei. — Então Casteel se moveu, passando um braço debaixo de mim e o outro ao meu redor. Ele me puxou para perto, colando as minhas costas contra o peito. — Mas agora não tem mais como dar para trás.

Eu me permiti dar um sorrisinho enquanto me aconchegava no abraço dele, no seu calor. Também me permiti outra coisa.

Eu me permiti aproveitar.

Capítulo 27

Vesti uma das túnicas limpas de Casteel, olhei para mim mesma e suspirei. Com as calças largas demais e a camisa enorme, que quase chegava aos meus joelhos, eu parecia um tanto ridícula. Mas a camisa preta era muito melhor que o suéter pesado.

Nós não cochilamos por muito tempo, talvez pouco mais de uma hora antes que eu acordasse e visse Casteel apoiado no cotovelo, me observando. Quando perguntei o que estava fazendo, ele simplesmente respondeu: "Aproveitando a paisagem."

Meu rosto passou por milhares de tons de vermelho, e Casteel sorriu antes de se inclinar e roçar os lábios na minha testa. Em seguida, ele me disse que havia tido uma ideia, e foi assim que acabei com as calças largas e uma das suas camisas.

Olhei o meu reflexo no espelho oval antes de sair da sala de banho e vi a lateral do meu pescoço. A pele ao redor das duas feridas vermelhas estava levemente rosada. Toquei na carne, encontrando a área sensível, mas não dolorida. Quando saí da cama, notei que as olheiras sob os olhos de Casteel haviam sumido, assim como o rosto encovado. Era impressionante a rapidez com que o meu sangue o tinha afetado.

E também era impressionante o modo como a mordida dele tinha *me* afetado.

O instante em que ele fechou a boca sobre a minha pele e a dor inicial da mordida desapareceu foi como cair em um mundo onde a única coisa que importava era ele e a sua sensação sugando uma parte de mim para dentro de si. Não importava o que Kieran havia me dito sobre sermos corações gêmeos. A constatação de que Casteel devia ter ocultado de mim a verdade sobre o Pontal de Spessa porque temia que eu contasse o que sabia se fosse capturada, ou por não confiar em mim até que eu estivesse longe do alcance dos Ascendidos, não era mais uma preocupação. Tampouco era o choque de descobrir a respeito da União. Não senti nenhuma vergonha de ficar imprensada entre Kieran e Casteel, já que Kieran foi quase pregado na parede pela necessidade de Casteel. Eu me tornei uma chama, e nada daquilo importava.

Mas e agora?

Agora eu ficava constrangida quando pensava em Kieran — o lupino que deveria saber a respeito da tradição. Algo que Casteel não me contou antes, pois não era relevante. O casamento era temporário. Um ato que eu não sabia muito bem se era tão inocente quanto Casteel dava a entender — pelo menos não na maior parte do tempo. Mas não tinha vergonha pelo que Kieran havia presenciado. Não sei se deveria, mas não parecia ser algo do qual me envergonhar. A minha reação a Casteel foi natural e, mesmo que o que aconteceu depois, quando ele expressou a sua gratidão, tenha sido uma tolice imprudente com o meu coração, também parecia *certo*.

Ruborizada com a aparente falta de controle de Casteel, tirei o cabelo da gola da túnica e o deixei solto. Ele me disse que aquilo nunca tinha acontecido antes, e eu não conseguia imaginar por que ele mentiria sobre isso. O fato de ter acontecido comigo era inconcebível, mas também havia uma estranha sensação de poder ali, tão antiga quanto o próprio tempo. O tipo de poder que imaginei que a srta. Willa e as mulheres do Pérola Vermelha, as que trabalhavam lá e eram anfitriãs do estabelecimento, dominavam.

Ouvi os passos de Casteel no quarto, e então tirei os olhos do espelho e abri o biombo.

Casteel conseguiu mudar de roupa. De certa forma. Ele tinha vestido as calças e as botas, mas a túnica branca continuava pendurada na sua mão. Havia algo absolutamente fascinante nos contornos rígidos do seu peito e abdômen, mas eu tinha perdido a ousadia de antes.

— Então, voltando a minha ideia — disse ele, levantando a camisa acima da cabeça.

— Estou quase com medo de perguntar. — Fui até as portas do terraço. Ele tinha aberto uma delas depois que acordamos. O sol quente se derramava no chão de ladrilhos.

A risada de Casteel foi abafada quando a camisa escorregou pela sua cabeça.

— Fiquei magoado.

Sorri, com ele de costas para mim.

— Aposto que sim.

— Completamente. — De frente para mim, ele deixou a camisa para fora da calça. — Já que é cedo, pensei que podíamos fazer uma pequena excursão.

A excitação veio à tona conforme eu arregaçava uma manga comprida demais.

— Para onde?

— Achei que você gostaria de conhecer o verdadeiro Pontal de Spessa.

Abri a boca para perguntar se ele confiava em mim a esse ponto, mas consegui me conter.

Ele olhou de relance para mim.

— O que foi?

— Gostaria, sim — disse em vez disso.

Casteel inclinou a cabeça enquanto me estudava por um momento, quase como se não acreditasse na minha resposta.

— Fico feliz de saber. — Ele avançou e parou diante de mim. — Mas há uma condição.

— Qual? — perguntei enquanto ele levantava o meu braço.

Ele dobrou as barras das mangas, formando um punho.

— Vamos continuar *fingindo*.

Meu coração palpitou.

— Que você é só o Hawke?

— E você é só a Poppy. — Ele dobrou a manga até logo abaixo do meu cotovelo. — Quer que eu puxe as mangas mais para cima?

Fiz que sim com a cabeça, sabendo que ele estava perguntando por causa das cicatrizes desbotadas na parte de dentro dos meus cotovelos.

Havia um brilho de aprovação nos seus olhos quando ele dobrou a manga de modo que ficasse acima do meu cotovelo.

— Não vamos passar o resto da tarde pensando no passado.

— Nem se preocupando com o futuro? — perguntei.

♦ Ele assentiu enquanto gesticulava para que eu levantasse o outro braço.

— Seremos apenas Hawke e Poppy. E nada mais.

Eu o observei arregaçando a outra manga.

— Ninguém vai tratar você como Hawke. Nem vai pensar em mim como Poppy.

Casteel ergueu o olhar para mim.

— Ninguém mais importa. Só você e eu.

Meu coração palpitou outra vez. Não havia como negar que seria incrivelmente irresponsável da minha parte continuar fingindo. Confundia tudo e... bem, não parecia fingimento para mim. Mas também não havia como negar que eu queria exatamente o que ele estava oferecendo.

E quando foi que saber que algo era uma tolice me impediu de fazê-lo?

Além disso, eu queria ver o Pontal de Spessa.

Assenti, dizendo a mim mesma que aquele era o principal motivo.

— Eu concordo com as suas condições.

A covinha apareceu na bochecha direita dele.

— Negócio fechado?

— Sim.

— Então vamos fechar o negócio — disse ele. — Você sabe como os Atlantes fecham um negócio? Com um beijo.

— É mesmo? — perguntei incerta. — Isso parece incrivelmente problemático.

— Talvez.

— E também parece mentira.

Casteel assentiu.

— E é.

Não consegui reprimir a risada. A gargalhada explodiu de dentro de mim. E Casteel — ele se moveu tão incrivelmente rápido. Ele inclinou a cabeça e pousou a boca sobre a minha antes mesmo que eu parasse de rir. O toque dos seus lábios contra os meus provocou um choque por todo o meu corpo. O beijo era... era tão inebriante quanto a sua mordida, como tudo a respeito dele. E quando ele passou os dedos pelo meu cabelo, inclinando a minha cabeça para trás, eu não protestei. O beijo se intensificou, e o toque das presas e da língua dele na minha me causou um tremor quente e intenso.

— Desculpe — sussurrou ele nos meus lábios. — Eu sei que deveria ter pedido primeiro, mas a sua risada... Ela acaba comigo, Poppy. — Casteel deslizou as mãos sobre as minhas bochechas, sem hesitar quando tocou nas cicatrizes. — Fique à vontade para me dar um soco por causa disso.

Eu não queria dar um soco nele. Queria que ele me beijasse de novo. Dei um ligeiro suspiro.

— Acho que o negócio está fechado agora, não é?

Ele engoliu em seco.

— É verdade. — Casteel recuou e pegou a minha mão. — Venha. Se passarmos mais um minuto aqui, acho que não vamos conseguir sair desse quarto.

Arregalei os olhos. Não havia dúvidas sobre a seriedade daquelas palavras, e outro arrepio percorreu a minha pele.

Casteel me levou pelo terraço até o pátio, com a mão firme em volta da minha. Olhei na direção da Colina banhada pelo sol e estreitei os olhos.

— Há pessoas na Colina.

— Há, sim; e elas estavam lá ontem à noite. Você só não conseguiu vê-las.

— A visão mortal é uma merda — murmurei, e ele sorriu. — Mas pensei que os Ascendidos não fossem uma ameaça tão a leste.

— Não são, mas prefiro prevenir do que remediar.

Nossas botas pisavam suavemente na grama irregular e na areia.

— Alastir me disse que reconstruir o Pontal de Spessa foi ideia sua.

— Principalmente — disse ele, e foi *só* o que disse conforme nos aproximávamos do estábulo. Senti uma pontada de decepção, mas então me lembrei de que aquele dia não era sobre o futuro. — Você quer cavalgar? Não é uma distância muito longa para caminhar, mas estou com preguiça.

— Para mim, tanto faz.

— Perfeito. Pois tive outra ideia — disse ele. Um momento depois, um homem mais velho saiu pela porta aberta da sala de arreios. — Como você está, Coulton?

O homem avançou, passando um lenço na cabeça calva. Quando chegou mais perto, percebi que ele era um lupino. Seus olhos tinham a cor azul de uma manhã de inverno.

— Bem. — Ele curvou a cabeça em saudação. — E você?

— Nunca estive melhor.

Um sorriso surgiu nos seus lábios conforme Coulton olhava para mim. De repente, ele parou de sorrir e deu um passo para trás. O lupino me encarou e eu fiquei tensa, fechando as mãos por reflexo — e desse modo apertando a mão de Casteel. Imediatamente, me forcei a relaxar os músculos. Ou foram as cicatrizes, ou o lupino percebeu quem eu era — quem *costumava* ser. A Donzela. Lembrei a mim mesma que não poderia culpá-lo pela reação.

— Está tudo bem, Coulton? — perguntou Casteel, sem emoção no tom de voz.

O lupino piscou e então voltou a sorrir.

— Sim. Sim. Desculpe. É que tive uma sensação muito estranha. — Ele olhou para o Príncipe, a pele assumindo uma cor avermelhada. — Como uma sensação de energia estática. — Ele enfiou o lenço no bolso da frente da camisa sem mangas. — É ela? A sua noiva?

Eu queria acreditar que o lupino estava falando a verdade, mas sabia que não deveria acreditar em algo simplesmente porque queria que fosse verdade. Agucei os sentidos e me abri para ele. A conexão invisível se formou, e eu esperei sentir aquele gosto amargo, o peso sufocante da desconfiança e da antipatia. Não foi isso o que senti. O respingo frio na minha garganta era de surpresa, seguida pela sensação ácida da confusão. Parecia que ele estava falando a verdade.

— Essa é a Penellaphe — disse Casteel. — A minha noiva.

Ao ouvir a frieza no tom de voz de Casteel, dei um passo em frente e estendi a mão enquanto sorria.

— Prazer em conhecê-lo, Coulton.

Um sorriso tomou conta do rosto inteiro do lupino.

— É uma honra conhecê-la. — O lupino pegou a minha mão e arregalou os olhos. Por meio da conexão, senti a surpresa dele outra vez. — Lá está ela de novo. A energia estática. — Ele riu, ainda segurando a minha mão enquanto sacudia a cabeça. — Talvez seja você, Penellaphe.

Sem sentir nada, disse:

— Não tenho tanta certeza sobre isso.

— Eu não sei. É como se você estivesse... cheia de energia. Ouvi dizer que é descendente de Atlântia. — Ele apertou a minha mão e então a soltou enquanto olhava para Casteel. — Imagino que ela seja de uma linhagem poderosa.

Casteel inclinou a cabeça enquanto eu franzia o cenho.

— Acredito que sim.

— Você veio buscar Setti? — perguntou Coulton. — Nesse caso, ele está no pasto.

— Não. Ele tem que descansar. Só preciso de dois cavalos.

— Dois cavalos? — perguntei.

— É a outra ideia que tive. — Os traços de Casteel se suavizaram em um sorriso. — Vou ensiná-la a cavalgar sozinha.

— O quê? — sussurrei.

— Ah. Tenho os cavalos perfeitos para isso. — Coulton deu meia-volta, caminhando na direção das baias do lado direito do estábulo. — Há duas éguas mais velhas aqui. Ótimo temperamento. É improvável que elas disparem.

— Você acha que é uma boa ideia? — perguntei.

— Acho que é um bom momento para isso — disse ele. — Você vai se sair bem, depois de montar em Setti.

Eu não estava tão certa disso conforme Coulton trazia uma égua atarracada e malhada, junto com outra castanha. Nenhuma das duas era tão grande quanto Setti, mas ainda eram grandes o bastante para me pisotear até a morte.

— Qual das duas você acha que é a mais adequada? — perguntou Casteel.

— Molly é uma boa menina. — Coulton deu um tapinha na lateral da égua malhada. — Ela vai ser gentil.

*

Assim que as éguas foram seladas, Casteel me guiou na direção de Molly.

— Você vai se sair bem — disse ele com a voz baixa enquanto Coulton segurava as guias das duas éguas. — Vou segurar as rédeas dela até que você esteja pronta.

Nervosa e um pouco assustada, superei o medo. Sempre quis aprender a cavalgar — era uma habilidade necessária que eu não tinha. Agora era um bom momento para isso.

Afaguei o focinho de Molly e fui até o lado dela, engolindo em seco. Casteel me seguiu, e eu sabia que ele iria me ajudar a montar.

— Se eu cair, tente me segurar.

— Eu posso fazer isso.

— Por favor, não me mate — murmurei enquanto estendia a mão, agarrando a sela. — Ser morta por uma égua chamada Molly seria constrangedor.

Os dois homens riram, mas, quando coloquei o pé no estribo, Casteel disse ao lupino:

— Você está segurando as rédeas?

— Molly não vai a lugar nenhum.

Dei um impulso e subi, lembrando no último segundo de passar a perna por cima da égua. Um instante depois, eu estava sentada, e fiz isso sozinha. Olhei para Casteel.

Ele sorriu, e senti um aperto no peito. As duas covinhas apareceram no seu rosto.

— Agora não vou ter mais desculpa para tocá-la de forma inapropriada em um ambiente propício.

— Aposto que você vai dar um jeito — comentou Coulton.

— É verdade. — Casteel mordeu o lábio inferior. — Eu sou muito criativo.

Revirei os olhos, embora estivesse praticamente explodindo de orgulho. Aquilo podia até não ser grande coisa para muita gente, mas era para mim.

Casteel ficou de olho em mim enquanto montava no outro cavalo, que se chamava Teddy. Eu quase dei uma risada quando Casteel franziu o cenho ao ouvir o nome masculino.

— Pronta? — perguntou ele assim que segurou ambas as rédeas.

Assenti, me segurando no pito da sela.

— Espero que Setti não fique com ciúmes.

— Ele vai ficar, se vir você.

Casteel se despediu de Coulton e nos conduziu para fora do estábulo. Os primeiros passos fizeram o meu coração disparar dentro do peito pois parecia que eu iria cair a qualquer momento. Mas Casteel me orientou, explicando que não era diferente de quando ele estava atrás de mim.

Casteel me ensinou o básico sobre como controlar um cavalo enquanto nos fazia contornar pela lateral da fortaleza e seguir ao longo da muralha em ruínas.

— Para fazer o cavalo parar, feche os dedos ao redor das rédeas, aperte e puxe ligeiramente para trás. O cavalo vai sentir o puxão e saber que tem de parar — disse ele, mostrando a técnica. — Você também pode usar as pernas — explicou ele, mostrando o que queria dizer. Assim que assenti, ele continuou: — Para fazer o cavalo andar, aperte as pernas de novo, mas nesse lugar. — Ele apontou para a lateral do cavalo. — Ou empurre com o assento, se inclinando para a frente. Toda vez que você quiser que o cavalo preste atenção ao comando, levante as rédeas. É o sinal de que você vai dar um comando. Quer tentar?

Assenti. Segurando a sela, esperei que Casteel levantasse as rédeas, colocando uma leve tensão no cabresto de Molly, e então pressionei o joelho na região que Casteel indicou. Molly avançou pesadamente

Sorri e me virei para Casteel.

— Consegui!

Ele me olhou fixamente.

— E agora fiquei com vontade de beijar você, mas não posso porque você está no seu próprio cavalo. — Os cantos de sua boca se curvaram para baixo. — Foi uma péssima ideia.

Dei uma risada.

— Uma ideia horrível.

Enquanto contornávamos a lateral da fortaleza, ele me explicou mais alguns comandos básicos enquanto me fazia parar e incitar Molly. Eu ficava mais confiante a cada tentativa e estava tão concentrada no cavalo que nem percebi que tínhamos saído da fortaleza até que ergui o olhar e vi um bosque logo adiante. Entramos ali lentamente, e Casteel conduziu os dois cavalos pelo caminho de terra batida.

— Coulton teve uma reação estranha a você — disse ele, enquanto a folhagem densa filtrava o sol.

— Teve, mas acho que ele estava sendo sincero. A reação não foi negativa. Sei disso porque usei o meu dom.

— Percebi isso quando você deu um passo em frente. Foi muito inteligente da sua parte.

— Eu... ser capaz de ler as emoções para avaliar as intenções de alguém não é algo infalível — disse, começando a me acostumar a estar sozinha na sela. — Mas a maioria das pessoas não consegue esconder as emoções de si mesmas.

— Isso lhe dá uma vantagem. Era o que dava vantagem aos empáticos.

— Você não fica preocupado que eu leia as suas emoções? — Olhei de relance para ele.

— Prefiro que você use tudo o que tem ao seu dispor a me preocupar com o que está descobrindo de mim.

— Acho que a maioria das pessoas prefere que eu não faça isso.

— Eu não sou a maioria das pessoas.

Não, não era mesmo.

— Você me perguntou se retomar o Pontal de Spessa foi ideia minha. Foi minha e de Kieran — disse ele depois de alguns minutos, me surpreendendo com a disposição para falar sobre aquele lugar. — Nós vínhamos sempre aqui quando éramos mais jovens, junto com o meu irmão.

Eu já sabia que as viagens também incluíam Shea, mas guardei essa informação para mim.

— Fica a um dia de cavalgada pelas montanhas, e metade disso de lá até a Enseada de Saion, uma cidade em Atlântia — continuou ele. — Nós vínhamos muito aqui, Malik e eu. Mais do que os nossos pais imaginariam. Vasculhamos cada centímetro dessa terra, descobrindo todos os seus segredos, enquanto os nossos pais acreditavam que estávamos em Enseada. Eles nos matariam se soubessem quantas vezes vínhamos até Solis.

— Mas isso não era perigoso?

— Era o que tornava tudo tão atraente. — Um breve sorriso surgiu nos lábios dele. — Mas, mesmo quando o Pontal de Spessa era habitado, os Ascendidos não viajavam pela estrada a leste com tanta frequência. Muitos não sabiam quem éramos e, enquanto estávamos aqui, nós podíamos ser apenas irmãos.

Em vez de Príncipes de um reino deposto.

— De qualquer forma, Kieran e eu percebemos o potencial desse lugar com a fortaleza e a Colina praticamente intactas. — Casteel mudou de posição na sela, segurando as rédeas de leve. — Já que é tão perto de Atlântia, esse território é importante.

Acho que não era só por isso que o lugar tinha importância para ele.

— Demorei um pouco para convencer o meu pai e a minha mãe. Eles não achavam que o lugar nos traria benefícios que valessem a pena o risco, mas acabaram cedendo. Embora o meu pai tenha apoiado cada vez mais a retomada de todas as terras, a minha mãe tem sido mais cautelosa. Ela não quer outra guerra, mas sabe que não podemos continuar assim. Precisamos dessa terra. Precisamos de mais, mas, por enquanto, espero que o Pontal de Spessa nos traga os benefícios para que, se o risco um dia se apresentar, valha a pena.

Refleti sobre isso, e algo me veio à cabeça.

— Então, o Pontal de Spessa faz parte de Atlântia.

— Todo o Reino de Solis já foi parte de Atlântia, mas eu retomei essa terra. Aqui é solo Atlante.

Meu coração palpitou quando olhei para ele.

— Quer dizer que nós poderíamos... poderíamos nos casar aqui?

— Sim. — Casteel sustentou o meu olhar por um instante e então olhou para a frente. — Mas não é disso que se trata essa tarde, Poppy.

— Eu sei — disse, mas o meu coração ainda batia descompassado por saber que estávamos em solo Atlante. O casamento poderia acontecer a qualquer momento.

Um grito me assustou, e o meu salto fez Molly dar um tranco. Casteel firmou as rédeas.

— Você está bem? — perguntou ele.

Assenti.

— O que é que foi isso?

— Deve ser treinamento.

— Treinamento?

Ele inclinou a cabeça na minha direção.

— Mesmo que o risco seja baixo, nós ficamos de sentinela na Colina e treinamos aqueles que são capazes de defender a cidade, se for necessário.

Olhei para a frente, cheia de interesse. Nós cavalgamos até a beira de um campo sem grama. Havia um grande pavilhão de pedra do outro lado do espaço aberto, adjacente ao arvoredo. Cortinas brancas e douradas ondulavam com a brisa, se agitando suavemente e revelando um punhado de pessoas sentadas lá dentro.

Mas foi o que vi no centro da ravina que me deixou boquiaberta.

Havia mulheres de pé no terreno aplainado, pelo menos uma dúzia delas, vestidas com roupas que nenhuma mulher se atreveria a usar no Reino de Solis. De calças pretas e túnicas sem mangas, o sol refletia nos braceletes dourados ao redor dos seus braços.

— Quem são elas? — perguntei.

— Elas? — Casteel inclinou a cabeça na direção do grupo. — Você se lembra das mulheres que mencionei na noite em que a encontrei nas ameias da Colina?

Lembro, sim.

— Mulheres que eram capazes de derrubar um homem sem nem pestanejar.

— Você se esqueceu da outra parte. — Ele olhou para mim, com um sorriso zombeteiro no canto dos lábios. — Sobre não serem tão boni...

— Não esqueci — eu o interrompi. — Preferi não mencionar isso.

Ele riu, mas, antes que pudesse explicar melhor, uma movimentação chamou a minha atenção. Homens vestidos da mesma forma que as mulheres saíram das sombras das árvores ao redor, correndo pelo campo. As mulheres estavam em grande desvantagem numérica. Devia haver três a quatro vezes mais homens.

As mulheres se viraram, todas menos uma, que estava longe das outras, mais próxima dos homens que se aproximavam. Uma loira alta, com o cabelo puxado para trás em uma trança grossa. Ela estava nos observando, parecendo não se dar conta de que um homem imenso, maior até do que Elijah, corria em sua direção, brandindo uma espada dourada.

A mulher se virou no último segundo, e entreabri os lábios quando ela golpeou o homem no pescoço. Com um grito longo e agudo ecoado pelas outras mulheres, ela derrubou o homem no chão. A terra subiu com o impacto, pairando no ar conforme ela agarrava o seu braço e o torcia até que o homem soltasse a espada. A lâmina pareceu cair bem na sua mão e, em uma questão de segundos, a mulher a apontou para a garganta dele.

Inspecionei a clareira e vi que apenas as mulheres permaneciam de pé, depois de desarmarem os homens. A princípio, sem armas, agora elas empunhavam espadas e lanças, apontadas para a garganta dos homens ou para áreas muito mais interessantes.

— Elas são a elite do reino, cada uma mais habilidosa e letal que a outra — disse Casteel, e eu pude sentir o seu olhar em mim. — Elas são as Guardiãs dos exércitos Atlantes.

Incapaz de tirar os olhos das mulheres, observei quando elas estenderam a mão para os homens, ajudando-os a se levantarem

— Elas são as últimas da linhagem, nascidas de uma longa sucessão de guerreiras que defenderão Atlântia até o último suspiro.

— E são todas mulheres?

— São.

As Guardiãs e os homens notaram a nossa presença. A loira alta deu um passo adiante e colocou o punho fechado sobre o coração. As outras mulheres seguiram o exemplo enquanto os homens curvavam o corpo em uma reverência. Casteel reconheceu os gestos, colocando o punho sobre o coração.

Fiquei absolutamente pasma conforme Casteel guiava os nossos cavalos pela beirada do campo, grata por ele ter o controle de Molly. Meus olhos ainda estavam grudados nas mulheres enquanto elas devolviam as armas para os homens. Eu só... era quase como se eu não conseguisse acreditar no que estava vendo. Por crescer em uma sociedade em que o objeto mais afiado que uma mulher podia manusear era uma agulha de tricô, fiquei atônita. E fiquei ainda mais fascinada quando uma das mulheres ensinou a um homem uma maneira melhor de empunhar a espada.

— Elas estão treinando os homens, não? — perguntei.

— Sim — respondeu Casteel. — As Guardiãs sempre treinam os nossos guerreiros, aqui e além das Montanhas Skotos.

— Quer dizer que há mais guerreiras? — Observei um lupino de pelo preto e branco sair do pavilhão e se aproximar da loira. O lupino chegava quase ao peito dela.

— Há cerca de duzentas — disse ele enquanto a Guardiã sorria para o lupino. — Mas uma delas equivale a vinte guerreiros treinados.

Por fim, tirei os olhos maravilhados das guerreiras.

— Elas têm... habilidades peculiares da própria linhagem?

— Só as mulheres nascidas nessa linhagem. Elas são como os fundamentais em termos de força e mortalidade e também precisam de sangue.

— Há outra linhagem de guerreiros viva? — perguntei quando chegamos ao outro lado da floresta.

Casteel fez que não com a cabeça.

— Elas são as únicas que restaram. — Ele fez uma pausa. — Além de você.

Além de mim.

Era estranho ouvir isso, saber que eu era descendente de uma linhagem de guerreiros.

— Posso não ser a única — disse, e Casteel se concentrou no caminho adiante. — Sei que é improvável que Ian seja meu irmão de sangue, mas isso não quer dizer que não existam outros por aí que ninguém saiba a respeito, nem mesmo os Ascendidos.

— É verdade, mas duvido muito que não tivessem sido identificados a essa altura. — Ele olhou para um pardal que voava acima do caminho. — Isso me faz pensar na primeira Donzela, se é que ela existiu, e em quantas pessoas podem ter sido descobertas e nunca saberemos. Também me faz pensar sobre a época em que fui aprisionado pelos Ascendidos. Eles sempre usavam mortais com sangue Atlante para me alimentar.

Resisti ao impulso de conectar os meus sentidos a ele, já sabendo o que encontraria.

— Alguns eram jovens, recém-saídos da adolescência. E outros eram mais velhos, de cabelos grisalhos e com os corpos já castigados pela idade — disse ele após alguns minutos. — Tentei fazer a contagem de quantos eram trazidos até a minha jaula, mas... não consegui. Mesmo assim, entre Malik e eu, não sei como poderiam existir outros.

Ian foi o último a Ascender, e só ele. Antes disso, haviam se passado muitos anos desde a última Ascensão. O pavor tomou conta de mim.

As Ascensões foram realizadas anualmente durante vários anos, mas então quase pararam quando eu era criança. As implicações disso me deixaram novamente apreensiva. E se Malik não estivesse mais vivo?

Kieran e Casteel acreditavam que Malik continuava vivo, mas não havia nenhuma prova disso. E eu queria saber se Casteel havia pensado a respeito. Mordi o lábio.

— Parece que você quer dizer alguma coisa — observou ele.

Sim, mas como poderia perguntar aquilo? Achei que não devesse, de modo que disse o que achei que precisava dizer.

— Você fez o que tinha que fazer para sobreviver. Espero que acredite nisso.

Casteel não respondeu, e, quando olhei para ele e vi a expressão vazia no rosto dele, senti um aperto no coração. Porque eu sabia.

Eu sabia que não.

E tudo o que eu queria naquele momento era trazer o calor de volta para ele.

— Eu ainda quero apunhalar você.

Ele girou a cabeça na minha direção.

— Só não com tanta frequência — emendei.

Ele repuxou um canto dos lábios e então riu. O som era áspero e um pouco rouco, mas genuíno.

— Eu ficaria desapontado se você não quisesse.

Olhei para a frente, sorrindo.

— Que afirmação mais estranha.

— O que posso dizer? Tenho uma queda por mulheres com tendências violentas.

— Isso não me parece muito melhor — disse, embora imaginasse se Shea também era assim, inclinada a apunhalar Casteel quando estava com raiva. Eu não tinha tanta certeza disso, levando em conta o que ele me disse que eu merecia quando tudo isso acabasse. Um relacionamento sem apunhaladas nem socos. Ou sequestro.

Deixei esses pensamentos de lado antes que eles pudessem me afetar. Nós estávamos fingindo, e isso significava que não havia futuro, mesmo que não conseguíssemos escapar do passado.

Felizmente, uma distração surgiu alguns momentos depois. Assim que saímos da área arborizada, por fim vi o que Casteel havia construído.

Afrouxei a sela enquanto contemplava um pedaço de Atlântia oculto no Reino de Solis.

A Baía de Estígia brilhava como a hora mais escura da noite à nossa direita. Adiante, existia uma cidade do tamanho de Novo Paraíso. Mais uma vez, fiquei boquiaberta conforme cavalgávamos pela estrada de terra. Quase não me dei conta das pessoas que saudavam a nossa chegada, se curvando ou dando vivas.

Casas térreas feitas de arenito e argila pontilhavam a paisagem suavemente curva. Devia haver umas cem casas, e cada uma delas era espaçada de modo a acomodar terraços privativos e cobertos, assim como pequenas hortas. Tão logo nos aproximávamos das casas, pude ver que as hortas estavam cheias de tomates maduros e pés de milho, repolho e outros vegetais plantados em fileiras organizadas. As únicas casas de Solis que tinham um terreno além de um canteiro em que mal cabia uma árvore ficavam em lugares como a Viela Radiante.

— Meus Deuses — sussurrei enquanto olhava ao redor.

— Espero que seja um sinal de aprovação — afirmou Casteel enquanto nos aproximávamos do topo de uma pequena colina.

— É, sim. Essas casas... E as hortas? Eu nunca vi nada assim antes.

— O suprimento de comida é muito mais fácil de administrar quando cada família colhe o máximo que pode — disse ele, puxando Molly para perto de si quando a égua pareceu notar uma borboleta amarela. — Todas as hortas foram plantadas por agricultores com experiência em lavoura. As pessoas que concordaram em se mudar para o Pontal de Spessa foram obrigadas a trabalhar como aprendizes dos fazendeiros para aprender a manter as plantas saudáveis e detectar doenças. Com a temperatura raramente caindo abaixo de zero durante a noite, conseguimos cultivar algumas das safras por mais tempo do que nos lugares mais ao norte.

Em Solis, os alimentos tinham que ser comprados ou cultivados, mas poucas pessoas possuíam terras para plantar, o que significava que muitas gastavam a maior parte da renda para comprar comida. Se não conseguiam arranjar dinheiro, elas não tinham o que comer.

Quando chegamos ao topo da colina, o cheiro de carne grelhada substituiu a brisa docemente perfumada. Foi então que percebi que ainda não tinha visto nada. O centro da cidade ficava no vale no meio das casas. Existiam outras construções — maiores que as casas, numerosos pavilhões com colunas enfeitadas de dosséis e cortinas brilhantes abrigavam vários mercados. Havia lojas — açougueiros, costureiras, ferreiros e padeiros — e, bem no meio e mais altas que as outras construções, havia as ruínas de um grande coliseu. Ou era o que parecia. Só metade da estrutura continuava de pé.

— Concertos de música e jogos eram realizados ali — afirmou Casteel, seguindo o meu olhar. — Eu me lembro de sentar naqueles assentos e assistir às peças de teatro.

Fiquei com o coração apertado só de pensar em todas as almas que já haviam enchido o enorme coliseu.

— Vai ser reformado?

— Ainda não sei — admitiu ele enquanto descíamos a colina. — Eu nunca quis derrubar o coliseu. De certa forma, ele se tornou um monumento, um lembrete do que havia aqui antes. Talvez possamos reformá-lo algum dia.

Havia mais pessoas no centro da cidade, vagando entre os pavilhões e as barracas. Fingir que ele era o Hawke e eu era a Poppy acabou quando as pessoas correram para cumprimentar Casteel ou esperaram até que os outros saíssem.

Existiam lupinos e Atlantes entre os Descendidos, e percebi por suas expressões que todos pareciam genuinamente felizes em ver Casteel. A maioria o chamava pelo nome e não pelo título, algo que não era tolerado em Solis. Toda a Realeza era tratada como Lorde ou Lady; não fazer isso era visto como desrespeito e, pior ainda, como sinal de que alguém era um Descendido.

Observei Casteel enquanto ele sorria ou ria de algo que alguém dizia e indagava a respeito de um membro da família ou amigo, parecendo tão fascinado por eles quanto eu estive pelas Guardiãs. Sorri quando Casteel me apresentou àqueles que se aproximavam. *Minha noiva. Minha noiva. Minha noiva.* Fiquei ouvindo enquanto ele falava com muitas pessoas, chamando-as pelo nome, de modo atencioso e acolhedor conforme seguíamos adiante. Se não fosse outra máscara — se ele fosse assim com o seu povo —, Casteel era um Príncipe com quem qualquer um ficaria honrado de governar lado a lado.

Algo inominável e desconhecido dentro de mim *amoleceu* e então se abriu enquanto os sentidos zumbiam sob a minha pele, conectando e latejando em reação ao ciclone de emoções conflitantes que irradiavam da multidão para o ambiente ao meu redor.

Eu me dei conta de que, na maioria das vezes, a reação das pessoas a mim era bem mais variada. Os sorrisos eram calorosos e genuínos ou frios e tensos. Os olhares de boas-vindas se tornaram curiosos ou impassíveis. Alguns olhavam para as cicatrizes por breve instante enquanto outros ficavam me encarando abertamente. Houve alguns olhares tortos e saudações murmuradas.

Embora eu me esforçasse para manter os sentidos sob controle — mesmo sabendo que muitas das pessoas em Atlântia não me recebiam bem —, comecei a *fingir* de novo.

Só que dessa vez ele era Casteel, eu era Poppy, e ele era realmente o meu Príncipe.

Capítulo 28

— Há alguém que eu gostaria que você conhecesse — disse Casteel enquanto passávamos pelo centro da cidade, para longe da multidão.

O aperto no meu peito diminuiu com a dispersão das pessoas, mas um nó de inquietação se formou no meu estômago. Será que essa pessoa seria amigável? Será que ficaria me encarando?

— Você está bem? — perguntou ele enquanto guiava os cavalos até pararem do lado de fora de uma casa, onde trepadeiras com pequeninas flores cor-de-rosa subiam pela treliça do terraço.

Fiz que sim com a cabeça enquanto olhava para a estrada mais à frente, atraída pelo barulho de um martelo. Mais casas eram construídas. Os homens estavam em cima do telhado, com a pele úmida de suor, e as mulheres passavam ferramentas nas paredes externas, alisando a argila.

Um jovem lupino saiu de dentro da casa, dançando em volta das pernas das mulheres e abanando o rabo. Eu me lembrei do que foi dito na noite anterior sobre não haver muitos jovens ali e percebi que era Beckett. Um sorriso surgiu nos meus lábios quando ele cutucou uma pá com o focinho, rolando-a na direção de uma mulher.

Casteel desmontou conforme a porta da casa se abria por completo. Kieran saiu lá de dentro, arqueando as sobrancelhas ao me ver montada no meu próprio cavalo.

Antes que eu pudesse ficar envergonhada pelo que tinha acontecido naquela manhã, ele abriu a boca.

— Bons Deuses, você deu um cavalo para ela? Daqui a pouco, ela vai atropelar um de nós em vez de nos apunhalar.

Estreitei os olhos.

— Era ele quem você queria que eu conhecesse? — perguntei. — Não sei se você sabe, mas eu tenho plena ciência de quem ele é.

Casteel riu conforme vinha até o meu lado.

— Não é ele quem eu gostaria que você conhecesse. — Ele segurou Molly com firmeza. — Quer desmontar sozinha?

Assenti, erguendo o corpo e passando uma perna por cima da sela. Pus os pés no chão, nem de longe tão graciosamente quanto ele, mas consegui fazer de qualquer forma.

Kieran aplaudiu.

— Bom trabalho.

— Cale a boca.

O lupino riu enquanto um dos trabalhadores chamava Casteel pelo nome.

Casteel espiou para ver quem era, apertando os olhos. Ele tocou na minha lombar.

— Volto já.

Assenti e me virei para Molly, coçando atrás da orelha dela enquanto observava Casteel correndo na direção da casa.

— A propósito — Kieran se aproximou de mim. — Espero que você não esteja envergonhada por hoje de manhã.

— Não estou, não — sussurrei.

— Não? — Ele parecia ter dúvidas a respeito disso. — Você nem consegue olhar para mim.

— Eu estava olhando para você agora há pouco.

— Só porque queria fazer coisas violentas e horríveis comigo.

Sorri, pois era verdade.

— Parece que você quer fazer isso agora.

Olhei para ele, com as sobrancelhas arqueadas.

— Ficou feliz? Eu estou olhando para você agora.

Um sorrisinho surgiu no rosto dele.

— Sim, mas o seu rosto está vermelho como um tomate.

— Tanto faz — murmurei.

— E ainda parece que você quer me matar.

Suspirei.

Ele ajeitou o cabresto de Molly enquanto dizia:

— Você sabe que o que sentiu durante a alimentação e o que certamente aconteceu depois disso são coisas naturais.

— Obrigada, mas você não precisa me dizer isso.

— Quer um conselho então?

— Na verdade, não.

— Eu vou dá-lo a você de qualquer maneira.

— É claro que vai.

— Se quiser que a próxima alimentação, e estou certo de que você sabe que haverá outras, seja menos íntima, você pode oferecer o pulso a ele.

Eu me virei na direção de Kieran.

— Ora, essa informação é muito útil agora.

Kieran riu, sem se dar ao trabalho de sair do caminho quando dei um soco em seu braço.

— Ai — murmurou ele. — Isso foi forte mesmo.

— Eu quero saber por que você acabou de bater no Kieran? — perguntou Casteel ao se juntar a nós.

Os olhos de Kieran brilharam quando ele abriu a boca...

— Não — interrompi, lançando um olhar assassino para Kieran caso ele dissesse alguma coisa enquanto Casteel vinha até o meu lado — Não quer, não.

Kieran recuou, sorrindo.

— Quando foi que ela precisou de motivo para ser violenta?

— É um bom argumento. — Casteel olhou para mim, repuxando um canto da boca. A maldita covinha apareceu. — Acho que deveria ficar grato por ela não ter apunhalado você.

— Vou ter outra oportunidade — murmurei.

Uma risada gutural e feminina atraiu a minha atenção.

— Você tem razão, Kieran. Eu gosto dela.

De pé na porta do terraço havia uma mulher deslumbrante vestida com uma calça preta e uma túnica amarela sem manga que se ajustava à curva dos quadris e peito. Braceletes dourados circundavam seus pulsos e braços. O cabelo preto da cor do azeviche, preso em tranças finas e apertadas, quase chegava à sua cintura. Os olhos azul-claros e invernais contrastavam com a pele tão bela quanto o negro profundo das rosas que floresciam durante a noite. Havia uma certa familiaridade no contorno das bochechas e no formato da testa dela, mas eu sabia que nunca tinha visto a lupina antes.

— Porque ela insinuou que poderia me apunhalar mais tarde? — perguntou Kieran. — Que surpresa.

Ah, Deuses, eu tinha que parar de falar em apunhalar as pessoas.

A mulher deu uma risada.

— É claro. — Ela saiu da soleira da porta e olhou para Casteel. — Por que você está parado aí tão quieto?

— Eu não vou interromper você. — Casteel atirou as mãos ao alto. — Na última vez em que fiz isso, você me derrubou no chão.

Pisquei, surpresa.

— Não foi por isso que eu o derrubei no chão — retrucou ela. — Não me lembro exatamente de por que fiz isso, mas aposto que você fez por merecer.

Os cantos da minha boca se curvaram.

— Já que nenhum dos dois têm educação, eu vou me apresentar. Sou a Vonetta, mas todo mundo me chama de Netta. Sou a irmã de Kieran.

O choque tomou conta de mim.

— Você tem uma irmã — falei, sem pensar.

Vonetta lançou um olhar para o irmão.

— Nossa, Kieran.

— Ei, Casteel também não disse nada.

— Não me meta nisso — observou Casteel.

— Fiquei magoada, e eu sou a caçula da família. Jamais deveria ser magoada — disse ela por cima do ombro. — Espero um lote extra de frutas cristalizadas.

— Vou preparar uma porção assim que tiver tempo.

— Você já teve muito tempo para fazer isso. — Ela me encarou e estendeu a mão. Suas unhas estavam pintadas de um amarelo tão vívido quanto a túnica.

— Eu sou a Penellaphe — disse, apertando a sua mão. No instante em que a nossa pele se tocou, ela arregalou os olhos. — Você acabou de sentir algo estranho?

— Sim. Como uma energia estática — respondeu ela enquanto Casteel se aproximava. Ela soltou a minha mão. — Que estranho.

— Coulton sentiu a mesma coisa — disse Casteel.

— E eu senti algo parecido em Novo Paraíso — recordou Kieran.
— É verdade. — Uni as mãos. — Eu tinha me esquecido.
— Ora, fiquei meio ofendido agora — murmurou ele.
— Você já sentiu algo parecido? — perguntei a Casteel, me lembrando de ter uma sensação semelhante algumas vezes em que nos tocamos.
— Já — disse ele, com a cabeça inclinada enquanto me examinava atentamente, como se eu fosse de uma espécie nova e estranha. — Achei que fosse imaginação.
— Eu também senti quando toquei em você. — Virei-me para os irmãos. — Mas não senti nada agora nem quando Coulton e Kieran sentiram antes.
— Parece que não somos tão especiais quanto Casteel — comentou Vonetta.
— Você já deveria saber disso — respondeu ele.
Ela lançou um olhar penetrante para ele.
— Deve ser por dizer coisas do tipo que eu o derrubei no chão da última vez.
Dei uma risada.
— Eu gosto dela.
— É claro que gosta. — Ele suspirou enquanto pousava a mão nas minhas costas. Mas, quando olhei para ele, Casteel estava com aquela expressão no rosto outra vez. Como se tivesse perdido o fôlego. Ele olhou para a irmã de Kieran e engoliu em seco. — Você vai nos convidar para entrar?
— Você vai ser menos chato?
— Provavelmente não, mas já que sou o seu *Príncipe*...
— Que seja. Tudo bem. — Em seguida, ela sorriu. — Entrem. Acabei de fazer sanduíches.

A sala de estar era redonda, aconchegante e colorida. Almofadões grossos de um azul-celeste circundavam uma mesa branca rente ao chão enquanto almofadas laranjas e roxas cobriam um divã preto. A brisa que entrava pelas janelas abertas e portas do terraço girava preguiçosamente as pás de um ventilador de teto. Uma pilha de livros em cima da mesinha lateral perto do divã chamou a minha atenção quando Casteel me puxou para sentar em um dos almofadões no chão enquanto Vonetta e Kieran desapareciam através de um arco.

— Vocês gostam de limonada? — A voz de Vonetta veio do outro cômodo. — Foi Kieran quem fez, então está mais doce que azeda.

Casteel olhou para mim e, quando assenti, ele gritou:

— Parece perfeito!

Alguns minutos depois, Kieran voltou trazendo quatro copos, que colocou na mesa antes de se jogar sobre o almofadão do outro lado de Casteel.

— Obrigada — disse, pegando o copo frio. Cubos de gelo tilintaram e eu percebi que devia haver uma sala fria subterrânea ali, já que não parecia haver eletricidade no Pontal de Spessa.

— Não seja educada — comentou Kieran. — Isso me dá arrepios.

Abri um sorriso ao ouvir isso e tomei um gole. O equilíbrio entre doce e cítrico estava perfeito.

— Isso está muito bom.

— Kieran é um mestre em fazer bebidas. — Casteel se apoiou sobre o braço, se inclinando ligeiramente por cima do meu ombro. — Principalmente as alcoólicas.

— Um homem precisa ter seus talentos.

— Mesmo que esse talento seja inútil — comentou Vonetta ao entrar, trazendo uma bandeja prateada cheia de sanduíches cortados em tiras finas e uma tigela grande de morangos polvilhados com açúcar.

— Vou me lembrar disso na próxima vez em que você me pedir para fazer um drinque — retrucou Kieran.

Vonetta bufou conforme se sentava do meu lado.

— Espero que você goste de sanduíche de pepino. Além do sanduíche de frios, é o único que sei fazer.

— É o meu preferido. Obrigada — disse, pegando um deles. — E, para falar a verdade, é o único sanduíche que eu já fiz.

— É mesmo? — perguntou Casteel, me entregando um guardanapo da bandeja.

Fiz que sim com a cabeça.

— Eu não tinha permissão de cozinhar nem de aprender, mas às vezes entrava furtivamente na cozinha para ficar olhando — admiti, e me senti uma tola no instante em que as palavras saíram da minha boca. Eu não fazia a menor ideia do que Vonetta sabia sobre o meu passado. O calor subiu pela minha garganta conforme eu me recostava, me afastando de Casteel. Enfiei rapidamente metade do sanduíche na boca.

— Kieran me contou um pouco como as coisas eram para você — disse Vonetta, com um tom de voz suave. — Mas, para falar a verdade, a parte de não poder aprender a cozinhar parece incrível.

Olhei para ela, confusa, enquanto Casteel retomava a curta distância que nos separava. Ele encostou o braço no meu enquanto pegava um sanduíche e então continuou ali.

— Não me refiro à parte sobre não poder escolher. Isso me parece horrível. Isso *é* horrível. — Ela tomou um gole da limonada. — Mas, se não tivesse que aprender, então eu teria uma desculpa para ser tão ruim na cozinha. Nossa pobre mãe passou muitas luas tentando me ensinar a fazer pão. Prefiro afiar uma espada a sovar uma massa. É claro que mamãe sabe fazer as duas coisas muito bem.

— Assim como eu. — Kieran sorriu e a irmã dele revirou os olhos.

— Parece que você e Poppy têm isso em comum — disse Casteel, limpando os dedos no guardanapo. A relação de Casteel com a irmã de Kieran deveria ser muito íntima para que ele me chamasse assim na frente dela. — Ela também gosta de objetos afiados e letais.

— Gosto, sim — confirmei.

Vonetta sorriu.

— Mais um motivo para gostar de você — disse ela. — Então, o que você está achando do Pontal de Spessa até agora?

Terminei o resto do sanduíche e contei a ela que não sabia a respeito do que havia acontecido com Pompeia e o Pontal de Spessa.

— Estou admirada com o que vocês fizeram aqui. As casas são muito mais bonitas que a maioria das casas em Solis. E as hortas? Não há nada do tipo lá. Depois de ver Pompeia, eu só esperava encontrar ruínas.

— Solis parece ser um lugar muito rústico — afirmou ela.

Casteel bufou.

— Esse foi o eufemismo do ano, Netta.

— Há lugares bonitos, mas poucas pessoas têm acesso a eles. — Peguei um morango grande. — E tem gente boa lá. Pessoas assustadas que não conhecem outro estilo de vida além daquele em que nasceram.

Ela assentiu enquanto passava as tranças por cima do ombro.

— Felizmente, isso vai mudar em breve.

Concordei, e a conversa continuou a partir daí. Casteel perguntou como estavam os pais de Kieran e Vonetta. Fiquei sabendo que a mãe deles se chamava Kirha e que Vonetta pretendia voltar para casa para visitá-la em breve. Ela estava prestes a fazer aniversário. Eles conversaram sobre quantas casas novas achavam que seriam terminadas nos próximos meses, e Vonetta mencionou algumas pessoas que sabia que estavam interessadas em se mudar para lá. Ela perguntou sobre a eletricidade, o que levou a uma conversa sobre redes e linhas elétricas que parecia outra língua para mim. Descobri que o papel de Vonetta no Pontal de Spessa era como o de um Guarda da Colina, e o jeito como Vonetta e Casteel trocavam insultos deixou claro que os três tinham crescido juntos. A amizade entre eles era tão verdadeira que me fez ansiar pela mesma coisa — me fez pensar em Tawny. Ela iria adorar a irmã de Kieran.

Foi então que Vonetta me perguntou como eu tinha aprendido a lutar, e os minutos se passaram, os sanduíches desapareceram e, ao longo da tarde, houve poucos instantes em que alguma parte do corpo de Casteel não estivesse em contato com o meu. Ele ficava com o braço encostado no meu ou apoiado no seu joelho, ou despenteava o meu cabelo, colocando-o atrás da minha orelha, ou arrumava as mangas da minha túnica emprestada. O contato frequente, os pequenos toques aqui e ali, fazia com que fosse muito fácil esquecer que estávamos *fingindo*.

E era difícil não notar, ao menos para mim, como Vonetta era diferente comigo em comparação aos outros. Podia ser porque ela era irmã de Kieran e amiga de Casteel, mas a lupina reagia de modo completamente diferente em relação a mim. Ela não era desconfiada e, quando agucei os sentidos para ela por um breve instante assim que a peguei olhando para mim de modo estranho, tudo o que senti foi curiosidade.

— Então, essa coisa de energia estática. — Vonetta voltou ao assunto depois que Kieran tirou a mesa. — Quero ver se acontece de novo.

Arqueei as sobrancelhas, mas também estava curiosa. Estendi a mão e, um segundo depois, Vonetta colocou a palma sobre a minha. Ela franziu o cenho ligeiramente.

— Você está sentindo alguma coisa?

— Não. — Ela parecia desapontada.

— Eu só senti isso uma vez — comentou Kieran, apoiando o braço sobre o joelho dobrado. — Aliás, qual é o cheiro dela para você?

Afastei a mão e me virei na direção de Kieran.

— Isso mesmo. Você disse que eu tinha cheiro de gente morta.

— Eu não disse que você tinha cheiro de gente morta — retrucou ele. — Eu disse que você tinha cheiro de *morte*.

— E qual é a diferença? — exigi saber.

— É uma boa pergunta. — Casteel virou a cabeça e arqueou as sobrancelhas. — Você está mesmo farejando a Poppy, não está, Netta?

Eu me deparei com a cabeça de Vonetta perto da minha.

— Por favor, não me diga que eu tenho cheiro de *morte*.

— Não. — Ela recuou. — Mas você tem mesmo um aroma peculiar. — Ela franziu as sobrancelhas escuras. — Você tem cheiro de... *antiga*.

— Hum. — Eu me remexi, desconfortável. — Não sei se isso é muito melhor.

Casteel abaixou a cabeça, e eu senti a ponta do nariz dele ao longo do meu pescoço.

— Você não tem esse cheiro para mim — murmurou ele, e eu senti um arrepio na espinha. — Você tem cheiro de mel.

Ah, meus *Deuses*...

— Eu não estou dizendo que ela tem cheiro de naftalina e bala de hortelã rançosa — disse Vonetta, e Kieran riu. — É só que... não sei como explicar.

— Acho que entendi. — Casteel se recostou para trás.

— Entendeu? — perguntei.

Ele assentiu.

— O seu sangue tem gosto de antigo, de um jeito suntuoso. Poderoso para alguém que não é Atlante de sangue puro. Deve ser por causa da sua linhagem.

Vonetta inclinou a cabeça.

— E que tipo de...?

Um estrondo repentino lá fora interrompeu a nossa conversa. Gritos de alarme soaram e os três ficaram de pé em um piscar de olhos.

— Parece que veio no começo da rua, onde as casas estão sendo reformadas — disse Vonetta enquanto eu me levantava. Casteel já tinha saído pela porta do terraço, com Kieran no encalço.

Segui atrás deles sob o sol do final da tarde. Não precisamos ir muito longe. Alastir corria pela estrada de terra batida, carregando a forma inerte de um pequeno lupino.

Beckett.

Logo soube que ele estava com dor. Podia senti-la vibrando na minha pele, quente e aguda. Engoli em seco.

— O que foi que aconteceu? — exigiu saber Casteel.

— Beckett estava sendo... bem, ele estava sendo ele mesmo. — O rosto de Alastir estava pálido conforme ele colocava o sobrinho com delicadeza sobre um canteiro de grama. O rosnado do lupino terminou com um gemido. — Um pedaço do telhado desabou e ele não conseguiu sair do caminho a tempo.

— Merda — grunhiu Casteel, se ajoelhando ao lado de Beckett.

Emil apareceu atrás de Alastir.

— Onde está a Curandeira?

— Talia está no campo de treinamento — disse uma mulher mortal. — Alguém se machucou durante o treino.

— Vá chamá-la. Diga a ela para vir assim que puder — ordenou Casteel a um dos lupinos. O homem saiu em disparada, assumindo a forma de lupino em um borrão de velocidade. — Está tudo bem, Beckett. Vamos buscar ajuda.

O peito de Beckett ofegava e a sua boca estava aberta. O branco dos olhos dele contrastava com o pelo escuro. Meus sentidos pressionaram a minha pele, e eu me retesei, tentando me preparar enquanto me conectava com ele. Uma dor intensa e ardente irradiou pela conexão, me deixando sem fôlego. Era latejante e interminável, pintando a grama macia em tons de vermelho e enchendo o céu de brasas. Definitivamente, não era uma ferida superficial.

— Acho que as patas traseiras dele estão quebradas — disse Alastir, com as mãos trêmulas enquanto as colocava no chão. — Ele tem que se transformar. Agora.

— Ah, não — sussurrou Vonetta.

— Se ele não fizer isso, os ossos vão começar a cicatrizar antes que possamos endireitá-los.

— Eu sei — disse Casteel enquanto eu interrompia a conexão antes que a dor física do lupino me oprimisse. — Beckett, você tem que se transformar. Sei que está doendo, mas você tem que fazer isso.

O jovem lupino choramingou e estremeceu.

— Ele está sentindo muita dor. — Contornei Vonetta.

— Ele é muito jovem — disse Kieran em voz baixa, para ninguém em particular. — Não vai conseguir.

Meu dom zumbiu, exigindo ser usado enquanto me guiava na direção do lupino. Senti os dedos formigando de urgência. Vonetta me segurou pelo braço.

— Não chegue muito perto, Penellaphe. — A preocupação anuviava os olhos claros dela. — Um lupino ferido é perigoso, não importa como seja jovem.

— Está tudo bem. Eu posso ajudá-lo. — Dei um passo para o lado, me desvencilhando dela enquanto procurava o olhar de Casteel. — Eu posso ajudá-lo.

Casteel ficou imóvel por meio segundo e então assentiu.

— Fique atrás dele. Do meu lado e longe daqueles dentes.

Eu me ajoelhei, ciente de que Kieran seguia os meus passos e que uma plateia se formava ali. As patas traseiras de Beckett estavam torcidas em um ângulo horrível e anormal. Ele rosnou, erguendo a cabeça e dando um chute com a pata dianteira em uma débil tentativa de nos espantar, mas eu sabia que podia atacar muito mais rápido.

— Você consegue fazer isso? — perguntou Alastir. — O que fez em Novo Paraíso?

Assenti.

— Se você puder ajudá-lo e ele conseguir se transformar — falou Casteel de modo baixo e rápido —, vai ser muito mais fácil para Talia.

— Certo — disse enquanto Casteel posicionava o corpo do lupino de modo que tivesse que passar por ele primeiro se empinasse para trás. — Eu não vou machucar você, Beckett. Prometo.

Ele repuxou os lábios, exibindo os caninos afiados o bastante para rasgar a pele e fortes o suficiente para esmagar ossos. Tentei não pensar nisso enquanto tocava nas costas dele. Agucei os sentidos de novo para que pudesse monitorar a sua dor e engoli a bile que se acumulava na minha garganta. A dor... me fazia querer vomitar. Comecei a evocar lembranças felizes e queridas...

Algo... algo diferente aconteceu no instante em que afundei os dedos no pelo macio de Beckett.

A sensação de formigamento na minha palma aumentou como se a energia estática dançasse sobre a pele e as minhas mãos se aqueceram. O lupino estremeceu, choramingando baixinho conforme um brilho tênue surgia entre os meus dedos, surgindo do pelo dele antes de cobrir a minha mão.

Entreabri os lábios.

— Ãh...

— Isso não é normal — observou Casteel, arqueando uma sobrancelha escura. — É?

Com o canto dos olhos, vi Emil boquiaberto. Notei a mesma reação na maioria das pessoas à nossa volta. Alastir cambaleou para trás, empalidecendo ainda mais enquanto olhava para mim. Sussurros e suspiros ecoaram ao meu redor.

— Bem — ouvi Vonetta dizer. — Acho que você se esqueceu de me contar uma coisa, Kieran.

Não sei o que Kieran respondeu. Ouvi Casteel sussurrar o meu nome, mas balancei a cabeça enquanto Beckett deitava a própria cabeça na grama. Senti que a dor dele estava diminuindo.

— Está funcionando, mas eu nunca vi isso antes.

— Quer dizer que você nunca viu as suas mãos brilhando como estrelas gêmeas? — perguntou ele.

— Não estão brilhando tanto assim — neguei.

— É, estão, sim — murmurou Kieran, e Emil assentiu assim que olhei para cima.

— Certo. Tanto faz — murmurei. Minhas mãos estavam brilhando intensamente. — Vou me preocupar com isso mais tarde.

A respiração de Beckett se estabilizou, e o branco dos seus olhos ficou menos visível.

— Bons Deuses da misericórdia — murmurou alguém.

— Princesa?

— Hum? — Eu me concentrei em Beckett. A dor emocional era mais difícil de atenuar e o conforto que eu trazia não durava muito tempo, mas a dor física era mais demorada para aliviar. Acho que tinha algo a ver com todos os nervos e veias importantes; além disso, a dor física quase sempre era acompanhada de angústia, ainda mais se fosse tão intensa quanto a de Beckett. O alívio da sua dor era duplo, mas o latejar já estava diminuindo, se tornando apenas uma dorzinha leve. Ele só precisava de mais alguns minutos.

— Poppy — chamou Casteel e, dessa vez, olhei para ele. A luz do sol refletia na curva da sua bochecha enquanto ele olhava para mim e ao meu redor. — Você está brilhando. Não só as suas mãos. *Você*.

Capítulo 29

Bons Deuses, eu estava *mesmo*.

Um brilho prateado irradiava para fora das mangas da minha túnica.

— Você está parecendo com o luar — sussurrou Casteel, e não era a luz do sol que refletia na bochecha dele. Era eu.

O pelo afinou sob os meus dedos, substituído por pele suada quando Beckett assumiu a forma mortal. Tirei as mãos dele, recuando até me sentar na grama conforme Vonetta se aproximava e enrolava um cobertor na cintura do menino. As pernas dele... estavam manchadas de um tom berrante de vermelho e violeta, mas retas e não mais retorcidas.

Beckett se sentou com a ajuda de Alastir, o rosto pálido e pegajoso de suor rapidamente recuperando cor. Alguém estava falando alguma coisa. Será que era Casteel perguntando se ele estava com dor? O lupino não respondeu enquanto me encarava, com os olhos do tamanho de um pires.

— Ainda estou brilhando? — Minhas mãos não estavam, mas e o meu rosto? Pois parecia que todo mundo estava olhando para mim.

Casteel fez que não com a cabeça e então olhou para Beckett.

— Acho... acho que você curou as pernas dele.

— Não. — Olhei para as minhas mãos, para as palmas com o tom de pele normal. — Eu não sei fazer isso.

— Mas você fez — insistiu Casteel.

Beckett ainda me encarava. Alastir também. E Emil. E todo mundo.

— Não sei — repeti.

— Você consegue mexer as pernas? — perguntou Kieran, e quando Beckett continuou imóvel, me encarando, o lupino se inclinou na minha frente e estalou os dedos. — Beckett. Foco. Você consegue mexer as pernas?

O jovem lupino piscou como se estivesse acordando de um feitiço. Ele levantou a perna esquerda, estremecendo, mas então a estendeu sem dificuldade. Em seguida, fez a mesma coisa com a direita.

— Eu... eu consigo mexê-las. Sinto um pouco de dor, mas não como antes. Obrigado. — Os olhos surpresos dele encontraram os meus. — Não sei como retribuir isso. Obrigado. — Antes que eu pudesse dizer que ele não precisava me agradecer, Beckett se virou na direção do Príncipe. — Sinto muito. Não queria que isso acontecesse. Não foi culpa de ninguém. Eu não estava prestando atenção...

— Está tudo bem. — Casteel pousou a mão no ombro magro do menino. — Não precisa pedir desculpas. Você está bem, e é só o que importa.

— Eu sei. — Seus olhos brilharam enquanto ele lutava contra a emoção. — Eu deveria ter...

— Você não tem do que se desculpar — repetiu Casteel.

Beckett soltou o ar asperamente enquanto agarrava o cobertor que o cobria. Dobrou a perna esquerda mais uma vez, sugando o lábio entre os dentes. Talvez as pernas dele não estivessem tão machucadas quanto pensávamos.

Casteel recuou enquanto olhava de mim para Alastir.

— Você acha que pode levá-lo até o campo de treinamento? Pode usar um dos nossos cavalos. Quero que Talia dê uma olhada nele.

Alastir piscou, atônito, tirando os olhos de mim.

— Posso sim, lógico.

Emil passou o braço sob os ombros de Beckett e o ajudou a se levantar. Ele deu um passo hesitante enquanto segurava o cobertor na cintura, sorrindo de alívio quando as pernas suportaram o seu peso.

— Obrigado — disse Alastir para mim.

Tudo o que pude fazer foi assentir.

— Acho que ele não estava tão machucado quanto pensávamos.

— Sim — disse Alastir, mas ele não parecia acreditar em mim.

Foi então que Casteel se levantou e se virou na direção dos outros.

— Beckett vai ficar bem. A Curandeira vai dar uma olhada nele.

As pessoas, uma mistura de lupinos, Atlantes e mortais, assentiram, mas havia uma densidade no ar, que se assentou sobre a minha pele como um cobertor áspero. Não me atrevi a olhar enquanto Casteel dispersava o grupo. *Era* palpável. As emoções da multidão. Intensas e desenfreadas. Fechei os olhos, tremendo com o esforço necessário para manter meus sentidos bloqueados, mas não adiantou. Eu me abri, e um turbilhão de emoções se derramou sobre mim. Choque. Confusão. Assombro. Mais choque. Algo extremamente amargo. *Medo*. Mas por que alguém teria medo de mim?

— Poppy. — Casteel tocou no meu ombro, me sobressaltando. — Você está bem?

Abri os olhos, deixando escapar um suspiro de alívio quando percebi que era só ele — ele, Kieran e Vonetta. Não me atrevi a olhar ao redor. Se fizesse isso, eu nunca mais conseguiria me bloquear.

— Você deixou alguns detalhes muito importantes de fora quando me falou dela — disse Vonetta, e eu quase ri ao ver como ela parecia irritada.

— Eu... eu não sei como isso aconteceu... como eu o curei ou comecei a brilhar. — Estiquei o pescoço para olhar para Vonetta. — Consigo aliviar a dor das pessoas com o toque, mas só por algum tempo.

— E também é capaz de ler emoções — disse ela, obviamente sabendo o bastante sobre a minha linhagem. — Você é uma empática

Assenti e olhei para Casteel, ajoelhado ao meu lado. Ele estava olhando por cima do ombro para as pessoas que haviam voltado para a casa.

— Mas eu nunca fiz isso antes — disse, e Casteel me encarou. — Para ser sincera, acho que ele não estava tão machucado quanto temíamos.

— As pernas de Beckett estavam totalmente quebradas — disse Vonetta. — Esmagadas e retorcidas.

— Eu... — Balancei a cabeça. — Isso é impossível.

— Na verdade, não. Os empáticos tinham o dom da cura.

— Eles brilhavam?

— Não que eu saiba — respondeu Vonetta. — Mas eles morreram antes de eu nascer.

— Pode ser a Seleção. — Casteel franziu as sobrancelhas enquanto colocava a mão na grama. — Além disso, você está em um território retomado por Atlântia. Em solo Atlante. Isso poderia afetar as suas habilidades. — Ele me encarou. — E pode ser o meu sangue. O que eu dei a você permanece em você.

Eu me inclinei para a frente, mantendo a voz baixa.

— O seu sangue está me fazendo brilhar?

Os lábios dele se curvaram.

— Eu não acho que o meu sangue seja a única razão pela qual você estava brilhando como o luar.

— Isso não é engraçado — disparei.

— Eu não estou rindo.

— Você está tentando não rir — acusei. — Não negue.

Naquele momento, Casteel riu e jogou as mãos para o alto.

— É só que você parece... tão adoravelmente confusa, e agora tão adoravelmente violenta.

Balancei a cabeça para ele.

— Tem alguma coisa muito errada com você.

Ele arqueou a sobrancelha e então olhou para Kieran e Vonetta.

— Algum dos dois pode ver como Beckett está? Ver se ele está bem?

— Lógico — respondeu Kieran enquanto eu me punha de pé.

— Vou com você — disse a irmã dele, acenando para mim. — Terei muitas perguntas para você mais tarde.

Eu tinha muitas perguntas para mim mesma.

Eu os observei descendo a estrada e então me virei para Casteel. Atrás dele, vi que os outros tinham voltado a consertar o pedaço do telhado que havia caído.

— Eles estavam com medo de mim. Nem todos, mas alguns. Pude sentir isso.

Os cílios de Casteel estavam baixos, ocultando os seus olhos conforme ele olhava para mim.

— Você lembra como Alastir ficou preocupado com o que alguns dos Atlantes mais velhos pensariam se percebessem de qual linhagem eu descendia?

— Lembro, sim. — Ele pegou a minha mão e me levou até o seu cavalo.

— Será que eles acham que eu sou... como foi que ele disse que as pessoas chamavam os empáticos?

— Devoradores de Almas.

Estremeci ao ouvir aquele nome, soltando a mão da dele.

— Será que eles acham que eu sou isso? Que me alimento da dor? Ou o medo deles pode ter vindo do fato de que eu estava *brilhando*. Literalmente brilhando. Eu também ficaria preocupada se visse isso. Você também pensou isso quando descobriu que eu podia aliviar a dor dos outros? Que eu era uma... uma Devoradora de Almas?

— Nunca. — Ele se virou para mim outra vez. — Os Devoradores de Almas estão praticamente no mesmo nível de uma *lamaea*. Eu nem achava que você fosse meio Atlante naquela época, lembra?

Estudei o rosto dele, mas não havia nada oculto em sua expressão nem no seu olhar firme.

— Não sei como isso aconteceu — admiti enquanto me virava para Teddy, acariciando a lateral do cavalo. — Geralmente, eu tenho que pensar em algo feliz para canalizar essa sensação para os outros. Mas dessa vez eu só tive que colocar as mãos em Beckett. Minha pele formigou mais do que de costume e as minhas mãos se aqueceram, mas essa foi a única diferença.

— Quando foi a última vez que você usou o seu dom dessa maneira? — Ele pegou uma mecha do meu cabelo e a prendeu atrás da orelha.

— Foi... quando curei as pessoas em Novo Paraíso. Aquela foi a última vez.

— E agora você está tecnicamente em solo Atlante. — Ele se postou do meu lado, apoiando os braços na sela. Arregaçou as mangas da camisa, e os pelos escuros nos seus antebraços bronzeados me pareceram quase indecentes. — Não sei se é por causa disso ou da Seleção, mas pode haver mais mudanças.

Eu esperava que essas mudanças não envolvessem ficar brilhando em nenhuma outra cor.

— Talvez as pernas dele nem estivessem quebradas...

— As pernas dele estavam quebradas, sim. Você viu.

Eu me afastei do cavalo e cruzei os braços sobre a cintura enquanto olhava para as cortinas azul-claras que ondulavam no terraço do outro lado da rua.

— O seu povo já não gosta de mim porque eu era a Donzela. E agora vão achar que sou uma Devoradora de Almas. Realmente não acho que se casar comigo vá mudar nada disso.

— Eles só nunca tinham visto nada parecido. Precisam de tempo para se acostumar com isso, para aceitar você — disse ele. — Mas acho que você não deveria usar tanto as suas habilidades...

— Eu não vou me esconder. — Sustentei o olhar dele com outro igualmente firme. — Não vou ignorar as pessoas que estão sofrendo, pessoas que posso ajudar. Não vou fazer isso.

— Não estou dizendo para você esconder as suas habilidades. — Ele tirou os braços da sela. — Só estou pedindo que você espere até entendermos isso melhor. Use as suas habilidades quando não houver uma multidão por perto. Dessa forma, nós podemos controlar a narrativa.

Senti um nó no estômago.

— Há uma narrativa que precisamos controlar?

— Há sempre uma narrativa. — Ele afastou o cabelo do rosto. As ondas indisciplinadas caíram imediatamente sobre a sua testa. — O que você fez por Beckett foi impressionante — disparou ele, mudando de assunto. — Espero que saiba disso.

Arqueei as sobrancelhas até o meio da testa.

— Você não parece impressionado. Parece zangado.

— Isso porque a droga desse negócio de Devoradora de Almas está ofuscando o fato de que você consertou ossos quebrados com o seu *toque*. — Ele se aproximou de mim, com um olhar predatório. — Acho que você não compreende o que fez por aquele garoto.

— Sei o que fiz. — Descruzei os braços. — Eu... eu o curei.

— Você não fez só isso. — Ele deu mais um passo na minha direção, com os olhos como cacos de âmbar.

Com o coração disparado, recuei até me encostar na argila e pedra quentes da casa de Vonetta.

— Não?

Ele se inclinou, colocando as mãos ao lado da minha cabeça.

— Quando um lupino quebra um osso, ele precisa se transformar imediatamente para prevenir um dano permanente ao osso, aos nervos e ao tecido mole. Ele tem poucos minutos para se transformar, e Beckett já estava nesse ponto ou bem perto disso.

— E? — sussurrei, imaginando por que ele ainda parecia frustrado.

— Ele teria perdido as pernas, Poppy. Você evitou que isso acontecesse.

— Então por que você parece zangado comigo? — exigi saber.
— Não estou, não — rosnou ele.
— Você tem certeza disso?
— Cem por cento de certeza.
— Você está... com fome de novo? — perguntei, embora os olhos dele continuassem normais e eu soubesse que ele não precisava de sangue ainda.
— Não de sangue. — Foi então que ele abaixou a cabeça, e todo o ar escapou dos meus pulmões. Sua boca parou a poucos centímetros da minha.
Ele ia me beijar?
As pessoas podiam nos ver. Já deviam estar prestando atenção. Mas a intensidade no olhar dele me dizia que não se tratava disso. Seja lá o que fosse que ele estivesse sentindo, não era encenação.
— Acho que você não conhece os próprios sentimentos. — Coloquei as mãos na argila e pedra quentes.
— Se aguçar os sentidos para mim agora, você vai saber exatamente o que estou sentindo. Faça isso.
— Eu não quero.
— Por quê? — O hálito quente dele soprou nos meus lábios entreabertos.
— Porque não quero. — Senti uma vibração no peito.
— Ou porque não quer saber que eu estou me esforçando ao máximo para não destruir outro par de calças suas e foder você com tanta força que você ia sentir o tamanho da minha gratidão por dias?
Meus olhos nunca pareceram maiores. A contração intensa no meu baixo-ventre nunca pareceu mais imprudente, mais exigente, mais *viva*.
Engoli em seco, com força.
— Parece uma maneira estranha de me agradecer.
Ele encostou a testa na minha.
— É a única maneira que conheço.
— Um simples obrigado seria suficiente.
— Não. Não seria, não.
Não consegui pensar no que dizer, embora houvesse muita coisa que eu deveria falar. Ficamos ali por um bom tempo e, a qualquer momento,

se qualquer um dos dois virasse ligeiramente a cabeça, os nossos lábios se encontrariam. E eu...

Eu pensei que me perderia.

Ou talvez me encontrasse.

Casteel estremeceu quando um som que eu estava certa de que um lupino poderia fazer escapou dele. Todos os meus músculos se retesaram deliciosamente, mas ele deu um passo para trás e pegou a minha mão. Sem dizer mais nada, ele me conduziu até o cavalo e me ajudou a subir na sela.

Assim que se acomodou atrás de mim, ele passou o braço em volta da minha cintura.

— Por mais que eu adoraria que pudéssemos passar o resto do dia fingindo — disse ele enquanto roçava seus lábios na linha do meu queixo. — Há algo que devemos discutir.

Respirei fundo para me acalmar e assenti.

— Sobre o nosso futuro?

— Posso comentar que gosto do modo como você diz "nosso futuro"?

— Eu preferiria que não, mas, como você já fez isso, presumo que a resposta seja sim.

— É, sim. — Casteel guiou a égua mais velha pela estrada. — Precisamos conversar sobre o nosso casamento.

— Do que se trata?

— Acho que você já sabe, Princesa.

Apertei os olhos para o sol poente. Desde o momento em que descobri que o Pontal de Spessa havia sido retomado, tive a impressão de que aquela conversa chegaria mais cedo ou mais tarde.

— O que estou prestes a dizer pode deixá-la preocupada. Não quero que isso aconteça.

Fiquei tensa.

— Quando você inicia uma conversa desse jeito, é inevitável que eu fique preocupada.

— Compreensível, mas saiba que o que orienta a minha decisão é um excesso de cautela e preparação para eventuais problemas — disse ele.

— Só para você saber, essa é a conversa menos romântica sobre um casamento que eu já ouvi.

— Concordo — respondeu ele, e eu senti um arrepio em reação à seriedade do seu tom de voz. — O meu plano original era nos casar assim que chegássemos à Enseada de Saion e depois viajarmos para Evaemon, no coração de Atlântia.

— É onde os seus pais moram?
— Sim.
— O seu plano era nos casar antes que eu conhecesse os seus pais?
— As coisas seriam bem menos complicadas se fizéssemos desse jeito — argumentou ele.

Eu poderia até ter sido resguardada a minha vida inteira, mas não era tola.

— Você quer se casar antes que eles tenham a chance de nos impedir.
— Eles não podem nos impedir — lembrou ele, passando as rédeas de Teddy para as minhas mãos. — Eu não preciso de permissão.

Fechei os dedos em torno das rédeas e perguntei:
— Mas você gostaria de ter a aprovação deles?
— É claro que gostaria. Quem não gostaria de ter a aprovação dos pais?

Mas isso não era necessário para nós, já que o casamento era temporário.

— Como disse antes, acho que eles vão desconfiar das minhas intenções, principalmente a minha mãe. Ela sabe que não desisti do meu irmão. — Ele me mostrou como guiar Teddy de modo que não passássemos pelo centro da cidade, mas pelos arredores. — Ela e o meu pai vão inventar uma série de motivos para adiar o casamento.

Se não conseguimos convencer Alastir, eu não fazia a menor ideia de como iríamos persuadir os pais dele.

— Depois que nos casarmos, não haverá mais nada para adiar.
— Exatamente. — Ele colocou a mão de volta no meu quadril. — Essa é outra parte que eu não gostaria que você ficasse analisando demais, embora saiba que é provável que faça isso.

— E é provável que eu tenha um bom motivo.
— Isso é discutível. Mas, de qualquer forma, acho que seria o melhor para nós dois se nos casássemos aqui, no Pontal de Spessa.

Embora já suspeitasse disso, o meu coração palpitou dentro do peito.
— Melhor para você?

— Melhor para *nós dois* — repetiu ele. — Mais cedo ou mais tarde, as pessoas ficariam sabendo a respeito da sua habilidade de aliviar a dor. Se não fosse pela chegada do povo de Novo Paraíso, alguém além de Beckett acabaria se machucando. Eu só não esperava que acontecesse hoje. E, embora não acredite que as pessoas fiquem com medo de você por muito tempo nem achem que você é uma Devoradora de Almas, seria inteligente nos casarmos antes que alguém pense em fazer algo incrivelmente idiota.

Algo incrivelmente idiota poderia ser traduzido como alguém tentando me matar.

— E temos tudo o que precisamos para nos casar aqui — continuou Casteel enquanto subíamos a colina. — Ou teremos em breve.

— E do que nós precisamos?

— Ora, das alianças, é claro.

Revirei os olhos.

— Eu não estava falando sério sobre a aliança.

— Eu sei, mas ainda pretendo te dar o maior diamante que você já viu — disse ele, e pude ouvir o sorriso na sua voz. — Porém, uma simples aliança Atlante vai ter que bastar por enquanto.

Meu coração palpitou ainda mais.

— A cerimônia pode ser pequena. Mas vamos precisar de um celebrante — prosseguiu ele. — Qualquer chefe de linhagem pode celebrar um casamento.

— Alastir?

— Não. Ele não fala pelos lupinos, embora seja um dos mais velhos — explicou Casteel. — O chefe dos lupinos se chama Jasper. E, por sorte, ele vai chegar ao Pontal de Spessa amanhã. Podemos nos casar à noitinha.

Senti um aperto no peito. Nós poderíamos nos casar dali a pouco mais de 24 horas. Uma explosão de emoções tão conflitantes quanto as que as pessoas sentiram quando curei Beckett tomou conta de mim.

Eu tinha que me concentrar no plano e em mais nada. Perguntei com a boca seca:

— E depois seguiremos viagem para Atlântia?

— Sim.

Franzi o cenho de leve.

— Mas para quê? Se nós nos casarmos antes mesmo de atravessar as Montanhas Skotos, não poderemos mandar uma mensagem para a Carsodônia?

— Além do fato de que a minha mãe poderia me matar por não levar a minha noiva para casa para conhecê-la, o nosso casamento precisa ser reconhecido pelo Rei e pela Rainha. Você precisa ser coroada.

— Coroada? — Virei a cabeça para olhar para ele.

Casteel arqueou a sobrancelha.

— Você vai se tornar uma Princesa, Poppy. Precisa ser coroada. Depois disso, vai ter a mesma autoridade que eu. Sua posição em Atlântia não poderá ser questionada pelo Rei nem pela Rainha de Solis.

— Isso... isso parece só uma questão de semântica.

— É política, na verdade. E, já que o Rei Jalara estava vivo durante o governo de Atlântia, ele sabe que um Príncipe ou Princesa não reconhecidos pela Coroa não detém poder nem autoridade em Atlântia.

Meneei a cabeça enquanto olhava para a frente. Política não fazia nenhum sentido para mim. Atravessamos o topo da colina e chegamos à floresta. Com o sol poente, apenas alguns raios de sol se infiltravam pelas árvores.

— E você acha que os seus pais vão aceitar o nosso casamento?

— Sim.

— Você sabe que Alastir não acredita que o nosso noivado seja verdadeiro — salientei. — Se os seus pais não acreditarem em nós, por que você acha que eles vão me coroar?

— Porque nós vamos convencê-los — disse Casteel, como se não houvesse possibilidade de que outra coisa acontecesse.

Só que eu não tinha tanta certeza assim.

— Sobre o que você está pensando? — perguntou Casteel após vários momentos de silêncio.

— Estou pensando sobre muitas coisas — admiti. — Mas sei que você está mentindo.

Casteel ficou tenso atrás de mim.

— Eu não estou...

— Não estou dizendo que você está mentindo para me enganar — acrescentei rapidamente. — Mas para me proteger. Você está mais preocupado com esse negócio de Devoradora de Almas e com a reação dos seus pais do que gostaria de admitir. É por isso que quer se casar agora.

Casteel continuou tenso.

— Você está lendo as minhas emoções?

Sorri de leve.

— Não preciso ler os seus pensamentos para saber nada disso.

Ele ficou calado e então disse:

— Poppy...

— Não que você tenha me perguntado, e eu estou *presumindo* que você pretendia fazer isso, mas a resposta é sim — eu o interrompi. — Eu aceito me casar com você no Pontal de Spessa.

Capítulo 30

— Não acho que isso seja muito inteligente — disse Alastir enquanto se sentava na cadeira em frente a Casteel e a mim no dia seguinte.

Casteel esticou as pernas, cruzando-as na altura dos tornozelos. Ele parecia totalmente à vontade, mas eu sabia que não era bem assim. Não agucei os sentidos. Parte de mim tinha medo de que eu começasse a brilhar com uma luz prateada, embora não tivesse acontecido isso quando testei o meu dom em Casteel assim que voltamos para o quarto na noite anterior.

Mas eu *sabia*.

Era como se eu tivesse me aberto para ele. Não senti gosto nenhum na garganta, mas sabia que ele estava irritado com Alastir e se esforçando para ter paciência. Também sabia que ele tinha ficado entediado com a conversa cinco segundos depois de ter começado. Não eram especulações. Eu *sabia* que era verdade, pois, quando me abri para ele, senti a mesma emoção.

Assim como quando acordei de manhã com Casteel me observando na cama ao meu lado e soube que ele estava com fome. Não de sangue. Com aquela fome que ele sentira do lado de fora da casa de Vonetta. O que senti emanando dele provocou uma reação inebriante no meu corpo e, quando ele saiu da cama sem me tocar, senti a sua confusão.

Em seguida, quando Vonetta apareceu com roupas que eu ainda nem tinha conferido e uma cesta de rosquinhas polvilhadas com açúcar, olhei para ela e soube que a lupina não tinha nenhum sentimento negativo em relação a mim. Havia curiosidade e uma certa cautela, mas Vonetta não desconfiava nem sentia antipatia por mim. Assim que agucei os sentidos para ela, tive a confirmação disso.

E agora eu podia sentir o desalento de Alastir só de olhar para ele. Era denso como leite coalhado.

Eu sabia que não estava imaginando nada daquilo. Minhas habilidades estavam mudando mais uma vez, provavelmente ficando ainda mais fortes.

— Acho que você não deveria se casar sem a permissão do Rei e da Rainha — disse Alastir.

— Você sabe que não preciso de permissão.

— Mas nao significa que não devesse pedir. Mesmo que eles reneguem esse casamento, você ainda poderia seguir em frente, mas pelo menos faria isso com o conhecimento deles — argumentou Alastir. — Casar aqui ou na Enseada de Saion sem o consentimento nem o conhecimento dos dois vai causar um espetáculo e tanto, Casteel.

— Só seria um espetáculo se as pessoas soubessem que eles não têm ciência disso. — Casteel cruzou os braços. — O que não deve acontecer, já que eu poderia muito bem ter mandado uma mensagem para eles.

Alastir se inclinou para a frente.

— Casteel, eu realmente acho que...

— Você não vai fazer com que ele mude de ideia — interrompi, quase tão cansada com a conversa quanto Casteel.

— E quanto a você? — perguntou Alastir. — Gostaria de conhecer a sua futura sogra antes ou depois de se casar com o filho dela? Ou o que você quer não importa?

A pulsação furiosa de Casteel era um sinal de alerta, mas foi a minha irritação com aquela pergunta que me levou a dizer:

— Se eu não concordasse com Casteel, nós nem estaríamos tendo essa conversa.

— Penellaphe, acredite em mim quando digo que vocês não precisam apressar as coisas — afirmou ele, suavizando o tom de voz, mas senti um resquício de... raiva que não era minha nem de Casteel. — Vocês têm tempo. Todo o tempo do mundo.

Só que não tínhamos.

— Em um mundo perfeito, eu adoraria ser cortejada de um jeito que não envolvesse sequestros nem fugir dos Ascendidos.

— Ou ser apunhalado — murmurou Casteel baixinho.

Eu me virei para ele.

E, então, ele piscou.

Ele piscou para mim.

Respirei fundo e me concentrei em Alastir.

— Mas estamos no mundo real. A verdade é que prefiro me casar antes de ficar sabendo de todas as objeções dos pais dele — disse, e era a verdade, juro por todos os Deuses. Mesmo que o casamento fosse temporário, quem em sã consciência iria querer se sujeitar a isso?

As feições de Alastir se suavizaram.

— Você não sabe se eles vão fazer isso.

— Sei, sim — afirmei, ciente do olhar de Casteel e da ausência daquele ligeiro divertimento nos olhos dele. Eu me inclinei para a frente. — As únicas pessoas que me trataram de modo amigável aqui foram os lupinos e alguns dos homens que viajaram com você. Ninguém no Pontal de Spessa agiu assim, e eu *sei* exatamente como eles se sentem em relação a mim.

Qualquer negação morreu na língua de Alastir.

— Não há motivo para acreditar que os pais dele não vão ter as mesmas preocupações e anseios de seu povo — continuei. — Prefiro me casar sem repassar todas as suas preocupações na minha cabeça durante a cerimônia.

Alastir se recostou na cadeira, esfregando os dedos na testa.

— Compreendo. De verdade, mas o Rei e a Rainha...

— Vão ficar chocados e provavelmente muito aborrecidos por eu ter me casado com alguém que eles nunca viram antes, sem contar que ela é apenas meio Atlante e já foi a Donzela — interrompeu Casteel. — Mas, assim que eles a conhecerem, nada disso vai importar. Os dois vão amá-la tão intensamente quanto eu.

Meu coração palpitou conforme eu olhava para Casteel e soube — eu *soube que* ele não tinha a intenção de dizer a última parte, ou pelo menos não daquele jeito. A surpresa dele era intensa e gélida e, no instante em que ele olhou para mim, desviei o olhar.

Engoli o ar que queria exalar.

— Como o Beckett está? — perguntei. Vonetta já havia me dito que o jovem lupino estava andando quase sem mancar, mas já era hora de mudar de assunto.

— É como se ele não tivesse se machucado — respondeu Alastir. — O que você fez por ele...

— Eu só estava tentando aliviar a dor — disse novamente. — Nem sei se vou conseguir fazer algo parecido outra vez.

Alastir assentiu, mas não parecia muito convencido de, bem, de nada. Em seguida, ele foi embora. Assim que ficamos a sós, me virei para Casteel.

— Foi divertido, não? — perguntou ele.

Não sei se foi a maneira como ele disse aquilo, mas dei uma risada.

— Quase mais do que eu consegui suportar.

Ele sorriu, finalmente relaxando o corpo de modo que combinasse com a sua postura.

— Percebi.

Olhei para ele e... e soube que a raiva e a frustração haviam desaparecido. A tristeza permanecia ali, mas também existia uma estranha sensação de contentamento.

— Você está lendo as minhas emoções?

— Não. — Fiz uma pausa. — Mais ou menos?

— O que você quer dizer com isso?

— Não sei muito bem. — Baixei os olhos para as minhas mãos. — Desde que acordei hoje de manhã, consigo ler as emoções sem me abrir, sem ter que me concentrar. Presto atenção e, se quiser saber... fico sabendo.

— E se você não quiser saber?

Franzi o cenho.

— Então não fico sabendo. Não sei se vai ser diferente no meio de uma multidão.

— Porque às vezes elas sobrecarregam você.

Ele se lembrava disso. Fiz que sim com a cabeça.

— Isso é... — Ele parou de falar, e eu olhei para ele. — O que estou sentindo agora?

— Eu... você está curioso. Não apreensivo.

Ele inclinou a cabeça.

— Por que eu ficaria apreensivo?

— Você não fica preocupado que eu desenvolva mais traços empáticos?

— Se acha que estou preocupado que você vire uma Devoradora de Almas e se alimente das minhas emoções, você está perdendo o seu tempo.

Franzi o cenho para ele.

— Espero que você não ache isso.

— O que eu acho é que tudo é incrível — disse ele. — Você é incrível.

Revirei os olhos.

— Principalmente quando fez Alastir calar a boca. Esse é um talento que nem eu tenho. — Ele se inclinou para a frente, parando de forma que ficássemos quase na mesma altura. — Meus pais devem ficar aborrecidos, mas vão recebê-la bem. Não estou dizendo isso para fazer você se sentir melhor. De verdade. Eles não vão dirigir a raiva e a decepção a você.

Eu acreditei naquilo.

E quase acreditei no que Casteel disse para Alastir sobre os seus pais me amarem tanto quanto ele. Corações gêmeos.

Casteel fechou os dedos ao redor do meu queixo, atraindo o meu olhar de volta para ele.

— O que foi? — Ele me estudou. — Sobre o que você está pensando? Sei que está pensando em alguma coisa. Você sempre fica com essa cara quando está pensando em algo sobre o que não quer falar.

— Que cara?

— Com o nariz franzido.

— O quê? Não fico, não.

— Fica, sim.

Eu não sabia se ele estava falando sério ou não.

— Eu não estava pensando em nada.

— Mentirosa. — Ele passou o polegar pelo meu lábio inferior. — Conte para mim.

Ele me encarou e sustentou o meu olhar, e o meu coração começou a bater descompassado. Eu me perdi na profundeza âmbar e quente dos seus olhos e senti a minha máscara caindo.

— Eu estava pensando... eu estava pensando que você é muito convincente quando fala com os outros sobre o que sente por mim.

— É mesmo?
— Sim — sussurrei.

Ele mordeu o lábio inferior enquanto baixava os olhos.

— Mas não o suficiente.

Eu sabia que Casteel estava falando de Alastir, mas achei que, se ele fosse mais convincente, *eu* começaria a acreditar nele.

Ele ergueu o olhar de novo.

— Quero mostrar uma coisa para você.

*

Montado em Setti mais uma vez, Casteel controlava as rédeas enquanto nos guiava pela floresta, cavalgando naquele tipo de silêncio confortável que eu senti com poucas pessoas antes. Ele não seguiu reto, na direção da cidade. Mas virou para a esquerda, onde a copa das árvores era bem mais espessa e a floresta era densa até onde a vista alcançava.

— Olhe só — disse Casteel, acenando com a cabeça para a direita.

Virei a cabeça e não pude conter o sorriso que se espalhou por todo o meu rosto. Diante de nós, havia um campo deslumbrante de flores com pétalas vermelhas vistosas e espirais pretas, balançando ligeiramente com a brisa.

— Papoulas, *poppies*. — Dei uma risada suave ao me deparar com a visão inesperada. — Eu nunca tinha visto tantas em um lugar só. Passei os olhos por elas. — É lindo.

— É — concordou ele depois de um momento, pigarreando enquanto se remexia atrás de mim. — É, sim. — O cavalo começou a trotar ao longo da beira da floresta e das papoulas. — Elas são cultivadas aqui nos prados para uso medicinal.

Arqueei a sobrancelha.

— Você não se preocupa que as pessoas as usem para outros fins?

— Os campos parecem vazios para você? — Assim que assenti, ele bateu de leve no meu quadril com os dedos. — Há sentinelas ali, camufladas de modo a ficarem escondidas. Os campos são constantemente monitorados para que ninguém com conhecimento sobre como cultivar papoulas possa usá-las para ganhos ilícitos.

— Minha nossa — murmurei, meio esperando que alguém aparecesse no meio das fileiras. — Isso é inteligente. Ouvi dizer que o consumo está se tornando um problema em algumas cidades.

— Na Carsodônia, o uso era desenfreado; e eu o vi tomando conta da Masadônia também. Mas você pode culpar as pessoas que vivem sob tais condições por desejarem uma fuga, não importa que seja temporária? Muitos daqueles que perdem horas e dias a fio em antros de ópio entregaram os filhos à Corte ou aos Templos — disse ele. — Pode até não ser certo, mas entendo por que fazem isso.

— Eu também. Quero dizer, eles estão em busca de paz, mesmo que não dure. — A tristeza apagou a beleza do campo.

— Isso é só uma parte do que eu queria mostrar a você. — Ele incitou Setti a seguir adiante, me arrancando dos meus pensamentos. — Algo que achei que você fosse gostar.

— Eu gostei das papoulas — admiti com um leve rubor.

— Fico feliz em ouvir isso. — Ele roçou o lado da minha cabeça com o queixo enquanto passava o braço ao redor da minha cintura, me puxando contra o peito.

O movimento me deixou meio sem fôlego. Isso sempre acontecia, e era algo que ele fazia com frequência. Fiquei imaginando se Casteel tinha ciência disso conforme ele nos levava floresta adentro. Será que era um gesto proposital ou ele nem se dava conta? Aquilo me fazia lembrar de meu pai. Ele sempre parecia puxar a minha mãe para perto de si, como se não suportasse que existisse alguma distância entre eles. Não achava que aquele fosse o motivo de Casteel. Talvez para ele aquilo fosse só um método de comunicação.

Mais uma vez, me peguei desejando que Tawny estivesse ali. Eu poderia lhe perguntar. Tawny saberia a resposta.

Suspirei e me permiti aproveitar a luz do sol que se infiltrava na floresta, o chilrear dos pássaros ali por perto e o cheiro de terra fértil e de... algo doce?

Eu me empertiguei quando vi os botões de lilases azuis como os olhos de um lupino e roxo-claros. A imagem era magnífica, subiam por uma colina rochosa e se espalhavam em espirais de cores. Foi só quando nos aproximamos que percebi que havia uma abertura na colina, uma fresta de escuridão atrás de uma cortina azul e roxa.

Senti o coração descompassado quando Casteel parou o cavalo de novo e então desmontamos, deixando Setti pastar. Achei que sabia o que Casteel iria me mostrar quando ele pegou a minha mão e me levou até a entrada quase oculta que provavelmente ninguém encontraria se não estivesse procurando por ela.

— É um pouco escuro em um trecho — avisou ele, afastando a pesada cortina de flores para o lado. — Mas não é muito longo.

Um pouco escuro era um eufemismo assim que entramos na colina. Eu não conseguia enxergar nada no ar frio. Apertei a mão dele com força.

— Você consegue mesmo enxergar alguma coisa?

— Consigo.

— Eu não acredito em você.

Uma risada baixa ecoou na minha frente.

— Você está franzindo o nariz agora.

E estava mesmo.

— Tudo bem, então.

— Você se lembra das cavernas que mencionei antes? — perguntou ele. — Aquelas que eu visitava com o meu irmão?

As cavernas que ele também visitava com a garota que amava. Sim, eu me lembrava disso, e foi exatamente o que suspeitei quando vi a entrada. Mesmo assim, a descrença tomou conta de mim na escuridão. Será que ele estava mesmo me levando para um lugar que compartilhava com o irmão — e com Shea — quando queria fugir das conversas confusas dos pais? Eu quase não conseguia acreditar que ele me levaria até ali.

— Sim — respondi, recuperando a voz. Logo adiante, eu podia ver uma luz tênue irrompendo na escuridão. — Achei que fossem em Atlântia.

— São. E aqui também. Mas o que você não pode ver é que muitos túneis se ramificam desse aqui. Alguns deles atravessam vários quilômetros até as Montanhas Skotos e, além delas, até as falésias à beira-mar — explicou ele. — Malik e eu passamos inúmeros dias tentando mapeá-los, mas nunca encontramos os túneis que atravessavam as montanhas.

Eu podia muito bem imaginar dois meninos passando a infância inteira correndo pelos túneis. Meu irmão teria feito a mesma coisa.

— Essa é só uma parte — disse ele conforme a luz do sol começava a se infiltrar pelas fissuras no teto da caverna. — A melhor, na minha opinião.

O ar úmido e com um cheiro doce chegou até nós quando Casteel se virou para a esquerda, onde raios de sol lavavam as paredes de pedra de um tom de cinza-escuro. Ele soltou a minha mão e saltou alguns centímetros.

— Tem uma espécie de degrau aqui. — Ele se voltou para mim, colocou as mãos nos meus quadris e me levantou.

Casteel não me soltou assim que os meus pés tocaram no chão de pedra. Mas continuou ali, a poucos centímetros de distância. Ergui o olhar, e os olhos dele se fixaram imediatamente nos meus. Uma sensação arrepiante de consciência passou entre nós, quase impossível de ignorar enquanto ficávamos ali. Havia sombras sob os olhos e em torno da boca de Casteel, e isso fez com que o meu coração disparasse dentro do peito outra vez.

A pulsação não diminuiu quando ele recuou, tirando as mãos dos meus quadris. Dei um suspiro trêmulo assim que ele se virou e seguiu em frente. Eu me sentia como uma corda de arco esticada demais enquanto fazia as minhas pernas se mexerem.

Os lilases haviam se infiltrado na caverna, subindo pelas paredes e escorrendo pelo teto. Filetes de vapor dançavam nas réstias de luz do sol quando Casteel parou na frente do que parecia ser uma espécie de piscina de pedra.

— É uma fonte termal — explicou ele, se ajoelhando e passando os dedos pela água. A fonte borbulhou em resposta, efervescendo. — Não é a única na rede de cavernas, mas é a maior delas.

Parei ao lado dele, olhando para a fonte. Era grande, mais ou menos do tamanho do Salão Principal no Castelo de Teerman, com as bordas irregulares. Afloramentos de rochas se projetavam da água espumosa em vários lugares.

— Qual é a profundidade?

— A água deve chegar à altura dos seus ombros na maior parte. — Ele se levantou com fluidez. — Fica um pouco fundo mais longe, perto da entrada de outra caverna. Está vendo aquela área escura? É melhor ficar longe dali se não souber nadar.

— Eu sabia nadar — disse, me abaixando. A água quente borbulhou em volta dos meus dedos. — Mas não sei se me lembro.

— Eu posso ajudá-la a se lembrar quando tivermos mais tempo — sugeriu ele, e eu inclinei a cabeça para trás para olhar para Casteel. — Nós devemos comparecer ao jantar hoje à noite, mas ainda temos um pouco mais de tempo para... apenas ser.

Nós.

Como se fôssemos uma unidade, a fechadura e a chave.

Na noite anterior, eu havia jantado no quarto enquanto Casteel saía para fazer, bem, algo principesco. Nem sei se ele comeu alguma coisa quando voltou depois que o sol se pôs e se juntou a mim no terraço. Não falamos muito naquele momento também e foi... reconfortante.

Voltei-me para a piscina.

— Quanto tempo nós temos?

— Cerca de uma hora.

Uma hora parecia uma vida inteira.

— Você não deveria perder nem um instante — disse ele, quase como se tivesse lido os meus pensamentos. — Vou dar uma olhada no cavalo. Volto daqui a alguns minutos.

Espiei por cima do ombro e vi quando ele desapareceu no túnel, me dando privacidade para me despir.

Ele era sempre tão... inesperado, suas ações e palavras em constante contradição. Atencioso e exigente. Infinitamente provocante e frio como a morte iminente. Absurdamente violento e incrivelmente gentil. Eu sabia que seria possível passar dezenas de anos ao seu lado e nunca ver todas as suas facetas — todas as máscaras que ele usava.

Inspirei o ar doce e perfumado, tirei os olhos dele e me despi rapidamente, deixando as roupas e as botas em uma pilha bagunçada. A grama estava fria sob os meus pés e a brisa, quente na minha pele enquanto eu avançava. A água brincou com os dedos dos meus pés, morna e borbulhante. Desci os degraus de terra com cuidado, encantada com a rapidez com que a água alcançava os meus quadris, lambendo a minha pele enquanto eu me afastava. Um calor inebriante e agradável penetrou na minha pele, atingindo os músculos doloridos pelas horas de cavalgada. O aroma exuberante da água acalmou os meus nervos enquanto borbulhava ao redor dos meus seios, chegando até em cima deles. Parei no meio da piscina, inclinei a cabeça para trás e dei um suspiro suave.

Em um segundo, percebi por que Casteel gostava tanto daquele lugar. Com a luz do sol se infiltrando pelas rachaduras do teto o suficiente para que fosse possível enxergar, o som tranquilizante e acalentador do canto dos pássaros e a fragrância inebriante dos lilases subindo pelas paredes, ali era um refúgio místico e particular, aparentemente criado a partir da imaginação — um lugar em que você poderia passar a sua vida inteira.

Ou pelo menos senti que poderia ficar lá para sempre, aproveitando as bolhas que faziam cócegas na minha pele nua enquanto a água espumosa de pontas brancas lavava mais que a poeira da estrada. Ela levou embora o medo da magia nas montanhas e as perguntas persistentes que eu tinha a respeito de mim mesma, sobre o que havia acontecido quando toquei em Beckett, sobre o meu futuro e sobre *ele*.

Eu me virei, mexendo a água ligeiramente agitada.

Casteel estava na beira da piscina. Ele caminhou até ali em silêncio, de modo que eu não fazia a menor ideia de quanto tempo ele estava lá nem do que viu. Existia uma rigidez no contorno do seu maxilar enquanto ele olhava para mim e, assim que ele falou, ouvi uma aspereza na sua voz que não estava naquele lugar antes. Vi a fome que tinha confundido com raiva quando estávamos do lado de fora da casa de Vonetta.

— Gostou da fonte?

— Gostei, sim. — Passei os braços pela água e a vi efervescer e borbulhar em resposta. — Nunca vi nada assim antes. — Olhei para ele de novo e peguei a ponta da minha trança encharcada. Comecei a desfazer o nó enquanto ele tirava a bota. — Tawny e eu fomos até algumas fontes na Masadônia uma ou duas vezes, mas a água era fria e não conseguimos ficar muito tempo dentro delas. Ela... — Suspirei quando uma pontada de melancolia ameaçou acabar com a minha paz. — Ela adoraria esse lugar.

— Você está triste. Dá para ouvir na sua voz. Lamento que você sinta a falta dela — disse ele, tirando a outra bota e depois as meias. — Sei como é difícil ficar longe daqueles com quem você se importa.

— Sabe, sim. — E sabia mesmo, muito mais que eu. Com o cabelo solto, deixei que as mechas caíssem sobre o meu ombro. — Mas ela está a salvo por enquanto.

— Por enquanto — concordou ele, estendendo a mão atrás da cabeça. Casteel segurou a gola da túnica e a puxou pela cabeça e depois pelos braços, revelando a largura dos ombros e após as curvas delineadas do peito e a rigidez esguia do abdômen.

Um tipo diferente de nervosismo surgiu em mim e logo diminuiu quando ele jogou a peça de roupa no chão. Ele estava se despindo, e eu deveria desviar o olhar. Deveria me sentir envergonhada com a sua iminente nudez. Mas não desviei o olhar quando Casteel levou as mãos até a fileira de botões das calças. Calor se espalhou pelas minhas bochechas enquanto ele deslizava a calça pelos quadris. O ângulo de seu corpo me proporcionava só um vislumbre irresistível dos músculos esbeltos. As calças caíram em cima da túnica e então ele olhou para mim.

Nós nos entreolhamos, e não sei o que deu em mim, se foi a água quente e borbulhante, a beleza serena do lago e o surrealismo onírico de estar em Atlântia ou se foi a fome que ele tinha mencionado antes. Seja lá o que fosse, baixei os olhos e continuei olhando. Meu olhar vagou sobre seu peitoral outra vez, depois para os músculos retesados do seu abdômen e para os entalhes e sulcos pálidos. Parei um pouco nas reentrâncias de cada lado dos quadris e então a minha respiração acelerou.

Ele me desejava descaradamente. Eu não entendia como nem por quê. Casteel se *importava* comigo, mas eu era apenas parcialmente bonita. Não era nenhuma sedutora e tinha pouca experiência, e ele só se sentiu atraído no início porque precisava de mim para libertar o irmão. Mas ele me desejava agora. Até mesmo eu sabia disso.

Forcei-me a olhar para baixo, para o Brasão Real marcado na sua pele, logo abaixo do quadril. Sua mão hesitou sobre a marca, parando como se quisesse escondê-la por um momento, e então subiu até os inúmeros cortes no seu abdômen. Meu olhar o seguiu.

A raiva tomou conta de mim. Aquele tipo de crueldade premeditada era perturbador.

— Eu... — Comecei a me desculpar pelo que fizeram com ele, mas me contive. Eu o encarei outra vez. — Eu gostaria que eles pudessem sentir a mesma dor que infligiram a você.

Um ligeiro lampejo de surpresa iluminou as feições dele.

— Até mesmo a sua Rainha, que cuidou de você com tanta ternura?

Meu coração deu um salto dentro do peito.

— Acho que jamais vou conseguir conciliar a Rainha que você conheceu com aquela que cuidou de mim. Mas, sim. Até mesmo ela.

Ele inclinou a cabeça.

— Você está falando sério.

Assenti, pois estava mesmo.

Um sorrisinho surgiu nos seus lábios.

— Tão incrivelmente violenta.

Dessa vez, eu nem me dei ao trabalho de corrigi-lo.

— Talvez um pouco.

A gargalhada dele ecoou por toda a caverna, me desafiando a esquecer o que tinha acontecido e o que estava por vir e me instigando a pegar o que eu queria.

Afundei na água, de olhos fechados. O líquido borbulhante e sibilante escorreu pelo meu rosto e cabelo. O que é que eu queria? *Ele*. Eu queria as mãos dele sobre mim, levando embora todos os motivos pelos quais não deveria desejá-lo. Eu queria sentir a pele dele na minha, expulsando o mundo à nossa volta. Eu queria o toque dos lábios dele, afastando qualquer argumentação lógica antes que pudesse se formar. Eu queria a boca de Casteel na minha, beijando as mentiras que os seus lábios disseram antes. Eu queria as mãos sobre mim, aliviando aquela pontada de culpa e a sensação de que estava traindo a mim mesma. Eu queria senti-lo dentro de mim, para que não pudesse sentir nada além dele. Eu queria ser tão completamente devorada por Casteel, que não sobrasse mais espaço para o medo de que ele se tornasse uma cicatriz no meu coração que certamente seria partido. Porque... porque e se Kieran estivesse errado? E se depois que Casteel conseguisse o que queria, quando cumprisse a sua parte no acordo, tudo o que restasse fossem as mentiras e traições?

Eu queria acreditar que nós éramos corações gêmeos, apesar de tudo que fazia com que isso parecesse impossível.

Fiquei embaixo d'água, procurando desesperadamente por força e bom senso. Fiquei ali até que os meus pulmões começassem a arder. Quando voltei à superfície, ainda não havia nada além de desejo e ur-

por ele. Com as mãos trêmulas, afastei o cabelo do rosto enquanto piscava os olhos para tirar a umidade presa nos meus cílios e perdi o fôlego, perdi um pouco mais de mim mesma.

Casteel tinha entrado na piscina.

Ele estava a vários metros de distância de mim, já tendo mergulhado na água. Seu cabelo da cor da meia-noite estava penteado para trás, e a água escorria pelo seu peito. Muito mais alto que eu, a água espumosa chegava pouco acima do seu umbigo. Ele me fazia imaginar como um deus seria, com os raios de sol fragmentados refletindo na pele úmida.

O seu olhar intenso se fixou no meu, e aquela sensação de reconhecimento voltou, passando por entre nós. Era como um raio, espessando o ar já cheio de vapor.

— Eu estava pensando... — disse ele, deslizando pela água na minha direção.

— Estava, é? — Minha pulsação batia descompassada por todo o corpo.

Ele assentiu.

— Estava, sim.

Tive que esticar o pescoço para trás quando ele parou alguns centímetros na minha frente.

— Quero saber sobre o que você estava pensando?

— Você diria que não. — Ele avançou, com os movimentos graciosos e decididos, e eu recuei. — Mas seria uma mentira.

— Como é que você sabe?

— Sei reconhecer uma mentira — respondeu ele, me imprensando contra a parede de pedra lisa. — E, mais importante ainda, sei quando você mente.

Perdi o fôlego quando ele colocou as mãos na pedra como havia feito antes. Será que ele conseguia sentir o meu desejo? Mesmo dentro d'água e sob o forte aroma dos lilases? Pressionei o corpo contra a rocha morna, pensando que seria impossível que o meu coração batesse mais rápido.

— Sobre o que você está pensando?

— Sobre a ideia que tive. — O hálito dele contornou a minha bochecha. — Você pode ficar interessada.

— Duvido muito — murmurei.

— Você nem sabe o que é, Princesa. — Aqueles lábios roçaram a curva do meu maxilar e as pontas do cabelo úmido dele tocaram a minha bochecha, me fazendo ofegar. — Sim, eu tenho certeza de que você vai ficar interessada.

O nervosismo tomou conta de mim quando encostei a cabeça na rocha sem pensar no que estava fazendo.

— Por que você não me conta o que é e eu aviso se ficar interessada?

Ele deu uma risada áspera conforme tirava a mão da pedra. Meu estômago se contraiu quando os seus dedos encontraram a pele nua da minha cintura.

— Só se você prometer não mentir.

— Se você sabe quando eu estou mentindo... — Soltei um suspiro entrecortado quando ele se aproximou de mim, roçando o peito no meu a cada respiração. O contato provocou uma onda de arrepios por todo o meu corpo, retesando meus mamilos de um jeito quase doloroso.

— O que era mesmo que você ia dizer, Princesa? — perguntou ele, e eu senti o seu sorriso na minha bochecha.

O que era mesmo que eu ia dizer? Demorei um pouco para lembrar.

— Se você sabe quando estou mentindo, por que importa que eu conte a verdade?

— Porque você sabe que a verdade é importante. — Casteel tirou a mão da minha cintura e a deslizou até o meu quadril, agitando a água. As bolhas dançaram nas minhas pernas e no meio delas. Uma sensação imprópria se instalou dentro de mim. — A verdade é permissão.

Meu olhar desfocado vagou pelos botões de flores azuis e roxas.

— É mesmo?

— É, sim. — Ele fez uma pausa. — Você sabia que a mordida, até que esteja totalmente curada, se torna uma zona erógena? Um ponto de prazer? Pode dar a você as mesmas sensações da mordida. Ou quase. Você sabia disso?

Pensei que soubesse.

— Não.

— Quer que eu mostre a você? — sugeriu ele. — Sei que você é uma pessoa curiosa.

— Sim — sussurrei, tonta de expectativa.

— Lembre-se de uma coisa, Princesa. É só para saciar a sua curiosidade. Nada mais.

— Eu sei. — Meus dedos se curvaram contra a rocha.

— Ótimo. — Em seguida, Casteel fechou a boca sobre a mordida. Ele sugou a pele, puxando-a entre os dentes. Arqueei as costas, deslizando os mamilos entumecidos sobre o peito dele. Estremeci, parecia que eu estava me liquefazendo.

Bons Deuses...

— Eu já contei a você qual é o seu gosto? — A língua dele lambeu a marca sensível.

— De mel? — Sussurrei, fechando os olhos enquanto virava a cabeça na direção de Casteel, buscando o que sabia que não deveria querer.

— Que garota safada. Não é disso que estou falando. — Ele mordiscou o meu queixo, arrancando outro suspiro de mim. — Eu estou falando sobre o seu sangue, mas agora você levou a minha mente para lugares impróprios.

— A sua mente está sempre em lugares impróprios.

Ele deu uma risada profunda.

— Não posso negar. — O seu nariz roçou no meu enquanto a sua boca se aproximava dos meus lábios. — O seu sangue tem gosto de antigo, poderoso mas leve. Como o luar. Agora, eu sei por quê.

— Como é que alguma coisa tem gosto de luar?

— Magia, imagino eu. Mas pare de me distrair quando estou tentando contar a você sobre a ideia que tive.

— Eu não estou... — Mordi o lábio quando ele deslizou a mão pela minha coxa. — Eu não estou distraindo você.

— Ah, sim. Você é sempre tão distrativa — repreendeu ele com delicadeza.

— Parece que esse é um problema seu.

— É um problema de nós dois.

— Você está me pedindo permissão para fazer o quê? — Eu estava ofegante, como se estivesse à beira de um precipício. — Que ideia é essa?

— Se você quiser... — disse ele, com o peito inflando contra o meu, enviando dardos de prazer proibido por todo o meu corpo. — Nós podemos fingir de novo. — Ele passou a mão ao longo da minha coxa, cada vez mais para cima.

As pontas dos dedos dele encontraram provas do que eu sabia que ele já tinha sentido. Meus quadris estremeceram com aquela ansiedade ilícita enquanto um gemido ofegante me fez entreabrir os lábios.

Ele deslizou a boca sobre a minha. Não foi um beijo, nada mais que um roçar de bocas.

— Você pode fingir. — O ar frio se infiltrou quando ele ergueu a cabeça. — Pode fingir que isso não significa que você me quer.

Meu coração batia como uma borboleta em um vidro quando abri os olhos. Os olhos dele estavam em brasas, da cor de mel quente.

— Eu não quero você.

A curva dos lábios dele era cruelmente sensual.

— Você pode fingir que isso... — Ele colocou um dedo dentro de mim, só a ponta, mas eu fiquei na ponta dos pés. Seus olhos ficaram luminosos enquanto ele olhava para o meu rosto e depois para os meus seios, que tinham aparecido por cima da água agitada. Casteel me encarou conforme enfiava o dedo mais fundo, e me senti me contraindo em torno dele. — Que isso não tem nada a ver com você me desejar.

— Eu não desejo você — disse a ele enquanto afastava os quadris da rocha e os pressionava contra a sua mão, contra Casteel.

Casteel sibilou quando o meu abdômen roçou em sua rigidez quente. Ele me empurrou contra a rocha, prendendo a mão entre nós dois enquanto pressionava o peito sobre o meu. A sua pele na minha, o modo como ele movia lentamente o dedo, causou um curto-circuito nos meus sentidos.

— Você pode fingir que é só a mordida sensível no seu pescoço que faz com que você se contorça na minha mão.

Eu estava me contorcendo o melhor que podia.

— Você pode fingir que é por isso que gostaria que fosse o meu pau o que está apertando com tanta força. — Ele abaixou a cabeça na direção da minha de novo. — Nós dois podemos fingir, e nós dois podemos...

— Podemos o quê? — arfei. — Ser apenas Hawke e Poppy?

Por um momento, a dureza estampada no rosto dele escorregou e então rachou, revelando a urgência quase desesperada ali embaixo. Uma necessidade de *mim*. De nós dois.

E se Kieran estivesse certo?

Eu mal conseguia respirar, muito menos pensar, mas entendia o que ele estava dizendo. Deuses, e como entendia. Naquele momento, nós queríamos a mesma coisa. Talvez precisássemos da mesma coisa — apenas sentir e deixar que tudo o mais caísse no esquecimento. Apenas estar ali, durante aqueles minutos, e em nenhum outro lugar. Será que nós conseguiríamos fazer isso? Talvez ele conseguisse. Talvez se tratasse de saciar uma necessidade física para ele, por mais inexplicável que fosse. Por que eu não deveria? Eu queria tudo o que ele podia me dar. Prazer. Fuga momentânea. Experiência. Uma sensação de liberdade. Pois era como o êxtase parecia. Como é que isso poderia ser uma traição para alguém, inclusive a mim mesma? Negar não seria mais traiçoeiro? Ou será que eu estava mentindo para mim mesma até mesmo agora? E, se estivesse, será que importava?

Ele ficou imóvel conforme procurava uma resposta no meu rosto. E, naquele momento, me dei conta de que a vida era minha. O que havia entre Casteel e eu não era nem certo nem errado. Era confuso e complicado, e talvez eu me arrependesse mais tarde, assim que lhe desse mais pedaços de mim, mas eu o desejava.

E estava cansada de me negar *qualquer coisa*.

Eu estava cansada de mentir para ele e para mim mesma.

— Com uma condição — disse.

— Você tem uma condição?

Assenti, com o coração disparado.

— Eu não quero fingir — sussurrei. — Eu sou Poppy e você é Casteel, e isso é de verdade.

Capítulo 31

— Você concorda com isso? — perguntei.

Ele fechou os olhos por um segundo, e todas as linhas marcantes do seu rosto ficaram tensas.

— Sempre — sussurrou ele. — Sim.

Eu reagi e me afastei da rocha. Eliminei a distância entre as nossas bocas e o beijei. No instante em que os meus lábios tocaram os de Casteel, no segundo em que os lábios dele se entreabriram, percebi que aquilo era *de verdade*.

Tirei as mãos da rocha e envolvi o seu pescoço enquanto tomava o que queria, sentindo o gosto dele na ponta da língua e me deleitando com a sensação deliciosa dos seus dentes afiados. Eu não sabia o que estava fazendo, apenas que o instinto me guiava. Movi os lábios contra os dele, mordiscando, explorando e aprendendo.

E Casteel não parecia nem um pouco incomodado com a minha inexperiência natural. Ao contrário, isso pareceu deixá-lo em brasas. Ele me deu o que eu queria. Me beijou com uma espécie de abandono selvagem que beirava a insanidade.

Quando terminou o beijo, ele estava tão ofegante quanto eu.

— Vamos parar de fingir, Poppy? Nunca mais? Você me quer. Apesar de *tudo*, você me quer.

— O que você acha? — Eu me esfreguei na mão dele, exigente.

Ele levou a outra mão até o meu quadril, detendo os meus movimentos.

— Preciso ouvir você dizer isso, Princesa.

É claro que precisava.

— Sim — eu quase praguejei. — Eu quero você.

— Ótimo. — Ele tirou a mão do meio das minhas pernas. — Porque isso é verdadeiro.

Antes que eu pudesse lamentar a perda da sua mão maliciosa, ele me segurou pelas minhas coxas e me levantou. Arfei, deslizando as mãos sobre os seus ombros quando mais da metade do meu corpo saiu da água.

— Enganche as pernas em volta da minha cintura — ordenou ele baixinho. — Faça isso.

Fiz o que ele pediu sem reclamar. Isso era raro. Eu esperava que ele reconhecesse isso.

Casteel colocou as mãos de volta nos meus quadris enquanto olhava para os meus seios aninhados contra o seu peito.

— Eu adoraria ir bem devagar, pois há tantas maneiras como gostaria de ser *verdadeiro* com você. Deitá-la nas pedras e lamber cada centímetro do seu corpo. Fazê-la gozar desse jeito. Em seguida, eu iria querer que você ficasse de joelhos, com a boca no meu pau.

Estremeci com as imagens depravadas que as palavras dele trouxeram à minha mente. Aquele ato estava descrito no diário da srta. Willa e me pareceu abominável quando li. Mas agora? Parecia... *intrigante*.

— Eu... eu não sei fazer isso.

— Acho que é impossível você fazer isso errado — disse ele, com os olhos brilhando intensamente. — Mas eu ensinaria a você. Ensinaria como usar a boca e a língua. Se tivéssemos tempo, nós poderíamos brincar. — Ele apertou a minha cintura. — Mas não temos tempo, Princesa.

— Não. — Meu coração disparou dentro do peito. — Não temos, não.

Ele sustentou o meu olhar.

— Fico feliz por pensarmos do mesmo jeito. — Os músculos sob as minhas mãos se contraíram quando ele disse: — Princesa?

— Vossa Alteza?

Aqueles olhos dele ficaram da cor de âmbar derretido.

— Preciso que você se segure em mim e não me solte, porque eu vou foder você como prometi.

Fiquei ofegante ao ouvir aquelas palavras — deliciosamente — obscenas.

— Sim. Por favor.

Casteel não respondeu com palavras. Ele fez isso com atos, me guiando para baixo até que eu o sentisse forçando a minha entrada. Mordi o lábio.

— Abaixe as pernas — ordenou ele. — Só um pouco. Isso. Perfeito. — Ele voltou a encostar os lábios nos meus. — Você é perfeita.

— Eu... — Minhas palavras terminaram em um gemido que ele capturou com um beijo. Ele me preencheu, me esticando até que eu tivesse dúvidas de que aquela posição fosse funcionar. Ou de que *eu* fosse funcionar. Nós só tínhamos feito aquilo duas vezes. Eu só tinha feito aquilo duas vezes. Mas segui em frente, cravando os dedos na sua pele enquanto ele afundava dentro de mim cada vez mais fundo até que não houvesse mais espaço entre nós, e Casteel tremeu.

Ele passou a mão pelas minhas costas e dobrou o braço em volta de mim. Em seguida, ele... ele me segurou ali, contra o peito, enterrado bem lá fundo.

— Você está bem? — murmurou ele, roçando os lábios nos meus. — Poppy?

Fiz que sim com a cabeça, afrouxando os dedos nos ombros dele.

— Tem certeza?

— Sim — sussurrei, de olhos fechados. Não estava doendo. Não era muito confortável, mas eu sabia que haveria mais. Mudei de posição, remexendo os quadris.

Ele gemeu o meu nome.

— Poppy...

Ignorei o aperto que senti no peito em reação à voz dele. Eu não queria isso. Queria a rigidez dele no meio das minhas pernas e dentro de mim, precisava daquela sensação. Mas não queria que o meu coração se envolvesse.

Eu me contorci, ofegando quando o prazer disparou pelo meu corpo.

— Deuses, Poppy. Eu estou tentando... — Um som retumbou dele, vibrando por todo o meu corpo. — Eu estou tentando ter certeza de que você está pronta.

— Eu estou pronta — disse a ele. *Já estava pronta antes.*

Ele praguejou, mas então se moveu, empurrando o quadril para cima enquanto puxava o meu contra si. Arregalei os olhos com a sensação visceral, crua dele se movendo dentro de mim, de modo lento e profundo. Suspirei, quando os músculos que eu nem sabia que estavam tensos relaxaram.

— Isso mesmo. — As palavras dele eram um mero sussurro. — Deuses, você parece... — A mão que me guiava teve um espasmo e depois se soltou quando eu me ergui por todo o comprimento dele. — Você parece ser tudo o que eu poderia desejar.

Eu nunca quis acreditar tanto em alguma coisa na minha vida, e essa percepção ameaçou tudo.

— Nós estamos sendo verdadeiros — eu lembrei a ele, buscando a sua boca. — Não minta para mim agora.

Ele se retesou contra mim por alguns segundos e então deu uma risada áspera.

— Você tem razão. — Ele fechou a mão em punho no meu cabelo, puxando a minha cabeça para trás. — Nós não precisamos mentir agora.

A boca de Casteel cobriu a minha e uma das suas presas arranhou o meu lábio, arrancando um gemido rouco de mim. Um segundo cambaleante depois, nós voltamos para aquela rocha, o braço dele em volta de mim e a sua mão no meu cabelo, as únicas coisas entre a superfície dura e a minha pele enquanto ele se movia contra mim, prendendo os meus quadris.

E então ele fez o que prometeu.

Casteel me *fodeu*.

Os quadris dele se chocaram contra os meus e, do jeito que estava presa ali, eu só podia fazer tudo o que ele mandava. Eu me segurei nele enquanto a água espumosa borbulhava violentamente ao nosso redor. Cada impulso dos seus quadris parecia tão ávido quanto os golpes da minha língua contra a dele. Cada imersão dentro de mim se parecia mais com um ato de posse que a anterior. Joguei a cabeça para trás, mas não me encostei na rocha por causa da mão dele, e o mundo se tornou um caleidoscópio de luz do sol fragmentada, paredes cor de ardósia e pétalas vibrantes. Eu me retesei — tudo em mim se retesou quando ele pousou a cabeça no meu ombro, seu corpo se esfregando no meu. Eu me enrolei em volta dele, pressionando o rosto em seu pescoço, saboreando a água doce e o sal de sua pele. Minha pulsação parecia trovejar através de mim, e eu senti a dele tão forte quanto a minha. Nossos corpos se moveram em um frenesi, e parecia que ele estava em todos os lugares ao mesmo tempo, me fazendo perder o fôlego. Não houve nenhuma hesitação. Nada de diminuir a velocidade nem de subir para respirar. Nós dois fomos arrastados pela insanidade, perdidos naquela tensão que crescia cada vez mais. Pensei que aquilo fosse me despedaçar, despedaçar a nós dois, mas ele me deu o que eu tanto queria.

A sensação da pele dele na minha expulsou o mundo até que restasse apenas nós dois. O toque dos seus lábios no meu pescoço, na minha bochecha, já tinha afugentado qualquer protesto. A boca de Casteel encontrou a minha mais uma vez enquanto as suas mãos me seguravam com firmeza e cuidado contra si, evitando que a pontada de culpa se formasse. Ele se moveu tão profundamente dentro de mim que eu não conseguia sentir nada além dele, e, quando o êxtase me encontrou, também encontrou a ele, nos devorando a ambos, não deixando espaço para temer o que estava por vir e tornando possível o que antes parecia impossível.

•

Eu me sentia leve nos braços de Casteel, com a bochecha apoiada no seu ombro e os pés pairando vários centímetros acima da água. Tentei me afastar antes, depois que o prazer diminuiu e a realidade começou a se infiltrar junto com o sol poente. Mas não fui muito longe. Casteel não deixou. Ele manteve os braços ao meu redor.

— Ainda não — disse ele conforme levava a minha bochecha até o ombro.

Parecia permissão. Eu não discuti com ele. Culpei um monte de coisas por isso, mesmo que não tivesse a menor vontade de brigar com ele naquele momento. O calor da água e da sua pele, para começar. O modo como ele deslizava a mão para cima e para baixo na minha coluna era completamente relaxante. A languidez no meu corpo também era culpada, assim como a verdade de que era muito gostoso ser abraçada, ainda mais assim, sem nenhuma barreira entre nós.

Após ser proibida de tocar em alguém por tanto tempo, a nudez dele era como receber uma bandeja dos chocolates e doces mais tentadores.

Tracei pequenos círculos em seu ombro, desejando ter a coragem de explorar a rigidez de seu corpo, as marcas e cicatrizes. Em vez disso, satisfiz a minha curiosidade com a sensação da pele dele sob os meus dedos e como o seu corpo parecia aço envolto em cetim.

E eu... Deuses, eu aproveitei cada momento, com os olhos vidrados no pescoço dele, nos cachos úmidos do cabelo. Na câmara secreta do meu coração, apreciei aqueles momentos.

Não sei quanto tempo ficamos assim, somente com o som da água e dos chamados dos pássaros lá fora ao nosso redor. Casteel pareceu saber exatamente quando alguém se aproximou da caverna.

— É Kieran. Ele é o único que saberia como me encontrar aqui. — Ele se desvencilhou de mim com delicadeza e eu pensei ter sentido os seus lábios roçando o topo da minha cabeça. — Volto já.

Afundei até a altura dos ombros enquanto ele deslizava pela água e então saía da piscina. Dei uma boa olhada, que não deveria ter deixado o meu rosto corado tanto assim depois do que tínhamos feito. Ele parou para pegar as calças, mas não as vestiu.

Casteel saiu da caverna tão nu quanto no dia em que nasceu e, se ele não parasse para colocar aquelas calças, Kieran teria uma bela visão.

— Então, tá — sussurrei e então ri, o som ecoando na câmara.

Joguei a cabeça para trás enquanto olhava para as réstias de sol, em busca de remorso ou vergonha. Como antes, só encontrei incerteza. Não pelo que tínhamos feito, mas pelo que significava. Nós não estávamos fingindo.

O que fizemos foi verdadeiro. Sem joguinhos. Sem fingimento. Sem meias verdades.

Passei os dentes sobre o lábio inferior. Parecia inchado pelos beijos. Levei os dedos até a boca, estremecendo conforme pensava em como ele a reivindicou tão completamente quanto fez com o resto do meu corpo.

Virei-me assim que ouvi o som dos passos de Casteel. Graças a todos os Deuses, ele estava quase vestido. Contudo, a braguilha estava desabotoada, e eu não fazia a menor ideia de como a calça se prendia nos seus quadris. Ele trazia um embrulho branco nas mãos, que colocou cuidadosamente no chão da caverna.

— Kieran imaginou que tivéssemos vindo para cá. Ele trouxe roupas limpas para nós dois e uma toalha.

Eu nem conseguia imaginar como Kieran era tão intuitivo e provavelmente não queria saber.

Ele estendeu a mão, me oferecendo uma toalha branca e grossa.

— Nem preciso dizer que prefiro você nua e molhada. Mas está na hora de se secar e ficar apresentável.

Balancei a cabeça conforme avançava, diminuindo o ritmo quando o nível da água borbulhante começou a descer abaixo do meu peito. Por que eu estava hesitante? Ele já tinha visto os meus seios, as cicatrizes e tudo o mais. Estava esperando, me olhando, e eu não tinha feito a mesma coisa antes? Não observei Casteel se despir descaradamente? Reuni coragem e segui em frente, e algo muito estranho aconteceu. Cada passo se tornou mais fácil, mesmo quando a água desceu até as minhas costelas e depois no meu umbigo. Mesmo enquanto o olhar de Casteel seguia o nível da água. Ele entreabriu os lábios de leve, e eu podia jurar que, nem se o próprio Nyktos chegasse ali, ele iria tirar os olhos de mim. Percebi que havia poder nisso, em ser uma fonte de distração para ele. Casteel passou as pontas das presas sobre o lábio inferior enquanto a água efervescia ao redor das minhas coxas e depois mais para baixo. Fosse fingimento ou não, ele gostou do que viu enquanto eu subia os degraus de terra.

— Eu ajudo você. — Ele abriu a toalha. — Sei que você não precisa, mas quero fazer isso.

Eu não disse nada enquanto ficava de pé diante dele, nua como ele estava antes. Casteel foi para trás de mim, esfregando a toalha no meu cabelo molhado.

— É melhor secar isso aqui primeiro — explicou ele, e eu tinha plena ciência de que Casteel olhava para mim enquanto torcia o excesso de água do meu cabelo. Sabia que ele vira meus mamilos se enrijecerem e podia ver o rubor que tingia minha pele.

— Não quero que você pegue um resfriado — falou ele, com a voz áspera. — Foi o que ouvi dizer sobre ficar de cabelo molhado.

— Aham. — Meu maxilar se moveu enquanto um sorriso curvava os meus lábios.

— Estou apenas sendo minucioso. — Ele passou a toalha pelos meus braços até a ponta dos dedos e depois pelas minhas costas. — Você vai me agradecer mais tarde.

— Por ser minucioso?

— Entre outras coisas. — Ele deslizou o tecido sobre o meu abdômen e depois mais para cima, secando a água no meio dos meus seios. Suas mãos permaneceram ali antes que Casteel me virasse de frente para ele.

Ele se ajoelhou diante de mim, fazendo o meu estômago se contorcer enquanto passava a toalha pela minha perna esquerda, depois pela direita e, finalmente, entre elas. Respirei fundo, balançando o corpo de leve.

— Apenas sendo minucioso — ele me lembrou, com os olhos semicerrados. — Não quero que você fique molhada à toa, Princesa.

Tive a impressão de que ele queria dizer outra coisa com aquilo.

A toalha alisou a minha bunda.

— Acho que você está completamente seca agora. — Ele levou o olhar lentamente até o meu. — Na maioria das partes.

Sim.

Na maioria das partes.

Com um sorriso, ele inclinou a cabeça e beijou a cicatriz desbotada e irregular na parte interna da minha coxa. O gesto me arrancou do transe de prazer. Eu o observei se levantar, com a mente a mil enquanto ele enrolava a toalha em volta de mim.

Segurei as pontas da toalha.

— Casteel...

— Eu sei. — Ele colocou o dedo sobre os meus lábios. — O que nós fizemos aqui fica aqui.

Pisquei, magoada pelas palavras que não sabia muito bem se tinha entendido. Não era isso o que eu ia dizer. Para ser sincera, não sabia o que ia dizer.

Casteel se virou e pegou a camisa branca, que contrastava tanto com a pele bronzeada. Uma mecha de cabelo escuro caiu sobre a testa dele, suavizando as suas feições enquanto ele abaixava a cabeça e abotoava as calças. Senti uma vibração no baixo-ventre. Como é que ele conseguia fazer com que um ato tão comum como se vestir parecesse tão sensual?

Eu realmente não precisava ficar ali, vendo Casteel se vestir. Larguei a toalha e coloquei as roupas rapidamente.

— Pronto. — Casteel ajeitou as minhas mangas de novo.

Não sei exatamente o que me fez pensar nas consequências do que tínhamos acabado de fazer. O fato de que eu nem tinha pensado nisso até aquele momento era um bom indicativo de que precisava tomar decisões melhores na vida.

— Você me disse que se previne contra a gravidez — falei, me lembrando de que tomava uma erva que deixava homens e mulheres temporariamente inférteis. — Ainda está seguro?

— Sim. Eu tomo cuidado, Poppy — disse ele sem hesitar, recolhendo as nossas roupas e as minhas botas. — Não me arriscaria a conceber uma criança.

Com você.

Ele não disse isso, mas ficou no ar mesmo assim. E senti outra pontada estranha e irracional. Uma mágoa que não fazia o menor sentido, já que a ideia de ter um filho com alguém era mais assustadora que encontrar uma criatura com nadadeiras no lugar das pernas e tentáculos no lugar dos braços debaixo da cama.

Havia algo nitidamente errado comigo, pois doeu mesmo assim.

Porque o que era verdadeiro para ele não era para mim.

*

Os rumores a respeito do que fiz com Beckett haviam se espalhado. Percebi isso porque todo mundo ficou me encarando enquanto eu levava uma colherada de sopa de ervas até a boca.

Bem, nem todo mundo.

Dois Atlantes haviam chamado a atenção de Casteel. E de Kieran também. Eu não fazia a menor ideia de onde Delano e Naill tinham ido, e podia ser literalmente para qualquer lugar, já que estávamos em uma das maiores construções no centro da cidade. Mas o resto das pessoas estava lançando olhares na minha direção ou me encarando sem nem disfarçar.

Os mortais e Atlantes sentados à mesa diante de nós. Os lupinos dispersos pelo resto das mesas. Todos olhavam para mim. Não que eu pudesse culpá-los. Eu *tinha* brilhado em luz prateada e curado alguém com o toque. Eu também ficaria olhando para alguém que soubesse ou que eu visse fazer isso. Mas era o que havia por trás daqueles olhares que me deixava nervosa. O ar vibrava de emoção e, assim como antes, eu não precisava me concentrar e aguçar os sentidos para sentir a hostilidade da maioria das pessoas ao meu redor.

Engoli a sopa densa e saborosa e olhei para as flâmulas que pendiam de cada lado da porta. Elas ondulavam suavemente com a brisa que entrava pelas janelas abertas e atingiam as pás de vários ventiladores, que refrescavam a sala lotada.

Um toque suave em meu braço chamou minha atenção para a direita, onde Alastir estava.

— Você gostaria de jantar nos seus aposentos privados? — perguntou ele baixinho. — Nesse caso, posso acompanhá-la de volta à fortaleza.

Abaixei a colher e olhei de relance para Casteel, sentado na cabeceira da mesa. Ele estava ouvindo um Atlante enquanto vasculhava um prato de queijos, inspecionando cada um como se procurasse o queijo perfeito ou algum defeito. Voltei-me para Alastir.

— Pareço tão desconfortável assim?

Um sorriso tenso e apreensivo surgiu no rosto dele.

— Você mal tocou na comida.

Era difícil comer enquanto as pessoas me encaravam. Passei os olhos pela sala lotada. Parte de mim queria pedir licença e voltar para o quarto, mas aquele era apenas um dos muitos jantares e eventos em que eu seria motivo de curiosidade. Ainda por cima, me esconder nos meus aposentos podia até ser a opção mais fácil, mas também era a mais covarde. Além disso, ninguém estava projetando as emoções. Não havia uma gritaria entre eles, de modo que conseguia ignorar as emoções. A maior parte.

— Eu estou bem — decidi.

O sorriso de Alastir não chegou até os seus olhos.

— Sei que deve ser difícil ficar perto de tantas pessoas que não são acolhedoras e saber como elas se sentem. Eu não pensaria mal de você se não quisesse se expor a isso. E saiba que qualquer um que tenha passado alguns minutos na sua presença não se sente assim. O resto vai acabar conhecendo você mais cedo ou mais tarde. Mas, até lá, peço desculpas pelo comportamento deles.

Ele apertou o meu braço com delicadeza.

— Você sabia que aqui já foi um ponto comercial muito movimentado?

Engoli o nó que as palavras dele formaram no meu peito.

— Quando Atlântia governava todo o reino, essa era a primeira e a última cidade grande antes das Montanhas Skotos. Naquela época, milhares de pessoas passavam por aqui — disse ele, suspirando enquanto olhava para as paredes nuas. — Foi uma pena ver o que aconteceu com esse lugar, mas Casteel e essas pessoas estão restaurando tudo pouco a pouco e trazendo uma nova vida à cidade.

Quentyn apareceu na sala, vindo da área onde a comida estava sendo preparada, carregando uma grande jarra. Outro rapaz seguiu atrás dele, mais baixo e mais novo, mancando ligeiramente. Levei um momento para reconhecer o menino de cabelo preto e pele bronzeada. Eu só o tinha visto na forma de lupino e muito brevemente na de mortal, mas a sua pele estava pálida e úmida naquele momento.

Beckett.

Eu o observei encher os copos na ponta da mesa e caminhar em nossa direção. Enquanto enchia o copo do tio-avô, ele finalmente olhou para mim.

— Nós já nos conhecemos — sussurrou ele. — Mais ou menos.

— Beckett — disse. — Como você está se sentindo?

— Quase perfeito. — Ele serviu a água no meu copo enquanto olhava para Alastir antes de abaixar o queixo. — Obrigado. Não posso agradecer a você o bastante.

— Você já me agradeceu.

Um sorriso largo e cheio de dentes surgiu em seu rosto, mas logo desapareceu, e eu senti uma pontada de... de *medo* antes que ele seguisse para o outro lado da mesa.

Agora Beckett tinha medo de mim?

Recostei na cadeira quando o aperto no meu peito se intensificou. Não conseguia entender o motivo. Eu o curei — não sabia como tinha feito isso, mas Beckett tinha que saber que não deveria ter medo de mim.

— Penellaphe? Você está bem?

Dei um suspiro entrecortado enquanto olhava para Alastir.

— Sim. Sim. — Sorri conforme voltava a atenção para ele. — Eles parecem ser muito prestativos. Beckett e Quentyn.

— O respeito aos mais velhos é ensinado aos jovens desde a mais tenra idade. É normal ver os mais novos ajudando a servir comida e bebida durante o jantar por toda a Atlântia — explicou Casteel, depois de ouvir o que eu disse.

Alastir bufou.

— Menos você. Você sempre estava com o nariz metido em um livro durante o jantar.

A surpresa me distraiu da reação de Beckett.

— O que você lia?

— Geralmente, livros de história ou de estudo — respondeu ele, um canto dos lábios se erguendo. — Eu era uma criança bastante tediosa na maior parte do tempo.

Kieran e eu nos entreolhamos por um breve instante, me lembrando do que ele havia dito sobre Casteel ser sério.

— Bem, o seu irmão compensava isso — disse Alastir, balançando a cabeça. — Você não iria querer que Malik servisse nada no jantar.

Olhei de volta para Casteel, e vi o seu sorriso aumentar. Eu não sabia o que esperar, mas era tão raro que alguém falasse sobre o irmão dele.

— Malik costumava... experimentar com a bebida e a comida — disse Casteel quando viu o meu olhar. — E você não iria querer provar esses experimentos.

— Estou quase com medo de perguntar — disse.

— Mas vai perguntar mesmo assim — murmurou Kieran

Ignorei o lupino.

Casteel também.

— Ele adicionava limão e pimenta no suco e sal nos pratos que deveriam ser doces e geralmente estragava tudo o que você estava animado para comer.

— Que horror — disse, rindo.

Ele se inclinou na minha direção, baixando os cílios enquanto dizia:

— E, ainda assim, você ri.

— Sim.

Casteel ergueu o olhar, e o calor ali provocou um arrepio na minha pele.

— Deve ser porque parece algo que você faria.

— Possivelmente.

Ele riu enquanto endireitava o corpo, se virando para a outra mesa para voltar a escolher o queijo.

— Quantos...? — Parei de falar quando a mão de Casteel roçou na minha. Ele colocou um pedaço de queijo em fatias finas no meu prato. Olhei de relance para ele. Agora ele estava ouvindo outro mortal da mesa atrás da nossa. — Obrigada.

Ele assentiu.

Peguei o queijo, sorrindo ligeiramente antes de comer um pedaço. Uma súbita explosão de risos chamou a minha atenção. Kieran havia se levantado e ido sentar com alguns homens na extremidade da mesa. A risada vinha de onde Beckett e Quentyn estavam sentados com Emil e outros homens que tinham viajado com Alastir. Fiquei imaginando por que Emil ria tão alto e olhei ao redor.

Meu olhar colidiu com o de dois mortais. Eles eram mais velhos. Homens. Um deles cochichava no ouvido do outro. O segundo homem de cabelo loiro bem aparado franziu os lábios. A repulsa dele deixou o meu queijo azedo.

Tomei um gole de água para tirar o gosto ruim. Aquele não foi o primeiro olhar ou expressão hostil que recebi, todos enquanto Casteel estava distraído — como agora, já que ele se levantou para falar com uma mulher que era só ossos e pele enrugada. Segurei o copo com força. Cada vez que percebia um daqueles olhares, eu tinha vontade de perguntar se eles precisavam de ajuda com alguma coisa. De retribuir os olhares até que eles ficassem tão desconfortáveis quanto eu. Mas não disse nem fiz nada. Assim como quando a Sacerdotisa me repreendia ou o Duque me dava um sermão.

— Não ligue para eles — murmurou Alastir baixinho.

Coloquei o copo na mesa.

— Eles só não conhecem você — repetiu ele. Seu sorriso era tão falso quanto o que eu costumava usar enquanto Donzela. — Você deve se acostumar com a desconfiança ou mesmo aversão deles enquanto Princesa e futura Rainha.

Rainha.

Meu corpo inteiro ficou tenso. Lembrei a mim mesma que aquilo não iria acontecer. Mesmo que o impossível acontecesse e Casteel e eu — bem, eu nem conseguia completar esse pensamento. Casteel não queria se tornar Rei.

— Se você não quer dar um passo para trás e sair dessa situação, não pode deixar que ninguém perceba que os sentimentos deles a afetam. Não pode deixar que Casteel perceba para que não tenhamos que lidar com outra situação como a de Landell — continuou ele. — Não sei ao certo o que ele sente por você, mas uma coisa é evidente. Ele vai reagir a qualquer insulto à sua honra. Há poder nisso, Penellaphe. Você é o pescoço que faz girar a cabeça do reino.

Eu o encarei.

— Sinto muito. Você não deve estar entendendo nada. Não estava preparada para isso. Não é culpa sua — disse ele, e, ainda assim, parecia que era. — Nada disso é. O noivado de vocês foi totalmente inesperado.

— Tenho certeza de que a antipatia deles por mim tem mais a ver com quem eu era e não com o fato de me casar com o Príncipe. — Refleti sobre isso. — Ou é uma combinação das duas coisas.

— Além disso, todo mundo ficou sabendo que ele pretendia usar você como moeda de troca para resgatar o irmão. Eles não entendem como o amor floresceu a partir disso. Eu também não, nem mesmo depois das juras de amor de Casteel.

— Coisas estranhas acontecem — murmurei enquanto Casteel caminhava na direção da entrada assim que a porta se abriu. Um homem alto entrou, com tinta preta subindo pela pele de ambos os braços até chegar aos ombros. Ele tinha o cabelo volumoso e desgrenhado de um tom prateado que não tinha nada a ver com a idade. Havia apenas algumas linhas finas nos cantos dos olhos quando ele sorriu ao ver Casteel.

— Tenho certeza que sim — disse Alastir, baixando a voz enquanto Casteel apertava a mão do homem de cabelo prateado. Aquele era Jasper? Ele estava muito longe para que eu pudesse ver os seus olhos.

— Mas eu o conheço a vida toda. E o mais importante, já vi Casteel apaixonado, Penellaphe.

Só com muita força de vontade mantive o rosto impassível enquanto olhava para Alastir. Eu não podia... eu não podia acreditar que ele havia dito aquilo. Mas tudo o que senti dele foi preocupação.

— Eles estavam esperando outra pessoa como Princesa — continuou ele. — Não é só por sua causa.

— Alguém que não fosse a Donzela? — presumi.

— Bem, é claro. Mas, como você sabe, era esperado que ele se casasse assim que voltasse... — Ele fechou a boca e baixou as sobrancelhas. — Ele não contou a você?

Uma pulsação estranha começou a irromper pelo meu corpo.

— Não me contou o quê? — Alastir começou a desviar o olhar, mas eu o agarrei pelo braço. — Não me contou o quê? — exigi saber.

— Bons Deuses, que rapaz idiota. — Ele apertou a ponta do nariz, e eu senti uma pontada de aborrecimento nele. — Um dia desses, eu ainda vou aprender a ficar de boca fechada.

Eu esperava que não, já que estava claro que havia muita coisa que nunca iria saber se não fosse por ele.

— Por que tenho a impressão de que sou o rapaz idiota de quem você está falando? — perguntou Casteel enquanto voltava a se sentar. O sorriso no rosto dele desapareceu quando ele viu a minha expressão e a de Alastir. — Sobre o que vocês dois estão cochichando?

— Acho que agora não é a hora... — começou Alastir.

— Acho que agora é a hora certa — eu o interrompi, com plena ciência de que as pessoas ao nosso redor estavam começando a prestar atenção.

— Eu também. — Casteel olhou para Alastir. — Fale.

Aquela ordem exigia uma resposta. Alastir balançou a cabeça, com o maxilar retesado enquanto dizia:

— Você não contou a ela que já estava prometido para outra.

Capítulo 32

O súbito rugido nos meus ouvidos me fez pensar que eu não tinha ouvido Alastir muito bem. Ou talvez não tivesse entendido direito porque o meu coração batia tão forte dentro do peito.

Mas eu tinha, não é? Porque, de repente, eu me lembrei de tudo o que Alastir havia me dito na manhã em que o conheci. Ele havia mencionado as obrigações que Casteel tinha de cumprir assim que voltasse. Casamento era definitivamente uma obrigação.

Uma pontada de dor atingiu o meu peito. Parecia um *estalo* e soava como um trovão nos meus ouvidos. Não sei como ninguém mais escutou.

Lentamente, como se estivesse presa no estágio entre a vigília e o sono, me virei para Casteel. Ele estava falando alguma coisa, mas eu não conseguia escutar nem acreditar no que tinha ouvido antes.

No que tinha acabado de descobrir.

Prometido para outra quando eu o conheci no Pérola Vermelha e dei o meu primeiro beijo, quando o conheci como Hawke e comecei a confiar, desejar e me importar com ele. *Prometido para outra* quando ele me levou até o salgueiro e me disse que não se importava com o que eu era, mas sim com quem eu era. Quando ele me mostrou o tipo de prazer que poderíamos ter um com o outro, primeiro na Floresta Sangrenta e depois em Novo Paraíso. *Prometido para outra* quando descobri a verdade sobre quem ele era e quando bebemos o sangue um do outro na floresta nos arredores do forte, quando eu o alimentei e ele me *agradeceu* logo depois.

Prometido para outra quando ele propôs o casamento como a única maneira de conseguirmos o que queríamos. *Prometido para outra* quando ele disse que podíamos fingir. *Prometido para outra* quando Kieran alegou que éramos corações gêmeos, e eu decidi dar o meu sangue para ele.

Prometido para outra quando eu disse a ele na caverna que aquilo tinha de ser *de verdade*.

De alguma forma, embora eu soubesse que o acordo entre nós não era fruto do amor e não tivesse certeza se Kieran sabia do que estava falando em relação ao negócio de corações gêmeos, aquela traição ainda me magoava mais profundamente que todas as outras traições de Casteel.

E, se isso não fosse um sinal de alerta de que eu já havia ido longe demais, então não sabia o que poderia ser.

Uma dor que eu não queria reivindicar como minha percorreu o meu corpo com tanta intensidade que pensei que seria dividida em duas, mas foi seguida por uma raiva tão feroz que vibrei com ela.

Meros segundos se passaram entre o momento em que Alastir falou e a queimação amarga e ácida da raiva se derramando como uma tempestade sobre mim.

— Prometido para outra? — exigi saber, com a voz surpreendentemente firme, mas tão em carne viva. Não me importei que estivéssemos em uma sala cheia de pessoas que não gostavam de mim.

— Não é o que você está pensando, Penellaphe.

Arqueei as sobrancelhas.

— Não? Porque imagino que ser prometido para outra signifique a mesma coisa em Atlântia que em Solis.

— O significado não importa. — Os olhos dele eram de uma cor dourada e gélida quando ele olhou para mim com uma expressão que eu mal podia acreditar que estava vendo. *Ele* parecia chocado. *Ele* parecia zangado comigo. E eu não conseguia acreditar no que estava ouvindo, vendo ou vivendo.

E senti que ele estava com raiva. Mesmo com as minhas emoções voláteis, pude sentir o respingo frio de surpresa emanando dele e a queimação da raiva por baixo disso.

— Como você pôde...? — começou ele, flexionando o maxilar. Seu peito subiu com uma respiração pesada. — Essa promessa foi um juramento que nunca fiz. Não é verdade, Alastir? — Ele desviou o olhar de mim. — Você pode afirmar o contrário?

— Foi praticamente combinado — respondeu Alastir. A raiva dele incendiou os meus sentidos, queimando a minha pele. — Faz décadas que você conhece os planos do seu pai, Casteel.

Décadas.

Parte de mim reconhecia que Casteel negou o que Alastir havia dito e que Alastir basicamente confirmou isso. De modo que houve uma ligeira diminuição da minha fúria, uma pausa no estalo contínuo no meu peito, mas a dor e a raiva continuavam ali. Aquilo foi discutido por *décadas*? Por mais tempo que eu estava viva? E Casteel não pensou em me contar nada disso? Em me avisar? Fechei os sentidos e os bloqueei por completo.

Vagamente, notei que o homem de cabelo prateado e Kieran se aproximavam. Eles estavam perto o bastante para ouvir tudo — para que eu visse que o recém-chegado era um lupino e que o contorno do maxilar e as linhas da bochecha dele me pareciam familiares.

— Você quer dizer que por décadas o meu pai presumiu que eu acabaria concordando, mas eu nunca dei a ele nem a ninguém qualquer indicação disso — disparou Casteel. — Você sabe muito bem. Como foi que esse assunto surgiu?

— Como foi que você não pensou em contar a ela? — exigiu Alastir.

Ouvi um suspiro suave da mesa dos Descendidos, e o homem de cabelo prateado murmurou:

— Eu sempre chego na hora certa.

Virei-me para ele e o encarei. Seus olhos azul-claros brilharam intensamente, quase luminosos, conforme ele entreabria os lábios. Eles se moveram, mas não emitiram nenhum som. A surpresa dele era como uma chuva congelante, repentina e devastadora. Ele estremeceu e deu um passo para trás. Será que foi por causa das minhas cicatrizes? Ou ele sentiu aquela energia estática esquisita mesmo sem termos nos tocado?

— Você acha que eu não sei por que você trouxe isso à tona? — perguntou Casteel com uma voz muito suave, atraindo a minha atenção de volta para ele. — Isso foi muito baixo de sua parte.

Alastir ficou tenso ao meu lado.

— Você acabou de me chamar de baixo?

Um sorriso malicioso retorceu os lábios de Casteel.

— O que você acabou de fazer foi baixo. Se isso significa que você é uma pessoa baixa, é por sua conta. Não minha.

O lupino se recuperou da reação a mim. Ele colocou as mãos sobre a mesa e, quando falou, sua voz era baixa.

— Vocês dois deveriam se acalmar.

— Eu estou perfeitamente calmo, Jasper — disse Casteel.

Aquele *era* Jasper. O lupino que iria nos casar. Maravilha.

— Já que vocês dois estão determinados a ter essa conversa agora, quando deveriam ter conversado em particular há muito tempo, então vamos colocar tudo para fora para que todos possam testemunhar, já que todo mundo está pensando nisso desde o momento em que ficaram sabendo do noivado — rosnou Alastir. — Você pode até não ter concordado, mas um reino inteiro, incluindo Gianna, acreditava que você se casaria assim que voltasse.

Quem diabos era Gianna? Esse era o nome dela? A mulher com quem o Rei e a Rainha esperavam que Casteel se casasse assim que voltasse?

— Isso não tem nada a ver com Gianna — respondeu Casteel secamente.

— Na verdade, concordo com isso — respondeu Alastir. — Tem tudo a ver com o reino, com a sua terra, o seu povo e sua obrigação com eles. Casar-se com Gianna fortaleceria a relação entre os lupinos e os Atlantes.

Jasper virou a cabeça na direção de Alastir.

— Você está se excedendo, Alastir. Você não fala por todo o nosso povo.

O lupino mais velho ardeu de raiva ao meu lado, mas havia uma conexão ali, que me fazia voltar para Landell, para uma das coisas que ele disse em resposta ao anúncio de Casteel da sua intenção de fazer de mim a Princesa. Ele disse que o casamento deveria ser uma honra com o propósito de reunir todo o povo de Atlântia.

— Eu sei quais são as minhas obrigações. — As palavras de Casteel saíram como lascas de gelo. — E sei exatamente o que o meu pai espera de mim. As duas coisas não são incompatíveis, e me casar com uma lupina não apagaria a morte de mais da metade do seu povo. Qualquer um que acredite nisso é um tolo.

— Eu não disse que concordava com isso. — Alastir pegou sua bebida.

— Talvez essa conversa devesse acontecer em outro momento — enfatizou Emil, indo parar ao lado de Alastir. Ele olhou para Jasper como se dissesse "faça alguma coisa".

Jasper se sentou na cadeira que Kieran tinha ocupado antes e, para ser franca, olhou para Alastir como se esperasse que o homem continuasse.

— Você quer dizer quando não tivermos um *deles* sentado bem aqui? — perguntou um homem, um Atlante que pensei ter visto na casa em que Beckett se machucou. — Que foi criada no covil das cobras e deve ser tão venenosa quanto o ninho em que cresceu? Quando estamos *tão* perto de finalmente conseguir nos vingar contra eles?

Casteel abriu a boca, mas algo se abriu dentro de mim e ergueu a cabeça. Seja lá o que fosse, soltava fogo. Anos de preparação para permanecer em silêncio e recatada, para permitir que as pessoas fizessem e dissessem o que queriam para mim pegaram fogo e se transformaram em brasas e cinzas. Eu simplesmente fui mais rápida na resposta.

— Eu não sou um *deles* — disse, e o foco de toda a sala mudou para mim. Todos, exceto Casteel. Ele ainda observava o Atlante, e eu suspeitava de que estávamos prestes a repetir o que havia acontecido com Landell. — Eu era a Donzela, e, embora suspeitasse que os Ascendidos escondessem coisas de mim, admito que não abri os olhos para ver quem eles eram até que conheci Casteel. Mas nunca fui um deles. — Retribuí o olhar do Atlante, saboreando a sua raiva e desconfiança e sentindo-as crescerem dentro de mim, alimentando a minha fúria ardente como se ele fosse um fósforo aceso. — E, da próxima vez que você quiser me chamar de cobra venenosa, pelo menos tenha a coragem de fazer isso olhando bem para mim.

Silêncio.

Ian diria que estava tão silencioso que você podia ouvir o espirro de um grilo.

E então Jasper soltou um assobio baixo.

O Atlante saiu do seu estupor.

— Você era a Donzela deles. A Escolhida. A favorita da Rainha. Não é isso o que dizem?

— Dante — alertou Emil, lançando um olhar penetrante para o Atlante louro. — Ninguém pediu a sua opinião sobre isso.

— Mas estou feliz por ele ter dito alguma coisa, já que sei muito bem que não é o único que pensa assim — disse, olhando ao redor da sala. — Sim, eu era a favorita da Rainha e fui criada em uma gaiola tão bonita que demorei muito para perceber o que era. Os Ascendidos pretendiam usar o meu sangue para fazer mais vampiros. Por isso que eu era a Donzela. Você teria lealdade pelos seus captores? Porque eu não.

Foi então que Casteel olhou para mim, com o olhar ainda gélido, mas havia algo mais nas profundezas dos seus olhos. Eu não tinha tempo para descobrir o que era. E, naquele momento, realmente não me importava.

— Se isso for verdade, então eu a saúdo. — Dante ergueu um copo. — Todos nós a saudamos, e estou falando sério. É muito raro que alguém de Solis abra os olhos hoje em dia. Sem querer ofender aos que fizeram isso e estão presentes aqui. — Houve vários murmúrios antes que Dante prosseguisse: — Saber que você é descendente de Atlantes explica por que é importante para eles, mas...

— Sou mais útil para vocês morta? — eu o interrompi enquanto Quentyn e Beckett saíam da cozinha, trazendo pão recém-assado. Eles pararam de supetão, arregalando os olhos.

Dante abaixou o copo e me encarou.

— Eu sei que muitos de vocês prefeririam me mandar de volta para a Rainha Ileana em pedacinhos, assim como o Rei, tenho certeza. — Ergui o queixo enquanto um leve tremor agitava as minhas mãos. — Parte de mim não pode culpá-los por quererem isso, ainda mais depois de descobrir a verdade sobre eles.

Um músculo se contraiu no maxilar do Atlante, mas foi Alastir quem falou.

— Eu te avisei, Casteel. Disse que você enfrentaria resistência se continuasse com isso.

Landell também.

— E o que foi que eu respondi quando você disse isso antes? — perguntou Casteel.

— Que é isso o que você quer. Que você a quer — respondeu Alastir, e o meu coração se retorceu dentro do peito. — E você sabe que eu quero acreditar nisso. Todo mundo nessa sala quer.

Eu duvidava muito disso.

— E o Rei e a Rainha também vão querer — continuou Alastir. — Principalmente Eloana. Mas você passou décadas tentando libertar o seu irmão em vez de lidar com o que o resto de nós teve de aceitar. Você se recusou a cumprir os deveres com o seu povo porque não estava preparado para superá-lo, algo que eu conseguia entender, mesmo que doesse em mim. Na última vez em que foi embora, você devia saber que não havia mais esperança de que ele voltasse para nós, mas foi mesmo assim, por anos. Ficou longe por tanto tempo que a sua mãe começou a temer que você também tivesse sofrido o mesmo destino de Malik — disse ele, e eu senti um aperto no coração por um motivo completamente diferente enquanto Casteel não demostrava nenhuma reação. — Mas você está voltando para casa com a joia mais protegida dos Ascendidos. Poucos acreditam que isso não tem nada a ver com o seu irmão.

— Se não tivesse aceitado o destino do meu irmão, eu não iria embora de Solis — disse Casteel, e apenas Kieran e eu sabíamos o quanto custava a ele pronunciar aquelas palavras. — Não é segredo que eu pretendia usar Penellaphe como resgate. Passei esses anos longe de casa fazendo de tudo para me aproximar dela. — Ele se dirigiu não somente a Alastir, mas a toda a sala. — Tive êxito e, assim que chegou a hora certa, fiz a minha jogada. E a sequestrei.

Casteel falou a verdade que ainda era difícil de ouvir.

— Eu a sequestrei e a mantive em cativeiro, mas não para usá-la. Em algum momento, deixei de vê-la como uma moeda de troca ou um instrumento de vingança. Eu a vi por quem ela era. Quem ela é, essa mulher linda, forte, inteligente, infinitamente curiosa e gentil que foi tão vítima dos Ascendidos quanto qualquer Atlante. Eu me apaixonei por ela, provavelmente muito antes mesmo de me dar conta. — Ele deu uma risada áspera. E, Deuses, parecia tão genuíno que senti um nó na garganta. — Meus planos mudaram. O que eu acreditava sobre Malik mudou. E isso foi antes que eu descobrisse o que ela era. Que ela é parte Atlante. Foi por causa dela que voltei para casa.

Olhei para Kieran, e ele assentiu como se quisesse confirmar o que Casteel havia dito.

Mas como poderia ser?

Quando era esperado que ele se casasse com outra pessoa há décadas e nunca me contou? Por outro lado, ele ainda não tinha dito uma palavra sobre Shea.

Franzi os lábios e desviei o olhar. Se tudo o que ele havia dito fosse verdade, o futuro seria diferente. Tudo seria diferente. Eu gostaria que ele não tivesse pronunciado aquelas palavras.

A anciã com quem Casteel estivera conversando mais cedo me perguntou:

— E você sabia que ele pretendia usá-la?

— Não no começo, não até que ele já tivesse ganhado a minha confiança e a dos Ascendidos responsáveis por mim. Quando eu descobri... — Parei de falar, pensando que seria melhor que a minha reação continuasse secreta.

— Ela me apunhalou no coração com uma adaga de pedra de sangue — concluiu Casteel.

A senhora piscou enquanto Jasper deu uma gargalhada repentina.

— Desculpe — disse ele. — Mas nossa... você está falando sério?

— É verdade — confirmou Kieran. — Ela achou que isso o mataria.

Emil começou a sorrir, mas o olhar de Casteel o deteve.

Eu me remexi na cadeira subitamente desconfortável e fiquei imaginando como aquela informação ajudaria de alguma coisa.

— Eu fiquei com um pouco de raiva.

Casteel arqueou a sobrancelha enquanto olhava para mim.

— Um pouco?

Estreitei meus olhos.

— Certo. Fiquei com muita raiva.

— Eu não sabia disso — disse Alastir por trás da borda da xícara.

— Pelo visto, Casteel se parece com o pai quando se trata de mulheres com objetos afiados — comentou Jasper, bufando. — Tenho a impressão de que Delano deixou de mencionar algumas informações vitais quando me encontrou no meio do caminho.

Franzi o cenho, mas pelo menos descobri onde Delano estivera.

— Você apunhalou Casteel? — repetiu Jasper. — No coração? Com uma pedra de sangue? E achou que isso o mataria?

— Em minha defesa, eu me senti mal depois.

— Ela chorou — observou Casteel.

Eu ia acabar apunhalando-o outra vez.

— Mas eu confiei nele, e ele traiu essa confiança — continuei. — Eu era a Donzela, fui preparada a minha vida inteira para permanecer pura e focada apenas na minha Ascensão. Fui Escolhida para ser entregue aos Deuses, embora nunca tenha escolhido essa vida. E não sei o que vocês sabem a meu respeito, mas eu não tinha controle sobre aonde ia, com quem falava nem com quem podia conversar. Eu usava um véu, não podia sequer olhar nos olhos de alguém que fosse autorizado a falar comigo. Não podia decidir o que comer, quando sair dos meus aposentos, ou quem tinha permissão de me tocar. Mas Casteel foi a primeira coisa que escolhi para mim.

Minha voz falhou de leve quando o nó se expandiu na minha garganta. Dei um suspiro, sentindo o olhar de Casteel em mim, mas me recusei a olhar para ele. Não podia fazer isso, pois não queria saber o que ele estava sentindo.

— Eu escolhi Casteel quando o conheci como Hawke — me forcei a continuar, a dizer o que precisava dizer para que todos na sala pudessem ouvir, mesmo que parecesse que estava arranhando a ferida no meu peito com um prego enferrujado. — Não sabia o que isso significava na época, só que queria ter algo que tivesse realmente escolhido para mim. Eu já tinha começado a questionar algumas coisas, os Ascendidos e se eu seria capaz de ser ou fazer o que eles exigiam de mim. Já tinha começado a perceber que não podia mais viver daquele jeito. Que aquela Donzela não era eu; que eu era melhor, mais forte e destinada a alguma outra coisa que não aquilo. Mas ele... ele foi o catalisador, de certa forma. E eu o escolhi. Eu o escolhi porque ele me fez sentir que eu era outra coisa além da Donzela, e ele *me* viu quando ninguém mais via. Ele fez com que eu me sentisse viva. Ele me valorizou pelo que eu sou e não tentou me controlar. E então tudo me pareceu uma mentira quando descobri a verdade sobre quem ele era e por que ele fazia parte da minha vida.

Nem Alastir nem Jasper disseram nada. Eu ainda sentia o olhar de Casteel.

Engoli em seco, mas o nó continuou ali.

— Então, sim, eu fiquei com muita raiva, mas o que sentia por Casteel antes não desapareceu e, depois que descobri toda a verdade sobre os Ascendidos e o que tinha acontecido com ele e o irmão, entendi por que ele decidiu me usar. Não quer dizer que ficou tudo bem, mas eu podia entender o motivo. Só para vocês saberem, recusei o pedido de casamento no começo. Aceitá-lo e... e me permitir ter esses sentimentos por ele era como trair aqueles que morreram no meio de tudo isso e parecia uma traição a mim mesma. Apesar de tudo, ainda o escolhi.

Fechei os olhos. Até aquele momento, eu havia falado a verdade, algumas coisas eram novidade até para mim, e fiz isso pela primeira vez na frente de Casteel. O que veio a seguir foi mais fácil porque era uma mentira.

— Nós superamos como nos conhecemos. Pelo menos, eu superei. Ele me ama, e eu não ficaria aqui em uma sala cheia de pessoas que passaram o jantar inteiro olhando para mim com antipatia ou desconfiança — abri os olhos e o meu olhar vagou sobre a mesa até chegar aos dois mortais — se o que sentíssemos um pelo outro não fosse verdadeiro. E certamente não estaria a caminho de um reino que provavelmente vai cochichar toda vez que me vir, desconfiar de tudo a meu respeito e olhar para mim como se eu não merecesse o mínimo respeito.

Os dois homens desviaram o olhar, com o rosto ruborizado.

— Eu... — Dante se sentou. — Eu não sei o que dizer.

— Você... — Casteel pigarreou. — Você não tem que dizer nada. Vocês, todos vocês, só precisam aceitar que isso é de verdade.

De verdade.

Alastir se recostou na cadeira, com o olhar pesado e sombrio.

Foi Jasper quem falou, com um leve movimento dos lábios.

— Se você a escolheu, então como podemos não fazer o mesmo?

*

Ódio.

Era isso o que eu sentia no fundo da garganta, o que inalava a cada respiração enquanto estava sentada à mesa. Vinha de várias direções em diversos momentos, ricocheteando ao redor da sala, embora a maior parte da tensão tivesse ido embora depois que não pareceu mais que Casteel fosse arrancar os corações de Alastir e Dante. A maioria retomou o jantar e a conversa. Exceto por Casteel, que ficou me observando, e pelo lupino de cabelo prateado que também me estudava como se eu fosse um quebra-cabeça.

Mas muitos outros não ficaram me encarando e permaneceram em silêncio. Pessoas que não haviam projetado as suas emoções antes, mas que faziam isso agora.

A raiva deles deixava cada bebida que eu tomava ou pedaço de comida que engolia com um gosto amargo. Não era preciso ser muito inteligente para perceber que eles não ficaram felizes com o que Casteel e Jasper haviam dito. E nada do que eu dissera mudou o que eles acreditavam sobre mim. Não eram todos, graças aos Deuses, mas o bastante para que eu soubesse que ainda não era bem-vinda ali.

A inquietação zumbia por mim, uma espécie de energia quase nervosa enquanto eu tentava sem sucesso desligar as emoções dos outros. Não sei por que não conseguia fazer isso se ler as emoções só quando queria tinha ficado tão mais fácil ao longo do dia. Será que era porque eu estava cansada? Talvez fosse por causa do que aconteceu com Beckett ou até mesmo pelo que fiz na caverna com Casteel.

Ou quem sabe fosse por descobrir que Casteel havia escondido mais uma coisa de mim?

Devia ser uma mistura de todas essas coisas que provocou uma falha repentina em bloquear as minhas habilidades.

Olhei para o meu prato de comida quase intocada e... e simplesmente não quis mais ficar sentada ali.

E estava cansada de fazer coisas que não queria fazer.

— Com licença — disse para ninguém em particular, me levantando da cadeira.

Jasper me observou, mas não disse nada enquanto eu contornava a cadeira. Passei pelas mesas, notando que as conversas pausavam enquanto eu passava. Fiquei de queixo erguido, desejando ter tido a precaução de examinar as roupas que Vonetta trouxera mais cedo. Nada acabava com a dignidade de uma saída triunfal como usar roupas de um tamanho muito maior que o seu.

Mas duvidava muito que usar uma bela túnica ou mesmo o vestido mais luxuoso teria mudado alguma coisa.

Empurrei uma das portas e saí, respirando fundo o ar desprovido das emoções dos outros. As estrelas já haviam começado a brilhar no céu cada vez mais escuro e eu olhei para cima. Finalmente consegui bloquear os sentidos.

Virei-me e vi Delano e Naill sentados no muro em ruínas que levava até a baía. Não tentei lê-los e funcionou. As emoções dos dois não foram forçadas sobre mim.

— Parece que você precisa de uma bebida. — Delano me ofereceu a garrafa de líquido marrom que segurava. — É uísque.

Caminhei até ele e peguei a garrafa pelo gargalo.

— Obrigada — disse, levantando o frasco. O aroma amadeirado era intenso.

— Tem gosto de mijo de cavalo — disse Naill. — Só para você ficar sabendo.

Assenti e virei a garrafa na boca, tomando um bom gole. A bebida ardeu na minha garganta e olhos. Tossi e coloquei a mão sobre a boca enquanto entregava a garrafa a Delano.

— Não sei qual é o gosto de mijo de cavalo, mas aposto que é uma boa comparação.

Naill deu uma risadinha.

— Nós estávamos nos preparando para entrar lá. — Delano esticou as pernas, cruzando-as na altura dos tornozelos. — Mas decidimos esperar até que as coisas ficassem mais calmas.

— Boa decisão — murmurei.

— Parece que a sala vai ficar amena agora. — O olhar de Naill deslizou por cima do meu ombro.

Os músculos da minha nuca se contraíram.

— Por favor, me diga que não é ele.

— Bem, suponho que depende de quem *ele* é — disse Delano com uma voz arrastada.

Eu me virei e vi Casteel descendo os degraus e atravessando a curta distância que nos separava, com o olhar fixo no meu.

— Tenho a impressão de que o ar vai ficar um pouco pesado aqui. — Naill desceu do muro. — Acho que está na hora de entrarmos.

— Sábias palavras — comentou Casteel, sem tirar os olhos quase selvagens dos meus.

Delano se desencostou da parede.

— Por favor, sem apunhaladas. Isso me deixa ansioso demais.

Cruzei os braços.

— Não prometo nada.

Casteel deu um sorriso malicioso, mas não disse nada enquanto Naill e Delano voltavam para a fortaleza. Ele me encarou.

Eu o encarei.

— Você precisa de alguma coisa?

— Essa é uma pergunta complexa.

— Era retórica e eu estava esperando que sua resposta fosse: "é óbvio que não" — falei.

— Lamento desapontá-la — respondeu ele. — Por que você saiu?

— Eu queria ficar sozinha por um tempo, mas parece que isso não vai acontecer.

Ele flexionou um músculo no maxilar.

— Sinto muito, Poppy.

Arqueei as sobrancelhas e me concentrei nele. Ainda havia uma raiva intensa em Casteel, e não mergulhei mais fundo nas camadas das suas emoções.

— Pelo que exatamente?

— Por mais de uma coisa, pelo que parece — respondeu ele, e eu estreitei os olhos. — Mas gostaria de começar me desculpando sobre como o meu povo tem se comportado com você. Detesto que eles a tenham feito se sentir tão indesejada e que você saiba como eles se sentem. Prometo que isso vai mudar.

— Você... você acredita mesmo que pode mudar isso? Não pode — eu disse a Casteel antes que ele respondesse. — Eles vão me aceitar ou não. De qualquer modo, eu já esperava por isso e você também. Só esperava que eu não lesse as emoções deles.

— Eu *gostaria* que você não lesse — corrigiu ele. — Como é que não iria querer isso? E acredito mesmo que eles vão mudar como se sentem em relação a você.

Franzi os lábios e desviei o olhar. Eu não achava que fosse impossível que eles mudassem. Os sentimentos não eram estáticos. Nem as opiniões e as crenças, e, se parássemos de acreditar que as pessoas eram capazes de mudar, então poderíamos muito bem atear fogo no mundo.

— Precisamos conversar, e não sobre as pessoas naquela sala — disse ele.

Desviei os olhos dele e olhei para o reflexo da lua ondulando pela baía.

— Essa é a última coisa que eu quero fazer nesse momento.

— Você tem uma ideia melhor? — Casteel se aproximou, e o calor e o cheiro dele chegaram até mim. — Sei que eu tenho.

Olhei de volta para ele.

— Se você está sugerindo o que eu acho que está, então vou apunhalar o seu coração outra vez.

Os olhos de Casteel brilharam com um tom de mel quente.

— Não me provoque com promessas vazias.

— Você é tão pervertido.

— Jasper tem razão. Eu me pareço mesmo com o meu pai quando se trata de mulheres com objetos afiados — disse ele.

— Eu não estou nem aí.

Ele ignorou o meu comentário.

— Minha mãe apunhalou o meu pai uma dezena de vezes ao longo dos anos. Ele diz que mereceu cada uma delas e, na verdade, nunca me pareceu muito abalado por ter sido esfaqueado. Deve ter algo a ver com ficarem enfiados dentro do quarto por dias a fio depois de uma briga.

— Fico feliz em saber que a maçã perturbada não caiu muito longe da árvore insana.

Ele deu uma risadinha.

A porta se abriu atrás de nós e Kieran saiu dali.

— Não gritem comigo — disse o lupino quando a porta se fechou atrás dele. — O meu pai quer falar com você.

— O seu pai? — Franzi o cenho e então me toquei. — Jasper?

Kieran assentiu e então entendi porque achei que os traços de Jasper me fossem familiares.

A mandíbula de Casteel ficou tensa de novo.

— Ele vai...

— Vá falar com Jasper — eu o interrompi. — Como disse antes, eu realmente não quero conversar com você agora.

— Continue dizendo isso a você mesma e talvez se torne verdade.
— Casteel se virou para Kieran no instante em que eu estava prestes a dar um soco nele. — Espero que o seu pai tenha um bom motivo para querer falar comigo nesse exato momento.

— Conhecendo ele, eu aposto que ele só quer rir da sua cara — respondeu Kieran. — Então, divirta-se.

Casteel mostrou o dedo médio para Kieran enquanto caminhava na direção da porta.

— Muito principesco — gritou Kieran atrás dele e então se virou para mim. — Venha, Penellaphe. Vou levar você de volta para o quarto. Depois disso, devo garantir que Casteel não acabe matando alguém, porque o meu pai certamente vai deixá-lo louco.

— Eu não... — Soltei o ar pesadamente, irritada demais até para discutir. — Tanto faz.

Kieran estendeu o braço e aguardou. Engolindo um monte de palavrões, passei por ele.

— Foi um jantar espetacular — disse ele enquanto contornávamos a fortaleza.

— Não foi?

Ele bufou.

Nenhum de nós disse nada enquanto ele me levava de volta para o quarto. Foi só quando ele foi fechar a porta que perguntei:

— Seu pai é o quê? O líder dos lupinos?

— Ele fala por nós, sim. Leva qualquer preocupação ou ideia para o Rei e a Rainha.

Lembrei que Vonetta pretendia voltar para casa para visitar a mãe e perguntei:

— Ele vem sempre ao Pontal de Spessa?

— Ele vem com frequência para ver se os lupinos que moram aqui estão bem. Às vezes, a nossa mãe o acompanha, mas ela deve dar à luz em breve.

Por um momento, o que ele disse não fez sentido. E então fez.

— A sua mãe está grávida?

Um leve sorriso surgiu nos lábios dele.

— Você parece tão surpresa.

— Desculpe. É que... você tem mais ou menos a idade de Casteel, certo?

— Nós somos da mesma idade. Vonetta, que não vai ser mais a caçula da família, nasceu sessenta anos depois de mim — respondeu ele. — Meu pai tem quase seiscentos anos e a minha mãe, quatrocentos. Ao lado de Alastir, ele é um dos lupinos mais velhos ainda vivos.

— É uma... diferença de idade enorme entre um filho e outro — murmurei.

— Não quando você pensa em quanto tempo leva para criar um lupino. Beckett pode parecer um mortal de não mais de treze anos, mas, na verdade, ele é muito mais velho que você. Assim como Quentyn.

Isso fazia sentido. Casteel havia me dito que o envelhecimento desacelerava quando um Atlante entrava na Seleção. Quentyn podia até parecer ser da minha idade ou um pouco mais jovem, mas devia ser muito mais velho que eu.

— Como foi que o seu pai obteve essa posição?

— Poucos lupinos sobreviveram à guerra, de modo que simplesmente não havia muitos disponíveis — explicou ele, e isso... isso era triste de se pensar. — Você tem certeza de que é isso que quer me perguntar?

Era.

E não era.

Outra pergunta ardia dentro de mim, mas eu me recusava a perguntar isso.

Kieran hesitou e então acenou com a cabeça.

— Então, boa noite, Penellaphe.

— Boa noite — murmurei, parada ali até que a porta se fechasse. Em seguida, fiquei sozinha. Sozinha com os meus sentimentos e os próprios pensamentos.

Prometido para outra.

O cansaço me envolveu conforme eu entrava no quarto lentamente. Fui até as roupas que Vonetta trouxera, aliviada por não ver uma única peça branca. Peguei uma túnica azul-escura com um fino acabamento dourado ao longo da bainha e da costura. Era sem mangas e comprida, com fendas nas laterais. Havia outra dourada, quase da cor dos olhos de um fundamental. Passei a mão sobre o tecido macio de algodão. Também havia uma camisa verde-esmeralda, de mangas com babados e um decote elegante. Deixei as blusas de lado e encontrei dois pares de leggings pretas grossas como calças e ambas pareciam ser do meu tamanho. Uma capa de algodão com capuz estava dobrada sobre várias roupas íntimas novas. Vonetta havia mencionado a capa e, agora que a vi, percebi que ela tinha razão quando disse que era muito mais adequada do que as pesadas capas de inverno.

Mas o que estava ali por baixo me confundiu.

A peça de roupa era de um tom de azul quase tão claro quanto os olhos de um lupino. Peguei o tecido escorregadio e sedoso, arregalando os olhos ao ver as alças minúsculas e o comprimento mínimo.

A coisa era indecente.

Mas a camisola que recebi em Novo Paraíso era muito pesada para as noites em que a temperatura não caía abaixo de zero e essa... essa *camisola* não precisava de faixa para ficar fechada, então já era uma vantagem.

Joguei a roupa na cama, me virei e não faço a menor ideia de quanto tempo fiquei ali antes de entrar em ação, correndo de volta para a sala de estar. Fui até a porta e coloquei as mãos sobre a madeira. Timidamente, me abaixei e girei a maçaneta.

A porta se abriu.

Rapidamente a fechei e recuei, esperando que Kieran voltasse e percebesse que tinha deixado a porta destrancada. Quando ele não veio — quando ninguém veio —, fiquei com as mãos trêmulas. E, quando me dei conta de que ninguém havia trancado a porta naquele dia ou mesmo na primeira noite em que Casteel e eu chegamos, meus braços começaram a tremer.

Eu não estava mais enjaulada. Era uma prisioneira voluntária. Só não tinha percebido que nenhuma das portas havia sido trancada do lado de fora.

Deuses.

A constatação provocou algo em mim. Desbloqueou a emoção mais intensa e me atingiu com força. Sentei no chão e coloquei as mãos sobre o rosto enquanto as lágrimas escorriam dos meus olhos. As portas estavam *destrancadas*. Não havia guardas, ninguém para mandar em mim. Se quisesse, eu poderia simplesmente sair e... bem, ir para onde quisesse. Não precisava fugir nem arrombar a fechadura. Minhas lágrimas... eram de alívio e estavam marcadas por mágoas anteriores e outras mais antigas que causaram cicatrizes há muitos anos. Elas estavam sobrecarregadas com o conhecimento da dor vindoura e caíam com a compreensão de que naquela noite, quando me sentei à mesa, eu finalmente havia tirado o véu da Donzela ao me defender. Não que eu não tivesse feito isso antes. Eu me defendi com Casteel e Kieran, e até mesmo Alastir, mas aquela noite fora diferente. Pois não havia como voltar ao silêncio, à submissão. Não importava se eu era o pescoço que fazia girar a cabeça de um reino ou uma estranha em uma sala cheia de gente que tinha todo o direito de desconfiar de mim. Ficar calada era só temporariamente mais fácil do que quebrar o silêncio, e essa compreensão era dolorosa. Chamava a atenção para todas as vezes em que eu poderia ter falado alguma coisa — poderia ter me arriscado independentemente das consequências. Todas essas coisas alimentavam as minhas lágrimas.

Chorei. Chorei até ficar com dor de cabeça. Chorei até não restar mais nada dentro de mim e eu fosse apenas um receptáculo vazio, e então... então me recompus.

Porque eu não era mais uma prisioneira.

Eu não era mais a Donzela.

E o que sentia por Casteel — o que eu estava apenas começando a aceitar — era algo com que tinha de lidar.

O que eu disse durante o jantar? Era verdade. Tudo aquilo. Até a última parte era verdade, não era? Mesmo que eu não tivesse perdoado Casteel completamente pelas mentiras e pelas mortes que causou, eu as aceitava porque eram parte do seu passado — do nosso passado — e não mudavam como eu me sentia, não importava se fosse certo ou errado. Foi isso o que neguei por tanto tempo.

Eu o amava.

Eu estava apaixonada por ele, embora esse amor tivesse sido construído sobre um alicerce de mentiras. Eu o amava, embora houvesse tantas coisas que não sabia sobre ele. Eu o amava, embora soubesse que era um peão voluntário para ele.

E isso não aconteceu de um dia para o outro. Não deveria ser nenhuma surpresa, pois eu já estava apaixonada por ele no momento em que o meu coração se partiu quando descobri a verdade sobre quem ele era. Eu me apaixonei por ele quando era Hawke e continuei me apaixonando quando descobri que ele era Casteel. E sabia que não era porque ele foi o meu primeiro em *tudo*. Sabia que não era por causa da minha ingenuidade ou falta de experiência.

Era porque ele me fazia sentir *vista*, ele fazia eu me sentir *viva*, mesmo quando realmente queria machucá-lo. Continuei me apaixonando porque ele nunca me disse para não pegar uma espada ou um arco e, em vez disso, entregou um para mim. Me apaixonei ainda mais quando percebi que Casteel usava muitas máscaras por diversos motivos. O que sentia só aumentou quando percebi que ele mataria qualquer um que me insultasse, por mais errado que fosse. E esse amor... se aprofundou quando percebi o tipo de força e determinação que ele tinha dentro de si para sobreviver ao que tinha passado e *ainda* encontrar os pedaços de quem costumava ser.

E a perda de fôlego, o arrepio e o anseio toda vez que ele olhava para mim, quando os seus olhos pareciam duas chamas douradas, toda vez que ele me tocava, iam além da luxúria. Eu não precisava de experiência para saber a diferença. Ele não tinha partes de mim. Tinha todo o meu coração, desde o momento em que deixou que eu me defendesse e ficou ao meu lado em vez de na minha frente.

E essa constatação era apavorante. Me assustava mais do que uma horda de Vorazes ou de Ascendidos assassinos jamais seria capaz. Porque eu tinha de lidar com o que Casteel sentia e com o que ele não sentia.

O motivo pelo qual Casteel não me contou sobre Gianna era o mesmo motivo pelo qual não me contou sobre a União ou sobre o Pontal de Spessa. Kieran poderia estar certo ou errado. Casteel podia até se importar comigo — o suficiente para não querer me ver machucada — e ele me desejava fisicamente, mas isso não significava que éramos corações gêmeos. Isso não significava que ele me amava. E nenhum fingimento poderia mudar isso nem como eu me sentia.

Eu tinha de lidar com isso.

E lidaria.

Porque o meu acordo com Casteel continuava de pé. Eu não iria desistir disso por causa dos meus sentimentos ou porque estava magoada. O meu irmão era mais importante.

Ergui a cabeça e fixei os olhos embaçados nas antigas paredes de pedra. O povo de Solis era mais importante que os meus sentimentos, assim como todos aqueles que chamavam Atlântia de lar. O irmão de Casteel era mais importante, assim como todos os nomes nas paredes da câmara subterrânea.

Casteel e eu poderíamos mudar as coisas. Nós podíamos deter os Ascendidos, e era isso o que importava.

Levantei-me, trêmula, e fui até a pequena sala de banho, grata por Casteel não ter voltado enquanto eu estava tendo um colapso mental e uma epifania. Sequei as lágrimas que manchavam o meu rosto e depois me despi, colocando a camisola que mal podia ser chamada de roupa. O tecido fresco deslizou pelos meus seios e quadris, terminando logo abaixo do meu traseiro. Amanhã, eu me questionaria se as mulheres realmente dormiam ou não naquele... naquele pedaço de seda, mas estava cansada para me preocupar com isso hoje. Após trancar as portas, levei a adaga para a cama e a coloquei embaixo do travesseiro. Puxei o cobertor sobre o corpo e tentei não pensar em como tudo tinha o cheiro de Casteel. Fechei os olhos doloridos e, tão cansada quanto estava de *tudo*, imediatamente caí no esquecimento do sono.

Acordei algum tempo depois com a cama se mexendo sob um peso inesperado. Rolei o corpo para o lado e tirei a adaga de debaixo do travesseiro.

A mão de alguém agarrou o meu pulso na penumbra do quarto e uma voz sussurrou:

— Você vai me apunhalar no coração? De novo?

Capítulo 33

O cheiro de especiarias e pinho chegou até mim um segundo depois das palavras.

Casteel.

Meu coração descompassado não desacelerou dentro do peito.

— Por que você não solta o meu pulso para descobrir?

— Parece um sim, se é que já ouvi um antes — respondeu ele enquanto os meus olhos se ajustavam. O brilho da lâmpada do lado de fora do dossel deixava a maior parte dele nas sombras, mas ele estava perto o suficiente para que eu pudesse ver a sua sobrancelha arqueada e o sorriso debochado nos seus lábios.

Prometido para outra.

A raiva foi como uma onda de calor que acabou com qualquer resquício de sono.

— Me solte.

— Não sei se devo. — Casteel deslizou o polegar em um círculo ao longo do meu pulso enquanto dizia: — Alguém provavelmente vai ficar irritado se você me apunhalar e eu acabar sangrando na cama inteira.

— Você pode limpar a sua bagunça.

— Há algo naturalmente errado com a ideia de ser apunhalado e depois ter que limpar o meu próprio sangue.

Tentei me desvencilhar dele, mas a minha mão continuou presa à cama.

— Há algo naturalmente errado com você estar aqui! Como foi que entrou? Eu tranquei as portas.

— Trancou?

— Tranquei... — Dei um suspiro. — Chave. Você tem uma chave.

— Talvez. — Ele inclinou a cabeça. — Você estava chorando?

— O quê? Não — menti.

— Então por que os seus olhos estão inchados?

— Deve ser porque estou cansada. Eu estava dormindo, mas você me acordou.

— Eu queria voltar mais cedo, parece que sempre quero voltar mais cedo — disse ele, parecendo ter aceitado a minha resposta. — Ainda mais quando você está vestindo algo tão interessante.

O cobertor havia escorregado até a minha cintura durante o sono, revelando o decote profundo da camisola. O rubor desceu pelo meu pescoço e entre os meus seios.

— Era a única coisa que eu tinha para vestir além do robe.

— Gostei. — Ele mudou de posição, parecendo ficar confortável enquanto estendia a outra mão e tocava na alça. — Alças tão ridiculamente minúsculas. Gostei.

Afastei a mão dele com um tapa.

— Pode me soltar. Eu não vou apunhalar você.

— Acho isso estranhamente decepcionante.

— E eu acho isso extremamente perturbador.

Ele deu uma gargalhada e soltou o meu pulso. Comecei a me mexer, mas ele foi muito mais rápido e se moveu de modo a ficar em cima de mim. O calor do seu corpo pressionou o meu peito enquanto uma de suas pernas acabava no meio das minhas, provocando um curto-circuito nos meus sentidos. Um lampejo de calor passou por mim quando todo o meu corpo tomou ciência da proximidade dele.

— O que você está fazendo? — exigi saber.

— Vendo se você está confortável.

— E como vai fazer isso se deitando em cima de mim?

— Não vou. — Um sorriso nebuloso surgiu nos lábios dele. — Estou fazendo isso porque gosto de ficar em cima de você.

— Bem, eu não — disparei, com a pulsação retumbando nas minhas veias.

O peito dele roçou no meu, causando um arrepio aveludado em mim.

— Isso é mentira.

— Não é. — Levei a adaga até o pescoço dele. — De verdade.

— Você se lembra do que aconteceu na última vez em que encostou uma adaga na minha garganta? — Ele tocou na minha bochecha com as pontas dos dedos e desceu até o maxilar. — Eu me lembro.

Uma lambida de prazer seguiu os dedos dele.

— Foi uma perda temporária de sanidade.

— É o meu tipo preferido. — Ele deslizou os dedos pela minha garganta e sobre a linha da minha clavícula. — Gosto muito dessas alças.

— Não estou nem aí.

Ele passou os dedos sob as alças enquanto fechava a mão sobre o meu ombro.

— Você mente de um jeito tão doce.

Ignorei o comentário.

— Casteel...

— Mas não tão doce como quando diz o meu nome.

Soltei um pequeno rosnado.

— Você é...

— Maravilhoso? Encantador? Irresistível?

— Cada vez mais irritante.

— Mas você ainda não usou essa adaga no meu pescoço.

— Estou tentando pensar nas pessoas que terão que limpar a bagunça.

— Que atencioso da sua parte. — Ele brincou com a alça. — Eu já te disse que você é linda?

— O quê? — A mudança de assunto me pegou desprevenida.

— Devo ter dito, mas não me lembro — continuou ele, puxando a alça com delicadeza. — Então pensei que não é algo que se possa dizer com muita frequência. Você é linda, Poppy.

Meu coração idiota palpitou.

— Foi por isso que você decidiu me acordar no meio da noite?

— Você é linda. — Ele inclinou a cabeça e eu arfei ao sentir os seus lábios na cicatriz mais longa da minha bochecha. Ele a beijou e em seguida a menor, acima do meu olho. — Por inteiro, e nunca deveria questionar por que alguém a acharia absoluta, irrevogável e distrativamente linda.

A palpitação voltou, mas eu a ignorei.

— São muitos adjetivos.

— Posso falar outros.

— Não precisa — informei. — Então, agora que já me disse isso, você pode sair de cima de mim.

Ele sorriu na minha bochecha.

— Mas você está confortável, Princesa, e me faz sentir... bem, você simplesmente me faz sentir.

O que eu o fazia sentir? Luxúria? Divertimento? Distração? O ímpeto de ler as emoções dele era difícil de ignorar.

— Isso não é motivo.

— É o único motivo.

A irritação atiçou a minha pele no mesmo tempo em que o hálito dele dançava sobre os meus lábios e os seus dedos roçavam na curva do meu seio.

— Ora, bom para você, mas não preciso que você fique aqui.

— Veja bem, esse é o problema. — A voz dele era um mero sussurro conforme ele passava a mão sobre a seda da camisola. O tecido era tão fino que não servia de barreira contra a sua palma. — Você não precisa de mim.

— Isso não parece ser um problema.

— Mas... — Os lábios de Casteel passaram sobre os meus, me fazendo perder o fôlego enquanto ele enfiava a mão debaixo do cobertor até chegar ao meu quadril. Seus dedos tocaram na pele nua e uma onda de calor úmido se acumulou no meio das minhas pernas. — Mas você me quer.

Os músculos se contraíram no meu abdômen e então mais para baixo enquanto eu pressionava a ponta afiada da lâmina na garganta dele, cortando a sua pele.

— Agora não — eu disse a ele.

Sem se intimidar com a adaga, ele abaixou a boca. E, quando falou, seus lábios tocaram nos meus.

— Eu consigo sentir a sua excitação, Princesa.

Não havia como negar isso. Eu podia mentir o quanto quisesse, mas não mudava o fato de que tinha de me esforçar para não levantar o quadril para ele, para não pensar na sensação dele mais cedo, grosso e rígido dentro de mim. No entanto, a mágoa no meu peito pelo que descobri continuava ali e a lembrança de como foi surpreendentemente doloroso pensar que ele já estava noivo. Foi um aviso para eu me manter alerta e não perder de vista o que era importante.

— Só porque o meu corpo quer você, não significa que qualquer outra parte de mim queira.

— Então talvez devêssemos fingir mais um pouco — sugeriu ele, aproximando os dedos de onde eu latejava. Se ele me tocasse ali, sabia que estaria perdida.

Não que ele tivesse esse tipo de poder. Mas o meu desejo por ele, sim.

— Ou então parar de fingir — continuou ele. — Eu gostei mais disso, para ser sincero.

Eu também, mas o que era verdadeiro para mim não era para ele.

Inclinei a cabeça para trás, com o coração acelerado. Meus lábios tocaram nos dele quando disse:

— Já que logo você vai estar em casa, aposto que há outras camas que você pode frequentar que não exigem que *finja*. Aposto que são numerosas. Mas pode começar com a de Gianna.

Casteel ficou imóvel, interrompendo o movimento da mão na parte interna da minha coxa, e então ergueu a cabeça.

— Você não pode estar falando sério.

— Parecia que eu estava brincando?

Ele saiu de cima de mim, e eu me contive antes que fizesse algo irracional como detê-lo. Sentei na cama, segurando a adaga conforme ele saía da cama com tanta rapidez que era como se não estivesse ali antes.

Uma sensação amarga atingiu as minhas veias e eu fechei os olhos. Consegui o que queria — ele não estava mais na cama. Então por que não estava aliviada?

— Não acredito que você realmente disse isso.

Abri os olhos, atônita.

— Ah, não?

Ele era uma sombra atrás das cortinas.

— Claro que não, de jeito nenhum.

Rastejei pelo cobertor, empurrando a cortina para o lado enquanto quase caía da cama. Um filete de sangue escorria do pescoço dele, embora a ferida que eu havia feito já tivesse sarado.

Fiquei de pé e joguei a adaga na mesinha de cabeceira, pois havia uma boa chance de usá-la. Ainda mais quando me deparei com o olhar dele, me encarando desde a ponta dos pés, passando pela pele nua das minhas pernas até chegar à bainha esvoaçante e ao decote profundo da camisola. Seus olhos de âmbar quente encontraram os meus.

Cerrei os dentes.

— Você foi prometido para outra, Casteel.

— Você não ouviu quando eu deixei bem nítido que nunca fiz tal promessa?

— Eu ouvi com muita atenção.

— Parece que não foi o suficiente. — Casteel estreitou os olhos enquanto me encarava. — Sabe, estou feliz por você ter tocado nesse assunto. Esqueci por um momento que precisávamos conversar sobre isso. Você realmente acreditou que eu já estava noivo de outra pessoa, não é?

— Você está falando sério? — arfei, fechando as mãos em punhos. — Mesmo?

— Até onde eu sei, sim. — Ele cruzou os braços.

— Então por que é que ficaria surpreso se eu pensasse algo assim? Por algo que não me contou? Você e o seu belo histórico de mentiras e meias verdades?

O calor desapareceu do olhar dele, substituído por uma pontada de surpresa, e então ele estreitou os olhos de novo.

— Então vou contar toda a verdade, Poppy. Sim, era esperado que eu me casasse. Por muitos. tenho certeza. Meu pai falava sobre isso há décadas, mas nunca me perguntou se era o que eu queria. Algo com que você deve estar familiarizada.

Hesitei. Eu estava bastante familiarizada com isso.

— Pensei que os Atlantes raramente se casassem se não estivessem apaixonados.

— E não se casam. Mas, como aposto que você se lembra, o reinado dos meus pais já deveria ter chegado ao fim. Há décadas. Meu pai achava que, se me casasse, talvez eu parasse de procurar por Malik e faria o que ele achava certo. Ele sabia que eu gostava de Gianna, que nós éramos amigos, e achou que daríamos um belo casal.

Gianna. Esse nome. Parecia raro e requintado. Se aquilo foi discutido por décadas, então deveria haver uma história entre eles, e a súbita explosão de calor na minha garganta tinha o gosto de uma emoção que eu não tinha o direito de reivindicar.

— Você quer dizer que ela seria uma boa Princesa?

— Imagino que sim, mas, para responder à sua pergunta, eu nunca disse nada a respeito porque não queria magoá-la nem que ela sentisse que eu a estava rejeitando — disse ele. — Ela não precisa disso, já que não foi atrás de mim por conta própria.

Mas ela *tinha* ido atrás dele? Consegui não fazer essa pergunta.

— Mas você nunca me disse nada sobre ela... sobre essa expectativa.

— Juro pelos Deuses, Poppy, eu tinha me esquecido completamente disso até que Alastir falou sobre as minhas obrigações. Tenho coisas muito mais importantes na cabeça. E imaginei que o meu pai já tivesse desistido da ideia — disse ele. — Jamais pensei que Alastir fosse mencionar esse assunto. Mas ele... — Casteel sacudiu a cabeça. — Você pode decidir não acreditar em mim, mas essa é a verdade. E, mesmo se tivesse me lembrado, por que eu mencionaria uma promessa que *nunca* fiz para uma mulher que estava tentando convencer a se casar comigo?

— Para que eu estivesse preparada para ouvir isso? — quase gritei. — Para não ficar sentada ali, pensando que você estava noivo de outra pessoa enquanto nós... — Parei de falar.

— Enquanto nós fazíamos o quê, Poppy? Nos beijávamos. Dávamos prazer um ao outro? Transávamos? Fodíamos? Fazíamos amor?

Puxei o ar de modo entrecortado.

— Fazíamos amor? — sussurrei.

— Sei que não era isso o que estávamos fazendo — disse ele, os olhos dourados reluzindo com um brilho gélido. — Você não pensaria nem por um segundo que eu estava noivo de outra pessoa se nós estivéssemos fazendo isso.

— Eu não entendo o que uma coisa tem a ver com a outra — admiti. — E também não entendo por que você está chateado.

— Porque *eu* não entendo como você acreditou que eu poderia estar noivo de outra pessoa e fazer as coisas que fiz com você.

— Você fala como se eu soubesse de tudo sobre você! — Atirei os braços para cima de frustração. — Só para você ficar sabendo: ser capaz de sentir as emoções de alguém não me diz tudo sobre essa pessoa. No entanto, você age como se eu o conhecesse. Mas é difícil conhecê-lo quando você escolhe o que vai me contar e quando. Você só me diz o que quer que eu saiba, e eu tenho de juntar as peças do que me contou sobre você mesmo para formar uma opinião. E depois ainda tenho que decidir se você está mentindo ou não!

Casteel deu um passo em frente.

— A não ser quando precisava me alimentar, fui sincero com você desde que descobriu quem eu era.

— Mesmo que isso seja verdade, eu ainda não o conheço bem o suficiente para saber o que você faria ou deixaria de fazer.

— Você ao menos tentou? — perguntou ele.

— Tentei, sim!

Ele arqueou as sobrancelhas.

— Mesmo? Você está tentando toda vez que parece que quer me perguntar alguma coisa, mas se força a ficar calada?

— Eu faço isso porque você não me diz nada ou me ignora quando pergunto sobre essas coisas! — Comecei a dar as costas para ele e então me virei. — Me conte sobre as conversas que você e o seu irmão não queriam ouvir e por isso iam para as cavernas. Me conte por que você se recusa a assumir o trono, mesmo sabendo que o seu irmão não vai estar apto a fazer isso quando o libertar — exigi saber. — Me conte por que você achou que era uma boa ideia me sequestrar e me usar de resgate antes mesmo de me conhecer, caramba! — A frustração encheu a minha garganta. — Me conte por que você nunca pensou em me contar sobre a União. Me conte sobre Gianna, Casteel. Ela se importa com você? Ela quer esse noivado? Você se importa com ela?

Ele soltou o ar de modo áspero, sacudindo a cabeça, mas eu não tinha terminado.

— Me conte por que você não me contou a verdade sobre o Pontal de Spessa antes que eu estivesse aqui. Não confiava que eu tivesse essa informação? Me conte sobre *ela*. Aquela que você amou e perdeu por causa dos Ascendidos. Me conte o que aconteceu com ela. Consegue ao menos dizer o nome dela? — Eu estava ofegante e a minha raiva sobrecarregava os meus sentidos, bloqueando completamente as emoções dele. — Me conte como você consegue ficar perto de mim quando represento as pessoas que tiraram tanto de você. Me conte por que você veio até o meu quarto hoje à noite. Me conte algo importante! Algo verdadeiro.

O peito de Casteel subiu com uma respiração pesada.

— Você quer algo verdadeiro?

— *Sim*.

— Vim ao seu quarto hoje à noite para saber se o que você disse no jantar era verdade. Que fui a primeira pessoa que a viu. Que fui a primeira coisa que você escolheu para você mesma. Que você me escolheu quando me conheceu como Hawke e, mesmo depois de descobrir a verdade, continuou me escolhendo — rosnou ele, com os olhos luminosos. — Vim aqui para saber se você realmente sentia que estava traindo Vikter, Rylan, todos os outros e a você mesma. Vim aqui para ver se isso mudou. Tudo isso era *verdadeiro* ou você estava só *fingindo*?

Dei um passo para trás, completamente exposta, e não tinha nada a ver com aquela camisola ridícula. Eu não esperava que ele fosse por esse caminho. Não sabia muito bem por quê, mas não esperava.

Ele balançou a cabeça e deu uma risada curta e sem graça.

— É. Silêncio. Como sempre. É por isso que eu nunca tive motivo para te contar qualquer uma dessas coisas que você exigiu saber de mim.

Eu o encarei, com as mãos e os braços tremendo.

— Eu não sei o que você quer de mim.

— Tudo — disse ele entre os dentes cerrados. — Eu quero *tudo*.

Um arrepio irrompeu na minha pele.

— Eu... eu não entendo o que isso significa — sussurrei. E, inexplicavelmente, senti uma ardência na garganta. Parece que não tinha chorado todas as lágrimas disponíveis, pois agora elas ameaçavam irromper dos meus olhos outra vez. — Eu não entendo nada disso. Não entendo você. Não me entendo. Como deveria me sentir? Como deveria me esquecer de tudo? Eu não... — Franzi os lábios e passei os dedos sobre o rosto, sobre as cicatrizes que ele beijou. Tirei as mãos dali. — Eu não entendo.

As curvas angulosas do rosto dele se suavizaram, e foi como ver uma máscara cair. Ele deu um passo em frente e então parou.

— Você acha que eu entendo, Poppy? Nada disso deveria acontecer. Eu tinha planos. Capturar e usar você. Libertar o meu irmão e, talvez, se os Deuses fossem bons, evitar uma guerra, ou pelo menos minimizar o derramamento de sangue.

Casteel se virou de lado e passou a mão pelo cabelo.

— Esse era o plano. E que eu me dane se isso não saiu dos trilhos no instante em que você entrou no maldito Pérola Vermelha. — Ele fechou os olhos. — E cada vez, todas as malditas vezes, que eu conversava com você, que via o seu sorriso ou ouvia você gargalhar, e quanto mais eu a conhecia, menos os planos faziam sentido. E acredite em mim, Poppy, os meus planos faziam muito mais sentido que isso. Que tudo isso.

Perdi o fôlego conforme ficava cada vez mais imóvel.

— Eu sou um Príncipe. Um reino inteiro de pessoas conta comigo para resolver os problemas, mesmo aqueles que desconhecem, mas eu... eu não posso fazer isso. Não posso entregá-la para eles, nem mesmo pelo meu irmão. — Ele se virou para mim, com os olhos quase luminosos. — Porque, quando estou com você, eu não penso no reino cheio de pessoas que contam comigo. Não volto para aquelas malditas jaulas no meio do dia, quando está silencioso demais. Não fico pensando em tudo o que sei que eles estão fazendo com o meu irmão. Batendo nele. Matando-o de fome. Estuprando-o. Transformando-o em um monstro pior do que eles sequer são capazes de imaginar. Quando estou com você, eu não penso nisso.

Fechei as mãos sobre o peito — sobre o meu coração ensandecido — enquanto o rosto dele ficava embaçado. E, finalmente, eu o senti. Sua dor. Sua confusão. Sua *perplexidade*.

— Eu me esqueço. — Ele se calou enquanto sacudia a cabeça, perplexo. — Eu me esqueço dele e do meu povo, e nem entendo como isso é possível. Mas eu me esqueci. Eu me esqueço. E você quer saber de uma coisa sobre *ela*? Sobre Shea?

Fiquei ofegante ao ouvir o nome dela nos lábios de Casteel.

— Eu nunca me esqueci das minhas obrigações com ela. Nunca parei de pensar em Malik — disse ele, me deixando atordoada. — E você... você entendeu tudo errado. Eu tenho um motivo para não falar o nome dela. Não tem nada a ver com os Ascendidos e, embora certamente tenha a ver com o que sinto por ela, não é o que você pensa.

Casteel deu mais um passo na minha direção, com os olhos totalmente arregalados quando disse:

— E, para ser sincero, não faço a menor ideia de como *você* consegue suportar o meu toque depois das minhas mentiras e de tudo o que fiz e causei. Tudo o que sei é que não planejei nada disso, Poppy. Não planejei me sentir atraído por você. Não planejei te querer. Não planejei arriscar tudo para ficar com você. Eu não...

Alguém bateu na porta, me assustando tanto que quase dei um salto.

— Se tem valor à sua vida — Casteel ergueu a voz —, você vai embora e fingir que nunca esteve aqui.

— Gostaria de poder fazer isso. Pode acreditar em mim — veio a voz de Emil. — Mas é importante.

— Duvido muito — murmurou Casteel, e eu quase ri da expressão de enfado estampada no rosto dele.

Mas então Emil disse:

— O céu está em chamas.

Capítulo 34

Poucas coisas eram mais importantes do que o que Casteel estava dizendo, o que estava admitindo para mim — e o que não foi dito.

O céu estar em chamas era uma delas.

Casteel me observou com uma intensidade quase enervante enquanto eu vestia um par de leggings e, em seguida, colocava uma capa sobre a camisola ridícula. Enfiei os pés nas botas e corri até onde ele estava me esperando, entre os dois aposentos. Fomos até a porta principal, mas Casteel parou antes de abri-la.

Ele se virou para mim e me olhou fixamente.

— Essa conversa ainda não acabou.

— Eu sei — disse a ele, e sabia mesmo. — Tenho um monte de perguntas.

A risada dele foi curta, mas nada como a anterior. Foi genuína, e um pouco dos ângulos desapareceram das suas feições.

— É claro que tem.

Emil estava nos esperando depois do terraço e, quando saí para o pátio, fiquei boquiaberta.

Um brilho vermelho-alaranjado e nebuloso iluminava o céu além da Colina.

— Que porra é essa? — perguntou Casteel.

— O céu está mesmo em chamas — sussurrei. — É outro presságio? Dos Deuses?

— Espero que não — respondeu Emil. — Porque, se for, não pode ser coisa boa. Delano já saiu para ver se consegue descobrir o que é.

Casteel assentiu.

— Não acredito que seja isso. — Ele começou a contornar a fortaleza, mas então parou. Virou-se para mim e estendeu a mão.

Coloquei a mão na dele sem hesitação. Seu toque era quente e forte, e aquele choque de energia estava ali, subindo pelo meu braço.

Não faço a menor ideia de como você consegue suportar o meu toque.

Tive vontade de dizer a ele naquele momento que conseguia suportar o seu toque porque o amava.

Mas não parecia uma boa ideia com o céu pegando fogo.

Casteel avançou.

— Há quanto tempo vocês perceberam que isso estava acontecendo?

— Dez minutos, no máximo. Você vai até a Colina? — perguntou Emil enquanto atravessávamos o pátio na direção de um dos pontos de acesso para a Colina.

— Imagino que teremos uma visão melhor de lá. — Ele me levou até uma escada iluminada por lanternas a óleo. — Alguém foi com Delano?

Emil nos seguiu enquanto subíamos a escada de pedra em espiral.

— Acho que Dante saiu com ele. Deve ter pensado que seria mais seguro.

— É possível — murmurou Casteel.

Assim que alcançamos o topo da Colina, fiquei paralisada por um momento. Todo o céu a oeste parecia incandescente.

— Bons Deuses — murmurou Emil, parando de supetão.

Casteel e eu cruzamos o terraço da Colina, com o ar frio enregelando a minha pele. Existiam várias pessoas dentro ou perto dos parapeitos, com os corpos destacados em vermelho.

Uma delas se virou. Kieran. O pai estava ao lado dele, de frente para o céu reluzente. Havia uma Guardiã na ameia, com o luar refletindo nas espadas douradas presas ao lado do corpo. Ela olhou por cima do ombro e colocou o punho sobre o coração.

Casteel a cumprimentou com o mesmo gesto conforme uma rajada de vento levantava as mechas finas dos cabelos soltos dela. Os meus também voaram quando tirei a mão da dele e entrei em uma ameia vazia. O vento... um cheiro acre o acompanhava, me fazendo lembrar de...

Coloquei a mão na pedra.

— Não acho que seja o céu que está em chamas.

A Guardiã olhou para mim sem dizer nada enquanto Casteel entrava no parapeito.

— Nem eu.

— Estou aliviado que o céu não esteja em chamas — disse Jasper. — Mas alguma coisa está.

Algo grande estava em chamas, mas o que poderia ser? Só havia campos e cidades em ruínas por aquelas bandas.

— A que distância você acha que é o incêndio? — perguntou a Guardiã.

— É difícil saber com certeza. — Casteel colocou as mãos ao lado das minhas. — Eu diria que cerca de um dia ou mais de cavalgada, talvez até mais longe dependendo do tamanho.

— Um dia de cavalgada? — Franzi o cenho. — Isso seria... onde? Em Pompeia? O que poderia pegar fogo lá para criar isso?

— Se fosse mais longe, teria que ser um incêndio gigante para ser visto daqui — disse Casteel, sacudindo a cabeça. — Delano é rápido. Na forma de lupino, ele logo vai chegar a Pompeia. Em breve saberemos qual é a causa.

— E até lá, Vossa Alteza? — perguntou a Guardiã.

— Até lá, devemos garantir que não haja pânico. As pessoas que estavam no jantar já devem ter visto isso e vão contar a história do céu em chamas em casa. Vá e garanta que não haja pânico, Novah.

A Guardiã assentiu e então saiu da ameia. Ela atravessou o terraço e sumiu por uma das escadas.

— E o que nós vamos fazer? — perguntou Kieran enquanto olhava para o céu sobrenatural.

— Vamos esperar — disse Casteel. — É só o que podemos fazer por enquanto.

*

O amanhecer surgiu no Pontal de Spessa em respingos roxos e cor-de-rosa, mas, a oeste, parecia que o sol tinha caído na Terra. A cada hora, o cheiro de fumaça e de madeira queimada aumentava.

Puxei a capa em volta do corpo e olhei para a estrada de terra adiante, procurando por algum sinal de Delano e Dante, mas não vi nada.

Não conseguia sequer ver as Guardiãs que sabia que estavam depois da muralha, escondidas na grama alta. Horas intermináveis se passaram desde que subimos até a Colina e, embora não tivesse que ficar ali, eu queria estar presente no momento em que descobríssemos de onde estava vindo o fogo e o que causou o incêndio.

Encostada no parapeito, olhei por cima do ombro. Casteel estava a vários metros de distância, conversando com Kieran e Alastir. Senti a... apreensão emanando dos três e fiquei imaginando se eles tinham o mesmo receio que *eu* não estava disposta a expressar.

Voltei-me para o céu a oeste, perturbada com o brilho laranja-avermelhado. Seja lá o que estivesse em chamas, não era um incêndio normal.

— O céu me remete a velhas lembranças.

Estremeci ao ouvir a voz de Jasper. Ele havia entrado na ameia sem que eu me desse conta. O lupino de cabelo prateado era alto — mais alto que o filho e Casteel. Ele apoiou o quadril na muralha e olhou para o céu em chamas.

— Cidades inteiras foram incendiadas — continuou ele. — Algumas por acidente. Outras de propósito. Havia semanas em que o céu inteiro parecia estar em chamas, não importava para onde você olhasse. Era algo que eu esperava nunca mais ver. — Ele se virou para mim. — Acho que não fomos devidamente apresentados.

— Não, não fomos. — Não encontrei nada além de preocupação e curiosidade emanando dele. — Sou Penellaphe Balfour.

— Jasper Contou — disse ele, e eu me dei conta de que não sabia qual era o sobrenome de Kieran. — Balfour? É um sobrenome antigo do Reino de Solis.

— Alastir me disse isso.

— Ele sabe das coisas. — Jasper olhou para onde os outros estavam. — Então, tive a impressão de que vou celebrar um casamento?

Mordi o lábio, imaginando se Casteel ainda pretendia se casar comigo enquanto estávamos ali. O plano era ficar no Pontal de Spessa até que o primeiro grupo chegasse de Novo Paraíso, o que devia acontecer naquele dia. Mas com o incêndio?

— Um casamento bastante aguardado e ainda assim extremamente inesperado, devo acrescentar. — Foi então que ele sorriu, demonstrando estar se divertindo um pouco com aquilo.

No dia anterior, talvez eu tivesse respondido com algo vago, de modo apropriado para a Donzela, mas essa parte de mim não existia mais.

— Não sei se Casteel ainda pretende se casar comigo enquanto estivermos aqui — respondi, retribuindo o seu olhar pálido. — Você fala pelos lupinos?

Ele assentiu.

— Então, imagino que você esperava que ele se casasse com outra pessoa.

O divertimento dele aumentou um pouco.

— Levando em conta que Casteel nunca deu a entender que tivesse interesse de se comprometer com ninguém, eu não esperava nada dele.

Senti um aperto no coração. Não é que eu não tivesse acreditado quando Casteel me disse que não tinha concordado em se casar com Gianna, mas era... bem, era um alívio saber que o lupino que falava pelo seu povo não esperava que o casamento acontecesse.

— Mas você esperava que ele se casasse com uma lupina? Pelo que entendi, há um certo descontentamento entre os lupinos, e suponho que havia a esperança de que um casamento entre Casteel e uma lupina atenuasse esses problemas.

O maxilar de Jasper endureceu de leve, e eu senti uma pontada quente de raiva.

— Sou da mesma opinião de Casteel. Um casamento entre os nossos povos teria feito muito pouco para amenizar as preocupações ou acabar com o desejo de vingança contra os Ascendidos. Valyn também é inteligente o bastante para saber disso — disse ele, se referindo ao Rei pelo nome. — Mas, quando ouve muitos rumores, você começa a acreditar no que quer que seja que esses rumores lhe digam.

Franzi o cenho conforme olhava para Casteel — e para aqueles que estavam com ele. Será que Jasper estava sugerindo que a união entre Casteel e uma lupina foi uma ideia induzida ao Rei? Alastir era conselheiro da Coroa, mas, embora tivesse dúvidas quanto à autenticidade do nosso relacionamento, ele não parecia ser contra. Mas o que foi que Casteel disse a Alastir durante o jantar? Que sabia por que ele tinha mencionado aquele assunto. Talvez tenha sido ideia de Alastir, na esperança de amenizar a inquietação. Eu não podia culpá-lo por isso.

— Imagino que ainda vou celebrar um casamento — ponderou Jasper.

Arqueei as sobrancelhas enquanto olhava de volta para ele.

— Você não duvida das nossas intenções?

— Não depois de conhecer você.

— Não sei se isso foi um elogio ou não — admiti, embora nada do que sentia emanando dele indicasse que ele estava sendo irônico.

O sorriso dele se alargou ainda mais.

— Você parece não ter nenhuma dificuldade para falar o que pensa mesmo sendo criada para ser a Donzela.

— Nem sempre — confessei, tremendo quando uma rajada de vento cheio de fumaça soprou pelo terraço. — Você parece não ter nenhum problema para falar comigo, embora eu fosse a Donzela.

— E também parece ser capaz de curar ossos quebrados com o toque das mãos.

Olhei para ele, surpresa.

— Fiquei sabendo do que você fez por Beckett. Eu disse a Alastir que aquele boboca não devia estar aqui. — Havia afeição no seu tom de voz. — Os lupinos mais jovens podem ser muito propensos a acidentes devido à curiosidade geral a respeito de tudo, o que leva a um nível quase catastrófico de desatenção.

Eu sorri.

— Mas ele vai ficar bem.

— Por sua causa.

Olhei de volta para o céu e dei um suspiro.

— Eu nunca tinha feito isso antes.

— Fiquei sabendo disso também. Meus filhos me contaram. E também me disseram que você parecia... *antiga*.

Bons Deuses, eu tinha me esquecido disso depois de tudo que aconteceu após aquela conversa.

— Você também acha que eu tenho cheiro de morte?

Ele riu.

— Você não tem cheiro *de* morte, mas tem um... aroma diferente. Não consigo identificar exatamente o que é, mas me parece familiar. — Jasper ficou calado por um momento e de repente me lembrei do lupino em Novo Paraíso, aquele que tinha falado em Jasper e dito que ele ficaria interessado em me conhecer. — Quando Delano me disse que você descendia da linhagem empática e Kieran confirmou isso, eu não acreditei neles. E agora é que não acredito mesmo.

Olhei de volta para ele.

— Por que não?

O lupino inclinou a cabeça.

— Porque poucos empáticos eram capazes de curar com o toque, e eu nunca ouvi falar de um empático que brilhasse como o luar. Não quer dizer que nenhum tenha feito isso, mas aqueles que eu conheci com certeza não faziam.

A inquietação tomou conta de mim.

— Você está sugerindo que eu não sou descendente dessa linhagem?

— Eu não sei. — Havia sinceridade nas palavras do lupino de cabelo prateado enquanto ele me estudava. — Você é um mistério em muitos aspectos, Penellaphe.

A aproximação de Casteel silenciou qualquer resposta que eu pudesse dar.

— Espero que você não esteja enchendo a cabeça dela com histórias a meu respeito.

— São histórias que eu deveria saber? — perguntei.

— Depende. — Casteel olhou para o pai de Kieran. — Se forem sobre qualquer coisa que aconteceu quando eu era um bebê até a minha Seleção, a resposta é não.

Arqueei as sobrancelhas.

— Bem, agora fiquei muito interessada.

Jasper riu e se afastou da muralha.

— Eu não contei história nenhuma. — Ele fez uma pausa. — Por enquanto.

Casteel estreitou os olhos quando parou do meu lado.

— Que tal você manter a contação de histórias ao mínimo?

— Mas eu estou muito interessada na contação de histórias — comentei.

Jasper sorriu de novo e, dessa vez, sob a luz do sol, não havia como não notar a semelhança entre ele e Kieran.

— Nós temos tempo. Vou me certificar disso. — Ele piscou para mim antes de colocar a mão no ombro de Casteel e sair do parapeito.

— Acho engraçado que Alastir fique de boca fechada quando se trata de histórias constrangedoras sobre a minha adolescência e ainda assim fale abertamente sobre coisas as quais deveria pensar melhor — disse Casteel, observando Jasper se juntar ao filho e a Alastir. Beckett tinha chegado e, quando ele sorriu para Jasper, não pude deixar de pensar no medo que senti emanando dele. — Por outro lado, Jasper é exatamente o oposto.

— Estou muito interessada na sua adolescência.

— Aposto que sim. — Casteel inclinou o corpo na direção do meu, e foi a primeira vez desde que Emil bateu na porta que ficamos sozinhos.

Havia muito a dizer enquanto olhávamos um para o outro. Tantas perguntas e palavras não ditas, mas nenhum dos dois disse nada conforme ele juntava as pontas da minha capa, puxando o tecido fino para mais perto do meu corpo. As mãos de Casteel continuaram ali, enroscadas no tecido abaixo da capa enquanto o seu olhar vagava pelo meu rosto.

— Você não precisa ficar aqui em cima, Poppy — disse ele depois de um momento.

— Eu sei, mas quero estar aqui quando Delano voltar. — Olhei para as mãos dele. — Além disso, duvido que consiga dormir.

— Você poderia tentar.

— Você também.

— Mesmo se não fosse o Príncipe, eu ainda ficaria aqui em cima — respondeu ele.

Ergui o olhar até ele.

— Mesmo se não estivesse prestes a me tornar a Princesa, eu ainda ficaria aqui.

Casteel ficou tão quieto que imaginei se ele estava respirando. Senti uma explosão intensa de emoções fluindo por ele, tão rápida e repentina que não consegui entender o que eram. Mas também pode ter sido por causa do choque, pois nunca senti nada parecido nele antes.

Em seguida, ele se mexeu e estendeu a mão. Hesitou para ver se eu iria me afastar. Como não fiz isso, tocou na minha bochecha esquerda. Seus dedos se espalharam pelas minhas cicatrizes.

— Acho que nunca ouvi você se referir a você mesma como a Princesa. Não?

Ele olhou fixamente para mim, e um longo e tenso momento se passou.

— Nós ainda temos muito que conversar.

— Eu sei — sussurrei. — Mas vamos ter que esperar. Sei disso também.

— Mas até lá? — Ele chegou mais perto de mim, me deixando sem fôlego. — Fico honrado por você estar ao meu lado agora.

Eu não sabia o que dizer e me dei conta de que às vezes nada precisava ser dito.

— Você está com fome? — perguntou ele. — Com sede?

Fiz que não com a cabeça enquanto ele erguia o olhar para o céu a oeste.

— Mas está com frio.

— Só um pouco.

— Um pouco já é demais. — Ele colocou a mão no meu ombro e me virou para que eu ficasse de frente para o oeste. Deixei que ele fizesse isso.

E quando ele cruzou os braços ao meu redor, me puxando contra o peito, fiquei tensa só por alguns segundos. Também deixei que ele fizesse isso e relaxei no seu abraço caloroso, encostando a cabeça no peito dele. Casteel pareceu soltar um suspiro e, por vários minutos, ficamos ali parados. Juntos.

Foi nesse momento que pensei no que o lupino havia me dito.

— Jasper meio que deu a entender que não acredita que eu descenda da linhagem empática.

— É mesmo?

— Ele disse que nunca ouviu falar nem conheceu nenhum deles que brilhasse em luz prateada.

— Nem eu — disse ele. — Mas nenhuma outra linhagem faz sentido. A única alternativa em que consigo pensar também não faz.

— E o que é?

— Que nenhum dos seus pais era somente mortal. Mas nesse caso, se você for uma mistura de duas linhagens, é difícil de acreditar que a sua mãe e o seu pai tenham passado despercebidos pelos Ascendidos.

— E significaria que Ian também é parte Atlante.

— Provavelmente.

Meu coração deu um salto dentro do peito. Casteel tinha razão. Não fazia sentido. Pois então por que Ian teria Ascendido?

Se é que ele tinha Ascendido.

— É possível que você venha de uma linhagem empática rara e mais antiga — disse Casteel. — Só porque não ouvimos falar nem vimos isso antes, não quer dizer que nunca existiu.

Ele tinha razão.

Algo me veio à mente enquanto observava o céu a oeste.

— Jasper foi escolhido como orador do seu povo porque Alastir já era o conselheiro dos seus pais?

— Alastir poderia ter sido ambas as coisas, mas Jasper... bem, ele tem um sexto sentido para as coisas. Não como você. Ele está em sintonia com as pessoas e até mesmo com os animais.

Refleti sobre isso.

— Kieran também é assim, não é?

O queixo dele roçou o topo da minha cabeça.

— Certa vez, Jasper me disse que havia um Vidente na sua linhagem, um metamorfo, e que ele recebeu uma versão diluída dessa habilidade. Quando era mais jovem, eu achava que ele estava inventando, mas parecia mesmo saber das coisas. Como quando estava prestes a cair uma tempestade ou de que lado se proteger. Às vezes, ele sabia o que eu iria fazer antes mesmo que eu fizesse.

Assim como Kieran.

— E Vonetta não é assim?

— Ela se parece mais com a mãe, bem, não para cozinhar, mas certamente para lutar — disse ele.

Abri um sorriso.

— Eu perguntei a Jasper se ele esperava que você se casasse.

Não havia nenhuma tensão ou retesamento quando ele perguntou:

— E o que foi que ele disse?

— Que não esperava — respondi, fechando os olhos. — É isso que eu não entendo.

— Poppy...

— Quero dizer, eu não entendo como o orador dos lupinos não espera que você se case com uma lupina, mas o seu povo sim. E alguns dos lupinos. — Assim como Landell. — E, aparentemente, o seu pai. E acho que até Alastir em algum momento.

— Bem, Alastir esperava por isso. Tenho certeza. Estou quase certo de que foi ideia dele — disse ele, confirmando as minhas suspeitas. — Afinal, Gianna é a sua sobrinha-neta, a prima mais velha de Beckett.

— *O quê?* — Abri os olhos assim que ouvi o pio distante de um pássaro canoro. Um sinal que foi respondido com um assovio mais próximo e depois por uma das Guardiãs, que estava do outro lado da Colina.

— Eles estão de volta — disse Casteel.

Virei-me nos braços dele; nós nos entreolhamos por um breve instante e então entramos em ação. Não fomos os únicos a correr para o pátio. Alastir e Jasper estavam bem atrás de nós, junto com Kieran.

Emil e Vonetta levantaram a barricada e os pesados portões de ferro se abriram enquanto Casteel caminhava até o centro. Apertei os olhos, sem enxergar nada.

Então, logo adiante na estrada de terra, um borrão branco correu na nossa direção — com o pelo branco salpicado de vermelho.

— Merda — grunhiu Casteel, saindo em disparada pelo portão. Outra pessoa praguejou, gritando para que ele continuasse ali dentro, mas ele já estava no meio do caminho até Delano.

Que estava ferido.

E sozinho.

Saí correndo, com a capa ondulando atrás de mim.

— Droga. — Esse era definitivamente Kieran.

Não diminuí o ritmo e alcancei Casteel e Delano no instante em que o lupino tombava no chão, levantando nuvens de poeira. Meu coração deu um salto quando senti a agonia lancinante dele. A dor física sobrecarregou os meus sentidos como costumava fazer antes do dia anterior. O fio se esticou e se conectou com ele, e a dor me fez tropeçar.

Kieran me pegou pelo braço e me apoiou. Comecei a agradecer, mas ele já havia passado por mim conforme Casteel se ajoelhava no chão.

Cheguei até eles junto com Jasper.

— Por que não estou surpreso de que tanto o Príncipe quanto a futura Princesa estejam fora da segurança da muralha? — perguntou ele.

— Bem-vindo ao meu mundo — murmurou Kieran.

— Ele está sentindo dor — disse, indo até onde Casteel estava ajoelhado. Assim que fiz isso, consegui ver o ferimento na lateral do corpo de Delano, sob a pata dianteira: o braço direito. O sangue estava mais fresco ali, escorrendo da ferida.

— Ele está inconsciente — disparou Casteel, olhando para a estrada vazia e então para mim. — Você pode...?

Eu já estava de joelhos do outro lado de Delano, com as mãos formigando de calor.

— Eu não sei o que vai acontecer — disse, olhando para Casteel. — Não sei se vou aliviar a dor dele ou algo além disso.

Os seus olhos cor de âmbar encontraram os meus.

— Faça o que puder.

Ciente das Guardiãs que nos cercavam enquanto Alastir se ajoelhava atrás de Casteel, enfiei as mãos no pelo macio do lupino. Como aconteceu com Beckett, antes que eu pudesse começar a evocar as minhas poucas lembranças felizes, o calor se intensificou. Um brilho tênue envolveu as minhas mãos conforme eu sentia a dor de Delano aumentando súbita e intensamente e depois diminuindo.

— Deuses — sussurrou Jasper com a voz rouca.

— Estou brilhando de novo, não é? — perguntei.

— Sim — respondeu Casteel. — Como o luar. Linda.

Delano estremeceu quando senti o resto da sua dor indo embora. Suas orelhas se contraíram e depois se levantaram. Um momento depois, ele ergueu a cabeça e alongou o pescoço para olhar para mim enquanto eu tirava as mãos do seu pelo.

— Oi — disse eu, e podia jurar que o lupino deu um sorriso.

— Delano? — Casteel se inclinou para a frente. — Você consegue se transformar?

O lupino se voltou para Casteel e estremeceu mais uma vez. Quando o seu pelo começou a afinar, Kieran tirou a camisa e a colocou sobre a cintura de Delano no instante em que as pernas se alongaram, as garras se retraíram e a pele pálida substituiu o pelo. Um segundo depois, Delano estava na forma mortal.

Recuei. A visão de um lupino mudando de forma nunca deixaria de me surpreender.

Delano levantou o braço direito conforme se sentava, limpando o sangue e vendo que não havia nenhuma ferida ali embaixo. Mas só um pedaço de pele áspera e rosada. Abaixou o braço e olhou para mim.
— Delano — disse Casteel. — O que foi que aconteceu?
Ele tirou os olhos de mim e se virou para Casteel, respirando fundo.
— Eles estão a caminho. Os Ascendidos.

Capítulo 35

— Eles estão queimando tudo — disse Delano entre garfadas de carne assada e goles de água, enquanto nos sentávamos em uma sala dentro da fortaleza, fora do refeitório. — Tudo o que restou de Pompeia. Toda a floresta, de Pompeia até... Deuses, provavelmente até Novo Paraíso. O Clã dos Ossos Mortos? — Seus ombros nus se retesaram conforme ele pegava um copo de água. — Não sei como eles poderiam ter saído de lá. Devem estar todos mortos.

Senti o estômago vazio enjoado. Eu não era fã do costume de comer gente e usar a pele como vestimenta, mas isso não significava que quisesse que eles fossem assassinados. Principalmente depois de descobrir que eles haviam sobrevivido à guerra e aos Ascendidos se escondendo naquela floresta.

— Assim que vimos Pompeia, percebemos que não era algo normal. Não havia muitos lá. Talvez duas dúzias de guardas. Mas para criar um incêndio desses? A ponto de o ar ficar quase preto de fumaça? Nós sabíamos que tinha de haver mais gente. — Os nós dos seus dedos ficaram brancos com a força com que ele segurava o copo.

Nós.

Mas só ele voltou, e eu sabia o que isso significava.

Olhei para Casteel do outro lado da mesa.

Seu rosto estava totalmente desprovido de emoção, mas eu podia sentir a fúria gélida dentro dele.

— Você viu mais gente?

— Nós passamos por eles, viajando mais para o oeste. Foi onde vimos o resto. Chegamos perto, o mais perto que podíamos. Para ver quantos eram. — Ele bebeu meio copo de água. — Eles montaram acampamento, Cas. Com cavalos e carroças cheias de suprimentos.

Alastir, que estava de pé desde que entramos na sala, se sentou em uma cadeira com o rosto pálido enquanto Delano erguia os dedos, um por um, do vidro.

— Deve haver centenas deles, cerca de oitocentos, eu acho. Um maldito exército.

Recostei-me na cadeira. Desde o momento em que percebi que o céu não estava realmente em chamas, eu suspeitei que os Ascendidos estivessem por trás do incêndio. As horas na Colina foram gastas me preparando para o que eu já sabia. Descobrir que os Ascendidos estavam a caminho não me abalou. Mas sim a *quantidade* impressionante deles.

— Inferno — murmurou Jasper.

— Um deles nos viu conforme saíamos do acampamento. Fui atingido por flechas. Dante também.

— Ele foi morto? — perguntou Casteel.

Delano assentiu enquanto olhava para o prato.

— Pegou na cabeça dele.

Alastir praguejou e se levantou outra vez.

— Dante não sabia quando calar a boca. — Ele se virou, segurando as costas da cadeira. — Mas era um bom homem. Honrado.

— Eu sei. — Casteel contraiu o maxilar.

— Eu não podia parar para me recuperar — disse Delano. — No momento em que a flecha me atingiu e vi que Dante estava morto, saí correndo. Eu teria chegado aqui antes, mas estava enfraquecendo.

— Tudo bem. Você chegou aqui. — Casteel descruzou os braços e pousou a mão no ombro do lupino. — É isso que importa.

Delano assentiu, mas eu sabia que ele não acreditava nisso. Podia sentir a sua raiva — dirigida aos Ascendidos e a si mesmo.

— Você correu quantos quilômetros? — perguntei. — Com uma ferida que deve ter perfurado o seu pulmão? Você fez mais do que a maioria das pessoas poderia sequer pensar em fazer.

Os olhos de Delano encontraram os meus.

— E você me curou com o toque dos dedos.

— E isso não foi nem de longe tão difícil ou impressionante quanto o que você fez.

As bochechas de Delano ficaram coradas quando Casteel acrescentou:

— Ela está falando a verdade. E você é a primeira pessoa que a deixou impressionada. Fiquei com ciúmes.

Revirei os olhos.

Casteel apertou o ombro de Delano mais uma vez e perguntou:

— Você viu algum sinal de Elijah? Ou de qualquer pessoa de Novo Paraíso?

Assim que Delano fez que não com a cabeça, um manto pesado e sombrio pairou sobre a sala.

— Há outros caminhos por onde eles poderiam ter vindo. Rotas que levariam muito mais tempo. Isso não significa que Elijah e os outros não tenham saído de Novo Paraíso — disse Kieran, falando pela primeira vez. — Eles podem ter seguido para o norte e depois descido pelo sopé das Montanhas Skotos para evitar os Ascendidos.

— Eu sei. — Casteel cruzou os braços. — Você viu algum Ascendido? Algum cavaleiro?

— Não, mas havia carruagens sem janelas e vagões com paredes altas, completamente fechados. É possível que exista algum Ascendido ali dentro.

— Essa é uma boa notícia, pelo menos — disse Casteel.

— Como é que isso é uma boa notícia? — Alastir se virou para ele. — Há centenas deles a caminho. Um exército.

— Porque, com centenas de mortais, o Pontal de Spessa tem uma chance — respondeu Casteel.

— Uma chance mínima. — Alastir voltou ao seu lugar. — Você pode até estar otimista. Eu respeito isso, mas, mesmo com as Guardiãs que temos aqui, não vai ser o suficiente para conter um exército desse tamanho.

Um calafrio percorreu o meu corpo enquanto eu olhava ao redor da mesa, da sala e para as paredes de pedra que já haviam testemunhado a queda de uma cidade.

— Não podemos deixar que o Pontal de Spessa seja destruído.

Vários pares de olhos se voltaram para mim, mas foi o olhar de Casteel que retribuí.

— E não vamos — disse ele. — Novah?

A Guardiã alta de cabelo loiro trançado deu um passo em frente. Era aquela que ficou nos observando no dia em que eu as vi treinando.

— Sim, meu Príncipe?

— Lembre-me de quantas pessoas aqui são capazes de defender a cidade.

— Menos de cem são treinadas ou capazes de lutar fisicamente — respondeu ela, e Emil praguejou baixinho. — No entanto, os mais velhos sabem usar o arco. Temos cerca de vinte arqueiros.

Vinte arqueiros era melhor do que nada, mas não era o suficiente. Todo mundo sabia disso.

— Temos mais vinte e três do meu grupo e de Alastir. — O músculo no maxilar de Casteel se contraiu de novo. — Quando você acha que eles vão chegar ao Pontal de Spessa?

— Eles estão divididos em dois grupos — disse Delano. — O menor está mais perto, a cerca de um dia de cavalgada. Imagino que possam chegar aqui ao anoitecer. — A tensão na sala se intensificou. — O grupo maior vai demorar mais. Provavelmente uns dois dias, mas isso depende, se o primeiro grupo esperar pelo maior.

— E há quantas pessoas no primeiro grupo? — perguntou Jasper.

— Duzentas? Talvez trezentas.

Esse era o grupo menor? Bons Deuses.

— Não há a menor dúvida de que eles sabem o que está acontecendo aqui, já que mandaram quase mil soldados — disse. — Eles estão prontos para a batalha.

— Alguém deve ter dado com a língua nos dentes — afirmou Emil enquanto se afastava da parede. — Eles devem ter arrancado essa informação de alguém. Provavelmente de um Descendido que veio até aqui ou que sabia de tudo.

— Ou de alguém em Novo Paraíso — disse Alastir, e o meu peito se encheu de pavor.

— Eles não devem ter plena ciência do que foi reconstruído aqui, mas por ser tão perto das Montanhas Skotos sabem que não devem vir despreparados. O tamanho do exército pode ser mais uma demonstração de força com o objetivo de nos assustar e entregar o que eles querem. — Jasper, sentado a alguns lugares vazios na mesa de mim, se virou na minha direção. — O que presumo que seja você.

Eu já sabia disso. Quer soubessem o que o Pontal de Spessa havia se tornado ou não, eles vinham atrás da Donzela. Do suprimento de sangue. Do futuro das Ascensões de um jeito ou de outro. E trouxeram um exército para conseguir o que queriam, totalmente preparados para fazer isso por meio da força.

E as pessoas... iriam morrer. Talvez até mesmo alguns dos que estavam naquela sala. Todos eram as coisas mais próximas de imortais que existiam, mas eles não eram Deuses. E, mesmo com todos dispostos e capazes de lutar, nós estávamos em grande desvantagem numérica. As pessoas iriam morrer porque estavam me abrigando, assim como aqueles em Novo Paraíso.

Como Renfern.

Fiquei tomada pela apreensão. Eu não poderia viver com essa culpa de novo.

— Eles não podem conseguir o que querem — rosnou Casteel enquanto olhava para mim. — *Nunca*.

Permaneci imóvel conforme ele sustentava o meu olhar. Havia uma promessa nas suas palavras, uma que dizia muito — que dizia que ele sabia para onde os meus pensamentos tinham ido.

— Eles estão aqui por minha causa — disse, retribuindo o seu olhar e desejando que ele ouvisse o que não podia dizer na frente dos outros. — Nós não podemos arriscar...

— Podemos, sim — interrompeu ele, os olhos ardendo com um tom intenso de dourado. — E vou fazer isso. Eles não podem ter você. — Ele se curvou para a frente e colocou as mãos sobre a mesa. — Seja lá o que estiver pensando, você entendeu errado. Eles não vão embora assim que tiverem você. Você sabe disso, Poppy. Viu isso em primeira mão com o Lorde Chaney. Mesmo que consigam o que querem, eles *ainda assim* vão destruir tudo o que estiver pela frente só porque podem. É o que eles fazem. E, assim que a tiverem, eles vão usá-la para causar mais estragos e destruição. Ao se entregar, você não vai salvar vidas. Vai destruir mais ainda.

Casteel tinha razão e eu detestava isso. Parecia que não havia nada que eu pudesse fazer para impedir isso — para lutar contra eles.

Mas eu estava errada.

Havia algo que podia fazer. Eu podia lutar.

Casteel desviou o olhar do meu.

— Precisamos de reforços, e rápido. Alastir, você tem que cruzar as Montanhas Skotos. Alerte aqueles que estão nos Pilares e na Enseada de Saion sobre o que está acontecendo. Despache um número de soldados capaz de chegar ao Pontal de Spessa em dois dias — ordenou ele, ao que o lupino já começou a se levantar da cadeira para obedecer. Casteel ainda não tinha terminado de falar. Ele se virou para Kieran. — Quero que você vá com ele no caso de alguma coisa acontecer.

— O quê? — exclamou Kieran, nitidamente tão chocado quanto eu ao ouvir a ordem de Casteel. — O maldito exército de Solis está vindo para cá e você me manda para Atlântia?

— Sim. Você é rápido, forte e não vai enfraquecer nem vacilar se algo acontecer com Alastir. — Casteel retribuiu o olhar atônito do lupino. — Você não vai nos decepcionar.

Meu coração começou a bater descompassado porque eu sabia. Sabia muito bem por que Casteel estava mandando Kieran para longe.

— Meu Príncipe — disse Novah. — Sei que acredita que tem o dever de continuar aqui, mas é você quem deveria cruzar as Montanhas Skotos. Você deveria ir embora imediatamente e procurar um lugar seguro.

— Tenho que concordar com ela — Alastir entrou na conversa. — Os Ascendidos podem achar que você é o Senhor das Trevas, assim como podem saber quem você realmente é: o herdeiro do Reino de Atlântia. Você é a última pessoa que deveria ficar aqui.

Fiquei tensa ao ouvir as palavras de Alastir, mas Casteel não demonstrou nenhuma reação ao ser chamado de herdeiro do reino.

— Eu dou valor aos seus pensamentos e opiniões, mas vocês sabem que não vou abandonar o Pontal de Spessa à própria sorte. Não quando ajudei a convencer as pessoas daqui a virem morar nesse lugar.

— Todos que vieram para cá sabiam dos riscos — argumentou Alastir. — Você não pode arriscar a sua vida pelo Pontal de Spessa.

Casteel inclinou a cabeça.

— Se eu não estou disposto a arriscar a minha vida pelo Pontal de Spessa, então como é que posso pedir às pessoas daqui que façam isso? Isso não é digno de um Príncipe. Pelo menos não de um bom Príncipe.

Senti um respeito tão grande por Casteel que fiquei sem fôlego. Não sei como ele não conseguia ver isso praticamente irradiando de mim. Ele não estava disposto a pedir que os outros arriscassem o que ele mesmo não arriscaria, e ninguém podia argumentar contra isso. Nem mesmo Alastir.

Ele soltou o ar pesadamente e então assentiu.

— Eu deveria ficar aqui com você. — Kieran se aproximou de Casteel. — Tenho o dever de defender a sua vida. Foi o compromisso que assumi, o juramento que fiz. Como é que vou fazer isso fugindo da batalha? — Ele abaixou o tom de voz. — Não faça isso, Cas.

Senti um aperto no coração enquanto olhava para eles. Casteel estava mandando o seu lupino vinculado para longe dali. Um olhar para Kieran me disse que ele também sabia disso. Casteel estava acabando com qualquer chance de Kieran arriscar a própria vida para salvar a dele.

Exatamente como fez quando partiu para matar a Rainha e o Rei de Solis.

E isso significava que Casteel sabia que havia uma boa probabilidade de que o Pontal de Spessa não aguentasse até que os reforços chegassem. Se eles chegassem.

— Você fez um juramento para me proteger e vai fazer isso — disse Casteel. — Não vai fugir da batalha. Vai proteger o que é mais importante para mim, a Poppy.

Estremeci.

— Espere aí. O quê?

— Você vai embora com eles. Vai ser difícil — disse ele, ainda sustentando o olhar de Kieran. — Não haverá nenhuma parada e você vai ter que seguir tudo o que Kieran lhe disser, principalmente sobre passar a noite nas montanhas, mas...

— Eu não vou embora — interrompi.

— Você não pode ficar aqui — respondeu Casteel. — Não com eles a caminho. Isso não está em discussão.

Eu me pus de pé num salto.

— Deixe-me elucidar uma coisa. Não sei se você percebe isso ou não, Casteel, mas eu não estou sob nenhum juramento que me obrigue a obedecer a nada do que você diga.

Casteel se retesou.

— E talvez devesse olhar para mim quando tenta me mandar fazer alguma coisa — acrescentei.

Ele se virou para mim, com a cabeça inclinada.

— Eu estou olhando para você agora.

— Mas está prestando atenção?

— Ah, cara — murmurou Delano baixinho enquanto o resto da sala ficava em um silêncio mortal. — Alguém vai ser apunhalado outra vez.

Alguém, acho que foi Jasper, bufou.

— Ah, eu estou prestando atenção — respondeu Casteel. — Talvez você devesse tentar fazer isso. Junto com uma coisa chamada bom senso.

— Sem dúvida vai ser apunhalado — confirmou Kieran.

Contornei a mesa, ciente de que Delano parecia estar afundando na cadeira.

— Você está falando sério?

— Você está armada? — Casteel perguntou com um sorriso debochado. — Está, sim.

— Eu estou tão confusa com o que está acontecendo aqui — sussurrou Novah, franzindo o cenho de leve.

— Parece que ela já o apunhalou uma vez — Jasper informou à Guardiã. — No coração.

Novah olhou para mim.

— E me cortou hoje à noite. Atirou uma adaga no meu rosto em uma ocasião. — Casteel fez a conta com os dedos. — E teve uma vez, na floresta, que ela...

— Ninguém quer saber quantas vezes eu já arranquei sangue de você — vociferei.

— Eu quero — comentou Jasper.

Emil ergueu a mão.

— Eu também.

— Veja bem, além de não ser muito inteligente deixar a única coisa que eles querem ao alcance, eu também não quero ter que me preocupar que você vai se entregar — afirmou Casteel. — Você sabe... como fez antes.

— Esse não é um erro que eu vou cometer novamente — declarei.

— Mas você estava pensando nisso, não é? — Ele deu um passo para o lado para que Delano não estivesse mais sentado entre nós.

— Estava, sim — admiti. — Por alguns minutos. Mas você tem razão.

Ele arqueou as sobrancelhas.

— Abençoados sejam os Deuses, alguém marque essa data e a hora. Ela acabou de admitir que eu tenho razão.

— Ora, cale a boca — retruquei.

— Por mim, tudo bem. A conversa está encerrada. Você vai embora com Alastir e Kieran imediatamente. — Ele começou a se virar.

— Eu não vou embora. — Ergui o queixo quando ele se virou de volta para mim. — Você vai ter que me obrigar. Vai ter que me arrastar até Atlântia.

Casteel abaixou o queixo conforme a raiva tomava conta dele, chegando até mim.

— Ou eu poderia simplesmente usar de persuasão com você.

Minha pele ficou fria.

— Você não se atreveria.

Ele flexionou o maxilar e então praguejou. A friagem me abandonou. Ele não faria isso.

— Isso é diferente, Poppy. Diferente da Colina, dos Vorazes e do Clã dos Ossos Mortos.

— Você deveria ir embora — disse a Guardiã. — Eu vi o que é capaz de fazer, lá fora com Delano. Mas isso não vai ser útil na hora de lutar. Você não vai passar de uma distração para o nosso Príncipe. Um ponto fraco.

Eu me virei lentamente para a mulher.

— Como é que é?

Novah me encarou.

— Não quero ofendê-la. São apenas fatos.

— Seus fatos estão totalmente incorretos — eu disse a ela. — Só para apontar o erro mais evidente: o que fiz por Delano seria muito útil quando e se as pessoas forem feridas. *Isso* — lancei um olhar sombrio na direção de Casteel — é bom senso.

Ele estreitou os olhos.

— E quanto a ser um ponto fraco? Eu sou tão boa com a espada quanto com o arco, e sou boa demais com o arco. Provavelmente melhor do que a maioria aqui. Eu sou um recurso — disse. — E, quanto a ser uma distração para Casteel, essa é uma fraqueza dele. Não minha.

Novah ergueu o queixo, e eu senti... senti um certo respeito emanando da Guardiã. Enterrado sob camadas de desconfiança, mas estava ali.

— Ela não está mentindo — disse Casteel, me observando. — Penellaphe sabe lutar e a sua habilidade com a espada e pontaria com a flecha estão bem acima do nível de um soldado treinado. Ela nunca seria um ponto fraco.

Olhei para ele.

— Quer dizer que está resolvido?

Ele estreitou os lábios conforme balançou a cabeça.

— Você precisa da minha ajuda — eu disse a ele, suspirando. — E *preciso* ficar aqui. Eles estão vindo atrás de mim e tenho que ser capaz de fazer alguma coisa. Eu preciso lutar, não ficar parada sem fazer nada.

Casteel me encarou por um longo momento, e pensei que talvez ele tivesse entendido. Por que eu não podia ir embora. Por que isso faria com que eu me sentisse impotente. Mas, mesmo assim, eu me preparei para mais uma discussão. Porque aquilo *era* diferente. Era uma batalha, e eu podia sentir a confusão de emoções dentro dele. O conflito.

Mas então ele assentiu.

— Certo. Você fica — disse ele, e eu dei um suspiro de alívio. — Vamos discutir o que isso significa mais tarde.

Estreitei os olhos.

— E eu? — perguntou Kieran. — Se Penellaphe vai ficar...

— Vocês ainda têm que viajar em dupla — interrompeu Casteel, e eu senti o cansaço profundo dele. — Delano não pode fazer a viagem e você é mais rápido que Naill e a maioria dos Atlantes aqui.

Kieran ficou tenso enquanto o seu pai observava em silêncio.

— E isso é uma ordem?

Casteel olhou para Kieran e assentiu.

— É, sim.

O lupino trincou o maxilar com tanta força que fiquei surpresa por não ouvi-lo estalar. Ele balançou a cabeça, emanando descrença e raiva, mas eu senti outra coisa, algo profundo que era quente e mais forte que a raiva.

— Eu sei por que você está fazendo isso — sussurrou Kieran.

Casteel ficou calado por um longo momento e então disse:
— Não é o único motivo.
As palavras permaneceram não ditas entre eles, mas foram entendidas mesmo assim. O que quer que fosse, fez com que Kieran assentisse e aceitasse a ordem de Casteel. Em seguida, ele avançou e segurou Casteel pela nuca.
— Se você for morto — disse Kieran —, vou ficar muito puto.
Casteel ergueu um canto dos lábios.
— Eu não vou cair, meu irmão. — Casteel o puxou para um abraço apertado de um braço só. — Prometo a você.
Kieran deu um suspiro entrecortado e retribuiu o abraço. Talvez eu estivesse cansada. Não sei, mas tive vontade de chorar enquanto olhava para os dois, embora não me permitisse considerar a possibilidade de que eles não voltassem a se ver. De que o vínculo deles pudesse ser rompido. Kieran deu um passo para trás e olhou para o pai.
Jasper já estava de pé, andando na direção do filho.
— Eu sempre tive orgulho de você. — Ele fechou a mão na nuca de Kieran. — Sempre confiei em você. Sei que vamos nos ver outra vez.
Kieran assentiu e, assim que se desvencilhou do pai, eu dei um passo hesitante na sua direção.
— Kieran?
Ele olhou para mim.
— Por favor... por favor, tente tomar cuidado — disse.
Ele arqueou as sobrancelhas.
— Você está preocupada comigo?
Cruzei os braços e fiz que sim com a cabeça.
— Não seja legal comigo — respondeu ele, e senti o divertimento emanando dele. — Isso me dá arrepios.
— Desculpe.
Ele sorriu enquanto caminhava até onde eu estava.
— Você não me parece nem um pouco arrependida.
Sorri para ele.
— Faça-me um favor — disse Kieran, olhando para mim. — Proteja o seu Príncipe, *Poppy*.

*

Não vi Casteel o resto do dia.

Depois de me despedir de Alastir, voltei para o quarto enquanto ele saía para falar com o povo do Pontal de Spessa. Fiz menção de pedir para ir com ele, mas, ao me lembrar das reações das pessoas da cidade na noite anterior, percebi que seria apenas uma distração. Do tipo que poderia ser fatal para eles caso ficassem mais ocupados olhando para mim do que prestando atenção a Casteel.

Eu esperava que ele fosse voltar, não tanto para terminar a nossa conversa, já que havia coisas muito mais importantes acontecendo, mas porque ele precisava dormir.

Mas a manhã deu lugar à tarde e Casteel não apareceu. Não fiquei no quarto. Fui me preparar.

Por sorte, Vonetta estava por perto quando saí no pátio e disposta a me conceder uma sessão de treinamento. Manusear uma espada ou um arco não era uma técnica fácil de esquecer, mas a falta de prática te deixa enferrujada.

Além disso, ela era uma lupina, mais rápida e mais forte que um mortal, e lutar com ela seria como lutar com um cavaleiro. Eu precisava do treino.

Atraímos uma bela multidão, mas Casteel continuou com o povo. De acordo com Vonetta, ele estava ajudando a determinar quem era capaz de lutar.

Voltei a ver Casteel quando Delano me levou para a salinha ao lado da sala de jantar, onde passamos o jantar discutindo estratégias. O fato de Casteel ter pensado em me incluir na reunião não passou despercebido por mim nem por qualquer pessoa na sala.

Quando a noite chegou e voltei para o quarto, Casteel ainda não tinha voltado. Passei horas andando nervosamente de um lado para o outro e refletindo sobre as coisas — sobre tudo o que havia acontecido antes que Casteel entrasse na minha vida e tudo o que acontecera desde então. Pensei no meu dom — sobre como estava mudando, como eu brilhava como o luar. E pensei em tudo o que Casteel havia dito e o que não foi dito.

Pensei em como estava tão cansada de fingir.

Em algum momento, depois de ficar cansada de tanto andar, finalmente adormeci, vestida para o caso de os Ascendidos aparecerem. Não sei muito bem o que me acordou, mas, quando abri os olhos, a luz acinzentada do amanhecer entrava no quarto e Casteel estava na cama ao meu lado, apoiado em uma montanha de travesseiros. Ele estava com as pernas compridas esticadas e cruzadas na altura dos tornozelos, os pés descalços. Suas mãos estavam frouxas sobre o colo. Ele estava acordado, olhando para mim.

— Você está me olhando dormir?

— Agora não. Estava fazendo isso alguns minutos atrás — admitiu ele, curvando um canto dos lábios. — Agora, eu estou falando com você.

— Isso é sinistro — murmurei. — A parte de ficar me olhando enquanto durmo.

— É possível.

— Você não tem vergonha. — Rolei na cama, deitando de costas.

Ele sorriu de leve com isso, mas o sorriso não alcançou os seus olhos — olhos que estavam cansados.

— Você sequer dormiu?

— Ainda não.

O emaranhado do meu cabelo caiu sobre os meus ombros quando me sentei.

— Sei que você é um fundamental incrivelmente poderoso e tal, mas precisa descansar.

Aquele sorrisinho surgiu no rosto dele e a covinha na bochecha direita fez uma aparição.

— Você está preocupada comigo, Princesa?

Fiz menção de dizer a ele que não. De negar que estava preocupada, porque sempre fiz isso. Era mais fácil — e mais seguro —, mas eu estava cansada.

De mentir.

De fingir.

Foi outra coisa em que pensei enquanto estava na Colina durante a noite, depois de me preparar para o inevitável. Pensei no *meu* futuro. Quem eu era, quem estava me tornando e quem eu queria ser. E era estranho como as revelações pareciam ter acontecido de repente, quando, na verdade, demoraram pequenos momentos quase imperceptíveis ao longo de semanas, meses e anos. Em resumo, eu sabia que não queria mais ser alguém que se escondia, seja atrás de um véu, dos outros ou de mim mesma.

Assim como disse no jantar, eu não mudei por causa de Casteel. Eu estava naquele processo muito antes que ele entrasse na minha vida, mas ele *foi* um catalisador. Assim como todas as vezes em que fugi para explorar a cidade, os livros proibidos que li e quando sorri para o Duque, sabendo que seria punida mais tarde. A morte de Vikter também foi um momento decisivo.

— Estou, sim — eu disse a ele. — Eu estou preocupada com você.

Casteel olhou para mim e eu não precisei ler as suas emoções para saber que a minha resposta o tinha deixado surpreso.

— Eles estão a caminho. Os Ascendidos podem chegar aqui hoje à noite. Você precisa dormir. Ficar descansado. — Fiz uma pausa. — E talvez parar de olhar para mim.

— Eu... — Ele piscou, e então o seu corpo relaxou mais uma vez. — Eu vou descansar. Nós dois vamos. Mas eu preciso... nós precisamos terminar a nossa conversa. Não posso esperar. — Ele voltou a me encarar. — Não mais.

Meu coração bateu forte dentro do peito enquanto eu me recostava nos travesseiros.

— Por... por onde começamos?

Ele riu de modo suave.

— Deuses, eu acho que sei por onde começar. Você me perguntou se eu não tenho vergonha, não foi? Tenho, sim. — Ele olhou para mim. — Quase toda a vergonha que já senti tem a ver com você. Detesto ter mentido para você, Poppy. Detesto ter sido capaz de planejar sequestrá-la, usá-la, antes que a conhecesse. E ainda tenho essa capacidade dentro de mim. Posso ter vergonha disso, mas, se tivesse a chance, eu faria exatamente a mesma coisa.

Casteel estudou o meu rosto.

— Eu não estava mentindo quando disse que não esperava que nada disso acontecesse. Não que não estivesse disposto a usar tudo o que tinha para ganhar a sua confiança. Mesmo se fosse preciso palavras bonitas, beijos e o meu corpo, eu teria usado tudo isso. Teria feito qualquer coisa para libertar Malik.

Mas ele não fez.

Ele não fez isso.

— Era disso que se tratava a noite no Pérola Vermelha. Quando você me perguntou por que eu a beijei? Por que fiquei no quarto com você? Era porque eu sabia que poderia usar isso a meu favor. Tenho vergonha disso, mas não teria feito nada diferente. — Ele jogou a cabeça sobre os travesseiros, sem tirar os olhos de mim. — Mas eu não... eu não esperava que fosse gostar da sua companhia. Não esperava ficar ansioso para falar com você. E não esperava me sentir culpado pelas minhas ações. Eu não esperava... bem, eu não esperava que fosse me importar com você.

Perdi o fôlego conforme um tremor percorria o meu corpo.

— Eu pretendia sequestrá-la na noite do Ritual. Quando eu a levei para o jardim. Para o salgueiro. Kieran e os outros estavam esperando por nós. Eu ia sequestrá-la naquele momento enquanto todo mundo estava ocupado e antes mesmo que você tivesse uma vaga ideia do que estava acontecendo.

— Mas você não fez isso.

— Se tivesse, você não teria testemunhado a morte de Vikter. Não teria visto nada disso. Juro pelos Deuses, Poppy, eu não fazia a menor ideia de que eles fossem atacar...

— Eu sei. Acredito em você. — E acreditava mesmo. Casteel relaxou os ombros. — Por que você não me sequestrou?

— Não sei. — Ele franziu o cenho. — Não. Isso é mentira. Eu não a sequestrei naquele momento porque sabia que, no momento em que fizesse isso, você iria parar de olhar para mim como... como se eu fosse apenas Hawke. Você iria parar de se abrir para mim. De conversar comigo. De me ver. Você me odiaria. Eu não estava pronto para isso.

Eu não estava pronta para que ele admitisse isso.

Ele engoliu em seco enquanto olhava para o dossel da cama.

— Quando toquei você na Floresta Sangrenta, eu sabia que não devia fazer isso, mas... queria ser o primeiro. Eu precisava ser o primeiro em tudo. Beijo. Toque. Prazer.

Ah, Deuses...

Ele abriu e fechou a boca enquanto balançava a cabeça lentamente.

— Kieran... Merda, pensei que ele fosse me dar um soco quando percebeu o que eu tinha feito. Mas ele sabia e... — Casteel pigarreou. —

Aquela noite em Novo Paraíso em que fui ao seu quarto, eu não planejei nada disso. Eu queria. Deuses, e como queria. Parecia que era tudo em que eu conseguia pensar, e não sei se teria feito qualquer diferença, mas não pretendia fazer isso quando você não fazia a menor ideia de quem eu era.

Senti uma pressão no meu peito.

— Foi por isso que você não queria que eu o chamasse de Hawke naquela noite. Pensei que fosse porque esse não era o seu nome de verdade.

— Era porque você não sabia a quem esse nome estava relacionado. — Ele passou os dentes pelo lábio. — Eu deveria ter saído daquele quarto. Se fosse um homem melhor, eu teria feito isso. Tenho vergonha disso, mas, Deuses, não me arrependo. Isso não é horrível?

— Eu... — Minha garganta se fechou, e demorei um pouco para conseguir relaxá-la. — Detesto que você não tenha sido sincero comigo naquele momento, mas não me arrependo. Eu nunca me arrependi.

Ele voltou a olhar para mim.

— Não diga essas coisas.

— Por que não?

— Porque isso me faz querer tirar a sua roupa e estar tão dentro de você que nenhum dos dois vai saber onde um começa e o outro termina. — Os olhos dele brilharam com um tom intenso de dourado. — E então nunca terminaríamos essa conversa.

— Ah — sussurrei, sentindo uma onda quente pelo corpo ao ouvir as palavras dele. — Tá certo.

O sorriso voltou aos seus lábios, mas logo desapareceu.

— O que eu disse naquela noite continua sendo verdade. Não sou digno de você. Sabia disso naquele momento. E sei disso agora. Mas isso não me impediu de querer você. Não me impediu de elaborar um plano para que pudesse ter você, pelo menos até que isso terminasse. Não me impediu de querer tudo de você. De fingir que poderia ter tudo, Poppy.

Eu não sei nem se estava respirando.

— E sei que você ainda deve estar com raiva de mim por querer que vá embora com Kieran, mas eu... — Ele fechou os olhos. — Depois do que fizeram comigo e de tudo o que aconteceu, eu não achava que fosse capaz de realmente querer ou precisar de alguém como quero e preciso de você. Não acreditava que fosse possível. Mas quis que isso fosse de verdade tantas vezes, *demais* até.

— Que parte você queria que fosse de verdade?

— Tudo. Que eu tivesse aceitado o destino do meu irmão. Que estivesse levando a minha esposa para casa e que... teria um futuro que não acreditava mais que fosse possível. Eu só conseguia pensar nisso hoje cedo. Só de pensar em você aqui quando eles chegassem, já fiquei com medo. Quando aquele Ascendido desgraçado levou você em Novo Paraíso? Eu achei que a tivesse perdido. — Ele engoliu em seco outra vez. — E sei que muita coisa aconteceu para que tudo isso seja verdadeiro. Sei que a magoei. Sei que você não estava mentindo quando disse que se sentia culpada pelas minhas ações. E eu... Deuses, Poppy, eu sinto muito. Você não merece isso. Você não merece nada do que eu a fiz passar e certamente não merece o fato de que ainda estou tentando ficar com você. Quando chegar a hora de ir embora, eu ainda vou querer você. Mesmo quando inevitavelmente partir, eu ainda vou querer você.

Ele teria deixado você ir. Mas duvido muito que você estaria livre dele.
Não foi isso que Kieran disse?

— Eu não sei o que isso significa. Parei de tentar descobrir há muito tempo. — Ele baixou os cílios, escondendo o olhar. — Você pode me dizer? Pode ler as minhas emoções e me contar?

Naquele momento, eu não conseguiria me concentrar o suficiente para ler nem um livro, mas sabia o que precisava ouvir dele.

— Me conte a respeito dela.

Casteel me encarou e me pareceu... dividido quando tirou os olhos de mim e baixou o olhar para as mãos. Ele ficou em silêncio por tanto tempo que pensei que não fosse falar, que não fosse me dizer nada, mas então respondeu:

— Nós... nós crescemos juntos. Shea e eu. Nossas famílias eram próximas, e éramos amigos no início. Em algum momento, virou algo mais. Não sei como nem quando, mas eu a amava. Pelo menos, acho que foi o que senti. Ela era corajosa e inteligente. Intrépida. Pensei que fosse passar a vida toda com ela, mas então fui capturado e ela veio atrás de mim.

Meu coração afundou e despencou ainda mais quando ele se mexeu de repente, se levantando da cama.

— Não sei nem quantas vezes ela e Malik foram atrás de mim. Dezenas, e você sabe, eles nunca desistiram de mim. Acreditavam que eu estava vivo. Continuaram procurando por mim ao longo de anos. — Ele passou a mão pelo cabelo. — E então eles me encontraram. Eu mal os reconheci quando apareceram na frente da minha cela. Achei que estivesse tendo uma alucinação, imaginando que o meu irmão e Shea estivessem ali, quase me arrastando para fora da masmorra na direção dos túneis. Eu estava muito mal. Não me alimentava há um bom tempo. Fraco. Desorientado. Não sei exatamente quando os dois Ascendidos surgiram, mas eles apareceram de repente como se estivessem esperando por nós. E estavam mesmo.

Eu deslizei para a beira da cama enquanto ele caminhava até a porta do terraço.

— O que você quer dizer com isso?

— Quero dizer que eles sabiam que eu seria libertado naquele dia. Sabiam que o meu irmão, o herdeiro legítimo, estava a caminho. Um Atlante mais velho e mais forte do que eu, bem ao seu alcance.

Comecei a compreender e não queria que fosse verdade. Ah, Deuses, não queria mesmo.

— Houve uma luta, e só me lembro de Shea me puxando para longe, para longe de Malik, e me conduzindo por um labirinto de túneis. — Ele soltou o ar asperamente. — Ela não parava de dizer que sentia muito. Que não teve escolha.

Levei a mão até a boca, quase desejando que ele não continuasse.

— Um dos Ascendidos veio atrás de nós, nos encurralou e... e me contou tudo. Me provocou com isso. Shea havia sido capturada quando ela e Malik se separaram enquanto procuravam por mim. Os Ascendidos iriam matá-la, mas ela contou a eles com quem estava. Ela entregou o meu irmão em troca da própria vida.

— Ah, Deuses — sussurrei, com o coração partindo quando a dor dele me atingiu, se misturando à minha.

— Eles acharam que ela fosse me deixar para trás. Foi por isso que concordaram. Dois pelo preço de um. — Ele deu uma risada dura. — Eles não estavam preparados para que Malik lutasse tanto. Foi assim que Shea conseguiu me tirar de lá. Eu não acreditei no Ascendido. Tentei protegê-la, e então ela tentou negociar de novo. A minha vida pela dela. E eu... assim que percebi através do transe e da fome que era por causa de Shea que eles estavam com o meu irmão em vez de mim e que ela me entregaria para eles outra vez, eu perdi o controle. Matei o Ascendido. E a matei. Com as próprias mãos. Não sei se foi o pânico que impulsionou as suas ações. Deve ter sido. Ela não era má pessoa, mas aquilo não pode ter sido amor.

— Não, não pode — disse. — Sei que não tenho experiência, mas se você ama alguém jamais conseguiria fazer isso com essa pessoa. Lamento dizer isso. Eu não a conhecia, mas sei que você jamais conseguiria fazer isso com quem ama.

— Não. Não conseguiria. Eu sei disso. — Ele abaixou a cabeça. — Acho que ela chegou a me amar em dado momento. Por que continuaria procurando por mim? Ou talvez sentisse que era o que se esperava dela. Não sei. Mas eu teria preferido a morte se isso significasse salvar a pessoa que amava. — Ele passou a mão pelo rosto enquanto ficava de costas para mim. — Tentei encontrar Malik depois... depois disso, mas não consegui encontrar o caminho de volta pelos túneis. Acabei na praia em algum momento e, pela sorte dos Deuses, um homem me encontrou.

Ele baixou a mão.

— Enfim, é por isso que não falo sobre ela. É por isso que não digo o seu nome, porque, por mais que eu a amasse, agora a odeio. E odeio o que fiz.

Estremeci, incapaz de encontrar as palavras certas — porque não havia nenhuma.

— Alastir não sabe disso. — Foi então que ele se virou para mim. — Apenas Kieran e o meu irmão sabem da verdade. Alastir não pode saber que a filha traiu Malik, e o nosso reino. Não que esteja tentando me proteger. Posso lidar com a sua descoberta de que Shea morreu pelas minhas mãos, mas ele ficaria devastado se soubesse o que ela fez.

— Eu nunca vou falar nada — prometi. — Não sei como você guardou isso para você mesmo. Isso deve... — Parei de falar e dei um suspiro entrecortado. — Deve corroê-lo por dentro.

— Prefiro fazer isso a deixar que a verdade destrua um homem que tem sido leal ao nosso reino e povo. — Ele se encostou na parede, fechando os olhos. — E quanto a Shea? Não sei se é certo ou errado que as pessoas acreditem que ela morreu como uma heroína. Eu não me importo se estiver errado.

Olhei para Casteel, vendo o que nunca pensei que existisse sob qualquer uma das máscaras que ele usava. Sua alma havia sido tão torturada quanto seu corpo.

— Eu gostaria de saber o que dizer. Gostaria que você não tivesse que fazer isso depois de tudo o que passou. Detesto que você se sinta culpado e sei que se sente assim. Ela traiu você. Traiu a si mesma. E eu sinto muito.

Casteel abriu a boca.

— Sei que você não quer minha solidariedade, mas você a tem mesmo assim. Não quer dizer que eu sinta pena de você. É só que... — Parei de estudar as emoções dele. — Eu entendo por que você nunca quis falar sobre ela.

E agora entendia porque Kieran me aconselhou a nunca seguir por aquele caminho.

Casteel assentiu enquanto se voltava para a porta do terraço.

Havia algo que eu não entendia.

— Gianna é sobrinha-neta de Alastir e o casamento foi ideia dele? — Quando ele fez que sim com a cabeça, perguntei: — E ele concordou que você se casasse com a sobrinha depois de ser noivo da filha dele?

— Concordou, sim.

Franzi o nariz.

— Talvez seja só eu, mas isso me dá arrepios. É claro que não estou viva por centenas de anos nem...

— É um dos motivos pelos quais eu nunca poderia concordar com essa união — disse ele. — E não é culpa de Gianna. Ela é uma boa pessoa. Você iria gostar dela.

Eu não tinha tanta certeza disso.

— Mas ela... ela se parece com Shea. Não exatamente, mas a semelhança existe e isso era estranho, até para mim. Mas, mesmo que elas não se parecessem em nada, eu nunca pensei em Gianna desse jeito.

Sem saber como me sentir sobre o fato de que Gianna se parecia com Shea — uma mulher que Casteel amou e por quem foi traído, eu refleti sobre isso. Depois de alguns momentos, percebi que nada a respeito de Gianna e Alastir importava. Era só... ruído de fundo. O que importava éramos nós.

— Sei por que você mandou Kieran para Atlântia — eu disse a ele.
— Você queria se certificar de que ele não arriscasse a própria vida para salvá-lo.

Ele permaneceu calado por um momento.

— Não é o único motivo. Alastir vai convocar o nosso exército e depois procurar o meu pai e a minha mãe, para contar a eles que pretendo me casar e expressar as suas dúvidas. Essa é a última coisa que alguém precisa.

Foi isso o que Casteel quis dizer quando falou com Kieran — e que fez o lupino ceder.

Por saber quanto custou a ele falar sobre Shea e tendo conhecimento do que ele carregava dentro de si, o que eu disse a seguir foi mais fácil do que esperava.

— O que eu disse ontem à noite durante o jantar é verdade.

Capítulo 36

Lentamente, Casteel se virou para mim.

— Era verdade quando eu disse que você foi a primeira coisa que escolhi para mim mesma. Também é verdade que eu o escolhi quando você era apenas Hawke e não só porque foi a primeira pessoa a me enxergar de verdade. É claro que teve algo a ver com isso, mas, se eu quisesse ouvir palavras bonitas ou ter prazer, poderia ter colocado a máscara de novo e voltado para o Pérola Vermelha. Eu... eu queria você. — Senti as bochechas esquentarem, mas continuei. — Era verdade que eu já tinha começado a suspeitar dos Ascendidos e me questionar se conseguiria ser a Donzela. E eu o escolhi porque você me fez sentir como *alguém*, uma pessoa e não apenas um objeto. Você me viu e me aceitou, mas o que não sabe é que, na noite em que pedi para ficar comigo, eu já tinha deixado o véu para trás. Já tinha feito uma escolha. Eu queria encontrar uma maneira de ficar com você, embora não soubesse se você desejava isso. E, se você não desejasse, isso teria... teria doído, mas eu não era mais a Donzela. Eu me apaixonei quando você era Hawke e continuei me apaixonando quando se tornou Casteel.

Ele arregalou os olhos.

— E não conseguia entender como continuava me apaixonando por você. Eu estava com tanta raiva de você... de mim mesma por não enxergar a verdade. Parecia uma traição a Vikter, Rylan e todos os outros. E a mim mesma.

O peito dele inflou com uma respiração profunda.

— E você ainda se sente assim? Como se fosse uma traição continuar se apaixonando por mim? — Ele deu um passo e depois outro na minha direção antes de parar. — Se for o caso, eu entendo, Poppy. Algumas coisas não podem...

— Algumas coisas não podem ser esquecidas nem perdoadas — concluí para ele, esfregando as mãos úmidas nos joelhos. — Mas acho que percebi ou passei a aceitar que algumas coisas não podem ser mudadas nem impedidas. Que elas ainda importam, mas não muito. Que essas emoções são poderosas, mas não tão fortes quanto outras. Que o que eu sentia por você não tinha nada a ver com o que você fez ou deixou de fazer. Não tinha nada a ver com Vikter nem com mais ninguém. E reconhecer isso me pareceu uma permissão para... sentir. E isso me deixou assustada.

Pousei a mão sobre o peito.

— Ainda me deixa apavorada porque nunca me senti assim por ninguém e sei... sei que não tem nada a ver com você ser o primeiro ou não ter tido, bem, não ter tido muitas opções na minha vida. É você. Sou eu. Somos nós dois. O que eu sinto? Tipo, como quero livrar você da sua dor e estrangulá-lo ao mesmo tempo? Como acho as suas covinhas idiotas tão irritantes, mas ainda procuro por elas toda vez que você sorri para saber se é um sorriso genuíno. Não sei por que fico ansiosa para discutir com você, mas fico. Você é inteligente e mais bondoso do que imagina, mesmo que eu saiba que fez por merecer o título de Senhor das Trevas. Você é um quebra-cabeça que quero solucionar ao mesmo tempo que não quero. E, quando percebi que você tinha tantas máscaras, tantas camadas, continuei querendo desvendá-las, embora tenha medo de me magoar ainda mais no final das contas.

Balancei a cabeça enquanto fechava os dedos ao redor da gola da túnica.

— Eu não entendo nada disso. Tipo, como quero cravar uma faca em você e beijá-lo ao mesmo tempo? E sei que você me disse que mereço ficar com alguém que não me sequestrou ou que eu não queira apunhalar...

— Esqueça que eu disse isso — disse ele, mais perto de mim quando olhei para cima. — Não faço a menor ideia do que estava falando. Talvez eu nem tenha dito isso.

Meus lábios se curvaram.

— Você disse isso, sim.

— Tem razão. Eu disse mesmo. Esqueça. — Ele me estudou. — Me conte por que isso a deixa apavorada. Por favor?

Minha respiração ficou presa.

— Porque você... você poderia partir o meu coração mais uma vez. E o que estamos fazendo é mais importante que nós dois e até mesmo do que o seu irmão. Você tem que saber disso. Nós poderíamos mudar as coisas. Não apenas para o seu povo, mas também para o povo de Solis.

— Eu sei disso — sussurrou ele, com o peito ofegante e os olhos luminosos.

— As coisas já estão bastante complicadas e confusas, e reconhecer o que quero, o que sinto, só deixa tudo ainda mais complicado e assustador. Porque dessa vez... — Senti as lágrimas ardendo na minha garganta. — Dessa vez, não sei como vou superar isso. Sei que isso me faz parecer fraca e imatura, ou seja lá o quê, mas é apenas algo que sei.

— Não é fraqueza. — Casteel avançou, mas não ficou de pé ali. E não se sentou ao meu lado. Ele se ajoelhou na minha frente. — O seu coração, Poppy, é um presente que não mereço. — Ele colocou as mãos nos meus joelhos enquanto erguia o olhar para mim. — Mas é um presente que vou proteger até o último suspiro. Eu não sei o que isso significa. — Ele parou de falar e fechou os dedos na minha pele. — Tudo bem. Merda. Eu sei o que isso significa. É por isso que fico maravilhado com tudo o que você diz e faz, tudo o que você é. É por isso que você é a primeira pessoa em que penso quando acordo e o último pensamento que tenho antes de adormecer, substituindo tudo o mais. É por isso que, quando estou com você, eu posso ficar calado. Posso simplesmente *ser*. Você sabe o que isso significa.

Ele pegou uma das minhas mãos e a pressionou sobre o peito — sobre o coração.

— Diga-me o que isso significa. Por favor.

Por favor.

Ele falou aquilo duas vezes em uma só conversa, uma expressão que não saía dos seus lábios com muita frequência. Como é que eu poderia me recusar?

Não apenas me concentrei nele para conseguir o que agora percebia que era uma leitura superficial das suas emoções. Mas também me abri, formando uma conexão invisível com Casteel e o que ele sentia. As emoções fluíram para mim depressa e de modo surpreendente.

Não a sensação pesada e densa da preocupação. Ele estava preocupado — com o que iria acontecer com o irmão, com o reino e comigo. Não foi o respingo frio da surpresa que me fez pensar que ele não acreditava muito naquela conversa. O gosto ácido e quase amargo da tristeza era mínimo, e a única vez em que a agonia dele não era intensa e quase insuportável foi quando aliviei a sua dor. Isso me surpreendeu, sim, mas o que mais me chocou foi a doçura na ponta da minha língua.

— Você está sentindo isso? — perguntou ele. — Qual é a sensação?

— É como... chocolate e frutas vermelhas. — Pisquei para conter as lágrimas. — Frutas vermelhas... morangos? Já senti isso emanando de Vikter, de Ian e dos meus pais. Mas nunca desse jeito, como se fosse mais voluptuoso, de certa forma.

E achei que sabia o que era. Era a emoção por trás dos olhares demorados e dos toques exploratórios. O sentimento por trás da maneira como Casteel sempre me abraçava quando cavalgávamos juntos e por que ele não parava de mexer no meu cabelo. Era a emoção que o levou a traçar um limite que não cruzaria comigo. Era por isso que Casteel não usava de persuasão comigo e foi o que permitiu que ele quisesse me proteger, mas exigiu que ele deixasse eu me defender sozinha. Era por isso que, quando estava comigo, ele não pensava no reino, no irmão ou no tempo em que ficou aprisionado.

E era uma das muitas coisas proibidas para mim enquanto a Donzela.

Era *amor*.

— Não chore. — Ele levou a minha mão até a boca e beijou o centro da palma.

— Eu não estou chorando. Não estou triste — disse, e ele sorriu. Aquela covinha idiota apareceu na sua bochecha direita. — Odeio essa covinha idiota.

— Sabe o que eu acho? — Ele beijou a ponta do meu dedo.

— Eu não tô nem aí.

A covinha apareceu na bochecha esquerda de Casteel.

— Acho que você sente exatamente o contrário em relação às minhas covinhas idiotas.

Ele estava certo, e eu estremeci.

Casteel me soltou e estendeu a mão, aninhando o meu rosto. Ele se inclinou e encostou a testa na minha, e eu podia jurar que senti as suas mãos trêmulas.

— *Sempre* — sussurrou ele no ar que nós dois respirávamos. — O seu coração sempre *esteve* seguro comigo. E sempre estará. Não há *nada* que irei proteger mais ferozmente nem com mais devoção, Poppy. Confie nisso, no que você sente de mim. Em mim.

Confiança.

Enquanto Casteel, ele nunca me pediu que confiasse nele. Sabia como isso era frágil. Uma única rachadura poderia fazer com que tudo desmoronasse.

Mas eu sabia o que sentia.

Assenti.

— Eu não quero mais fingir.

— Nem eu.

— Eu... eu não sei o que isso significa para nós — sussurrei. — O seu povo, os seus pais... eles não confiam em mim. Você é basicamente a pessoa mais próxima de um imortal que existe e eu... a minha expectativa de vida é um piscar de olhos. O que nós vamos fazer?

— Não vamos ficar preocupados com o meu povo, com os meus pais nem com a nossa expectativa de vida. Não agora. Nem mais tarde. Vamos viver um dia de cada vez. Isso é novo para você e, de certa forma, para mim também. Vamos fazer um acordo.

— Você e os seus acordos.

Ele sorriu contra a minha boca.

— Vamos fazer um acordo para não pensarmos hoje sobre os problemas de amanhã.

O amanhã sempre chegava cedo demais, mas assenti. Pois, ao mesmo tempo, o amanhã não era um problema de hoje.

— Posso concordar com isso.

— Ótimo. — Ele recuou, e eu pensei ter visto um brilho nos seus olhos. — Se vamos fazer isso de verdade, então creio que preciso fazer as pazes com você. E sei que a lista de tudo aquilo por que devo me desculpar é longa, mas acho que devo começar com isso. — Ele mudou de posição de modo a ficar de joelhos diante de mim.

Meu coração não havia parado de bater descompassado desde o momento em que começamos a conversar de verdade. Mas agora ele batia tão rápido que não sei como não desmaiei. Casteel pegou a minha mão e fiquei imaginando se ele podia senti-la tremendo.

Podia, sim.

Casteel fechou ambas as mãos sobre a minha, me firmando.

— Penellaphe Balfour? — Ele olhou para mim, e não havia brilho zombeteiro nos seus olhos nem sorriso malicioso nos lábios. Nenhuma máscara. Mas apenas ele. Casteel Hawkethrone Da'Neer. — Você me daria a honra de permitir que eu me torne digno de você? Aceita se casar comigo? Hoje?

— Sim. Vou lhe dar a honra de se tornar o meu marido, pois você já é digno de mim.

Casteel fechou os olhos e estremeceu.

— Aceito me casar com você. — Eu me abaixei e beijei a testa dele. — Hoje.

*

Foi como se nada e tudo tivessem mudado depois que aceitei o pedido de Casteel.

Fiquei na sala de banho, com a pele praticamente seca enquanto amarrava a faixa do robe. Um rubor corava as minhas bochechas e havia um brilho quase febril nos meus olhos.

Era estranha, a vibração nervosa no meu peito e estômago. Casar com Casteel não era algo novo, mas agora era de verdade e isso mudava tudo.

Outra coisa estranha era a sensação inesperada de leveza, como se um peso tremendo e sufocante tivesse sido retirado dos meus ombros. Eu não esperava por isso. Pensei que sentiria mais culpa ainda depois que admitisse o que sentia para Casteel. Em vez disso, a culpa e a sensação de que estava traindo os outros e a mim mesma me abandonaram.

Enquanto passava a escova pelo cabelo quase seco, eu me dei conta de que a culpa havia me abandonado na caverna. Só não tinha percebido isso.

E mesmo que um monte de coisas desconhecidas ainda estivessem por vir — assim como a invasão dos Ascendidos e o que parecia ser o primeiro ato em uma guerra que ainda não havia sido decretada. Como os pais de Casteel reagiriam à notícia do casamento e se o seu povo algum dia iria me aceitar. Os nossos irmãos e todas as diferenças biológicas entre nós que um dia se tornariam um problema, se os Deuses quisessem, quando eu envelhecesse e ele mal mostrasse algum sinal das décadas que haviam passado — eu faria exatamente o que Casteel tinha dito.

Nós não ficaríamos pensando sobre os problemas de amanhã. Nem mesmo sobre os problemas que poderíamos muito bem enfrentar dali a algumas horas. Porque eu estava prestes a me casar com o homem por quem me apaixonei.

O homem que eu *sabia* que sentia o mesmo por mim, mesmo que não tivesse me dito.

Eu estava feliz.

Eu estava assustada.

Eu estava esperançosa.

Eu estava animada.

E todas essas emoções eram verdadeiras.

Uma batida na porta principal me tirou do banheiro. Eu a abri e encontrei Vonetta esperando por mim, com um tecido vermelho pendurado em um braço e segurando uma pequena bolsa no outro.

— Ouvi dizer que vai haver um casamento hoje — anunciou Vonetta enquanto entrava no quarto. — E Kieran ficará muito irritado por não estar aqui.

— Eu meio que, meio que gostaria que ele também estivesse aqui. Não que vá admitir isso para ele — disse, e ela riu. Fechei a porta e a segui para dentro do quarto. — Não parece certo que Kieran não esteja presente quando Casteel se casar.

— Parece estranho mesmo, mas estou aliviada. Não por ele perder o casamento. — Vonetta olhou por cima do ombro para mim enquanto colocava o que era um vestido sobre a espreguiçadeira. — Mas porque não vai estar aqui *mais tarde*.

— Eu sei.

— Casteel é... ele tem um bom coração. O que ele fez ao mandar Kieran embora? Os dois estão vinculados, e eu... eu não sei se mais alguém teria feito isso.

— Ele tem um bom coração mesmo — concordei, sentindo as bochechas coradas. Elogiar Casteel verbalmente não era algo que fizesse com muita frequência.

Um sorriso surgiu nos lábios de Vonetta quando ela se voltou para o vestido, alisando as saias.

— De qualquer forma, Kieran deve estar feliz por não estar presente para a parte da cerimônia.

Meu coração palpitou. Eu não sabia quase nada sobre a cerimônia de um casamento Atlante. Em Solis, as cerimônias costumavam durar vários dias. A noiva cortava o cabelo e depois se banhava na água ungida pelas Sacerdotisas e Sacerdotes. Não havia votos, mas muitos banquetes. Uma parte em particular sempre me vinha à mente quando eu pensava nos Atlantes.

— Posso perguntar uma coisa?

— Fique à vontade. — Vonetta me encarou.

— Descobri sobre a União há poucos dias. — Brinquei com a faixa do robe. — Casteel me disse que não é realizada com muita frequência, mas é algo esperado pelos lupinos? Ou pelos Atlantes?

— Depende muito dos envolvidos. Às vezes, a troca de sangue é feita e, outras vezes, não. Mas a decisão de fazer isso dá a impressão de haver um *vínculo* mais forte... por falta de uma palavra mais adequada. — Ela deu de ombros, e eu não pude deixar de notar que não parecia enojada nem falava sobre aquilo como se fosse algo sexual ou vergonhoso. — Nem sempre acontece durante o casamento. Sei de ocasiões em que aconteceu antes ou depois.

Assenti.

— Mas acho que ninguém espera que você faça isso — acrescentou ela rapidamente.

Franzi o cenho.

— Por quê?

Vonetta me estudou por um momento e então disse:

— Você não é uma Atlante de sangue puro. Nunca houve uma União com alguém que tivesse sangue mortal.

— Porque prolonga a duração da vida do mortal? — perguntei.

— Imagino que tenha algo a ver com isso. E não é sempre que um Atlante vinculado da linhagem fundamental se casa com alguém de sangue mortal. Não é proibido como a Ascensão — disse ela, se referindo à criação de um vampiro. — Mas nunca foi feito.

Eu não sabia o que pensar sobre isso. Se a União prolongasse a duração da minha vida, isso resolveria pelo menos um dos problemas de amanhã, mas eu não sabia muito bem como me sentia a respeito de vincular a minha vida à de outra pessoa ou mesmo sobre a noção de viver tanto tempo assim.

— De qualquer forma, Casteel foi até a minha casa procurando pelo meu pai e me perguntou se eu tinha algo que seria digno de uma Princesa usar no seu casamento. Eu disse que não. Que tudo o que eu possuía era digno de uma Rainha — respondeu ela, e eu sorri ao ouvir isso. — As noivas de Atlântia costumam usar um véu vermelho ou amarelo para afastar os maus espíritos e o azar, mas ele disse que o véu estava proibido.

Deuses...

Isso foi incrivelmente atencioso.

— De modo que pensei que o vestido vermelho seria perfeito. E deve caber em você, com exceção de ser um pouco comprido, então apenas não corra com ele.

— Vou tentar não fazer isso.

Ela pegou o vestido e me entregou.

— Há uma combinação vermelha por baixo. Bem básica Você deveria se trocar. Tenho a impressão de que eles logo estarão aqui.

A vibração no meu peito aumentou até que pareceu que uma revoada de pássaros tinha alçado voo enquanto Vonetta ia para a sala de estar. Eu me vesti rapidamente, colocando a combinação de seda que mal chegava até as minhas coxas e, em seguida, entrei no vestido levemente drapeado de seda e chiffon. Ajustado na cintura e por todo o busto, parecia o vestido que eu havia usado na noite do Ritual. As suas saias eram transparentes até a coxa, formando dois painéis diáfanos, e havia um bordado delicado em dourado por todo o vestido, costurado de modo a formar graciosas vinhas. O decote era mais solto que o resto do corpete e as alças caíam sobre os ombros. Não havia como esconder as cicatrizes nesse tipo de roupa, mas... eu já estava cansada de escondê-las.

— O vestido é lindo — disse em voz alta. Um momento depois, Vonetta voltou.

Ela sorriu assim que me viu.

— Mas nada de corrida.

Olhei para baixo e percebi que o vestido formava uma poça de tecido carmesim contra o piso.

— Definitivamente não.

— Venha. Sente aqui. Deixe-me ver se consigo fazer alguma coisa com o seu cabelo — disse ela, jogando a bolsa para mim. — Apenas segure isso.

Peguei a bolsa e a achei surpreendentemente pesada. Sentei-me na espreguiçadeira, imaginando o que havia ali dentro enquanto Vonetta pegava a escova e um monte de grampos na sala de banho.

— Pensei que eu tivesse muito cabelo — disse ela, prendendo as mechas laterais. — Mas, caramba, você quase me passou.

Toquei na bolsa aveludada e pensei em Tawny.

— Uma amiga minha me ajudava a fazer tranças nele. Não como as suas, mas duas tranças que ela prendia em um coque para que o meu cabelo não ficasse visível sob o véu.

— Uma amiga? Ela está em Solis? — perguntou ela depois de alguns minutos.

— Sim. O nome dela é Tawny. Você gostaria dela e ela iria amar você. Ela é uma segunda filha, o que significa que está destinada a Ascender, expliquei enquanto ela torcia e trançava as laterais do meu cabelo quase seco. — Tawny não faz a menor ideia de como os Ascendidos são de fato, e não sei se ela vai Ascender agora, por eu ter partido.

— Kieran e Casteel me disseram que muitas pessoas do Reino de Solis são inocentes, que não sabem o que os Ascendidos são de verdade. Eu achava difícil acreditar nisso — admitiu ela enquanto juntava as mechas trançadas e começava a prendê-las em um coque atrás da minha cabeça. — Mas, quanto mais Descendidos conheci, mais descobri que os Ascendidos são mestres em ocultar a verdade.

— São mesmo. — Engoli em seco enquanto olhava para as cortinas presas às colunas, balançando suavemente com a brisa que entrava pelas portas abertas. Minha mente me desobedeceu. Pensei sobre aquela noite e a possibilidade de que o primeiro grupo de Ascendidos chegasse ao Pontal de Spessa. — Eu detesto o que está prestes a acontecer — deixei escapar.

Os dedos pararam de se mexer.

— O casamento?

— Não. Deuses. Na verdade, estou ansiosa por isso — disse, deixando escapar uma risadinha.

— Parece que você está surpresa com isso.

— Estou, sim — admiti baixinho. — Eu estava pensando sobre os Ascendidos. O que eles podem fazer assim que chegarem aqui. Eu... eu detesto ser o motivo pelo qual tudo o que vocês construíram aqui está em risco.

— Nós sempre estivemos em risco — disse Vonetta. — Mais cedo ou mais tarde, acabaríamos sendo descobertos e haveria uma luta. Todos sabíamos disso quando concordamos em vir para cá.

Mas, assim como em Novo Paraíso, fui a catalisadora que fez com que as coisas acontecessem mais cedo, antes que eles estivessem preparados.

— Imagino que a maioria das noivas não pense em um ataque na noite do casamento.

— Mas você não é como a maioria das noivas, é?

Deuses, ela não fazia a menor ideia de como isso era verdade.

— Você está prestes a se casar com o belo, e irritante pra cacete, Príncipe de Atlântia, Penellaphe. — As suas mãos quentes roçaram nos meus ombros enquanto ela prendia o resto do meu cabelo, deixando-o cair nas minhas costas. — E, pelo que fiquei sabendo pelo meu irmão e por Casteel, os Ascendidos já roubaram muita alegria de você. Não deixe que eles roubem isso também.

Respirei fundo e assenti.

— Eu não vou deixar.

— Ótimo. Você pode abrir a bolsa? — perguntou ela. — E me dê o que está aí dentro.

Olhei para baixo, desatei o nó e enfiei a mão na bolsa. Entreabri os lábios conforme tirava dali várias correntes de diamantes.

— Bonito, não é? Não é o colar mais maravilhoso do mundo, mas gosto da sua simplicidade.

— Isso é simples? — Olhei para os diamantes reluzentes presos em três camadas de correntes. Devia haver pelo menos meia dúzia de diamantes por corrente.

— Comparado com o padrão de Atlântia? Sim.

Pensei no diamante que Casteel tinha me prometido e arregalei os olhos.

— Os diamantes também são uma tradição aqui. — Vonetta pegou o colar de mim e eu levantei o cabelo que ela havia deixado solto. — São as lágrimas de alegria dos Deuses em forma sólida — explicou ela, prendendo o fecho. — Usá-los significa que os Deuses estão com você, mesmo enquanto hibernam. Existe essa tradição no Reino de Solis?

Fiz que não com a cabeça enquanto ajeitava a alça do vestido.

— Os diamantes representam apenas riqueza em Solis. Aqueles que têm dinheiro realizam celebrações que duram vários dias. Nunca fui a uma cerimônia, mas, até onde sei, os Ascendidos ocupam o centro do palco durante os casamentos. Não os Deuses. Não consigo nem imaginar um casamento que leva dias para ser concluído. Eles são assim em Atlântia?

— Eles costumam durar algumas horas, e é por isso que Kieran ficaria feliz em perder essa parte. — Ela contornou a espreguiçadeira. — Mas, com o meu pai celebrando o casamento, duvido que vá durar mais que alguns minutos.

— Ah, graças aos Deuses — exclamei enquanto me punha de pé. — Desculpe. Dias ou horas são simplesmente... tempo demais.

Vonetta riu enquanto eu entrava na sala de banho.

— Você pode dar sorte com a cerimônia, mas imagino que, assim que chegar a Evaemon, o Rei e a Rainha vão exigir uma celebração em sua homenagem para apresentá-la aos seus súditos. E isso vai durar alguns dias.

Meus súditos. Celebração de vários dias.

Eu não conseguia pensar nisso enquanto olhava para o meu reflexo. As três fileiras de diamantes cintilavam sob a luz suave da lâmpada. O vestido e o cabelo — tudo era lindo, e mais do que eu esperava ou almejava... ou mesmo que eu sabia que precisava.

Virei-me para ela.

— Obrigada por isso, por tudo isso. Significa muito para mim, Vonetta.

— Não é grande coisa, mas de nada.

Era uma grande coisa parecer e me sentir como uma noiva quando aquilo era de verdade.

— Você vai ao casamento? — perguntei e então ri. — Eu nem sei onde o casamento vai ser realizado.

— Posso ir, se você quiser. E se me chamar de Netta. É como os meus amigos me chamam e, já que vou ao seu casamento, imagino que sejamos amigas.

Sorri e fiz que sim com a cabeça.

— Contanto que você me chame de Poppy. É assim que os *meus* amigos me chamam.

— É claro. A propósito, o casamento vai ser aqui. Lá fora, na verdade. Eles são sempre ao ar livre, não importa como esteja o tempo, e você não vai usar sapatos.

— Porque nós dois precisamos estar em solo Atlante? — presumi.

— Correto. — Ela passou as tranças por cima do ombro. — E já está na hora. Eles estão aqui.

— Os sentidos dos lupinos devem ser incríveis — comentei enquanto o meu coração começava a bater descompassado de novo.

Ela sorriu.

— São mesmo, mas eu vi o meu pai passando pela janela.

— Ah. — Dei uma risada. — Que seja.

— Você está pronta?

Assenti e comecei a segui-la, mas então parei.

— Um segundo.

Corri até a cama, peguei a adaga de lupino e a prendi em volta da coxa.

— Você pretende apunhalar Casteel durante a cerimônia? — perguntou Vonetta.

— Por que todo mundo age como se eu estivesse prestes a apunhalar Casteel? — exigi saber.

— Parece que você tem o costume de fazer isso.

— Eu só o apunhalei... algumas vezes. — Eu me virei, ajeitando as saias do vestido. — A adaga foi um presente de alguém que gosto muito. Ele era como um pai para mim e, de certa forma, vai estar comigo quando eu fizer algo que ele jamais pensou que seria capaz de fazer.

Algo que eu sabia que Vikter teria ficado feliz em presenciar, mesmo que estivesse me casando com o Príncipe de Atlântia. No fundo do coração, sabia que tudo o que importaria para Vikter era que eu queria isso e que era amada.

E eu sabia que as duas coisas eram verdadeiras. Por mais tempo que imaginava.

Capítulo 37

O sol estava alto no céu, a brisa agradável, a terra arenosa e a grama quente sob os meus pés descalços enquanto eu caminhava voluntariamente na direção dele.

Hawke.

O Senhor das Trevas.

Príncipe Casteel Da'Neer.

Outras pessoas aguardavam lá fora, no pátio. Jasper estava ali. Naill e Delano, atrás de Casteel, à esquerda. As Guardiãs estavam na Colina, de sentinela, e Vonetta, atrás de mim. Mas tudo o que eu via era Casteel.

Ele, deslumbrante todo de preto, exibia a beleza selvagem e primitiva que sempre me lembrava do felino das cavernas que eu tinha visto certa vez. Estava descalço no solo retomado por Atlântia. E acho que não via mais ninguém conforme eu caminhava até ele. Casteel olhava para mim com os olhos luminosos mesmo sob a luz do sol e com uma expressão quase surpresa estampada no rosto como se tivesse sido pego desprevenido. Eu já tinha visto aquele olhar antes, principalmente quando ele sorria ou dava uma risada. Casteel também parecia não notar mais ninguém, mesmo quando Vonetta avançou e falou com ele. Continuou olhando para mim enquanto colocava a mão no bolso e entregava algo a ela. Quando agucei os sentidos e me conectei com ele, eu senti o que sempre sentia emanando dele, só que a acidez do conflito tinha ido embora e o gosto de chocolate e frutas vermelhas estava muito mais forte.

Não consegui tirar os olhos dele até que Vonetta voltasse para o meu lado e colocasse algo quente e metálico na minha mão.

— A aliança. Para Casteel — sussurrou ela. — Ele mandou o ferreiro fazer

Olhei para o aro dourado e reluzente. Havia um tipo de inscrição no interior, mas não consegui descobrir o que era.

Fechei os dedos em torno da aliança e não lembro como cheguei até ali, mas, de repente, eu estava parada perante Casteel. Ele olhou para mim como imaginava que alguém faria se visse um deus parado diante de si.

— Você está... — Casteel pigarreou conforme as sombras das nuvens pairavam sobre o pátio. — Você está linda, Poppy. Absolutamente... — Seu olhar vagou sobre mim, das tranças no cabelo para os diamantes no meu pescoço e então para o corpete justo e as camadas diáfanas das saias que ondulavam com o vento. Um sorriso lento surgiu nos lábios dele. A covinha na bochecha direita apareceu, logo seguida pela esquerda. Ele abaixou a cabeça, roçando os lábios na concha da minha orelha enquanto dizia: — Estou vendo coisas ou você está com a adaga presa à coxa?

Dei um sorriso.

— Você não está vendo coisas.

— Você é uma criaturinha absolutamente deslumbrante e assassina — murmurou ele.

— Vocês vão ter tempo para sussurros doces mais tarde — disse Jasper, e, quando Casteel se afastou, havia um fogo em seus olhos. — Você está realmente adorável, Penellaphe.

— Obrigada — disse.

— E quanto a mim? — perguntou Casteel, e, atrás dele, Naill suspirou.

— Você está aceitável.

— Que grosseria — respondeu ele.

— Você gostaria de se sentar na sombra e cuidar da sua mágoa? Como quando era mais novo e acabava se machucando enquanto fazia algo incrivelmente idiota?

Casteel abaixou as sobrancelhas conforme olhava para Jasper.

— Essa cerimônia de casamento está começando de um jeito muito estranho.

— É verdade. — O lupino deu uma risada. — Vamos começar logo, pois aposto que você está mais ansioso para terminar a cerimônia do que para iniciá-la.

Casteel lançou um olhar sombrio para o lupino, e eu fiquei imaginando o que ele queria dizer com aquilo.

— Vocês dois têm que ficar de frente para mim — instruiu Jasper e então esperou até que fizéssemos isso. Ele sorriu para mim, e as minhas emoções estavam dispersas demais para que eu pudesse ler as dele, mas havia carinho em seu olhar. — Não sei o que você sabe sobre os casamentos Atlantes nem em que diferem do que é feito em Solis, mas vou guiá-la, tá bom?

— Tá bom — sussurrei.

— Ótimo. É muito simples. Não há votos. Nada que seja dito, de qualquer forma — continuou ele enquanto as nuvens nos lançavam nas sombras. Ele olhou para o céu por um breve instante, arqueando a sobrancelha. — Cada um segura a aliança com a mão esquerda e dá a mão ao outro com a direita.

Casteel estendeu a palma da mão direita enquanto eu olhava para ele. Não havia nenhum sorriso em seu rosto. Apenas uma certa determinação na curva dos lábios e no olhar. Com o coração acelerado, coloquei a mão direita na dele. O choque subiu pelo meu braço e, quando vi o leve arregalar dos seus olhos, percebi que ele também tinha sentido isso.

— Fiquem de joelhos. Primeiro, Casteel — falou Jasper, e ele obedeceu. — Agora você, Penellaphe.

A mão de Casteel apertou a minha enquanto eu ficava de joelhos, com os olhos fixos um no outro.

— Coloquem as alianças no solo no meio de vocês dois uma em cima da outra — disse Jasper, e Casteel colocou no solo arenoso o aro dourado menor do que aquele que eu segurava. Coloquei o maior em cima de modo que ficassem sobrepostos.

Casteel sabia quais eram os próximos passos. Ele não desviou o olhar de mim enquanto pegava um punhado de terra e salpicava sobre as alianças. Em seguida, acenou com a cabeça e eu o imitei, sentindo a terra granulada escorregar por entre os meus dedos enquanto repetia as suas ações.

Nuvens densas se acumularam acima de nós enquanto Casteel sussurrava:

— A próxima parte pode doer um pouco, mas só por um momento.

Assenti, confiando nele.

— Levantem a mão esquerda, com as palmas para cima. — Jasper se ajoelhou diante de nós e, com um breve olhar, vi que ele empunhava uma adaga que eu nunca tinha visto antes. Como as espadas das Guardiãs, a lâmina era de ouro. — Vou fazer um corte nas mãos de vocês. Vai doer por um momento, e vocês vão fazer com o sangue a mesma coisa que fizeram com a terra. A ferida vai sarar imediatamente, mas os dois vão ficar com uma marca até que a união seja terminada por morte ou decreto.

Eu não sabia como uma ferida minha poderia sarar imediatamente.

— E isso é tudo?

— Geralmente, esses procedimentos são um pouco mais demorados, mas é isso. Pelo menos, a parte em que tenho alguma participação. — Um brilho malicioso surgiu nos olhos pálidos de Jasper. — Casteel vai ter que informá-la sobre o resto.

— Vou, sim. — Casteel me lançou um sorriso rápido. — Com prazer.

Senti um arrepio na pele conforme levantava a mão esquerda com a palma para cima. Casteel fez a mesma coisa e se inclinou na minha direção, diminuindo a distância entre nós. Ele roçou os lábios nos meus enquanto dizia:

— É só um instante de dor.

— Eu sei — sussurrei. — Confio em você.

Ouvi a respiração de Casteel, e eu sabia o que significava dizer isso para ele.

— Indigno — sussurrou ele, e então ele me beijou no momento exato em que senti a ponta afiada da adaga de Jasper na minha mão. O beijo foi tão breve quanto a dor, mas muito mais doce.

Casteel se afastou, pressionando as nossas mãos juntas, palma com palma. Ele enroscou os dedos nos meus enquanto levava as nossas mãos unidas até as alianças. Senti o ar preso na minha garganta enquanto eu observava o meu sangue — o *nosso* sangue — escorrer pelas palmas até os pulsos. Uma gota e depois duas caíram, espirrando nas alianças.

Jasper permaneceu calado enquanto Casteel soltava a mão da minha. Ele pegou a aliança menor, com a mão direita ainda segurando a minha.

— Vou colocar a aliança no seu dedo e depois você coloca a outra no meu.

Assenti.

— Vire a palma da mão para o céu — disse ele calmamente. Quando virei a mão, fiquei de olhos arregalados.

O corte tinha se fechado, mas no meio da minha palma havia um tênue redemoinho dourado que brilhava mesmo com a luz do sol obscurecida pelas nuvens.

— Como?

Casteel sorriu para mim.

— Magia.

Só poderia ser isso.

Minha mão estava surpreendentemente firme quando ele deslizou a aliança suja de terra e sangue no meu dedo indicador. Ficou um pouco larga, mas não achei que fosse escorregar.

— Agora é a sua vez.

Peguei a aliança dele e prendi a respiração enquanto a colocava no seu dedo.

Em seguida, assisti em um silêncio atônito conforme a sujeira e o sangue penetravam nas alianças. Os aros cintilaram com um brilho dourado e então desbotaram, com as superfícies imaculadas.

— Está feito — disse Jasper, se levantando. — Vocês agora são marido e mulher.

O dia virou noite.

Entreabri os lábios assim que olhei para cima. As nuvens espessas tinham tornado o céu tão escuro como a meia-noite, de leste a oeste, de norte a sul. Não havia sequer uma réstia de luz do sol, embora não pudesse ser mais de uma ou duas horas depois do meio-dia.

— Meus Deuses — sussurrou Vonetta.

Casteel se levantou rapidamente, me levando com ele. Ele me puxou para o lado enquanto olhava para o céu escuro.

— É um presságio? — perguntei.

— É, sim — confirmou Jasper, com a voz áspera. — Não vi nada assim desde que... Deuses, desde que a sua mãe e o seu pai se casaram. E mesmo naquela ocasião, Casteel, não foi *desse jeito*.

Casteel baixou o olhar para o lupino.

— É um presságio. E poderoso. — Jasper sacudiu a cabeça, maravilhado. — Um bom presságio do Rei dos Deuses. — As nuvens sobrenaturais começaram a se dissipar e a luz do sol apareceu mais uma vez conforme Jasper sorria. — Nyktos, mesmo durante a hibernação, aprova esse casamento.

*

A aliança de ouro brilhava sob a luz do sol que se infiltrava pelas janelas do nosso quarto. Lentamente, virei a mão. O redemoinho dourado seguia a linha mais próxima aos meus dedos. Deslizei o polegar sobre a linha curva. O revestimento de ouro não desapareceu, e eu... eu não conseguia acreditar que estava casada. Que passei de Penellaphe Balfour para a Donzela e agora para Penellaphe Da'Neer.

— Espero que você não esteja arrependida. Mesmo se estiver, isso não vai sumir.

Ergui a cabeça conforme Casteel saía da sala de banho.

— Eu não estou tentando apagá-la. — Observei-o contornar a cama, com o coração já disparando dentro do peito. — E não estou arrependida. Só não entendo como isso é possível... o ouro na minha mão. O modo como o sangue e a terra simplesmente... penetraram nas alianças e desapareceram.

— Quando disse que era magia, eu não estava só provocando você. — Ele se sentou ao meu lado, pegando a minha mão. O contato provocou um choque de percepção por todo o meu corpo. — São os Deuses. A magia deles. — Ele passou o dedo ao longo da marca. — É como uma tatuagem, mas chega mais fundo que a tinta. Todos os Atlantes casados têm essa gravação até o fim do casamento.

— Por morte ou decreto?

Cachos escuros caíram sobre a sua testa quando ele assentiu.

— Nesse caso, a marca desaparece.

Seria uma maneira horrível de descobrir que alguém morreu. Estremeci.

Casteel ergueu o olhar para o meu.

— Você não acreditava nos Deuses?

Fiz menção de dizer que sim, que acreditava, mas era mais complicado que isso.

— Eu acreditava no que os Ascendidos me ensinaram a respeito dos Deuses. A única magia era a Bênção. Fora isso, eles eram como... sentinelas silenciosas que cuidavam de nós, e que era nosso dever servi-los por meio do Ritual. — Ri de mim mesma. — Agora, quando digo isso em voz alta, reconheço como é ridículo. Como eu não estava percebendo as coisas.

— Só é ridículo para alguém que recebeu outros ensinamentos desde que nasceu.

— Nós acreditávamos que a magia deles fosse a Ascensão. Que os Ascendidos eram a prova desse poder — disse enquanto Casteel deslizava os dedos até a aliança no meu dedo indicador. Eu me dei conta de uma coisa. — Fiquei surpresa quando você colocou a aliança no meu dedo indicador. Em Solis, a aliança é usada no dedo anelar, mas a linha da gravação está mais próxima do dedo indicador.

— Garota esperta — murmurou ele, afastando as mechas de cabelo que haviam caído sobre o meu ombro. — Acredita-se que essa linha na palma da mão esteja conectada ao coração. É por isso que a gravação é feita ali.

— É bem bonito — admiti.

— É mesmo — disse ele, e eu pude sentir o seu olhar sobre mim. Perdi o fôlego. — Não sei você, mas eu estou me sentindo todo especial — acrescentou ele enquanto passava os dedos na minha nuca e depois nas correntes delicadas do colar. — Faz centenas de anos que Nyktos não demonstra a aprovação de um casamento.

Meu coração palpitou.

— Desde o casamento dos seus pais.

— Foi o que fiquei sabendo. Meu pai sempre se gabava disso. Dizia a quem quisesse ouvir que o dia se transformou em noite assim que a cerimônia foi concluída. Acho que no fundo Malik e eu nunca acreditamos nele, mas parece que não estava mentindo.

— E Nyktos não fez isso por mais ninguém desde então?

— Parece que não. É uma boa notícia, Poppy.

— Ao contrário da árvore da Floresta Sangrenta que apareceu em Novo Paraíso?

— Não sabemos se aquilo foi bom ou ruim — respondeu ele. — Mas só que foi muito esquisito.

Dei uma risada, sem conseguir me conter, e foi bom fazer isso. Não reprimir uma risada nem um sorriso e ser feliz.

Aquela expressão surgiu no rosto de Casteel mais uma vez. A expressão que fez quando me aproximei dele antes da cerimônia. E que sempre fazia quando me ouvia rir ou sorrir.

— Por quê? — A curiosidade tomou conta de mim. — Por que você faz essa cara quando eu rio? Ou sorrio?

— Porque é um som e um sorriso lindo e você deveria fazer isso mais vezes. — Um leve rubor surgiu no rosto dele enquanto olhava para a minha mão. — E, toda vez que ouço a sua risada, parece que já a ouvi antes, quero dizer, antes mesmo de conhecer você. Como se eu realmente já a tivesse escutado.

Isso me fez pensar sobre o que Kieran havia me dito.

— O que significa corações gêmeos? — disparei.

O olhar de Casteel voltou para o meu.

— Como é que você ficou sabendo a respeito dos corações gêmeos mas não da marca do casamento?

— Bem... — consegui dizer. — Sabe, você tem um lupino vinculado que costuma dizer coisas muito vagas e na maioria das vezes inúteis.

Ele riu disso.

— Ele faz isso mesmo, não é? Ele falou com você dos corações gêmeos? Quando?

— Alguns dias atrás. — O que parecia uma eternidade. — Kieran me disse que achava que nós éramos corações gêmeos, e eu pensei que ele estava falando besteira. Ele não me contou o que significava, só que era algo mais poderoso que as linhagens e os Deuses.

— Isso foi vago. — Um sorriso surgiu nos lábios dele. Era uma expressão cansada, mas genuína. Vi o vislumbre das duas covinhas. — Corações gêmeos é... é quase mais lenda do que Nyktos dando a aprovação de um casamento. Não é uma fábula, mas é tão raro que virou mito. — Ele brincou com uma lágrima de diamante enquanto semicerrava as pestanas. — Tudo começou no início dos tempos, quando uma das antigas divindades se apaixonou tão profundamente por uma mortal que implorou aos Deuses que concedessem o dom da vida longa àquela que escolheu. Os Deuses recusaram, embora ele fosse um dos seus filhos preferidos. E recusaram todos os anos, enquanto aquela que ele amava envelhecia e ele permanecia o mesmo. Então, quando a sua amante ficou velha e grisalha, com o corpo incapaz de continuar vivo, ela partiu para o reino de Rhain, onde nem mesmo ele poderia ir. Com o coração partido, a divindade se recusou a comer e beber, não importava o quanto os Deuses suplicassem a ele. O próprio Nyktos veio até essa terra e implorou para que ele continuasse vivo. Ele disse que não podia, não depois de perder uma parte da sua alma quando a amante morreu. Era uma parte que ele nunca mais iria recuperar e, sem ela, ele não tinha vontade de viver. No final, ele virou pó.

— Isso... isso é muito triste.

— Algumas pessoas dizem que todas as grandes histórias de amor são tristes.

— Algumas pessoas são idiotas.

Ele riu de novo.

— Mas eu ainda não terminei. Os Deuses perceberam o seu erro. Que haviam subestimado a capacidade de amar de duas almas e dois corações que estavam destinados a ficarem juntos. Eles eram corações gêmeos. Os Deuses sabiam que não poderiam trazer o filho e a amante de volta à vida, mas quando isso aconteceu outra vez, com uma antiga filha que teve muitos amantes ao longo dos anos, eles cederam. Quando ela foi procurá-los para pedir que o amante mortal recebesse o dom da vida, eles concordaram, mas com duas condições. Os dois foram confrontados com testes quase impossíveis de realizar a fim de provar o seu amor. Se tivessem êxito, a divindade teria que concordar em ser a fonte da vida do amante. O amante teria que beber dela para permanecer ao seu lado. É claro que ela concordou, e os dois completaram os testes. Eles fariam qualquer coisa pela outra metade da sua alma e coração.

Arregalei os olhos quando compreendi o que ele havia me dito.

— O amante dela foi o primeiro Atlante.

Ele assentiu.

— Sim, a linhagem fundamental. Isso aconteceu várias vezes ao longo dos séculos. Uma antiga divindade encontrava o seu companheiro de coração em um lupino e os dois completavam os testes para provar o seu amor. Alguns acreditam que foi assim que os metamorfos e outras linhagens começaram. Ou um Atlante encontrava o seu companheiro de coração em um mortal, criando outra linhagem assim que os Deuses lhe concediam o dom da vida. Esse tipo de amor era raro. Ainda é raro. Quando reconhecido pelo casal, é o tipo de amor que significa que fariam qualquer coisa um pelo outro, até mesmo morrer. Além disso, os corações gêmeos sempre estiveram ligados àqueles que criavam algo novo ou davam início a uma grande mudança. Dizem que o Rei Malec e Isbeth eram corações gêmeos.

— Mas, se eles eram corações gêmeos, então por que os Deuses não ofereceram os testes e então concederam a ela o mesmo dom da vida que deram para os outros corações gêmeos?

— Se eles tivessem feito isso, então o primeiro vampiro não teria sido criado, e o mundo... o mundo seria um lugar muito diferente. — Casteel seguiu a minha linha de raciocínio. — Mas criar a vida é algo complexo e cheio de incógnitas, mesmo para os Deuses. Eles não previram que Malec poderia ser tão inventivo a ponto de drenar o sangue de Isbeth e substituí-lo pelo seu no desespero de salvá-la. Mas o problema é que eles já tinham ido hibernar e estavam em sono já muito profundo para que pudessem ouvir os apelos dele.

— Deuses — sussurrei. — Isso é meio trágico. Quero dizer, as ações dele deram início... a tudo isso. E, sim, ele já era casado, mas ainda assim é trágico.

— É, sim.

— E os Deuses ainda estão em hibernação, incapazes de oferecer os testes e conceder o dom da vida.

— Mas não tão profundamente adormecidos a ponto de não perceberem o que está acontecendo — falou ele. — Você ainda acha que o que Kieran disse é tão tão irracional assim?

Meu coração deu um salto dentro do peito.

— Eu... eu não sei. E você?

Um sorriso cheio de segredos surgiu nos lábios dele.

— Eu também não sei.

Comecei a estreitar os olhos, mas então algo me ocorreu.

— Espere um pouco. Há algo que não compreendo. Malec era descendente das antigas divindades, certo?

— Certo.

— Então como foi que ele transformou Isbeth em uma vampira? Quando os corações gêmeos receberam o sangue das outras divindades, eles não foram transformados em vampiros.

— Porque o sangue dos outros não foi drenado. Eles receberam o dom da vida pelos Deuses — explicou ele. — A transformação não é igual.

— É como se uma fosse sancionada pelos Deuses e a outra não?

— Tipo isso. — Ele se aproximou, pousando a mão na cama ao lado do meu quadril. Ele abaixou a cabeça ligeiramente e eu me permiti ler as suas emoções.

Casteel estava sentindo muitas coisas, e uma delas eu raramente sentia emanando dele. Aquilo me lembrava de como era entrar furtivamente no Ateneu e encontrar um livro interessante ou ver as rosas florescendo durante a noite. Momentos em que eu ficava contente. Ele estava contente. E também atento, e pensei que fosse pelo que poderia acontecer naquela noite. Além disso, ele estava... ele estava tão cansado.

— Você ainda não dormiu. Precisa dormir. — Comecei a estender a mão na direção dele, mas parei, insegura. Nós estávamos casados. E, o mais importante, estávamos casados de verdade. O que sentíamos um pelo outro era verdadeiro. — Os Ascendidos podem chegar aqui hoje à noite.

— Eu sei. — Ele ergueu a cabeça. — Vou descansar, mas há outra coisa que quero fazer.

Senti um súbito aperto no peito quando a minha mente seguiu em uma direção completamente inadequada.

— Nós estamos casados. Já é oficial, a não ser pela coroação, mas há outra tradição.

Minha garganta ficou seca.

— A União?

Ele piscou uma e então duas vezes.

— Eu estou me esforçando muito para não rir.

— O que foi? É uma tradição, não é? Eu perguntei a Vonetta sobre isso...

— Ah, meus Deuses. — Ele passou a mão pelo rosto.

— E ela me disse...

— Não é isso — interrompeu ele. — É sobre nós dois. Você e eu, e a tradição de compartilharmos um ao outro.

— Ah — sussurrei, e agora a minha mente ficou brincando alegremente em um lugar muito inapropriado. — Tipo... sexo?

Ele me encarou por um momento.

— Gosto muito do jeito que você pensa, mas não era disso que eu estava falando.

— Bem. — Senti o rosto esquentar. — Isso é constrangedor.

Casteel riu enquanto aninhava a minha bochecha na mão.

— Não fique constrangida. Eu estava falando sério quando disse que adoro o jeito que você pensa. Mas é tradição que o casal compartilhe o sangue depois do casamento. Não é obrigatório. Como disse antes, é só uma tradição para fortalecer os laços do casamento. Não fazer isso não muda nada...

— Mas fazer isso muda o quê?

— É... é um ato de confiança. — Ele tirou a mão do meu rosto. — Uma promessa de compartilhar tudo. É essencialmente simbólico.

Meu coração estava batendo descompassado de novo e o corpete do vestido de repente me pareceu apertado demais. Era evidente que ele queria fazer isso, mesmo que fosse apenas simbólico. Possivelmente até mesmo algo que imaginou fazer com Shea antes de... bem, *antes*. Senti uma onda de raiva e pena por uma mulher que estava morta há mais anos do que eu estava viva, mas ainda assim tive de me esforçar para deixar esses sentimentos de lado.

— E sei que a ideia de beber sangue não é exatamente apetitosa para você. De modo que entendo se não...

— Eu faço.

Ele se inclinou para trás, com os olhos brilhando.

— Porque você quer ou porque eu estou pedindo?

— Quantas vezes fiz algo que você queria, mas eu não?

Casteel deu uma risada.

— É um bom argumento. — O senso de humor desapareceu dos olhos dele, substituído por uma espécie de intensidade fulminante. — Se você tem certeza. Cem por cento de certeza?

— Tenho, sim.

— Obrigado, caramba. — Ele começou a se aproximar de mim, mas parou abruptamente. — Temos que tirar esse vestido. Netta vai acabar comigo se eu o devolver amassado. — Ele olhou para mim. — E tenho a impressão de que vai ficar bem amassado.

Eu também tinha.

Com a pulsação acelerada, levantei-me e peguei uma alça. Casteel me seguiu, segurando a outra.

— Tem botões?

Fiz que não com a cabeça.

— Graças aos Deuses de novo — murmurou ele enquanto puxava a alça do meu braço. — Porque eu iria acabar desistindo e rasgando tudo.

— Você costuma ser mais paciente que isso. — O vestido se embolou nos meus quadris.

— Às vezes. — Lançando um olhar para a combinação, ele me ajudou a sair do vestido. — Mas não quando se trata de você.

— Não acho que isso seja verdade — disse quando ele fez menção de jogar o vestido para longe. Eu o detive. — Eu fico com isso.

Casteel apertou os lábios enquanto eu colocava o vestido em cima da espreguiçadeira. Ele esperou por mim na beira da cama.

— Eu realmente tenho uma queda por você em alças ridiculamente pequenas. — Ele estendeu a mão e tocou nas minhas costas. Puxou o tecido contra o meu corpo. — E pelos seus seios, mas eles não são ridículos nem pequenos. Apesar disso, também tenho uma queda por eles, também.

— Obrigada? — disse enquanto ele andava em volta de mim, deslizando a mão pelo meu abdômen. Ele riu, e o som era parte alívio e parte urgência. Eu não precisava das minhas habilidades para saber disso. Estendi a mão na direção do fecho do colar.

— Fique com o colar. — Casteel olhou para baixo. — E com a adaga.

Arqueei as sobrancelhas.

— É sério?

— Quando é que você vai se dar conta de que eu estou dizendo a verdade? — Havia um esgar malicioso nos lábios dele. — Ver você armada com algo afiado me deixa excitado.

— Tem alguma coisa muito errada com você.

Ele veio até a minha frente.

— Mas você gosta do que há de errado comigo.

— Tem alguma coisa muito errada comigo também. — Olhei para Casteel. — Porque eu gosto mesmo.

— Eu sei. — Ele tocou na minha bochecha. — Eu sempre soube que você gosta do fato de que eu adoro quando você me faz sangrar.

Casteel me beijou e parecia a primeira vez que os nossos lábios se tocavam. De certa forma, foi um primeiro beijo, e Casteel e eu demos mais de um. A cada verdade, a cada mudança, era como começar tudo de novo, mas com todas as experiências e lembranças. E beijá-lo era como me atrever a beijar o sol. Pousei as mãos no peito dele, sentindo o calor da sua pele através da camisa e aquilo — tudo aquilo — foi outra novidade, pois eu o beijei sem me preocupar se deveria ou não ficar imaginando se iria me arrepender mais tarde. Beijei-o com abandono, e havia uma liberdade nisso que eu nunca tinha conhecido antes.

Ele me puxou contra si, com um braço ao redor da minha cintura enquanto a sua boca percorria o contorno do meu maxilar e então descia pela minha garganta. Eu me retesei com uma expectativa perversa.

— Há outros lugares, sabe? Onde posso beber de você.

— Onde?

— Lugares muito mais sensíveis que o pescoço. — Ele passou a mão pelo meu ombro, apalpando o meu seio através da combinação. Seu polegar encontrou o bico latejante. — Como aqui, por exemplo. Você gostaria disso? Não responda ainda. Há outros lugares ainda mais sensíveis. Mais interessantes. — Ele desceu a mão de novo, sobre a curva do meu quadril e ainda mais para baixo. Puxou a seda para cima. — Levante os braços.

Estendi os braços acima da cabeça, tremendo quando as roupas dele roçaram na minha pele nua.

A combinação caiu no chão, e então ele levou a mão até o meu quadril outra vez. Até a minha coxa. Fechei os olhos quando senti os lábios de Casteel no meu pescoço.

Seus dedos percorreram a minha coxa, com a aliança fria na minha pele.

— Existe uma veia ali, ao longo da sua perna, com veias menores se ramificando. Acho que você iria gostar muito disso.

Estremeci.

— Você vai fazer isso agora?

— Eu até faria, só que estou me sentindo incrivelmente arcaico agora e quero que o mundo inteiro veja a minha marca na sua garganta — disse ele. — E, se o mundo inteiro visse uma marca no meio das suas lindas coxas, eu teria que matar o mundo inteiro.

— Isso é um exagero.

— Eu me sinto exagerado, Princesa. Há outro lugar, um que não fornece tanto sangue, mas acho que vai ser o seu favorito. — Ele fechou a mão no meio das minhas pernas e pressionou o polegar contra o ponto mais sensível, fazendo com que eu ficasse na ponta dos pés. — Bem aqui. Eu poderia sentir o seu gosto e me alimentar de você ao mesmo tempo.

Uma onda afiada de prazer percorreu o meu corpo.

— Parece indecente.

— Extremamente indecente — concordou ele. — Você não precisa escolher. Mais tarde, porque haverá outras ocasiões — prometeu ele, e eu senti um aperto no peito —, vamos experimentar cada um desses lugares, e você vai poder me dizer qual é o seu preferido. O que acha disso?

— Acho... — Deixei escapar um gemido ofegante quando ele deslizou o dedo para dentro de mim. — Que vou gostar de ser muito indecente.

— Estou vendo. — Ele riu na minha pele enquanto me empurrava para trás, com o dedo se movendo de modo lento e superficial. Ele me deitou de costas e se afastou de mim. — Nós dois vamos gostar.

Conforme saía da cama, Casteel parou para beijar as cicatrizes no meu abdômen e depois nas minhas pernas. Em seguida, ele deu um passo para trás, pairando acima de mim. Eu estava completamente à mostra, vestindo apenas o colar e a adaga. A timidez se apoderou de mim, mas não me mexi para esconder nada dele. Deixei que ele ficasse me olhando.

— Linda. Quero que você saiba disso. Você é linda. Cada centímetro seu.

Como antes, não pude deixar de me sentir assim com ele olhando para mim daquele jeito.

Ele levou as mãos até a aba de botões da calça.

— Olhe para mim.

Eu o vi se despir como havia feito na caverna. Se achava que cada centímetro de mim era lindo, então ele não tinha se olhado no espelho. Sua pele era beijada pelo sol e seus músculos, esguios. Suas cicatrizes não eram defeitos. Nem mesmo a marca a ferro. Eram um mapa da sua força, do que ele havia superado, e um lembrete de que Casteel havia encontrado partes de si mesmo.

Foi então que me dei conta de como ele podia achar a minha pele tão perfeita. Casteel via a mesma coisa que eu quando olhava para ele.

E viu isso desde a primeira vez que olhou para mim sem o véu.

Senti todas aquelas emoções se acumularem na minha garganta e fiquei com medo de começar a chorar, mas então ele se aproximou de mim. Colocou seu corpo firme em cima do meu. Meus sentidos ficaram quase sobrecarregados com a sensação dos pelos ásperos das pernas dele sobre a minha pele, o peso e o calor do seu corpo conforme ele se acomodava entre as minhas coxas, a sensação do seu peito roçando no meu e a rigidez dele pressionando o meio das minhas pernas.

Ele fechou a mão no meu cabelo, inclinando a minha cabeça para trás.

— Você não faz a menor ideia de quanto tempo eu esperei para fazer isso. Para ficar dentro de você enquanto chupo uma parte sua para dentro de mim. Para sentir você gozar no meu pau enquanto sinto o gosto do seu sangue na minha língua. Parece uma eternidade.

Um arrepio percorreu o meu corpo conforme colocava as pernas sobre as dele. Ele arfou quando o movimento o trouxe para mais perto. Passei as pernas em volta da cintura dele e ergui os quadris. Nós dois gememos quando ele entrou em mim apenas o suficiente para provocar uma onda de arrepios na minha espinha. Casteel abaixou a cabeça até a minha garganta enquanto puxava o meu cabelo.

— Então por que esperar mais? — perguntei.

Ele não esperou.

Suas presas perfuraram a minha pele no mesmo instante em que ele me penetrou. Gemi alto, dividida entre uma dor aguda e um prazer intenso. Eu não conseguia respirar nem me mexer enquanto ele fechava a boca sobre a mordida e sugava o meu sangue profundamente, mexendo os quadris com os meus.

E então não houve mais dor. Apenas um prazer pulsante e implacável que explodiu de dentro de mim, e Casteel conseguiu o que queria desde o começo. O êxtase se apoderou de mim enquanto eu apertava os ombros dele, sussurrando o seu nome enquanto ele bebia de mim e se movia dentro de mim, e então...

Ele pousou a mão na minha coxa. Afastou a boca do meu pescoço, com os lábios brilhantes e vermelhos. Fiquei observando, em transe, conforme ele empunhava a adaga e deslizava a lâmina pelo peito. Cerca de quatro ou cinco centímetros. O sangue jorrou.

— Beba — arfou ele, levantando a minha cabeça até o seu peitoral. — Beba de mim, Poppy.

Devia ser por causa da mordida e da sensação dele dentro de mim, do meu corpo retesado ao redor dele. Não houve hesitação. Beijei o corte e a minha boca formigou quando o sangue tocou nos meus lábios, na minha língua. Quente e espesso, cobriu toda a minha boca. Engoli o gosto exuberante e delicioso dele.

— Deuses. — Casteel estremeceu enquanto me segurava ali, passando o outro braço sob o meu ombro.

Houve uma explosão de cores vivas — azul e roxo. Lilás. Será que era o gosto doce do sangue dele? Ou algo mais? Ouvi um som de repente, um gotejamento de água...

Casteel começou a se mexer de novo. O sangue dele... era puro pecado e viciante, como eu imaginava que seria a flor que havia inspirado o meu apelido. Eu poderia me afogar nas sensações que ele provocava em mim. Quando Casteel afastou a minha cabeça, fiz menção de protestar, mas então ele pousou os lábios nos meus e nós dois nos perdemos.

Não havia ritmo. Nós estávamos em um frenesi. Os efeitos do sangue e da mordida dele e do meu sangue se tornaram uma insanidade. A tensão cresceu novamente, contorcendo e acariciando ainda mais a cada impulso profundo os nossos quadris. A pressão aumentou até explodir, parecendo estilhaçar todo o meu íntimo, com ele bem ali comigo, se curvando sob a beira do precipício e despencando.

E ele não parou.

Mas continuou se movendo em cima de mim, dentro de mim, deslizando a sua boca sobre a minha. Ele me pegou e eu o agarrei. Éramos um emaranhado de pernas e braços, de carne e fogo, e o desenvolvimento foi mais lento. Tudo foi mais lento à medida que nos demorávamos, agindo como se tivéssemos todo o tempo do mundo, muito embora isso não fosse verdade. E, quando finalmente ficamos exaustos, não nos separamos. Nem mesmo quando ele finalmente caiu no sono, com os braços ainda apertados ao meu redor. Nem mesmo quando me juntei a ele, com a bochecha bem no lugar onde eu o tinha apunhalado aquela vez.

E foi assim que acordamos horas mais tarde, depois que o sol se pôs, com o longo trinado de um pássaro. Um chamado que foi atendido.

Um sinal.

Sentei na cama e olhei para a escuridão além das portas do terraço.

Casteel encostou o peito nas minhas costas um instante antes de beijar o meu ombro.

— Eles estão aqui.

Capítulo 38

O luar refletia nas espadas douradas presas na lateral do corpo de Casteel conforme caminhávamos pela Colina. Delano, que nos encontrou na porta, havia entregue as lâminas para ele.

A capa leve e de manga curta que eu usava sobre a túnica azul-escura e as leggings foi ideia de Casteel. Se houvesse algum Ascendido entre aqueles que se aproximavam do Pontal de Spessa, ele poderia me ver com a sua visão aguçada. Essa foi a única condição que Casteel deu quando me levantei da cama.

— Coloque o capuz assim que eles chegarem e fique assim o máximo que puder — dissera ele. — Não se torne um alvo.

— Tenho boas notícias, notícias possivelmente ruins e, com alguma sorte, ótimas notícias — anunciou Emil ao nos encontrar do lado de fora de uma ameia. — Nossos batedores relataram que é o grupo menor que está prestes a chegar.

— Quantos são? — perguntou Casteel.

— Cerca de duzentas pessoas.

— Acho que consigo adivinhar quais são as notícias possivelmente ruins — disse Casteel. — Já que não demorariam tanto tempo para chegar, eles ficaram esperando pelo exército maior e pelo anoitecer.

Ou seja, deveria haver vampiros entre eles e pelo menos mais cente nas de outros não muito atrás.

— Além disso, eles trouxeram o que parecem ser catapultas — falou Emil. — Essas muralhas podem ficar danificadas pelo que for que eles pretendam atirar contra nós, mas duvido que possuam algo capaz de derrubá-las após elas permanecerem de pé durante toda a Guerra dos Dois Reis.

— As muralhas não vão tombar — jurou Casteel.

— Quais são as ótimas notícias, com alguma sorte? — perguntei.

— Já que esperaram que o exército maior se juntasse a eles, com alguma sorte teremos tempo para que os reforços cheguem — respondeu Naill conforme atravessava a Colina.

— *Sorte* é a palavra-chave — acrescentou Emil. — Há muitos "e se" aqui. Alastir e Kieran teriam que ter viajado sem parar. Um grupo considerável dos nossos soldados teria que estar perto da Enseada de Saion e pronto para partir.

O medo se infiltrou em mim, mas não dei espaço para que ele respirasse — e crescesse. Sentir medo não era uma fraqueza. Apenas os tolos e os hipócritas diziam não sentir medo, mas essa emoção poderia se espalhar como uma praga se déssemos muita importância a ela. Eu não podia nem pensar no que aconteceria — caso não conseguíssemos conter os Ascendidos. Caso Kieran e Alastir não conseguissem mandar os reforços a tempo.

— E isso sem levar em conta a névoa nas Montanhas Skotos e como ela teria reagido a tal presença. — Emil fez uma pausa. — *Vossa Alteza*.

Estremeci ao ouvir o título.

— O que você disse?

Casteel olhou para mim com um sorriso leve sob o luar.

— Caso você tenha se esquecido, eu sou um Príncipe.

Estreitei os olhos.

— Eu não me esqueci.

— E nós somos casados — continuou ele. — O que faz de você uma Princesa.

— Sei disso, mas esse negócio de Princesa não é oficial. Não fui... coroada nem nada do tipo.

— É costume se referir a você como Vossa Alteza ou Princesa, mesmo antes da coroação. — explicou Naill.

— Podemos não fazer isso? — perguntei.

— Seria considerado uma grande desonra. — Naill fez uma pausa. — *Vossa Alteza*.

Olhei para ele, e o Atlante sorriu de modo inocente para mim.

Casteel bufou.

— Aliás, parabéns pelo casamento — disse Emil, atraindo o meu olhar. Meus sentidos me disseram que ele estava sendo sincero. — Tenho a impressão de que você será uma Rainha muito interessante.

Rainha?

Ah, Deuses, como é que eu poderia ter me esquecido disso no meio de todo o negócio de o-casamento-agora-é-de-verdade? Não havia a menor possibilidade de Malik estar em condições de liderar o reino assim que fosse libertado. Casteel iria assumir o trono. Algum dia. E eu seria...

Certo.

Eu não ia pensar nisso naquele momento.

— Então iremos chamá-la de Vossa Majestade — continuou Emil, dando uma piscadela para mim. — Não é verdade, Cas?

— É, sim — respondeu ele categoricamente, colocando a mão no meu quadril. — Vocês dois deveriam entrar em posição.

Emil e Naill fizeram uma grande reverência antes de partirem.

— O que foi aquilo? — perguntei. — Por que você os dispensou desse jeito?

— É oficial — disse Casteel, observando Emil enquanto ele parava para falar com uma das Guardiãs. — Eu vou ter que matá-lo.

Virei a cabeça na direção dele.

— O quê? Por quê?

— Não gosto do jeito que ele olha para você.

Confusa, olhei por cima do ombro para Emil, que estava caminhando na direção da escada.

— Como é que ele olha para mim?

A mão dele era uma marca escaldante no meu quadril, mesmo através das camadas de roupa.

— Ele olha para você como eu.

Arqueei as sobrancelhas.

— Isso não é verdade. Você olha para mim como...

Aqueles olhos cor de âmbar quente encontraram os meus.

— Como é que eu olho para você, Princesa?

— Você olha para mim como... — Pigarreei. — Como se quisesse me devorar.

Casteel estreitou os olhos enquanto voltava a olhar para Emil.

— Exatamente — rosnou ele.

Eu o encarei e então dei uma risada. Casteel olhou de volta para mim, com os olhos brilhantes e arregalados como sempre ficavam quando eu ria.

— Você está com ciúmes.

— É claro que estou. Pelo menos, reconheço.

E ele estava mesmo com ciúmes. Eu podia sentir o gosto disso, como uma camada de cinzas na minha garganta.

— Você é...

— Diabolicamente bonito? Perversamente inteligente? — Ele se voltou para o céu a oeste, que ainda carregava a névoa do incêndio. — Impressionantemente carismático?

— Não era isso o que eu ia falar — disse a ele. — Estava mais para ridículo.

— Adoravelmente ridículo — corrigiu ele.

Revirei os olhos.

— Sabe, eu nunca pensei em buscar o afeto de outro homem desde que o conheci.

— Eu sei. — Ele abaixou a cabeça, roçando os lábios na minha testa. — Meu ciúme não vem de nada que você tenha feito.

— Ou em pensamentos lógicos.

— Vou ter que discordar disso. Eu sei como ele olha para você.

— Acho que você está vendo coisas.

— Sei muito bem o que estou vendo. — Ele se afastou e me olhou bem fundo nos olhos. — Toda vez que olho para você, eu vejo um presente do qual não sou digno.

Perdi o fôlego enquanto o meu coração transbordava dentro do peito. Não era nenhuma novidade — Casteel dizer algo do tipo. *Novidade* era acreditar nisso.

— Você é digno — eu disse a ele. — A maior parte do tempo.

Casteel abriu um sorriso.

— Acho que é a coisa mais gentil que você já me disse.

Fiquei imaginando se isso era verdade conforme entrávamos em um parapeito. Havia arcos e aljavas cheias de flechas apoiados no muro. Olhei para a estrada e os campos escuros logo adiante, sem conseguir enxergar nada.

— Eles estão lá embaixo? — perguntei, relembrando o que aprendi enquanto eles discutiam estratégias. — Os lupinos?

— Eles estão nos campos, bem escondidos, até mesmo da visão dos vampiros. — Ele colocou as mãos sobre a beirada de pedra, e a aliança no seu dedo chamou minha atenção. — As Guardiãs estão em posição, esperando pelo meu sinal. Aqueles que sabem empunhar a espada estão no pátio e os que são hábeis com o arco vão ficar aqui

Desviei o olhar da aliança e olhei por cima do ombro. Eles já estavam chegando. Mortais velhos demais para carregar algo mais que um arco. As Guardiãs os escoltaram até diferentes parapeitos. O fio de medo voltou quando me voltei para Casteel.

— Quantos nós temos? A contagem final?

Ele enrijeceu o maxilar.

— Cento e vinte e seis pessoas.

Apertei os lábios e fechei os olhos enquanto me obrigava a respirar fundo.

— Gostaria que você tivesse ido com Alastir e Kieran — disse ele calmamente. — Você estaria bem longe daqui. A salvo.

Abri os olhos.

Casteel olhou para a escuridão.

— Mas estou feliz por você estar aqui. O Pontal de Spessa precisa de você. Eu preciso de você. — Nesse momento, ele olhou para mim. — Mas eu ainda preferia que não estivesse.

Eu podia aceitar isso.

— Eu gostaria que você não estivesse aqui — sussurrei. — Gostaria que eles não estivessem a caminho. — Deixei que um pouco do medo tomasse conta de mim. — Nós ainda pretendemos libertar o seu irmão e ver o meu, certo? Ainda pretendemos prevenir uma guerra?

Casteel assentiu.

— Mas depois dessa noite... — Engoli em seco enquanto olhava para o céu a oeste. — Pode ser tarde demais. A guerra veio até nós.

— Nunca é tarde demais. Nem mesmo depois que sangue foi derramado e vidas perdidas — disse ele. — As coisas *sempre* podem ser interrompidas.

Eu esperava que sim. De verdade.

Casteel se virou para mim e tocou na minha bochecha.

— Nós podemos até estar em um número muito menor, mas todo mundo que pega o arco ou a espada para lutar pelo Pontal de Spessa, por Atlântia, faz isso porque quer. Não por dinheiro. Não porque ingressar no exército fosse a única opção. Não por medo. Nós lutamos para sobreviver. Lutamos para proteger o que construímos aqui. Lutamos para proteger um ao outro. Nenhum deles, os Ascendidos, os cavaleiros, os soldados de Solis, vai lutar com o coração, e isso faz diferença.

Dei um suspiro mais firme.

— Faz, sim.

Casteel ficou calado por um momento, e então senti os seus lábios na minha bochecha, nas cicatrizes.

— Vou pedir mais uma coisa para você, Poppy. Fique aqui em cima. Não importa o que aconteça. Fique aqui e use o arco. E, se acontecer alguma coisa comigo, fuja. Vá para a caverna. Kieran vai saber encontrar você...

— Você está pedindo duas coisas de mim. — A pressão deixou o meu peito apertado.

— É você quem eles querem — disse ele. — Com você, eles serão capazes de causar mais danos a Atlântia e a Solis do que se alguma coisa acontecer comigo.

— Se alguma coisa acontecer com você... — Parei de falar, incapaz de continuar quando tudo ainda era tão novo entre nós, quando aquilo daria vida ao medo que eu já sentia. — Essas pessoas precisam mais de você do que de mim.

— Poppy...

— Não me peça que faça isso. — Olhei pra ele. — Não me peça que fuja e me esconda quando alguém de quem gosto está ferido ou coisa pior. Eu não vou fazer isso outra vez.

Ele fechou os olhos.

— Não é a mesma coisa.

Fiz menção de perguntar como não era quando ouvi o chamado baixo de alerta vindo dos campos. Nós dois nos viramos assim que o fogo reluziu e as tochas foram acesas ao longe, uma após a outra, até que a luz se espalhasse pela estrada vazia.

Casteel respondeu ao sinal enquanto alcançava o capuz da minha capa e o puxava para cima. Enquanto ele fechava a fileira de botões no meu pescoço, os arqueiros avançaram, se posicionando atrás do muro das ameias.

Com o coração acelerado e a respiração ofegante, peguei um arco e uma flecha da aljava — era do tipo com que eu estava familiarizada — e recuei para não ser vista além das muralhas de pedra. Casteel permaneceu onde estava, a única pessoa visível para o regimento que se aproximava. Não olhei para o exército que marchava adiante, mas sim para ele, concentrada na linha reta da sua coluna e no queixo orgulhosamente erguido. E, quando o silêncio deu lugar ao som de dezenas de botas e cascos pisoteando a terra batida e ao rangido das rodas de madeira girando, agucei os sentidos para Casteel. Senti o gosto amargo do medo, pois ele não era tolo, mas em uma quantidade bem pequena porque também não era covarde.

— Isso me lembra — observou ele — daquela noite na Colina da Masadônia. Só que você não está de sapatilha nem com uma camisola tão indecente. Não sei se devo ficar aliviado ou desapontado.

Meu coração desacelerou e a minha respiração não era mais superficial. Endireitei a coluna e ergui o queixo.

— Você deveria ficar agradecido. Não vai se distrair hoje à noite.

Ele riu suavemente.

— Continuo um pouco decepcionado.

Sorri conforme segurava o arco com firmeza.

Não trocamos mais nenhuma palavra enquanto observávamos os soldados de Solis se aproximarem, lançando as tochas na estrada e nos aterros. A linha de frente era composta por soldados mortais, que brandiam espadas pesadas e usavam coletes de couro. Os cavalos puxavam três catapultas, e atrás deles estavam os arqueiros e os soldados montados a cavalo em armaduras de metal e mantos pretos. Cavaleiros. Devia haver duas dúzias deles. Não eram muitos, mas o bastante para causarem problemas.

Os cavaleiros se afastaram para o lado quando uma carruagem vermelha e sem janelas avançou entre duas catapultas de madeira. Existia algo ali. Apertei os olhos. Sacos? Não era pólvora nem outro projétil. Em vez de alívio, senti uma inquietação.

Os soldados se afastaram, abrindo caminho para a carruagem com o Brasão Real. Vários cavaleiros avançaram, cercando o meio de transporte enquanto as rodas paravam, protegendo seja lá quem fosse que estava ali dentro.

Só podia ser um membro da Realeza.

A porta se abriu e alguém saiu — com uma capa tão pesada que, mesmo quando contornou a porta, eu não sabia dizer se era homem ou mulher que estava ali, flanqueado por cavaleiros. Seja lá quem fosse, a pessoa se moveu bem devagar, parando assim que ficou na frente dos soldados. Um par de mãos enluvadas se levantaram e puxaram o capuz para trás.

— Você só pode estar brincando — murmurei baixinho.

A Duquesa Teerman estava diante da Colina, com o rosto tão pálido e bonito quanto eu me lembrava, mas não havia nenhum penteado elegante em seu cabelo castanho, que estava preso para trás em um coque simples enquanto ela olhava para a Colina.

E foi então que realmente temi o que iria descobrir quando visse Ian com os meus próprios olhos. A Duquesa Teerman havia sido gentil — bem, nunca fora particularmente cruel comigo. Ela era fria e inacessível como a maioria dos Ascendidos, mas, quando matei o Lorde Mazeen, me disse para não perder nem sequer um minuto pensando nele. Achei que ela talvez também tivesse sido vítima da perversidade do Duque. E talvez fosse mesmo, mas o fato de ela estar ali só poderia significar uma coisa.

Ela era a inimiga.

Isso faria de Ian um inimigo também?

Seus lábios vermelhos se curvaram em um sorriso tenso e sem graça.

— Hawke Flynn — cumprimentou ela, a voz familiar demais conforme eu encaixava uma flecha silenciosamente. — Ou prefere que eu o chame por outro nome?

— Não importa como você me chame — respondeu ele, parecendo tão entediado quanto Kieran durante, bem, tudo.

— Seria uma grosseria chamá-lo por um nome falso — retrucou ela, entrelaçando as mãos. Os soldados e cavaleiros permaneceram em silêncio e imóveis atrás dela. — Eu não quero ser rude.

— Eu atendo por vários nomes. O Senhor das Trevas. Desgraçado. Cas. Príncipe Casteel Da'Neer — disse ele, e era impossível não notar o leve arregalar dos olhos dela. Ela não sabia quem ele era de fato. — Me chame do que quiser, contanto que você saiba que a minha voz vai ser o último som que ouvirá.

— Príncipe Casteel. — Ela pronunciou aquelas palavras como se tivesse sido presenteada com um bolo de chocolate inteiro... ou com um Atlante fundamental. Deu uma risada. — Ah, a *nossa* Rainha e o *nosso* Rei me contaram tudo sobre você. Eles sempre se perguntaram para onde foi. O que teria acontecido com você. Agora posso lhes dizer que o seu animalzinho de estimação preferido está vivo e cheio de saúde.

Animalzinho de estimação? Segurei o arco com força na palma da mão.

— Sabe, talvez eu deixe que você continue viva, Duquesa. Só para que possa voltar ao seu Rei e Rainha para contar que o *animalzinho de estimação* preferido deles mal pode esperar para revê-los.

Teerman deu um sorriso ainda mais largo.

— Não vou deixar de fazer isso. Isso se você permitir que eu continue viva. — Havia uma timidez no seu tom de voz que me deixou aborrecida. Será que a Duquesa estava flertando com ele? — Mas, antes que comece a matança, saiba que vim aqui para prevenir a morte.

— É mesmo? — perguntou Casteel.

Ela assentiu.

— Você deve saber que há mais soldados do que esses aqui atrás de mim. — A Duquesa estendeu a mão com toda a elegância de uma dançarina de salão. — Um dos seus cachorros voltou até você, não foi? O outro, bem, os nossos cavalos foram muito bem alimentados.

A náusea tomou conta de mim. Ela não podia estar falando sério. Tive vontade de vomitar.

— Você sabe que estamos em maior número do que quer que você tenha atrás dessas muralhas. Não pode haver muitas pessoas vivendo em meio às ruínas — disse ela, revelando saber bem pouco sobre o Pontal de Spessa. Aquilo aliviou um pouco o horror que se agitava dentro de mim. — Mesmo se houver centenas de Descendidos com alguns vira-latas gigantes, e um a menos, você não vai conseguir se livrar disso. Sendo assim, estou aqui para evitar isso.

— E eu estou aqui para lhe dizer que, se você se referir mais uma vez a um lupino como um cachorro, vou atingi-la com uma flecha antes que esses cavaleiros possam piscar os olhos — alertou Casteel.

— Peço desculpas. — Teerman baixou a cabeça. — Não quis ofendê-lo.

Sério? Revirei os olhos com tanta força que era de se admirar que eles não ficassem presos lá atrás.

— Espero que possamos chegar a um acordo. Acredite se quiser, mas sangue derramado me deixa nervosa — disse ela. — É tanto... desperdício. Enfim, a maior parte do meu exército permaneceu recuada em uma demonstração de boa-fé. Na esperança de que você me dê ouvidos.

— Parece que não tenho a opção de *não* ouvir. Então, por favor. Fale.

A Duquesa notou a insolência no tom de voz de Casteel. Isso ficou evidente na tensão do seu maxilar.

— Você tem algo que nos pertence. Nós a queremos de volta. Entregue a Donzela.

Pertencia a eles? Algo? Usei cada grama de força de vontade que eu tinha para não levantar o arco e disparar uma flecha de pedra de sangue direto na boca da Duquesa.

— Devolva a Donzela, e nós deixaremos esse poço de ossos intocado para que você volte ao que quer que reste do seu grande reino de outrora.

Se ela estivesse falando por todos os Ascendidos, então eles não faziam a menor ideia do que estavam enfrentando. Do dilúvio que poderia cair sobre eles se alguma coisa acontecesse com o Príncipe de Atlântia.

— Se eu fizesse isso, você simplesmente iria embora? Permitiria que eu e o meu povo continuássemos vivos?

— Por enquanto? Sim. Você é valioso demais para matar se pudermos capturá-lo, mas agora a Donzela é a prioridade. — Os olhos escuros como o breu dela não refletiam a luz. — Além disso, teremos outras oportunidades de capturá-lo mais tarde. Você vai voltar. Para buscar o seu irmão, não é? Não foi por isso que sequestrou a nossa Donzela? Para trocá-la por ele?

Casteel ficou tenso, e o fato de ter permanecido em silêncio era uma prova da sua força de vontade.

— Detesto ser a portadora de más notícias, mas não haverá troca. Ou você a entrega para nós ou...

Como Casteel não disse nada, ela inclinou a cabeça, procurando nas ameias.

— Penellaphe? Ela está aí em cima? Ouvi dizer que você ficou bastante... íntimo dela.

Casteel não disse nada enquanto eu olhava para ela, não me permitindo pensar muito sobre como a Duquesa poderia ter descoberto isso.

— Se você estiver aí em cima, Penellaphe, por favor, diga alguma coisa. Revele-se — gritou ela. — Sei que você deve estar pensando coisas horríveis a nosso respeito agora, a respeito da nossa Rainha e do nosso Rei. Mas posso explicar tudo. Podemos mantê-la em segurança como sempre fizemos. — Ela olhou por cima do ombro de Casteel. — Sei que você sente falta do seu irmão. Ele ficou sabendo da sua captura e está doente de preocupação. Eu posso levá-la até ele.

Quase dei um passo em frente, *quase* abri a boca. A Duquesa sabia como me provocar, mas também devia pensar que eu era uma imbecil se achou que aquilo fosse funcionar.

— Você sabe o que aconteceu com o último Ascendido que veio procurar a Donzela? — perguntou Casteel.

— Sim — respondeu a Duquesa Teerman. — Isso não vai acontecer aqui.

— Tem certeza? — retrucou ele. — Pois o que busca nunca pertenceu a vocês em primeiro lugar.

— É aí que você está errado — rebateu Teerman. — Ela pertence à Rainha.

Perdi o autocontrole e entrei em ação antes que conseguisse me conter, alcançando a ameia enquanto dizia:

— Eu não pertenço a ninguém, e muito menos a ela.

Casteel virou a cabeça na minha direção lentamente.

— Isso não é ficar invisível — disse ele em voz baixa. — Caso você não tenha certeza.

— Desculpe — murmurei.

O sorriso tenso e sem mostrar os dentes da Duquesa Teerman voltou aos seus lábios.

— Aí está você. Estava aí em cima o tempo todo. Por que não disse alguma coisa antes? — Ela ergueu a mão. — Não precisa responder. Tenho certeza de que é por causa do que lhe disseram. Um lado muito tendencioso da história.

— Já ouvi o suficiente para saber a verdade — disse. — E quanto aos que estão atrás de você? Os soldados sabem o que você é? O que o Rei e a Rainha são?

— Você não faz a menor ideia do que a Rainha Ileana é, nem esse falso Príncipe ao seu lado — respondeu ela. — E está errada, Penellaphe. Você pertence à Rainha. Assim como a primeira Donzela.

— A primeira Donzela? Aquela que matei sem nunca ter conhecido? — exigiu saber Casteel. — Aquela que não deve nem ter existido?

— Posso ter insinuado que você foi diretamente responsável pelo destino dela — respondeu a Duquesa. — Mas a primeira Donzela era bastante real, e ela também pertencia à Rainha. Assim como você, Penellaphe. E a sua mãe também.

— A minha mãe? — A corda do arco estava esticada entre os meus dedos conforme eu mantinha a flecha apontada para baixo. — Minha mãe era amiga dela. Ou pelo menos foi o que me disseram.

— A sua mãe era muito mais que isso — respondeu ela. — Vou contar tudo sobre ela. Sobre você.

— Ela não sabe de nada — disse Casteel. — Os Ascendidos são mestres da manipulação.

— Eu sei. — E sabia mesmo. — Não acredito em mais nada do que você me diga. Eu já sei a respeito do Ritual. Sei o que acontece com os terceiros filhos e filhas. Sei como funciona a Ascensão. E sei porque você precisa de mim.

— Mas você sabia que a sua mãe era filha da Rainha Ileana? Que você é a neta da Rainha? É por isso que é a Donzela. A Escolhida.

Entreabri os lábios e respirei fundo.

— Você nem sequer é uma boa mentirosa — rosnou Casteel. — O que está sugerindo é impossível. Os Ascendidos não podem ter filhos.

A Duquesa inclinou a cabeça.

— Quem disse que a Rainha Ileana é uma Ascendida?

— Todo Ascendido no Reino de Solis. Os livros de história afirmam isso — exclamei. — A própria Rainha já disse que é uma Ascendida. Você está realmente tentando me dizer que ela não é o que é? Porque ela não envelhece? Porque não anda sob o sol?

— Foram mentiras ditas para proteger a verdade. Para proteger você e a sua mãe — respondeu ela.

— Me proteger? — Dei uma risada, e o som pareceu áspero nos meus ouvidos. — É o que você chama de me manter trancada nos meus aposentos? De me forçar a usar um véu e me proibir de falar, comer ou passear sem permissão? É o que o Duque estava fazendo quando me açoitava nas costas com uma bengala só porque eu respirava alto demais ou não respondia da maneira que ele achava apropriada? Quando ele colocava aquelas mãos em mim? Deixava que outros fizessem isso? — perguntei enquanto Casteel ficava ainda mais tenso. A raiva se apoderou de mim e quase levantei o arco, quase disparei a flecha. — Foi assim que você e a Rainha me *protegeram*? Não me diga que não sabia. Você sabia e deixou que isso acontecesse.

As feições de porcelana da Duquesa Teerman endureceram.

— Eu fiz o que pude quando foi possível. Se não tivesse sido morto pelas mãos do homem ao seu lado, ele certamente seria assim que a Rainha descobrisse.

— Você está falando da minha avó? Aquela que mandou o Lorde Chaney atrás de mim? O homem que me mordeu? — exigi saber. — Que provavelmente teria me matado?

— Eu não sabia disso — argumentou ela. — Mas posso explicar...

— Cale a boca — disse, cheia dela e das suas mentiras. — Simplesmente cale a boca. Não há nada que possa dizer ou fazer que me faça acreditar em você. Então vá em frente com seja lá o que for que você acha que veio fazer aqui, *Jacinda*.

Ela aguçou as feições ao ouvir o seu nome, algo que pedia que eu fizesse de vez em quando.

— Agressiva — murmurou Casteel. — Gosto disso.

— Estou prestes a disparar uma flecha na cara dela — avisei.

— Também gosto disso — acrescentou ele.

A Duquesa deu um passo em frente.

— Vejo que nada do que eu disser nesse momento vai fazer com que tudo corra bem. Talvez os presentes que trouxe façam vocês mudarem de ideia.

Casteel se empertigou enquanto ela inclinava a cabeça para trás, na direção dos soldados. Muitos deles foram até as catapultas. Eles pegaram os sacos, esvaziando o que quer que houvesse neles, e se ajoelharam enquanto os projéteis eram lançados. Fiquei tensa quando ouvi o metal ranger.

As catapultas balançaram para a frente, uma após a outra, liberando os *presentes* conforme Casteel me agarrava, protegendo o meu corpo com o dele.

Mas o que foi disparado voou alto acima de nós. Os projéteis voaram pelo ar, sobre as ameias. Nós nos viramos assim que atingiram as paredes de pedra logo atrás. O som, um estalo de carne, e a mancha que deixaram nas paredes, visível mesmo sob o luar e ao longo do chão enquanto tombavam para a frente, deixaram o meu estômago revirado e afrouxei a mão em torno do arco. A flecha encaixada tremeu.

Um deles tinha um cabelo comprido e castanho-escuro.

Outro, uma coroa grisalha.

O vislumbre de uma pele que já tivera um belo tom de ônix.

Uma expressão congelada pelo medo por toda a eternidade.

Cabeças. Eram *cabeças*.

Muitas delas.

Magda.

A mãe da mulher que morreu.

Keev, o lupino.

O homem Atlante que recusou o meu toque.

Uma cabeça rolou até parar aos pés de Casteel. No instante em que vi a barba manchada de sangue, minha garganta se fechou.

Elijah.

Capítulo 39

Cambaleei para trás, erguendo um olhar horrorizado para Casteel e então para onde a Duquesa Teerman *havia* estado. Ela não estava mais ali. Voltei-me para Casteel.

Ele inflou o peito, mas não soltou o ar enquanto olhava fixamente para o *presente*.

— Casteel — sussurrei.

Lentamente, ele desviou o olhar da visão grotesca, e um par de olhos quase tão pretos quanto os de um Ascendido encontraram os meus.

E percebi que não haveria mais conversa.

Bloqueei os sentidos e desliguei as minhas emoções — o horror e a fúria. Em seguida, respirei bruscamente.

— Mate quantos você puder. — Ele soltou as espadas douradas na lateral do corpo, voltou para a beira da muralha e pulou.

Ele *pulou* do topo da Colina, cerca de quatro metros acima do campo.

Corri até a beirada, gritando o nome dele sem emitir nenhum som. Ele caiu no chão agachado, com as espadas ao lado do corpo enquanto se punha de pé diante de um exército de *centenas* de soldados.

— Que gentil da sua parte se juntar a nós — gritou um cavaleiro. — O Senhor das Trevas sozinho? As chances não estão a seu favor.

— Eu nunca estou sozinho — rosnou Casteel.

Berros lancinantes ecoaram por todos os lados, virando um grito de batalha capaz de provocar uma explosão de medo até mesmo no guerreiro mais experiente.

As Guardiãs.

Elas se moveram tão silenciosamente como fantasmas, aparecendo nas ameias. Brandiram as espadas acima da cabeça, juntando-as em um estrondo retumbante. Faíscas explodiram das espadas, entrando em combustão. Respirei fundo quando as chamas douradas espiralaram sobre as espadas, envolvendo as lâminas de pedra em fogo. As chamas irromperam por toda a Colina. Em seguida, elas também pularam, uma de cada vez, caindo no chão como estrelas douradas. No momento em que aterrissaram, Casteel não passava de um borrão entre o couro e as armaduras, abrindo caminho pelos soldados antes mesmo que soubessem que ele estava ali conforme se dirigia para a carruagem. Ele estava indo matar a Duquesa.

E, pela primeira vez, eu não me importei com uma morte com dignidade.

Respirei fundo para me acalmar, levantei o arco e encaixei a flecha de novo assim que o primeiro lupino saiu das sombras e derrubou um guarda de cima do cavalo. À esquerda e à direita, os mais velhos entre os habitantes dali ergueram os arcos. Procurei por lampejos de preto — por mantos que pertenciam a um cavaleiro e não a um guarda — e fiz pontaria enquanto os outros saíam de trás das árvores que ladeavam as muralhas à direita da Colina.

Avistei um cavaleiro montado, atacando um homem que havia cravado a espada no peito de um soldado, e fiz pontaria. O cavaleiro girou a mão e uma corrente farpada se desenrolou. O metal e as pontas afiadas giraram com uma velocidade estonteante enquanto eu me concentrava no seu único ponto fraco e desprovido de armadura.

Soltei a corda. A flecha voou ao longe, atingindo o cavaleiro no olho. O impacto o derrubou do cavalo, e seu corpo se desintegrou assim que caiu no chão.

Quentyn derrapou no espaço ao meu lado, apoiando um escudo nas muralhas de pedra. Ele se esticou e espiou por cima do muro, com o maxilar rígido enquanto nivelava o arco.

— Onde está Beckett? — perguntei, sem tê-lo visto.

— Ele está junto com as pessoas que não podem lutar.

Assenti.

— Aqueles de manto preto são cavaleiros. Vampiros. Mire na cabeça deles.

— Entendi. — Ele apertou os olhos.

Encaixei mais uma flecha, procurando por Casteel, e o encontrei no meio das fileiras do Exército Real, cravando a espada no pescoço de um e no abdômen de outro. Passei o olhar pelas espadas flamejantes, que cortavam os soldados com fogo. Um cavaleiro correu na direção de uma Guardiã. Disparei uma flecha, que o acertou bem na boca.

— Arqueiros! — gritou um dos cavaleiros. — Nas ameias.

Mirei em um guarda que corria na direção de um lupino e só vi a flecha perfurando o couro e derrubando o mortal no chão um segundo antes que uma saraivada de flechas rasgasse o ar.

— Ataque! — gritou alguém.

— Abaixem-se! — berrou Quentyn enquanto erguia um escudo que devia pesar quase tanto quanto ele. Nós nos ajoelhamos enquanto as flechas desciam zunindo, ressoando na pedra e no metal do escudo. Gritos de dor invadiram os meus sentidos, me dizendo que algumas delas tinham encontrado o alvo.

Quentyn abaixou o escudo e eu levantei a cabeça enquanto colocava uma flecha no arco.

— Você pode vê-lo? — perguntou Quentyn, disparando uma flecha.

— O Príncipe?

Balancei a cabeça enquanto examinava o caos lá embaixo. Havia muita coisa acontecendo — era gente demais. Eu mal conseguia distinguir as espadas flamejantes das Guardiãs em meio ao choque de espadas comuns e corpos.

— Ele vai ficar bem — eu disse a Quentyn, e a mim mesma, enquanto puxava a corda, me esquecendo dos cavaleiros. Eu me concentrei nos soldados, acabando com uma aljava inteira de munição antes que vários deles alcançassem os lupinos e as Guardiãs. Cerca de uma dúzia chegou até os portões. Os gritos vindos lá de baixo fizeram com que o meu dom latejasse dentro de mim. Eu sabia que eles iriam conseguir entrar.

Outra rajada de flechas subiu pelos ares, e eu praguejei enquanto nos abaixávamos debaixo do escudo. Vários projéteis ricochetearam ali, caindo no chão ao nosso lado. Gritos rasgaram o ar. Olhei na direção da escada. Não havia muitos guerreiros lá fora para detê-los. Eles continuariam avançando, como se fossem Vorazes, e nos cercariam antes mesmo que o exército maior chegasse.

E eu estava ali em cima, me escondendo atrás de um escudo.

Meu olhar encontrou o de Quentyn.

— Você se considera muito bom com o arco?

Ele assentiu.

— Acho que sim.

— Ótimo. Me dê cobertura.

— O quê? — Ele arregalou os olhos dourados.

— Quando você me vir lá embaixo, me dê cobertura. — Soltei o arco.

— Você não pode ir para lá! Casteel, quero dizer, o Príncipe vai...

— Estar esperando que eu faça algo assim — eu disse a ele. — Me dê cobertura.

Sem esperar, corri na direção das escadas, desembainhando a adaga enquanto passava pelos presentes macabros. Desci a escada em espiral, diminuindo o ritmo assim que ouvi o barulho de pedra contra pedra.

Eles tinham conseguido entrar na Colina.

Desci o resto dos degraus lentamente, com o corpo encostado na parede.

Um corpo tropeçou na entrada da escada, caindo no chão. Um Guarda Real apareceu. Tudo o que vi foi um rosto jovem respingado de sangue. Um rosto muito jovem. Olhos azuis. Será que ele sabia pelo que estava lutando? Devia saber. Ele estava lá fora quando a Duquesa falou conosco. De qualquer modo, não importava.

Com a espada cheia de sangue, ele hesitou por uma fração de segundo. Era só o que eu precisava. Avancei, enfiando a adaga sob o queixo dele. Sua respiração gorgolejou enquanto ele girava para trás, com a espada estalando no chão.

Saí da escada, passei a adaga para a mão esquerda e peguei a espada caída. Experimentei o seu peso, examinando o pátio iluminado por tochas, os corpos de pé e os caídos. Em seguida, fiz o que Vikter me ensinou durante o treinamento.

Eu me fechei.

E me desliguei de tudo.

Do horror. Do que os meus olhos queriam que o meu cérebro e coração reconhecessem. Do medo, principalmente do medo — de ser ferida, de tropeçar, de errar o alvo, de morrer — de perder aqueles com quem me importava. Vikter me disse que você tinha de lutar como se cada respiração pudesse ser a última.

Segui em frente, com a capa ondulando atrás de mim, inflando com o vento saturado pelo cheiro de sangue. E tudo o que vi quando um soldado se voltou para mim foram os rostos dos *presentes*.

O soldado brandiu a espada, e seu rosto era uma máscara de violência. Havia tipos diferentes de sede de sangue. Aquela que os vampiros e os Ascendidos sentiam e a que os mortais experimentavam quando a violência se espalhava pelo ar. Eu me esquivei sob o braço dele, girando para trás enquanto cravava a espada nas suas costas. Soltei a lâmina e me virei, enfiando a adaga no peito de outro soldado. A pedra de sangue perfurou couro e osso.

Girei o corpo, cortei o pescoço de um soldado que estava prestes a enfiar a espada em um guerreiro que tinha caído no chão. O calor úmido atingiu as minhas bochechas quando me virei, dando uma cotovelada na garganta de outro. Ossos estalaram e o ar chiou atrás de mim enquanto a dor daqueles ao meu redor atiçava ainda mais os meus sentidos.

Estendi a mão e abri os botões ao redor do meu pescoço. O capuz escorregou para trás e eu tirei a capa. Ela caiu no chão atrás de mim quando comecei a correr, saindo em disparada da Colina em direção à batalha que certamente iríamos perder.

Era... uma insanidade.

Espadas batendo em espadas. Gritos de dor e berros de fúria. Vislumbres de pelos e garras afiadas e espadas flamejantes conforme as Guardiãs massacravam mortais e vampiros.

Um homem gemia enquanto apertava o abdômen ensanguentado. Ele era um Descendido, e fiz menção de parar, para aliviar a sua dor ou curá-lo...

Uma flecha passou zunindo pela minha cabeça, atingindo um guarda que corria na minha direção. Quentyn era *muito* bom mesmo com o arco.

Afastei-me do homem caído, me dando conta de que agora não era a hora certa para usar esse tipo específico de habilidade. Por mais que me doesse e por mais errado que parecesse, dei as costas para ele.

E então... me deixei levar pela insanidade conforme cravava a espada no abdômen de um soldado que não deveria ser muito mais velho do que eu. Deixei que a sede de vingança me dominasse enquanto cortava o pescoço de outro. Não hesitei nem recuei quando vi o reconhecimento nos seus olhos no instante em que eles viam as cicatrizes no meu rosto. Levei somente alguns minutos em campo para perceber que eles haviam recebido ordens para não me ferir. Era evidente que não esperavam que eu estivesse ali embaixo, lutando, e essa foi uma bela vantagem para mim, da qual me aproveitei. Pois eu não tinha recebido ordens de um Ascendido para estar ali. Eu escolhi estar ali. Dei um chute, atingindo um cavaleiro nos joelhos antes que ele pudesse levantar o mangual que empunhava. Ele caiu de costas e eu cravei a espada nele.

Duas chamas brilhantes passaram a poucos metros do meu rosto quando uma Guardiã saltou das costas de um soldado que tombava no chão. A Guardiã de cabelo preto girou no ar, acertando outros dois no peito. As lâminas flamejantes cortaram couro e osso. Ela caiu agachada e se pôs de pé com a graça fluida de uma deusa, olhando para mim por um breve instante. Em seguida, acenou com a cabeça antes de desaparecer no meio da turba de soldados.

O ganido repentino de um lupino atraiu a minha atenção. Um lupino de pelo fulvo que me lembrava de Kieran, só que menor, mancou para longe de um cavaleiro, com sangue escorrendo pela pata traseira. Será que era Vonetta? Eu não tinha certeza conforme passava a espada para a mão esquerda e brandia a adaga de lupino. O cavaleiro ergueu a espada enquanto a lupina exibia os dentes, se agachando sobre o membro ferido. Virei a adaga para segurá-la pela lâmina, joguei o braço para trás e a atirei. A pedra de sangue atingiu o cavaleiro no meio da testa, derrubando-o antes que ele soubesse o que o havia atingido, enquanto eu cravava a espada no abdômen de outro soldado que tentava me alcançar. A lupina girou na minha direção e de repente saltou pelos ares. Perdi o fôlego quando ela caiu em cima de um soldado bem atrás de mim. Os dois tombaram no chão, com a mandíbula da lupina no pescoço dele. Ela balançou a cabeça, jogando o soldado para longe como se ele fosse um boneco de pano. Ossos estalaram quando me virei, examinando a massa de corpos em pé e no chão. Existiam lupinos entre os caídos. Rostos que reconheci. Peguei a adaga do chão de terra quando um lupino da cor da neve passou correndo por mim. *Delano.* Eu me virei e vi Casteel atrás das catapultas.

O sangue escorria pelo seu rosto enquanto ele girava as lâminas, atingindo dois soldados no peito. Ele soltou as espadas, esticando o pescoço, e o meu coração palpitou. Havia uma ferida no seu pescoço e ombro, irregular e cheia de sangue. Cercado, ele rugiu, exibindo as presas enquanto pegava um soldado pela garganta, rasgando a carne enquanto Delano derrubava um cavaleiro da montaria, rasgando a armadura de metal com as garras como se não passasse de terra solta. Outro lupino disparou pelo campo — um lupino enorme e prateado. Jasper? Ele agarrou o braço do cavaleiro que brandia a espada na direção de Delano e... bons Deuses, o arrancou de uma vez só, com espada e tudo.

Eu ia ter que vomitar por causa daquilo mais tarde.

Outro cavaleiro saltou do cavalo, aterrissando como uma montanha atrás de Casteel. Ele empurrou um soldado para o lado a fim de chegar até Casteel, jogando o mortal contra uma catapulta. O estalar de ossos me dizia que o soldado não iria mais se levantar.

Aumentei o ritmo, pulando sobre um cadáver e diminuindo a distância assim que o cavaleiro foi para cima de Casteel. Peguei o cavaleiro pelo cabelo e puxei a sua cabeça para trás conforme enfiava a adaga de lupino no ponto fraco na base do crânio, inclinando-a para cima. O cavaleiro estremeceu quando eu o soltei, com o corpo se despedaçando.

Foi então que Casteel se virou, exibindo as presas e com a boca manchada de vermelho. A espada que ele apontou para mim parou a poucos centímetros do meu pescoço. Ele soltou o ar, ofegante.

— De nada — arfei. — Por salvar a sua vida.

Ele puxou a espada para trás, respirando com dificuldade. Um sorriso largo e sangrento surgiu no seu rosto.

— Seria um momento impróprio para dizer que fiquei incrivelmente excitado por sua causa agora?

— Sim. — Olhei para o guarda que se levantava com dificuldade atrás dele. — Bastante impróprio.

— Bem, que pena. — Casteel girou o corpo, e a cabeça do guarda foi para uma direção diferente do seu corpo. — Eu acho você muito excitante.

Curvei os lábios para cima assim que me virei, avistando a carruagem.

— Ela está na carruagem? A Duquesa?

— Acho que sim. — Ele olhou por cima do ombro para mim. — Você quer matá-la?

Fiz que sim com a cabeça.

— Vai ter que chegar antes de mim.

Enfiei a adaga na garganta de um soldado e disse:

— Sem problemas.

Casteel deu uma risada selvagem conforme pegava um cavaleiro pelo braço, girando-o ao mesmo tempo em que brandia uma das espadas, cortando o seu pescoço. Fiz menção de avançar quando alguma coisa pegou fogo na escuridão da estrada a oeste. Parei de supetão, respirando fundo enquanto a faísca se repetia indefinidamente. As centelhas voaram pelos ares...

Flechas.

Casteel se chocou contra mim, me agarrando pela cintura enquanto nos empurrava para baixo da catapulta. Ele colocou o corpo sobre o meu, me imprensando na terra dura e cheia de sangue e imundície.

As flechas caíram, atingindo os soldados de Solis e aqueles que lutavam do lado de Atlântia. Estremeci contra Casteel ao ouvir o som das flechas perfurando a carne e ver os súbitos lampejos de luz ao nosso redor à medida que o fogo atingia os cadáveres e explodia a catapulta do nosso lado. O mundo ficou repleto de caos e morte.

Capítulo 40

Os calafrios de pavor pareciam dedos gelados na minha nuca e descendo pela minha coluna conforme Casteel levantava a cabeça e o seu peito arfava nas minhas costas a cada respiração pesada. Engoli em seco e segui o olhar dele. A divisão maior havia chegado e nós... nós havíamos sido engolidos.

O exército de soldados Solis correu na nossa direção, ultrapassando a carruagem enquanto desembainhavam as espadas imaculadas. Eles infestaram a estrada e os campos nos arredores da Colina e, em seguida, a própria Colina.

O arrepio do medo penetrou na minha pele e ossos assim que fechei os olhos. Não houve tempo suficiente para Kieran e Alastir.

Casteel mudou de posição para ficar ao meu lado. Seus dedos tocaram na minha bochecha e eu abri os olhos. Mesmo com o sangue por todo o rosto, ele ainda era o homem mais bonito que eu já havia visto e de repente desejei que tivéssemos aceitado o passado e nos aberto um para o outro antes. Assim teríamos tido tempo para nos conhecermos de verdade. Talvez apenas alguns dias ou semanas, mas eu poderia ter descoberto se já havia lido o seu livro favorito e ele poderia ter sabido que eu tinha um fraco por morangos tanto quanto por queijo. Ele poderia ter me contado sobre as conversas que tinham feito com que ele e Malik fossem para as cavernas, e eu poderia ter contado os sonhos que costumava ter quando era criança, antes de ser velada como a Donzela. Nós poderíamos ter explorado um ao outro, e ele poderia ter me provado como todas as outras áreas que mencionou antes que eram sensíveis.

Pois agora existia uma boa chance de ficarmos sem tempo antes mesmo de tê-lo, em primeiro lugar.

Ele sorriu para mim, mas não havia covinhas. A expressão não chegou aos seus olhos e eu senti as lágrimas ardendo atrás dos meus.

— Vai ficar tudo bem.

— Eu sei — disse, mesmo sabendo que não.

— Vou tirar você daqui.

Senti um nó na garganta.

— Eu posso impedir isso. Eles não vão me machucar. Eu posso ir...

— Eles não podem ficar com você, Poppy. Eu sei o que eles vão fazer contigo. — Ele estendeu os dedos ensanguentados pela minha bochecha. — Mal consigo respirar quando penso nisso. Vou tirar você daqui.

Senti um aperto no peito.

— E quanto aos outros? Naill? Delano? Von...

— Eles podem cuidar de si mesmos — prometeu ele. — Eu preciso tirar você daqui. É tudo o que importa nesse momento.

Só que não era.

O Pontal de Spessa importava. As pessoas importavam.

— E quanto às pessoas? Aquelas que não podem lutar.

— Elas serão avisadas. Nós fizemos planos, caso isso acontecesse. Elas serão avisadas e terão tempo suficiente para partir. Estão em uma posição melhor do que nós para isso. Vamos ter que abrir caminho lutando. — Ele sustentou o meu olhar. — Você entende?

Assenti conforme o nó aumentava na minha garganta.

— Sinto muito sobre o Pontal de Spessa. — Minha voz falhou. — Sobre Elijah. Sobre todos eles...

— O que importa agora é você. — Casteel me beijou de modo duro e feroz. Um choque de dentes e presas com gosto de sangue e desespero. —- Você importa. Nós importamos. Os dois sobrevivendo a isso. É tudo o que importa.

Respirei fundo, tirando o pânico e a tristeza da mente, e assenti.

— Você está pronta, Poppy?

— Sim.

Ele sorriu de novo, mas, dessa vez, as covinhas apareceram.

— Vamos acabar com a raça deles.

— Vamos — sussurrei.

Casteel rolou para fora da catapulta e se pôs de pé, cravando a espada no primeiro soldado. Fui atrás dele, me levantando. Eu estava errada antes. Não tinha conhecido a insanidade verdadeira até então — até que eles vieram por todos os lados, tentando me pegar quando percebiam quem eu era, apunhalando e partindo para cima de Casteel.

O suor e o sangue deixaram a minha pele pegajosa, prejudicando a empunhadura na espada e na adaga. Senti o cheiro, o gosto e vi a morte. A cada metro que avançávamos, nós acabávamos cercados outra vez. O chão ficou grudento de vísceras. Minhas botas deslizavam enquanto eu gritava, cravando a adaga em alguém. Meus músculos protestaram conforme eu brandia a espada, cortando pescoços, abdomens e *braços* — de qualquer um que chegasse muito perto.

Um golpe atingiu a minha bochecha, fazendo com que eu tropeçasse em Casteel. Eu me equilibrei a tempo e dei um chute, deixando o homem de joelhos no chão. Não pensei duas vezes enquanto enfiava a espada no seu crânio e não consegui mais manter os sentidos bloqueados. Eles se aguçaram, me tirando o fôlego enquanto se expandiam, formando conexões com aqueles ao nosso redor e... ah, Deuses, havia tanto medo. O amargor se misturou ao gosto de sangue, me deixando sufocada conforme eu atacava, batendo o braço no de Casteel quando golpeei um homem...

Um homem que estava com *medo*.

Eles estavam com medo de morrer, com medo de não lutar, e apenas... com *medo*. Estremeci ao me virar, vendo rostos jovens e velhos, brancos, marrons e negros. Suas emoções se derramaram dentro de mim. Não consegui desligar os sentidos. Não consegui me concentrar enquanto me atirava na frente de um golpe dirigido a Casteel. Um golpe que recuou no último segundo, e então eu o matei. Matei o homem que projetava o terror no ambiente.

E alguma coisa... alguma coisa estava acontecendo dentro de mim. Acordando, se alongando e expandindo, enchendo as minhas veias e fazendo com que a minha pele zumbisse quando pulei para a frente, cravando a adaga de lupino no peito de alguém, engolindo o medo do soldado e me afogando na sua agonia — no seu medo e na sua agonia.

A mão de alguém agarrou a minha trança, me puxando para trás. Meus pés saíram do chão e Casteel girou o corpo. O sangue quente espirrou no ar e em nossos rostos. Nós nos entreolhamos quando ele me ajudou a levantar e então demos meia-volta, com o coração acelerado enquanto tropeçávamos em cadáveres, os soldados avançavam e ordens eram berradas — *peguem-na, matem-no, capturem os dois*. Foi então que algo explodiu dentro de mim, inalando o medo, a agonia e todas as emoções primitivas, e tudo isso cresceu no meu interior. A massa turbulenta de emoções tomou conta das minhas entranhas, da minha garganta, e eu tinha que desligar os sentidos. Tinha que desligar tudo...

Larguei a espada e levei a adaga até a minha própria garganta.

— Parem! — gritei. — Parem ou vou cortar a minha garganta.

Casteel se virou na minha direção.

— Poppy...

— Eu vou fazer isso — avisei quando um dos soldados se aproximou de Casteel. — Vou cortar a minha garganta se algum de vocês der mais um passo. Duvido que continuem vivos se isso acontecer. Ele vai acabar com vocês.

— Eu estou prestes a acabar com *você* — rosnou Casteel.

Eu o ignorei.

— E, se ele não fizer isso, o que vocês acham que a Duquesa vai fazer? A Rainha? Elas vão fazer a mesma coisa que fizeram com os nossos homens. Vocês vão morrer. Todos vocês. É uma promessa.

Seus rostos empalideceram e eles trocaram olhares. Vários soldados recuaram...

O céu foi rasgado por lamentos graves, rosnados retumbantes e uivos penetrantes que pareciam vir da floresta e de todos os lugares ao mesmo tempo. Era um crescendo, um chamado que aumentava cada vez mais e era respondido por latidos e rosnados que pareciam vir das árvores, dos arbustos que cercavam o lado esquerdo da Colina e da estrada a oeste.

Os soldados diante de nós começaram a se virar...

Os lupinos vinham correndo da floresta, cruzando a extensão de terra e saltando pelos ares. Era um mar de pelos e garras, que derrubava os soldados, rasgando armadura e carne. Vi Jasper e Delano, Vonetta também, mas havia... devia haver dezenas de lupinos e eles chegaram na hora...

Eles chegaram na hora certa.

Um grande lupino marrom levantou a cabeça, de orelhas em pé. Outros imitaram o gesto, com os olhos claros e luminosos fixos nos meus.

Lentamente, afastei a adaga da garganta.

De repente, parecia que a Colina estava desmoronando ao nosso redor, como se mil pedregulhos caíssem do céu, mas a muralha continuava de pé, e nada, nem mesmo as estrelas haviam caído. Eu me virei na direção de Casteel.

Ele sorriu, com os olhos iluminados por dentro conforme dava um passo para trás, soltando um suspiro.

O que me lembrava um trovão soou mais alto e, quando me virei, eu me dei conta de que tinha ouvido o bater de cascos.

Cavalos brancos saíram do meio das árvores e encheram a estrada a oeste, com lama e sangue escorrendo pelas pernas enquanto chutavam terra e grama. O luar resplandecia nas armaduras douradas e nas espadas erguidas. As lâminas — junto com os cavalos — ceifavam fileiras e mais fileiras de soldados conforme os estandartes brancos ondulavam atrás da montaria, portando a espada e a flecha douradas dispostas sobre o sol. O brasão de Atlântia.

Os Atlantes tinham chegado e havia *centenas* deles.

Os músculos cansados dos meus braços se afrouxaram assim que eles passaram por nós, agitando o ar encharcado de sangue e levantando os fios de cabelo que haviam se soltado da minha trança. Eles atearam fogo nas catapultas restantes e nas carroças enquanto cercavam o exército de Solis, e eu soube que nenhum deles continuaria vivo.

Enquanto os lupinos seguiam o exército, um focinho quente e úmido bateu na minha mão esquerda e eu olhei para os olhos azul-claros de um grande lupino de pelo castanho-amarelado.

Kieran cutucou a minha mão de novo e eu a abri, exibindo a marca dourada e a aliança no meu dedo.

— Sim — disse com a voz rouca. — Você perdeu a cerimônia.

Ele ficou com as orelhas em pé quando olhou na direção de Casteel

— Você perdeu muita coisa — disse o Príncipe.

Kieran trotou até ele conforme eu me virava e avistava a carruagem carmesim intocada.

Será que ela ainda estava ali? Ou será que havia fugido?

Segui em frente antes que me desse conta, correndo na direção da carruagem sem dar atenção a Casteel gritando o meu nome. A Duquesa sibilou no interior mal iluminado quando eu abri a porta. Ela avançou, parando subitamente à porta assim que me viu.

Ela arregalou os olhos, surpresa.

— Penellaphe...

Dei um soco na cara dela.

A Duquesa tropeçou para trás, caindo entre os assentos enquanto levava a mão até o nariz. O sangue jorrou por entre os seus dedos.

— Isso doeu — vociferou ela, olhando para mim de cara feia enquanto eu subia na carruagem.

— As coisas vão doer muito mais que isso — prometi.

Ela abaixou a mão.

— Quando você se tornou tão violenta, Donzela?

— Eu sempre fui violenta. — Eu a segurei pelo braço quando ela tentou pegar alguma coisa. Fechei os dedos em torno de sua pele fria. — E nunca fui a Donzela.

— Mas você era, sim. Você sempre foi.

— Onde está o meu irmão? — exigi saber.

— Venha comigo que eu mostro a você.

Balancei a cabeça.

— Onde está o irmão de Casteel?

— Junto com o seu — disse ela, e não acreditei nela.

— Ele está vivo?

— Qual deles?

— O Príncipe Malik.

— Como é que poderíamos Ascender Tawny se ele não estivesse vivo?

Soltei o pulso dela enquanto sentia o estômago revirado.

— Você está mentindo.

— Por que eu mentiria a respeito disso?

— Porque os Ascendidos não fazem nada além de mentir!

— Você sabe que Tawny mal podia esperar para Ascender. — Ela se ajoelhou no chão. — Ela ficou em êxtase quando contei que a Rainha tinha pedido uma exceção aos Deuses para que ela pudesse Ascender. Eu a mandei para a capital. A Rainha fez isso por você. Contei a ela como você e Tawny são amigas.

— Cale a boca.

— Ela quer que você se sinta confortável quando voltar para casa, a sua neta de sangue... — Ele arregalou os olhos quando viu a minha mão. — O que é isso? — A Duquesa avançou com dificuldade, agarrando o meu pulso esquerdo. — A marca. — Ela olhou para o redemoinho dourado na minha palma. — Você está casada.

Puxei a mão enquanto ela recuava, rindo.

— Você está casada? Com o Príncipe de Atlântia? — Os seus olhos escuros como o breu me encararam conforme um sorriso largo surgia no seu rosto, revelando as presas do maxilar superior e inferior. — Se eu soubesse, nada disso teria sido necessário. Você. Nascida da carne e do fogo. A Rainha vai ficar emocionada quando souber que você fez o que ela nunca conseguiu realizar. Tomou posse de Atlântia bem debaixo do nariz deles, do nariz *dela*. Nossa Rainha vai ficar tão orgulhosa de...

— Cale a boca — rosnei, cravando a lâmina de pedra de sangue no peito dela.

A Duquesa Teerman arregalou os olhos de surpresa. Retribuí o seu olhar, segurando a adaga ali até que as rachaduras se formassem na sua pele, a luz se apagasse dos seus olhos e o seu corpo cedesse ao redor da lâmina da adaga de osso de lupino e pedra de sangue.

E, assim como um Ascendido, não senti nada além de uma súbita frieza enquanto observava a Duquesa Teerman virar cinzas.

Eu me virei.

Casteel estava do lado de fora da porta, com os contornos e ângulos do rosto nítidos sob o luar.

— Você chegou primeiro.

— Cheguei, sim.

Um longo momento se passou.

— Ela disse alguma coisa para você?

— Não. — Engoli em seco. — Ela não me disse nada.

— Você está bem?

Assenti.

— E você?

Ele não disse nada enquanto os sons da batalha ficavam cada vez mais fracos, e eu agucei os sentidos, hesitante. As emoções dele fluíam em uma tempestade de vento que era difícil de entender até mesmo para mim.

— Ninguém chega perto dessa carruagem — disse Casteel, falando para quem quer que fosse que estivesse atrás dele. Em seguida, subiu no meio de transporte. O teto era alto o suficiente para que ele pudesse ficar de pé. — Eu estou em um dilema.

— Está?

Ele fez que sim com a cabeça enquanto a porta se fechava atrás de si.

— Estou furioso com você por ameaçar a própria vida. Por sequer pensar que isso era uma opção.

— O que mais eu podia fazer? — perguntei, abaixando a adaga. — Eles estavam...

— Eu não terminei de falar, Princesa.

Arqueei as sobrancelhas.

— Eu pareço me importar se você terminou ou não?

O vislumbre de um sorriso surgiu no rosto de Casteel sob a luz fraca.

— Eu estou *furioso* por você fazer uma coisa dessas.

— Bem, e eu estou *aborrecida* por você não parecer perceber que, naquele momento, nós não tínhamos outra opção — rebati.

— Ainda não terminei — disse ele.

— Adivinha só? Eu não me importo.

Os olhos dele assumiram um tom de mel quente.

— Eu estou furioso e, ao mesmo tempo, admirado. Porque sei que você teria feito isso. Você teria se matado para salvar a vida daqueles que ainda estavam de pé. Você teria feito isso para me salvar.

Recuei conforme Casteel avançava, pisando na capa e em tudo o mais que a Duquesa estivera vestindo.

— Você não parece estar admirado.

— Porque não quero ficar impressionado com algo tão incrivelmente imprudente. — Ele abaixou o queixo e o tom da sua voz se aprofundou. — E porque eu *preciso* de você.

Uma onda de calor repentina afugentou a frieza que se agitava dentro de mim.

— Preciso sentir os seus lábios nos meus. — Ele espalmou as mãos na parede da carruagem, me prendendo entre seus braços. — Preciso sentir a sua respiração nos meus pulmões. Preciso sentir a sua vida dentro de mim. Eu simplesmente *preciso de você*. É uma dor. Essa necessidade. Posso ter você? Por inteiro?

Eu não sei quem deu o primeiro passo. Se foi ele ou eu ou nós dois. Não importa. Nós nos unimos em um beijo tão selvagem quanto aquele sob a catapulta, que dizia tudo o que palavras não eram capazes de comunicar naquele momento. Nós nos beijamos como se não esperássemos ter o luxo de fazer isso de novo. E, por longos minutos, soube que nós dois acreditávamos nisso.

Estivemos prestes a ser separados ou mortos e aquele beijo... e o que veio a seguir naquela carruagem sombria eram a prova de como estávamos abalados por saber que poderíamos ter perdido um ao outro quando tínhamos finalmente nos encontrado.

E foi mais que isso o que fez com que eu não me importasse onde estávamos, com o que tinha feito ali nem com o que estava acontecendo do lado de fora daquelas paredes finas quando ele tirou a adaga da minha mão e a guardou na bainha da minha coxa. Ou quando ele se virou e me levantou, me colocando de joelhos sobre o banco acolchoado enquanto puxava as minhas calças e roupas íntimas para baixo. O que fez com que eu não me importasse foi o que a Duquesa me disse antes que eu a matasse, a frieza e o vazio absolutos que senti ao vê-la morrer e a intuição assustadora de que havia alguma verdade nas suas palavras.

Casteel colocou as mãos na parede enquanto passava a ponta afiada da presa ao longo da minha garganta, provocando um raio de calor e umidade desenfreados por todo o meu corpo.

— Isso é tão inapropriado — arfei.

— Eu não dou a mínima. — Ele mordiscou a minha pele outra vez, e eu arqueei o corpo inteiro. — Prepare-se.

Eu obedeci, mas nada poderia ter me preparado para o que aconteceu. Ele investiu sobre mim tão rápido quanto uma serpente, afundando as presas na minha garganta no mesmo tempo em que me penetrava. O choque pervertido de dor e prazer me deixou sem fôlego e eu olhei para o teto de olhos arregalados — para o círculo com uma flecha no centro em relevo preto e vermelho. Infinitude. Poder.

O Brasão Real dos Ascendidos.

E então... então eu me tornei aquele fogo mais uma vez, aquela chama. Não havia nada além de um excesso de prazer e êxtase, intensificado pelos sons profundos e estrondosos que ele fazia, a mão que escorregou entre minhas coxas e aqueles dedos perversamente habilidosos.

Uma nova insanidade nos engoliu, não muito diferente do que eu senti quando saí no pátio. E talvez todas as mortes que vimos e infligimos também tivessem nos levado até aquele momento, ao jeito faminto com que ele movia a boca no meu pescoço e à maneira quase gananciosa com que eu empurrava os meus quadris contra os dele. A sensação um do outro era um lembrete de que estávamos vivos. De que sobrevivemos. De que teríamos tempo para todas as coisas em que pensei quando estávamos presos debaixo da catapulta. De que, mesmo incerto, *havia* futuro. E, quando a tempestade dentro de nós chegou ao ápice e nos levou até o limite, percebi que a intensidade do que sentíamos um pelo outro e com a qual estávamos lutando contra por tanto tempo também nos impulsionava.

Ela levou Casteel a abandonar o seu povo para me salvar.

E me levou a apontar a adaga para a minha própria garganta, preparada para cortar o meu pescoço para salvá-lo.

A intensidade da emoção e como parecia subitamente tão arrebatadora não faziam sentido. Encostei a cabeça em seu peito, e ele beijou o canto da minha boca, a cicatriz mais longa e, em seguida, a mais curta, e eu não me importei.

— Você já me possui — sussurrei.

Capítulo 41

O campo em que eu tinha visto as Guardiãs treinando estava cheio de macas ocupadas por feridos e mortos. A maioria era de mortais. Vinte Descendidos ou descendentes de Atlântia que se estabeleceram no Pontal de Spessa morreram. Pelo menos 50 descendentes de Atlântia que haviam chegado com o exército morreram, e o dobro disso ocupava as macas. Cerca de uma dúzia de lupinos foram feridos além da sua capacidade de se curar. Os Atlantes fundamentais que constituíam a vasta maioria do exército haviam se curado. Nenhuma das Guardiãs tinha perecido e somente algumas estavam entre os feridos.

No entanto, o exército Atlante havia tido êxito, mesmo com as baixas. Eles já haviam assumido o controle quando Casteel e eu saímos da carruagem e nos deparamos com Kieran e vários guerreiros Atlantes de sentinela.

Não senti nem um pouco de constrangimento ao saber que alguns deles perceberam o que havia acontecido dentro da carruagem.

Apenas um soldado em todo o exército Solis havia sobrevivido. Casteel e alguns outros tinham partido horas atrás, escoltando um rapaz, que mal entrara na idade adulta, para a terra arrasada de Pompeia, encarregado da tarefa de transmitir um alerta.

E uma mensagem.

Atlântia havia retomado o Pontal de Spessa, e qualquer um que viesse para a cidade encontraria o mesmo destino que os outros. A mensagem também era uma oportunidade. Casteel tinha iniciado uma parte do seu plano original. A Batalha do Pontal de Spessa não precisava ser a primeira de muitas. O Príncipe e a *Princesa* de Atlântia estavam dispostos a se encontrar com o Rei e a Rainha de Solis para discutir o futuro dos reinos.

Eu não sentia inveja do rapaz encarregado de entregar aquela mensagem.

E não invejava nenhum dos familiares e amigos daqueles que perderam entes queridos. Toda vez que via alguém que conhecia de pé, eu sentia um grande alívio.

— Obrigado. — Uma voz rouca chamou a minha atenção. Um lupino mais velho havia levado um golpe feio no braço, que quase o cortou. Ele foi o último a ser examinado. Eu o curei. Assim como curei todos aqueles que me permitiram tentar.

Alguns recusaram o meu toque, como aqueles em Novo Paraíso. Senti um aperto no peito quando a imagem de Elijah tomou forma na minha mente.

Limpei a garganta.

— De nada. — Comecei a me levantar, com as costas e os braços doendo. — Não sei se o seu braço está completamente curado, de modo que deveria pedir que um Curandeiro dê uma olhada nele o mais rápido possível.

O lupino pegou o meu braço esquerdo antes que eu pudesse me mexer. Ele arregalou os olhos de leve com o contato, e eu fiquei imaginando se tinha sentido a estranha eletricidade que os outros sentiam quando me tocavam. Ele virou a minha mão para cima.

— Quer dizer que é verdade? — perguntou ele, olhando para o redemoinho dourado na minha palma. — Você se casou com o nosso Príncipe?

Assenti enquanto sentia o meu coração palpitar. Aquele lupino de meia-idade, com dreads grisalhos na cabeça, foi o primeiro a perguntar.

— Os outros estão dizendo que você lutou ao lado dele durante toda a batalha.

— Comecei a lutar na Colina, mas depois desci.

— E, ainda assim, você está aqui. Você esteve aqui o tempo todo, curando os outros — disse ele, com os olhos claros e penetrantes. — Com o toque.

— Como eu não faria isso se posso ajudar? — E ajudei mesmo. Vi Talia, a Curandeira, por um breve instante, e ela estava ocupada com aqueles que recusaram a minha ajuda. Então, depois da batalha, tirei um tempo para limpar o sangue do rosto e das mãos, embora ainda estivesse grudado nas minhas roupas e seco debaixo das unhas.

Ele assentiu enquanto soltava o meu pulso e deitava a cabeça na maca.

— Kieran me disse que você é da linhagem empática.

Fiz que sim com a cabeça outra vez.

— Nunca vi um empático brilhar como o luar antes — disse ele. — E eu me lembro deles. Era um menino na época, e havia apenas um punhado deles ainda vivo, mas eu me lembraria de algo do tipo.

Fiquei imaginando quantos anos aquele lupino tinha e disse:

— Jasper falou a mesma coisa.

— Não estou surpreso em ouvir isso. Ele sabe das coisas — afirmou o lupino. — Só não sabe quando ficar de boca fechada.

Dei um sorriso cansado.

— Foi o que ouvi dizer.

— Você deve ser descendente de uma linhagem de empáticos mais antiga.

— O que mais eu poderia ser? — perguntei, sem esperar por uma resposta.

— Sim — murmurou ele. — O que mais?

Olhei por cima do ombro e vi Quentyn e Beckett se movimentando entre os feridos e aqueles em recuperação.

— Eles já vão trazer água e comida. Você precisa de mais alguma coisa?

— Não. — O lupino me encarou enquanto eu punha de pé. — Mas você deveria tomar cuidado, Princesa.

Fiquei paralisada.

— Vi como os outros olham para você. Nosso Príncipe pode tê-la escolhido. Você pode ter lutado ao seu lado e por eles. Pode até ter curado muitos de nós — falou ele com uma voz áspera. — Mas eles não escolheram você, e muitos não têm idade suficiente para sequer se lembrarem da linhagem empática. Aqueles que têm se lembram do que eles eram capazes. Como eram chamados.

— Devoradores de Almas? Eu não consigo fazer isso — disse, mesmo quando o meu coração começou a bater descompassado. — Não consigo drenar as emoções de uma pessoa.

— Mas eles não sabem disso. — Ele olhou para as macas. — Há alguém aqui que possa cuidar de você? — Ele começou a se sentar. — Você não deveria ficar sozinha aqui sem o Príncipe...

— Eu estou bem. — Deitei-o com delicadeza. — Estou armada e sei cuidar de mim mesma.

— Eu não duvido, mas... — Suas feições se contraíram, quase como se ele estivesse com dor, mas eu sabia que não estava. — Não deveria dizer isso. É quase uma traição, mas você me curou. Estou em dívida com você.

— Você não me deve nada.

— Eu levaria dias ou até mesmo semanas para curar aquela ferida, isso se conseguisse salvar o meu braço. Sou um lupino, Princesa. Não quer dizer que posso regenerar os membros do corpo.

Olhei para a marca rosada que circundava praticamente todo o seu bíceps. Os Deuses deviam gostar muito dele para que conseguisse manter aquele membro preso ao corpo depois de um ferimento desses.

— É de conhecimento geral do exército que, assim que o Rei ficou sabendo dos planos do Príncipe de capturá-la, ele começou a fazer os próprios planos. Duvido que ele saiba o quanto os planos do Príncipe mudaram, mas os dele não.

Um peso recaiu sobre os meus ombros.

— Ele pretende me usar para mandar uma mensagem. E duvido que seria uma mensagem viva — disse. — Eu sei disso.

— Então também deve saber que Casteel é o nosso Príncipe — disse o lupino em voz baixa. — Mas Valyn, seu pai, é o nosso Rei.

— Eu sei — repeti, colocando um sorriso no rosto.

— Sabe mesmo?

O peso aumentou quando assenti mais uma vez.

— Você deveria descansar. Pelo menos até que Talia confirme que está curado.

O lupino mais velho cedeu, a contragosto, e, com um último adeus, vaguei pelos cantos da enfermaria improvisada, examinando o campo e os estandartes com o Brasão Atlante.

Eu podia sentir os olhos deles em mim.

Senti o tempo todo em que caminhei pelo campo.

Mas, com toda a dor que ecoava ao meu redor, eu não me permiti sentir nada além da agonia.

Mas eles não escolheram você.

Estremeci conforme as palavras do lupino soavam repetidamente na minha cabeça e eu me afastava do campo.

O que o lupino havia me dito sobre o Rei e o alerta velado que sugeria onde estava a lealdade do povo Atlante não foi um choque.

Lá no fundo, eu já tinha me dado conta disso, não? E isso foi antes de ouvirem a declaração ridícula da Duquesa Teerman sobre eu ser neta da Rainha Ileana. A Rainha era uma Ascendida. Eu não era do sangue dela nem nasci da carne e do fogo — fosse lá o que quer que isso significasse.

Mas também não era como os outros empáticos e, mesmo que fosse, essa linhagem parecia ser mais temida do que respeitada. Eu sabia que não teria muitos apoiadores em Atlântia. Eu mal os tinha aqui.

Casteel era o Príncipe de Atlântia, amado e respeitado. Isso era evidente. Mas ninguém falava mal do seu pai e da sua mãe, e eu sabia que eles eram tão amados quanto ele. Casteel era o Príncipe, mas seu pai era o Rei; se ele quisesse que eu morresse para mandar uma mensagem, o povo faria a sua vontade. Não sei se uma aliança ou marca de casamento faria diferença se lutar e matar para proteger o povo de Atlântia não mudava nada.

E Casteel... ele devia saber disso. Devia saber disso o tempo todo.

*

Sentada na banheira de água morna com sabão, abracei as pernas, encostei os joelhos no peito e fechei os olhos. Eu me lembrei da areia quente sob os meus pés e do peso das mãos da minha mãe e do meu pai nas minhas. Lembrei-me de como Ian sorria abertamente enquanto corria na nossa frente, do som da risada da minha mãe e do jeito que o meu pai olhava para ela como...

Como se aquele fosse o som mais belo que ele já tinha ouvido na vida.

Um tímido sorriso surgiu. Pensar nesses momentos aliviava a frieza que voltou enquanto caminhava até a fortaleza. Os pensamentos sobre o que a Duquesa havia me dito e a respeito de Tawny me assombravam, como eu sabia que aconteceria. Junto com a preocupação acerca dos planos do Rei e da lealdade do povo Atlante.

Abri os olhos ao ouvir o clique suave da porta da sala de banho. O cheiro inebriante de especiarias terrosas e pinho fresco envolveu o perfume cítrico do sabão quando Casteel se ajoelhou ao meu lado. As mechas do seu cabelo estavam úmidas e as roupas que ele vestia, limpas e sem sangue. Eu não fazia a menor ideia de quando e onde ele havia se limpado. Não o via desde que ele partiu com o jovem soldado de Solis.

— Ei — disse ele baixinho, examinando o meu rosto e se demorando em um hematoma que ganhei na batalha.

— Oi — sussurrei.

Ele repuxou um canto dos lábios, e eu senti minhas bochechas esquentarem. Limpei a garganta.

— Foi tudo bem? Com o soldado?

Ele assentiu.

— Ele está a caminho de Ponte Branca. — Ele estendeu a mão, juntando as mechas do meu cabelo molhado e as jogando sobre o meu ombro. Expôs a marca de mordida na minha garganta, e eu posso jurar que o seu sorriso aumentou. — Fiquei sabendo que lhe devo um agradecimento.

Segurei as pernas com mais força.

— Pelo quê?

— Você passou o dia inteiro curando aqueles que podia e aliviando a dor daqueles que não podia. — Aqueles olhos cor de âmbar encontraram os meus. — Obrigado.

Engoli em seco.

— Fiz o que pude. O que qualquer pessoa com as minhas habilidades faria. — Pelo menos era o que eu esperava. — Alguns deles não deixaram.

Ele passou os dedos sobre a pele úmida das minhas costas.

— Alguns deles são idiotas.

— Eles são o seu povo.

— O *nosso* povo — corrigiu ele suavemente.

Prendi a respiração, e um tanto de pânico e inquietação se apoderou de mim quando me dei conta de que eles eram o meu povo, não importava se gostassem disso ou não.

— Eu... eu sinto muito por Elijah e por todos eles. Gostava dele, e Magda era gentil. Mas eles... eles eram seus amigos.

Ele semicerrou os olhos e soltou o ar asperamente.

— Eu conhecia Elijah desde que ele era um menino, e sei como é esquisito, já que pareço ser mais novo que ele. Ele conhecia os riscos e sei que revidou. Sei que todos lutaram, mas ele não merecia isso. Nenhum deles merecia.

— Não, eles não mereciam — concordei baixinho.

— Eu deveria ter feito com que todos fossem embora. Assumir o risco de chamar atenção. Eu deveria ter...

— Você fez o que podia. Algumas daquelas pessoas não podiam viajar por causa dos ferimentos, e nenhuma delas estava pronta para partir imediatamente — argumentei. — O que aconteceu lá não é culpa sua.

Casteel não disse nada.

— Você sabe disso, certo? A culpa é dos Ascendidos. Eles são os responsáveis. Não você.

Ele assentiu lentamente

— Eu sei disso.

— Sabe mesmo?

Ele engoliu em seco e fez que sim com a cabeça, mas eu não tenho certeza se ele sabia.

— Fiquei sabendo de algo muito esquisito mais cedo, assim que voltei para o Pontal de Spessa.

— Estou quase com medo de perguntar.

Um breve sorriso surgiu nos lábios dele.

— Você lembra quando os lupinos apareceram durante a batalha?

— Como eu poderia me esquecer disso?

— Ainda bem que não esqueceu, pois foi quando você apontou a adaga para a própria garganta...

— Eu estava tentando salvar você e o povo — lembrei a ele. — Já falamos sobre isso.

— Sim, mas Kieran me disse que ouviu você chamando por ele. Ele falou que os outros lupinos também sentiram isso. Que todos se voltaram na nossa direção. Jasper confirmou isso — afirmou ele. — Ele me disse a mesma coisa.

— Eu não os chamei. Quero dizer, como? — Engoli em seco. — Eu estava sentindo muita coisa naquele momento. Eu sentia, sei lá, que estava prestes a perder o controle. Mas como é possível?

— Não sei, Poppy. Nunca vi nada assim. Não sei como eles podem ter sentido qualquer coisa emanando de você. — Ele puxou uma mecha do meu cabelo molhado e a jogou para trás do meu ombro nu. — Nem eles. Perguntei quando vieram agora há pouco. Ambos me disseram que sentiram que você estava chamando por eles, pedindo ajuda.

Senti um arrepio por toda a pele.

— Delano. Ah, meus Deuses...

— O que foi?

— Quando estávamos em Novo Paraíso e fui mantida presa no quarto, ele entrou de repente, jurando que me ouviu chamando por ele. Só que eu não tinha chamado.

Casteel franziu o cenho.

— Aconteceu alguma coisa nesse momento? Porque se aconteceu e eu não fui informado a respeito...

— Não aconteceu nada. Eu estava brava, brava com você por estar trancada naquele quarto — expliquei. — Ele me disse que devia ser o vento, e estava *mesmo* ventando na época, então deixei pra lá.

Casteel pegou mais uma mecha de cabelo.

— Isso é bizarro.

Eu o encarei.

— Isso é tudo o que você tem a dizer sobre eles *sentirem* o meu chamado? Que é bizarro?

— Bem, a definição de bizarro é algo estranho e incomum...

— Eu sei o que significa bizarro — interrompi. — Será que é outro traço de empatia se manifestando?

Ele me entreolhou.

— Nunca ouvi falar de um empático capaz de fazer isso.

Senti o estômago embrulhado.

— Nem de brilhar como o luar e curar...

— Você poderia ser de duas linhagens — interrompeu ele. — Nós já conversamos sobre isso. É possível.

Mais possível do que a Rainha Ileana ser a minha avó. Eu não fazia a menor ideia do que pensar sobre esse negócio de ouvir o meu chamado, mas e se fosse uma habilidade empática? As pessoas podiam projetar a dor e o medo. E se eu estivesse fazendo isso e os lupinos, por algum motivo, sentiram as minhas emoções? Parecia fazer sentido.

— O que vamos fazer agora? — perguntei.

— Agora? Nesse exato momento? — Ele abriu um sorriso nebuloso enquanto olhava para a pele nua que conseguia ver, que não era nenhuma parte interessante. — Tenho muitas ideias.

— Não era disso que eu estava falando — falou, embora estivesse feliz por ver a tristeza deixar o olhar dele.

— Eu sei, mas estou distraído. Não é culpa minha. Você está nua.

— Não dá para ver nada.

— Dá para ver o bastante. — Ele se ajoelhou e apoiou os braços na borda da banheira. — Para ficar completamente distraído.

— Ficar distraído é problema seu, não meu — eu lhe disse.

Ele riu enquanto abaixava a cabeça, beijando o pedaço do meu joelho que não estava coberto pelos meus braços.

— Nós partiremos para Atlântia amanhã. Os exércitos Atlantes que chegaram ficarão aqui, caso os Ascendidos tomem uma decisão muito ruim. O Pontal de Spessa estará protegido.

Tive uma sensação sibilante no peito.

— Tão cedo?

— Já estaríamos lá se as coisas tivessem ocorrido como o planejado. — Ele se recostou. — Nós estamos casados, mas você ainda não foi coroada. Isso precisa acontecer.

Mordi o lábio inferior.

— Compreendo que a coroação oficialize a situação, mas o que vai mudar de fato? O seu... — Fechei os olhos por um instante. — O nosso povo ainda não confia nem gosta de mim. Tanto faz. E o seu pai ainda tem planos, certo? Para mim?

Ele franziu o cenho de novo.

— Os planos do meu pai mudaram.

— E se não mudaram?

Ele me estudou por um momento.

— Alguém disse alguma coisa para você?

Fiz que não com a cabeça, sem querer arrumar problemas para o lupino mais velho.

— É só que... sei que muitos não me aceitam, mesmo depois do casamento e de ontem à noite. Você é o Príncipe e tudo o mais. Mas ele é o Rei...

— E você está começando a parecer Alastir — interrompeu ele. — Eu poderia até pensar que ele a deixou preocupada de novo se não tivesse permanecido em Atlântia.

— Não é por causa de Alastir — afirmou. — Mas ele disse isso e tem razão. Sei que você queria se casar comigo porque isso me oferecia um nível de proteção...

— No começo, Poppy. E só porque eu me convenci de que era esse o motivo — afirmou ele. — Não foi a única razão. Nem libertar o meu irmão ou evitar uma guerra. Eu a desejava e queria encontrar uma maneira de tentar ficar com você.

Senti um tipo diferente de aperto no peito em reação às palavras dele.

— Você já me possui — sussurrei as palavras que disse a ele na carruagem.

— Eu sei. — Ele retribuiu o meu olhar. — E ninguém, nem mesmo o meu pai ou a minha mãe, vai mudar isso.

Eu acreditei nele.

De verdade.

— Ninguém vai machucá-la — prometeu ele. — Eu não vou permitir isso.

— Nem eu.

Foi então que ele sorriu, exibindo as duas covinhas.

— Eu sei. Venha. — Ele se levantou e pegou a toalha. — Se ficar aí por mais tempo, você vai criar barbatanas.

— Como uma sirena?

Um sorriso surgiu nos lábios dele.

— Como uma sirena.

Contudo, não me mexi.

— Eu menti para você.

Casteel arqueou a sobrancelha.

— Sobre o quê?

— Você me perguntou se a Duquesa havia me dito alguma coisa antes que eu a matasse e eu disse que não. Era mentira.

Um segundo se passou.

— O que ela disse?

— Eu... eu perguntei a ela sobre o meu irmão e o seu. Ela me disse que eles estavam juntos, mas se recusou a contar mais. — Eu o vi se ajoelhar ao meu lado de novo. — Ela me disse que Tawny iria Ascender sem demora, que já poderia ter acontecido. Que a Rainha sabia o quanto eu me importava com Tawny e queria que ela estivesse lá para que eu me sentisse confortável assim que voltasse para casa.

— Deuses. — Casteel se inclinou e aninhou a parte de trás da minha cabeça na mão. — Você não sabe se isso é verdade. Nada disso, Poppy. A respeito do seu irmão. Do meu. De Tawny. Ela...

— Ela me falou que a Rainha vai ficar emocionada quando souber que nos casamos. Que, se ela soubesse disso, nada do que aconteceu ontem à noite teria sido necessário — afirmou, e ele ficou imóvel. — Ela me disse que eu fiz a única coisa que a Rainha nunca conseguiu realizar. Que tomei posse de Atlântia.

— Isso não faz nenhum sentido, Poppy.

— Eu sei — confirmou. — Nem o que ela disse sobre a Rainha ser minha avó. Não faz sentido algum. É tão absurdo, tão inacreditável que eu... eu não posso deixar de me perguntar se parte disso é verdade.

Capítulo 42

Nós cavalgamos para o leste, na direção de Atlântia, sob um céu que parecia uma tela azul.

Os homens que partiram com Alastir estavam conosco, embora o lupino não tivesse feito a viagem de volta para o Pontal de Spessa. Eles haviam perdido alguns dos seus, mais do que apenas o lupino Dante, mas o nosso grupo triplicou, se não mais, de tamanho. Tínhamos reencontrado Jasper e vários outros lupinos, que estavam voltando para Atlântia. Vonetta permaneceu no Pontal de Spessa, mas prometeu que me veria em breve, pois pretendia voltar para o aniversário da mãe e o nascimento do irmão ou irmã.

As planícies áridas em ambos os lados da área densamente arborizada deram lugar a campos de juncos altos com pequeninas flores brancas. Beckett corria ao nosso lado na forma de lupino, parecendo ter uma reserva infinita de energia que achei invejável. Ele saía em disparada, desaparecendo em meio a vegetação esparsa, e surgia alguns segundos depois ao nosso lado mais uma vez. Nunca se afastava muito de nós — ou, melhor dizendo, de Casteel. Percebi que a proximidade de Beckett tinha a ver com a presença do seu Príncipe e fiquei feliz por não sentir nenhum medo emanando dele — nem de ninguém que viajava conosco.

Mas o grupo estava quieto, até mesmo Casteel, e existiam muitos motivos para o silêncio. Não havia uma única pessoa ali que não tivesse perdido alguém na batalha ou em Novo Paraíso.

Eu não conseguia nem pensar em Elijah, em Magda e no seu filho ainda não nascido, nem em nenhum deles. Não conseguia pensar em quem ia agora acrescentar os nomes às paredes subterrâneas.

Mas eu sabia que Casteel pensava sobre eles. Sabia que era por isso que ele tinha ficado em silêncio tantas vezes na noite anterior e imaginei que não tivesse muito a ver com o que havíamos conversado. Ele sentia falta de Elijah. Lamentou por ele e por todos os outros, e eu sabia que Casteel acreditava que tinha falhado com eles.

Meus pensamentos eram pesarosos e me deixaram esgotada. A falta de sono também não ajudou. Eu havia tido um pesadelo com a noite do ataque de Vorazes outra vez e, embora Casteel estivesse lá quando acordei, ofegante e com um grito ardendo na garganta, os horrores daquela noite me encontraram de novo assim que voltei a dormir.

Eu não estava ansiosa por aquela noite.

O sol estava alto quando me dei conta de que o horizonte para onde olhava não era onde as nuvens se encontravam com a terra. Eu me empertiguei, me agarrando à sela conforme manchas verde-escuras começaram a aparecer em meio ao cinza logo adiante. A névoa. Era a névoa que obscurecia as montanhas, tão densa que achei que fosse o céu por vários quilômetros.

— Você consegue ver agora? — perguntou Casteel. — As Montanhas Skotos?

Assenti, com o coração palpitante.

— A névoa é tão densa. Se é assim durante o dia, como fica à noite?

— Vai diminuir um pouco assim que chegarmos ao sopé. — O braço de Casteel permaneceu ao meu redor enquanto eu esticava o corpo para a frente. — Mas à noite, bem, a névoa fica por toda a parte.

Estremeci quando a montanha começou a surgir através da névoa. Um recorte de rochas aqui, um bosque de árvores ali.

— Então, como foi que os exércitos conseguiram atravessar a névoa? — Olhei para Kieran. — Como foi que vocês chegaram aqui tão rápido?

— Os Deuses permitiram — respondeu ele, e eu arqueei as sobrancelhas. — A névoa não veio atrás de nós. Ela diminuiu durante a noite o suficiente para que seguíssemos em frente.

Eu me recostei em Casteel, esperando que os Deuses permitissem a mesma coisa para nós.

Casteel estourou a minha bolha de esperança no instante seguinte.

— A névoa nunca é tão ruim quando você está saindo do que quando você está entrando em Atlântia.

— Maravilha — murmurei.

— Temos sorte que as Montanhas Skotos não sejam nem de longe tão grandes quanto a cordilheira logo adiante — disse Naill de onde cavalgava do outro lado de Jasper.

— Existem maiores? — As Montanhas Skotos eram as maiores no Reino de Solis, pelo menos até onde eu sabia.

O Atlante assentiu.

— Leva menos de um dia para atravessar por onde estamos indo. Mas demoraríamos dias se fôssemos por outros picos. — Ele mudou de posição na sela. — Há montanhas tão altas em Atlântia que você não consegue enxergar mais nada. Picos tão elevados que você levaria semanas para chegar ao topo. E, assim que chegasse lá, até mesmo um Atlante teria dificuldades para respirar.

Fios de névoa começaram a se infiltrar entre os juncos espessos, formando pequenas nuvens acima deles.

Beckett saiu em disparada e, em um piscar de olhos, foi engolido pela névoa. Respirei fundo, esticando o corpo para a frente para pegar a adaga.

— Ele está bem. — Casteel fechou a mão sobre a minha e a apertou com delicadeza. — Viu só? Lá está ele.

Meu coração não desacelerou quando a cabeça escura e peluda surgiu acima da névoa, com a língua para fora conforme ele arfava de excitação.

— Você tem certeza de que não há Vorazes aqui?

Cavalgando um pouco na nossa frente, Emil afirmou:

— Não há Vorazes tão a leste desde a guerra.

Permaneci alerta enquanto nos aproximávamos de um cobertor de névoa atrás do qual havia apenas silhuetas. Senti os músculos retesados quando o meu instinto me disse para agarrar as rédeas e fazer com que Setti parasse. Não poderíamos passar por ali. Quem sabia o que nos aguardava do outro lado? E se eles estivessem errados a respeito dos Vorazes? Fiquei toda arrepiada quando Jasper e Emil desapareceram através da muralha de névoa. Um grito subiu até a minha garganta e se alojou ali quando Delano sumiu na névoa densa e branco-acinzentada. Fiz menção de me recostar em Casteel...

Ele diminuiu a velocidade de Setti.

— Na primeira vez em que vi a muralha de névoa do outro lado, eu me recusei a passar. Não foi por causa dos Vorazes. Eu ainda não sabia que eles se movimentavam em meio à névoa. É que temia que tivéssemos chegado ao fim do reino e que não houvesse nada além disso — disse Casteel, seu braço como um aro de aço ao meu redor. — Sei que parece tolice, mas eu era jovem, a menos de um ano da Seleção, e Kieran também teve medo de atravessá-la.

Olhei para a direita, onde Kieran nos acompanhava. Depois de tudo o que descobri, eu ainda achava difícil de imaginar qualquer um dos dois com medo de alguma coisa.

— Foi Malik quem passou primeiro — continuou Casteel, deslizando a mão pela minha cintura em um círculo lento e reconfortante. Olhei para baixo, com a atenção voltada para a aliança dourada que ele usava. — Por um momento, pensei que era a última vez que veria o meu irmão, mas então ele voltou e nos falou que não havia nada além de ervas daninhas e céu do outro lado.

— Não foi isso o que ele nos disse a princípio — Kieran entrou na conversa. — Malik afirmou que havia gigantes de três cabeças do outro lado.

— Ele disse o quê?

Casteel deu uma risada.

— É verdade. Nós acreditamos em Malik até que ele começou a rir. O desgraçado dobrou o corpo de tanto gargalhar. — Existia um carinho no seu tom de voz, e era muito raro ouvi-lo falar do irmão sem tristeza nem raiva. — Vamos levar apenas alguns segundos para atravessar. Prometo.

Quando Naill entrou na névoa, eu sacudi a cabeça bruscamente.

— Se houver gigantes de três cabeças do outro lado, vou ficar muito zangada com vocês dois.

— Se houver gigantes de três cabeças nos esperando, a sua raiva vai ser a menor das minhas preocupações — respondeu Casteel, com o tom de voz casual e divertido. — Pronta?

Na verdade, não, mas respondi:

— Sim.

Lutei contra a vontade de fechar os olhos, estremecendo quando o vapor tênue se estendeu da massa que se aproximava rapidamente com uma carícia fria nas minhas bochechas. Setti deu um relincho baixo quando os fios se enrolaram nas suas pernas e em seguida a névoa nos envolveu. Eu não conseguia enxergar nada. Nada além do ar espesso, sufocante e branco como o leite. O pânico se apoderou de mim.

Casteel mudou de posição, pressionando os lábios atrás da minha orelha enquanto sussurrava:

— Pense em todas as coisas que eu poderia fazer com você. — Ele deslizou a mão no meu quadril até a coxa e então subiu, se movendo com uma graça predatória na direção do meio das minhas pernas. — Que ninguém conseguiria ver. Nem mesmo você.

Prendi a respiração por um motivo totalmente diferente conforme os dedos dele dançavam sobre mim. Eu me retesei quando os músculos do meu abdômen se contraíram e virei a cabeça para o lado. Abri a boca, mas esqueci o que estava prestes a dizer quando Casteel pegou o meu lábio inferior entre os dentes.

Ele soltou o meu lábio lentamente, mas manteve a boca ali, quente e sólida contra a minha.

— Eu tenho *tantas* ideias.

Senti o coração palpitar quando uma onda de arrepios explodiu sobre mim. Eu podia imaginar muito bem quais eram as ideias dele e, por um breve instante, não pensei em mais *nada*. Deixei escapar um som ofegante, que se perdeu na névoa.

— Já pode abrir os olhos — murmurou ele nos meus lábios.

Eu nem tinha percebido que os tinha fechado antes que ele dissesse alguma coisa, mas agora entendia por que ele havia feito e dito aquilo. Casteel tentou me distrair e deu certo, acabando rapidamente com o meu pânico crescente.

— Obrigada — sussurrei, e ele apertou a mão de volta no meu quadril. Abri os olhos enquanto ele se endireitava atrás de mim para ver...

Para ver que a névoa havia se dissipado em espirais tênues ao redor das rochas cobertas de musgo e das pernas dos cavalos. Pestanejei quando vi Beckett sentado diante de nós, balançando o rabo pelo chão para agitar a névoa enquanto estendia a cabeça para trás e olhava para cima. Segui o seu olhar, entreabrindo os lábios, ofegante, quando vi o que ele estava olhando.

Ouro.

Folhas reluzentes e luminosas de ouro banhadas pelos raios de sol que penetravam a névoa.

— São lindas, não? — perguntou Delano, olhando para cima.

— Sim. — Olhei para as árvores douradas, maravilhada. — Eu nunca vi nada assim antes. — Mesmo quando as folhas mudavam de cor na Masadônia de acordo com o clima, o amarelo era suave e turvo. Aquelas folhas eram de ouro puro. — Que árvores são essas?

— Árvores de Aios — respondeu Casteel, se referindo à Deusa do Amor, da Fertilidade e da Beleza. Não consegui pensar em uma homenagem mais adequada. — Elas cresceram no sopé e ao longo da cordilheira de Skotos depois que ela veio hibernar aqui, debaixo da terra.

Olhei de volta para Casteel.

— Ela está hibernando aqui?

Os olhos dele, de um tom um pouco mais escuro que as folhas, encontraram os meus.

— Está, sim.

— Algumas pessoas acreditam que ela está sob o pico mais alto — disse Jasper, atraindo a minha atenção. — Onde as árvores de Aios crescem tanto que é possível vê-las das Câmaras de Nyktos.

— Câmaras... de Nyktos? — repeti.

— É um Templo que fica logo depois dos Pilares — explicou Emil. — Muito lindo. Você precisa conhecer.

— Ele está hibernando lá? — perguntei.

Ele sorriu enquanto sacudia a cabeça.

— Ninguém sabe onde Nyktos repousa.

— Ah — sussurrei.

— Devíamos seguir em frente e nos dividir em grupos menores — interrompeu Casteel. — Kieran vai cavalgar conosco. Beckett, você precisa assumir a forma humana e ir com Delano e Naill.

Observei o lupino dar um salto em meio à névoa, fazendo com que o cavalo de Naill empinasse nervosamente. O Atlante revirou os olhos enquanto olhava para Casteel.

— É um bom treino para quando você decidir se casar e ter filhos — disse Casteel, e eu pude ouvir o sorriso nas suas palavras.

Naill parecia estar prestes a cair do cavalo.

Jasper abriu um sorriso malicioso depois de conduzir o cavalo na nossa direção.

— Temo que ele desista de ter filhos após uma só noite cuidando de Beckett.

— Deuses — murmurou Naill quando Beckett de repente se lançou sobre uma... folha de ouro que havia caído no seu campo de visão.

Quentyn sacudiu a cabeça enquanto observava o amigo.

— Você devia vê-lo com as borboletas.

— Prefiro não ver. — Naill deu um suspiro.

— Vamos nos encontrar na Rocha Dourada. — Casteel se dirigiu ao grupo. — Lembrem-se, ninguém vai a lugar nenhum desacompanhado. Reúnam-se em grupos de três no máximo. — Ele se virou para Beckett, que finalmente se sentou. — Não explore. Não atenda nenhum chamado.

Senti o estômago embrulhado. Casteel estava se referindo ao chamado que os lupinos acreditavam ter ouvido de mim?

— Espero ver todos na Rocha Dourada, com os corpos e mentes ilesos — continuou Casteel, e eu senti um arrepio na espinha. — Fiquem a salvo.

Houve vários acenos de cabeça quando o grupo começou a se separar, Beckett partindo com Naill e Delano, que disse:

— Vou me certificar de que ele se transforme.

Quentyn ficou com Jasper e Emil, mas, antes que eles se encaminhassem para a direita, Jasper cavalgou até nós e apertou a mão de Casteel.

— Fique a salvo, Cas. Você ficou longe por tempo demais e está muito perto de casa para não chegar.

— Você não tem nada a temer. — Casteel suavizou o tom de voz.

Jasper assentiu e então se virou para mim.

— Fique perto deles, Penellaphe. A magia nessas montanhas tem um jeito de fazer com que você perca a cabeça. Confie neles, mas tome cuidado ao confiar no que os seus olhos e ouvidos lhe dizem.

E, com essas palavras de despedida, ele partiu, com o pálido e calado Quentyn a reboque.

Olhei por cima do ombro para Casteel.

— O que essa montanha vai fazer, caramba?

— Nada — respondeu ele, incentivando Setti a seguir em frente. — Se não deixarmos.

*

Silêncio.

Casteel e Kieran não deram uma palavra. O musgo denso ao longo da trilha amortecia os trotes dos cavalos. Não havia som de pássaros ou de qualquer vida animal, nem mesmo o eco do vento farfalhando na copa dourada acima de nós. Com o decorrer das horas, a temperatura parecia cair mais alguns graus à medida que subíamos a montanha. Vesti a capa pesada da qual quase me esqueci enquanto estava no Pontal de Spessa. Logo, uma dormência formigante tomou conta das minhas bochechas. Um pouco depois, Casteel puxou o capuz sobre a minha cabeça e as metades da capa dele ao meu redor. Seguimos em frente em meio ao silêncio sinistro e envoltos pela beleza sobrenatural da montanha. As folhas douradas brilhavam nas árvores, e, no chão, manchas de ouro manchavam o musgo e resplandeciam dos troncos, fazendo com que eu me lembrasse da Floresta Sangrenta.

Cedo demais, os raios de sol que se infiltravam pelas folhas diminuíram e as faixas de névoa se espessaram, cobrindo o musgo enquanto continuávamos a subida. A neblina aumentou, girando em volta das nossas pernas e depois na cintura. O último vestígio de sol nos alcançou e continuamos o caminho. À noitinha, paramos assim que a névoa se estendeu acima de nós.

Casteel fez Setti parar enquanto olhava ao redor. Eu não fazia a menor ideia do que ele estava procurando, pois não conseguia ver nada além de faixas de névoa branca.

— Parece ser um bom lugar para acampar — disse ele, com a respiração condensada em nuvens de vapor conforme se virava para Kieran. — O que você acha?

O lupino era uma mera silhueta por trás da névoa.

— Nós chegamos ao topo, então deve servir bem.

Deve?

— Como você sabe que chegamos ao topo?

— Se não tivéssemos chegado, nós não conseguiríamos ver mais que alguns centímetros na nossa frente — respondeu Kieran enquanto desmontava do cavalo, agitando a névoa.

Franzi o cenho. Eles conseguiam ver mais do que alguns centímetros?

Casteel passou as rédeas para mim.

— Segure aqui. Vou descer e levar vocês dois até a árvore.

Peguei as rédeas, imaginando de que árvore ele estava falando. Ele saltou das costas de Setti e, por um momento, a escuridão girou em torno dele, parecendo engoli-lo. Meu coração disparou contra as costelas. O rosto de Casteel surgiu em meio à névoa quando ele andou até a dianteira de Setti e pegou o cabresto do cavalo. Ele nos conduziu através do ar gelado e agitado e então parou, pegando as rédeas de mim enquanto falava com Setti, sussurrando baixinho para o animal. Ouvi algo sobre cenouras e campo de relva antes que ele voltasse para o meu lado.

Casteel levou as mãos aos meus quadris e eu me agarrei nos seus antebraços enquanto me inclinava para trás, passando a perna sobre a sela. Ele me ajudou a descer, pegando a minha mão enquanto descarregava uma das bolsas maiores e os cobertores enrolados.

— Vai ficar assim? — perguntei enquanto ele me guiava, detestando andar sem enxergar um palmo à frente. — A noite toda?

— Sim, mas você vai se acostumar.

— Não acho que isso seja possível.

— Que tal aqui? — A voz de Kieran veio de algum lugar. — O terreno é bastante plano.

— Perfeito. — Casteel parecia saber exatamente onde Kieran estava, pois, alguns momentos depois, ele apareceu de dentro da névoa.

Casteel soltou a minha mão e eu quase a peguei de volta quando olhei para trás, sem conseguir enxergar nada.

— Você acha que Setti vai ficar bem?

— Vai, sim — disse Casteel enquanto se ajoelhava no chão. Uma chama cintilou quando ele acendeu uma lâmpada a óleo, afastando um pouco da névoa. — Vou dar um pouco de comida e um cobertor a ele. Ele provavelmente vai dormir antes de nós.

Eu não fazia a menor ideia de como conseguiria dormir naquela noite. Os arredores faziam com que a Floresta Sangrenta parecesse um refúgio luxuoso.

Outra lâmpada cintilou, na mão de Kieran.

— Vou pegar lenha.

Casteel ergueu o olhar.

— Não vá muito longe

— Sim, senhor — respondeu Kieran com entusiasmo demais.

Fiquei olhando para o brilho amarelado da sua lâmpada até que ele desaparecesse.

— Por que não há animais nessas montanhas?

— Eles sentem a magia e mantêm distância. — Casteel desenrolou uma lona grossa, feita para conter o frio e a umidade do solo. Assim que estendeu um dos cobertores, a névoa se dissipou de leve.

— Aqui. — Ele pegou a minha mão enluvada quando não me mexi, me puxando para baixo para que eu me sentasse diante dele. — Vou cuidar de Setti. Já volto, tá bom?

Fiz que sim com a cabeça. Quando Casteel se levantou, percebi que ele havia deixado a única fonte de luz para trás.

— Você não precisa da lâmpada?

— Não. — Ele começou a se virar e então parou. — Não deixe se levar pela curiosidade. Fique aqui. Por favor.

— Você não precisa se preocupar que eu vague por aí. — Eu não conseguiria andar mais do que trinta centímetros e não fiz isso quando ele voltou para alimentar Setti e ver se o cavalo estava confortável.

Mas ergui a mão, acenando por entre os fios de neblina que se reuniam ao meu redor. A névoa se dispersou, mas logo voltou e começou a girar em torno do dedo em que eu usava a aliança. Parecia viva, como se estivesse interagindo com os meus movimentos e não apenas impactada por eles. Apertei os olhos quando um fio de névoa se enrolou na manga esquerda da minha capa. Puxei o braço para trás e a névoa recuou e ficou ali, uns trinta centímetros na minha frente, à espera.

Mordi o lábio e estiquei o corpo para a frente, estendendo os dedos. A névoa pulsou e então se expandiu lentamente, formando uma faixa que pareceu criar dedos fantasmagóricos. A mão se espalmou sobre a minha palma esquerda.

Perdi o fôlego e recuei. A névoa reagiu da mesma forma, imitando os meus movimentos.

— O que você está fazendo aí? — A voz de Casteel quebrou o silêncio, parecendo assustar mais a névoa do que a mim. Ela se dispersou.

E então eu me dei conta.

— Não é uma névoa normal, é? A névoa é a *magia*.

— Sim — veio a resposta dele. — E você está mesmo fazendo alguma coisa, não é?

Sacudi a cabeça, assombrada.

— Não... — me esforcei a pronunciar a palavra enquanto a magia girava na direção da voz de Casteel. Fiquei de joelhos e estendi a mão, passando a ponta dos dedos pelos vapores. A névoa *vibrou*. Arqueei as sobrancelhas. — Kieran me disse que a magia está vinculada aos Deuses. Como isso é possível se eles estão em hibernação?

— A versão curta e condensada de uma explicação muito complicada é que, embora os Deuses estejam hibernando, há um nível de consciência ainda presente. Você já sabe disso.

Sabia mesmo.

— Eles criaram a névoa para proteger os Pilares de Atlântia — explicou ele, e a névoa se virou para ele, como se estivesse ouvindo. — Mas é basicamente uma extensão deles ou, no mínimo, uma extensão da sua vontade.

Havia algo incrivelmente bizarro sobre a noção de estar rodeada por uma parte da consciência dos Deuses.

— Como são os Pilares de Atlântia?

— Você vai ver amanhã.

— Mas...

— Algumas pessoas dizem que paciência é uma virtude — ecoou a voz dele até mim.

— Certas pessoas merecem um soco na cara — murmurei, mas fiquei em silêncio logo depois. Por mais que não gostasse de admitir, Casteel tinha razão. Acabei me acostumando com a névoa ou, melhor dizendo, com a magia. Contudo, fiquei imaginando... se a névoa era uma extensão da vontade dos Deuses, então por que os Atlantes a acionavam? Por outro lado, ela permitiu que os exércitos passassem.

No entanto, eles estavam saindo e não entrando em Atlântia.

Casteel voltou, assim como Kieran. Uma pequena fogueira foi acesa, afugentando a maior parte da magia. Cuidei das minhas necessidades pessoais, não muito longe da presença de Casteel, algo que não gostaria de repetir nunca mais, e nenhuma quantidade de intimidade ou abertura iria mudar isso. Em seguida, comemos perto do fogo. Foi só quando Kieran se deitou no cobertor que Casteel havia estendido mais cedo que prestei atenção no lugar de dormir.

Havia três cobertores, um do lado do outro e sobrepostos. Arregalei os olhos quando vi os dois espaços ao lado de Kieran.

— Nós vamos dormir aqui? — exigi saber. — Os três?

— Eu estava imaginando quando ela iria notar isso — comentou Kieran.

Estreitei os olhos conforme a névoa deslizava sobre o peito de Kieran.

— É realmente necessário dormir... tão perto assim?

— É necessário que você fale como se fôssemos fazer outra coisa além de dormir? — perguntou Casteel, e, quando eu o encarei, ele abriu um sorriso malicioso. — Quero dizer, nós só vamos dormir um ao lado do outro. — Ele apoiou o corpo para trás em uma das mãos enquanto a covinha surgia na sua bochecha. — A menos que você tenha outra ideia. Se for o caso, eu estou muito curioso para saber mais sobre isso, *esposa*.

Olhei para ele enquanto a névoa parecia ficar parada ao nosso redor.

— O que foi? Eu sou muito curioso, só isso.

— Você esqueceu que eu estou armada? — perguntei suavemente.

— Você está pensando em usar a adaga contra mim? — Sob o brilho do fogo, as duas covinhas apareceram. — Nesse caso, o arranjo de dormir pode ficar muito desconfortável para Kieran.

Pensei logo na União, e o divertimento estampado no rosto de Casteel era uma prova de que ele sabia para onde a minha mente tinha ido.

— Ou... interessante — veio a resposta do lupino.

— Eu vou ferir vocês dois gravemente — rosnei enquanto a névoa se dissipava.

— E eu estou tão... *intrigado* agora — retrucou Casteel e então riu enquanto dava um tapinha no espaço ao seu lado. — Vai ficar mais frio ainda durante a noite, mais do que quando estávamos na Floresta Sangrenta. Daqui a uma hora, você vai ficar agradecida pelo calor humano.

Aquilo era muito improvável.

— O que, aliás, é a única coisa que qualquer um de nós está oferecendo hoje à noite — acrescentou Casteel, com a provocação desaparecendo do olhar.

Kieran bufou, e eu senti o gosto de açúcar na língua — divertimento.

— Sim, não quero ter a cabeça arrancada hoje à noite.

— Duvido que isso aconteça — murmurei.

Foi então que Casteel se mexeu e pegou a minha mão. Ele me puxou de modo que eu me deitasse ao seu lado, e não lutei contra ele. O lugar de dormir era esquisito, mas Casteel era o meu... ele era o meu marido.

E Kieran já estivera em situações muito mais embaraçosas conosco. Como naquela vez em que me viu nua na banheira quando nós mal nos conhecíamos.

Ou quando ele me ouviu gritando e pegou Casteel e eu no flagra só para descobrir que não eram gritos de medo nem de dor.

Ou quando Casteel precisou se alimentar.

Eu disse a mim mesma para parar de pensar nisso enquanto Casteel puxava o cobertor sobre nós dois e se acomodava ao meu lado. Havia espaço entre nós três. Não muito. Talvez uns três centímetros, de modo que esperava ficar quieta durante a noite.

E esperava que o que Casteel havia me dito sobre Kieran não fosse verdade — que ele dava chutes no meio da noite.

Eu queria me virar de frente para Casteel. Gostava de... usá-lo como travesseiro. Certo. Eu simplesmente gostava de ficar perto dele, mas ele estava deitado de costas, comportado, de modo que fiquei onde estava, observando a névoa se mover em ondas lentas acima de nós. Depois de alguns minutos, inclinei a cabeça e a névoa pareceu me imitar, se inclinando para o mesmo lado.

Olhei de relance para Casteel. Achei que ele estivesse de olhos fechados. Quando olhei para Kieran, ele também parecia estar assim. Será que os dois já estavam dormindo? Tirei a mão do cobertor e a ergui alguns centímetros no ar. A névoa caiu e se expandiu como antes, formando dedos finos.

— O que você está fazendo? — perguntou Casteel.

A névoa se dissipou.

— Você a assustou — resmunguei.

— Assustei o quê? — perguntou ele.

— A névoa... ou magia. Tanto faz.

Casteel se deitou de lado.

— Não dá para assustá-la — disse ele. — É só magia. Não é como se estivesse viva.

— Parece viva para mim — retruquei.

— Isso não faz sentido — disse Kieran, cansado.

— Ela interage com a pessoa — eu disse a eles.

— É a sua imaginação. — O lupino virou o corpo, e eu senti o joelho dele roçando na minha perna.

— Não é imaginação.

— A magia pode pregar peças em você — disse Casteel, pegando a minha mão e a puxando para debaixo do cobertor. — Faz você pensar que está vendo coisas que não está.

Franzi o cenho.

— Você deveria dormir — disse ele. — Logo vai amanhecer.

Não rápido o suficiente para mim.

Em meio ao silêncio, os meus pensamentos vagaram. Pensei em Renfern e em como gostaria de ter feito mais, feito algo para mudar o que aconteceu com ele, Elijah e todos os outros. Fiquei imaginando se Phillips e Luddie, o guarda e o Caçador que viajaram da Masadônia conosco, sabiam a verdade sobre os Ascendidos ou se foram vítimas de uma guerra silenciosa. Assim como Rylan e... e Vikter. Senti um aperto no peito conforme observava a névoa se mover lentamente acima de mim. Sentia falta de Tawny e rezei para que ela não tivesse passado pela Ascensão. Então voltei os pensamentos para o modo como os lupinos tinham nos cercado. Será que fui eu? Será que projetei alguma coisa e eles apenas responderam?

Olhei para Kieran de novo. O lupino estava de olhos fechados. Será que ele achou mesmo que fosse eu quem estava chamando por eles?

Detestava momentos assim, quando perdia o sono e só me restavam coisas em que era melhor não pensar. Eu me forcei a pensar em outra coisa e algo me veio à mente.

— Há algum deus hibernando debaixo da Floresta Sangrenta?

— O quê? — murmurou Casteel, com a voz cheia de sono.

Percebi que o tinha acordado, embora não me sentisse nada mal com isso. Repeti a pergunta.

— Deve ser a coisa mais aleatória que já saiu da sua boca — resmungou Kieran. — E eu ouvi você dizer algumas coisas bem aleatórias.

— Não há nenhum deus debaixo da Floresta Sangrenta, até onde eu sei — respondeu Casteel, de olhos fechados. — O que a fez pensar nisso?

— As árvores daqui me fazem lembrar da Floresta Sangrenta. Embora sejam douradas e não vermelhas.

— Hum — murmurou Casteel. — Faz sentido.

— Talvez para você — resmungou Kieran.

— Você sabe onde Penellaphe está hibernando? — perguntei sobre a deusa que me deu o nome.

Kieran suspirou.

— Não é aqui, disso eu sei.

Um sorrisinho surgiu nos lábios de Casteel.

— Acredito que ela hiberna sob o Grande Ateneu na Carsodônia.

— É mesmo? — Quando Casteel assentiu, decidi que não gostava que a Deusa da Sabedoria, da Lealdade e do Dever hibernasse ali, no meio dos Ascendidos. — E quanto a Theon?

— O Deus dos Tratados e da Guerra e a sua irmã gêmea, Lailah, repousam sob os Pilares de Atlântia — respondeu Casteel.

Abri a boca...

— Não, por favor — interrompeu Kieran.

— Não o quê?

— Pergunte onde cada deus ou deusa hiberna, pois isso vai levar a mais perguntas. Sei que vai — disse ele, e eu revirei os olhos. — Você deveria estar dormindo como eles, *Vossa Alteza*.

— Não me chame assim — rebati.

— Então vá dormir — ordenou Kieran.

— Eu não consigo dormir rápido assim — murmurei. — Não sou como vocês dois.

— Posso ler uma história para você — sugeriu Casteel. — Ainda tenho um certo diário comigo. Há um capítulo que aposto que você vai querer ouvir. A srta. Willa tem o mesmo arranjo de dormir...

— Não. Nada disso. — Fechei os olhos com força. — Não é necessário.

— Tem certeza? — Casteel parecia ter se aproximado. A perna inteira dele estava encostada na minha.

— Tenho.

Ele riu baixinho, mas eu não me atrevi a dizer nem mais uma palavra. Não duvidava nem um pouco que ele pegasse aquele maldito diário e conseguisse ler com aqueles olhos Atlantes tão especiais. De modo que fiquei deitada ali. Não sei dizer quanto tempo se passou antes que conseguisse adormecer, mas devo ter caído no sono, pois de repente me dei conta de como me sentia incrivelmente quente. Cada parte de mim havia escapado do frio da montanha de algum modo. Cada parte de mim...

Pouco a pouco, percebi exatamente por que estava tão quentinha. Eu havia me virado de frente para Casteel durante o sono. Ele estava de costas, e eu tinha praticamente subido em cima dele. Estava com a cabeça apoiada na curva do seu ombro e peito. Uma das minhas pernas estava jogada sobre a dele, e toda a frente do meu corpo estava colada na sua lateral. Casteel estava com a mão ao redor do meu ombro.

Mas não era só por isso que eu estava tão quente. Também sentia calor nas minhas costas. Havia um braço pesado sobre a minha cintura e uma perna enfiada no meio das minhas.

Assim como eu tinha me virado para Casteel durante o sono, Kieran também tinha feito o mesmo, como se ele fosse um ímã que tivesse atraído nós dois.

Meu coração bateu descompassado enquanto fiquei ali, sem saber o que fazer. Deveria acordá-los? Me desvencilhar de Kieran? Tive a impressão de que isso faria com que eles acordassem, e a última coisa que eu queria era que Kieran visse... nós três abraçados.

Os dois estavam incrivelmente quentinhos e não havia nada de pecaminoso naquilo. Bem, o jeito como eu estava esparramada em cima de Casteel não me parecia muito inocente, mas Kieran deve ter feito o que qualquer um faria. Ele tinha procurado se aquecer durante o sono, e eu não podia culpá-lo por isso.

O que também não me parecia completamente inocente era onde a minha mão estava. No baixo-ventre de Casteel. Sabia disso porque podia sentir a impressão dos botões na palma da minha mão. Se deslizasse os dedos mais para baixo, duvido que ele continuasse dormindo. Esse conhecimento encheu a minha cabeça de coisas em que eu não deveria pensar naquele momento, como o que tínhamos feito na carruagem, no quarto, na caverna.

Imaginei me dando um soco na cara enquanto afastava a mão daquela parte fascinante de Casteel, tentando não me concentrar na contração do seu abdômen nem no modo como a pele dele parecia arder através das roupas.

Casteel dobrou o braço, apertando o meu ombro e me puxando mais para perto. Prendi a respiração quando o movimento fez Kieran se mexer. Ele mudou de posição atrás de mim, e a minha pulsação disparou. Uma coxa musculosa e esguia deslizou no meio das minhas. Eu não fazia a menor ideia se pertencia a Casteel ou a Kieran.

Uma centena de pensamentos e emoções explodiram dentro de mim, tantos e de modo tão rápido que não consegui compreendê-los.

Mas nenhum dos dois acordou, de modo que continuei deitada ali, e a minha mente vagou de novo, não para lugares que fariam com que esse arranjo de dormir se tornasse ainda mais embaraçoso nem para lugares tristes.

Eu fingi.

Não como fingia com Casteel. Fingi que o meu irmão ainda era mortal, assim como Tawny. Que o irmão de Casteel estava livre e que os Ascendidos não existiam. Fingi que amanhã chegaria a um reino que me daria boas-vindas, com um Rei e uma Rainha que me receberiam de braços abertos. Fingi que Casteel e eu estávamos no início de uma vida inteira juntos, uma vida longa e feliz, e não uma que poderia terminar a qualquer minuto. Fingi que nós dois envelhecíamos e que eu era sempre imprudente e corajosa o bastante para sentir, ter experiências e viver sem que o passado obscurecesse cada escolha que fizesse nem que o futuro pairasse sobre cada decisão que tomasse.

Que nós sempre existíssemos no presente e... *vivêssemos*.

Por fim, o calor que os dois emanavam, junto com o subir e o descer ritmado dos seus peitos, fez com que eu pegasse no sono outra vez. Algum tempo depois, fiquei à beira da vigília de novo, trazida até ali por um sussurro. Um chamado. Um nome.

— *Poppy*...

Capítulo 43

Todo o meu ser se contraiu ao reconhecer aquela voz — uma voz que eu não conseguia evocar da minha imaginação, não importava o quanto tentasse.

Mas era ele — era a voz do meu pai chamando o meu nome.

Abri os olhos em meio à escuridão enevoada e... e, sob a luz dourada da lâmpada, percebi que não estava acordada.

Eu estava lá mais uma vez, de volta na noite que terminou em gritos encharcados de sangue.

— *Poppy, florzinha, eu sei que você está aí embaixo. Venha para cá* — chamou ele. — *Preciso que você venha até mim, Poppy, minha florzinha.*

Com o peito apertado, segui o som da sua voz, movendo os lábios, mas com uma voz muito mais jovem saindo de mim.

— *Papai? Eu estava procurando por você.*

— *Você me encontrou, como sempre.* — As sombras pulsaram e se adensaram na minha frente, tomando forma. Ele era alto. A pessoa mais alta que eu conhecia. — *Você não deveria estar aqui embaixo, garotinha.*

Olhei para ele, desejando poder ver o seu rosto com nitidez.

— *Eu queria ir com você, Papai. Não estou assustada.* — Só que estava, sim. Eu estava tremendo e a minha barriga doía.

— *Você é uma menina tão corajosa, mas não deveria estar aqui.* — Ele se ajoelhou e os olhos que combinavam com os meus ocuparam todo o meu mundo. — *Onde está o seu irmão?*

— *Com aquela mulher que fez biscoitos, mas eu quero ficar com você e...*

— *Você não pode ir comigo.* — Ele colocou as mãos frias sobre os meus ombros e o seu rosto pareceu se reconstruir. O queixo quadrado coberto por pelos de vários dias. Mamãe chamava de barba e sempre reclamava daquilo, mas eu a vi passando os dedos ali quando achava que Ian e eu não estávamos olhando. Nariz reto. Sobrancelhas escuras. Olhos da cor de pinheiros. — *Você precisa ficar aqui e manter a sua mãe e o seu irmão em segurança.*

— *É ela?* — perguntou outra voz vinda da escuridão. A voz de um estranho que não me era completamente desconhecida.

— *Essa é minha filha* — respondeu Papai enquanto olhava por cima do ombro antes de sorrir para mim, mas o seu sorriso pareceu todo errado. Tenso demais. — *Ela não sabe.*

— *Entendi* — veio a voz outra vez, ainda familiar.

Eu não entendi o que ele quis dizer com aquilo. Tudo o que sabia era que ele ia embora, e eu não queria que isso acontecesse.

— *Que florzinha linda.* — As mãos frias tocaram nas minhas bochechas. — *Que linda papoula.* — Papai se inclinou, encostando os lábios no topo da minha cabeça. — *Eu te amo mais do que todas as estrelas no céu.*

Perdi o fôlego.

— *Eu te amo mais do que todos os peixes no mar.*

— *Essa é a minha garota.* — Berros vindos do lado de fora fizeram com que ele se afastasse de mim. — *Cora?* — Ele chamou a Mamãe. Só ele a chamava assim.

Ela saiu das sombras, com uma expressão de dor no rosto quando me pegou com a mão fria.

— *Você já devia saber que ela encontraria o caminho até aqui.* — Ela olhou para trás, onde eu não conseguia ver. — *Você confia nele?*

— *Confio. Ele vai nos levar para um lugar seguro.*

Papai se virou para mim.

— *Fique com a sua mãe, querida.* — Mãos geladas tocaram no meu rosto de novo. — *Fique com ela e encontre o seu irmão. Voltarei para buscá-la em breve.*

A névoa entrou, levando Papai junto com ela enquanto se dissipava. Eu podia ouvir a sua voz. Ele estava falando alguma coisa, mas eu não conseguia entender o que ele dizia. Comecei a segui-lo, pois sabia que ele não iria voltar...

— *Não olhe, Poppy. Não olhe para lá* — veio a voz sussurrada de mamãe enquanto ela puxava a minha mão. — *Precisamos nos esconder. Depressa.*

Confusa, tentei vê-la enquanto ela me guiava através do vazio enevoado.

— *Eu quero o Papai...*

— *Silêncio. Temos que ficar quietas. Temos que ficar quietas para que o Papai possa vir nos encontrar.*

Caminhei atrás dela, tropeçando quando ela parou de andar.

— *Entre, Poppy. Você precisa entrar aí e ficar bem quieta, tá bem? Você precisa ficar calada como um ratinho, não importa o que aconteça. Entendeu?*

Balancei a cabeça.

— *Eu quero ficar com você.*

— *Eu estarei bem aqui.* — As mãos úmidas e geladas dela tocaram nas minhas. — *Preciso que você seja uma menina crescida e preste bem atenção. Você tem que se esconder...*

Um som veio, um grito que fez com que a Mamãe... desaparecesse por um momento.

— *Você tem que me soltar, querida. Precisa se esconder, Poppy...* — Mamãe se imobilizou.

O tempo parou enquanto olhávamos uma para o outra. A pele dela ficou mais fina, revelando os ossos delicados por baixo. Eu me encolhi.

— *Sinto muito* — sussurrou uma voz.

Mamãe foi puxada para longe de mim. Cambaleei atrás dela, mas já era tarde demais. Não havia nada além da névoa, e tudo o que restava era a sua voz, as suas palavras.

— *Como você pôde?*

— *Mamãe?* — sussurrei, dando um passo em frente, sem conseguir entender o que ela dizia.

Que florzinha linda.

Que linda papoula.

Colha e veja-a sangrar.

Já não é mais tão bonita...

A mão de alguém agarrou o meu braço, com a pele mais pálida que a minha, manchada de vermelho enquanto as folhas farfalhavam como ossos secos e um estrondo baixo retumbava no ar. As sombras o cercaram enquanto ele me puxava pelo braço, com os contornos da escuridão passando por mim — as pontas da sua capa preta me cobrindo assim que tropecei. Ele também era alto, mas o seu rosto era só uma voz envolta por tecido.

Eu precisava ver o rosto dele.

Precisava...

Fui empurrada na direção dos berros e uivos. E da neblina — da névoa que estava ao meu redor e dentro de mim. Ela começou a se dissipar e o estrondo aumentou de intensidade no chão abaixo de mim. E então uma voz, que parecia feita de ouro e sinos de vento, sussurrou "pare, pare, pare" ininterruptamente.

Mas eu não conseguia parar. Precisava ver o rosto dele. O homem no escuro se afastou, como se fosse uma lembrança escorregando por entre os meus dedos. Eu o segui, pois era importante. Essa lembrança. Porque havia outra pessoa ali com a Mamãe. Alguém que não queria ser visto. Cambaleei para a frente...

— Poppy! — A voz veio como um choque, uma descarga de relâmpago, e eu abri os olhos.

A névoa havia se adensado na minha frente até virar uma massa rodopiante e agitada. Partículas de ouro piscavam ali dentro.

— Não vá mais longe — sussurrou a voz, uma voz tão pura que era quase insuportável de ouvir. — Você não vai encontrar o que procura aqui.

— Pare. — A névoa se solidificou, assumiu uma forma e se tornou mais dourada. Era alta. *Ela* era alta. Ondas de cabelo da cor do fogo caíam entrelaçadas nos seus ombros. Um rosto borrado, mas com os olhos da cor de prata derretida que cintilavam através da névoa. Através de mim. — Vá para casa. Tome o que é seu e encontre o que procura lá. A verdade. Vá para *casa*.

— Quem é você? — sussurrei. — Quem...?

Um braço me agarrou pela cintura sem nenhum aviso e me puxou contra um peito rígido e quente. Senti um cheiro de especiarias e pinho assim que tirei os pés do chão e nós dois caímos com força na terra.

— Poppy. Deuses. Poppy. — Casteel me virou no colo, com a mão espalmada sobre a minha bochecha. Ele estava respirando com dificuldade, com o peito ofegante conforme os fios de névoa pairavam sobre o seu rosto pálido. — Bons Deuses, Poppy, o que é que você estava fazendo?

— Eu... — Olhei em volta e não vi nada além da névoa densa e de Kieran postado acima de nós, olhando para trás de mim e respirando tão pesadamente quanto Casteel. A confusão tomou conta de mim.

— O que é que você estava fazendo? — perguntou Casteel de novo, me dando uma sacudidela. O hálito dele estava áspero, formando um vapor de condensação no ar frio. — Você poderia... você poderia se quebrar toda, Poppy. Em mil pedaços e de uma forma que eu nunca seria capaz de consertar.

Não entendi do que Casteel estava falando, mas ele estava... estava de um jeito que eu nunca tinha visto antes. *Apavorado*. De olhos arregalados e luminosos, mesmo em meio à névoa, e com os ângulos do rosto nítidos.

Ele apertou o meu rosto com as mãos enluvadas.

— Eu pedi que você não vagasse por aí.

— Eu... eu não fiz isso — disse a ele. — Eu estava dormindo... sonhando. E ouvi... ouvi o meu pai chamando o meu nome...

— Névoa maldita — rosnou Kieran, acenando com raiva através da brancura espessa.

— Não. *Não*. Era um sonho, só que real. Quero dizer, eram partes da noite em que os Vorazes me atacaram. Havia... havia outra pessoa lá no final. — Comecei a me desvencilhar, mas Casteel me deteve. — Ele vestia um capuz e estava lá naquela noite. — Eu me virei no colo de Casteel. — Eu estava tentando ver o rosto dele. Se pudesse ver o seu rosto, eu saberia quem ele era. Eu só...

Entreabri os lábios quando olhei para o nada. Não era um vazio desprovido apenas de luz. Era o *fim*. Um enorme vazio me aguardava além da beira de um... precipício.

— Ah, meus Deuses — sussurrei, estremecendo quando me dei conta de como estive prestes a pisar no... no *nada*.

— Foi a névoa — disse Casteel, em um tom de voz muito suave enquanto atraía o meu olhar aflito de volta para ele.

— Ela me deteve — sussurrei.

— O quê?

— Você não a viu? Ela me deteve. Ah, meus Deuses.

Casteel passou o polegar pela minha bochecha, ao longo da cicatriz.

— Não havia mais ninguém aqui. Era só você e a névoa.

— Não. Havia outra pessoa. — Olhei por cima do ombro, na direção do vazio. — Eu ouvi a sua voz. Ela ficou me dizendo para parar e então surgiu diante de mim. — Voltei-me para Casteel. — Ela estava bem *ali*. Onde não há... não há nada. Ela me disse para não ir mais longe. Que a verdade não estava aqui. Ela me disse para ir para casa e... — Comecei a tremer e não consegui parar. — E tomar o que era meu. E que eu descobriria a verdade.

— Está tudo bem — assegurou Casteel, mas o olhar que trocou com Kieran dizia o contrário. — Vamos voltar para o acampamento.

— Você não a viu?

— Não, Princesa. — Ele beijou a minha testa. — Eu só vi você, prestes a... — Ele parou de falar. — Era só você.

Enquanto Casteel me ajudava a levantar, percebi que o sonho havia desfeito algumas camadas do tempo, revelando peças há muito enterradas sob o trauma. E eu sabia que não estava sozinha. Alguém... ou alguma *coisa* me impediu de cair pela encosta da montanha.

Nós começamos a...

O estrondo que ouvi antes soou de novo, dessa vez mais alto. Kieran praguejou enquanto Casteel se virava na minha direção. Antes que eu conseguisse dizer alguma coisa, ele me colocou no colo e correu — correu o mais longe que pôde antes que parecesse perder o equilíbrio. Senti o coração palpitar quando a névoa se dispersou. Tombando para o lado, Casteel me segurou com força quando demos um encontrão em Kieran. Ele me agarrou — agarrou nós dois — enquanto nos encostávamos em uma árvore que vibrava e chacoalhava como um brinquedo de criança. As folhas douradas caíram sobre nós e sobre a terra que tremia e estrondava.

— O que é que está acontecendo? — arfei, segurando as capas de Casteel e de Kieran.

Casteel se virou na minha direção, mas não consegui ouvir o que ele estava dizendo por causa do estrondo. Parecia que a montanha iria se abrir e nos engolir por inteiro a qualquer momento. Eu o encarei de olhos arregalados enquanto o meu coração trovejava dentro do peito.

E, então, tudo parou.

As folhas pararam de cair quando as árvores se acalmaram e o chão parou de tremer.

— Acabou? — sussurrei após vários minutos de silêncio.

— Acho que sim. — Casteel engoliu em seco enquanto olhava para Kieran, que se levantava atrás de mim. Em seguida, ele me encarou outra vez. — Quem foi mesmo que você disse que viu? Quem foi que a deteve?

— Não sei quem foi, só que era uma mulher — respondi. — Por quê?

— Porque isso foi um deus, ou uma deusa — disse Kieran com a voz rouca. — Voltando para o seu lugar de repouso.

*

Na primeira hora da nossa jornada para fora das Montanhas Skotos, a magia da névoa se dissipou. As árvores de Aios formavam um teto dourado e cintilante enquanto descíamos a montanha, e eu pude tirar as luvas. Na segunda hora, considerei tirar a capa. O aumento constante da temperatura deveria ter me animado, mas eu continuava pensando naquele penhasco repleto de névoa.

Eu não fazia a menor ideia se o homem de capa do meu sonho e as suas palavras eram reais ou uma alucinação. A última explicação parecia ser a mais provável depois que acordei por completo. Eu nunca tinha andado como sonâmbula antes e não me lembrava de ter me levantado. Isso dava crédito à teoria de que a magia das montanhas havia me atacado, só que algo ou alguém me deteve. E Kieran sugeriu que tinha sido a própria Aios.

Olhei para as árvores douradas. Será que havia sido mesmo a deusa? Aquilo parecia fantástico demais para que eu pudesse acreditar.

— Você quer comer alguma coisa? — perguntou Kieran, me afastando dos meus pensamentos.

Casteel havia feito a mesma pergunta não mais do que meia hora atrás, mas o meu estômago estava revirado demais para que eu comesse mais que algumas fatias de bacon que ele me ofereceu de manhã.

— Se você quiser beber alguma coisa, é só me avisar — disse Casteel, e eu assenti.

Ao longo da manhã, os dois tentaram iniciar uma conversa comigo ou me encher de comida e bebida. Eu só... a minha mente estava em lugares demais, tanto no passado quanto no futuro.

— Estive pensando e, quando chegaremos a Atlântia — anunciou Casteel não muito tempo depois —, precisamos retomar as aulas de equitação. Você vai precisar de mais de uma se pretende trotar até a capital de Solis no próprio cavalo.

O entusiasmo se apoderou de mim.

— Eu gostaria de fazer isso.

— Aposto que Setti iria adorar. — Casteel conduziu o cavalo ao redor de uma curva fechada. — Ele vai esperar receber visitas diárias suas. Mas eu não vou ficar muito feliz — continuou ele. — Gosto de você bem aqui.

— Espero que vocês não se transformem em um daqueles casais que ficam sussurrando palavras doces um para o outro o tempo todo — murmurou Kieran.

Arqueei as sobrancelhas.

— Depois que nos casamos, ela já me disse para calar a boca... quantas vezes mesmo? Tenho quase certeza de que também ameaçou me apunhalar e esmurrar desde então.

Eu não me lembrava de nada disso.

— Bem — disse Kieran. — Essa é uma boa notícia.

— Porém, você ainda vai me ouvir sussurrando. — Os lábios de Casteel roçaram na marca de mordida em recuperação. — Só que coisas extremamente indecentes.

— Cale a boca — disse.

Casteel riu conforme me abraçava com força, mas eu vi o olhar de Kieran passar de mim para ele e senti o Príncipe assentir atrás de mim. Kieran cavalgou na nossa frente, longe o bastante para que eu mal conseguisse distinguir a silhueta dele e do cavalo. Fiquei tensa, sabendo que não havia outro motivo para as ações de Kieran além de nos dar espaço.

Cavalgamos em silêncio por alguns minutos, e então Casteel disse:

— A noite passada não foi culpa sua. Foi a névoa. De algum modo, ela foi acionada e a atacou. Eu não deveria ter gritado com você depois. Sinto muito.

A sinceridade no seu tom de voz me sobressaltou o suficiente para que eu virasse a cabeça na direção dele.

— Não acho que você gritou comigo. Você só estava...

— O quê?

— Você só estava com medo.

— Eu não estava com medo. Estava apavorado pra caralho — admitiu ele. — Quando percebemos que você tinha partido, nós sabíamos que não seria fácil rastreá-la em meio à névoa. Não sei como a encontramos tão rápido, mas graças aos Deuses a encontramos. Ora. — Ele deu uma risada seca. — Talvez os Deuses tenham mesmo algo a ver com o fato de encontrarmos você.

— Você acha mesmo que foi isso o que eu vi? Aios?

— Sinceramente? — Senti o hálito dele na minha bochecha. — Nós três sentimos a terra tremer, e Nyktos demonstrou a sua aprovação. Eles parecem gostar de você, Princesa.

Mordisquei o lábio inferior.

— Sei que você não acha que o meu sonho foi real...

— Eu não disse isso. Acho que a névoa entrou na sua cabeça, mas não quer dizer que o que você viu e ouviu não fosse uma lembrança verdadeira. Pode ter sido real e pode ter sido a névoa. Qualquer uma dessas coisas. De qualquer forma, o que aconteceu ontem à noite não foi culpa sua.

— Mas nem você nem Kieran quase caíram de um precipício — salientei.

— Não quer dizer que não fomos afetados.

— Vocês foram?

Ele ficou calado e então disse:

— Tive sonhos estranhos ontem à noite.

— Tipo o quê?

Dessa vez, ele ficou em silêncio por ainda mais tempo.

— Sonhei que você estava... você estava na jaula em que eu fui aprisionado.

— Ah. — Senti meu estômago embrulhar.

— E eu... eu não consegui libertá-la. — Ele mudou de posição atrás de mim como se não estivesse confortável e de repente desejei que estivéssemos de frente um para o outro.

Senti um aperto no peito.

— Isso não vai acontecer.

— Eu sei, mas a névoa usou o meu medo. — Ele apertou o meu quadril. — E me convenceu do contrário. Foi assim que acordei e descobri que você tinha ido embora, ofegante de descrença.

O motivo pelo qual a névoa faria com que ele sonhasse com algo assim me deixou muito perturbada.

— Kieran acordou como se estivesse sendo perseguido pelos próprios fantasmas quase ao mesmo tempo que eu. Acho que a névoa nos atacou durante o sono e foi por isso que não fazíamos a menor ideia de que você tinha acordado e partido.

Será que era por isso que nenhum dos dois parecia saber que nós estávamos abraçados no início da noite?

— O que a névoa fez não foi pessoal, e você não tem culpa da sua vulnerabilidade. Eu deveria ter ficado mais alerta. Deveria ter esperado que algo assim acontecesse.

— Parece que você estava ocupado.

— Isso não é desculpa. Eu deveria ter controlado melhor a situação. Olhei para ele de novo por cima do ombro e vi o seu maxilar tenso.

— Exceto pela persuasão, você não pode controlar tudo.

— Quem disse?

— Eu.

Um sorriso malicioso surgiu nos lábios dele.

— Bem, você me pegou. Eu não posso controlar você. Se pudesse, suspeito que a vida seria mais fácil. Mas não quero nem tentar, para falar a verdade. Você mantém as coisas... intrigantes.

Ele e aquela maldita palavra. Virei para a frente de novo, com os lábios curvados em um sorriso.

— Princesa?

— O que foi?

— Eu vi. Esse seu sorrisinho. — Ele se inclinou, encostando o queixo na lateral do meu pescoço. — Por que há momentos em que você ainda esconde seus sorrisos de mim? — Ele inflou o peito com uma respiração pesada conforme se recostava. — Você tem um sorriso lindo. E uma risada também. E você... você nunca ri o bastante, mas quando ri...

Fechei os olhos.

— Quando você ri, é como o momento em que a maldita névoa finalmente se dissipa. Como quando os primeiros raios de sol atravessam as nuvens depois de uma tempestade — disse ele sem um pingo de constrangimento. — A risada é tão bonita quanto o seu sorriso, e lembra quando eu disse a você que era como ouvir algo familiar? Eu não estava mentindo.

Dei um suspiro trêmulo e abri os olhos. As folhas douradas brilhavam ainda mais intensamente agora.

— Eu... eu não sabia que ainda estava fazendo isso e fico imaginando se fazia a mesma coisa antes de conhecer você. Sorrir e rir não era algo apropriado para uma Donzela, de acordo com o Duque.

— Tenho vontade de matá-lo outra vez.

— Eu também — murmurei.

Seguimos viagem por mais um pouco, e Kieran ainda estava longe o suficiente para que eu não conseguisse vê-lo muito bem. Pensei sobre o que tinha visto ontem à noite, sobre o que realmente me lembrava.

— Você se lembra da noite em que eu disse aquela rima sinistra enquanto dormia?

— Não é algo que vou esquecer facilmente — respondeu ele sério.

— Meu pai costumava dizer aquilo para mim.

Casteel ficou tenso atrás de mim.

— Como é que é?

— Não a última parte, sobre colher a flor e vê-la sangrar — eu disse a ele. — Eu ainda não sei quem disse isso. Pode ter sido o Duque ou alguma parte doentia de mim mesma. Não sei, mas estou falando da primeira parte. Sobre a linda papoula. Eu tinha esquecido. Ele costumava dizer isso para mim. Como foi que pude me esquecer disso?

Ele me abraçou com mais força.

— Não sei, mas nós temos uma tendência de nos recordar das más lembranças e não das boas.

Não é que era verdade?

— Você sonhou com o seu pai?

— Sonhei. Eu me lembrei de tê-lo encontrado naquela noite. Pelo menos, acho que sim. — Franzi o cenho. — Não, eu tenho certeza de que isso aconteceu de verdade. Eu estava procurando por ele. Foi assim que a minha mãe me encontrou. Ele costumava chamá-la de Cora. — Mais uma coisa que eu havia esquecido.

— Não era o nome dela?

— O nome dela era Coralena.

— É um nome lindo — disse ele, e era mesmo. — Qual era o nome do seu pai?

— Você não sabe disso?

— Não. Eu só sabia que o seu nome era Penellaphe a princípio e demorei muito tempo para descobrir que você tinha um irmão. Foi assim que descobri qual era o seu sobrenome — disse ele. — Para ser sincero, eu não investiguei os seus pais. Não achei que tivesse motivo para fazer isso.

— Se tivesse feito isso, duvido que você teria encontrado qualquer indicação de que eu fosse... meio Atlante. — Ainda me parecia estranho dizer aquilo. — O nome dele era Leopold, mas a minha mãe o chamava de Leo ou... ou Leão.

— Leão — repetiu ele. — Gostei. É adequado que um Leão tenha uma filha tão feroz.

Foi então que sorri e só percebi que Casteel tinha visto porque encostou os lábios no canto da minha boca. Parecia um agradecimento.

Ele apertou o braço ao meu redor.

— Mas voltando ao assunto de como os Deuses parecem gostar de você. Nyktos basicamente nos deu a sua bênção. Se foi Aios quem a deteve ontem à noite, e Deuses, pode muito bem ter sido ela, então ela despertou para garantir a sua segurança — disse ele, e havia uma certa admiração na sua voz. — Vou repetir isso, Princesa. Uma deusa despertou de centenas de anos de hibernação para protegê-la. Até onde eu sei, isso nunca aconteceu antes.

Minha pulsação acelerou.

— Então por que isso aconteceria agora? Por que eles interviriam por mim? — Assim que fiz essa pergunta, eu me lembrei das palavras da Duquesa Teerman. *Você é a Escolhida*. Mentira. A Duquesa Teerman me disse apenas mentiras. — Quero dizer, eu não sou especial.

— Vou ter que discordar disso. Você é especial para mim e para os reinos de Atlântia e de Solis — disse Casteel. — Juntos, nós podemos mudar o presente e o futuro. Não é a única razão pela qual você é especial, mas pode ser por isso que chamou atenção dos Deuses adormecidos. — Ele pegou a minha mão esquerda na sua. Nossas palmas marcadas se uniram, e eu senti aquele inusitado choque de energia. — Os Deuses gostam de você. De qualquer forma, essa é uma boa notícia, Poppy.

Entrelacei os meus dedos nos dele.

— Se os Deuses me aceitam, então como os seus pais poderiam não me aceitar? Como o seu... — Eu me contive a tempo. — Como o nosso povo poderia não me aceitar?

— Exatamente. — Ele beijou a minha bochecha.

E, pela primeira vez desde que tudo começou, a esperança se acendeu dentro de mim. Esperança de que seria possível obter a aceitação dos pais de Casteel e do povo. De que eles ficariam do nosso lado quando partíssemos para Solis a fim de libertar o seu irmão e retomar o território. De que eles ficariam do nosso lado quando voltássemos. E se algum dia eu me tornasse mais que uma Princesa.

Uma leveza tomou conta de mim, um calor que tornou impossível a volta daquele frio.

Nós continuamos cavalgando, finalmente alcançando Kieran, e não demorou muito para que as árvores de folhas douradas banhadas pelo sol dessem lugar a uma vegetação exuberante. Foi então que me dei conta de que havíamos atravessado a montanha e que estávamos na fronteira do Reino de Atlântia.

*

A Rocha Dourada era exatamente como eu esperava. Um rochedo grande e redondo que brilhava como o ouro sob a luz do sol.

Jasper e dois outros grupos já estavam ali. Quentyn começou a acenar no instante em que nos viu.

— Fico feliz em ver que você chegou — disse Emil, fazendo uma reverência ao lado do cavalo. — E você também.

A última parte foi dirigida a mim, e eu me lembrei do ciúme de Casteel. Parei de sorrir.

— E quanto a mim? — perguntou Kieran, desmontando do cavalo.

— Devo mentir e dizer que fiquei emocionado? — retrucou o Atlante, com o vislumbre de um sorriso no rosto.

— Minha vida ficaria completa com isso, Emil.

— Naill e Delano ainda não chegaram? — perguntou Casteel enquanto descia. Ele estendeu a mão para mim e disse: — Imaginei que eles fossem chegar antes de todos nós.

— Ainda não — respondeu Jasper, parecendo cansado enquanto se encostava na rocha. — Imaginei que você fosse chegar aqui antes de nós.

— É?

Jasper assentiu enquanto cobria um bocejo com as costas da mão.

— Mal posso esperar para me deitar na minha própria cama — disse ele com um suspiro conforme eu começava a desabotoar os botões da capa. — De qualquer forma, espero que a noite tenha sido menos agitada para vocês.

— Nada de interessante aconteceu conosco — disse Casteel, me entreolhando enquanto afastava as minhas mãos para o lado. Ele começou a abrir os botões minúsculos e uma enorme gratidão se apoderou de mim. Não por desabotoar a minha capa, mas por não mencionar o que aconteceu. — E com vocês?

— Tive sonhos estranhos — murmurou Jasper enquanto nos observava. Me observava.

— Como se fosse só isso — comentou Emil enquanto arregaçava as mangas da túnica. — Presumo que vocês também tenham sentido. O tremor na montanha.

Casteel assentiu, mas não entrou em detalhes. Senti a atenção de Jasper fixa em nós — assim como a de todos os lupinos presentes, para falar a verdade — conforme Casteel dobrava a minha capa e a guardava em um dos alforjes. O resto do grupo chegou. Ninguém parecia ter dormido bem, e era estranho ver Beckett na forma mortal e tão desanimado quando finalmente seguimos em frente.

A grama irregular deu lugar a colinas de uma vegetação exuberante, e não demorou muito para que eu desejasse ter vestido a túnica sem manga.

Ergui a mão e enxuguei uma camada fina de suor da testa.

— É sempre quente assim aqui? Não que eu esteja reclamando.

— É quente perto do mar — respondeu Casteel, e eu olhei ao redor, imaginando de que mar ele estava falando. — No interior, assim que nos aproximarmos das Montanhas de Nyktos, você vai perceber mais mudanças de estação e temperaturas mais frias.

Eu ia perguntar onde estava o mar quando as vi.

Graciosas colunas de pedra branca e reluzente que se erguiam tão alto no céu que, se houvesse nuvens, elas teriam se elevado além delas. Perdi o fôlego conforme sentia um aperto no peito.

— Os Pilares de Atlântia? — sussurrei.

— Sim. — A voz de Casteel era suave nos meus ouvidos.

A admiração se apoderou de mim, mais intensa que a curiosidade conforme nos aproximávamos. Eu podia ver sulcos escuros nelas, inscrições em uma linguagem que nunca tinha visto antes. Os Pilares eram mais do que um marco ou mesmo o local de descanso de Theon e Lailah. Eles eram conectados a uma muralha feita com o mesmo tipo de pedra, que parecia ser calcário e mármore. Era tão alta quanto uma Colina e se estendia até onde a vista alcançava. Nós chegamos ao topo da colina, e eu espiei entre os dois pilares, vendo o que me aguardava. Senti um calafrio na pele conforme um zumbido parecia vibrar nas minhas veias em um hino há muito esquecido.

O queixo de Casteel roçou na lateral do meu pescoço, seguido pelos seus lábios.

— Bem-vinda ao lar, Princesa.

Capítulo 44

Lar.

Será que era isso que aquela voz quis dizer na noite passada? Aquela era mesmo a minha casa?

Eu queria que aquilo fosse verdade mais do que tinha me dado conta.

Passei pelos Pilares, com o coração trovejando dento do peito conforme absorvia a paisagem diante de mim com olhos incrédulos.

A primeira coisa que notei foram as pessoas ao longo da muralha, logo depois dos Pilares. Como poderia não vê-los? Havia pelo menos cem deles, vestidos com calças e túnicas pretas sem manga. Eles tinham espadas com cabos de ouro ajustadas na lateral do corpo e bestas como a que foi danificada na luta contra o Clã dos Ossos Mortos presas às costas. No instante em que viram Casteel e o reconheceram, eles se curvaram em reverência, um após o outro em uma onda, mas foram aqueles que estavam no beiral lá em cima que chamaram a minha atenção.

Mulheres.

Havia mais Guardiãs. Elas se ajoelharam em rápida sucessão, colocando o punho sobre o peito.

Eu sabia que meus olhos estavam arregalados. Sabia que estava encarando, mas eles também estavam olhando — tanto os homens quanto as mulheres — para nós. De repente, desejei ainda estar de capa, mesmo com o calor que fazia ali. Ou com o cabelo solto. Nesse caso, talvez eu não me sentisse tão exposta, com as cicatrizes nitidamente à mostra para os olhos daqueles estranhos.

Estranhos que eu... eu queria que me aceitassem.

Olhei para a frente e não pensei mais nas cicatrizes nem em ser aceita.

Árvores verdes e frondosas ladeavam a estrada larga, uma mais lisa do que qualquer outra que eu conhecia no Reino de Solis. Era feita de algum tipo de pedras escuras que pareciam fundidas umas nas outras. As árvores se espalhavam em bosques densos de uma floresta exuberante e logo adiante...

Havia uma cidade logo adiante, subindo e descendo junto com os vales e as colinas — uma cidade com o dobro do tamanho da Carsodônia. Estruturas brancas e cor de areia brilhavam sob o sol, formando um arco gracioso com a paisagem, algumas quadradas e outras circulares. Algumas se elevavam lá no alto, se alongando em torres elegantes, enquanto outras eram construções tão largas quanto altas e outras ainda permaneciam mais perto do solo. Elas me lembravam dos Templos em Solis, só que não haviam sido feitas para espelhar a noite, mas para refletir o sol — para venerá-lo. O telhado de cada construção que via era verde. Existiam árvores ali em cima, as trepadeiras desciam pelo muro e as cores vinham de todos os lados.

Ao contrário da capital de Solis, onde a cidade era feita de pedra e terra batida, a vegetação cercava as construções. Assim como no Pontal de Spessa, nenhuma construção parecia empilhada em cima da outra, lotada a ponto de mal caberem mais pessoas. Pelo menos até onde pude perceber a distância.

Além da cidade, onde animais brancos pastavam em campos abertos, depois da área densamente arborizada que se seguia, havia uma montanha que desaparecia em meio às nuvens. E na face daquela montanha existiam onze estátuas que deviam ser tão altas quanto o Ateneu da Masadônia. Cada uma segurava uma tocha acesa na mão estendida, com as chamas ardendo tão intensamente quanto o sol poente.

Eram os Deuses — todos eles — que protegiam a cidade ou ficavam de sentinela.

Eu não conseguia nem imaginar como aquelas estátuas haviam sido construídas daquele tamanho e içadas até a montanha. Ou como aquelas tochas estavam acesas — como permaneciam acesas.

— A Enseada de Saion é linda, não é? — Casteel não precisava perguntar. Era a cidade mais linda que eu já tinha visto e nem podia imaginar como seria a capital. — Não dá para ver o mar daqui, mas fica além das árvores, à direita.

Lembranças da areia quente e do ar salgado me deixaram de coração apertado conforme eu seguia o olhar dele. Vi o topo das colunas no meio das árvores.

— O que existe ali?

— As Câmaras de Nyktos — respondeu ele. — Dá para ver os Mares de Saion e as Ilhas de Bele dali — acrescentou ele. — E, sim, a Deusa da Caça hiberna lá.

— Eu tenho tantas perguntas.

— Não há uma única pessoa surpresa em ouvir isso — comentou Kieran.

Delano riu enquanto virava a cabeça para cima, se aquecendo ao sol.

Um sino tocou, me assustando. As folhas farfalharam assim que um bando de pássaros voou das árvores ali perto, com as penas de tons intensos de verde e azul. O sino tocou mais cinco vezes.

Fiquei tensa.

— Está acontecendo alguma coisa? — Olhei ao meu redor, mas ninguém parecia preocupado. Eu só ouvia o sino tocar quando havia um ataque ou algo parecido.

Jasper sorriu para mim.

— É só para dizer as horas. São seis da tarde — explicou ele. — O sino vai tocar de hora em hora até a meia-noite e depois só às oito da manhã.

— Ah. — Aquilo era engenhoso. Logo adiante, notei alguém cavalgando na nossa direção.

Casteel diminuiu a velocidade do cavalo quando Jasper disse:

— Lá vem a comitiva de boas-vindas de uma pessoa só.

— Quem é? — perguntei.

— Alastir — disse ele. — Ele devia estar esperando por nós.

O conselheiro do Rei e da Rainha chegou dali a poucos minutos, com um sorriso suavizando a cicatriz profunda na testa.

— Vocês não acreditam como estou aliviado em vê-los. Todos vocês — disse Alastir, e algo muito estranho aconteceu.

Senti um calafrio na nuca. Deuses, ele se parecia tanto com Vikter, mas...

— Você precisa me contar o que aconteceu com o Pontal de Spessa. — Alastir conduziu o cavalo até o nosso lado, segurando a mão de

Casteel. — Mas devo avisá-lo. — Ele abaixou a voz. — Seu pai e sua mãe estão aqui, e a sua chegada foi notada. Eles sabem que você voltou para casa.

Fiquei completamente enjoada. Eu não pretendia conhecer os pais dele tão rápido. Eles deveriam estar na capital.

Casteel parecia pensar o mesmo.

— O que eles estão fazendo aqui?

— Vieram assim que ficaram sabendo dos problemas no Pontal de Spessa. Seu maldito pai estava prestes a cruzar a montanha. Eu assegurei a ele que o nosso exército chegaria a tempo... — Alastir parou de falar assim que viu a aliança na mão esquerda de Casteel. Virou a palma dele para cima e ficou pálido. — Você fez isso. — Ele se virou na sela, olhando para a minha mão esquerda. Seu olhar encontrou o meu. — Você fez isso mesmo.

— Nós fizemos — disse Casteel. — Como dissemos a você.

— Você perdeu. — Jasper entrou na conversa enquanto eu sentia a descrença e a preocupação que emanavam de Alastir. O que não era nenhuma surpresa. Ele queria que esperássemos até que Casteel falasse com os pais. — O dia virou noite no final da cerimônia. Nyktos deu a sua aprovação.

Alastir piscou como se não esperasse aquilo.

— Bem, isso é... isso é uma boa notícia. Talvez seja útil quando o Rei e a Rainha forem informados, mas preciso falar com você, Casteel, em particular.

— Você pode me dizer qualquer coisa que seja na frente da minha *esposa* — respondeu Casteel, e senti meu estômago já instável revirar completamente.

Esposa.

Por que era um choque ouvir isso? Foi uma surpresa agradável.

— É a respeito do reino e não quero ofendê-la, mas ela ainda não faz parte da Coroa — respondeu Alastir. — Nem está a par de tais informações.

Casteel se retesou atrás de mim, e eu sabia que ele estava prestes a retrucar, mas a última coisa que eu queria era que ele estivesse ali discutindo com Alastir sobre o que eu sabia ou deixava de saber quando os seus pais chegassem.

— Tudo bem. Eu não fiquei ofendida — falei, dando um tapinha no braço dele. — E gostaria de esticar as pernas de qualquer modo.

Casteel não ficou nada feliz com isso, mas Beckett sugeriu:

— Posso mostrar as Câmaras de Nyktos para ela. Não é muito longe daqui — disse ele. — Isso se você quiser, é claro.

— Quero, sim — concordei prontamente, me agarrando à proposta como se fosse uma tábua de salvação. — Eu adoraria fazer isso.

— Então é isso que você vai fazer — acrescentou Casteel.

Meu coração estava batendo tão depressa quando Casteel desmontou e me ajudou a descer do cavalo que eu não ficaria surpresa se desmaiasse. Isso não seria embaraçoso? A primeira vez que desmaiasse... aos pés do meu sogro e da minha sogra, o Rei que ainda pretendia me usar para mandar uma mensagem.

Mas aquilo iria mudar. Tinha que mudar. Não apenas porque os Deuses gostavam de mim, mas porque o que Casteel e eu sentíamos um pelo outro era *verdadeiro*.

— Um segundo. — Casteel acenou para Beckett quando Quentyn se aproximou do jovem lupino. Ele me afastou um pouco dos outros, sob a sombra de uma das árvores. — Lamento por isso — disse ele. — Eu não fazia a menor ideia de que eles estariam aqui. Queria dar algum tempo a você antes de apresentá-la. Foi o que planejei.

— Eu sei e, para falar a verdade, fico feliz por Alastir estar aqui para nos avisar e que ele queira falar com você. Isso vai me dar algum tempo para... sei lá. — Senti as bochechas corarem. — Me preparar.

— Não precisa ficar nervosa.

— É sério? — respondi cética.

— Eu estou tentando ser útil. — Um sorrisinho surgiu e depois sumiu dos lábios dele. — Nós já enfrentamos coisas mais assustadoras que os meus pais nos pegando de surpresa e vamos enfrentar coisas ainda mais apavorantes. Basta lembrar que isso — ele pegou a minha mão esquerda e a virou para cima — é verdadeiro — disse ele, ecoando os meus pensamentos. — Nós somos de verdade. Não importa o que aconteça.

Olhei para o redemoinho dourado na palma da minha mão.

— Não importa o que aconteça.

Casteel colocou o dedo sob o meu queixo, levantou a minha cabeça e os seus lábios encontraram os meus. Ele me beijou, e não foi um beijinho breve nos lábios. Havia pessoas olhando, mas ele se demorou bastante e, quando ergueu a cabeça, eu fiquei tonta por um motivo completamente diferente.

— Não importa o que aconteça — repetiu ele.

Assenti, me desvencilhando dele e me virando para Beckett, que mudava o peso do corpo de um pé para o outro.

— Poppy?

Voltei-me para Casteel e, no instante em que o vi, senti a respiração presa na garganta. O jeito que ele olhava para mim, a intensidade nos seus olhos dourados como o fogo, me deixou paralisada. O que eu sentia emanando dele... tinha gosto do chocolate mais macio e das frutas vermelhas mais doces.

O peito de Casteel inflou com uma respiração irregular.

— Vou voltar para buscar você.

◆

Eu te amo.

Foi o que pensei que Casteel ia dizer. Foi o que senti emanando dele, mas aquelas palavras não saíram dos seus lábios.

Nem dos meus.

Qualquer decepção que eu possa ter sentido foi logo substituída pelo assombro conforme Beckett me guiava pela floresta. O lupino não estava tagarela e animado, e eu percebi que ele ainda estava desconfiado de mim. Senti um leve traço de medo emanando dele e imaginei que ele estivesse se desafiando a superar isso quando se ofereceu para me levar até as Câmaras.

As árvores estavam cheias de pios e gorjeios de pássaros, mas, como Beckett disse antes, as Câmaras não ficavam muito longe dali. Saímos da área arborizada com bastante rapidez.

A estrutura se elevava contra o azul do céu, com a pedra calcária e o mármore de um branco reluzente sob o sol.

Caminhamos por um pequeno campo de diminutas flores azuis e amarelas. Quanto mais perto eu chegava, mais percebia como o templo era grande. Tinha quase o comprimento do Castelo Teerman.

— Bons Deuses — disse olhando para Beckett. — Essa coisa é enorme.

Ele assentiu enquanto olhava de esguelha para mim.

— É um dos maiores Templos daqui.

— Por que é chamado de Câmaras? — perguntei enquanto subíamos os degraus íngremes, acolhendo a distração. As trepadeiras subiam pelos degraus largos até o topo, onde se enrolavam nas colunas.

— Porque há tumbas lá embaixo.

Parei perto do topo e olhei para ele.

— É sério?

Ele deu uma risadinha nervosa.

— Sim. A entrada fica na lateral. É onde alguns dos antigos foram enterrados, as divindades.

— Desculpe. Cemitérios e tumbas me deixam de cabelo em pé — admiti quando recomecei a andar.

— Eu também. — Um sorriso rápido surgiu nos lábios dele. — Principalmente essas aqui. Parece que... sei lá, que aqueles que estão sepultados estão observando você.

Uma brisa quente e salgada chegou até nós quando alcançamos o topo. Eu não sabia para onde olhar primeiro. Havia pedregulhos e rochas muito maiores dispostos sobre o Brasão Atlante gravado no chão de pedra.

As estátuas dos Deuses ficavam entre as colunas, com a mão estendida. Nyktos era o mais alto de todos e estava bem no centro do Templo, com os dedos dos pés roçando no Brasão Atlante. Todos foram esculpidos de modo que parecesse que o sol nascia atrás deles e seguravam tochas nas mãos de pedra, sem chamas nem vida.

Desviei o olhar deles e caminhei até o lado. A beleza do que eu via era impressionante. Eu nunca tinha visto uma água tão límpida. O coral azul, verde e até mesmo vermelho era nitidamente visível embaixo d'água. Longe da beira, a água era de um tom tão azul quanto o céu lá em cima. Eu sabia que havia outras coisas para ver, como as árvores de Aios que eram visíveis das Câmaras, mas não conseguia tirar os olhos do mar. Respirei de modo firme e tranquilizador, como se não tivesse respirado tão fundo desde... bem, desde sempre. Pisquei, me dando conta de que havia lágrimas nos meus olhos. Eu não costumava ficar emocionada ao ver o mar, mas... aquilo fez eu me sentir em casa.

— Obrigado por curar as minhas pernas — disse Beckett, me sobressaltando. Por mais horrível que pareça, eu tinha esquecido que ele estava ali. — Sei que já disse isso antes, mas eu, ãh, eu só queria dizer mais uma vez. Você não tem ideia do que fez por mim.

Levei um momento antes de confiar em mim mesma para abrir a boca. O pobre garoto já se sentia desconfortável perto de mim. Não precisava me ver choramingando em cima dele.

— Você não precisava me agradecer antes e não precisa fazer isso agora. — Toquei na pedra quente de uma coluna. — Estou feliz por ter sido capaz de ajudar.

A distância, pude distinguir as Ilhas de Bele. Pareciam grandes, como se pudessem abrigar duas ou três cidades do tamanho do Pontal de Spessa. Havia alguma coisa no pico mais alto da ilha central. Um Templo? Comecei a perguntar a Beckett o que era quando percebi que ele não tinha me respondido.

Desviei o olhar das águas cintilantes e me virei, e todos os músculos do meu corpo se contraíram de imediato. Beckett não estava mais ali.

Mas eu não estava sozinha.

Existiam várias pessoas ao lado da estátua de Nyktos. Principalmente homens, mas também algumas mulheres. Havia pelo menos uma dúzia deles, uma mistura de Atlantes e mortais. Não havia nenhum lupino. Mas estavam todos vestidos da mesma forma, de calças brancas largas e camisas justas e sem manga. Os braços estavam adornados com braceletes dourados semelhantes àqueles que eu tinha visto nas Guardiãs no Pontal de Spessa. Os trajes e a maneira como olhavam para mim me fizeram lembrar dos Sacerdotes e Sacerdotisas de Solis.

Só que os Sacerdotes e Sacerdotisas não empunhavam armas. Todos eles tinham uma adaga dourada, fina e comprida presa ao peito.

Senti um arrepio por toda a pele. Não reconheci nenhum deles, mas sabia o que estavam sentindo. A raiva emanava deles, deixando o ar pesado e se misturando à minha descrença pungente quando comecei a compreender o que estava acontecendo. O instinto se apoderou de mim.

— Você não deveria estar aqui — disse um Atlante, dando um passo à frente. — Você nunca deveria ter atravessado as Montanhas Skotos. Sua mera presença é uma mácula, *Donzela*.

Aquelas pessoas sabiam exatamente quem eu era.

Olhei rapidamente para a saída — a única saída. Eles a haviam bloqueado, e a sua raiva — o seu ódio — continuou se estendendo na minha direção, cobrindo a minha pele como um cobertor áspero e enchendo a minha garganta de ácido. Cortei a conexão, visualizando cada fio sendo cortado até que não houvesse mais nada dentro de mim além do meu coração descompassado. Assim que eu os bloqueei, vasculhei o Templo de novo, dessa vez procurando por algum sinal do jovem lupino. Não havia nada, e lá no fundo eu sabia o que ele tinha feito, mesmo que não entendesse por quê. Ele ficou tão contente quando eu o conheci. Eu o curei. Nenhum lupino tinha sido cruel comigo.

Mas ele... ele me trouxe até ali. Ele se ofereceu para me trazer até ali e então me abandonou.

À mercê de pessoas que eu nunca tinha visto nem conhecido antes, mas que me odiavam mesmo assim.

Mas eles não escolheram você.

Minha pele ficou quente e depois fria. Era uma armadilha. Não sei se eles só haviam aproveitado a oportunidade ou se haviam se planejado. Nem como aquilo tinha sido orquestrado — se aquelas pessoas estavam esperando por mim e há quanto tempo. Mas isso não mudava nada. A traição, a decepção e a dor profunda afundaram as garras em mim. Eu encarei os rostos sem nome, sentindo como se meu peito tivesse sido aberto.

Havia sido uma tolice da minha parte querer que aquelas pessoas me aceitassem. E tão ingênuo pegar aquele lampejo de esperança e me agarrar a ele. Tive vontade de gritar. Tive vontade de... Deuses, tive vontade de chorar. E quis ficar com raiva.

Mas não consegui.

Eu tinha que ficar calma. Era uma armadilha, mas eles sabiam quem eu era, o que significava que também deveriam saber que eu era a esposa de Casteel. Não deveriam estar pensando seriamente em me machucar. Eu tinha que abrandar a situação de alguma forma. Os mortais não seriam um problema. Mas os Atlantes que estavam diante deles poderiam se tornar um.

Ainda assim, levei a mão direita até a adaga de lupino oculta sob o meu suéter.

— Desculpe. Eu não sabia que essa área era proibida e não sei o que vocês ouviram a meu respeito, mas não sou uma Ascendida e nunca escolhi ser a Donzela. Lutei contra eles no...

— Você é coisa pior — interrompeu uma mulher, e eu percebi que ela segurava alguma coisa no punho fechado. — Nós sabemos o que você é de verdade. Sabemos como conseguiu ganhar a confiança do Príncipe, *empática*. Devoradora de Almas.

Uma onda de pavor percorreu a minha pele. Nenhuma daquelas pessoas estava no Pontal de Spessa ou em Novo Paraíso. Será que Alastir havia contado a alguém? Eu duvidava muito que Kieran tivesse feito isso durante o seu breve retorno. Mas, no momento, nada disso importava. O que importava é que Alastir tinha razão. Casteel também, embora ele não quisesse dizer isso. E eu já suspeitasse. Por causa de quem eu era e de quem não era, eles não me aceitavam e me temiam.

E esse medo alimentou o ódio. Isso era o mais perigoso.

— Eu também não sou isso — disse, observando a mão da mulher e dos outros. Um homem também segurava alguma coisa. — Não sou capaz de me alimentar da energia emocional nem de intensificar o medo de ninguém. Eu nem sabia o que era até...

— Cale a boca, puta — vociferou o Atlante.

Pisquei, chocada e silenciada pelo xingamento.

— Você fala o que lhe convém — continuou ele. — Suas mentiras podem ter funcionado com os outros, mas não vão funcionar conosco.

— Você não vai encontrar o que procura aqui — disse uma mulher, e eu me lembrei imediatamente da voz que tinha ouvido na noite passada. — Não vai destruir Atlântia por dentro. Você pode até ter distorcido a mente do Príncipe, mas não vai conseguir fazer isso conosco.

— Eu não fiz nada com ele. — Fechei os dedos sob a bainha do suéter.

— Além de tentar matá-lo? — desafiou outro enquanto as nuvens se formaram acima de nós.

Bem, isso era difícil de defender, e também algo que nenhum deles deveria saber.

— Ou levar um exército de Ascendidos até as muralhas do Pontal de Spessa? — clamou mais outro, e isso também era difícil de defender.

— Pessoas morreram, não foi?

Morreram, sim.

— Os Ascendidos a disfarçaram de Donzela e a mandaram direto para o coração de Atlântia — disse o homem Atlante, aquele que havia falado primeiro. — Não vamos deixar que você destrua Atlântia. Não permitiremos que você destrua a todos nós, puta dos Ascendidos.

— Você não faz a menor ideia do que está falando. — Eu estava lutando contra a minha raiva e prestes a perder. Eu estava muito... *magoada* e me recusava a ficar ali ouvindo-os me acusarem de trabalhar com os Ascendidos. Eu tinha *matado* inúmeras pessoas para defender o Pontal de Spessa. Estava preparada para acabar com a minha própria vida para proteger aquela cidade. — Eu estou falando a verdade quando digo que sinto muito por tudo o que vocês podem ter sofrido nas mãos dos Ascendidos. Posso até entender a sua desconfiança e antipatia por mim, mas, se mais alguém me chamar de puta de novo, vocês vão se arrepender.

— Por causa do Príncipe? — zombou o Atlante. — Você acha que não estamos dispostos a morrer para proteger o nosso reino até mesmo dele? O Príncipe já está perdido para nós, assim como Malik.

— Seu Príncipe não está perdido para vocês. — Meus dedos roçaram na bainha da adaga enquanto o sol se escondia atrás de uma nuvem escura. — E não é com o meu *marido* que vocês precisam se preocupar. Mas comigo.

Concentrada no Atlante, eu havia me esquecido da mulher — e do que ela estava segurando. Sequer a vi levantar o braço. Foi um erro tão idiota da minha parte. Vikter ficaria muito desapontado.

A dor explodiu em mim, me deixando atordoada. Arfei, segurando o ombro latejante conforme olhava para baixo.

Uma pedra.

Ela tinha atirado uma *pedra* em mim.

Eu quase dei uma risada, mas só porque ela poderia ter atirado coisa pior. Como a adaga presa ao seu peito. Qualquer coisa mais perigosa que uma *pedra*.

— Isso doeu — disparei enquanto as nuvens escureciam, ficando inchadas e pesadas. O cheiro de chuva preencheu o ar e o alerta do trovão retumbou ao longe. — Mas isso é sério? Uma pedra?

— Acha que temos medo de você? — disse o homem Atlante, sacando a adaga. — Você não é uma ameaça quando não pode nos tocar. Nós sabemos como os Devoradores de Almas se alimentam. Sabemos como sentem as emoções dos outros. Precisam entrar em contato com a carne.

Não era assim que funcionava.

— Parece que há muitas coisas que vocês não compreendem. — Desembainhei a adaga. Que se dane se eu deixasse a situação pior ainda. — Eu não sou sua inimiga, mas vocês estão rapidamente se tornando os meus.

— E você não passa de uma puta cheia de cicatrizes dos Ascendidos — respondeu a mulher calmamente enquanto o trovão ressoava mais perto dali.

Antes que eu pudesse questionar como poderia ser a Donzela e uma puta, senti uma nova dor do lado da cabeça, tão súbita e surpreendente que soltei a adaga enquanto cambaleava para trás. Logo percebi que o apedrejamento era apenas uma maneira de me incapacitar para que eles pudessem se aproximar de mim. Outra pedra me atingiu no abdômen, então na perna, nos braços...

Um raio iluminou o céu acima do mar. O trovão retumbou, ecoando pelas colunas do Templo conforme eu sentia uma dor repentina assim que uma pedra atingiu a minha testa e a cicatriz ali, tão intensa e surpreendente que me fez cair de joelhos. O domínio sobre os meus sentidos se afrouxou e então se partiu. Era como se uma fenda se abrisse em mim enquanto um calor úmido escorria pela minha têmpora.

Lixo Ascendido. Devoradora de Almas. Puta. As palavras eram lançadas no ritmo das pedras, mas foi o que senti emanando daquelas pessoas que desferiu os golpes mais pesados.

— Chega — sussurrei.

A raiva e o ódio deles me surravam enquanto eu olhava para baixo e via o meu sangue pingando sobre a pedra. Eu não conseguia respirar. As emoções brutas eram como uma maré de ondas sem fim e, por baixo disso, havia um zumbido, um chiado que vinha do meu próprio âmago.

Senti a minha pele vibrar. Assim como aconteceu quando os soldados cercaram Casteel e eu antes que os lupinos chegassem.

Algo vermelho espirrou no chão, manchando a pedra perolada. Mais sangue. Outra gota se juntou a ele, se infiltrando nas rachaduras. O mármore tremeu sob os meus pés quando raízes surgiram na pedra, finas como veias frágeis, rastejando para fora da fenda. Pisquei os olhos ardentes e as raízes desapareceram. Outro respingo vermelho caiu no chão e depois mais outro, mais longe de onde eu estava.

Era sangue.

Mas não era meu.

Estava caindo do alto.

O céu estava sangrando.

Capítulo 45

Tonta, levantei a cabeça e vi sangue caindo como chuva da nuvem carmesim que pairava sobre o Templo e a enseada.

Ele respingava no branco imaculado do chão do Templo, molhando as minhas roupas e deixando rosadas as vestes brancas daqueles diante de mim. Eles pareceram atordoados quando olharam para o céu.

— Lágrimas de um deus enraivecido — sussurrou alguém.

Olhei para o borrão de rostos desconhecidos.

— É um presságio — anunciou o Atlante que havia desembainhado a adaga. — Eles estão nos mostrando que sabem o que deve ser feito e o que vamos enfrentar.

— Chega — repeti.

— Por Atlântia — disse uma mulher. Ela estava mais perto de mim. Uma mortal com sangue Atlante e o rosto manchado de vermelho. Havia um Atlante ao lado dela; os lábios repuxados para exibir as presas e o ódio no rosnado dele me fizeram lembrar de um Voraz. De um Ascendido.

— De Sangue e Cinzas. — O Atlante ergueu a adaga. — Nós Ressurgiremos mais uma vez, irmãos e irmãs.

O zumbido aumentou nas minhas veias e o chiado se intensificou na minha pele, ainda mais fortes do que eu havia sentido antes, e aquele senso de conhecimento antigo cresceu com a minha dor. Os fios que eu podia ver tão claramente saíram de mim, me conectando com cada um deles. Absorveu todo o ódio ardente e a repugnância abrasadora, a amargura ácida e a sede de vingança depois de anos, décadas, séculos de dor infligida. E eu peguei tudo.

Levei tudo para dentro de mim, deixando que se derramasse por cada veia e cada célula até que eu ficasse sufocada, sentisse o gosto do sangue e me afogasse naquelas emoções. Até que senti o gosto da *morte*, e era doce.

— Chega! — gritei enquanto a conexão com eles, com todos eles, crepitava de energia. Os fios, que costumavam ser invisíveis, assumiram um brilho prateado e se tornaram visíveis não apenas para os meus olhos, mas também para os deles.

— Os seus olhos — arfou o Atlante com a adaga, cambaleando para trás.

O brilho do luar saiu de dentro de mim, penetrando na pedra e reverberando no ar carregado de energia conforme eu me levantava. Trovões soavam sem parar, sacudindo o Templo e as árvores ao redor.

— Bons Deuses — sussurrou o Atlante, com a adaga escorregando dos dedos e caindo silenciosamente no chão de ladrilho. — Nós pedimos perdão.

Tarde demais.

Os fios que me conectavam com todos eles se contraíram quando estendi os braços. Todo o ódio, a raiva, a amargura e a vingança se intensificaram, triplicaram e então explodiram de dentro de mim, viajando por cada um daqueles fios e encontrando o caminho de volta para casa.

Relâmpagos percorreram o céu como se fossem milhares de gritos enquanto as emoções pútridas do grupo os sufocavam.

Com os cabelos se agitando para trás e as roupas esticadas contra o corpo, eles escorregaram pela pedra e caíram, um após o outro, como se não passassem de mudas frágeis em meio a uma tempestade de vento.

Fiquei observando enquanto sua própria maldade era devolvida a eles.

Vi como eles seguravam a cabeça, se contorcendo em espasmos, gritando e *berrando* até que os ossos de suas gargantas cedessem sob o seu desprezo.

E então... nada.

Nada além de silêncio dentro e fora de mim. Eu estava vazia de novo — sem ódio, sem raiva, sem dor. Vazia e fria.

Respirei fundo, cambaleando quando os fios de prata conectados com eles piscaram e se apagaram. A chuva diminuiu e depois parou, formando poças rosadas no chão.

As pessoas caídas sobre a pedra não se moviam, não se debatiam nem se contorciam. Vermelho. Havia tanto vermelho ao redor deles que corria em riachos na direção das poças, intensificando o tom rosado. Eles estavam imóveis, com os corpos deformados e contorcidos como se tivessem sido arremessados pelos próprios Deuses. De olhos arregalados e com a boca aberta, as mãos cerradas com força ao redor de pedras ou das gargantas esmagadas.

Eu não sentia *nada* emanando deles.

Os sinos badalaram de novo, dessa vez rapidamente, sem pausas entre um gongo e o outro, e o Templo estremeceu. A rocha estalou atrás de mim. O cheiro de sangue e de um solo fértil se espalhou no ar. Uma sombra recaiu sobre mim, se estendendo pelo chão como centenas de dedos esqueléticos.

Lentamente, eu me virei e o meu olhar subiu pelo tronco grosso e reluzente e pelos galhos nus de uma árvore enorme. Minúsculos botões dourados se formaram e floresceram por toda a parte, se abrindo para revelar folhas vermelho-sangue.

Uma árvore da Floresta Sangrenta estava de pé, enraizada onde o meu sangue havia caído pela primeira vez.

Um movimento chamou a minha atenção. Virei a cabeça para a esquerda e todo o ar escapou dos meus pulmões.

Havia sombras cheias de pelos subindo os degraus largos e parando ali para examinar os corpos no chão de pedra.

As cabeças se voltaram uma para a outra. Pares de olhos penetrantes e gélidos se viraram para onde eu estava diante da árvore de sangue, respirando pesadamente. Fiquei tensa.

Atrás deles, os maiores avançaram. Dois. Três. Quatro. Muitos mais. Eram *dezenas*. Talvez até centenas. Ou mais. Cada um maior que o anterior, com o pelo brilhando sob a luz do sol conforme as nuvens se dispersavam, e os olhos de um tom de azul incandescente que eu nunca tinha visto antes. Eles ficaram de orelha em pé e contraíram as narinas enquanto farejavam o ar — o sangue.

E, em seguida, a *mim*.

Reconheci o pelo branco de Delano e então fiquei com o coração apertado quando vi Kieran, com os olhos sobrenaturalmente claros fixos em mim e na luz prateada que ainda brilhava ao meu redor.

Garras tilintaram na pedra conforme eles avançavam, de cabeça baixa, pisando sobre os mortos e se movendo lentamente ao meu redor, me cercando, abrindo espaço para...

Bons Deuses.

Da cor do aço, o lupino tinha o dobro do tamanho de qualquer um que eu já tinha visto, quase tão alto quanto eu. Talvez até mais alto. Ele avançou, com as patas do tamanho das minhas duas mãos.

Era Jasper. Eu não tinha percebido como ele era grande durante a batalha no Pontal de Spessa.

O lupino prateado parou na minha frente, encontrando o meu olhar assustado com aqueles olhos brilhantes e perturbadores, e percebi que, se corresse ou tentasse pegar a adaga caída para me proteger, eu não avançaria nem um centímetro.

Um senso de percepção desviou o meu olhar de Jasper e dos lupinos para atrás da estátua de Nyktos.

Casteel subia os degraus, o cabelo escuro úmido e afastado do rosto como se ele tivesse corrido mais rápido que o próprio vento. Tênues traços de vermelho manchavam o seu rosto enquanto ele avançava, com as feições rígidas e o queixo abaixado.

Foi então que pensei, meio estupidamente, que Casteel parecia um deus parado ali. De preto, com as espadas presas ao lado do corpo e a dureza quase brutal estampada nas linhas e ângulos marcantes do seu rosto, ele me lembrava do deus Theon.

Jasper se virou para o Príncipe. Os outros lupinos pararam de me cercar. O peito de Casteel subia e descia pesadamente enquanto ele contornava um cadáver, parando apenas quando Jasper soltou um rosnado baixo de alerta.

Ele parou de supetão, estudando a cena: eu, os lupinos, os cadáveres e as tochas acesas. Arregalou os olhos ligeiramente quando algo semelhante à compreensão cintilou no seu rosto.

— Meus Deuses — disse Casteel. Seus olhos dourados me encontraram e se fixaram nos meus enquanto ele cruzava os braços e sacava as espadas.

O ar ficou preso na minha garganta quando senti uma pressão no meu peito, deixando o meu coração apertado.

Casteel não havia chegado sozinho.

Outros subiam os degraus. Naill. Emil. Alastir. Rostos familiares. Outros desconhecidos. Meu dom entrou em ação, e eu senti... senti medo, assombro e tantas emoções diferentes que tive receio de ficar sobrecarregada outra vez e...

Eu nem sabia o que havia feito.

O resto dos lupinos rosnou quando mais duas pessoas chegaram ao topo da escada, seguidas por outras vestidas do mesmo modo que aqueles esparramados no chão, com as espadas douradas desembainhadas. Eu deveria ficar preocupada com eles, mas foram os dois que entraram antes que chamaram a minha atenção.

Um homem alto e louro, de ombros largos, e vestido com uma túnica branca manchada pela chuva de sangue, cujo maxilar quadrado, nariz reto e maçãs do rosto salientes me eram dolorosamente familiares. Ele parou de supetão e pousou a mão sobre a espada na lateral do corpo.

— Impossível — arfou a mulher ao lado dele, com o cabelo de um tom de ônix brilhoso preso em um coque frouxo na nuca. Os formatos dos seus olhos e boca também me eram familiares, e ela era linda, tão deslumbrante quanto a descrença que emanava dela.

Mesmo que não fosse pelas semelhanças, as coroas de ossos trançados e descorados teriam me dito quem eles eram.

A Rainha Eloana levou a mão até o corpete do vestido lilás simples e sem mangas — um vestido manchado pela chuva que havia caído.

— Hawke...

O brilho prateado ao meu redor recuou e desapareceu, penetrando na minha pele enquanto o meu corpo inteiro estremecia.

— O que foi que você fez? — perguntou ela, com os olhos tão vibrantes quanto os do filho conforme avançava. — O que foi que você trouxe de volta?

— Não é tarde demais — disse Alastir, me assustando. — Não é, Eloana...

— Sim. — Ela olhou para mim, para os lupinos que me cercavam e, em seguida, para o filho.

Eu me virei para Casteel. Ele estava bem ali, há não mais de uns quatro metros de mim, mas parecia uma distância impossível, um abismo intransponível.

Ele estava bem ali.

Hawke.
Casteel.
O Príncipe de Atlântia.
O Senhor das Trevas.
Meu marido.
Meu coração gêmeo.

Casteel se ajoelhou, cruzando as espadas sobre o peito enquanto abaixava a cabeça entre o V das lâminas afiadas e letais. Um segundo depois, ele ergueu o queixo o suficiente para me ver.

Os lupinos se sentaram sobre as patas traseiras, de cabeça baixa, mas repuxando os lábios em um rosnado quando aqueles atrás do Rei e da Rainha começaram a avançar silenciosamente.

— É, sim — repetiu a mãe dele, estendendo a mão e fechando os dedos em torno dos ossos trançados.

A Rainha Eloana tirou a coroa e, de olhos arregalados, vi quando ela a colocou no chão do Templo, aos pés da estátua de Nyktos.

Com uma lufada de ar, as chamas irromperam na tocha de pedra de Nyktos, tremulando e dançando ao vento. As outras tochas seguiram o exemplo, acendendo, e os ossos da coroa tremeluziram, com a brancura descorada rachando, se desfazendo e virando cinzas, até revelar os ossos trançados sob elas.

— Abaixem as espadas — ordenou ela, erguendo o queixo enquanto se ajoelhava no chão ao mesmo tempo que uma espécie de raiva poderosa e desamparada tomou conta do ar ao seu redor, uma que carregava o fedor de um medo enterrado há muito tempo e que finalmente havia tomado forma. — E curvem-se diante da... diante da *última* descendente dos mais antigos, aquela que tem o sangue do Rei dos Deuses nas veias. Curvem-se diante de sua nova Rainha.

Este livro foi composto na tipografia
Adobe Caslo Pro, em corpo 11/18, e impresso
em off-white no Sistema Cameron da Divisão Gráfica da
Distribuidora Record.